瑶族溜喉歌译注

上卷

主编　广西壮族自治区少数民族古籍保护研究中心
项目主编　贺明辉　盘美花　薛梅
项目副主编　李俊玲　唐春林　莫恩珍

广西民族出版社
Gvangjsih Minzcuz Cuzbanjse

图书在版编目（CIP）数据

瑶族溜喉歌译注：全 2 册/ 广西壮族自治区少数民族古籍保护研究中心主编. 一南宁：广西民族出版社，2024. 9
ISBN 978-7-5363-7733-2

Ⅰ. ①瑶… Ⅱ. ①广… Ⅲ. ①瑶族—民歌—作品集—富川瑶族自治县 Ⅳ. ①I277. 295. 1

中国国家版本馆 CIP 数据核字（2023）第 246578 号

YAOZU LIUHOU GE YIZHU
瑶族溜喉歌译注
（上卷）

主　　编：广西壮族自治区少数民族古籍保护研究中心
项目主编：贺明辉　盘美花　薛　梅
项目副主编：李俊玲　唐春林　莫恩珍

出 版 人：石朝雄
责任编辑：梁书晓　杜　洪　张远欢
装帧设计：何世春
责任印制：莫晓东
出版发行：广西民族出版社
地址：广西南宁市青秀区桂春路 3 号　　邮编：530028
电话：0771—5523216　　传真：0771—5523225
电子邮箱：bws@gxmzbook.com
印　　刷：广西民族印刷包装集团有限公司
规　　格：890 毫米 × 1240 毫米　1/32
印　　张：56. 875
字　　数：1350 千字
版　　次：2024 年 9 月第 1 版
印　　次：2024 年 9 月第 1 次印刷
书　　号：ISBN 978-7-5363-7733-2
定　　价：468. 00 元（上、下卷）

《瑶族溜喉歌译注》编委会

序一

歌谣本是开心源，瑶家山歌代代传。

我的家乡富川瑶族自治县，素有“歌海舞乡”的美誉，是一座民族歌舞艺术的宝库。人行走于百里瑶山，仿佛走入了歌的海洋。山野田边传来的一阵阵歌声，伴着漫山遍野的鸟语花香，月色与篝火映照着一群群歌之号之、舞之蹈之的后生与姑娘，芬芳着瑶家的春夏秋冬。

“富川山歌有几多，出门三步歌绊脚；田里种禾又种歌，一颗谷子一首歌。”富川城乡，无论是瑶族聚居区还是汉族聚居区，几乎每个圩镇、村寨都广泛流传着各类风格的歌谣。如西岭山的瑶族有“过山声”（啦发调）；黄沙岭的瑶族有“美美集”“呜哇歌”；古城、富阳、柳家、白沙、城北等乡镇的部分瑶族和汉族有蝴蝶歌和“留西啦咧”等；福利、新华、石家、城北、富阳等乡的瑶族普遍流传绣球歌、少年歌及“喇咧香”“依呀嘞”“嘞嘞咳”等；朝东、油木等地的瑶族则普遍流传陪嫁歌及“喇咧香”“九都歌”等；而麦岭、葛坡一带的瑶族主要流传溜喉歌等；遍布于全县各地的汉族广泛流传四句歌、讲歌、儿歌等形式的歌谣。

在富川的各类民歌中，蝴蝶歌和溜喉歌最负盛名，它们分别被列入国家级非物质文化遗产代表性项目名录和广西壮族自治区级非物质文化遗产代表性项目名录，都曾数次进京表演并在中央电视台播放，是中华民族的艺术瑰宝。

富川当地的莫恩珍老先生以一己之力，搜集、整理了大量溜喉歌并结集为《八都歌堂集》，这实在是功德无量！

我的家乡与莫恩珍老先生家仅一山之隔，同是桂湘边界的小山村，是溜喉歌的故乡。对于家乡的民歌，我幼时也听过一些，其中《垂桌歌》《哭歌》等，一直留存在记忆深处，但对于家乡民歌的总体情况却不甚了了。看到以莫恩珍老先生编译的《八都歌堂集》为蓝本整理的《瑶族溜喉歌译注》底稿，我着实惊叹：一是惊叹富川八都民歌的内容如此丰富，二是惊叹莫恩珍老先生对八都民歌搜集整理如此执着。

美不美，故乡水；亲不亲，家乡人。乡土乡音，乡情难忘，一首首民歌引来一阵阵乡愁。在莫老先生身上，我发现了传统乡贤的身影。正是有一批像莫老先生这样的乡贤在，故乡的民族民间文化艺术才能真正得以保存、传承！

对于莫老先生的不懈努力和辛劳付出，我心怀敬意；对于帮助莫老先生编纂出版《瑶族溜喉歌译注》的唐春林老师等有识之士和相关单位，心存感激。

是为序。

何建强（贺州市文学艺术界联合会党组原书记）

2023 年 3 月 25 日

序二

歌是瑶族最爱唱，唱得莲花朵朵开。

只缘瑶族无文字，发展文化凭歌传。

富川瑶族本无民族通行文字，其文化传承多靠口耳相传，这几句歌谣，是对这种状况的真实写照。瑶族溜喉歌不仅语言通俗、感情真切，而且大量运用了比兴、拟人、借代、夸张等手法来增添艺术感染力，描绘了一幅幅瑶族人民日常生活的风俗画卷，无形中起到了传承发扬瑶族文化的作用。瑶、汉民族的交往交流交融，对瑶族溜喉歌的传承与发展起到了促进作用。瑶族溜喉歌得以一代一代传承下来，内容不断丰富，为富川的瑶族民歌增添了光彩。

莫恩珍等一代老歌手所记录下来的瑶族溜喉歌是历史长河中的一朵美丽浪花。瑶族溜喉歌广泛流传在八都一带的瑶族民间，老幼传唱，在艺术上具有独特的风格。能将如此丰富的溜喉歌搜集整理并出版出来，确实难能可贵，这为后人研究瑶族风俗文化提供了丰富而真实的历史资料。值此付梓之际，我写了一点感受，是为序。

唐庆得（富川瑶族自治县民族研究会会长）

2023 年 4 月 15 日

序三

瑶族枕山而居，饮酒为乐，以歌传情，真可谓“南岭有歌就有瑶”。一个瑶家小伙，当他通过瑶歌与一女子相知相亲相爱时，他会感恩瑶歌这一桥梁纽带带来的良缘；当新婚之夜，有男女歌手邀伴而来为婚礼通宵达旦唱歌助兴的时候，新郎新娘会因瑶歌给自己的婚礼增加了喜庆隆重的气氛而感到光荣；当他们两口子以歌相处，“执子之手，与子偕老”的时候，他们会认为歌乡是人间天堂。

流传在广西贺州市富川瑶族自治县麦岭镇的溜喉歌也是有生命力的。溜喉歌是麦岭瑶族同胞们情感的储存器，是中华民族传统美德在瑶乡传播的一颗颗文明的种子，是瑶族同胞们独有的历史叙事文本，是瑶族同胞们对《增广贤文》《传家宝训》等思想的生动诠释……

溜喉歌，源于秦汉时期迁徙而来的中原移民。秦时明月给了它柔情，潇贺古道给了它内涵，中原文化、湘楚文化、客家文化、珠江文化等相互交织、交融，使溜喉歌成为岭南歌海中一颗璀璨的明珠。

莫恩珍老先生几十年如一日在瑶乡搜集溜喉歌，吃了不少苦，付出了不少心血。溜喉歌的传承人黄先保，歌手罗日透、李精配等一大批有识之士加入了莫恩珍老先生的行列，对歌词进行搜集、校对、翻译、注释。整理这些歌的工作量很大，他们却迎难而上，并且取得了重大成果，形成了这本《瑶族溜喉歌译注》。书中对麦岭镇溜喉歌的四种唱法进行了归纳总结，编成了《嫁女陪行娘姐之歌》《嫁女看歌堂之歌》《娶亲吃花筵酒闹洞房歌》《神堂社庙过节放花炮、歌节邀歌与男女青年对歌》，此外还搜集散篇、残篇，进行了增补，加入了新内容。这套厚厚的《瑶族溜喉歌译注》实在让我们感到欣喜！

随着时代的发展，非物质文化遗产愈来愈受到国家和社会的重视。麦岭镇的有识之士，正积极地抢救、搜集、整理瑶族溜喉歌，让溜喉歌的内容更具体，更丰富，更接地气，更贴近生活，更贴近群众，更与时俱进。八都人的子孙后代都应该认识溜喉歌，了解溜喉歌，学习溜喉歌，传承溜喉歌。

我大略看了一下这本歌堂集，发现莫恩珍老师真是一位行家里手，他的记忆力这么好，竟然原原本本地记录下了歌词。对对歌里的“三推四集”“三推四撒”“三劝四邀”了如指掌。在瑶乡，会唱会编会传溜喉歌的歌手少之又少，懂得“一皮一骨”“两皮两骨”“三皮三骨”的歌手就可被称为“歌王”了。更为可贵的是，他整理的新编溜喉歌既具有浓厚的民间文学色彩，又极具时代的气息。如：

贵村住宅风水好
朝朝代代出官员
坐官坐府为百姓
同与百姓一条心
做出好样大家看
个个相信当官人
村民人人都说好
真正人民父母官

这些歌词，与党和人民呼唤清正廉明，要求立党为公、执政为民的思想不谋而合，实为时代强音。

又比如唐春林老师增补的《状元训叙》，融入了感恩父母、老师的思想：

多年寒窗今如意

实亏父母操劳心
感谢老师教方好
牢记自身勤用功
今朝得中状元郎
来年国家真栋梁
若得事业成就后
不可忘记培育恩

融入了劝学、立志、精忠报国的思想：

王冕学画宜趁早
车胤囊萤须聪明
梁悬头发锥刺股
自古功名苦后成
功名二字虽为重
品学兼优世所称
吟诗作赋添文雅
敬友尊师立新风
不学秦桧失骨气
要做天祥抱忠诚
修身齐家做表率
治国安邦尽才能

此外，瑶族溜喉歌中的《上大人对出世见解歌》《解缗出世皮歌》《解缗出世骨歌》《李白仙人出世皮歌》《李白仙人出世骨歌》等相关内容的歌曲，也让人耳目一新。

2010年，广西贺州市富川瑶族自治县麦岭镇的瑶族溜喉歌已被列入自治区级非物质文化遗产代表性项目名录。让我们以此书的出版为契机，呼吁更多的有识之士投入保护和传承瑶族溜喉歌的工作中。出书、出唱片、办民歌大赛、建文化博物馆……这些方兴未艾的事，期待有你参与。

《瑶族溜喉歌译注》闪亮登场，必将成为广大瑶族同胞不可多得的传唱蓝本。同志们，朋友们！让我们接过接力棒，让瑶族溜喉歌代代薪火相传！让我们心连心，手牵手，歌连歌，让瑶族溜喉歌成燎原之势。

溜喉歌是我们的乡愁，也是我们的动力，是“长寿之乡”富川引以为傲的文化资源。让我们齐声高歌，让瑶族溜喉歌唱响中华大地，唱响世界大舞台！

让我们在瑶乡歌堂中踏歌载舞，让我们乘着歌声的翅膀在溜喉歌里过好日子！

黄忠美（贺州市作家协会会员）

2023年2月26日

序四

溜喉歌作为广西瑶族的代表性民歌之一，是足以和其他少数民族民歌媲美的。在没有经过修饰的自然状态下，瑶族溜喉歌所呈现的美给人以纯粹、自然、古朴的感受。它主要借鉴了汉族的七言古风诗体写成，以七言诗句为主，偶尔采用三言做起句，或间用三言、五言以加快节奏，增强表现力。

在古代，诗、歌同体，有诗必有韵，有韵必有词，不仅民间乐坊有，宫廷大院更是盛行。诗言志，歌抒意，孔子说“人道敏政”，《乐经》为“六经”之一，足见其“敏政”的功用是不可或缺的。可惜《乐经》失传已久，人们已难以领略古代音乐那种“余音绕梁，三日不绝”“三月不知肉味”的美感。几千年来的民族交往交流交融使中华文化走向一个前所未有的高度，优秀的民族音乐是各民族共有精神家园中开出的奇葩异卉。与此同时，也有很多独特的民族音乐急剧消亡，传承和保护传统文化成为当今时代的共识。

民族文化的个性与共性关系是一个值得探讨的课题。从文化之间的异同可以看出民族的渊源与发展历程。贺州语言文化博物馆把贺州市富川瑶族自治县、钟山县、八步区等地的都语归为汉语方言分支，可见当地瑶族溜喉歌与汉族古文化存在着千丝万缕的联系。知其然而不知其所以然，这是我们现在的困惑。瑶族在历史的发展过程中迁徙靡常，但也存在相对稳定的时期，比如各种文献反映的“千家峒”就是瑶族在江南长期定居的一个事实。广西壮族自治区人民政府原副主席奉恒高主编的《瑶族通史》记录了“千家峒”的地域范围的三种表述，最为大众认可的说法是今江浙、两湖、两广地区在唐宋以前凡瑶族定居繁衍之地都可称为瑶族的“千家峒”。我们可以想象溜喉歌曾经在江南广为流传，是当时汉、瑶两族共同的“艺术语言”。

无论从所处的地缘关系，还是从语言的归属分布情况，我们都可以看到八都土语区的瑶族与戍卫服役的军事活动有关联。据说当地的瑶族先祖是被汉族军队招抚之后从高山密林搬到空旷地带定居的世居群落或流民。当地瑶族文化发展较早，特别是明代南方民族政策相对宽松，瑶族的身份地位提高，黄册制度更给了少数民族脱胎换骨的机会。湖南江永县、广西富川瑶族自治县的瑶族十二姓中李、唐二姓人数众多，在当地历史相对久远，其文化背景因有尧舜移民之说。中国传统古村落贺州市富川瑶族自治县麦岭镇村头岗村和月塘村的唐姓就自称尧子丹朱后裔，其祖先率先归顺中央王朝，被派遣到各地（含我国今湖南、广东、四川、云南等地和越南北部一带）戍卫或辅助地方管理。当地瑶族在历史上屡次担负了特殊使命，成为汉、瑶民族文化交流的一个典型样本。

中国姓氏研究代表著作《路史》成书于南宋，书中记载南方桂粤、两湖世居少数民族实为黄帝直系龙苗之后。这是关于南方汉族以及苗、瑶等少数民族起源的一个重要文史资料，然远古之事渺茫，《路史》不足为据。作为汉、瑶民族文化交流的结晶，瑶族溜喉歌又能告诉我们什么呢？这或许只有真心喜爱这门乡土艺术的人才能用心灵去感悟了。无独有偶，我国古代有一首七言民歌就是描写东汉桓帝年间青海羌族边陲生活的，与瑶族溜喉歌有异曲同工之妙。这里撷取出来与大家分享一下：

小麦青青大麦枯
谁当获者妇与姑

丈夫何在西击胡
吏买马　君具车
请为诸君鼓咙胡

这首歌词简单的民谣就是《小麦谣》，它最早记载于《后汉书·五行志》，如果它的曲谱还在的话，唱起来不知是否与我们瑶族溜喉歌中的歌词“竹叶长长草叶青”一样。尽管现存的溜喉歌很少描写戍卫生活，但描写妇女艰辛劳动的情景是有的，你仍可以从瑶族保存至今的女性“代耕”习俗看到当年战争频仍留下的影子。民歌是一个民族历史的载体，我们应该更深入地去探讨，找到其灵魂所在！

黄先保　唐春林
2023 年 2 月 20 日

前　言

富川瑶族自治县位于广西壮族自治区东北部，地处湘、桂、粤三省（区）交界的都庞、萌诸两岭余脉之间，东连湖南省江华瑶族自治县、南接广西贺州市钟山县，西与广西桂林市恭城瑶族自治县接壤，北与湖南省江永县相连。全县辖 12 个乡镇，共 137 个村和 19 个社区，总人口 34.4 万人（2020 年），其中瑶族人口 20.1 万人，占总人口的 58.4%。富川自汉武帝元鼎六年（公元前 111 年）始置县，唐、宋、元属贺州，明洪武十年（1377 年）至清末属平乐府，民国初属桂林道，后属平乐行政督察区及平乐专区。中华人民共和国成立后，1950 年富川县人民政府成立，1952 年与钟山县合并，改置富钟县，1961 年与钟山县分治，1983 年 8 月 30 日经国务院批准成立富川瑶族自治县。自治县内中原文化、楚越文化、岭南文化交融汇集，瑶族蝴蝶歌、瑶族长鼓舞被列入国家级非物质文化遗产代表性项目名录，秀水村、福溪村、深坡村被评为中国历史文化名村，谷母井村、义竹村、村头岗村等 15 个村庄被评为“中国传统村落”，马殿庙以及回澜风雨桥、青龙风雨桥、黄侯泉风雨桥等富川瑶族风雨桥群被列为全国重点文物保护单位。

一、瑶族溜喉歌概况

富川是一个以瑶、汉民族为主的少数民族聚居县，其历史文化悠久。长期的田耕劳作、生活，使当地瑶、汉两族在文化方面相互交融，逐步形成了具有本地特色的文化习俗。早在先秦时期，瑶族先民已在这一带定居。自唐宋以来，相继南迁的瑶族先民和南方汉人，为避徭役又北迁到此，与当地瑶族先民结合，从而形成瑶、汉方言相互交融的格局，产生了操梧州土语、七都土语、八都土语、九都土语等方言的村落群体，他们自称“梧州瑶”“七都瑶”“八都瑶”“九都瑶”，各自有演唱的土语歌。“梧州瑶”主要分布在富阳镇、柳家乡、古城镇、莲山镇、白沙镇等部分瑶、汉聚居村庄；“七都瑶”主要分布在新华乡、福利镇、石家乡；“八都瑶”主要分布在葛坡镇、麦岭镇、城北镇等部分瑶、汉聚居村庄；“九都瑶”主要分布在朝东镇部分瑶、汉聚居村庄。七都、八都、九都土语区部分村寨的瑶族民歌包括“喇咧香”“绣球歌”“哭嫁歌”“歌堂歌”“唱老人公”等。

瑶族溜喉歌主要流传于富川瑶族自治县东北部朝东镇、麦岭镇、葛坡镇以及新华乡、石家乡等操七都、八都方言的地区，以汉语方言七都土语、八都土语演唱，以情歌为主。在歌曲结尾的衬词衬字中，常出现“溜喉咧”，因此得名“溜喉歌”或“留侯歌”。

在当地瑶族的节日会期、婚嫁庆典、礼仪交往等群聚活动中，男女老少都喜爱唱溜喉歌。当地男女青年恋爱择偶，唱溜喉歌是主要的交流方式之一。每逢婚嫁的大喜日子，人们都要唱溜喉歌来表达对亲人的留恋和对生活的热爱。演唱这种歌常见的方式有单声部和二声部男女同声二重唱，且同起同收。单声部以《喇咧香》《绣球歌》等为代表性曲目，歌词以即兴编词居多，也有传统唱词，内容广泛，语言质朴。其歌词有七言四句、五言四句、七言双句以及长短不一的自由句式等，都以本地土语押韵脚，富有七都、八都区域的独特色彩。二声部以《喇吱香》《喇咯咧》《旋台歌》《旋月歌》等为代表性曲目。其歌词用七言四句、五言四句的较普遍，也有七言六句、七言八句的歌词出现，必须用本地土语押韵脚。2010 年，瑶族溜喉歌经广西壮族自治区人民政府同意，列入第三批自治区级非物质文化遗产代表性项目名录。

溜喉歌内容丰富，涉及当地社会生活中重要仪式的方方面面。如《进村堂歌》《请刘三姐歌》等是序头歌，唱的是歌堂各环节的预备部分；《开酒筵歌》唱的是对主人热情细心款待的赞扬和感谢；《垂桌歌》唱的是古代以七种木材做成花桌的来历等内容，用柔软多变的歌声来演唱表达；《哭歌》分为行娘帮六亲、朋友哭歌以及歌师唱还哭歌等。这些歌谣的歌词寓意深刻，唱起来朗朗上口，具有独特的民族性、较高的艺术性和较强的互动性，当地瑶族男女经常唱歌以表意，唱歌以传情。富川的瑶族同胞用这种方法记述本族的源流迁徙，规范道德行为。礼仪、节庆、娱乐、待客等活动都少不了溜喉歌。

二、瑶族溜喉歌的搜集整理

《瑶族溜喉歌译注》以富川瑶族自治县麦岭镇长春村莫恩珍老人搜集整理的《八都歌堂集》资料为蓝本，按照古籍整理的方法和体例进行整理，利用国际通用的国际音标记录溜喉歌原唱的唱词，以国际音标、汉文直译、汉文意译三行对照编排方式呈现，并加以注释。

莫恩珍，男，瑶族，1942年出生于一户农家。他七岁开始读书，刻苦学习，在小学阶段，学习成绩在班级里名列前茅，因家庭贫困，小学毕业后就在家务农。曾任村食堂、生产队会计，大队兽医、赤脚医生。从2009年开始，他利用三年时间，以自家五代承传的富川瑶族八都民歌和自己近六十年的歌唱积累为基础，按照八都瑶歌的四种唱法，对溜喉歌进行了归纳总结，整理了《嫁女陪行娘姐之歌》《嫁女看歌堂之歌》《娶亲吃花筵酒闹洞房歌和神堂社庙过节放花炮》《歌节男女青年对歌》《新编溜喉歌集锦》等内容并编成手抄本，后与麦岭镇中心校教师唐春林、瑶族溜喉歌传承人黄先保、歌手罗日透等合作，进行增补、修订，完成了十二万多字的瑶族溜喉歌集《八都歌堂集》。在广西壮族自治区少数民族语言文字工作委员会、富川瑶族自治县民族宗教事务局以及麦岭镇中心校等单位的共同努力下，整理研究《八都歌堂集》被列入广西壮族自治区少数民族古籍保护研究中心 2018 年的工作计划，由广西民族语文研究中心贺明辉同志具体负责实施。2018 年 8 月，贺明辉同志利用年休假的时间前往富川瑶族自治县麦岭镇对《八都歌堂集》的内容进行录音，利用国际音标逐行记录《八都歌堂集》的原唱词；2020 年 8 月就所记录的《八都歌堂集》的国际音标部分与搜集整理者逐行核对，最后整理成《嫁女陪行娘姐之歌》《嫁女看歌堂之歌》《娶亲吃花筵酒闹洞房歌》《神堂社庙过节放花炮、歌节邀歌与男女青年对歌》《溜喉歌散篇、残篇和增补、新编集锦》五篇。新编溜喉歌是采用溜喉歌唱法注入新词形成的溜喉歌，主要内容是歌唱社会主义核心价值观等，这部分不标注国际音标，每四句为一段，偶尔有六句为一段。经过三年多时间的记音、注释、翻译，项目组终于完成了《瑶族溜喉歌译注》的初稿，并交给广西壮族自治区少数民族古籍保护研究中心。

三、瑶族溜喉歌的研究情况

当前国内外对瑶族溜喉歌相关课题进行研究的成果不多，主要研究成果有贺州学院院级课题《平地瑶民歌研究》《贺州瑶族音乐与多元文化音乐教育问题的研究》，在期刊公开发表的有关富川民间音乐的论文有《平地瑶的民间音乐、舞蹈文化探究——以广西贺州富川平地瑶为例》(《黑龙江民族丛刊》2009 年第 4 期)、《广西贺州瑶族民歌的地方特色研究》(《民族文学研究》2011 年第 4 期)等。这些已有成果主要从民歌艺术的角度进行研究，涉及溜喉歌文本整理研究的相对薄弱。

四、瑶族溜喉歌的传承

习近平总书记指出，要推动中华优秀传统文化创造性转化和创新性发展，让收藏在博物馆里的文物、陈列在广阔大地上的遗产、书写在古籍里的文字都活起来。非物质文化遗产的保护和传承，对培育中华民族精神、弘扬中华文明、建设中华民族共有精神家园具有重要意义。目前，溜喉歌的传承方式主要是传统的口耳相传、歌书记录等，一般世代相袭或民间传授，其传播场所是家庭、学校等。

富川瑶族自治县党委政府非常重视非物质文化遗产的抢救保护、搜集整理和传承发展。经普查，已经归档整理的富川瑶族自治县非物质文化遗产代表性项目名录条目有 1043 项（条），其中民间音乐类有 349 项（包括民歌和瑶族器乐曲、民间舞蹈音乐），民间手工技艺类有 226 项（包括瑶族被面、大花带、小花带、布鞋、布凉鞋，竹器工艺，花格手工织锦等），民间文学（口头文学）有 367 项（包括民间传说、故事、情歌、歌谣、谚语等），民俗类有 87 项（包括信仰民俗、节庆民俗等），民间舞蹈有 14 项。据了解，富川瑶族自治县现有蝴蝶歌、瑶族长鼓舞 2 项被列入国家级非物质文化遗产代表性项目名录，有瑶族溜喉歌等 4 项被列入自治区级非物质文化遗产代表性项目名录，有 9 项被列入市级非物质文化遗产代表性项目名录，有 43 项被列入县级非物质文化遗产代表性项目名录。

富川文化底蕴深厚，通过开展非遗进校园、进农村、进社区系列活动，非遗保护和传承已走进大众的视野和生活。教育部门开展以“非遗进校园”为主题的特色课程，把瑶族溜喉歌的传承教育搬进校园课堂，让每个孩子从小感受民族文化，培养文化自信。黄先保作为瑶族溜喉歌代表性传承人，被麦岭镇中心校聘为少先队活动校外辅导员，在麦岭镇中心校和秀林村小学等学校开展溜喉歌的传承教学活动。2020年，在抗击新型冠状病毒肺炎疫情的关键时期，黄先保和唐春林合作创作了溜喉歌《战疫情》，该歌曲以抗击疫情为主题，以防疫知识为主要内容。黄先保用具有浓郁瑶乡特色的溜喉歌唱法对学校的四年级至六年级学生进行了试唱宣传，使师生们在传唱的过程中学到了防疫知识。黄先保、唐春林和唐芬顺（麦岭镇中心校教师）采用溜喉歌的艺术形式先后创作了《社会主义核心价值观》《新编弟子规》《防溺水六不准》等歌曲。在校园里，师生同唱这些溜喉歌的生动景象十分常见。该校六年级学生何芳草说：“用溜喉歌的形式唱《社会主义核心价值观》，我很容易就记住了。”“移风易俗，莫善于乐”，当前，一首首反映新时代好声音的新溜喉歌，正从富川瑶族群众中传唱出来。瑶族同胞们唱出了文化自信，唱出了民族自豪。

五、瑶族溜喉歌的整理出版意义

在2014年9月召开的中央民族工作会议上，习近平总书记指出：“加强中华民族大团结，长远和根本的是增强文化认同，建设各民族共有精神家园，积极培养中华民族共同体意识。”我国各民族优秀传统文化是中华民族共有精神家园的重要组成部分，保护和传承好中华民族优秀传统文化需要56个民族共同参与、共同建设和分享，传承和弘扬民族文化具有重要意义。富川瑶族有悠久的传统文化、丰富的民族语言素材和独特的民俗风情，孕育了形式多样的歌谣。瑶族溜喉歌是一种民间文化，保留着瑶族生存发展的历史信息，它具有独特的、深厚的文化内涵。当前瑶族溜喉歌的发展形势不容乐观，保护、传承和发展瑶族溜喉歌刻不容缓。《瑶族溜喉歌译注》的出版，是富川瑶族自治县非物质文化遗产保护工作的一件大事、喜事，也是富川瑶族传统文化得到传承和发展的具体体现。《瑶族溜喉歌译注》为研究富川瑶族传统文化、民间口头文化、语言文化、婚姻习俗、节庆文化等提供第一手资料，具有较高的学术价值和社会价值。

非物质文化遗产保护功在当代、利在千秋，保护工作任重而道远。富川瑶族自治县非物质文化遗产的保护和传承，是社会主义先进文化建设的重要内容。瑶族溜喉歌是富川的重要文化资源，是可以推动经济社会发展的宝贵财富。我们应该进一步挖掘其社会价值及经济价值，将保护传承工作与发展文化事业、文化旅游、文化创意产业相结合，提升文化软实力，让优秀民族文化成为铸牢中华民族共同体意识的重要资源。

凡　　例

一、本书所收录的瑶族溜喉歌均搜集自广西富川瑶族自治县民间，因为瑶族没有本民族文字，本书对每行溜喉歌歌词按“国际音标——歌本原行——汉文意译”三行对照的体例进行翻译整理，分别记录当地瑶语的实际读音、歌本原行、整句歌词的汉语句意。

二、本书国际音标记音以溜喉歌读音采样为基础进行整理，歌本原行以原手抄本为基础进行整理。溜喉歌语言成分较为复杂，保留了较多原生态的语言现象，为完整、客观地呈现溜喉歌的文献原貌，忠实反映蕴含其中的语言现象及演变历史痕迹，记音与整理以尽力呈现原音原样为指导思想，对于不同语境下产生的同字异读、同词异读、破读等现象不做改动，一并保留。

三、本书除第五篇外，每篇正文前设有“题解”，对该篇歌谣题目及主要内容进行简要说明。

四、瑶族溜喉歌音系

（一）声母表

p	ph	m	f	v
t	th	n		l
ts	tsh		s	z
tɕ	tɕh	ȵ	ɕ	
k	kh	ŋ	ç	j
			h	

声母说明：[h] 实际音值为 [x]。

（二）韵母表

i	ie	ia	iai	iau	io	iu	iou	iŋ	iəŋ	iaŋ
e	ei	eŋ								
ø										
ə	əi	əŋ								
u	ue	uai	uə	uəi	ui	uo	ua	un	uaŋ	
o	ou	oŋ								
a	ai	au	aŋ							

韵母说明：

1. [a] 的实际音值在 [a] 与 [A] 之间，[ai] 的 [a] 的音值 [ɛ]，在 [au] [ua] [uaŋ] 中 [a] 的音值 [ɑ]。

2. [e] 的音值接近 [E]。

3. [ou] 中的 [o] 实际音值比 [o] 低，接近 [e]。

4. [iou] 韵中的 [i] 与 [u] 音程相对较长，[o] 的音程相对较短，在与 [l] [s] [tɕ] 相拼时不明显，接近 [iu]。

5. 辅鼻音 [ŋ] 既可作声母又可作八个韵母的韵尾。

（三）声调

1. 声调：共五个。

平声 54　上声 31　去声 33　阴入 35　阳入 24

2. 声调说明

阳平调值与上声调值一样，归上声，阴去阳去调值一样。

目　录

上　卷

目录

下　卷

第一篇

嫁女陪行娘姐之歌

题解：歌堂，又称坐歌堂、做歌堂、围歌堂，所唱歌曲总称歌堂歌，是瑶族溜喉歌最重要的内容之一。《嫁女陪行娘姐之歌》是歌堂歌最开始的部分。在婚礼前一个月，歌师选定吉日，于吉日晚上伴行娘唱歌，从《进村堂歌》起唱，程序较多，内容丰富，一般要从黄昏唱到翌日凌晨四五点钟。行娘，即将出嫁的姑娘。姐，农村嫁女一般按年龄大小先后出嫁，故称行娘为姐。行，有行走之意，按当地瑶族（包括历朝定居的屯田军户）走婚习俗，新娘在订婚之后至结婚之前这段时间可以到男方家“行走”，以便了解婆家情况以及双方共同进行生产劳动，近则早去晚回，远则住宿。男方也可以到女方家“行往”交流感情，待条件成熟，即可迎娶女方回家，或上门入赘。婚期前一个月内，行娘须邀请本村未嫁女孩到自家楼上做女红，置备嫁妆，互学手艺，并以唱歌表达离情别绪。

一、进村堂歌

题解：村堂，村庄。歌堂仪式开始，歌师班邀伴聚集村口，开唱《进村堂歌》，歌词多描述建筑和风水，含称赞意。

çi^{31} çi^{31} vaŋ^{33} vaŋ^{33} li^{31} tshai^{54} tɕho^{54}
行 行 往 往 打① 千 秋
行行往往度岁月

mə^{33} çi^{31} mə^{33} vaŋ^{33} au^{24} luo^{31} jou^{54}
不 行 不 往 屋 里 忧
不行不往在家忧

au^{35} luo^{31} tsou^{31} jou^{54} və^{31} ȵi^{31} ka^{31}
屋 里 愁 忧 无 人 解
在家忧愁无人解

ɕou^{24} məŋ^{31} tso^{31} jou^{54} kø^{54} ka^{31} nəŋ^{31}
出 门 愁 忧 歌 解 侬②
出门唱歌解我愁

kø^{54} tu^{31} ka^{31} luo^{35} la^{33} tsou^{31} jou^{54}
歌 子 解 得 俫③ 愁 忧
歌儿解得我忧虑

① 打：度过。
② 侬：自称，我。
③ 俫：自称，我。

thiaŋ^{33} kø^{54} ka^{33} ça^{54} la^{33} tsou^{31} jou^{54}
唱 歌 解 开 我 愁 忧
唱歌解得我忧愁

paŋ^{33} məi^{24} ka^{31} luo^{35} la^{33} ɕi^{54} tɕa^{54}
伴 妹 解 得 俫 心 焦
伴妹解得我心闷

paŋ^{33} məi^{24} ka^{54} ça^{54} la^{54} ɕi^{54} tɕa^{54}
陪 妹 解 开 我 心 焦
陪妹解得我心闷

khi^{35} ça^{54} tsou^{31} jou^{54} pa^{35} paŋ^{33} çau^{33}
丢 开 愁 忧 邀 伴 去
丢开忧愁邀伴去

pa^{35} paŋ^{33} çau^{33} pəi^{31} məi^{24} ɕiŋ^{31} niaŋ^{31}
邀 伴 去 陪 妹 行 娘①
邀伴去陪妹行娘

ta^{24} lau^{33} piŋ^{31} piŋ^{31} çou^{31} tsou^{31} lau^{24}
大 路 平 平 好 走 路
大路平平好走路

ɕo^{31} tsou^{31} jou^{31} jou^{31} çou^{31} tɕhu^{54} ɕuai^{31}
水 子② 游 游③ 好 划 船
河水悠悠好划船

---

① 行娘：即将出嫁的新娘。
② 水子：流动的江河水。
③ 游游：水轻快流动或船自在划行。

jou^{31} jou^{31} tɕhu^{54} tɕi^{31} jou^{31} jou^{31} ɕau^{33}
游 游 划 起 游 游 去
快快划动快快去

jou^{31} jou^{31} tɕhu^{54} ɕau^{33} paŋ^{33} ɕiŋ^{31} niaŋ^{31}
游 游 划 去 伴 行 娘
快快划去伴行娘

ɕi^{31} ɕi^{31} mə^{33} luo^{54} ȵi^{31} tɕhun^{54} luo^{33}
行 行 不 知 人 村 到
行行不知人村到

luo^{33} luo^{33} ȵi^{31} tɕhun^{54} ɕou^{31} tsu^{24} tiaŋ^{31}
到 来 人 村 好 宅 强①
来到人村好恢宏

tsu^{24} tiaŋ^{31} ɕou^{31} tsu^{24} tiaŋ^{31}
宅 强 好 宅 强
恢宏啊恢宏

ŋo^{33} faŋ^{54} ŋo^{33} lau^{24} ŋo^{33} tu^{31} liaŋ^{31}
五 方 五 路 五 条 龙
五方五路五条龙

ju^{24} jou^{33} səŋ^{54} tu^{33} ɕau^{33} tɕhi^{33} zə^{24}
又 有 三 条 去 寻 吃
又有三条去寻吃

---

① 宅强：村庄宅院布局宏伟、气势恢宏、辉煌壮观。

ju^{24} jou^{33} liaŋ^{33} tu^{31} ɕou^{31} tɕhun^{54} taŋ^{31}
又 有 两 条 守 村 堂
还有两条守村庄

tsu^{24} taŋ^{31} çou^{31} tsu^{24} taŋ^{31}
宅 强 好 宅 强
辉煌好辉煌

tiou^{31} tshəi^{35} mə^{54} lou^{33} se^{24} tshəi^{33} tɕaŋ^{31}
九 砌 门 楼 十 砌 墙①
九砌门楼十砌墙

tiou^{31} tshəi^{35} mə^{54} lou^{33} fu^{24} liaŋ^{31} çau^{31}
九 砌 门 楼 画 龙 虎
九砌门楼画龙虎

se^{24} tshəi^{33} tɕaŋ^{31} ɕaŋ^{24} fu^{24} faŋ^{24} çaŋ^{31}
十 砌 墙 上 画 凤 凰
十砌墙上画凤凰

faŋ^{24} çaŋ^{31} fu^{54} ɕou^{54} məŋ^{31} ȵi^{31} vo^{24}
凤 凰 拍 翅 闻 人 曰②
凤凰拍翅听人传

məŋ^{31} ȵi^{31} vo^{24} məi^{24} tsa^{33} ɕiŋ^{31} niaŋ^{31}
闻 人 曰 妹 做 行 娘
听人说妹做行娘

① 九砌、十砌：层层垒砌。
② 曰：说，传言。

ŋu33 tɕou24 tse31 la31 pa24 paŋ33 luo33
我 就 几 倈① 邀 伴 到
我们兄弟邀伴到

pa24 paŋ33 luo33 pəi31 məi24 ɕiŋ31 niaŋ31
邀 伴 来 陪 妹 行 娘
邀伴来陪妹行娘

tu24 no24 kuo33 tɕhun54 ȵi31 zə35 vaŋ24
达 进② 贵 村 打 一 望③
踏进贵村抬头望

vaŋ24 kai33 kuo33 tɕhun54 ɕou31 tɕhun54 taŋ31
望 见 贵 村 好 村 堂
望见贵村好村庄

pəi33 ɕi31 luo31 liaŋ31 tiou31 tɕho33 ɕo31
背 后④ 来 龙 九 处 水⑤
背后来龙九条脉

mai24 tso31 tia35 tu24 ɕo31 nəi31 ka54
面 前 脚 踏 水 泥 街
面前脚踏水泥街

---

① 几倈：几个兄弟。

② 达进：踏进。

③ 打一望：抬头细看。

④ 背后：背后山，村庄后紧邻住宅的山。过去瑶族多住丘陵地带，多石山和土岭，择居时讲究背山面水的地理环境，在堪舆学中，有人以背后山为祖脉，即龙脉，故也称“后龙山”。

⑤ 九处水：即九条龙脉。有山脉便有沟壑，可形成溪流、山河、湖泊等，故九条龙脉称“九处水”。

ȵi54 ȵi54 pa35 paŋ33 se31 ɕi54 au35
个 个 邀 伴 起 新 屋
个个邀伴起新屋

tɕuai31 se31 kaŋ54 tɕi54 ɕo31 nəi31 luo31
全 起 钢 筋 水 泥 楼
都起钢筋水泥楼

tse31 tɕi31 kuo54 luo31 se31 luo35 çou31
几 层 高 楼 起 得 好
几层高楼起得好

ɕaŋ31 fuə35 no24 tse31 çaŋ54 la24 ɕi54
幸 福 日 子 欢 乐 心
幸福日子欢乐心

ȵi54 ɕua33 ȵi54 ȵi24 tsaŋ54 ɕu54 çou31
个 赛 个 要 装 修 好
个个都要装修好

tɕo31 no31 ɕi54 au24 lu24 aŋ54 jai31
住 进 新 屋 得 安 然
住进新屋得温馨

tsə31 ɕun54 çou33 ta24 lu35 ɕaŋ31 fuə35
子 孙 后 代 得 幸 福
子孙后代得幸福

lu35 tə24 ɕaŋ31 fuə24 nai24 əŋ54 tɕəŋ31
得 了 幸 福 念 恩 情
得了幸福念恩情

ȵi31 ki54 se33 ɕaŋ24 thio33 thio33 təŋ31
人 间 世 上 处 处 同
人间世上处处同

lu^{35} tə^{35} ɕaŋ^{31} fuə^{35} mə^{33} maŋ^{31} tɕəŋ^{31}
得 了 幸 福 不 忘 情
得了幸福不忘情

se^{33} ɕaŋ^{24} liaŋ^{31} ɕi^{54} to^{33} luo^{33} çou^{31}
世 上 良 心 道 理 好
世上良心道理好

thai^{54} to^{24} tia^{33} kau^{33} tiaŋ^{54} ɕi^{54} ȵi^{31}
天 地 照 顾 忠 心 人
天地照顾忠心人

zə^{35} nai^{31} tiaŋ^{54} tɕho^{54} zə^{35} nai^{31} maŋ^{31}
一 年 中 秋 一 年 忙
一年中秋一年忙

pa^{35} ŋue^{24} pəi^{33} fu^{54} maŋ^{33} to^{24} çaŋ^{31}
八 月 贝 花① 满 地 黄
八月棉花满地黄

tiaŋ^{54} zə^{35} pəi^{33} tse^{24} lai^{31} lio^{31} ɕuo^{31}
中 一 贝 字 轮 流 写②
中一贝字按序写

tsə^{31} la^{31} tu^{24} no^{24} kuo^{33} tɕhun^{54} taŋ^{31}
几 倈 踏 入 贵 村 堂
几人踏入贵村堂

tu^{24} no^{24} kuo^{33} tɕhun^{54} nəŋ^{31} pa^{35} paŋ^{33}
踏 进 贵 村 能 邀 伴
踏进贵村能邀伴

① 贝花：方言，棉花。
② 此句拆“贵”字。轮流，这里指“中、一、贝”三字按顺序组合。

pa^{35} tse^{31} təŋ^{31} paŋ^{33} paŋ^{33} ɕiŋ^{31} niaŋ^{31}
邀 齐 同 伴 伴 行 娘
邀齐同伴伴行娘

pa^{35} tse^{31} təŋ^{31} paŋ^{33} ȵi^{54} ȵi^{54} çau^{33}
邀 齐 同 伴 个 个 去
邀齐同伴个个去

ȵi^{54} ȵi^{54} çau^{33} paŋ^{33} məi^{24} ɕiŋ^{31} niaŋ^{31}
人 人 去 陪 妹 行 娘
人人去陪妹行娘

ȵi^{54} kiŋ^{54} ȵi^{54} ɕe^{31} zə^{35} tse^{31} çau^{33}
个 跟 个 后 一 起 去
个跟个后一起去

mə^{31} nə^{54} ku^{24} ɕo^{35} lau^{35} zə^{35} ȵi^{54}
不 给 隔 出① 哪 一 人
不给漏掉哪一人

ku^{24} ɕo^{35} zə^{35} ȵi^{54} jou^{33} ȵi^{31} ɕa^{33}
隔 出 一 个 有 人 笑
漏掉一个有人笑

ku^{24} ɕo^{33} zə^{35} ȵi^{54} jou^{33} ȵi^{31} tie^{31}
隔 了 一 个 有 人 弹②
漏了一个有人说

① 隔出：在当地方言中，亲戚因某些情况不再往来，称为“隔”。这里指漏掉，没有疏远之意。

② 弹：评论，指责。

jou^{33} ȵi^{31} tie^{31} la^{33} mə^{33} luo^{54} le^{33}
有 人 弹 我 不 知 礼
有人说我不知礼

mə^{33} pa^{35} təŋ^{31} paŋ^{33} paŋ^{33} ɕiŋ^{31} niaŋ^{31}
不 邀 同 伴 陪 行 娘
不邀同伴陪行娘

ŋu^{54} tɕhəŋ^{31} təŋ^{31} paŋ^{33} tɕhi^{33} tso^{31} ɕo^{35}
我 请 同 伴 趁 早 出
我请同伴趁早出

tɕhi^{33} tso^{31} ɕo^{35} luo^{31} zə^{35} tse^{31} çi^{31}
趁 早 出 来 一 起 行
趁早出来一起走

tɕhi^{33} tso^{31} ɕo^{35} luo^{31} zə^{35} tse^{31} çau^{33}
趁 早 出 来 一 起 去
趁早出来一起去

zə^{35} tse^{31} çau^{33} pəi^{31} məi^{24} ɕiŋ^{31} niaŋ^{31}
一 起 去 陪 妹 行 娘
一起去陪妹行娘

la^{33} kou^{33} fu^{24} tou^{31} əi^{54} jaŋ^{24} tiaŋ^{31}
我 的 话 头① 这 样 讲
我的话儿这样讲

zə^{35} ɕi^{54} pa^{35} paŋ^{33} paŋ^{33} ɕiŋ^{31} niaŋ^{31}
一 心 邀 伴 陪 行 娘
一心邀伴陪行娘

① 话头：所说的话。

tu^{24} ɕaŋ^{33} məŋ^{31} luo^{31} li^{31} zə^{35} vaŋ^{24}
踏 上 门 楼 打 一 望
踏上门楼仔细看

vaŋ^{24} kai^{33} kua^{33} tse^{31} tɕi^{54} tse^{24} pa^{31}
望 见 挂 起 金 字 牌①
看见挂起金牌匾

tɕi^{54} pa^{31} vai^{31} se^{31} tsaŋ^{24} vai^{31} luo^{35}
金 牌 原 是 状 元 得
金匾原是状元得

tsaŋ^{24} vai^{31} vai^{31} se^{31} ɕou^{33} tsa^{31} luo^{31}
状 元 原 是 秀 才 来
状元原是秀才来

ɕou^{33} tsa^{31} mə^{24} taŋ^{33} ki^{33} ɕi^{54} lau^{24}
秀 才 不 断 更 新② 路
秀才不断上进路

kuo^{33} tɕhun^{54} mə^{33} taŋ^{33} məi^{24} ɕiŋ^{31} niaŋ^{31}
贵 村 不 断 妹 行 娘
贵村不变行娘俗

kuo^{33} tɕhun^{54} tsu^{24} tu^{24} faŋ^{54} ɕo^{31} çou^{31}
贵 村 住 宅 风 水 好
贵村住宅风水好

① 金字牌：金漆牌匾。
② 更新：上进。

tia^{31} tia^{31} ta^{24} ta^{24} ɕo^{35} kaŋ^{54} vai^{31}
朝 朝 代 代 出 官 员
朝朝代代出官员

tsa^{33} kaŋ^{54} tsa^{33} fə^{31} vo^{24} pu^{35} ɕiŋ^{33}
坐 官 坐 府 为 百 姓
当官坐府为百姓

təŋ^{31} ji^{54} pu^{35} ɕiŋ^{33} zə^{35} tɕa^{31} ɕi^{54}
同 与 百 姓 一 条 心
同与百姓一条心

tsa^{54} ɕo^{35} ço^{31} jaŋ^{24} ta^{24} tse^{31} liu^{35}
做 出 好 样 大 家 看
做出好样大家看

ȵi^{54} ȵi^{54} ɕaŋ^{54} ɕi^{33} laŋ^{54} kaŋ^{54} ȵi^{31}
个 个 相 信 当 官 人
个个相信当官人

tɕhun^{54} miŋ^{31} ȵi^{54} ȵi^{54} ti^{33} tiaŋ^{31} ço^{31}
村 民 人 人 都 说 好
村民人人都说好

tɕi^{54} tiŋ^{33} ȵi^{31} miŋ^{31} fə^{33} mu^{33} kaŋ^{54}
真 正 人 民 父 母 官
真正人民父母官

zə^{35} tɕhun^{54} ȵi^{54} ȵi^{54} ta^{24} tie^{31} ço^{31}
一 村 个 个 大 家 好
一村个个情义好

ço^{31} ɕaŋ^{33} thiu^{54} thiu^{54} zə^{35} ku^{54} ȵi^{31}
好 像 亲 亲 一 家 人
好像亲亲一家人

ta^{24} tie^{33} ȵi^{54} ȵi^{54} ȵi^{24} tshi^{24} ço^{31}
大 家 人 人 义 气 好
大家人人讲义气

ju^{24} jou^{24} se^{24} tɕiŋ^{31} ȵi^{54} paŋ^{54} ȵi^{54}
若 有 事 情 个 帮 个
若有事相互帮

se^{24} jou^{33} kun^{33} ȵi^{31} mə^{33} ȵi^{24} tɕe^{31}
实 有 困 难 不 要 紧
真有困难不要紧

ta^{24} tsə^{31} tsə^{31} ɕi^{54} lou^{31} fu^{33} luo^{31}
大 家 齐 心 拿 下 来
大家齐心拿下来

ço^{31} se^{24} ȵi^{31} se^{24} ti^{33} zə^{35} jaŋ^{24}
好 事 难 事 都 一 样
好事难事都一样

mə^{33} nəŋ^{54} lau^{24} ȵi^{54} la^{54} fi^{31} ɕi^{54}
不 给 哪 人 多 烦 心
不让哪个多烦心

ȵi^{31} la^{54} tse^{31} ɕi^{54} ləi^{24} liaŋ^{24} tie^{24}
人 多 齐 心 力 量 大
人多心齐力量大

tsa^{33} tie^{24} khun^{33} ȵi^{31} pi^{24} lu^{35} ɕe^{31}
再 大 困 难 办 得 成
困难再大也能成

ku^{54} ku^{54} ȵi^{54} ȵi^{54} ti^{24} se^{24} ɕe^{24}
家 家 个 个 办 事 顺
家家个个办事顺

ka^{24} tse^{31} ȵi^{54} ȵi^{54} ɕaŋ^{54} la^{24} ɕi^{54}
大 家 人 人 欢 乐 心
大家人人心欢乐

ɕaŋ^{24} tɕhun^{54} fu^{33} lie^{31} ȵi^{31} luo^{54} lu^{24}
上 村 下 邻 人 晓 得
上村下邻人晓得

ȵi^{33} vu^{31} kuo^{33} tɕhun^{54} ɕou^{31} tse^{31} ɕi^{54}
人 曰 贵 村 好 齐 心
人说贵村好齐心

fə^{31} tsə^{31} taŋ^{31} tse^{35} və^{31} ku^{33} po^{31}
和 谐 团 结 无 价 宝
和谐团结无价宝

lou^{31} se^{31} ɕaŋ^{31} tɕi^{54} ma^{33} mə^{33} luo^{31}
拿 起 黄 金 买 不 来
拿起黄金买不来

ɕo^{35} məŋ^{31} tu^{24} pai^{31} paŋ^{31} kaŋ^{54} ɕou^{24}
出 门 踏 反 盘 官 石①
出门踏反官铺石

---

① 盘官石：当地有人中进士后，族人门楼前所铺的石板，又叫“官铺石”。

paŋ^{31} kaŋ^{54} ɕou^{24} fu^{33} jou^{33} saŋ^{54} liaŋ^{31}
盘 官 石 下 有 双 龙
官铺石下有双龙

liaŋ^{31} mə^{31} ɕai^{54} ja^{54} ɕo^{31} mə^{31} təŋ^{33}
龙 不 伸 腰 水 不 动
龙不伸腰水不动

məi^{24} mə^{33} ɕo^{35} ku^{33} la^{33} mə^{33} luo^{31}
妹 不 出 嫁 俫 不 来
妹不出嫁我不来

məi^{24} mə^{33} ɕo^{35} kuo^{33} la^{33} mə^{33} luo^{33}
妹 不 出 嫁 我 不 到
妹不出嫁我不到

la^{33} jo^{31} mə^{33} luo^{31} paŋ^{33} ɕiŋ^{31} niaŋ^{31}
俫 也 不 来 伴 行 娘
我也不来伴行娘

liaŋ^{31} nai^{31} tsi^{35} ŋue^{24} məi^{24} ɕo^{35} kuo^{33}
良 年 吉 月 妹 出 嫁
良辰吉日妹出嫁

la^{33} paŋ^{33} ɕiŋ^{31} niaŋ^{31} vo^{24} ləi^{31} tsai^{31}
俫 伴 行 娘 为 值 钱①
我伴行娘有意义

kaŋ^{31} səi^{54} ka^{54} tou^{31} ma^{54} çou^{31} thiəŋ^{33}
广 西 街 头 买 口 镜②
广西街头买面镜

① 值钱：指提高身份、意义（引起男方重视婚姻）。
② 镜：铜镜，可当作锣来用。

$paŋ^{33}$ pai^{54} $ɕi^{54}$ $thəi^{35}$ $paŋ^{33}$ pai^{54} $təŋ^{31}$
半 边 生 铁 半 边 铜
半边生铁半边铜

$ləŋ^{54}$ pai^{54} pou^{31} $thiəŋ^{33}$ $səi^{54}$ pai^{54} $ɕaŋ^{31}$
东 边 打 镜 西 边 响
东边打镜西边响

$məŋ^{31}$ $ɕiŋ^{54}$ $tɕhəŋ^{33}$ $ɕaŋ^{24}$ la^{33} $tɕou^{24}$ luo^{31}
闻 声 听 响 我 又 来
闻声听响我又来

$tɕaŋ^{31}$ $ɕaŋ^{24}$ $tiou^{31}$ $tsha^{33}$ $zə^{24}$ $ɕo^{31}$ $ɕo^{31}$
墙 上 韭 菜 叶 垂 垂
墙上韭菜叶垂垂

$pəi^{33}$ $ɕi^{31}$ $ɕi^{54}$ kuo^{54} $ŋue^{24}$ $ɕo^{35}$ tou^{31}
背 后 山 高 月 出 迟
背后山高月出迟

$pəi^{33}$ $ɕi^{31}$ $ɕi^{54}$ kuo^{54} tiu^{54} lia^{33} $ŋue^{24}$
背 后 山 高 遮 了 月
背后山高遮了月

$ɕi^{54}$ kuo^{54} tiu^{54} $ŋue^{24}$ la^{33} luo^{31} tou^{31}
山 高 遮 月 我 来 迟
山高遮月我来迟

luo^{31} tou^{31} lia^{33}
来 迟 了
来迟了

luo^{31} tou^{31} jou^{24} se^{33} pəi^{31} ɕiŋ^{31} niaŋ^{31}
来 迟 也 是 陪 行 娘
来迟也是陪行娘

tiou^{24} nai^{33} tsau^{33} pai^{31} miu^{31} tɕi^{54} to^{24}
去 年 锄 反 茅 根 地①
去年新锄茅草地

tse^{54} nai^{54} tɕhua^{33} pai^{31} lai^{31} jou^{31} mo^{31}
今 年 开 荒 点 芝 麻
今年开荒点芝麻

çau^{33} ɕi^{31} jou^{31} mo^{31} su^{35} səŋ^{54} tɕe^{31}
去 时 芝 麻 撒 三 盏
去时芝麻撒三盏

kuo^{54} se^{33} jou^{31} mo^{31} ɕou^{54} səŋ^{54} ɕi^{54}
归 时 芝 麻 收 三 升
归时芝麻收三升

səŋ^{54} ɕi^{54} jou^{31} mo^{31} təŋ^{33} ka^{54} so^{35}
三 升 芝 麻 从 街② 撒
三升芝麻沿街撒

so^{35} luo^{33} məŋ^{31} tsai^{31} səŋ^{54} pu^{35} ku^{54}
撒 到 门 前 三 百 家
撒到门前三百家

① 茅根地：长满茅草的荒地。
② 从街：沿街。

$səŋ^{54}$ ku^{54} so^{33} au^{35} la^{33} $mə^{33}$ no^{24}

三 家 四 屋 俫 不 进

三家四屋我不进

la^{33} se^{33} no^{24} kuo^{54} $ɕiŋ^{31}$ nia^{31} ku^{54}

俫 是 进 归 行 娘 家

我是要进行娘家

$zə^{35}$ $saŋ^{54}$ $çau^{31}$ $ɕuəi^{35}$ fu^{54} fu^{33} $liŋ^{33}$

一 双 虎 雪① 飞 下 岭

一双虎雪飞下岭

$zə^{35}$ $ɕo^{35}$ fu^{54} luo^{31} tou^{31} liu^{24} lie^{31}

一 翅 飞 来 投 栎 林②

并翅飞来投社林

$ȵa^{31}$ tu^{33} liu^{24} lie^{31} la^{33} tu^{31} tio^{31}

鸟 投 栎 林 俫 投 主

鸟投社林我投主

$paŋ^{33}$ $məi^{24}$ sai^{54} tu^{31} tio^{31} $ȵi^{31}$ ku^{54}

伴 妹 先 投 主 人 家

伴妹先投主人家

sai^{54} tu^{31} tio^{31} $ȵi^{31}$ $tɕi^{31}$ $mə^{33}$ $tɕi^{31}$

先 投 主 人 准 不 准

问主应允不应允

---

① 虎雪：当地也称“先生鸟”，喜欢雪天出来觅食。

② 栎林：村边及村后的杂树林。一说为“社林”，如村头岗村原在村右山脚有迎寿社，周围古木参天。

$ço^{54}$ $məŋ^{24}$ so^{33} li^{31} $ɕi^{54}$ $mə^{33}$ $ɕi^{54}$
后 问 四 邻 兴 不 兴①
问邻时兴不时兴

so^{33} li^{31} vu^{24} $ɕi^{54}$ la^{33} $tɕou^{24}$ no^{24}
四 邻 曰 兴 我 就 入
四邻说兴我就进

tio^{31} $ȵi^{31}$ $tɕi^{31}$ $tiaŋ^{54}$ $pəi^{31}$ lu^{35} $ɕəŋ^{31}$
主 人 主 张② 陪 得 成
主人张罗就陪得

$zə^{35}$ lai^{31} $zə^{35}$ vu^{35} ve^{31}
一 点 一 画 横③
一点一画横

$çou^{31}$ $ɕa^{31}$ tia^{35} fu^{33} lie^{31}
口 小 脚 下 拦④
口小脚下悬

tsa^{33} pai^{54} $ɕo^{33}$ $ɕi^{54}$ $piŋ^{31}$ pa^{31} $tsə^{33}$
左 边 忄 平 排 站
左边竖心并排站

$mə^{33}$ ka^{54} $tiŋ^{54}$ $təŋ^{33}$ so^{33} $liŋ^{31}$ $ȵi^{31}$
不 该 惊 动 四 邻 人
不该惊动四邻人

---

① 兴：这里意为时兴。问兴不兴，即问是否有这个传统习惯。
② 主张：赞同并张罗。
③ 自此以下六句折“惊”字。
④ 拦：当地瑶语发音与“离”同，意思是悬挂、交接。

tiŋ^{54} təŋ^{33} luo^{33} ȵi^{31} fəŋ^{33} mə^{33} tɕa^{24}
惊 动 老 人 睡 不 着
惊动老人睡不着

tiŋ^{54} təŋ^{33} ɕa^{33} kə^{33} nəi^{24} lia^{33} ɕi^{54}
惊 动 少 的 热 了 心
惊动小孩躁了心

ȵi^{54} ȵi^{54} nəi^{24} ɕi^{54} pa^{35} paŋ^{33} çau^{33}
个 个 热 心 邀 伴 去
个个热心邀伴去

pa^{35} paŋ^{33} çau^{33} pəi^{31} məi^{24} ɕiŋ^{31} niaŋ^{31}
邀 伴 去 陪 妹 行 娘
邀伴去陪妹行娘

ɕo^{33}ɕi^{54} tɕaŋ^{33} te^{54} ɕo^{33} ɕi^{54} ɕai^{31}
忄 像 了 竖 心 形①
竖心旁是竖心形

liŋ^{24} tse^{33} nəŋ^{54} luo^{31} liaŋ^{33} ɕaŋ^{54} lai^{31}
令 字 给 来② 两 相 连
令字并来两相连

ɕo^{33}ɕi^{54} liŋ^{24} tse^{33} saŋ^{54} saŋ^{54} tsə^{33}
忄 令 字 双 双 站
竖心令字双双站

① 自此以下三句拆“怜”字。
② 给来：给予，此处指拼凑、并拢的意思。

ɕaŋ[31] luo[31] mə[33] pəi[31] kai[54] khou[31] lie[31]
想 来 不 陪 见 可 怜①
心想不陪怪可怜

khou[31] lie[31] tɕi[54] khou[31] lie[31]
可 怜 真 可 怜②
可爱真可爱

khou[31] lie[31] kuo[33] ku[54] ɕiŋ[31] niaŋ[31] ȵi[31]
可 怜③ 贵 家 行 娘 人
可爱贵家行娘人

khou[31] lie[31] kuo[33] ku[54] ɕiŋ[31] niaŋ[31] me[24]
可 怜 贵 家 行 娘 妹
可爱贵家行娘妹

khou[31] lie[31] kuo[33] ku[54] çou[31] fu[35] tɕəŋ[31]
可 怜 贵 家 好 客 情④
更喜贵家好客情

piŋ[31] to[24] ɕi[54] tɕi[31] zə[35] lou[54] mau[24]
平 地 生 起 一 蔸⑤ 木⑥
平地生起一棵树

① 可怜：一词多义。此处表示如果行娘无人陪则感到冷清，所以“见可怜”。
②③ 可怜：可爱。
④ 客情：对客人热情有礼，重情重义。
⑤ 蔸：方言，棵。
⑥ 自此以下六句折“来”字（繁体为“來”）。

liaŋ^{33} ȵi^{31} tse^{33} ɕaŋ^{33} mau^{24} ɕaŋ^{24} ȵo^{31}
两 个 站 向 木 上 楺①
两个站到树上踩

liaŋ^{33} ȵi^{31} ȵo^{31} ȵo^{31} ɕo^{31} fu^{33} kø^{31}
两 人 楺 楺 垂 下 枝
两人踩踩枝垂下

çou^{31} vu^{24} mə^{33} luo^{31} ɕi^{54} a^{33} luo^{31}
口 曰 不 来 心 爱 来
口说不来心爱来

çou^{31} vu^{24} mə^{33} luo^{31} ɕi^{54} a^{33} luo^{33}
口 曰 不 来 心 爱 到
口说不来心爱到

ɕi^{54} tiaŋ^{54} a^{33} luo^{31} pəi^{31} ɕiŋ^{31} niaŋ^{31}
心 中 爱 来 陪 行 娘
心中爱来陪行娘

---

① 楺：应为“踩”字，在树枝上踩。也表示长条形柔韧物体受力时上下摇动。

二、进家门歌

题解：歌堂仪式第二部分，歌师班邀伴聚集家门时所唱。

səŋ^{54} tɕhiu^{54} jaŋ^{31} liu^{33} zə^{24} ɕo^{31} ɕo^{31}
三 春 杨 柳 叶 垂 垂
三春杨柳叶垂垂

ȵi^{31} ɕi^{54} tsi^{33} ɕo^{35} se^{33} jaŋ^{24} vo^{31}
人 生 制① 出 是 样 维②
人生世间是这般

lau^{24} zə^{24} se^{54} ɕaŋ^{31} luo^{31} paŋ^{33} me^{33}
哪 日 思 想 来 伴 妹
哪日思想来伴妹

jou^{31} jou^{31} tɕhiu^{54} luo^{33} ta^{24} məŋ^{31} tai^{33}
游 游 划 到 大 门 前
快快划到大门前

tsha^{31} na^{24} luo^{33}
吵 闹 到
吵闹到

① 制：本义为创造、制造，在当地方言中还指创作、编写、制订等。这里指来到世间。

② 样维：这样（指生活规律）。

se^{54} pai^{54} jou^{33} tio^{35} tsha^{31} na^{24} ɕuai^{33}
溪 边 有 艘 吵 闹 船
溪边有船来吵闹

ɕuai^{33} luo^{24} tsə^{24} tou^{31} paŋ^{33} fu^{33} ɕo^{31}
船 到 埠 头 放 下 水①
船到埠头放下桨

mu^{33} luo^{33} məŋ^{31} tsai^{31} ɕai^{31} fu^{33} aŋ^{54}
马 到 门 前 掀 下② 鞍
马到门前卸下鞍

ɕai^{31} fu^{33} mu^{33} aŋ^{54} aŋ^{54} ku^{54} ɕaŋ^{24}
掀 下 马 鞍 安③ 家 上
卸下马鞍放家里

se^{54} sai^{33} ləŋ^{31} tou^{31} kua^{33} piu^{35} ɕaŋ^{54}
丝 线 笼 头 挂 壁 上
络线笼头挂壁上

ləŋ^{31} tou^{31} kua^{33} ɕaŋ^{33} piu^{35} paŋ^{54} ɕaŋ^{24}
笼 头 挂 向 壁 板 上
笼头挂到壁板上

mə^{33} paŋ^{33} ɕiŋ^{31} niaŋ^{31} khaŋ^{33} lau^{35} faŋ^{54}
不 伴 行 娘 看 哪 方④
不伴行娘做什么

① 放下水：抛锚停泊。
② 掀下：卸下。
③ 安：安放。
④ 看哪方：做什么。

如无别班先到，便接着唱《入门歌》：

tɕi⁵⁴ tse⁵⁴ zə³⁵ çou³¹ tɕua²⁴ tiŋ³³ thai⁵⁴
金 鸡 一 口 啄 穿 天①
金鸡一口啄穿天

se³¹ na³¹ au⁵⁴ li³¹ tiu⁵⁴ liaŋ³³ pai⁵⁴
起 朵 乌 云 遮 两 边
起朵乌云遮两边

kou³⁵ tse²⁴ tɕo²⁴ no²⁴ au⁵⁴ li³¹ fo³³
各 字 住 进 乌 云 下
各住进乌云下

se²⁴ ta³³ kuo³³ ku⁵⁴ çou³¹ fu³⁵ tɕəŋ³¹
实 在 贵 家 好 客 情
实在贵家好客情

paŋ³³ niaŋ³¹ nio³³ paŋ³³ səi³³ zə³³ çou³¹
伴 娘 女 伴 心 意 好
伴娘女伴心意好

ȵi⁵⁴ ȵi⁵⁴ çi³³ la³³ no²⁴ tɕhiŋ⁵⁴ tou³¹
人 人 叫 我 入 清 头②
人人叫我入厅堂

tio³¹ ȵi³³ ɕiŋ³³ niaŋ³³ tiaŋ³¹ lu³⁵ çou³¹
主 人 行 娘 讲 得 好
主人行娘讲得好

---

① 本句指宝盖头上的点画。自此以下四句拆“客”字。

② 清头：家中建于天井右侧的会客厅，也指一般厅堂。分上清、下清，兼做书房。“清”是“厅”的音变。

çi^{33} la^{33} tse^{24} tɕiu^{24} no^{24} tɕhiŋ^{54} tou^{33}
喊 倈 自 就① 入 清 头
喊我快快入厅堂

pəi^{24} thio^{33} paŋ^{33} kuo^{33} mou^{35} jaŋ^{31} çou^{31}
别 处 伴 过 没 样 好②
别处伴过虽也好

ȵi^{31} tɕhiŋ^{31} se^{33} kuo^{54} kuo^{33} ku^{54} tɕaŋ^{31}
人 情 是 归③ 贵 家 长
人情却是贵家长

maŋ^{31} təŋ^{31} tse^{24} tɕo^{24} la^{33} tse^{24} tɕo^{24}
芒 筒④ 自 就 倈 自 就
苇秆茎直我直率

la^{33} tɕo^{24} tse^{24} tɕo^{24} no^{24} tɕhiŋ^{54} tou^{31}
我 就 自 就 入 清 头
我就径直入厅堂

pa^{35} tse^{24} phou^{35} tou^{31} la^{33} tɕiu^{24} no^{24}
八 字 盖 头 倈 就 入
八字盖头我就入

tse^{33} ȵi^{31} tiu^{24} tse^{24} la^{33} tɕiu^{24} çie^{31}
彳 亍 字 我 就 行⑤
双人亍字我就行

① 自就：在当地方言中有径直、爽快等含义。

② 没样好：样，这样。没样好，有好的成分，但还不如这样好。

③ 是归：都是。

④ 芒筒：芒苇茎秆。此处用苇秆茎直比喻人言行直率。后文“茅筒”“芒筒”“蒙筒”同。

⑤ 此句拆“行”字。

zə^{24} tse^{24} se^{24} tia^{35} nəŋ^{31} tɕhi^{33} tso^{31}
日 字 十 脚 能 趁 早①
日字十脚能趁早

la^{33} tɕiu^{24} tɕhi^{33} tou^{31} no^{24} tɕhiŋ^{54} tou^{31}
我 就 趁 早 入 清 头
我就趁早入厅堂

zə^{35} liaŋ^{54} ɕəŋ^{31} tse^{31} ɕəŋ^{31} thu^{54} thu^{54}
一 张 红 纸 红 滔 滔②
一张红纸红彤彤

tiaŋ^{54} jaŋ^{54} tse^{33} vu^{35} khaŋ^{31} miŋ^{31} tɕhu^{54}
中 央 直 画 孔 明 车
中央直画孔明车

tɕhu^{54} tse^{24} tiou^{31} nio^{33} ɕəŋ^{31} lai^{31} tse^{24}
车 字 走 尔③ 成 连 字
车字走之成连字

lai^{31} pai^{24} lai^{31} ɕəŋ^{31} no^{24} tɕhiŋ^{54} tou^{31}
连 便 连 成 入 清 头
连便连成入厅堂

pu^{54} tsha^{33} ça^{31} zə^{35} lai^{31} kiŋ^{54} tshe^{35}
波 菜 好 吃 连 根 吃
菠菜好吃连根吃

① 此句折“早”字。

② 红滔滔：方言，形容红色很深很纯。自此以下四句折“连”字。

③ 走尔：又作“走耳”，即走之，即“连”字的底部偏旁。当地方言将“延”“建”等字底部偏旁也称作“走尔”“走耳”。

fu^{54} kiŋ^{54} ɕaŋ^{33} ɕo^{31} vi^{54} la^{54} luo^{31}
虾 公 上 水 万 路 来①
虾公上水万路来

fu^{54} kiŋ^{54} ɕaŋ^{33} ɕo^{31} vi^{24} lau^{24} ɕaŋ^{33}
虾 公 上 水 万 路 上
虾公上水万路上

vi^{24} vi^{24} lau^{24} lau^{24} no^{24} tɕiəŋ^{54} tou^{31}
万 万 路 路 入 清 头
万万路路入厅堂

tsa^{33} tia^{35} tu^{24} ɕaŋ^{33} liaŋ^{31} məŋ^{31} tɕe^{33}
左 脚 踏 上 龙 门 坎②
左脚踏上龙门槛

jou^{24} tia^{35} tu^{24} no^{24} me^{24} tɕhiŋ^{54} tou^{31}
右 脚 踏 入 妹 清 头
右脚踏入妹厅堂

tu^{24} no^{24} tɕiəŋ^{54} tou^{31} li^{31} zə^{35} vaŋ^{24}
踏 入 清 头 打 一 望
踏入厅堂抬头望

vaŋ^{24} kai^{33} tɕi^{54} paŋ^{31} kua^{33} liaŋ^{33} ɕaŋ^{31}
望 见 金 榜 挂 两 行
望见金榜挂两行

① 虾公：虾。万路：即千万条路，后文“万万路路”重叠使用。此句比喻来客较多，从四面八方的远近村庄聚集而来，也作“虾蚣”。

② 龙门坎：具有一定身份人家的门槛。

tsaŋ^{24} vai^{31} sai^{54} ɕi^{54} ɕu^{31} luo^{54} çou^{31}
状 元 先 生 写 得 好
状元先生写得好

tɕuai^{31} tɕi^{54} thəi^{35} tɕi^{31} maŋ^{33} tɕhiŋ^{54} kaŋ^{54}
全 金 贴 起① 满 清 光②
全金贴起耀光芒

tu^{24} no^{24} tɕhiŋ^{54} tou^{31} vaŋ^{24} kuo^{54} vaŋ^{24}
踏 入 清 头 望 回③ 望
踏入厅堂再一望

vaŋ^{24} kai^{33} khaŋ^{31} fuə^{54} tsa^{33} tɕhiŋ^{54} tou^{31}
望 见 孔 夫④ 在 清 头
望见厅堂孔子像

khaŋ^{31} fuə^{54} tɕhiŋ^{54} tou^{31} luo^{54} le^{33} mau^{24}
孔 夫 清 头 知 礼 貌
孔子殿堂多礼仪

se^{33} la^{33} mə^{33} luo^{54} le^{33} mau^{24} çie^{31}
是 我 不 知 礼 貌 行
是我不知礼仪行

ȵi^{31} tsho^{33} ləi^{31} tou^{31} la^{33} tio^{33} thio^{31}
人 造 犁 头⑤ 我 嘴 丑
人造犁头我嘴笨

---

① 贴起：指烫金。
② 清光：耀眼的金光。
③ 回：再一次。
④ 孔夫：孔子，这里指孔子画像。
⑤ 犁头：农具，性脆且钝，此处比喻人性格木讷。

se^{33} la^{33} tio^{33} thio^{31} mo^{35} məŋ^{24} ȵi^{31}
是 我 嘴 丑 没 问 人
是我嘴笨没问人

ɕaŋ^{24} au^{54} mo^{35} məŋ^{24} ta^{24} kuo^{54} so^{31}
上 屋① 没 问 大 哥 嫂
上屋没问大哥嫂

fu^{33} au^{35} mo^{35} məŋ^{24} ɕou^{24} məŋ^{31} niaŋ^{31}
下 屋 没 问 叔 母 娘
下屋没问叔母娘

ɕaŋ^{24} au^{54} jou^{24} jou^{33} ɕou^{24} ɕo^{54} tse^{31}
上 屋 也 有 识 书 子
上屋也有读书子

fu^{33} au^{35} jou^{24} jou^{33} miŋ^{31} luo^{33} ȵi^{31}
下 屋 又 有 明 理 人
下屋还有明理人

ɕou^{35} ɕo^{54} ɕiŋ^{31} luo^{33} luo^{54} le^{33} mau^{24}
识 书 醒 理 知 礼 貌
知书识理懂礼貌

se^{33} la^{33} mə^{33} luo^{54} le^{33} mau^{24} çie^{31}
是 倈 不 知 礼 貌 行
是我不知礼仪行

① 上屋：农村建筑一般为三间两进一院格式，正屋由老人居住，左右厢房由子女居住，以右为尊，上屋即右屋（通常由长子居住），下屋即左屋。

ɕou^{35} ɕo^{54} ɕiŋ^{31} luo^{33} la^{33} mo^{35} məŋ^{24}
识 书 省 理 我 没 问
知书识理我没问

la^{33} tɕiu^{24} tɕi^{31} maŋ^{31} luo^{24} tə^{54} luo^{33}
我 就 急 忙 进 了 来
我就急忙进了来

zə^{35} taŋ^{31} fuə^{31} tshe^{33} tse^{31} ɕiŋ^{54} ɕuai^{31}
一 堂 和 气 子 孙 贤
一堂和气子孙贤

çou^{31} nai^{24} tɕi^{54} tiai^{54} ɕo^{35} ɕa^{33} vai^{31}
口 念 真 经 出 少 元①
口念真经出状元

tai^{31} tiaŋ^{54} tɕi^{33} piou^{35} tse^{31} tiŋ^{54} ɕou^{24}
田 中 种 竹 几 京② 树
田园种竹又种树

fə^{33} kuo^{33} jiŋ^{31} fu^{54} vi^{24} vi^{24} nai^{33}
富 贵 荣 华 万 万 年
富贵荣华万万年

tɕhəŋ^{54} tou^{31} ȵi^{31} la^{54} fu^{35} tɕiəŋ^{31} ho^{31}
清 头 人 多 客 情 好
厅堂人多客情好

① 少元：少年状元。
② 京：丛，棵。一般用作大的竹子或树木的量词。

tio33 tio33 hi33 la33 tsa33 fu33 vo31
句 句 喊 俫 坐 下 围①
句句喊我坐相邻

ji54 tse24 tɕaŋ33 tə54 ji54 tse24 ɕai31
尹 字 像 了 尹 字 形②
尹字像了尹字形

ho31 tse35 nəŋ54 luo31 tia24 fu33 vai31
口 字 给 来 脚 下 元③
口字拿来脚下悬

ji54 tse24 tsa33 tou31 ho31 tsa33 tia35
尹 字 在 头 口 在 脚
尹字在头口在脚

tɕhəŋ54 tou31 ȵi31 la54 mə33 pəi35 tɕi54
清 头 人 多 不 必 君④
人多不必论主次

mə33 pəi35 tɕi54 la33 tsəi31 tsa33 fu33
不 必 劝 俫 齐 坐 下
不必劝我齐坐下

ȵi54 ȵi54 tsa33 fu33 paŋ33 ɕiŋ31 niaŋ31
人 人 坐 下 伴 行 娘
人人坐下伴行娘

---

① 坐下围：围拢坐下。
② 自此以下四句拆“君”字。
③ 元：悬。
④ 不必君：免去常规礼仪，不论主次。

piou^{35} zə^{24} tɕaŋ^{31} tɕaŋ^{31} tsho^{31} zə^{24} tɕhəŋ^{54}
竹 叶 长 长 草 叶 青
竹叶长长草叶青

po^{31} pa^{31} piou^{35} zə^{24} so^{33} fu^{33} tɕhəŋ^{54}
扯 枝 竹 叶 扫 下 清
扯枝竹叶扫下厅

so^{33} fu^{33} ɕaŋ^{24} tɕhəŋ^{54} ɕo^{54} faŋ^{31} au^{35}
扫 净 上 清 书 房 屋
扫净上厅书房屋

so^{33} tɕiəŋ^{24} fu^{33} tɕhəŋ^{54} tau^{24} ɕo^{54} faŋ^{31}
扫 净 下 清 读 书 房
扫净下厅读书房

so^{33} tɕiəŋ^{24} tɕhəŋ^{54} tou^{31} liŋ^{31} luo^{24} tsa^{33}
扫 净 清 头 干 净 坐
扫净厅堂干净坐

liŋ^{31} luo^{24} tsa^{33} fu^{33} paŋ^{33} ɕiŋ^{31} niaŋ^{31}
干 净 坐 下 伴 行 娘
干净坐下伴行娘

zə^{35} tou^{31} tɕi^{54} tse^{54} fu^{54} ɕaŋ^{33} thai^{54}
一 只 金 鸡 飞 上 天①
一只金鸡飞上天

lou^{31} ɕo^{31} ləŋ^{33} məŋ^{33} liaŋ^{33} kəi^{24} nio^{31}
挑 水 扁 担 两 边 楺
挑水扁担两边沉

① 自此以下四句折“安”字。

ku54 ȵi31 mo33 nio33 hau33 lou31 ɕo31
佳 人① 美 女 去 挑 水
人家美女去挑水

luo33 paŋ33 ɕiŋ31 niaŋ31 aŋ54 fu33 ɕi54
来 伴 行 娘 安 下 身
来伴行娘安下身

aŋ54 fu33 zə35 ɕi54 tsəi31 tsa33 fu33
安 下 一 身 齐 坐 下
安下一身齐坐下

tsəi31 tsəi31 tsa33 fu33 paŋ33 ɕiŋ31 niaŋ31
齐 齐 坐 下 伴 行 娘
齐齐坐下伴行娘

liaŋ33 ȵi31 vəŋ31 və33 hau33 no24 tiŋ54
两 人 文 武 去 入 京②
文武两人去上京

tɕou24 ta33 haŋ31 thau31 po33 haŋ24 əŋ54
住 在 皇 土 报 皇 恩
住在皇土报皇恩

liaŋ33 ȵi31 ɕaŋ31 ɕaŋ31 tia35 tu24 thau31
两 人 常 常 脚 踏 土
两人双双脚踏土

luo33 paŋ33 ɕiŋ31 niaŋ31 tsa33 fu24 vo31
来 伴 行 娘 坐 下 围
来伴行娘坐相邻

① 佳人：溜喉歌中也解作“人家”。

② 入京：上京。元明时期，当地瑶族参加科举，出现不少文武进士。

tsha^{35} tai^{31} nia^{35} kau^{35} ȵi^{31} si^{35} so^{35}
插 田 打 谷 人 休 息
插田打谷人休息

la^{33} paŋ^{33} ɕiŋ^{31} niaŋ^{31} tho^{31} fu^{33} ɕəŋ^{54}
俫 伴 行 娘 休 下 声①
我伴行娘歇下声

tho^{31} fu^{33} kø^{54} ɕəŋ^{54} tsəi^{31} tsa^{33} fu^{33}
休 下 歌 声 齐 坐 下
歇下歌声齐坐下

tsaŋ^{31} se^{33} tɕio^{33} kuo^{33} ɕiŋ^{31} niaŋ^{31} ku^{54}
总 是 俱 过 行 娘 家
总是烦扰行娘家

la^{33} tsa^{33} tɕhəŋ^{54} tou^{31} lu^{35} tɕhiəŋ^{33} tɕe^{31}
俫 在 清 头 得 听 见
我在厅堂得听见

tɕhiəŋ^{33} kai^{33} təŋ^{31} paŋ^{33} luo^{33} tə^{54} luo^{33}
听 见 同 伴 到 了 来
听见同伴到了来

təŋ^{31} paŋ^{33} luo^{33} luo^{33} tɕhəŋ^{31} no^{24} au^{35}
同 伴 到 来 请 入 屋
同伴到来请入屋

① 休下声："休"应为"肃"，即歌声停下，场面肃静。与后文"安肃"（安抚，使肃静）的"肃"意同。

tɕhəŋ^{31} no^{24} tɕhəŋ^{54} tou^{31} paŋ^{33} ɕiŋ^{31} niaŋ^{31}
请 进 清 头 伴 行 娘
请进堂屋伴行娘

liŋ^{33} ɕaŋ^{24} thai^{54} ŋa^{31} lou^{24} tə^{54} kuə^{35}
岭 上 天 鹅 漏 了 甲①
岭上天鹅失了群

thi^{54} jo^{24} paŋ^{33} me^{24} lou^{24} tə^{54} saŋ^{54}
今 夜 伴 妹 漏 了 双
今夜伴妹漏了双

lou^{24} tə^{54} zə^{35} saŋ^{54} ŋu^{33} təŋ^{31} paŋ^{33}
漏 了 一 双 我 同 伴
漏了一双我同伴

lou^{24} tə^{54} no^{24} saŋ^{54} təŋ^{31} paŋ^{33} ȵi^{31}
漏 了 两 双 同 伴 人
漏了两双同伴人

sai^{54} tsai^{31} ɕo^{35} məŋ^{31} mo^{33} pa^{35} paŋ^{33}
先 前 出 门 没 邀 伴
先前出门没邀伴

mo^{33} luo^{35} pa^{35} paŋ^{35} la^{31} lau^{24} luo^{31}
没 有 邀 伴 俫 先 来
没有邀伴我先来

① 甲：群。

piou^{35} ɕaŋ^{24} tsha^{35} luo^{54} vaŋ^{24} mə^{33} kua^{33}
壁 上 插 刀① 望 不 怪②
壁上插刀不用挂

vaŋ^{24} paŋ^{33} mə^{33} kua^{33} la^{33} nəŋ^{31} saŋ^{54}
望 伴 不 怪 俫 男③ 双
望伴不怪我们俩

mə^{33} kua^{33} la^{33} nəŋ^{31} sai^{54} nuo^{24} luo^{33}
不 怪 我 们 先 入 到
不怪我们先来到

mə^{33} kua^{33} la^{33} nəŋ^{31} tɕhuai^{31} tə^{54} tiaŋ^{31}
不 怪 我 们 取 了 强④
不怪我们抢了先

ȵi^{31} kə^{33} tɕhuai^{31} tiaŋ^{31} tɕhuai^{31} ɕo^{35} ɕo^{31}
人 家 取 强 取 出 手⑤
人家抢先为排场

se^{33} la^{33} tɕhuai^{31} tiaŋ^{31} paŋ^{33} ɕiŋ^{31} niaŋ^{31}
是 我 取 强 伴 行 娘
是我抢先伴行娘

tse^{31} vaŋ^{24} təŋ^{31} paŋ^{33} mə^{33} tse^{33} kua^{33}
只 望 同 伴 不 记 怪
只望同伴不怪罪

---

① 插刀：把刀插入刀鞘。

② 不怪：本句中谐音“不挂”。

③ 俫男：男称我们。

④ 取了强：抢了先。

⑤ 出手：即排场、表现。

vaŋ[24] paŋ[33] tse[24] tɕou[24] no[24] tɕhəŋ[54] tou[31]
望 伴 自 就 入 清 头
望伴径直入厅堂

zə[31] tɕi[54] ləŋ[54] thai[54] thai[54] jou[24] liŋ[33]
如 今 冬 天 天 又 冷
如今冬天天又冷

mə[33] nəŋ[54] məŋ[31] tsai[31] ɕou[33] səi[54] haŋ[31]
不 给 门 前 受 西 寒①
不要门前受风寒

pəŋ[54] thio[54] mou[33] luo[35] tɕaŋ[31] luo[31] le[31]
风 吹 没 得 墙 来 挡
风吹没有墙来挡

la[24] hau[33] au[35] ɕe[31] mə[33] ho[31] tiu[54]
落 雨 屋 檐 不 好 遮
下雨屋檐不好遮

au[24] ɕe[31] tiu[54] kuo[54] au[24] ɕe[31] fo[33]
屋 檐 遮 归② 屋 檐 下
屋檐只遮屋檐下

tiu[54] mo[35] luo[54] ɕi[54] təŋ[31] paŋ[33] ȵi[31]
遮③ 不 知 心 同 伴 人
知不知心同伴人

---

① 西寒：西风寒气。

② 遮归：归，回。遮归，遮回。因为屋檐遮挡的范围局限在屋檐下，所以这里指的是“只遮”的意思。

③ 遮：在当地方言中，“遮”为多音字，此处与“知”谐音。

məŋ^{31} tsai^{31} le^{33} mau^{24} mə^{33} la^{54} tiaŋ^{31}

门 前 礼 貌 不 多 讲

门前礼貌不多讲

ȵi^{54} ȵi^{54} se^{33} kuo^{54} ɕou^{24} se^{24} ȵe^{31}

个 个 是 归 熟 悉 人

个个都是熟悉人

la^{33} tsa^{33} tɕhəŋ^{54} tou^{31} niai^{31} zə^{35} niai^{31}

俫 在 清 头 言 一 言

我在厅堂道一言

tɕhəŋ^{54} tse^{24} nəŋ^{54} luo^{31} liaŋ^{33} ɕaŋ^{54} lai^{31}

青 字 给 来 两 相 连①

青字并来两相连

niai^{31} ji^{54} tɕhəŋ^{54} tse^{24} saŋ^{54} saŋ^{54} tsə^{33}

言 与 青 字 双 双 站

言字青字双双站

tshu^{35} tse^{24} thiaŋ^{33} to^{31} tɕhəŋ^{31} paŋ^{33} nəŋ^{31}

拆 字 唱 条② 请 伴 男③

拆字唱歌请同伴

tshu^{35} tse^{24} thiaŋ^{33} to^{31} hau^{33} tɕhəŋ^{31} paŋ^{33}

拆 字 唱 条 去 请 伴

拆字唱歌去请伴

---

① 自此以下四句拆“请”字（繁体为“請”）。

② 条：歌谣量词，支、首。另，在当地方言中，“头”这一量词使用较为广泛，可用作飞禽走兽等的量词，歌谣有时间延续性并有首有尾，所以“头”也可以用作歌谣的量词。

③ 伴男：同伴。

tɕhəŋ^{31} paŋ^{33} tse^{24} tɕou^{24} no^{24} tɕhəŋ^{54} tou^{31}
请 伴 自 就 入 清 头
请伴径直进厅堂

la^{33} ke^{33} fu^{24} po^{24} ə^{54} jaŋ^{24} tiaŋ^{31}
俫 的 话 篦① 这 样 讲
我的话儿这样讲

səŋ^{54} niai^{31} liaŋ^{33} tio^{33} tsəi^{35} paŋ^{33} nəŋ^{31}
三 言 两 句 接 伴 男
三言两句接同伴

tiaŋ^{31} fu^{24} mə^{33} tɕa^{24} nəŋ^{31} tiaŋ^{31} kuo^{33}
讲 话 不 对 能 讲 过
讲话不对能讲过

tsəi^{35} paŋ^{33} mə^{33} tɕa^{24} ɕaŋ^{54} kuo^{33} liaŋ^{31}
接 伴 不 对 商 过 量
接伴不对再商量

hau^{31} tshə^{35} pai^{54} luo^{31} tɕa^{24} mə^{33} tɕa^{24}
口 吃 边 梨② 嚼 不 嚼③
口吃槟榔嚼不嚼

tsə^{31} ɕaŋ^{24} fu^{24} fu^{54} kua^{54} mə^{33} kua^{54}
纸 上 画 花 乖 不 乖④
纸上画花美不美

---

① 话篦：话儿，指经过思考、分析和梳理之后的话语。后文“话鼻”“话毕”与此同。

② 边梨：槟榔。东南沿海一种常见的水果，有奇香，耐嚼。能提神，能醒酒。

③ 嚼不嚼：谐音“对不对”。

④ 乖不乖：方言，意为美不美。谐音“怪不怪”。

fu^{24} fu^{54} mə^{33} kua^{54} tsa^{33} tɕhəŋ^{31} tɕaŋ^{24}
画 花 不 乖 再 请 匠
画花不美再请匠

tsəi^{35} paŋ^{33} mə^{33} tɕa^{24} tsa^{33} ɕaŋ^{54} liaŋ^{31}
接 伴 不 对 再 商 量
接伴不对再商量

piu^{35} ɕaŋ^{24} tsha^{35} tɕi^{54} tɕi^{54} tsha^{35} tɕi^{54}
壁 上 插 针① 真 插 针
壁上插针真插针

luo^{54} ɕi^{54} təŋ^{31} paŋ^{33} ho^{31} səi^{33} ɕi^{54}
知 心 同 伴 好 细 心
知心同伴好细心

luo^{54} ɕi^{54} təŋ^{31} paŋ^{33} səi^{33} ɕi^{54} ho^{31}
知 心 同 伴 细 心 好
知心同伴细心好

səi^{33} ɕi^{54} zə^{33} ho^{31} tsəi^{35} la^{33} nəŋ^{31}
细 心 意 好 接 倈 男
细心好意接我们

səi^{33} ɕi^{54} zə^{33} ho^{31} luo^{31} tsəi^{35} la^{33}
细 心 意 好 来 接 倈
细心好意来接我

mə^{33} se^{33} luo^{54} ɕi^{54} mə^{33} tsəi^{35} nəŋ^{31}
不 是 知 心 不 接 侬
不是知心不接我

① 针：方言谐音“真”，受现代汉语普通话影响，也用来谐音“知”。

luo^{24} ɕu^{31} se^{54} ɕo^{54} so^{33} thio^{33} tsə^{33}
立 写 诗 书 四 处 站
立写诗书四处站

ta^{24} mau^{24} ɕou^{24} tia^{35} ho^{31} tɕho^{54} liaŋ^{31}
大 木 树 下 好 吹 凉
大树底下好乘凉

kai^{33} tɕi^{33} ȵi^{31} ho^{31} se^{33} paŋ^{33} ho^{31}
见 尽 人 好① 是 伴 好
所见人情是伴好

tɕhiu^{54} a^{33} təŋ^{31} paŋ^{33} tsəi^{35} la^{33} nəŋ^{31}
亲 爱 同 伴 接 俫 男
亲爱同伴接我们

tsə^{33} ȵi^{31} tɕaŋ^{33} tə^{54} tsə^{33} ȵi^{31} ɕai^{31}
亻 像 了 单 人 形②
单人像了单人形

tɕio^{33} tse^{24} nəŋ^{54} luo^{31} liaŋ^{33} ɕaŋ^{54} lai^{31}
具 字 给 来 两 相 连
具字并来两相连

tsə^{33} ȵi^{31} tɕio^{33} tse^{24} saŋ^{54} saŋ^{54} tsə^{33}
亻 具 字 双 双 站
单人具字双双站

tɕio^{33} kuo^{33} luo^{54} ɕi^{54} tsəi^{35} la^{33} nəŋ^{31}
俱 过 知 心 接 我 们
赘烦知心接我们

① 人好：这里指人情礼仪方面做得较好，不侧重人心善恶的区分。
② 自此以下四句拆“俱”字。

se^{24} tsa^{33} luo^{54} ɕi^{54} ȵi^{31} se^{24} ho^{31}
实 在 知 心 人 事 好
实在知心人事好

fu^{35} tɕiəŋ^{31} ho^{31} fu^{24} tiaŋ^{31} ɕo^{35} luo^{33}
客 气 好 话 讲 出 来
客气好话讲出来

tiaŋ^{31} ɕo^{35} luo^{54} ɕi^{54} sai^{54} lau^{24} luo^{33}
讲 出 知 心 先 路 到
讲出知心先来到

mo^{33} lu^{35} pa^{35} paŋ^{33} sai^{54} lau^{24} luo^{33}
没 有 邀 伴 先 路① 来
没有邀伴先进来

liŋ^{33} ɕaŋ^{24} thai^{54} ŋa^{31} mo^{33} lu^{24} kuə^{35}
岭 上 天 鹅 没 漏 甲
岭上天鹅没失群

tɕi^{54} jo^{24} paŋ^{33} me^{24} mo^{33} lu^{24} saŋ^{54}
今 夜 伴 妹 没 漏 双
今夜伴妹没漏双

lu^{24} tə^{54} zə^{35} saŋ^{54} təi^{24} kuo^{54} tɕa^{24}
漏 了 一 双 寻 回 着
漏了一双找回来

lu^{24} tə^{54} no^{24} saŋ^{54} təi^{24} kuo^{54} luo^{31}
漏 了 两 双 寻 归 来
漏了两双寻回来

① 先路：在前一时间上路，所以先到来。

çi^{31} çi^{31} təi^{24} kuo^{54} çi^{31} çi^{31} paŋ^{33}
行 行 找 归 行 行 伴
行行找归行行伴

luo^{54} ɕi^{54} təi^{24} kuo^{54} luo^{54} ɕi^{54} ȵi^{31}
知 心 寻 归 知 心 人
知心寻回知心人

luo^{54} ɕi^{54} təi^{24} kuo^{54} luo^{54} ɕi^{54} paŋ^{33}
知 心 寻 归 知 心 伴
知心寻回知心伴

təi^{24} kuo^{54} luo^{54} ɕi^{54} paŋ^{33} ɕiŋ^{31} niaŋ^{31}
寻 归 知 心 伴 行 娘
相寻知心伴行娘

təŋ^{31} paŋ^{33} fu^{35} tshə^{33} tiaŋ^{31} lu^{35} ho^{31}
同 伴 客 气 讲 得 好
同伴客气讲得好

mo^{33} paŋ^{35} la^{33} nəŋ^{31} sai^{54} lau^{24} luo^{33}
没 邀 俫 男 先 路 来
没邀我们先路来

ɕu^{24} pi^{31} tɕhuəi^{33} ka^{54} ka^{54} jou^{24} tse^{33}
石 板 砌 街 街 又 齐
石板砌街街又齐

zə^{35} tɕi^{31} ɕu^{24} pi^{31} zə^{35} tɕi^{31} nə^{31}
一 层 石 板 一 层 泥
一层石板一层泥

nə^{31} ji^{54} ɕu^{24} pi^{31} mə^{33} tiaŋ^{24} ɕəŋ^{33}
泥 与 石 板 不 共 姓①
泥与石板不共姓

la^{33} ji^{54} təŋ^{31} paŋ^{33} mə^{33} tiaŋ^{24} tɕhun^{54}
我 与 同 伴 不 共 村
我与同伴不同村

mə^{33} se^{33} tiaŋ^{24} tɕhun^{54} mə^{33} ho^{31} pa^{35}
不 是 共 村 不 好 邀
不是共村不好邀

tsaŋ^{31} ȵi^{24} hou^{33} pi^{54} sai^{54} lau^{24} luo^{31}
总 要 有 班 先 路 来
总要有班先路来

sai^{54} lau^{24} la^{24} le^{31} ti^{33} zə^{35} jaŋ^{24}
先 路 落 后 都 一 样
先来后到都一样

ȵi^{54} kəŋ^{54} ȵi^{54} ɕi^{31} luo^{33} tə^{54} luo^{33}
个 跟 个 腚② 到 了 来
个跟个后到了来

pu^{24} maŋ^{31} maŋ^{31}
白 芒 芒③
白茫茫

---

① 此处使用拟人手法。

② 腚：臀部。个跟个腚，即一个跟在一个后面。

③ 这是广为流传的溜喉歌邀歌发语词。当地方言称芦苇为“芒”，“白芒芒”意为“芦苇花，白茫茫”。

lau^{24} tsəŋ^{31} tiaŋ^{31} ɕo^{35} tɕhuai^{31} tə^{54} tiaŋ^{31}
哪 曾 讲 着 取 了 强
哪曾讲着抢了先

tɕhuai^{31} tiaŋ^{31} liaŋ^{33} tse^{24} tɕuai^{31} mə^{33} tiaŋ^{31}
取 强 两 字 全 不 讲
抢先两字全不讲

tsaŋ^{31} se^{33} tiaŋ^{31} kuo^{54} ho^{31} mə^{33} vai^{31}
总 是 讲 归 好 不 完
总之要讲情意浓

ȵi^{31} ho^{31} se^{33} kuo^{54} luo^{54} ɕi^{54} ho^{31}
人 好 是 归 知 心 好
情义总归知心好

tio^{33} tio^{33} tiaŋ^{31} ɕo^{35} the^{31} həŋ^{24} nəŋ^{31}
句 句 讲 出 体 惜① 男
句句讲出体贴我

tiou^{24} nai^{31} ma^{33} te^{54} liou^{31} luo^{31} mo^{33}
去 年 买 了 琉 璃 瓦
去年买了琉璃瓦

tse^{54} nai^{54} ma^{33} tɕuai^{54} se^{31} kuo^{54} luo^{31}
今 年 买 砖 起 高 楼
今年买砖起高楼

ɕi^{54} se^{31} kuo^{54} luo^{31} ɕo^{31} nə^{31} ka^{33}
新 起 高 楼 水 泥 灌②
新起高楼水泥筑

---

① 体惜：怜惜，爱惜。
② 灌：灌筑。在当地方言中，指用钢筋水泥建造房子。

tɕhiu^{54} ɕo^{35} ŋou^{31} tia^{35} mai^{33} la^{54} tɕaŋ^{31}
伸 出 牛 腿① 米 多 长
伸出斗拱一米长

ɕi^{54} tɕhuəi^{33} tia^{33} tɕaŋ^{31} liou^{31} mu^{33} ka^{33}
新 砌 照 墙② 琉 瓦 盖
新砌影壁琉瓦盖

tɕhiu^{54} ɕo^{35} ju^{24} jou^{33} səŋ^{54} thiu^{35} tɕaŋ^{31}
伸 出 也 有 三 尺 长
伸出也有三尺长

pəŋ^{54} thio^{54} ju^{24} jou^{33} tɕaŋ^{31} luo^{31} le^{31}
风 吹 也 有 墙 来 挡
风吹也有墙来挡

la^{24} hau^{33} ju^{24} jou^{33} kuo^{54} luo^{31} tiu^{54}
落 雨 又 有 高 楼 遮
下雨又有高楼遮

ju^{24} jou^{33} kuo^{54} luo^{31} tiu^{54} ka^{33} la^{33}
也 有 高 楼 遮 住 俫
也有高楼遮住我

ju^{24} jou^{33} luo^{54} ɕi^{54} tiu^{54} ka^{33} nəŋ^{31}
又 有 知 心 遮 盖③ 男
还有知心照顾我

---

① 牛腿：建筑中位于梁柱之间的三角形构件，起支撑作用或减少承重的作用。
② 照墙：马头墙或影壁。
③ 遮盖：照顾。

khəŋ35 tɕi54 thai54 tshe33 ju24 mə33 liŋ33
现 在 天 气 也 不 冷
现在天气也不冷

la33 ju24 mo33 lu35 ɕou33 səi54 haŋ31
俫 也 没 有 受 西 寒
我也没有受风寒

la33 tɕou24 ji33 kuo54 luo54 ɕi54 tiaŋ31
俫 就 依 归 知 心 讲
我就依着知心讲

ɕi33 kuo54 luo54 ɕi54 fəŋ54 fə33 nəŋ31
信 归 知 心 吩 咐 男
相信知心吩咐男

maŋ31 təŋ31 tse24 tɕiou24 la33 tse24 tɕou24
芒 筒 自 就 俫 自 就
苇秆茎直我直率

la33 tɕou24 tse24 tɕou24 no24 tɕhəŋ54 tou31
我 就 自 就 入 清 头
我就径直入厅堂

tu24 luo33 ta24 məŋ31 la33 tɕou24 no24
达 到 大 门 俫 就 进
来到大门我就进

la33 tɕou24 no24 au35 paŋ33 ɕiŋ31 niaŋ31
我 就 进 屋 伴 行 娘
我就进屋伴行娘

zə^{35} liaŋ^{54} həŋ^{31} tse^{31} həŋ^{31} thu^{54} thu^{54}
一 张 红 纸 红 滔 滔
一张红纸红彤彤

tiaŋ^{54} jaŋ^{54} tse^{33} vu^{35} khaŋ^{31} miŋ^{31} tɕhu^{54}
中 央 直 画 孔 明 车
中央直画孔明车

tɕhu^{54} tse^{24} tiou^{31} nio^{33} ɕəŋ^{31} lai^{31} tse^{24}
车 字 走 尔 成 连 字
车字走之成连字

lai^{31} pai^{24} lai^{31} ɕəŋ^{31} no^{24} tɕhəŋ^{54} tou^{31}
连 便 连 成 入 清 头
连便连成入厅堂

pu^{54} tsha^{33} ha^{31} zə^{35} lai^{31} kiŋ^{54} tshe^{35}
波 菜 好 吃 连 根 吃
菠菜好吃连根吃

fu^{54} kiŋ^{54} ɕaŋ^{33} ɕo^{31} vi^{54} la^{54} luo^{31}
虾 公 上 水 万 路 来
虾公上水万路来

fu^{54} kiŋ^{54} ɕaŋ^{33} ɕo^{31} vi^{24} lau^{24} ɕaŋ^{33}
虾 公 上 水 万 路 上
虾公上水万路上

vi^{24} vi^{24} lau^{31} lau^{31} no^{24} tɕhəŋ^{54} tou^{31}
万 万 路 路 入 清 头
万万路路入厅堂

tsa^{33} tia^{35} tu^{24} ɕaŋ^{33} liaŋ^{31} məŋ^{31} tɕe^{33}

左 脚 踏 上 龙 门 坎

左脚踏上龙门槛

jou^{24} tia^{35} tu^{24} no^{24} me^{24} tɕhəŋ^{54} tou^{31}

右 脚 踏 入 妹 清 头

右脚踏入妹厅堂

tu^{24} no^{24} tɕhəŋ^{54} tou^{31} li^{31} zə^{35} vaŋ^{24}

踏 入 清 头 打 一 望

踏入厅堂抬头看

vaŋ^{24} kai^{33} tɕi^{54} paŋ^{31} kua^{33} liaŋ^{33} haŋ^{31}

望 见 金 榜 挂 两 行

看见金榜挂两行

tsaŋ^{24} vai^{31} sai^{54} ɕi^{54} ɕu^{31} luo^{54} ho^{31}

状 元 先 生 写 得 好

状元先生写得好

tɕuai^{31} tɕi^{54} thəi^{35} tɕi^{31} maŋ^{33} tɕhəŋ^{54} kaŋ^{54}

全 金 贴 起 满 清 光

全金贴起耀光芒

tu^{24} no^{24} tɕhəŋ^{54} tou^{31} vaŋ^{24} kuo^{54} vaŋ^{24}

踏 入 清 头 望 回 望

踏入厅堂再一看

vaŋ^{24} kai^{33} khaŋ^{31} fuə^{54} tsa^{33} tɕhəŋ^{54} tou^{31}
望 见 孔 夫 在 清 头
看见厅堂孔子像

khaŋ^{31} fuə^{54} tɕhəŋ^{54} tou^{31} luo^{54} le^{33} mau^{24}
孔 夫 清 头 知 礼 貌
孔子殿堂多礼仪

se^{33} la^{33} mə^{33} luo^{54} le^{33} mau^{24} çie^{31}
是 我 不 知 礼 貌 行
是我不知礼仪行

ȵi^{31} tsho^{33} ləi^{31} tou^{31} la^{33} tio^{33} thio^{31}
人 造 犁 头 我 嘴 丑
人造犁头我嘴笨

se^{33} la^{33} tio^{33} thio^{31} mo^{35} məŋ^{24} ȵi^{31}
是 我 嘴 丑 没 问 人
是我嘴笨没问人

ɕaŋ^{24} au^{54} mo^{35} məŋ^{24} ta^{24} kuo^{54} so^{31}
上 屋 没 问 大 哥 嫂
上屋没问大哥嫂

fu^{33} au^{35} mo^{35} məŋ^{24} ɕou^{24} məŋ^{31} niaŋ^{31}
下 屋 没 问 叔 母 娘
下屋没问叔母娘

ɕaŋ^{24} au^{54} jou^{24} jou^{33} ɕou^{24} ɕo^{54} tse^{31}
上 屋 也 有 识 书 子
上屋也有读书子

fu^{33} au^{35} jou^{24} jou^{33} miŋ^{31} luo^{33} ȵi^{31}
下 屋 又 有 明 理 人
左屋还有明理人

ɕou^{35} ɕo^{54} ɕiŋ^{31} luo^{33} luo^{54} le^{33} mau^{24}
识 书 醒 理 知 礼 貌
知书识理懂礼貌

se^{33} la^{33} mə^{33} luo^{54} le^{33} mau^{24} çe^{31}
是 俫 不 知 礼 貌 行
是我不知礼仪行

ɕou^{35} ɕo^{54} ɕiŋ^{31} luo^{33} la^{33} mo^{35} məŋ^{24}
识 书 省 理 我 没 问
知书识理没问候

la^{33} tɕiu^{24} tɕi^{31} maŋ^{31} luo^{24} tə^{54} luo^{33}
我 就 急 忙 进 了 来
我就急忙进了来

zə^{35} taŋ^{31} fuə^{31} tshe^{33} tse^{31} ɕiŋ^{54} ɕuai^{31}
一 堂 和 气 子 孙 贤
一堂和气子孙贤

ho^{31} nai^{24} tɕi^{54} tiai^{54} ɕo^{35} ɕa^{33} vai^{31}
口 念 真 经 出 少 元
口念真经出状元

tai^{31} tiaŋ^{54} tɕi^{33} piou^{35} tse^{31} tiŋ^{54} ɕou^{24}
田 中 种 竹 几 京 树
田园种竹又种树

$fə^{33}$ kuo^{33} $jiŋ^{31}$ fu^{54} vi^{24} vi^{24} nai^{33}
富 贵 荣 华 万 万 年
富贵荣华万万年

$tɕi^{54}$ tse^{54} $zə^{35}$ ho^{31} $tɕua^{24}$ $tiŋ^{33}$ $thai^{54}$
金 鸡 一 口 啄 穿 天
金鸡一口啄穿天

tse^{31} na^{31} au^{54} vi^{33} tiu^{54} $liaŋ^{33}$ pai^{54}
起 朵 乌 云 遮 两 边
起朵乌云遮两边

kuo^{35} $ȵi^{31}$ ti^{33} vai^{24} luo^{31} $paŋ^{33}$ me^{24}
各 人 都 愿 来 伴 妹
各人都愿来伴妹

$tɕhəŋ^{54}$ tou^{31} $ȵi^{31}$ la^{54} ho^{31} fu^{35} $tɕəŋ^{31}$
清 头 人 多 好 客 情
厅堂人多好客情

$tɕhəŋ^{54}$ tou^{31} $ȵi^{31}$ la^{54} fu^{35} $tɕəŋ^{31}$ ho^{31}
清 头 人 多 客 情 好
厅堂人多客情好

tio^{33} tio^{33} hi^{33} la^{33} tsa^{33} fu^{33} vo^{31}
句 句 喊 倈 坐 下 围
句句喊我坐相邻

ji^{54} tse^{24} $tɕaŋ^{33}$ $tə^{54}$ ji^{54} tse^{24} $ɕai^{31}$
尹 字 像 了 尹 字 形
尹字像了尹字形

ho^{31} tse^{35} nəŋ^{54} luo^{31} tia^{24} fu^{33} vai^{31}
口 字 给 来 脚 下 元
口字拿来脚下悬

ji^{54} tse^{24} tsa^{33} tou^{31} ho^{31} tsa^{33} tia^{35}
尹 字 在 头 口 在 脚
尹字在头口在脚

tɕhəŋ^{54} tou^{31} ȵi^{31} la^{54} mə^{33} pəi^{35} tɕi^{54}
清 头 人 多 不 必 君
人多不必论主次

mə^{33} pəi^{35} khuai^{33} la^{33} tsəi^{31} tsa^{33} fo^{33}
不 必 劝 倈 齐 坐 下
不必劝我齐坐下

ȵi^{54} ȵi^{54} tsa^{33} fo^{33} paŋ^{33} ɕiŋ^{31} niaŋ^{31}
人 人 坐 下 伴 行 娘
人人坐下伴行娘

piou^{35} zə^{24} tɕaŋ^{31} tɕaŋ^{31} tsho^{31} zə^{24} tɕhəŋ^{54}
竹 叶 长 长 草 叶 青
竹叶长长草叶青

po^{31} pa^{31} piou^{35} zə^{24} so^{33} fu^{33} tɕhəŋ^{54}
扯 枝 竹 叶 扫 下 清
扯枝竹叶扫下厅

so^{33} fu^{33} ɕaŋ^{24} tɕhəŋ^{54} ɕo^{54} faŋ^{31} au^{35}
扫 净 上 清 书 房 屋
扫净上厅书房屋

so^{33} tɕiəŋ^{24} fu^{33} tɕhəŋ^{54} tau^{24} ɕo^{54} faŋ^{31}
扫 净 下 清 读 书 房
扫净下厅读书房

so^{33} tɕəŋ^{24} tɕhəŋ^{54} tou^{31} liŋ^{31} luo^{24} tsa^{33}
扫 净 清 头 干 净 坐
扫净厅堂干净坐

liŋ^{31} luo^{24} tsa^{33} fu^{33} paŋ^{33} ɕiŋ^{31} niaŋ^{31}
干 净 坐 下 伴 行 娘
干净坐下伴行娘

zə^{35} tou^{31} tɕi^{54} tse^{54} fu^{54} ɕaŋ^{33} thai^{54}
一 只 金 鸡 飞 上 天
一只金鸡飞上天

luo^{31} ɕo^{31} ləŋ^{33} məŋ^{33} liaŋ^{33} kəi^{24} nio^{31}
挑 水 扁 担 两 边 楺
挑水扁担两边沉

ku^{54} ȵi^{31} mo^{33} nio^{33} hau^{33} luo^{31} ɕo^{31}
佳 人 美 女 去 挑 水
人家美女去挑水

luo^{33} paŋ^{33} ɕiŋ^{31} niaŋ^{31} aŋ^{54} fu^{33} ɕi^{54}
来 伴 行 娘 安 下 身
来伴行娘安下身

aŋ^{54} fu^{33} zə^{35} ɕi^{54} tsəi^{31} tsa^{33} fu^{33}
安 下 一 身 齐 坐 下
安下一身齐坐下

tsəi^{31} tsəi^{31} tsa^{33} fu^{33} paŋ^{33} ɕiŋ^{31} niaŋ^{31}
齐 齐 坐 下 伴 行 娘
齐齐坐下伴行娘

liaŋ^{33} ȵi^{31} vəŋ^{31} və^{33} hau^{33} no^{24} tiŋ^{54}
两 人 文 武 去 入 京
文武两人去上京

tɕou^{24} ta^{33} haŋ^{31} thau^{31} po^{33} haŋ^{24} əŋ^{54}
住 在 皇 土 报 皇 恩
住在皇土报皇恩

liaŋ^{33} ȵi^{31} ɕaŋ^{31} ɕaŋ^{31} tia^{35} tu^{24} thau^{31}
两 人 常 常 脚 踏 土
两人双双脚踏土

luo^{33} paŋ^{33} ɕiŋ^{31} niaŋ^{31} tsa^{33} fu^{24} vo^{31}
来 伴 行 娘 坐 下 围
来伴行娘坐相邻

tsha^{35} tai^{31} nia^{35} kau^{35} ȵi^{31} si^{35} so^{35}
插 田 打 谷 人 休 息
插田打谷人休息

la^{33} paŋ^{33} ɕiŋ^{31} niaŋ^{31} tho^{31} fu^{33} ɕəŋ^{54}
倈 伴 行 娘 休 下 声
我伴行娘歇下声

tho^{31} fu^{33} kø^{54} ɕəŋ^{54} tsəi^{31} tsa^{33} fu^{33}
休 下 歌 声 齐 坐 下
歇下歌声齐坐下

tsaŋ^{31} se^{33} tɕo^{33} kuo^{33} ɕiŋ^{31} niaŋ^{31} ku^{54}
总 是 俱 过 行 娘 家
总是烦扰行娘家

三、推抵歌

题解：“推抵”原为太极拳的拳术用语，这里指推选乐师团领头班子时相互谦让。

piou^{35} zə^{24} tɕaŋ^{31} tɕaŋ^{31} tsho^{31} zə^{24} tɕhəŋ^{54}
竹 叶 长 长 草 叶 青
竹叶长长草叶青

la^{33} luo^{31} paŋ^{33} me^{24} ɕou^{24} kø^{54} ɕəŋ^{54}
倈 来 伴 妹 学 歌 声
我来伴妹学歌声

zə^{35} ɕou^{24} kø^{54} ɕəŋ^{54} ɕəŋ^{54} mə^{33} ho^{31}
一 学 歌 声 声 不 好
一学歌声声不好

luo^{24} ɕou^{24} kø^{54} ɕəŋ^{54} ɕəŋ^{54} mə^{33} nio^{31}
二 学 歌 声 声 不 楺①
二学歌声声不柔

ɕəŋ^{54} nio^{31} ɕəŋ^{54} mə^{33} nio^{31}
声 楺 声 不 楺
声柔声不柔

---

① 楺：柔，指歌声动听，富有艺术感染力。

ɕo^{31} tɕhua^{54} tia^{31} mau^{24} ji^{54} faŋ^{54} liou^{31}
水 推 桥 木 因 方 流①
水推桥木顺水流

ɕo^{31} tɕhua^{54} tia^{31} mau^{24} tio^{31} ɕo^{31} fo^{33}
水 推 桥 木 随 水 下
水推桥木随水下

la^{33} paŋ^{33} ɕiŋ^{31} niaŋ^{31} kuo^{24} thiaŋ^{33} kø^{54}
俫 伴 行 娘 学 唱 歌
我伴行娘学唱歌

ɕou^{24} lu^{35} tio^{33} tɕi^{54} tio^{33} jou^{24} kuə^{31}
学 得 句 真 句 又 假
学得句真句又假

tio^{33} tɕi^{54} tio^{33} kuə^{31} mə^{33} ɕa^{33} nəŋ^{31}
句 真 句 假 不 笑 侬
句真句假不笑我

tio^{33} tɕi^{54} tio^{33} kuə^{31} mə^{33} ɕa^{33} la^{33}
句 真 句 假 不 笑 我
句真句假不笑我

tio^{33} tio^{33} ȵi^{24} tɕi^{54} thiaŋ^{33} mə^{33} ɕəŋ^{31}
句 句 要 真 唱 不 成
句句要真唱不成

tɕhəŋ^{54} tou^{31} ȵi^{31} la^{54} piou^{54} haŋ^{31} la^{33}
清 头 人 多 包 涵 我
厅堂人多包涵我

① 因方流：顺水流。

piou^{54} haŋ^{31} la^{33} saŋ^{54} paŋ^{33} ɕiŋ^{31} niaŋ^{31}
包 涵 俫 双 陪 行 娘
包涵我们陪行娘

ȵi^{31} ɕi^{54} se^{33} ɕaŋ^{24} tiaŋ^{31} fuə^{31} tshe^{33}
人 生 世 上 讲 和 气
人生世上讲和气

ɕo^{35} məŋ^{31} fə^{31} tshe^{33} ho^{31} tiou^{31} tsa^{31}
出 门 和 气 好 求 财
出门和气好求财

zə^{35} thio^{33} fuə^{31} tshe^{33} lu^{35} aŋ^{54} la^{24}
一 处 和 气 得 安 乐①
一处和气得快乐

thio^{33} thio^{33} fuə^{31} tshe^{33} thaŋ^{54} tiou^{31} tiou^{54}
处 处 和 气 通 九 州
处处和气通九州

thaŋ^{54} tɕəŋ^{31} tu^{24} luo^{33} ȵi^{31} fuə^{24} zə^{33}
通 情 达 理 人 合 意
通情达理人合意

zə^{35} taŋ^{31} fuə^{31} tshe^{33} ho^{31} tse^{33} ku^{54}
一 堂 和 气 好 治 家
一堂和气好治家

① 得要乐：应为“得快乐”。“得”与下句的“通”均为动词。

fə^{31} tshe^{33} fuə^{33} kuo^{33} lu^{35} tɕaŋ^{31} tio^{31}
和 气 富 贵 得 长 久
和气富贵得长久

fə^{33} kuo^{33} jəŋ^{31} fu^{54} vi^{24} vi^{24} nai^{31}
富 贵 荣 华 万 万 年
富贵荣华万万年

ləi^{33} paŋ^{31} jou^{24} pai^{54} zə^{35} ho^{31} tai^{31}
示 旁 右 边 一 口 田①
礼旁右边一口田

zə^{35} ȵi^{54} mo^{33} nio^{33} ho^{31} lai^{31} lai^{31}
一 个 美 女 口 连 连②
一个美女口相连

lou^{54} mau^{24} li^{31} hi^{31} vu^{24} tiaŋ^{35} kuo^{33}
蔸 木③ 打 行 曰 中 过④
一木单从“曰”中过

pa^{35} se^{24} pə^{31} pə^{31} tsa^{33} ɕo^{31} pai^{54}
八 十 婆 婆 在 水 边⑤
八字婆婆在水边

tai^{33} tse^{24} ho^{31} zə^{35} ləi^{33} paŋ^{31} pai^{54}
田 字 口 一 示 旁 边⑥
一口田上礼旁边

---

①⑥ 此二句均折“福”字。
② 此句折“如”字。
③ 蔸木：杨树、梧桐等阔叶树。
④ 此句折“东”字（繁体为“東”）。
⑤ 此句折“海”字。

jaŋ33 ȵi31 se24 so33 zə35 ɕi54 se54
彳 十 四 一 心 思①
双人十四一心思

ləŋ33 məŋ33 khaŋ31 se31 ȵi31 ku54 nio33
扁 担 挑 起 人 家 女②
扁担挑起人家女

pu24 mau24 ɕou24 tou31 liaŋ33 pai54 se54
白 木 树 头 两 边 丝③
白木树头两旁丝

kuo33 ku54 fuə35 fəŋ24 zə31 ləŋ54 ha31
贵 家 福 分 如 东 海④
贵家福分如东海

fə35 le35 aŋ54 la24 ȵi54 ȵi54 luo31
福 德 安 乐 人 人 来
福德安乐人人来

fuə35 le35 aŋ54 la24 ȵi54 ȵi54 luo33
福 德 安 乐 人 人 到
福德安乐人人到

ȵi54 ȵi54 luo33 paŋ33 me24 ɕiŋ31 niaŋ31
人 人 来 伴 妹 行 娘
人人来伴妹出嫁

① 此句折“德”字。
② 此句折“安”字。
③ 此句折“乐”字（繁体为“樂”）。
④ 本句含“福如东海”，下句含“福德安乐”，均为以上八句所折的字。

səŋ^{54} ho^{31} fu^{54} liŋ^{33} nəŋ^{31} pəŋ^{31} vai^{24}
三 毫 花 岭① 男 本 县
三豪花岭我家乡

pəŋ^{54} fu^{33} so^{33} se^{24} pa^{35} taŋ^{31} ȵi^{31}
分 下 四 十 八 堂② 人
分下四十八团人

so^{33} se^{24} pa^{35} taŋ^{31} pəŋ^{54} səŋ^{54} tshe^{35}
四 十 八 堂 分 三 镇
四十八团分三镇

nəŋ^{54} luo^{31} pəŋ^{54} fu^{33} səŋ^{54} tɕhiu^{54} ȵi^{31}
给 来 分 下 三 区 人
然后分下三区人

fə^{33} jaŋ^{31} tɕhi^{54} ȵi^{31} ȵi^{31} mə^{33} tsou^{35}
富 阳 区 人 人 不 作
富阳区人不会唱

ɕi^{54} po^{54} tɕhi^{54} ȵi^{31} ȵi^{31} mə^{33} ɕi^{54}
深 坡 区 人 人 不 兴
深坡区人不作兴

mu^{24} liŋ^{33} pa^{35} lau^{54} ɕi^{54} se^{24} ho^{31}
麦 岭 八 都 兴 事 好
麦岭八都兴致好

① 三毫花岭：富川过去北有三豪营，南有花岭镇，这里指代富川。

② 堂：团。当地方言“堂”“团”同音。明清时富川曾合村寨为团，如麦岭镇西南的明堂、黄侯泉、村头岗、金田等村与葛坡镇的华岗、义族、岐山等村，一起合称“凤仪团”，即“冯乘团”，为冯乘古县的名称变换遗留的痕迹。

ɕi^{54} ɕo^{35} tou^{31} kø^{54} paŋ^{33} ɕiŋ^{31} niaŋ^{31}
兴 出 条 歌 伴 行 娘
创作歌曲伴行娘

tsə^{33} ɕo^{35} tou^{31} kø^{54} ȵi^{54} ȵi^{54} vai^{24}
兴 出 条 歌 人 人 愿
动听歌曲人人愿

ȵi^{54} ȵi^{54} vai^{24} paŋ^{33} me^{24} ɕiŋ^{31} niaŋ^{31}
人 人 爱 伴 妹 行 娘
人人爱伴妹行娘

luo^{31} paŋ^{33} ɕiŋ^{31} niaŋ^{31} a^{33} me^{24} ho^{31}
来 伴 行 娘 爱 妹 好
来伴行娘爱妹好

ɕiŋ^{31} niaŋ^{31} ȵi^{31} ho^{31} ȵi^{54} ȵi^{54} nai^{24}
行 娘 人 好 个 个 念
行娘人好相依恋

la^{33} nai^{24} ɕiŋ^{31} niaŋ^{31} səi^{33} zə^{33} ho^{31}
俫 念 行 娘 细 意 好
我念行娘心意好

me^{24} nai^{24} la^{33} saŋ^{54} paŋ^{33} ɕiŋ^{31} niaŋ^{31}
妹 念 俫 双 伴 行 娘
妹念我们伴行娘

niou^{24} jaŋ^{31} se^{54} tse^{31} tiou^{31} tiaŋ^{31} thai^{54}
岳 阳 狮 子 九 重 天
岳阳狮子降九天

vaŋ^{31} mo^{33} thai^{54} tou^{31} tɕo^{33} pa^{35} sai^{54}
皇 母① 天 头 聚 八 仙
王母天上聚八仙

thai^{54} tou^{31} vaŋ^{31} mo^{33} pa^{35} sai^{54} tɕo^{33}
天 头 皇 母 八 仙 聚
天上王母八仙聚

pa^{35} sai^{54} thai^{54} tou^{31} tɕo^{33} fa^{24} taŋ^{31}
八 仙 天 头 聚 会 堂
八仙天上聚会堂

pa^{35} sai^{54} thai^{54} tou^{31} ȵi^{31} lu^{35} tɕo^{33}
八 仙 天 头 难 得 聚
八仙天上难得聚

ȵi^{31} lu^{35} tɕhou^{33} tɕa^{24} paŋ^{33} ɕiŋ^{31} niaŋ^{31}
难 得 奏 着 伴 行 娘
难得逢着伴行娘

tsa^{33} tsa^{33} tshe^{35} tshe^{35} tɕhiu^{54} tshe^{35} tshe^{35}
坐 坐 吃 吃 亲 吃 吃
坐坐吃吃再吃吃

tɕhəŋ^{54} tou^{31} ȵi^{31} la^{54} ɕa^{33} mo^{31} mo^{31}
清 头 人 多 笑 眯 眯
厅堂人多笑眯眯

vai^{31} to^{24} tɕhəŋ^{54} tɕhəŋ^{54} se^{33} tiou^{31} tsha^{33}
园 地 青 青 是 韭 菜
园里青青是韭菜

① 皇母：西王母。

ɕo^{31} tou^{31} jou^{33} jou^{33} se^{33} tɕhəŋ^{54} tiou^{54}
水 子 游 游 是 青 州①
水中摇摇是水藻

tɕhəŋ^{54} tiou^{54} mai^{24} ɕaŋ^{24} sa^{33} pu^{24} puə^{33}
青 州 面 上 晒 白 布
水藻河面晒白布

pu^{24} puə^{33} ləi^{31} fu^{33} luo^{33} ŋau^{31} jou^{31}
白 布 底 下 鲤 鱼 游
白布底下鲤鱼游

luo^{33} ŋau^{31} ai^{33} jou^{31} tɕhəŋ^{54} lio^{24} ɕo^{31}
鲤 鱼 爱 游 青 绿 水
鲤鱼爱游青绿水

ȵi^{54} ȵi^{54} vai^{24} paŋ^{33} me^{24} ɕiŋ^{31} niaŋ^{31}
个 个 愿 伴 妹 行 娘
个个愿伴妹行娘

ɕaŋ^{31} luo^{31} mə^{33} paŋ^{33} kho^{31} li^{31} lia^{33}
想 来 不 伴 可 怜② 了
心想不伴可惜了

ɕaŋ^{31} luo^{31} mə^{33} paŋ^{33} kai^{33} kho^{31} lie^{31}
想 来 不 伴 见 可 怜
心想不伴真可怜

① 青州：青色的水藻。
② 可怜：此处表示可惜。心里想来却不来，错过机会，觉得可惜。

kho^{31} lie^{31} tɕi^{54} kho^{31} lie^{31}
可 怜 真 可 怜
可爱真可爱

kho^{31} lie^{31} kuo^{33} ku^{54} ɕiŋ^{31} niaŋ^{31} ȵi^{31}
可 怜 贵 家 行 娘 人
可爱贵家行娘人

kho^{31} lie^{31} kuo^{33} ku^{54} ɕiŋ^{31} niaŋ^{31} me^{24}
可 怜 贵 家 行 娘 妹
可爱贵家行娘妹

kho^{31} lie^{31} kuo^{33} ku^{54} ho^{31} fu^{35} tɕəŋ^{31}
可 怜 贵 家 好 客 情
更喜贵家好客情

na^{24} tse^{31} tɕhou^{33} tio^{31} lu^{35} ɕi^{33} luo^{33}
闹 子 奏 着① 达 信 到
赶集遇到托信到

ki^{33} la^{33} luo^{31} paŋ^{33} me^{24} ɕiŋ^{31} niaŋ^{31}
喊 俫 来 伴 妹 行 娘
喊我来伴妹行娘

pəŋ^{31} tɕhun^{54} la^{33} paŋ^{33} jou^{24} pa^{35} la^{33}
本 村 俫 伴 也 邀 我
本村伙伴也邀我

① 闹子奏着：闹子，集市。奏着，碰到、逢着、遇到。这里指赶集时遇到熟人，得到了（邀请的）信息。

pa^{35} ŋu^{33} luo^{31} paŋ^{33} me^{24} ɕiŋ^{31} niaŋ^{31}
邀 我 来 伴 妹 行 娘
邀我来伴妹行娘

la^{33} se^{33} tse^{31} la^{31} vai^{24} mə^{33} lia^{33}
俫 是 几 兄① 愿 不 了②
我们兄弟爱不尽

luo^{33} ȵi^{31} luo^{33} ku^{54} vai^{24} mə^{33} vai^{31}
老 人 老 家 愿 不 完
老人老家也爱不完

lau^{35} zə^{24} se^{54} ɕaŋ^{31} luo^{31} paŋ^{33} me^{24}
那 日 思 想 来 伴 妹
哪日盼望来伴妹

tɕi^{54} zə^{24} ji^{33} tiai^{54} luo^{33} te^{54} luo^{33}
今 日 已 经 到 了 来
今天已经到了来

luo^{33} luo^{33} kuo^{33} ku^{54} ho^{31} mə^{33} lia^{33}
来 到 贵 家 好 不 了
来到贵家非常好

tio^{31} ȵi^{31} ɕiŋ^{31} niaŋ^{31} ho^{31} fu^{35} tɕiəŋ^{31}
主 人 行 娘 好 容③ 情
主人行娘好客情

---

① 几兄：兄弟。
② 愿不了：愿，爱、喜爱。了，完、尽。
③ 容：应为“客”。

paŋ^{33} niaŋ^{31} nio^{33} paŋ^{33} səi^{33} zə^{33} ho^{31}
伴 娘 女 伴 细 意 好
伴娘女伴心细致

lai^{31} pai^{24} məŋ^{31} ɕəŋ^{54} hau^{33} təi^{35} nəŋ^{31}
连 便① 闻 声 去 接 男
闻声赶忙去相迎

ɕou^{31} luo^{31} ɕaŋ^{54} ai^{54} ta^{33} faŋ^{33} la^{33}
手 拿 香 烟 待 奉 倈
手拿香烟侍奉我

səi^{33} ɕi^{54} zə^{33} ho^{31} tsəi^{35} la^{33} nəŋ^{31}
细 心 意 好 接 我 们
细致入微接我们

mə^{33} tsəŋ^{31} luo^{33} məŋ^{31} hi^{33} khua^{33} le^{33}
不 曾 到 门 喊 快 些
不曾到门喊快些

mə^{33} tsəŋ^{31} no^{24} məŋ^{31} pa^{31} ləŋ^{31} luo^{31}
不 曾 进 门 摆 凳 来
不曾进门摆凳来

ho^{31} ho^{31} ɕəŋ^{54} ɕəŋ^{54} hi^{33} la^{33} tsa^{33}
口 口 声 声 喊 倈 坐
口口声声喊我坐

ɕaŋ^{54} ai^{54} ɕaŋ^{54} tsu^{31} ta^{33} faŋ^{33} nəŋ^{31}
香 烟 香 茶 待 奉 男
香烟香茶待我们

① 连便：赶忙。

pəi^{24} thio^{33} paŋ^{33} kuo^{33} mo^{33} jaŋ^{24} ho^{31}
别 处 伴 过 没 样 好
别处伴过虽也好

ȵi^{31} tɕhəŋ^{31} se^{33} kuo^{54} kuo^{33} ku^{54} tɕaŋ^{31}
人 情 是 归 贵 家 长
人情却是贵家长

ləi^{33} paŋ^{31} tɕaŋ^{33} te^{54} ləi^{33} paŋ^{31} ɕai^{31}
衣 旁 像 了 衣 旁 形①
衣旁像了衣旁形

luo^{54} tse^{24} nəŋ^{54} luo^{31} liaŋ^{33} ɕaŋ^{54} lai^{31}
刀 字 给 来 两 相 连
刀字凑来两相连

ləi^{33} paŋ^{31} luo^{54} tse^{24} saŋ^{54} saŋ^{54} tsə^{33}
衣 旁 刀 字 双 双 站
衣旁刀字双双站

se^{33} ŋu^{33} tse^{31} la^{31} ɕi^{54} ɕəŋ^{33} tshau^{54}
是 我 几 兄 心 性 初②
是我兄弟心性粗

ɕi^{54} ɕəŋ^{33} tshau^{54} te^{54} mə^{33} luo^{54} le^{33}
心 性 初 了 不 知 礼
心性粗了不知礼

① 自此以下四句拆“初”字。
② 初：与“粗”谐音。

mə^{33} luo^{54} le^{33} mau^{24} paŋ^{33} ɕiŋ^{31} niaŋ^{31}
不 知 礼 貌 伴 行 娘
不知礼貌伴行娘

tse^{31} vaŋ^{24} tio^{31} ȵi^{31} piou^{54} haŋ^{31} la^{33}
只 望 主 人 包 涵 俫
只望主人包涵我

tɕhəŋ^{54} tou^{31} ȵi^{31} la^{54} mə^{33} ɕa^{33} nəŋ^{31}
清 头 人 多 不 笑 男
厅堂人多不笑我

vo^{24} ȵi^{31} ki^{54} tɕi^{33} hau^{33} ɕəŋ^{31} ɕi^{54}
为 人 耕 种① 去 成 心②
一人弃耕去成仙

thi^{24} lia^{33} ku^{54} tiaŋ^{54} tsau^{31} nəi^{35} tai^{31}
丢 了 家 中 祖 业 田
丢了家中祖业田

ȵi^{31} tse^{24} zə^{35} tai^{31} zə^{24} tse^{24} tia^{35}
人 字 一 田 日 字 脚③
人字一田日字脚

ɕaŋ^{54} fa^{24} təŋ^{31} paŋ^{33} paŋ^{33} ɕiŋ^{31} niaŋ^{31}
相 会 同 伴 伴 行 娘
相会同伴伴行娘

pa^{35} təŋ^{24} ɕi^{33} sai^{54} tɕi^{33} ku^{54} tiaŋ^{54}
八 洞 神 仙 进 家 中
八洞神仙进家中

---

① 为人耕种：这里指身为农民，以耕田为业。
② 成心：此处与“成仙”谐音。
③ 此句拆“会”字（繁体为“會”）。

vaŋ^{31} tɕaŋ^{31} ɕou^{54} to^{33} se^{31} li^{24} thaŋ^{54}
王　祥①　修　道　时　运　通
王祥修道时运通

ŋu^{33} se^{33} tse^{31} la^{31} mə^{33} luo^{54} le^{33}
我　是　几　兄　不　知　礼
我们兄弟不知礼

təŋ^{31} paŋ^{33} ȵi^{24} tshe^{33} ho^{31} mə^{54} vai^{31}
同　伴　义　气　好　不　完
同伴义气好得很

la^{33} tsa^{33} tɕhəŋ^{54} tou^{31} se^{31} ŋi^{31} khaŋ^{33}
俫　在　清　头　起　眼　看
我在厅堂抬眼看

khaŋ^{33} kai^{33} tɕhəŋ^{54} tou^{31} ho^{31} la^{54} ȵi^{31}
看　见　清　头　好　多　人
看见厅堂好多人

khaŋ^{33} kai^{33} tɕhəŋ^{54} tou^{31} ho^{31} la^{54} paŋ^{33}
看　见　清　头　好　多　伴
看见厅堂好多伴

ho^{31} la^{54} təŋ^{31} paŋ^{33} paŋ^{33} ɕiŋ^{33} niaŋ^{31}
好　多　同　伴　伴　行　娘
好多同伴伴行娘

① 王祥：三国曹魏及西晋时的大臣，侍奉后母极孝，为二十四孝“卧冰求鲤”主人公，有“孝圣”之称。

la^{24} hau^{33} me^{31} piou^{35} ɕo^{31} phia^{54} phia^{54}
落 雨 梅 竹 水 漂 漂①
下雨梅竹水面漂

taŋ^{31} tiaŋ^{54} ɕo^{31} tshai^{31} ŋau^{31} jou^{24} la^{54}
塘 中 水 浅 鱼 又 多
塘中水浅鱼又多

ɕo^{31} tshai^{31} ŋau^{31} la^{54} kun^{31} na^{35} ɕo^{31}
水 浅 鱼 多 搞 浑 水
水浅鱼多搞浑水

tɕhəŋ^{54} tou^{31} ȵi^{31} la^{54} kun^{31} laŋ^{24} ɕi^{54}
清 头 人 多 搞 乱 心
厅堂人多搞乱心

kun^{31} laŋ^{24} la^{33} ɕi^{54} la^{33} mə^{33} luo^{54}
搞 乱 俫 心 俫 不 知
搞乱我心我不知

mə^{33} luo^{54} tɕhəŋ^{54} tou^{31} tse^{31} taŋ^{31} ȵi^{31}
不 知 清 头 几 团② 人
不知厅堂几团人

mə^{33} luo^{54} tɕhəŋ^{54} tou^{31} tse^{31} taŋ^{31} paŋ^{33}
不 知 清 头 几 团 伴
不知厅堂几团伴

---

① 漂漂：漂浮在水面。一说露水坠在叶子上出现反光并显得沉甸甸的样子。
② 团：歌堂根据仪式进程分为数首歌曲，由歌师分团演唱。

tse^{31} taŋ^{31} təŋ^{31} paŋ^{33} paŋ^{33} ɕiŋ^{31} niaŋ^{31}
几 团 同 伴 伴 行 娘
几团同伴伴行娘

sai^{54} zə^{31} təŋ^{31} paŋ^{33} təi^{35} no^{24} la^{33}
先 前 同 伴 接 入 俫
先前同伴接了我

thəŋ^{35} tɕi^{54} tɕu^{33} məŋ^{24} təŋ^{31} paŋ^{33} ȵi^{31}
现 在 借 问 同 伴 人
现在借问同伴人

tɕu^{33} məŋ^{24} təŋ^{31} paŋ^{33} tse^{31} taŋ^{31} paŋ^{33}
借 问 同 伴 几 团 伴
借问同伴几团伴

tse^{31} taŋ^{31} təŋ^{31} paŋ^{33} paŋ^{33} ɕiŋ^{31} niaŋ^{31}
几 团 同 伴 伴 行 娘
几团同伴伴行娘

ŋu^{33} tɕhəŋ^{31} təŋ^{31} paŋ^{33} kau^{33} luo^{54} la^{33}
我 请 同 伴 告 知 俫
我请同伴告知我

kau^{33} luo^{54} tɕhəŋ^{54} tou^{31} tse^{31} taŋ^{31} ȵi^{31}
告 知 清 头 几 团 人
告知厅堂几团人

ɕu^{24} ɕi^{54} tou^{31} ɕaŋ^{33} tso^{33} tse^{54} kau^{54}
石 山 头 上 皂 角 刺
石山头上皂角刺

se^{33} ŋu^{33} tse^{31} la^{31} ho^{31} tou^{31} tshau^{54}
是 我 几 兄 口 头 初
我们兄弟口头粗

ho^{31} tou^{31} tshau^{54} te^{54} tiaŋ^{31} te^{54} ɕo^{35}
口 头 初 了 讲 了 出
口头粗了讲出来

ho^{31} tshau^{54} tiaŋ^{31} ɕo^{35} tɕu^{33} məŋ^{24} ȵi^{31}
口 初 讲 出 借 问 人
口粗讲出借问人

piou^{35} ɕaŋ^{24} thiəŋ^{54} luo^{54} vaŋ^{24} mə^{33} kuo^{33}
壁 上 插 刀 望 不 怪
壁上插刀望不怪

vaŋ^{24} paŋ^{33} mə^{33} kuo^{33} la^{33} nəŋ^{31} saŋ^{54}
望 伴 不 怪 倈 男 双①
望伴不怪我们俩

vu^{24} se^{33} mə^{33} kua^{33} kau^{33} luo^{54} la^{33}
若 是 不 怪 告 知 倈
若是不怪告知我

kau^{33} luo^{54} tɕhəŋ^{54} tou^{31} tse^{31} taŋ^{31} ȵi^{31}
告 知 清 头 几 团 人
告知厅堂几团人

nəŋ^{54} nəŋ^{31} tse^{31} la^{31} ho^{31} ɕaŋ^{54} ȵe^{24}
给 男 几 兄 好 商 议
与我兄弟好商议

① 倈男双：我们俩。

ta^{24} tsəi^{31} ɕaŋ^{54} ȵe^{24} paŋ^{33} ɕiŋ^{31} niaŋ^{31}
大 齐① 商 议 伴 行 娘
大家商议伴行娘

ɕou^{31} fu^{35} ɕi^{54} tou^{31} la^{33} ɕaŋ^{31} se^{31}
手 拍 心 头 倈 想 起
手拍心头我想起

se^{33} la^{33} ɕaŋ^{31} se^{31} təŋ^{31} paŋ^{33} ȵi^{31}
是 我 想 起 同 伴 人
是我想起同伴人

laŋ^{31} laŋ^{31} thiaŋ^{33}
短 短 唱
短短唱

laŋ^{31} laŋ^{31} tou^{31} kø^{54} tɕun^{54} paŋ^{33} nəŋ^{31}
短 短 条 歌 尊② 伴 男
唱支短歌传同伴

tɕun^{54} kuo^{33} təŋ^{31} paŋ^{33} tsəi^{24} tɕi^{31} thiaŋ^{33}
尊 过 同 伴 接 着 唱
传过同伴接着唱

tsəi^{24} tɕi^{31} kø^{54} ɕəŋ^{54} paŋ^{33} ɕiŋ^{31} niaŋ^{31}
接 着 歌 声 伴 行 娘
接着歌声伴行娘

---

① 大齐：大家。
② 尊：在当地方言中与“传”谐音，疑即“传”字。

tiaŋ^{31} fu^{24} mə^{33} tɕa^{24} nəŋ^{31} tiaŋ^{31} kuo^{33}
讲 话 不 着 能 讲 过
讲话不对能讲过

tɕun^{54} paŋ^{33} mə^{33} tɕa^{24} ɕaŋ^{54} kuo^{33} liaŋ^{31}
尊 伴 不 对 商 过 量
传伴不对再商量

ho^{31} tshe^{35} pai^{54} luo^{31} tɕa^{24} mə^{33} tɕa^{24}
口 吃 边 梨 嚼 不 嚼
口吃槟榔嚼不嚼

se^{33} mə^{33} əi^{54} jaŋ^{24} tɕun^{54} paŋ^{33} nəŋ^{31}
是 否 这 样 尊 伴 们
是否这样传同伴

tsəi^{35} tɕi^{31} thiaŋ^{33}
接 着 唱
接着唱

mai^{24} to^{31} luo^{31} məŋ^{33} tsəi^{35} kuo^{54} ɕi^{54}
面 前 梨 树 接 归 生
面前梨树接回生

tsəi^{35} kuo^{54} luo^{31} ɕi^{54} luo^{31} tse^{35} tso^{31}
接 归 梨 生 梨 结 子
接回梨生梨结子

tsəi^{35} kuo^{54} kø^{54} ɕəŋ^{54} paŋ^{33} ɕiŋ^{31} niaŋ^{31}
接 归 歌 声 伴 行 娘
接回歌声伴行娘

tse^{31} vaŋ^{24} təŋ^{31} paŋ^{33} piou^{54} haŋ^{31} la^{33}
指 望 同 伴 包 涵 俫
希望同伴包涵我

tɕhəŋ^{54} tou^{31} ȵi^{31} la^{54} mə^{33} ɕa^{33} nəŋ^{31}
清 头 人 多 不 笑 男
厅堂人多不笑我

tɕhiəŋ^{33} paŋ^{33} kø^{54} ho^{31} ɕəŋ^{54} jou^{24} ho^{31}
听 伴 歌 好 声 又 好
听伴歌好声又好

zə^{33} tsəŋ^{31} thai^{54} tou^{31} mo^{24} tsha^{31} fu^{54}
如 从 天 头 蜜 采 花
甜如天上蜜采花

mo^{24} tou^{31} tsha^{31} fu^{54} vi^{24} lau^{24} luo^{33}
蜜 子 采 花 万 路 到
蜜蜂采花万路到

tɕhəŋ^{33} paŋ^{33} ɕø^{54} ho^{31} vi^{24} lau^{24} thaŋ^{54}
听 伴 歌 好 万 路 通
听伴歌好万路通

ɕaŋ^{24} jou^{33} thaŋ^{54} luo^{33} ləŋ^{54} pou^{35} ɕi^{31}
上 又 通 到 东 北 省
上能通到东北省

fu^{33} jo^{33} thaŋ^{54} luo^{33} liu^{33} tiou^{54} ɕəŋ^{31}
下 也 通 到 柳 州 城
下又通到柳州城

liu^{33} tiou^{54} ɕəŋ^{31} tɕaŋ^{31} mo^{33} laŋ^{31} tse^{24}
柳 州 城 墙 没 挡 阻
柳州城墙没拦阻

tɕhəŋ^{33} paŋ^{33} ho^{31} kø^{54} mo^{33} luo^{31} te^{31}
听 伴 好 歌 没 顶 蹄①
听伴好歌多通顺

jou^{33} zə^{35} jou^{33} no^{24} tɕi^{31} tsu^{24} me^{24}
有 一 有 二 感 谢 妹
有一有二感谢妹

jou^{24} se^{33} tɕi^{31} tsu^{24} təŋ^{31} paŋ^{33} ȵi^{31}
又 是 层 谢② 同 伴 人
同时感谢同伴人

tio^{31} ȵi^{31} fu^{35} tɕəŋ^{31} tɕiu^{24} luo^{54} ho^{31}
主 人 客 情 谢 得 好③
主人客情谢得好

zə^{35} tɕəŋ^{31} zə^{35} luo^{33} tiaŋ^{31} luo^{35} tɕuai^{31}
一 情 一 理 讲 得 全
一情一理讲得全

vaŋ^{31} ji^{54} luo^{33} tse^{24} piŋ^{31} pa^{31} tsa^{33}
王 与 里 字 平 排 坐
王与里字平排坐

① 没顶蹄：很顺利，没有停顿，与上句“城墙没挡阻”都喻指唱歌没有失误的情况。顶蹄，指马儿失蹄。

② 层谢：应为“呈谢”。本书译为“感谢”。

③ 自此以下四句拆“理”“情”二字。

ɕo^{33}ɕi^{54} tɕhəŋ^{54} tse^{24} paŋ^{33} luo^{54} tɕhəŋ^{31}
忄 青 字 伴 知 情
竖心青字伴知情

paŋ^{33} ke^{33} luo^{54} tɕhəŋ^{31} jou^{24} luo^{54} luo^{33}
伴 的 知 情 也 知 理
同伴知情还知理

zə^{35} tɕəŋ^{31} zə^{35} luo^{33} tɕi^{31} tsu^{24} ȵi^{31}
一 情 一 理 层 谢 人
一情一理感谢人

tɕhəŋ^{54} tou^{31} ȵi^{31} la^{54} lu^{35} tɕhəŋ^{33} tɕe^{31}
清 头 人 多 得 听 着①
厅堂人多得听见

ta^{24} tse^{31} tɕhiəŋ^{33} te^{54} ti^{33} fuə^{24} ɕi^{54}
大 家 听 了 都 合 心②
大家听了都合心

la^{33} tsa^{33} tɕhəŋ^{54} tou^{31} lu^{35} tɕhəŋ^{33} tɕe^{31}
俫 在 情 头 得 听 着
我在厅头得听见

tɕhəŋ^{33} tɕe^{31} təŋ^{31} paŋ^{33} tɕu^{33} məŋ^{24} nəŋ^{31}
听 着 同 伴 借 问 男
听着同伴借问我

① 听着：听见，听到。
② 合心：当地方言多“合了心”“合心意”等语，即称心或同意。

tɕu^{33} məŋ^{24} tɕhəŋ^{54} tou^{31} tse^{31} taŋ^{31} paŋ^{33}
借 问 清 头 几 团 伴
借问厅堂几团伴

tse^{31} taŋ^{31} təŋ^{31} paŋ^{33} paŋ^{33} ɕiŋ^{31} niaŋ^{31}
几 团 同 伴 伴 行 娘
几团同伴伴行娘

ŋu^{33} jo^{31} təŋ^{31} paŋ^{33} tsəi^{24} no^{24} ŋu^{33}
我 也 同 伴 接 入 我
我也是同伴接入

la^{33} jo^{31} mə^{33} luo^{54} tse^{31} taŋ^{31} ȵi^{31}
俫 也 不 知 几 团 人
我却不知几团人

ȵi^{24} kuo^{54} ləi^{31} tou^{31} no^{24} kuo^{54} ɕo^{31}
用 归 犁 头 入 归 水
按下犁头再入水

tsəi^{35} kuo^{54} kø^{54} ɕəŋ^{54} tɕu^{33} məŋ^{24} ȵi^{31}
接 归 歌 声 借 问 人
接回歌声借问人

ŋu^{33} tɕhəŋ^{31} təŋ^{31} paŋ^{33} kau^{33} luo^{54} la^{33}
我 请 同 伴 告 知 俫
我请同伴告知我

kau^{33} luo^{54} tɕhəŋ^{54} tou^{31} tse^{31} taŋ^{31} ȵi^{31}
告 知 清 头 几 团 人
告知厅堂几团人

tɕhəŋ^{54} tou^{31} zə^{35} tiaŋ^{24} tsə^{31} taŋ^{31} paŋ^{33}
清 头 一 共 几 团 伴
厅堂一共几团伴

tse^{31} taŋ^{31} təŋ^{31} paŋ^{33} paŋ^{33} ɕiŋ^{31} niaŋ^{31}
几 团 同 伴 陪 行 娘
几团同伴陪行娘

nəŋ^{54} nəŋ^{33} ta^{24} tse^{31} ho^{31} ɕaŋ^{54} ȵe^{24}
给 男 大 齐 好 商 议
我们大家好商议

ta^{24} tse^{31} ɕaŋ^{54} ȵe^{24} paŋ^{33} ɕiŋ^{31} niaŋ^{31}
大 齐 商 议 伴 行 娘
大家商议伴行娘

ɕou^{31} phu^{35} ɕi^{54} tou^{31} la^{33} ɕaŋ^{31} se^{31}
手 拍 心 头 倈 想 起
手拍心头我想起

se^{33} la^{33} ɕaŋ^{31} se^{31} təŋ^{31} paŋ^{33} ȵi^{31}
是 倈 想 起 同 伴 人
是我想起同伴人

se^{33} la^{33} ɕaŋ^{31} se^{31} ŋu^{33} təŋ^{31} paŋ^{33}
是 倈 想 起 我 同 伴
是我想起我同伴

ɕaŋ^{31} se^{31} təŋ^{31} paŋ^{33} paŋ^{33} ɕiŋ^{31} niaŋ^{31}
想 起 同 伴 伴 行 娘
想起同伴伴行娘

thaŋ^{31} pəi^{33} thiu^{54} tou^{31} taŋ^{31} taŋ^{31} vai^{33}
纺 棉 车 子 团 团 转
纺棉车子团团转

luai^{33} luo^{31} luai^{33} hau^{33} hau^{33} paŋ^{33} pai^{54}
转 来 转 去 去 伴 边
转来转去到伴边

hau^{33} luo^{33} paŋ^{33} pai^{54} tsəi^{35} tɕi^{31} thiaŋ^{33}
去 到 伴 边 接 着 唱
去到伴边接着唱

tsəi^{35} tɕi^{31} kø^{54} ɕəŋ^{54} kau^{33} luo^{54} nəŋ^{31}
接 着 歌 声 告 知 男
接着歌声告知我

kau^{33} luo^{54} tɕhəŋ^{54} tou^{31} tse^{31} taŋ^{31} paŋ^{33}
告 知 清 头 几 团 伴
告知厅堂几团伴

tse^{31} taŋ^{31} təŋ^{31} paŋ^{33} paŋ^{33} ɕiŋ^{31} niaŋ^{31}
几 团 同 伴 伴 行 娘
几团同伴伴行娘

ho^{31} tshe^{54} pai^{54} luo^{31} tɕa^{24} mə^{33} tɕa^{24}
口 吃 边 梨 嚼 不 嚼
口吃槟榔嚼不嚼

se^{33} mə^{33} əi^{54} jaŋ^{24} tɕun^{54} paŋ^{33} nəŋ^{31}
是 否 这 样 尊 伴 男
是否这样传同伴

tiaŋ^{31} fu^{24} mə^{33} tia^{24} nəŋ^{31} tiaŋ^{31} kuo^{33}
讲 话 不 对 能 讲 过
讲话不对能讲过

tɕun^{54} paŋ^{33} mə^{33} tia^{24} ɕaŋ^{54} kuo^{33} liaŋ^{31}
尊 伴 不 对 商 过 量
传伴不对再商量

tsəi^{35} tɕi^{31} thiaŋ^{33}
接 着 唱
接着唱

lau^{24} pai^{54} ja^{24} zə^{31} tsəi^{35} tɕi^{31} nia^{31}
路 边 料 禾① 接 着 挠②
路边理禾接着扶

tsəi^{35} tɕi^{31} nia^{31} zə^{31} tiou^{33} ŋau^{33} kau^{35}
接 着 挠 禾 救 五 谷
接着扶禾救五谷

tsəi^{35} tɕi^{31} kø^{54} ɕəŋ^{54} paŋ^{33} ɕiŋ^{31} niaŋ^{31}
接 着 歌 声 伴 行 娘
接着歌声伴行娘

ho^{31} tshe^{54} pai^{54} luo^{31} jou^{24} se^{33} tɕa^{24}
口 吃 边 梨 也 是 嚼
口吃槟榔也是嚼

① 料禾：料理禾苗，不让其垂出田外。
② 挠：扶起。

təŋ^{33} se^{33} əi^{54} jaŋ^{24} tɕun^{54} luo^{33} la^{33}
正 是 这 样 尊 到 倈
正是这样传到我

təŋ^{33} se^{33} əi^{54} jaŋ^{24} tɕun^{54} la^{33} nəŋ^{31}
正 是 这 样 尊 倈 男
正是这样传我们

luo^{31} luo^{31} la^{33} pai^{54} mə^{33} va^{24} niai^{31}
来 到 倈 边 不 会 言
轮到我了不会说

ho^{31} vo^{35} vo^{33} ȵi^{31} jou^{24} tɕa^{24} thiaŋ^{33}
口 曰 为 难 也 着 唱
口说为难也须唱

paŋ^{33} me^{24} ji^{33} tiai^{54} no^{24} te^{54} luo^{31}
伴 妹 也 经 进 了 米①
伴妹已经进了来

pu^{24} maŋ^{33} maŋ^{33}
白 芒 芒
白茫茫

ɕu^{24} ɕi^{54} tou^{31} ɕaŋ^{24} taŋ^{33} thau^{31} tɕaŋ^{31}
石 山 头 上 充 土 墙
石山头上充土墙

ɕu^{24} ɕi^{54} tou^{31} ɕaŋ^{24} thau^{31} tɕaŋ^{31} au^{35}
石 山 头 上 土 墙 屋
石山头上土墙屋

① 米：根据文义，应为“来”。

ɕu^{24} fa^{54} fəŋ^{31} se^{31} saŋ^{33} ɕou^{24} taŋ^{31}
石 灰 粉 起 算 学 堂
石灰粉起算学堂

səŋ^{54} ɕuəi^{33} la^{33} tou^{31} səŋ^{33} no^{24} ɕou^{24}
三 岁 倈 子 送 入 学
三岁孩子送入学

pu^{31} vo^{35} mə^{33} ɕou^{35} ɕaŋ^{24} ta^{24} ȵi^{31}
把 笔 不 识 上 大 人①
把笔不识上大人

ŋu^{33} se^{33} tsə^{31} la^{31} ku^{54} tɕiəŋ^{31} khau^{31}
我 是 几 兄 家 庭 苦
我们兄弟家境苦

ji^{54} vo^{24} ku^{54} khau^{31} ɕa^{31} tau^{24} ɕo^{54}
因 为 家 穷 少 读 书
因为家穷少读书

tau^{24} ɕo^{54} ɕa^{31} te^{54} mə^{33} luo^{54} le^{33}
读 书 少 了 不 知 礼
读书少了不知礼

mə^{33} luo^{54} le^{33} mau^{24} paŋ^{33} ɕiŋ^{31} niaŋ^{31}
不 知 礼 貌 伴 行 娘
不知礼貌伴行娘

① 上大人："上大人"与"孔乙己"等，都是古代私塾描红字帖上的文字。

ləi^{35} vo^{24} kuo^{54} tsa^{31} mə^{33} tɕhi^{31} ɕa^{33}
列 位 高 才 不 取 笑
列位高才不取笑

mə^{33} ɕa^{33} la^{33} saŋ^{54} mə^{33} luo^{54} tɕəŋ^{31}
不 笑 俫 双 不 知 情
不笑我俩不知情

ɕu^{24} ɕi^{54} tou^{31} ɕaŋ^{24} tɕi^{33} haŋ^{31} tiaŋ^{54}
石 山 头 上 种 黄 姜
石山头上种黄姜

ɕu^{24} ɕi^{54} tia^{35} fu^{33} tɕi^{33} po^{31} pu^{31}
石 山 脚 下 种 枇 杷
石山脚下种枇杷

po^{31} pu^{31} zə^{24} tie^{24} tiu^{54} ka^{33} ɕou^{24}
枇 杷 叶 大 遮 盖 树
枇杷叶大遮盖树

tɕhəŋ^{54} tou^{31} ȵi^{31} la^{54} tiu^{54} ka^{33} nəŋ^{31}
清 头 人 多 遮 盖 男
厅堂人多包涵我

tiu^{54} ka^{33} la^{33} nəŋ^{31} mə^{33} luo^{54} le^{33}
遮 盖 俫 男 不 知 礼
包涵我们不知礼

piu^{54} haŋ^{31} la^{33} saŋ^{54} paŋ^{33} ɕiŋ^{31} niaŋ^{31}
包 涵 俫 双 伴 行 娘
包涵我俩伴行娘

la^{33} tsa^{33} tɕhəŋ^{54} tou^{31} lu^{35} tɕhəŋ^{33} tɕe^{31}
俫 在 清 头 得 听 着
我在厅堂得听到

tɕhəŋ^{33} tɕe^{31} təŋ^{31} paŋ^{33} tɕu^{33} məŋ^{24} nəŋ^{31}
听 着 同 伴 借 问 男
听到同伴借问我

tɕu^{33} məŋ^{24} tɕhəŋ^{54} tou^{31} tse^{31} taŋ^{31} paŋ^{33}
借 问 清 头 几 团 伴
借问厅堂几团伴

tse^{31} taŋ^{31} təŋ^{31} paŋ^{33} paŋ^{33} ɕiŋ^{31} niaŋ^{31}
几 堂 同 伴 伴 行 娘
几团同伴伴行娘

ŋu^{33} jou^{24} təŋ^{31} paŋ^{33} tsəi^{35} no^{24} ŋu^{33}
我 也 同 伴 接 入 我
我也是同伴接入

ŋu^{33} jou^{24} mə^{33} luo^{54} tse^{31} taŋ^{31} ȵi^{31}
我 也 不 知 礼 团 人
我却不知几团人

ŋu^{33} jou^{24} tsəi^{35} kuo^{54} təŋ^{31} paŋ^{33} fo^{24}
我 也 接 回 同 伴 话
我也接回同伴话

tsəi^{35} kuo^{54} paŋ^{33} ɕəŋ^{54} tɕu^{33} məŋ^{24} ȵi^{31}
接 归 伴 声 借 问 人
接回伴声借问人

tɕu^{33} məŋ^{24} tsəi^{35} ŋu^{33} ke^{33} təŋ^{31} paŋ^{33}
借 问 接 我 的 同 伴
借问接我的同伴

tɕho^{33} vo^{31} tɕhəŋ^{54} tou^{31} tse^{31} taŋ^{31} ȵe^{31}
看 下 清 头 几 团 人
看下厅头几团人

ji^{24} ka^{54} təŋ^{31} paŋ^{33} jou^{33} ȵi^{31} tsəi^{35}
应 该 同 伴 有 人 接
应该同伴有人接

jou^{33} ȵi^{31} tsəi^{35} no^{24} tɕhəŋ^{54} tou^{31} luo^{31}
有 人 接 入 清 头 来
有人接入厅堂来

ji^{24} ka^{54} ti^{33} se^{33} zə^{35} no^{24} tsəi^{35}
应 该 都 是 一 二① 接
都按次序接进来

tou^{31} taŋ^{31} tsəi^{35} no^{24} no^{24} taŋ^{31} luo^{31}
头 团 接 入 二 团 来
头团接入二团来

tiaŋ^{31} ɕo^{35} hai^{33} ȵi^{24} hau^{33} khuai^{33} paŋ^{33}
讲 出 还 要 去 劝 伴
讲完还要去劝伴

khuai^{33} se^{31} təŋ^{31} paŋ^{33} ji^{33} se^{31} tou^{31}
劝 起 同 伴 引 起 头
劝起同伴引起头

① 一二：有一有二，次序不乱。

mə^{33} ȵi^{24} fa^{31} tou^{31} ȵi^{54} ȵi^{54} khuai^{33}
不 要 回 头 个 个 劝
不要回头个个劝

taŋ^{31} taŋ^{31} khuai^{33} kuo^{33} no^{24} mə^{33} tɕaŋ^{31}
团 团 劝 过 日 不 长
团团劝过时不长

pi^{54} pi^{54} hau^{33} khuai^{33} se^{31} mə^{33} ləŋ^{31}
班 班 去 劝 时 不 等
班班去劝时不等

no^{24} tse^{31} mə^{33} tɕio^{31} paŋ^{33} ɕiŋ^{31} niaŋ^{31}
日 子 不 久① 伴 行 娘
时间短暂伴行娘

ɕa^{54} fa^{54} ja^{31} tou^{31} pu^{24} ja^{33} pu^{24}
烧 灰 窑 头 白 了 白②
烧灰窑头白又白

pu^{24} phuə^{33} sai^{54} ȵi^{31} fu^{33} ɕaŋ^{33} tse^{31}
白 鹤 仙 人 下 象 棋
白鹤仙人下象棋

sai^{54} ȵi^{31} fu^{33} tse^{31} kuo^{33} no^{24} tse^{31}
仙 人 下 棋 过 日 子
仙人下棋过日子

① 日子不久：时间短暂。
② 白了白：很白。这里借物起兴，无实义。

luo^{33} paŋ^{33} ɕiŋ^{31} niaŋ^{31} kuo^{33} se^{33} kaŋ^{54}
来 伴 行 娘 过 时 光
来伴行娘过时光

se^{33} kaŋ^{54} mə^{33} nəŋ^{54} se^{33} kaŋ^{54} kuo^{33}
时 光 不 给 时 光 过
时光荏苒要珍惜

se^{33} kaŋ^{54} kuo^{33} lia^{33} no^{24} ȵi^{31} pəŋ^{31}
时 光 过 了 日 难 逢
时光过了再难逢

ȵi^{31} pəŋ^{31} ȵi^{31} ŋue^{24} tɕi^{54} ȵi^{31} ŋue^{24}
难 逢 银 月 金 银 月
难逢银月金银月

tshau^{54} sai^{33} ȵi^{31} pəŋ^{31} ɕou^{33} fu^{54} tɕi^{54}
粗 线 难 逢① 绣 花 针
粗线难穿绣花针

lau^{24} tsəŋ^{31} fu^{54} tɕi^{54} pəŋ^{31} tɕa^{24} sai^{33}
哪 从② 花 针 逢 着 线
哪曾花针逢细线

ȵi^{31} lu^{35} pəŋ^{31} tɕa^{24} paŋ^{33} ɕiŋ^{31} niaŋ^{31}
难 得 逢 着 伴 行 娘
难得逢着伴行娘

① 逢：这里指穿过。
② 哪从：从来没有。

ȵi⁵⁴ ȵi⁵⁴ se³³ kuo⁵⁴ ɕou²⁴ se²⁴ paŋ³³
个 个 是 归 熟 悉 伴
个个都是熟悉伴

ta²⁴ tse³¹ fuə²⁴ ɕi⁵⁴ paŋ³³ ɕiŋ³¹ niaŋ³¹
大 齐 合 心 伴 行 娘
大家合心伴行娘

ŋu³³ tɕhəŋ³¹ tou³¹ taŋ³¹ mə³³ tse³³ kua³³
我 请 头 团 不 记 怪
我请头团不怪罪

mə³³ kua³³ la³³ nəŋ³¹ ɕi³³ ɕəŋ³³ tshau⁵⁴
不 怪 倈 男 心 性 初
不怪我们心性粗

ɕi³³ ɕəŋ³³ tshau⁵⁴ tə⁵⁴ mə²⁴ khuai³³ paŋ³³
心 性 初 了 不 劝 伴
心性粗了不劝伴

ɕaŋ⁵⁴ ɕe³³ mə³³ se³³ ɕi⁵⁴ fu²⁴ ȵi³¹
相 信 不 是 新 客 人
相信不是新客人

se³³ kuo⁵⁴ ɕou²⁴ sə²⁴ mə³³ vi⁵⁴ lio³⁵
是 归 熟 悉 不 弯 曲①
都是熟人不欺骗

---

① 不弯曲：指说话真诚，不曲曲折折、虚情假意。

tau^{31} sə^{33} tɕi^{54} tiŋ^{33} luo^{54} ɕi^{54} ȵi^{31}
才 是 真 正 知 心 人
才是真正知心人

ŋu^{33} sə^{33} ɕaŋ^{54} ɕi^{33} ɕou^{24} ɕə^{24} paŋ^{33}
我 是 相 信 熟 悉 伴
我是相信熟悉伴

faŋ^{33} ɕi^{54} təŋ^{31} paŋ^{33} khuai^{33} tou^{31} taŋ^{31}
放 心 同 伴 劝 头 团
放心同伴劝头团

khuai^{33} sə^{31} tou^{31} taŋ^{31} tse^{24} tɕiu^{24} lie^{33}
劝 起 头 团 自 就 些
劝起头团爽快些

tse^{24} tse^{24} tɕou^{24} tɕou^{24} tso^{31} ji^{33} tou^{31}
自 自 就 就 早 引 头①
爽爽快快早引头

tau^{33} nəŋ^{31} ta^{24} tse^{33} khaŋ^{54} fa^{31} lie^{33}
才 能 大 齐 空 怀② 些
才能大家从容些

paŋ^{33} me^{24} se^{24} tɕhəŋ^{31} lu^{35} lau^{24} thaŋ^{54}
伴 妹 事 情 得 路 通
伴妹事情得畅通

① 引头：领头，带头。
② 空怀：从容。

la^{33} kə^{33} fu^{24} po^{24} əi^{54} jaŋ^{24} tiaŋ^{31}
俫 的 话 毕 这 样 讲
我的话儿这样讲

se^{33} ŋu^{33} hou^{31} tshau^{54} tiaŋ^{31} ɕo^{35} luo^{31}
是 我 口 初 讲 出 来
是我口粗讲出来

tse^{31} vaŋ^{24} ta^{24} tse^{31} mə^{33} tse^{33} kua^{33}
指 望 大 齐 不 记 怪
希望大家不怪罪

mə^{33} kua^{33} la^{33} saŋ^{54} hou^{31} tou^{31} tshau^{54}
不 怪 俫 双 口 头 初
不怪我俩口头粗

hou^{31} tshe^{35} pai^{54} luo^{31} tɕa^{24} mə^{33} tɕa^{24}
口 吃 边 梨 嚼 不 嚼
口吃槟榔嚼不嚼

tse^{31} ɕaŋ^{24} fu^{24} fu^{54} kua^{54} mə^{33} kua^{54}
纸 上 画 花 乖 不 乖
纸上画花美不美

fu^{24} fu^{54} mə^{33} kua^{54} tsa^{33} tɕhəŋ^{31} tɕa^{24}
画 花 不 乖 再 请 匠
画花不美再请匠

ŋu^{33} tiaŋ^{31} mə^{33} tia^{24} ɕaŋ^{54} kuo^{33} liaŋ^{31}
我 讲 不 对 商 过 量
我讲不对再商量

tse^{35} tɕi^{31} thiaŋ^{33}
接　着　唱
接着唱

tse^{35} kuo^{54} liaŋ^{31} kuə^{35} tse^{35} kuo^{54} thiu^{54}
接　归　龙　骨① 接　回　车
接回扇页接着浇

tse^{35} kuo^{54} liaŋ^{31} kuo^{35} tse^{35} tɕi^{31} sau^{33}
接　归　龙　骨　接　着　负②
接回扇页接着灌

tse^{35} kuo^{54} paŋ^{33} ɕəŋ^{54} paŋ^{33} ɕiŋ^{31} niaŋ^{31}
接　回　伴　声　伴　行　娘
接回伴声伴行娘

hou^{31} tshe^{35} pai^{54} luo^{31} ju^{24} se^{33} tɕa^{24}
口　吃　边　梨　也　是　嚼
口吃槟榔也是嚼

tse^{31} ɕaŋ^{24} fu^{24} fu^{54} ju^{24} se^{33} kua^{54}
纸　上　画　花　也　是　乖
纸上画花也是美

fu^{24} fu^{54} kua^{54} tə^{54} mə^{33} tɕhəŋ^{31} tɕa^{24}
画　花　乖　了　不　请　匠
画花美了不请匠

① 龙骨：水车扇页。
② 负：负水，将水负载引到高处。

tiaŋ^{31} ɕo^{35} tɕa^{24} tə^{54} mə^{33} ɕaŋ^{54} liaŋ^{31}
讲 出 对 了 不 商 量
讲出对了不商量

tiaŋ^{54} tiaŋ^{54} təŋ^{31} paŋ^{33} tiaŋ^{31} tə^{54} ɕo^{35}
刚 刚 同 伴 讲 了 出
刚刚同伴讲出了

la^{33} nəŋ^{31} jou^{24} jou^{33} ȵi^{31} tse^{35} nəŋ^{31}
俫 男 也 有 人 接 男
我们也有人接应

no^{24} luo^{31} tɕhəŋ^{31} tou^{31} lu^{35} khaŋ^{33} kuo^{33}
进 来 清 头 得 看 过
进来厅堂曾看过

tse^{31} jo^{33} tse^{35} ŋu^{33} zə^{35} ti^{54} ȵi^{31}
只 有 接 我 一 班 人
只有接我那班人

tse^{35} ŋu^{33} ke^{33} ȵi^{31} se^{33} sai^{54} lau^{24}
接 我 的 人 是 先 路
接我的人是先路

ji^{24} ka^{54} tiŋ^{33} se^{33} təi^{24} zə^{35} taŋ^{31}
应 该 正 是 第 一 团
应该正是第一团

tsou^{31} sai^{54} ke^{33} ȵi^{31} tse^{35} no^{24} ŋu^{33}
走 先 的 人 接 入 我
走先的人接了我

la^{33} nəŋ^{31} saŋ^{33} se^{33} təi^{24} no^{24} taŋ^{31}
倈　男　算　是　第　二　团
我们算是第二团

luo^{54} ɕi^{54} təŋ^{31} paŋ^{33} səi^{33} zə^{33} ho^{31}
知　心　同　伴　细　意　好
知心同伴心细致

jou^{33} zə^{35} jou^{33} no^{24} tiaŋ^{31} lu^{35} miŋ^{31}
有　一　有　二　讲　得　明
有一有二讲得明

ɕo^{54} jai^{33} la^{33} nəŋ^{31} mə^{33} luo^{54} le^{33}
虽　然　倈　男　不　知　礼
虽然我们不知礼

mə^{33} luo^{54} tɕəŋ^{31} luo^{33} khuai^{33} tou^{31} taŋ^{31}
不　知　情　理　劝　头　团
不知情理劝头团

mə^{33} luo^{54} le^{33} mau^{24} ju^{33} tɕa^{24} khuai^{33}
不　知　礼　貌　也　着　劝
不知礼貌也得劝

ju^{33} tɕa^{24} hau^{33} khuai^{33} tou^{31} taŋ^{31} ȵi^{31}
也　着　去　劝　头　团　人
也得去劝头团人

mo^{33} ȵi^{31} ji^{33} tou^{31} mə^{33} ho^{31} tsa^{33}
没　人　引　头　不　好　做
没人引头不好做

vǝ^{31} ȵi^{31} pǝŋ^{54} kǝŋ^{54} mǝ^{33} ho^{31} vo^{31}
无 人 分 工 不 好 维
无人分工难维持

tshai^{54} piŋ^{33} vi^{24} mu^{33} jou^{33} tou^{31} tɕi^{54}
千 兵 万 马 有 头 军①
千军万马有将领

vi^{24} tɕaŋ^{33} mu^{31} sa^{35} jou^{33} kau^{31} tou^{31}
万 丈 麻 绳 有 根 头
万丈麻绳有根头

mo^{33} lu^{35} tou^{31} tɕi^{54} piŋ^{33} mǝ^{33} tǝŋ^{33}
没 有 头 军 兵 不 动
没有将领兵不动

tou^{31} tɕi^{54} ha^{54} liŋ^{24} lai^{31} jou^{24} he^{33}
头 军 下 令 连 夜 行
将军下令连夜行

piou^{35} jou^{33} ɕaŋ^{24} kuǝ^{35} jou^{33} fu^{33} kuǝ^{35}
竹 有 上 节 有 下 节
竹有上节有下节

paŋ^{33} me^{24} tou^{31} taŋ^{31} no^{33} no^{24} taŋ^{31}
伴 妹 头 团 到 二 团
伴妹头团到二团

① 头军：带兵的将领。

tou^{31} taŋ^{31} pəŋ^{54} kəŋ^{54} zə^{35} no^{24} thiaŋ^{33}
头 团 分 工 一 二 唱
头团分工按序唱

jou^{24} tɕhiu^{54} pu^{35} fu^{35} mo^{33} ȵi^{31} ti^{31}
六 亲 百 客① 没 人 弹
六亲百客没责言

tou^{31} taŋ^{31} ji^{33} tou^{31} se^{33} təŋ^{33} luo^{33}
头 团 引 头 是 正 理
头团引头是正理

pəi^{24} taŋ^{31} ji^{33} tou^{31} luo^{33} mə^{33} ka^{54}
别 团 引 头 理 不 该
别团引头理不该

ŋu^{33} tɕhəŋ^{31} tou^{31} taŋ^{31} tse^{24} tɕou^{24} le^{33}
我 请 头 团 自 就 些
我请头团爽快些

mə^{33} nəŋ^{54} se^{31} khi^{54} ŋa^{31} lu^{35} tɕaŋ^{31}
不 给 时 间 挨 得 长
不要耽误费时间

ŋa^{31} lu^{35} tɕiou^{31} te^{54} mo^{33} no^{24} tse^{31}
挨 得 久 了 没 日 子
耽误久了没时间

① 六亲百客：这里泛指亲属。

ŋa^{31} tɕi^{31} paŋ^{33} me^{24} se^{24} mə^{33} thaŋ^{54}
挨 着① 伴 妹 事 不 通
误了伴妹事不通

zə^{35} na^{31} tio^{31} ȵi^{31} tsha^{31} na^{24} tio^{31}
一 挨 主 人 吵 闹 久
一误主人吵闹久

no^{24} na^{31} tia^{24} ȵi^{54} mə^{33} khaŋ^{35} fa^{31}
二 挨 自 己 不 空 怀
二误自己不从容

ta^{24} mau^{24} jou^{24} phu^{33} tshai^{54} luo^{54} tia^{35}
大 木 也 怕 千 万 砍
大树也怕千刀砍

miŋ^{31} pu^{24} jou^{24} phu^{33} paŋ^{33} tio^{33} te^{31}
明 白 也 怕 半 句 提
明白人怕半句提

paŋ^{33} tio^{33} te^{31} luo^{31} pu^{24} tse^{24} lia^{33}
半 句 提 来 白 字② 了
半句提醒识白字

tio^{33} tio^{33} te^{31} luo^{31} paŋ^{33} tse^{24} tshəŋ^{54}
句 句 提 来 伴 自 聪③
句句提醒自明白

---

① 挨着：指耽误时间，误了事。
② 白字：不认识的字。
③ 自聪：自己明白。

luo^{54} ɕi^{54} ɕou^{24} se^{24} miŋ^{31} pu^{24} lia^{33}
知　心　熟　悉　明　白　了
知心伙伴明白了

tio^{31} pai^{24} te^{31} tou^{31} miŋ^{31} pu^{24} vai^{33}
随　便　提　头　明　白　完
随便提醒尽知晓

tiaŋ^{31} lu^{35} la^{54} te^{54} tɕhiəŋ^{33} mə^{33} kø^{33}
讲　得　多　了　听　不　惯
讲得多了听不进

məŋ^{24} lu^{35} ku^{33} la^{54} ku^{33} mə^{33} liŋ^{31}
问　得　价　多　架　不　灵①
问得卦多卦不灵

ɕaŋ^{33} ɕi^{54} tia^{35} mau^{24} tsa^{24} tse^{54} tso^{33}
上　山　砍　木　凿　鸡　栖②
上山砍树做鸡栅

fu^{33} ɕi^{54} tia^{35} pio^{24} tiou^{24} tse^{54} ləŋ^{31}
下　山　砍　竹　织　鸡　笼
下山砍竹织鸡笼

səŋ^{54} pu^{35} tou^{31} tse^{54} vəŋ^{33} tsou^{33} tso^{33}
三　百　只　鸡　关　拢③　栖
三百只鸡关鸡栅

---

① 本句“价”“架”都应为“卦”。民间认为，问卦占卜时要诚心并专注意会，只能占一次或两次，次数多了不灵。

② 鸡栖：即鸡栅。

③ 关拢：关在一起。

zə^{35} tou^{31} phu^{35} ɕo^{35} la^{33} tse^{31} te^{31}
一 只 拍 翅 带 起 啼
一只拍翅起了头

zə^{35} tou^{31} phu^{35} ɕo^{35} se^{31} te^{54} ɕo^{31}
一 只 拍 翅 起 了 首
一只拍翅带起啼

la^{33} se^{31} se^{31} ɕəŋ^{54} tou^{31} tou^{31} te^{31}
带 起 起 声 只 只 啼
带头起声只只啼

tou^{31} taŋ^{31} ha^{54} niai^{31} la^{33} sə^{31} thiaŋ^{33}
头 团 开 言① 带 起 唱
头团开言带起唱

ta^{24} tse^{31} zə^{35} no^{24} paŋ^{33} ɕiŋ^{31} niaŋ^{31}
大 齐 一 二 伴 行 娘
大家有序伴行娘

ŋu^{33} tɕhəŋ^{31} tou^{31} taŋ^{31} tse^{24} tɕou^{24} lie^{33}
我 请 头 团 自 就 些
我请头团爽快些

tse^{24} tse^{24} tɕou^{24} tɕou^{24} tso^{31} ha^{54} niai^{31}
自 自 就 就 早 开 言
爽爽快快早发话

① 开言：发话、发言。

ha^{54} niai^{31} zə^{35} no^{24} pəŋ^{54} kəŋ^{54} fu^{33}

开 言 一 二 分 工 下

发言有序分工好

zə^{35} pi^{54} zə^{35} ta^{24} paŋ^{33} ɕiŋ^{31} niaŋ^{31}

一 班 一 段 伴 行 娘

一班一段伴行娘

la^{33} ke^{33} fu^{24} fo^{33} əi^{54} jaŋ^{24} tiaŋ^{31}

俫 的 话 毕 这 样 讲

我的话儿这样讲

ta^{24} tse^{31} fuə^{24} ɕi^{54} mə^{33} fuə^{24} ɕi^{54}

大 齐 合 心 不 合 心

大家合心不合心

vu^{24} se^{33} fuə^{24} ɕi^{54} kəŋ^{33} kø^{31} ho^{31}

若 是 合 心 更 加 好

若是合心更加好

vu^{24} se^{33} mə^{33} fuə^{24} ɕaŋ^{54} kuo^{33} liaŋ^{31}

曰① 是 不 合 商 过 量

若不合心再商量

ɕu^{24} ɕi^{54} tou^{31} ɕaŋ^{24} tso^{33} tse^{54} kau^{54}

石 山 头 上 皂 角 刺

石山头上皂角刺

---

① 曰：在当地方言中，包含以下义项——说；告诉；责骂；如果，若。此处应译为“若”。

se^{33} ŋu^{33} tɕo^{33} khua^{33} hou^{31} tou^{31} tshau^{54}
是 我 嘴 快 口 头 初
是我嘴快口头粗

hou^{31} tou^{31} tshau^{54} tshau^{54} tiaŋ^{31} te^{54} ɕo^{35}
口 头 初 初 讲 了 出
口头粗粗讲出了

hou^{31} tshau^{54} khuai^{33} te^{54} tou^{31} taŋ^{31} ȵi^{31}
口 初 劝 了 头 团 人
口粗劝了头团人

tse^{31} vaŋ^{24} tou^{31} taŋ^{31} mə^{33} kua^{33} ŋu^{33}
指 望 头 团 不 怪 我
希望头团不怪我

mə^{33} kua^{33} la^{33} saŋ^{54} hau^{33} khuai^{33} ȵi^{31}
不 怪 俫 双 去 劝 人
不怪我俩去劝人

vu^{24} se^{33} tou^{31} taŋ^{31} ɕu^{33} kuo^{33} ŋu^{33}
若 是 头 团 训 过① 我
若是头团谅解我

tɕou^{24} ȵi^{24} tse^{24} tɕou^{24} tso^{31} ha^{54} niai^{31}
就 要 自 就 早 开 言
就要爽快早开言

① 训过：应为“顺过”，谅解、包涵、宽恕。

tɕhi^{33} tso^{31} ha^{54} niai^{31} pəŋ^{54} kəŋ^{54} fu^{33}
趁 早 开 言 分 工 下
趁早发言分工好

tau^{31} ho^{31} paŋ^{33} me^{24} lu^{35} lau^{24} thaŋ^{54}
才 好 伴 妹 得 路 通
才好伴妹顺利行

fu^{24} po^{24} se^{33} mə^{33} əi^{54} jaŋ^{24} tiaŋ^{31}
话 毕 是 否 这 样 讲
话儿是否这样讲

paŋ^{33} me^{24} se^{33} mə^{33} jaŋ^{24} ɕaŋ^{54} liaŋ^{31}
伴 妹 是 否 样 商 量
这样商量伴行娘

pəŋ^{54} mau^{24} pəŋ^{54}
枫 木 枫
枫木风①

pəŋ^{54} mau^{24} mo^{33} ɕaŋ^{24} kua^{33} su^{54} ləŋ^{54}
枫 木 尾 上 挂 纱 灯
枫木尾上挂纱灯

pəŋ^{54} tɕho^{54} su^{54} ləŋ^{54} taŋ^{31} taŋ^{31} luai^{33}
风 吹 纱 灯 团 团 转②
风吹纱灯团团转

luai^{33} luo^{31} luai^{33} hau^{33} hau^{33} paŋ^{33} pai^{54}
转 来 转 去 到 伴 边
转来转去到伴边

① 下文有“风吹纱灯”句，故此处译为“风”。
② 团团转：转动。此句比喻活动有顺序，轮流进行。

luai^{33} luo^{33} tou^{31} taŋ^{31} luo^{54} ɕi^{54} paŋ^{33}
转 到 头 团 知 心 伴
转到头团知心伴

tou^{31} taŋ^{31} ȵi^{31} ho^{31} tso^{31} ji^{33} tou^{31}
头 团 人 好 早 引 头
头团人好早引头

hou^{31} tshe^{54} pai^{54} luo^{31} tɕa^{24} mə^{33} tɕa^{24}
口 吃 边 梨 嚼 不 嚼
口吃槟榔嚼不嚼

tɕun^{54} paŋ^{33} se^{33} mə^{33} əi^{54} jaŋ^{24} niai^{31}
尊 伴 是 否 这 样 言
传伴是否这样说

tse^{35} tɕi^{31} thiaŋ^{33}
接 着 唱
接着唱

tse^{35} tɕi^{31} tou^{31} taŋ^{31} ho^{31} kø^{54} tɕəŋ^{31}
接 着 头 团 好 歌 情
接着头团好歌情

tou^{31} taŋ^{31} va^{24} tiaŋ^{31} va^{24} tsa^{33} fu^{35}
头 团 会 讲 会 做 客①
头团客套真会讲

tsa^{33} fu^{35} tiaŋ^{31} ɕo^{35} mə^{33} tsa^{33} tou^{31}
做 客 讲 出 不 做 头
谦虚礼让不牵头

① 做客：与“做主”相对。做主的人要主动领头做事，做客即不愿主动领头做事。

tsa^{33} fu^{35} kəŋ^{33} ȵi^{31} tsa^{33} ɕai^{24} se^{24}
做 客 的 人 做 现 事①
谦虚客套做现事

tsa^{33} tou^{31} kəŋ^{33} ȵi^{31} tsho^{54} haŋ^{31} ɕi^{54}
做 头 的 人 操 寒 心
牵头引路最操心

tɕo^{33} kau^{35} va^{24} tiaŋ^{31} tɕhua^{54} luo^{33} ŋu^{33}
嘴 巴 会 讲 推 到 我
嘴巴会讲推到我

pai^{31} luo^{33} hi^{33} ŋu^{33} luo^{31} ji^{31} tou^{31}
反 的② 喊 我 来 引 头
反倒喊我来带头

tiaŋ^{54} tiaŋ^{54} nəŋ^{31} pəŋ^{54} tɕho^{54} tə^{54} kuo^{33}
刚 刚 南 风 吹 了 过
刚刚南风吹过了

khəŋ^{35} tɕi^{54} po^{35} pəŋ^{54} jou^{24} thio^{54} luo^{33}
现 在 北 风 又 吹 来
现在北风又吹来

nəŋ^{31} pəŋ^{54} thio^{54} kuo^{33} vəŋ^{54} vəŋ^{54} naŋ^{33}
南 风 吹 过 温 温 暖
南风吹过温且暖

① 现事：做现成安排好的事情。
② 的：应为“倒”。

po^{35} pəŋ^{54} thio^{54} luo^{33} kai^{33} haŋ^{31} ȵi^{31}
北 风 吹 来 知 寒 人
北风吹来冷又冰

jia^{35} lu^{54} vo^{54} ɕa^{31} kai^{33} lu^{35} liŋ^{33}
穿 得 衣 少 见 得 冷
穿衣少了感觉冷

ŋu^{33} mə^{33} lu^{54} kø^{54} kai^{33} vo^{31} ȵi^{31}
我 不 知 歌 见 为 难
我不知歌见为难

hi^{33} ŋu^{33} ji^{33} tou^{31} zə^{35} kai^{33} se^{24}
叫 我 引 头 一 件 事
叫我引头操心事

zə^{35} thai^{54} mo^{24} hou^{35} kø^{31} maŋ^{31} ɕi^{54}
一 天 墨 黑 鬼 朦 山①
满天漆黑鬼朦山

vai^{31} tɕaŋ^{31} luo^{31} tia^{35} tɕhi^{33} hau^{31} ku^{54}
园 墙 篱 脚 种 苦 瓜
园墙篱脚种苦瓜

se^{33} tɕaŋ^{31} se^{33} laŋ^{31} tiaŋ^{31} fa^{35} fu^{54}
是 长 是 短 讲 发 花
是长是短讲发花

① 鬼朦山：在野外遇山鬼，迷了路。

tən^{31} tɕaŋ^{31} məŋ^{33} tie^{24} tse^{35} lu^{54} tie^{24}
藤 长 莓① 大 结 得 大
藤长苗大结得大

təŋ^{33} laŋ^{31} məŋ^{33} səi^{33} tse^{35} mə^{33} luo^{31}
藤 短 莓 细 结 不 来
藤短苗小结不来

tsa^{33} kaŋ^{54} tsa^{33} fə^{31} ȵi^{54} ȵi^{54} vai^{24}
做 官 做 府 人 人 愿
当官坐府人人愿

miŋ^{24} mə^{33} tou^{31} thaŋ^{54} na^{24} mə^{33} fuə^{31}
命 不 投 胎 奈 不 何
命不投胎没奈何

ŋu^{33} se^{33} tse^{31} la^{31} mə^{33} luo^{54} le^{33}
我 是 几 兄 不 知 礼
我们兄弟不知礼

ɕaŋ^{31} tsa^{33} tou^{31} taŋ^{31} zə^{24} mə^{33} ɕa^{54}
想 做 头 团 吃 不 消
想做头团吃不消

piou^{35} jou^{33} ɕaŋ^{24} kuə^{35} jou^{33} fu^{33} kuə^{35}
竹 有 上 节 有 下 节
竹有上节有下节

① 莓：藤蔓、灌木或矮小乔木的主体部分。

thiaŋ^{33} kø^{54} tou^{31} taŋ^{31} luo^{33} no^{24} taŋ^{31}
唱 歌 头 团 到 二 团
唱歌头团到二团

ha^{54} ɕo^{31} tou^{31} taŋ^{31} sai^{54} tsəi^{35} paŋ^{33}
开 始 头 团 先 接 伴
开始头团先接伴

ji^{33} tou^{31} ȵi^{24} kuo^{54} tou^{31} taŋ^{31} ȵi^{31}
引 头 要 归 头 团 人
领头还需头团人

tou^{31} taŋ^{31} luo^{54} ɕi^{54} ɕou^{31} sai^{54} luo^{33}
头 团 知 心 首 先 到
头团知心首先到

ji^{24} ka^{54} tse^{24} tɕou^{24} ji^{33} se^{31} tou^{31}
应 该 自 就 引 起 头
应该爽快引起头

tou^{31} taŋ^{31} ji^{33} tou^{31} se^{33} tiŋ^{33} luo^{33}
头 团 引 头 是 正 理
头团引头是正理

pəi^{24} taŋ^{31} ji^{33} tou^{31} luo^{33} mə^{33} ka^{54}
别 团 引 头 理 不 该
别团引头理不该

pəi^{24} taŋ^{31} ji^{33} tou^{31} hou^{33} ȵi^{31} ɕa^{33}
别 团 引 头 有 人 笑
别团引头有人笑

ȵi^{31} ɕa^{33} la^{33} saŋ^{54} laŋ^{24} səŋ^{54} thai^{54}
人 笑 俫 双 乱 三 天
人笑我俩乱三天

no^{24} luo^{31} tɕhəŋ^{54} tou^{31} ŋa^{31} lu^{35} tio^{31}
进 来 清 头 挨 得 久
进来厅堂挨得久

paŋ^{33} me^{24} se^{24} lau^{24} mo^{33} zə^{35} haŋ^{31}
伴 妹 事 路 没 一 行
伴妹事路难畅通

ta^{24} mau^{24} ju^{24} phu^{33} thai^{54} luo^{54} tia^{35}
大 树 也 怕 千 刀 吹①
大树也怕千刀砍

miŋ^{31} pu^{24} ju^{24} phu^{33} paŋ^{33} tio^{33} te^{31}
明 白 就 怕 半 句 提
明白人怕半句提

paŋ^{33} tio^{33} te^{31} luo^{31} pu^{24} tse^{24} lia^{33}
半 句 提 来 白 字 了
半句提醒识白字

tio^{33} tio^{33} te^{31} luo^{31} paŋ^{33} tse^{24} tshəŋ^{54}
句 句 提 来 伴 自 聪
句句提醒自明白

① 吹：应为“砍”。

ŋou^{31} vu^{35} taŋ^{33} tso^{31} mə^{33} vi^{54} lio^{35}
牛 弯① 冲 糍 不 弯 曲②
牛轭舂糍太弯曲

au^{54} vu^{54} tse^{33} ɕou^{24} mə^{33} kho^{31} ŋa^{31}
乌 鸦 站 树 不 可 挨
乌鸦站树不可久

ŋa^{31} luo^{31} ŋa^{31} hau^{33} mo^{33} no^{24} tse^{31}
挨 来 挨 去 没 日 子
延来误去时间过

ŋa^{31} tɕi^{31} paŋ^{33} me^{24} se^{24} mə^{33} thaŋ^{54}
挨 着 伴 妹 事 不 通
耽误伴妹事不通

ȵi^{54} ȵi^{54} se^{33} kuo^{54} ɕou^{24} se^{24} paŋ^{33}
个 个 是 归 熟 悉 伴
个个都是熟悉伴

ŋu^{33} hi^{33} tou^{31} taŋ^{31} mə^{33} la^{54} niai^{31}
我 喊 头 团 不 多 言
我喊头团不多言

maŋ^{31} təŋ^{31} tse^{24} tɕou^{24} paŋ^{33} tse^{24} tɕou^{24}
芒 筒 自 就 伴 自 就
苇秆茎直伴直率

① 牛弯：牛轭。
② 此处用牛轭舂糍粑一事喻做事不能太多曲折。

kaŋ^{31} khua^{33} tse^{24} tɕou^{24} ji^{33} se^{31} tou^{31}
赶　快　自　就　引　起　头
还请爽快引起头

tse^{24} tɕou^{24} kaŋ^{31} khua^{33} la^{33} se^{31} lua^{33}
自　就　赶　快　带　起　队
爽爽快快带起队

li^{31} khua^{33} tse^{24} tɕou^{24} ha^{54} ɕo^{35} niai^{31}
打　快①　自　就　开　出　言
快快径直发个言

jou^{33} zə^{35} jou^{33} no^{24} pəŋ^{54} kəŋ^{54} fo^{33}
有　一　有　二　分　工　下
有一有二分好工

tau^{31} nəŋ^{31} paŋ^{33} me^{24} lu^{35} lau^{24} thaŋ^{54}
才　能　伴　妹　得　路　通
才能伴妹顺利行

ŋu^{33} kə^{33} fu^{24} po^{24} əi^{54} jaŋ^{24} tiaŋ^{31}
我　的　话　毕　这　样　讲
我的话儿这样讲

se^{33} ŋu^{33} hou^{31} tshau^{54} tiaŋ^{31} ɕo^{35} luo^{33}
是　我　口　初　讲　出　来
是我口粗讲出来

① 打快：赶快。

ji^{33} tiai^{54} hou^{31} khuai^{33} tiaŋ^{31} te^{54} ɕo^{35}
已 经 口 快 讲 了 出
已经口快讲出来

vaŋ^{24} paŋ^{33} mə^{33} kua^{33} la^{33} nəŋ^{31} saŋ^{54}
望 伴 不 怪 我 们 双
望伴不怪我们俩

hou^{31} tshe^{54} pai^{54} luo^{31} tɕa^{24} mə^{33} tɕa^{24}
口 吃 边 梨 嚼 不 嚼
口吃槟榔嚼不嚼

ŋu^{33} tɕou^{24} əi^{54} jaŋ^{24} tɕun^{54} tou^{31} taŋ^{31}
我 就 这 样 尊 头 团
我就这样传头团

tiaŋ^{31} fu^{24} mə^{33} tɕa^{24} tɕou^{24} tiaŋ^{31} kuo^{33}
讲 话 不 对 就 讲 过
讲话不对就讲过

tɕun^{54} paŋ^{33} mə^{33} tɕa^{24} ɕaŋ^{54} kuo^{33} liaŋ^{31}
尊 伴 不 着 商 过 量
传伴不对再商量

ho^{31} tshe^{54} pai^{54} luo^{31} ju^{24} se^{24} tɕa^{24}
口 吃 边 梨 也 是 嚼
口吃槟榔也是嚼

tɕun^{54} la^{33} tiŋ^{33} se^{33} əi^{54} jaŋ^{24} niai^{31}
尊 倈 正 是 这 样 言
传我正是这样说

ŋu^{33} tsa^{33} tɕhəŋ^{54} tou^{31} lu^{35} tɕhiəŋ^{33} tɕe^{31}
我 坐 清 头 得 听 着
我坐厅堂得听到

tɕhəŋ^{33} tɕe^{31} təŋ^{31} paŋ^{33} luo^{31} khuai^{33} nəŋ^{31}
听 着 同 伴 来 劝 男
听到同伴来劝我

mə^{33} va^{24} tiaŋ^{31} se^{31} mə^{33} va^{24} tsho^{54}
不 会 讲 时 不 会 操
不会操心不会说

ma^{31} tsa^{35} tou^{24} fə^{33} tse^{54} tau^{31} tso^{54}
磨 箱 豆 腐① 鸡 抓 烂②
磨箱豆腐鸡抓烂

tse^{54} tɕua^{35} tou^{24} fə^{33} ɕuəi^{35} tɕo^{33} tɕou^{31}
鸡 啄 豆 腐 喝 醉 酒
鸡啄豆腐喝醉酒

ji^{54} vo^{24} tɕou^{31} tɕo^{33} se^{31} lai^{54} kuaŋ^{31}
因 为 酒 醉 起 癫 狂
因为酒醉起癫狂

lai^{54} kuaŋ^{31} tse^{54} ȵi^{31} mə^{33} luo^{54} le^{33}
癫 狂 之 人 不 知 礼
癫狂之人不知礼

① 磨箱豆腐：黄豆磨成浆出锅后，要放木制的箱格子里压成豆腐块，所以以箱为单位。

② 烂：糟乱。

fəŋ^{54} fəŋ^{54} tɕo^{33} tɕo^{33} luo^{33} te^{54} luo^{31}
晕 晕 醉 醉 到 了 来
晕晕醉醉到来了

la^{33} nəŋ^{31} luo^{33} luo^{33} se^{31} ŋi^{24} khaŋ^{33}
俫 男 到 来 起 眼 看
我们到来仔细看

tse^{31} la^{31} təŋ^{31} paŋ^{33} mə^{33} təŋ^{31} luo^{31}
几 兄 同 伴 不 曾 来
兄弟同伴不曾来

tsaŋ^{31} se^{33} la^{33} nəŋ^{31} sai^{54} lau^{24} luo^{33}
总 是 俫 男 先 路 到
总是我们先路到

se^{33} ŋu^{33} tse^{31} la^{31} tɕhuai^{31} te^{54} tiaŋ^{31}
是 我 几 兄 取 了 强
我们兄弟抢了先

ȵi^{31} ke^{33} tɕhuai^{31} tiaŋ^{31} tɕhuai^{31} ɕo^{35} ɕou^{31}
人 的 取 强 取 出 手
别人抢先为取利

se^{33} la^{33} tɕhuai^{31} tiaŋ^{31} sai^{54} lau^{24} luo^{33}
是 俫 取 强 先 路 来
我是无意先到来

se^{33} ŋu^{33} tsəi^{35} no^{24} no^{24} taŋ^{31} paŋ^{33}
是 我 接 进 二 团 伴
是我接进二团伴

no^{24} taŋ^{31} tsəi^{35} no^{24} səŋ^{54} taŋ^{31} ȵi^{31}

二 团 接 入 三 团 人

二团接入三团人

səŋ^{54} taŋ^{31} tsəi^{35} no^{24} so^{33} taŋ^{31} paŋ^{33}

三 团 接 入 四 团 伴

三团接入四团伴

so^{33} taŋ^{31} tsəi^{35} no^{24} ŋau^{33} taŋ^{31} ȵi^{31}

四 团 接 入 五 团 人

四团接入五团人

tɕi^{54} jo^{33} paŋ^{33} me^{24} ŋau^{33} taŋ^{31} paŋ^{33}

今 夜 伴 妹 五 团 伴

今夜伴妹五团伴

ŋau^{33} taŋ^{31} təŋ^{31} paŋ^{33} pəi^{31} ɕiŋ^{31} niaŋ^{31}

五 团 同 伴 陪 行 娘

五团同伴陪行娘

la^{33} se^{33} sai^{54} luo^{24} tɕhua^{54} mə^{33} tha^{35}

倈 是 先 路 推 不 脱

我是先来推不脱

la^{24} se^{31} mə^{33} tha^{35} saŋ^{33} tou^{31} taŋ^{31}

赖 死 不 脱 算 头 团

死活难推算头团

piou^{35} ɕaŋ^{24} phiŋ^{54} luo^{54} vaŋ^{24} mə^{33} kua^{33}

壁 上 插 刀 望 不 怪

壁上插刀望不怪

vaŋ^{24} paŋ^{33} mə^{33} kua^{33} la^{33} nəŋ^{31} saŋ^{54}
望 伴 不 怪 倈 男 双
望伴不怪我们俩

mə^{33} kua^{33} la^{33} nəŋ^{31} sai^{54} lau^{24} luo^{33}
不 怪 倈 男 先 路 到
不怪我们先来到

mə^{33} luo^{54} le^{33} mau^{24} tɕhuai^{31} te^{54} tiaŋ^{31}
不 知 礼 貌 取 了 强
不知礼貌抢了先

mə^{33} va^{24} tiaŋ^{31} si^{31} mə^{33} va^{24} tsho^{54}
不 会 讲 时 不 会 操
不会操心不会说

mo^{33} tsai^{31} ma^{33} liŋ^{31} kha^{33} mai^{31} vo^{54}
没 钱 买 件 破 棉 衣
没钱买件破棉衣

tɕou^{24} tsai^{33} kha^{33} vo^{54} mə^{33} ho^{31} lia^{35}
就 钱 破 衣 不 好 穿
省钱破衣不好穿

ta^{24} ȵi^{54} təi^{24} ze^{35} haŋ^{31} ɕi^{54} tsho^{54}
自 己 找 个 寒 心 操
自己找个寒心操

mə^{33} va^{24} vu^{24} se^{31} mə^{33} va^{24} tsho^{54}
不 会 曰 时 不 会 操
不会操心不会言

la^{33} tou^{31} ɕaŋ^{33} mau^{24} ɕua^{35} te^{54} tio^{54}
儿 子 上 树 刷 了 株①
儿子上树失了手

la^{33} tou^{31} ɕaŋ^{33} mau^{24} to^{24} te^{54} fo^{33}
儿 子 上 木 跌 了 下
儿子上树跌下来

ta^{24} ȵi^{54} təi^{24} ze^{35} haŋ^{31} ɕi^{54} tsho^{54}
自 己 找 个 寒 心 操
自己找个寒心操

luo^{54} ɕi^{54} təŋ^{31} paŋ^{33} the^{31} həŋ^{24} ŋu^{33}
知 心 同 伴 体 贴 我
知心同伴体贴我

tio^{33} tio^{33} tiaŋ^{31} luo^{31} ho^{31} ɕaŋ^{54} liaŋ^{33}
句 句 讲 来 好 商 量
句句道来好商量

ȵi^{54} ȵi^{54} ti^{33} se^{33} ɕou^{24} se^{24} paŋ^{33}
个 个 都 是 熟 悉 伴
个个都是熟悉伴

tɕou^{24} se^{33} mə^{33} tɕa^{24} ju^{24} və^{31} faŋ^{31}
就 是 不 对 也 无 妨
就是不对也无妨

se^{24} tsa^{33} luo^{54} ɕi^{54} səi^{33} zə^{33} ho^{31}
实 在 知 心 细 意 好
实在知心心细致

① 刷了株：树干太滑，没有抱住。

ȵi^{54} ȵi^{54} səi^{33} ɕi^{54} khuai^{33} la^{33} nəŋ^{31}
人 人 细 心 劝 倈 男
人人用心劝我们

ho^{31} ɕi^{54} liaŋ^{33} khuai^{33} luo^{31} khuai^{33} la^{33}
好 心 两 劝 来 劝 倈
好心两番来劝我

khuai^{33} ŋu^{33} zə^{35} tɕiəŋ^{24} ji^{33} se^{31} tou^{31}
劝 我 一 定 引 起 头
劝我一定引起头

ko^{54} ɕi^{54} kiŋ^{24} ɕou^{24} ȵi^{31} tɕhua^{33} po^{24}
高 山 滚 石 难 退 避
高山滚石难退避

tse^{24} luo^{31} tou^{31} jou^{31} mə^{33} tse^{24} jou^{31}
自 来 头 由① 不 自 由
从来领头不自由

tou^{31} jou^{31} mo^{33} lu^{35} ji^{54} jou^{31} se^{31}
头 由 没 得 因 由 起
领头没有因由起

ji^{54} vo^{24} tou^{31} jou^{31} təi^{24} tou^{31} jou^{31}
因 为 头 由 找 头 由
为了领头找领头

① 头由：带头的人或起头的事项。

se^{24} tsa^{33} la^{33} nəŋ^{31} mə^{33} luo^{54} le^{33}
实 在 我 们 不 知 礼
实在我们不知礼

luo^{54} ɕi^{54} təŋ^{31} paŋ^{33} ho^{31} mə^{33} vai^{31}
知 心 同 伴 好 不 完
知心同伴好得很

tiaŋ^{31} se^{31} ji^{33} tou^{31} zə^{35} taŋ^{24} se^{24}
讲 起 引 头 一 段 事
讲起领头这个事

zə^{35} thai^{35} mo^{24} hou^{35} kuo^{31} maŋ^{31} ɕi^{54}
一 天 墨 黑 鬼 朦 山
满天漆黑鬼朦山

ɕi^{31} tɕi^{31} ji^{33} tou^{31} mə^{33} luo^{54} lau^{24}
怕 着 引 头 不 知 路
怕着领头不知路

mə^{33} ji^{33} kho^{31} lie^{31} ho^{31} paŋ^{33} tɕəŋ^{31}
不 引 可 怜 好 伴 情
不领辜负好伴情

ɕaŋ^{33} fu^{33} liaŋ^{33} ȵi^{31} kuo^{33} ȵi^{31} tsa^{33}
上 下 两 难 够 难 做
上下两难够难做

tsaŋ^{31} ɕi^{31} ji^{33} tou^{31} ji^{33} mə^{33} thaŋ^{54}
总 怕 引 头 引 不 通
总怕领头事不通

ɕu^{24} pi^{31} tɕhuəi^{33} ka^{54} ka^{54} ju^{24} tse^{31}
石 板 砌 街 街 又 齐
石板砌街街整齐

zə^{35} tɕi^{31} ɕu^{24} pi^{31} zə^{35} tɕi^{31} ne^{31}
一 层 石 板 一 层 泥
一层石板一层泥

ne^{33} ji^{54} ɕu^{24} pi^{31} mə^{33} tiaŋ^{24} ɕəŋ^{33}
泥 与 石 板 不 同 姓
泥与石板不同姓

ŋu^{33} ji^{54} təŋ^{31} paŋ^{33} mə^{33} tiaŋ^{24} tɕhun^{54}
我 与 同 伴 不 共 村
我与同伴不同村

kuo^{35} tɕhun^{54} ti^{33} jou^{33} kuo^{35} tɕhun^{54} le^{33}
各 村 都 有 各 村 礼
各村都有各村礼

kuo^{35} tɕhun^{54} le^{33} mau^{24} ɕi^{31} mə^{33} təŋ^{31}
各 村 礼 貌 怕 不 同
各村礼貌怕不同

ju^{24} jou^{33} mə^{33} təŋ^{31} mə^{33} tse^{33} kua^{33}
如 有 不 同 不 记 怪
如有不同不怪罪

ji^{33} tou^{31} mə^{33} tɕa^{24} vai^{31} liaŋ^{24} nəŋ^{31}
引 头 不 对 原 谅 男
领头不对原谅我

tse^{31} vaŋ^{24} ȵi^{54} ȵi^{54} piu^{54} haŋ^{31} ŋu^{33}
指 望 个 个 包 涵 我
希望个个包涵我

piu^{54} haŋ^{31} la^{33} saŋ^{54} ɕou^{24} ji^{33} tou^{31}
包 涵 俫 双 学 引 头
包涵我俩学领头

ŋi^{24} se^{31} tou^{31} po^{31} ju^{24} tɕa^{24} ji^{33}
硬 起 头 皮 也 着 引
硬着头皮也得领

ŋu^{33} tɕou^{24} tshau^{54} ɕou^{24} luo^{31} ji^{33} tou^{31}
我 就 初 学 来 引 头
我就初学来领头

zə^{33} jaŋ^{24} tiaŋ^{31} luo^{31} zə^{33} jaŋ^{24} vo^{24}
依 样 讲 来 依 样 曰
依样讲来依样说

zə^{33} jaŋ^{24} vo^{24} luo^{33} la^{33} ji^{33} tou^{31}
依 样 曰 来 俫 引 头
依样说来我领头

zə^{35} liaŋ^{54} həŋ^{31} tse^{31} həŋ^{31} tho^{54} tho^{54}
一 张 红 纸 红 滔 滔
一张红纸红彤彤

tiaŋ^{54} jaŋ^{54} tse^{33} vu^{35} khaŋ^{31} miŋ^{31} thiu^{54}
中 央 直 画 孔 明 车
中央直画孔明车

thiu^{54} tse^{24} tsou^{31} nio^{33} ɕəŋ^{31} lai^{31} tse^{24}
车 字 走 耳 成 连 字
车字走之成连字

lai^{31} pai^{24} lai^{31} ɕəŋ^{31} la^{33} hai^{54} niai^{31}
连 便 连 成 俫 开 言
连便连成我开言

fə^{31} ɕa^{54} tiaŋ^{54} no^{31} laŋ^{24} ɕu^{24} tse^{24}
火 烧 江 华 乱 石 寺①
火烧江华浪尸寺

fə^{31} jaŋ^{54} la^{24} no^{24} se^{24} tse^{31} kaŋ^{54}
火 秧 落 入 十 字 街
火苗落入十字街

ɕia^{54} nai^{31} se^{24} tse^{31} po^{31} tɕaŋ^{24} phuə^{33}
烧 燃 十 字 皮 匠 铺
烧燃十字皮匠铺

lai^{31} ɕəŋ^{31} ɕa^{54} ɕo^{35} ɕi^{33} tou^{31} luo^{31}
连 成② 烧 出 顺 头③ 来
结果烧出楦头来

ɕa^{54} ɕo^{35} ɕi^{33} tou^{31} la^{33} mə^{33} ȵi^{24}
烧 出 顺 头 俫 不 要
烧出楦头我不要

① 乱石寺：即浪尸寺。传说宋代江华县蒋大士做屠夫多行善事，修道升天后尸体曾随浪沉浮，后被供奉于寺庙，成肉身菩萨。

② 连成：接着、结果。

③ 顺头：应为"楦头"，指做皮革制品的模子。这里比喻序曲。后文"楦头""训头""序头"同。

mə^{33} ȵi^{24} ɕi^{33} tou^{31} tɕou^{24} ha^{54} niai^{31}
不 要 顺 头 就 开 言
不要序曲就发言

no^{24} ŋuə^{24} nəŋ^{31} pəŋ^{54} təŋ^{31} təŋ^{24} ɕaŋ^{33}
二 月 南 风 从 洞① 上
二月南风从垌上

pa^{35} ŋuə^{24} tɕhou^{54} pəŋ^{54} təŋ^{31} liəŋ^{33} luo^{31}
八 月 秋 风 从 岭 来
八月秋风从岭来

ta^{24} pəŋ^{54} luo^{33}
大 风 到
大风到

ɕi^{54} ɕi^{54} piou^{35} mau^{24} ti^{33} ləi^{54} tou^{31}
深 山 竹 木 都 低 头
深山竹木都低头

piou^{35} mau^{24} ləi^{54} tou^{31} tɕhəŋ^{33} pəŋ^{54} kuo^{33}
竹 木 低 头 听 风 过
竹木低头听风过

le^{35} vo^{24} kuo^{54} tsa^{31} tɕhəŋ^{33} la^{33} ɕəŋ^{54}
列 位 高 才 听 倈 声
列位高才听我声

① 洞：应为“垌”。都庞岭峡谷盆地南低北高，田垌宽平，春夏暖风从南方田垌上来。

luo^{54} ɕi^{54} təŋ^{31} paŋ^{33} tɕhəŋ^{33} tɕi^{31} la^{33}
知 心 同 伴 听 着 俫
知心同伴听着我

tɕhəŋ^{33} tɕi^{31} la^{33} saŋ^{54} la^{33} ha^{54} niai^{31}
听 着 俫 双 俫 开 言
听着我俩来开言

ta^{24} ȵi^{54} pəŋ^{54} kəŋ^{54} ta^{24} ȵi^{54} tɕhəŋ^{31}
自 己 分 工 自 己 请
自己分工自己请

ta^{24} ȵi^{54} tɕhəŋ^{31} te^{54} pəŋ^{54} pəi^{24} ȵi^{31}
自 己 请 了 分 别 人
自己请了才分人

tɕi^{31} tɕiu^{24} ai^{54} kø^{54} la^{33} luo^{31} thiaŋ^{33}
感 谢 烟 歌 俫 来 唱①
感谢烟歌我来唱

aŋ^{54} ɕa^{33} ȵi^{31} kø^{54} no^{24} taŋ^{31} vo^{31}
安 削② 人 歌 二 团 维③
安肃人歌二团吟

luo^{33} te^{54} səŋ^{54} taŋ^{31} ŋu^{33} təŋ^{31} paŋ^{33}
到 了 三 团 我 同 伴
到了三团我同伴

---

① 自此以下十句为与各团商量分工，分别唱《感谢烟歌》《安肃人歌》《请刘三姐歌》《护家神歌》《入茶园歌》《采茶歌》等。

② 安削：应为“安肃”。这里指唱《安肃人歌》使人群变安静。

③ 维：这里指唱完。

səŋ^{54} taŋ^{31} təŋ^{31} paŋ^{33} tɕhəŋ^{31} liu^{31} səŋ^{54}
三 团 同 伴 请 刘 三①
三团同伴请刘三

ju^{24} jou^{33} so^{33} taŋ^{31} ŋu^{33} təŋ^{31} paŋ^{33}
又 有 四 团 我 同 伴
又有四团我同伴

so^{33} taŋ^{31} təŋ^{31} paŋ^{33} fə^{33} ku^{54} ɕe^{31}
四 团 同 伴 护 家 神
四团同伴护家神

hai^{31} hou^{33} ŋau^{33} taŋ^{31} ŋu^{33} təŋ^{31} paŋ^{33}
还 有 五 团 我 同 伴
还有五团我同伴

ŋau^{33} taŋ^{31} təŋ^{31} paŋ^{33} no^{24} tsu^{33} vai^{31}
五 团 同 伴 入 茶 园
五团同伴入茶园

tsha^{31} tsu^{33} tsu^{33} kø^{54} zə^{35} tsəi^{31} thiaŋ^{33}
采 茶 茶 歌 一 齐 唱
采茶茶歌一齐唱

tsu^{33} kø^{31} tse^{54} kø^{54} thiaŋ^{33} taŋ^{24} vai^{31}
茶 果 之 歌 唱 段 完
茶歌结束唱段完

zə^{35} luai^{33} ta^{24} tse^{31} lu^{24} tshaŋ^{33} kuai^{33}
一 转② 大 齐 得 唱 了
大家一轮唱好了

---

① 刘三，即歌神刘三姐。
② 一转：一轮。

fa^{31} tou^{31} jou^{33} se^{24} tsa^{33} ɕaŋ^{54} liaŋ^{31}
回 头 有 事 再 商 量
回头有事再商量

tsaŋ^{31} ȵi^{24} ta^{24} tse^{33} ho^{31} ɕaŋ^{54} ȵe^{24}
总 要 大 齐 好 商 议
总要大家好商议

zə^{35} tɕəŋ^{33} tse^{31} ɕi^{54} paŋ^{33} taŋ^{24} vai^{33}
一 定 齐 心 伴 段① 完
一定齐心同唱完

lai^{33} zə^{24} lai^{33}
莲 叶 连②
莲叶连

ha^{54} niai^{31} pəŋ^{54} kəŋ^{54} saŋ^{33} thiaŋ^{33} vai^{31}
开 言 分 工 算 唱 完
发言分工算唱完

ha^{54} niai^{31} pəŋ^{54} kəŋ^{54} saŋ^{33} thiaŋ^{33} lia^{33}
开 言 分 工 算 唱 了
发言分工算唱了

hou^{31} vu^{24} mə^{33} vai^{31} saŋ^{33} thiaŋ^{33} vai^{31}
口 曰 不 完 算 唱 完
口说不完算唱完

① 伴段：陪伴唱这一段。
② 莲叶连：本句为起声谐音用，无实义。

ha^{54} niai^{31} pəŋ^{54} kəŋ^{54} saŋ^{33} pəŋ^{54} lia^{33}
开 言 分 工 算 分 了
发言分工分好了

la^{33} mə^{33} luo^{54} le^{33} saŋ^{33} pəŋ^{54} vai^{31}
俫 不 知 礼 算 分 元①
我不知礼算分完

tsa^{33} pai^{54} zə^{35} phəi^{35} mə^{33} ɕəŋ^{31} tse^{24}
左 边 一 丿 不 成 字②
左边一撇不成字

jou^{24} pai^{54} zə^{35} phəi^{35} tiaŋ^{31} ɕəŋ^{31} ȵi^{31}
右 边 一 乀 共 成 人
右边一捺共成人

ȵi^{31} tse^{24} tau^{33} luo^{33} aŋ^{54} vaŋ^{31} tse^{24}
人 字 肚 里 安 王 字
人字肚里安王字

ha^{54} niai^{31} pəŋ^{54} kəŋ^{54} pəŋ^{54} mə^{33} tɕuai^{31}
开 言 分 工 分 不 全
开言分工分不全

se^{24} tse^{24} tɕaŋ^{33} te^{54} se^{24} tse^{24} ɕai^{31}
十 字 将 了 十 字 形③
十字像了十字形

① 元：应为“完”，二字同音，故借用。
② 自此以下四句拆“全”字。
③ 自此以下四句拆“真”字。

tɕo^{33} tse^{24} nəŋ^{54} luo^{31} tia^{35} fu^{33} vai^{31}
具 字 给 来 脚 下 元
具字凑来脚下悬

se^{24} tse^{24} tsa^{33} tou^{31} tɕo^{33} tsa^{33} tia^{35}
十 字 在 头 具 在 脚
十字在头具在脚

ji^{33} tou^{31} ha^{54} niai^{31} ha^{54} mə^{33} tɕi^{54}
引 头 开 言 开 不 真
领头开言开不真

ha^{54} niai^{31} mə^{33} tɕuai^{31} mə^{33} ɕa^{33} la^{33}
开 言 不 全 不 笑 俫
开言不全不笑我

pəŋ^{54} kəŋ^{54} mə^{33} tɕi^{54} mə^{33} ɕa^{33} nəŋ^{31}
分 工 不 真 不 笑 男
分工不真不笑我

zə^{35} po^{35} ɕu^{31} ɕəŋ^{31} paŋ^{33} pai^{54} ho^{31}
一 笔 写 成 半 边 口①
一笔写成半边口

jaŋ^{24} tse^{24} ɕu^{31} luo^{31} tia^{35} fu^{33} aŋ^{54}
用 字 写 来 脚 下 安
用字写来脚下安

tsou^{31} nio^{33} li^{31} çi^{31} tia^{35} fu^{33} kuo^{33}
走 耳 打 行 脚 下 过
走之打从脚下过

---

① 自此以下四句析“通”字。

pəŋ^{54} kəŋ^{54} ha^{54} niai^{31} ti^{33} mə^{33} thaŋ^{54}
分 工 开 言 都 不 通
分工开言都不通

ji^{33} tou^{31} mə^{33} thaŋ^{54} mə^{33} ɕa^{33} la^{33}
引 头 不 通 不 笑 倈
领头不通不笑我

ha^{54} niai^{31} pəŋ^{54} kəŋ^{54} vaŋ^{24} piu^{54} haŋ^{31}
开 言 分 工 望 包 涵
开言分工望包涵

tse^{31} vaŋ^{24} təŋ^{31} paŋ^{33} vai^{31} liaŋ^{24} la^{33}
指 望 同 伴 原 谅 倈
希望同伴原谅我

piu^{54} haŋ^{31} la^{33} saŋ^{54} paŋ^{33} ɕiŋ^{31} niaŋ^{31}
包 涵 倈 双 伴 行 娘
包涵我俩伴行娘

la^{33} tse^{33} fu^{24} po^{24} əi^{54} jaŋ^{24} tiaŋ^{31}
倈 的 话 毕 这 样 讲
我的话儿这样讲

əi^{54} jaŋ^{24} kau^{33} luo^{54} təŋ^{31} paŋ^{33} ȵi^{31}
这 样 告 知 同 伴 人
这样告知同伴人

hou^{31} luo^{31} thiŋ^{54} ɕi^{54} tɕu^{33} məŋ^{24} paŋ^{33}
口 来 轻 心① 借 问 伴
话来经心借问伴

① 轻心：应为“经心”，认真。

məŋ^{24} paŋ^{33} fuə^{24} ɕi^{54} mə^{33} fuə^{24} ɕi^{54}
问 伴 合 心 不 合 心
问伴合心不合心

vu^{24} se^{33} fuə^{24} ɕi^{54} kəŋ^{33} ku^{31} ho^{31}
若 是 合 心 更 加 好
若是合心更加好

ju^{24} se^{33} mə^{33} fə^{24} tiaŋ^{31} ɕo^{35} luo^{33}
如 是 不 合 讲 出 来
如是不对讲出来

tiaŋ^{31} fu^{24} mə^{33} tɕa^{24} nəŋ^{31} tiaŋ^{31} kuo^{33}
讲 话 不 着 能 讲 过
讲话不对能讲过

pəŋ^{54} kəŋ^{54} mə^{33} tɕa^{24} ɕaŋ^{54} kuo^{33} liaŋ^{31}
分 工 不 对 商 过 量
分工不对再商量

ho^{31} tshe^{35} pai^{54} luo^{31} tɕa^{24} mə^{33} tɕa^{24}
口 吃 边 梨 嚼 不 嚼
口吃槟榔嚼不嚼

se^{33} mə^{33} əi^{54} jaŋ^{24} saŋ^{33} ha^{54} niai^{31}
是 否 这 样 算 开 言
是否这样算发言

四、感谢烟歌

题解：感谢行娘为亲友、乐师发烟、点烟。

tsəi^{35} tɕi^{31} thiaŋ^{33}
接 着 唱
接着唱

tsəi^{35} tɕi^{31} kø^{54} ɕəŋ^{54} paŋ^{33} ɕiŋ^{31} niaŋ^{31}
接 着 歌 声 伴 行 娘
接着歌声伴行娘

taŋ^{31} taŋ^{31} təŋ^{31} paŋ^{33} tiaŋ^{31} lu^{35} ho^{31}
团 团 同 伴 讲 得 好
各团同伴讲得好

tio^{33} tio^{33} tiaŋ^{31} luo^{31} fuə^{24} lia^{33} ɕi^{54}
句 句 讲 来 合 了 心
句句讲来合了心

ȵi^{54} ȵi^{54} ti^{33} vo^{24} ho^{31} ɕaŋ^{54} ȵi^{24}
个 个 都 曰 好 商 议
个个都说好商议

ȵi^{54} ȵi^{54} tsəi^{31} ɕi^{54} paŋ^{33} ɕiŋ^{31} niaŋ^{31}
人 人 齐 心 伴 行 娘
人人齐心伴行娘

zə^{33} jaŋ^{24} tiaŋ^{31} luo^{31} zə^{33} jaŋ^{24} vo^{24}
依 样 讲 来 依 样 曰
依样讲来依样说

la^{33} tɕou^{24} la^{33} tou^{31} tsəi^{35} tɕi^{31} ɕəŋ^{54}
俫 就 带 头 接 着 声
我就带头接歌声

no^{24} ŋue^{33} nəŋ^{31} pəŋ^{54} təŋ^{31} təŋ^{24} ɕaŋ^{33}
二 月 南 风 从 洞 上
二月南风从垌上

pa^{35} ŋue^{24} tɕhou^{54} pəŋ^{54} təŋ^{31} liŋ^{33} luo^{31}
八 月 秋 风 从 岭 来
八月秋风从岭来

ta^{24} pəŋ^{54} luo^{33}
大 风 到
大风到

ɕi^{54} ɕi^{54} piou^{35} mau^{24} ti^{33} ləi^{54} tou^{31}
深 山 竹 木 都 低 头
深山竹木都低头

piou^{35} mau^{24} ləi^{54} tou^{31} tɕhəŋ^{33} pəŋ^{54} kuo^{33}
竹 木 低 头 听 风 过
竹木低头听风过

tɕhəŋ^{54} tou^{31} ȵi^{31} la^{54} tɕhəŋ^{33} la^{33} ɕəŋ^{54}
清 头 人 多 听 俫 声
厅堂人多听我声

tɕhəŋ^{54} tou^{31} ȵi^{31} la^{54} tɕhəŋ^{33} tɕi^{31} la^{33}
清 头 人 多 听 着 俫
厅堂人多听着我

tɕhəŋ^{33} tɕi^{31} la^{33} saŋ^{33} tɕi^{31} tɕiu^{24} ai^{54}
听 着 俫 双 层 谢 烟
听着我俩感谢烟

pəi^{24} la^{35} ɕi^{33} tou^{31} la^{33} mə^{33} ȵe^{24}
别 的 顺 头 俫 不 要
别的序曲我不要

mə^{33} ȵi^{24} ɕi^{33} tou^{31} tɕi^{31} tɕiu^{24} ai^{54}
不 要 顺 头 层 谢 烟
不要序曲感谢烟

kho^{31} nəŋ^{31} ɕi^{33} tou^{31} se^{33} zə^{35} jaŋ^{24}
可 能 顺 头 是 一 样
可能序曲是一样

kau^{31} tse^{33} mə^{33} ȵe^{24} ju^{24} və^{31} faŋ^{31}
估 计 不 要 也 无 妨
估计不要也无妨

sa^{54} taŋ^{31} piou^{35} təŋ^{31} liaŋ^{31} kuəi^{24} həŋ^{54}
锯 断 竹 筒 两 边 空
锯断竹筒两边空

tɕi^{31} tɕiu^{24} ai^{54} kø^{54} tɕou^{24} se^{31} ɕəŋ^{54}
层 谢 烟 歌 就 起 声
感谢烟歌就起声

se^{31} ɕəŋ^{54} thiaŋ^{33}
起 声 唱
起声唱

tsəi^{35} tɕi^{31} se^{31} ɕəŋ^{54} tɕi^{31} tɕiu^{24} ai^{54}
接 着 起 声 感 谢 烟
接着起声感谢烟

ta^{24} fə^{31} həŋ^{24} həŋ^{24} ɕa^{54} ləŋ^{54} pai^{54}
大 火 红 红 烧 东 边
大火红红烧东边

taŋ^{31} tsəŋ^{54} tɕhi^{31} tiai^{54} kuo^{33} səi^{54} thai^{54}
唐 僧 取 经 过 西 天
唐僧取经去西天

thau^{31} tau^{24} fuə^{54} ȵi^{31} luo^{31} ji^{33} lau^{24}
土 地 夫 人 来 引 路
土地夫人来引路

ji^{33} te^{54} tse^{31} pu^{35} təŋ^{24} tse^{31} tshai^{54}
引 了 几 百 加 几 千
路程几百加几千

tse^{31} tshai^{54} tse^{31} pu^{35} tsəi^{31} tsa^{33} fu^{33}
几 千 几 百 齐 坐 下
几千几百齐坐下

tsəi^{31} tsəi^{31} tsa^{33} fu^{33} ɕa^{54} te^{54} ai^{54}
齐 齐 坐 下 烧 了 烟
齐齐坐下烧了烟

tsa^{33} pai^{54} zə^{35} phəi^{35} mə^{33} ɕəŋ^{31} tse^{24}
左 边 一 丿 不 成 字①
左边一撇不成字

jou^{24} pai^{54} zə^{35} phəi^{35} tiaŋ^{31} ɕəŋ^{31} ȵi^{31}
右 边 一 乀 共 成 人
右边一捺共成人

ȵi^{31} tse^{24} tiəŋ^{31} ɕaŋ^{24} ku^{54} liaŋ^{33} lai^{31}
人 字 颈 上 加 两 点
人字颈上加两点

lai^{31} niai^{31} fə^{31} tou^{31} ɕa^{54} te^{54} ai^{54}
点 燃 火 子 烧 了 烟
点燃火子烧了烟

kuə^{24} li^{24} tsuəi^{54} ai^{54} kau^{31} kau^{31} tɕaŋ^{33}
过 滤 嘴 烟 支 支 长
过滤嘴烟支支长

tse^{31} ai^{54} tou^{31} ɕaŋ^{24} luai^{33} ji^{54} jaŋ^{33}
纸 烟 头 上 转 阴 阳
纸烟头上转晕圈

tse^{31} ai^{54} tou^{31} ɕaŋ^{24} mə^{33} va^{24} luai^{33}
纸 烟 头 上 不 会 转
纸烟头上不会转

kho^{54} la^{33} tsəi^{35} tɕi^{31} mə^{33} va^{24} ɕaŋ^{31}
亏 倈 接 起 不 会 尝
亏我接起不会尝

① 以下三句拆“火”字。

kho^{54} la^{33} tsəi^{35} tɕi^{31} mə^{33} va^{24} ze^{24}
亏　俫　接　着　不　会　吃
亏我接着不会吃

mə^{33} va^{24} ze^{24} ai^{54} laŋ^{24} fəi^{33} tsai^{31}
不　会　吃　烟　浪　费　钱
不会抽烟浪费钱

ɕa^{54} təŋ^{31} tsa^{33} ɕa^{54} təŋ^{31}
烧　筒　再　烧　筒
一支又一支

fə^{31} ai^{35} ɕaŋ^{33} thai^{54} nai^{24} me^{24} tɕəŋ^{31}
火　烟　上　天　念　妹　情
火烟上天念妹情

fə^{31} ai^{35} ɕaŋ^{33} thai^{54} nai^{24} me^{24} zə^{33}
火　烟　上　天　念　妹　意
火烟上天念妹意

ȵi^{54} ȵi^{54} nai^{24} me^{24} ho^{31} fu^{35} tɕəŋ^{31}
人　人　念　妹　好　客　情
人人念妹好客情

ȵi^{54} ȵi^{54} nai^{24} me^{24} fu^{35} tɕəŋ^{31} ho^{31}
个　个　念　妹　客　情　好
个个念妹客情好

ɕaŋ^{54} ai^{54} ɕaŋ^{54} tou^{31} ta^{33} faŋ^{33} nəŋ^{31}
香　烟　香　茶　待　奉①　男
香烟香茶侍奉我

---

① 待奉：应为“侍奉”。

tshai^54 se^54 vi^24 ɕaŋ^31 mi^24 se^54 liaŋ^31
千 思 万 想 慢 思 量
千思万想慢思量

pa^35 tse^24 ɕu^54 ɕo^54 paŋ^33 ɕiŋ^31 niaŋ^31
八 字 修 书① 伴 行 娘
八字修书伴行娘

lau^35 zə^24 se^54 ɕaŋ^31 luo^31 paŋ^33 me^24
那 日 思 想 来 伴 妹
那日思想来伴妹

ɕiŋ^31 niaŋ^31 ai^54 tou^31 phəŋ^54 phəŋ^54 ɕaŋ^54
行 娘 烟 子 喷 喷 香
行娘烟草喷喷香

ai^54 se^33 fe^31 tshe^33 po^31
烟 是 和 气 宝
烟是和气宝

zə^35 ai^54 mə^33 pio^31 ka^31 ȵi^31 ɕi^54
吃 烟 不 饱 解 人 心
吃烟不饱解人心

tse^31 tsu^31 kuai^31 ai^54 ai^54 tsəi^35 fə^31
纸 子 卷 烟 烟 接 火
纸片卷烟烟接火

① 八字修书：指命运安排或前世修来福分。

ɕo^{31} tsu^{31} tsa^{33} ɕuai^{31} ɕuai^{31} tsa^{33} ȵi^{31}
水 子 载 船 船 坐 人
水儿载船船坐人

pəŋ^{54} tsu^{31} səŋ^{33} li^{31} li^{31} səŋ^{33} hau^{33}
风 子 送 云 云 送 雨
风儿送云云送雨

ze^{31} tsəŋ^{31} ɕou^{24} ɕəŋ^{54} səŋ^{33} ŋue^{33} liaŋ^{31}
如 从 瑞 星 送 月 亮
如同瑞星送月亮

ɕou^{24} ɕəŋ^{54} səŋ^{33} ŋue^{33} ȵi^{31} lu^{35} tɕhou^{33}
瑞 星 送 月 难 得 奏
瑞星送月难得见

ȵi^{31} lu^{35} tɕhou^{33} tɕa^{24} kuo^{33} ɕaŋ^{54} ai^{54}
难 得 奏 着 贵 香 烟
难得逢着贵香烟

tse^{54} nai^{54} pəŋ^{31} tɕa^{24} ɕaŋ^{54} ai^{54} kuo^{33}
今 年 逢 着 香 烟 贵
今年逢着香烟贵

səŋ^{54} tsai^{31} tse^{31} phia^{33} so^{33} tsai^{31} ai^{54}
三 钱 纸 票① 四 钱 烟
三钱纸票四钱烟

səŋ^{54} tsai^{31} tse^{31} phia^{33} ma^{33} mə^{33} ɕo^{35}
三 钱 纸 票 卖 不 出
三元纸票卖不出

① 纸票：此处歌词曾为“银子”，后改为“纸票”。

ȵi^{31} vo^{31} ɕiŋ^{31} niaŋ^{31} ma^{33} ɕo^{35} luo^{31}
难 为 行 娘 买 出 来
难为行娘买出来

kho^{33} se^{31} ɕiŋ^{31} niaŋ^{31} fu^{33} lu^{35} pəŋ^{31}
靠 是 行 娘 下 得 本
多亏行娘下得本

tɕaŋ^{54} tsai^{31} mə^{33} saŋ^{33} ma^{33} kuo^{54} luo^{31}
将 钱 不 算 买 回 来
慷慨大方买回来

ma^{33} kuo^{54} ɕaŋ^{54} ai^{54} ta^{33} faŋ^{33} la^{33}
买 回 香 烟 待 奉 俫
买回香烟侍奉我

ma^{33} kuo^{54} ɕaŋ^{54} ai^{54} ta^{33} faŋ^{33} nəŋ^{31}
买 归 香 烟 待 奉 男
买来香烟侍奉我

ta^{33} faŋ^{33} la^{33} nəŋ^{31} mə^{33} luo^{54} le^{33}
待 奉 俫 男 不 知 礼
侍奉我们不知礼

mə^{33} luo^{54} le^{33} mau^{24} ɕa^{54} te^{54} ai^{54}
不 知 礼 貌 烧 了 烟
不知礼貌烧了烟

lau^{24} tsəŋ^{31} la^{33} nəŋ^{31} ha^{54} ai^{54} phə^{33}
那 从 俫 男 开 烟 铺
哪时我们开烟铺

tiou^{31} tәŋ^{31} mi^{31} kuo^{54} se^{24} tәŋ^{31} niaŋ^{31}
九 简 还 归 十 简 娘
九支归还娘十支

tiou^{31} tәŋ^{31} mi^{31} kuo^{54} se^{24} tәŋ^{31} me^{24}
九 简 还 归 十 简 妹
九支归还妹十支

lau^{24} tsәŋ^{31} mi^{31} kuo^{54} kuo^{33} ɕaŋ^{54} ai^{54}
那 从 还 归 贵 香 烟
哪时还回贵香烟

la^{33} se^{33} tai^{31} tou^{31} ɕu^{33} kәŋ^{54} po^{35}
俫 是 田 头 社 公 伯①
我是田头土地公

zә^{31} se^{33} zә^{24} lu^{35} vi^{31} mә^{35} ȵi^{31}
只 是 吃 得 还 不 人
只是吃得还不了

zә^{31} se^{33} zә^{24} lu^{35} mi^{31} mә^{33} luo^{35}
只 是 吃 得 还 不 得
只是吃得还不得

fә^{31} nәŋ^{31} vi^{31} kuo^{54} kuo^{33} ɕaŋ^{54} ai^{54}
何 能 还 回 贵 香 烟
难得还回贵香烟

laŋ^{31} laŋ^{31} thiaŋ^{33}
短 短 唱
短短唱

① 社公伯：小庙里的土地公、菩萨等。

tɕi^{31} tɕiu^{24} ai^{54} kø^{54} laŋ^{31} laŋ^{31} te^{33}
层 谢 烟 歌 短 短 提
感谢烟歌短短唱

laŋ^{31} laŋ^{31} te^{31} tou^{31} ȵi^{31} luo^{54} luo^{35}
短 短 提 条 人 知 道
短短唱支人知道

ȵi^{31} ji^{31} luo^{54} la^{33} mə^{33} luo^{54} kø^{54}
人 也 知 俫 不 知 歌
人也知我不知歌

təŋ^{31} jou^{31} la^{24} zə^{33} mə^{33} ɕəŋ^{31} mə^{33}
桐 油 落 叶 不 成 莓
桐油落叶不成树

tɕi^{31} tɕiu^{24} ai^{54} kø^{54} mə^{33} ɕəŋ^{31} tou^{31}
层 谢 烟 歌 不 成 条
感谢烟歌不像歌

mə^{33} ɕəŋ^{31} tou^{31} se^{31} mə^{33} ɕəŋ^{31} tɕhou^{33}
不 成 条 时 不 成 奏
不成支歌难凑数

la^{33} nəŋ^{31} mə^{33} luo^{54} laŋ^{24} kaŋ^{54} te^{31}
俫 男 不 知 乱 敢 提
我们胡编也算歌

lai^{31} zə^{24} lai^{31}
莲 叶 连
莲叶连

tɕi^{31} tɕiu^{24} ai^{54} kø^{54} saŋ^{33} thiaŋ^{33} vai^{31}
感 谢 烟 歌 算 唱 完
感谢烟歌算唱完

tsa^{33} pai^{54} zə^{35} phəi^{35} mə^{33} ɕəŋ^{31} tse^{24}
左 边 一 丿 不 成 字
左边一撇不成字

jou^{24} pai^{54} zə^{35} phəi^{35} tiaŋ^{24} ɕəŋ^{31} ȵi^{31}
右 边 一 乀 共 成 人
右边一捺共成人

ȵi^{31} tse^{24} tau^{33} luo^{33} aŋ^{54} vaŋ^{31} tse^{24}
人 字 肚 里 安 王 字
人字肚里安王字

tɕi^{31} tɕiu^{24} ai^{54} kø^{54} thiaŋ^{33} mə^{33} tɕuai^{31}
层 谢 烟 歌 唱 不 全
感谢烟歌唱不全

zə^{35} po^{35} ɕu^{31} ɕəŋ^{31} se^{33} se^{24} tse^{24}
一 笔 写 成 是 十 字
一笔写成是十字

tɕo^{33} tse^{24} ɕu^{31} luo^{31} tia^{24} fu^{33} aŋ^{54}
具 字 写 来 脚 下 安
具字写来脚下安

se^{24} tse^{24} tsa^{33} tou^{31} tɕo^{33} tsa^{33} tia^{35}
十 字 在 头 具 在 脚
十字在头具在脚

tɕi^{31} tɕiu^{24} ai^{54} kø^{54} thiaŋ^{33} mə^{33} tɕi^{54}
层 谢 烟 歌 唱 不 真
感谢烟歌唱不真

thiaŋ^{33} mə^{33} tɕi^{54} se^{31} mə^{33} ɕa^{33} la^{33}
唱 不 真 时 不 笑 俫
唱不真时不笑我

thiaŋ^{33} mə^{33} tɕuai^{31} se^{31} mə^{33} ɕa^{33} nəŋ^{31}
唱 不 全 时 不 笑 男
唱不全时不笑我

zə^{35} po^{35} ɕu^{31} ɕəŋ^{31} se^{33} paŋ^{33} ho^{31}
一 笔 写 成 是 半 口
一笔写成半边口

jaŋ^{24} tse^{33} ɕu^{31} luo^{31} tia^{35} fu^{33} aŋ^{54}
用 字 写 来 脚 下 安
用字写来脚下安

tsou^{31} ȵo^{33} li^{31} hi^{31} tia^{35} fu^{33} kuo^{33}
走 尔 打 行 脚 下 过
走之打从脚下过

tɕi^{31} tɕiu^{24} ai^{54} kø^{54} thiaŋ^{33} mə^{33} thaŋ^{54}
层 谢 烟 歌 唱 不 通
感谢烟歌唱不通

thiaŋ^{33} mə^{33} thaŋ^{54} se^{31} mə^{33} ɕa^{33} la^{33}
唱 不 通 时 不 笑 俫
唱不通时不笑我

tɕhəŋ^{54} tou^{31} ȵi^{31} la^{54} piu^{54} haŋ^{31} nəŋ^{31}
清 头 人 多 包 涵 男
厅堂人多包涵我

zə^{35} luo^{31} piu^{54} tɕe^{31} la^{33} ɕəŋ^{54} thio^{31}
一 来 包 着 倈 声 丑
一来包涵我声丑

no^{24} luo^{31} piu^{54} haŋ^{31} kø^{54} piŋ^{31} ɕaŋ^{31}
二 来 包 涵 歌 平 常
二来包涵歌平常

ɕou^{31} pu^{35} ɕi^{54} tou^{31} la^{33} ɕaŋ^{31} pai^{31}
手 拍 心 头 倈 想 反
手拍心头我回想

se^{33} la^{33} ɕaŋ^{31} pai^{31} no^{24} taŋ^{31} ȵi^{31}
是 倈 想 起 二 团 人
是我想起二团人

se^{33} la^{33} ɕaŋ^{31} pai^{31} no^{24} taŋ^{31} paŋ^{33}
是 倈 想 起 二 团 伴
是我想起二团伴

no^{24} taŋ^{31} təŋ^{31} paŋ^{33} paŋ^{33} ɕiŋ^{31} niaŋ^{31}
二 团 同 伴 伴 行 娘
二团同伴伴行娘

pəŋ^{54} mau^{24} kuo^{54}
枫 木 高
枫木高

pəŋ^{54} mau^{24} mo^{33} ɕaŋ^{24} kua^{33} se^{54} tho^{54}
枫 木 尾 上 挂 丝 绦①
枫木枝上挂丝绦

pəŋ^{54} thio^{54} se^{54} tho^{54} taŋ^{31} taŋ^{31} luai^{33}
风 吹 丝 绦 团 团 转
风吹丝绦团团转

luai^{33} luo^{31} luai^{33} hau^{33} hau^{33} paŋ^{33} pai^{54}
转 来 转 去 到 伴 边
转来转去到伴边

luai^{33} hau^{33} paŋ^{33} pai^{54} tsəi^{35} tɕi^{31} thiaŋ^{33}
转 到 伴 边 接 着 唱
转到伴边接着唱

tsəi^{35} tɕi^{31} se^{31} ɕəŋ^{54} aŋ^{54} ɕa^{35} ȵi^{31}
接 着 起 声 安 削 人
接着起声安肃人

hou^{31} tshe^{54} pai^{54} luo^{31} tɕa^{24} mə^{33} tɕa^{24}
口 吃 边 梨 嚼 不 嚼
口吃槟榔嚼不嚼

se^{33} mə^{33} əi^{54} jaŋ^{24} tɕun^{54} paŋ^{33} nəŋ^{31}
是 否 这 样 尊 伴 们
是否这样传同伴

① 丝绦：当地指缀有丝带的球体。

五、安肃人歌

题解：此歌用于使歌堂亲友、歌团安静，预备下一程序。

hou^{31} tshe^{35} pai^{54} luo^{31} ju^{24} se^{33} tɕa^{24}
口 吃 边 梨 又 是 嚼
口吃槟榔也是嚼

tiŋ^{33} se^{33} əi^{54} jaŋ^{24} tɕun^{54} la^{33} nəŋ^{31}
正 是 这 样 尊 倈 男
正是这样传我们

tɕun^{54} luo^{31} la^{33} nəŋ^{31} mə^{33} luo^{54} le^{33}
尊 到 倈 男 不 知 礼
传到我们不知礼

mə^{33} luo^{54} le^{33} mau^{24} paŋ^{33} ɕiŋ^{31} niaŋ^{31}
不 知 礼 貌 伴 行 娘
不知礼貌伴行娘

la^{33} tsa^{33} tɕhəŋ^{54} tou^{31} lu^{35} tɕhəŋ^{33} tɕe^{31}
倈 坐 清 头 得 听 着
我坐厅堂得听见

tɕhəŋ^{33} tɕe^{31} tou^{31} taŋ^{31} fəŋ^{54} fəŋ^{33} nəŋ^{31}
听 着 头 团 吩 咐 男
听见头团吩咐我

tɕhəŋ^{33} tɕe^{31} tou^{31} taŋ^{31} fəŋ^{54} fəŋ^{33} la^{33}
听 着 头 团 吩 咐 俫
听见头团吩咐我

fəŋ^{54} fəŋ^{33} la^{33} saŋ^{54} aŋ^{54} ɕa^{35} ȵi^{31}
吩 咐 俫 双 安 削 人
吩咐我俩安肃人

mə^{33} kuo^{33} la^{33} nəŋ^{31} mə^{33} luo^{54} le^{33}
不 过 俫 男 不 知 礼
不过我们不知礼

luo^{33} luo^{33} la^{33} pai^{54} kai^{33} vo^{31} ni^{31}
来 到 俫 边 见 为 难
传到我了见为难

hou^{31} vu^{24} vo^{31} ni^{31} ju^{24} tɕa^{24} thiaŋ^{33}
口 曰 为 难 也 着 唱
口说为难也得唱

ɕou^{24} paŋ^{33} ɕiŋ^{31} niaŋ^{31} ju^{24} tɕa^{24} vo^{31}
学 伴 行 娘 也 着 维
学伴行娘也需吟

təŋ^{33} mə^{33} təŋ^{33} se^{31} zə^{35} taŋ^{24} se^{24}
动 不 动① 时 一 段 事
久不久办一段事

① 动不动：久不久，指时间不定。

təŋ^{33} mə^{33} təŋ^{33} se^{31} paŋ^{33} ɕiŋ^{31} niaŋ^{31}
动 不 动 时 伴 行 娘
久不久又伴行娘

vai^{31} sai^{54} se^{31} le^{33} mə^{33} luo^{31} le^{33}
原 先 启① 礼 不 倒② 礼
原先制礼不违礼

zə^{31} tɕi^{54} ɕi^{54} pai^{54} mə^{33} kaŋ^{31} vo^{31}
如 今 新 编 不 敢 维③
如今新编不敢从

le^{31} piu^{35} mu^{24} tau^{31} ji^{33} kuo^{54} kau^{31}
犁 面 额 锄④ 依 归 古
犁面笔直依回古

paŋ^{33} me^{24} ji^{33} kuo^{54} kau^{31} le^{33} he^{31}
伴 妹 依 归 古 礼 行
伴妹依照古礼行

paŋ^{33} me^{24} ji^{33} kuo^{54} kau^{31} le^{33} tsau^{31}
伴 妹 依 归 古 礼 走
伴妹依照古礼走

ji^{33} kuo^{54} kau^{31} le^{33} aŋ^{54} ɕa^{35} ȵ̥i^{31}
依 归 古 礼 安 削 人
依照古礼安肃人

---

① 启：制定，开启。
② 倒：颠倒，违背。
③ 维：这里指恭维，遵从。
④ 犁面额锄：犁头上方有犁面如额头。

mo^{33} luo^{54} aŋ^{54} ɕa^{35} ɕi^{31} ȵi^{31} ɕa^{33}
没 得 安 削 怕 人 笑
没有安肃怕人笑

mo^{33} luo^{54} aŋ^{54} ɕa^{35} ɕi^{31} ȵe^{31} tie^{31}
没 得 安 削 怕 人 弹
没有安肃怕人责

luo^{54} mə^{33} luo^{54} se^{31} təi^{31} vu^{31} thiaŋ^{33}
知 不 知 时① 提 下 唱
知不知时带着唱

tɕa^{24} mə^{33} tɕa^{24} se^{31} təi^{31} vu^{31} tou^{31}
对 不 对 时 提 下 头
对不对时提醒我

zə^{33} jaŋ^{24} tiaŋ^{31} luo^{31} zə^{33} jaŋ^{24} vo^{24}
依 样 讲 来 依 样 曰
依样讲来依样说

zə^{33} jaŋ^{24} vo^{24} luo^{31} aŋ^{54} ɕa^{35} ȵi^{31}
依 样 曰 来 安 削 人
依样说来安肃人

ta^{24} hou^{31} tsau^{31} tou^{31} mu^{24} mai^{24} tɕe^{31}
大 口 锄 头 麦 面② 铲
大口锄头马面铲

① 知不知时：不知道时。

② 麦面：应为“马面”。当地方言“马”“麦”谐音。这里用马脸又直又长比喻办事爽快、不拖拉。

aŋ^{54} ɕa^{35} ȵi^{31} kø^{54} mu^{24} mai^{24} luo^{31}
安 削 人 歌 额 面 来
安肃人歌直接来

no^{24} ŋue^{24} ȵəŋ^{31} pəŋ^{54} təŋ^{31} təŋ^{24} ɕaŋ^{33}
二 月 南 风 从 垌 上
二月南风从垌上

pa^{35} ŋue^{31} tɕhiu^{54} pəŋ^{54} təŋ^{31} liŋ^{33} luo^{31}
八 月 秋 风 从 岭 来
八月秋风从岭来

ta^{24} pəŋ^{54} luo^{33}
大 风 到
大风到

ɕi^{54} ɕi^{54} piou^{35} mau^{24} ti^{33} le^{54} tou^{31}
深 山 竹 木 都 低 头
深山竹木都低头

piou^{35} mau^{24} le^{54} tou^{31} tɕhəŋ^{33} pəŋ^{54} kuo^{33}
竹 木 低 头 听 风 过
竹木低头听风过

ləi^{35} vo^{24} kuo^{54} ta^{31} tɕhəŋ^{33} la^{33} ɕəŋ^{54}
列 位 高 才 听 俫 声
列位高才听我声

tɕhəŋ^{54} tou^{31} ȵi^{31} la^{54} tɕhəŋ^{33} tɕi^{31} la^{33}
清 头 人 多 听 着 俫
厅堂人多听着我

tɕhəŋ^{33} tɕi^{31} la^{33} saŋ^{54} aŋ^{54} ɕa^{35} ȵi^{31}
听 着 倈 双 安 削 人
听着我俩安肃人

fə^{31} ɕa^{54} tiaŋ^{54} no^{31} laŋ^{24} ɕu^{24} tse^{24}
火 烧 江 华 乱 石 寺
火烧江华浪尸寺

fə^{31} jaŋ^{54} la^{24} no^{24} se^{24} tse^{31} ka^{54}
火 秧 落 入 十 条 街
火苗落入十条街

ɕa^{54} nai^{33} se^{24} tse^{31} po^{31} tɕaŋ^{24} phə^{33}
烧 然 十 字 皮 匠 铺
烧燃十字皮匠铺

lai^{31} ɕəŋ^{31} ɕa^{54} ɕo^{35} ɕi^{33} tou^{31} luo^{31}
连 成 烧 出 顺 头 来
结果烧出榫头来

ɕa^{54} ɕo^{35} ɕi^{33} tou^{31} la^{33} mə^{33} ȵe^{24}
烧 出 顺 头 倈 不 要
烧出榫头我不要

mə^{33} ȵe^{24} ɕi^{33} tou^{31} aŋ^{54} ɕa^{35} ȵi^{31}
不 要 顺 头 安 削 人
不要序曲安肃人

zə^{35} liaŋ^{54} həŋ^{31} tse^{31} həŋ^{31} thu^{54} thu^{54}
一 张 红 纸 红 滔 滔
一张红纸红彤彤

tiaŋ^{54} jaŋ^{54} tse^{33} vu^{35} khaŋ^{31} miŋ^{31} thiu^{54}

中 央 直 画 孔 明 车

中央直画孔明车

thiu^{54} tse^{24} tsou^{31} nio^{33} ɕəŋ^{31} lai^{31} tse^{24}

车 字 走 尔 成 连 字

车字走之成连字

lai^{31} pai^{24} lai^{24} ɕəŋ^{31} aŋ^{54} ɕa^{35} ȵi^{31}

连 便 连 成 安 削 人

连便连成安肃人

se^{24} tsho^{35} se^{24} pa^{35} tsou^{31} kaŋ^{31} se^{54}

十 七 十 八 走 广 西

十七十八走广西

se^{24} tiou^{31} no^{24} se^{24} tsou^{31} fə^{33} tɕhuai^{54}

十 九 二 十 走 富 川

十九二十走富川

hau^{33} se^{31} tsou^{31} no^{24} kuəi^{33} li^{31} ɕe^{31}

去 时 走 进 桂 林 省①

去时走进桂林省

li^{31} li^{31} ɕaŋ^{54} taŋ^{31} haŋ^{33} ho^{31} kuo^{54}

打 行 湘 潭 汉 口 归②

打从湘潭汉口归

① 桂林省：行省制度从元代开始施行，在明清及中华民国时期，桂林是广西的政治中心，故民间称“桂林省”。

② 此处也有版本唱“打从永明福垌归”。

ɕaŋ^{54} taŋ^{31} haŋ^{33} ho^{31} tiaŋ^{54} se^{54} ɕou^{24}
湘 潭 汉 口 樟 丝 树①
湘潭汉口金丝楠

luo^{31} luo^{31} tiaŋ^{54} se^{54} lia^{54} tsu^{31} paŋ^{31}
砍 倒 樟 丝 雕 茶 盘
砍倒楠木雕茶盘

tsu^{31} paŋ^{31} mə^{33} ɕa^{35} la^{33} aŋ^{54} ɕa^{35}
茶 盘 不 削② 倈 安 削
茶盘不削我安肃

se^{33} la^{33} aŋ^{54} ɕa^{35} tɕhəŋ^{54} tou^{31} ȵi^{31}
是 倈 安 削 清 头 人
是我安肃厅堂人

aŋ^{54} ɕa^{35} tɕhəŋ^{54} tou^{31} ho^{31} na^{24} ne^{24}
安 削 清 头 好 闹 热
安肃厅堂好热闹

ȵi^{31} la^{54} na^{24} ne^{24} paŋ^{33} ɕiŋ^{31} niaŋ^{31}
人 多 闹 热 伴 行 娘
人多热闹伴行娘

tsou^{31} jou^{24} tsaŋ^{54} mau^{31} hau^{33} ɕaŋ^{33} liŋ^{33}
昨 夜 装 饭 去 上 岭
昨夜装饭去上岭

① 樟丝树：一种出材较好的树木。

② 不削：不雕刻打磨。

tsaŋ^{54} mau^{31} ɕaŋ^{33} liŋ^{33} hau^{33} tsha^{31} maŋ^{31}
装　饭　上　岭　去　采　芒①
装饭上岭去采芒

ɕaŋ^{33} liŋ^{33} tsha^{31} maŋ^{31} mə^{33} tɕ^{24} məŋ^{31}
上　岭　采　芒　不　定②　根
上岭采芒不定数

fu^{33} liŋ^{33} tsha^{31} maŋ^{31} mə^{33} tɕiŋ^{24} saŋ^{54}
下　岭　采　芒　不　定　双
下岭采芒有短长

tsha^{31} fu^{33} piŋ^{31} tau^{24} kuo^{33} zə^{35} sa^{31}
采　下　平　地　过　一　数
采下平地数一数

səŋ^{54} pu^{35} məŋ^{31} tɕaŋ^{31} so^{33} pu^{35} saŋ^{54}
三　百　根　长　四　百　双
三百根长四百双

tɕaŋ^{31} ke^{33} nəŋ^{54} luo^{31} tsa^{33} tɕi^{31} tsai^{33}
长　的　给　来　做　起　箭
长的拿来做起箭

laŋ^{31} ke^{33} nəŋ^{54} luo^{31} tiai^{31} tio^{35} ɕi^{54}
短　的　给　来　缠　烛　心
短的拿来缠烛心

---

① 采芒：即采收芦苇。芦苇在当地山岭、河畔常见，苇秆高而且直，用处很多。当地人常在秋冬季节割来使用。

② 定：确定（数量或长短）。

laŋ^{54} tɕhəŋ^{54} lai^{31} luai^{33} jou^{31} lu^{24} tio^{35}
当 清 点 对 油 蜡 烛
当厅点对油蜡烛

nəŋ^{54} luo^{31} tɕu^{35} tɕi^{31} tɕhəŋ^{54} tou^{31} ȵi^{31}
给 来 烤 着 清 头 人
用来照着厅堂人

tɕu^{35} tɕi^{31} tɕhəŋ^{54} tou^{31} ho^{31} na^{24} ne^{24}
烤 着 清 头 好 闹 热
照着厅堂好热闹

ȵi^{31} la^{54} na^{24} ne^{24} paŋ^{33} ɕiŋ^{31} niaŋ^{31}
人 多 闹 热 伴 行 娘
人多热闹伴行娘

ɕaŋ^{24} khua^{33} fu^{33} ma^{24} ta^{24} piŋ^{31} ɕe^{31}
上 块 下 睦 大 平 庙①
巷头和睦大古街

kuo^{54} po^{54} ɕi^{54} tso^{33} tiou^{54} taŋ^{31} ȵe^{31}
高 坝 新 造 周 塘 岩
高坝新造周塘岩

mu^{31} kaŋ^{54} mu^{24} liŋ^{33} səi^{54} ŋau^{31} ai^{33}
麻 岗 麦 岭 犀 牛 堵②
华岗麦岭犀牛堰

① 上块下睦大平庙：临近麦岭街的三个小村，现名巷头、和睦（方言“睦”“码”同音）、大古街。

② 犀牛堵：即犀牛堰，在“八都六寨”中的黄石寨，过去有犀牛堵塘中地下河口，故名。一说在秀林寨林溪村与黄牛井村隔界的山腰上，因泉水断断续续喷出而春汛时水不增多，人以为奇，猜测是山岩里犀牛所喷。

səi^{54} ŋau^{31} ai^{33} ɕo^{31} ŋa^{35} tou^{31} tia^{31}
犀 牛 堵 水 砍 头 桥①
犀牛堰水砍头桥

ŋa^{35} tou^{31} tia^{31} ɕaŋ^{24} ɕua^{54} fu^{33} ha^{54}
砍 头 桥 上 推 下 去
砍头桥上推下去

tiŋ^{33} se^{33} tse^{31} ɕi^{54} ɕi^{54} po^{54} ka^{54}
正 是 麒 山② 深 坡 街
岐山村旁深坡街

ɕi^{54} po^{54} liŋ^{33} ɕo^{31} tu^{24} tou^{31} vai^{31}
深 坡 冷 水③ 宅 头 园
深坡临水宅头园

tɕhəŋ^{54} taŋ^{31} ɕaŋ^{24} təŋ^{24} luo^{33} kui^{54} vai^{33}
清 塘④ 上 洞⑤ 到 关 元⑥
清塘上洞到关源

haŋ^{31} piou^{35} liu^{24} tɕaŋ^{33} luo^{33} ɕi^{31} ɕaŋ^{24}
黄 竹 六 丈 到 神 上⑦
黄竹六丈神上村

---

① 砍头桥：当地又称“轧头桥”，现也称“麦岭桥”，在麦岭镇与葛坡镇交界。因河道较宽，过去用木板简单搭桥，兵马过河困难，所以战乱时被视作天险，可阻碍敌军。在抗日战争中，此处曾发生多次战斗。

② 麒山：岐山村。

③ 冷水：临水，在葛坡镇林桂村。

④ 清塘：清塘村，在葛坡镇，与上洞村相邻，两村多唐姓，讲八都话。

⑤ 上洞：在葛坡镇。

⑥ 关元：应为“关源”，在葛坡镇。这几句所列村庄都延续唱歌堂习俗。

⑦ 神上：今名神湾，在石家乡。

ɕi^{31} ɕaŋ^{24} ɕi^{54} fu^{24} luo^{33} li^{31} au^{54}
神 上 山 下 到 林 屋①
神上山下是龙窝

li^{31} au^{54} taŋ^{31} tou^{31} liaŋ^{31} ɕaŋ^{33} ɕo^{31}
林 屋 塘 头 龙 上 水②
龙窝塘头龙上水

li^{31} au^{54} liŋ^{33} mo^{33} se^{31} au^{54} li^{31}
林 屋 岭 尾 起 乌 云
龙窝岭尾起乌云

se^{31} na^{31} au^{54} li^{31} la^{24} tɕiu^{24} hau^{33}
起 朵 乌 云 落 阵 雨
起朵乌云下阵雨

tia^{31} tou^{31} ɕi^{31} vi^{54} ɕo^{31} tɕhua^{54} su^{54}
桥 头 神 弯 水 推 砂
桥头神湾水推沙

ɕo^{31} tou^{31} tɕhua^{54} siu^{54} piŋ^{31} təŋ^{24} fo^{33}
水 子 推 砂 平 垌 下
水儿推沙平垌下

tɕhua^{54} ɕo^{33} zə^{35} saŋ^{54} təŋ^{31} mau^{24} lio^{31}
推 出 一 双 桐 木 榴③
推出两棵桐木苗

① 林屋：应为“龙窝”，地名，在石家乡。后文“云乌”同。
② 龙上水：指的是春夏季节将要下雨时，天边不时出现闪电，但没有雷声。
③ 桐木榴：桐木苗。榴，树苗。

ɕo^{35} məŋ^{31} tse^{33} tio^{24} ȵi^{31} te^{31} tɕe^{33}
出 门 玩 要 人 捡 起
出门玩要人捡起

nəŋ^{54} luo^{31} tɕi^{33} no^{24} mau^{24} luo^{31} vi^{54}
给 来 种 进 木 楼 弯
拿来种进木楼湾

səi^{33} hau^{33} mo^{31} mo^{31} tɕi^{31} təŋ^{31} mau^{24}
小 雨 毛 毛 种 桐 木
小雨毛毛种桐木

mo^{31} jaŋ^{54} səi^{33} hau^{33} təŋ^{31} mau^{24} ɕi^{54}
毛 秧 细 雨 桐 木 生
淅淅细雨桐木生

tɕi^{31} mau^{24} səŋ^{54} nai^{31} mau^{24} jou^{24} ta^{24}
种 木 三 年 木 也 大
种树三年树也大

tɕi^{31} mau^{24} so^{33} nai^{31} mau^{24} ɕəŋ^{31} ɕi^{54}
种 木 四 年 木 成 身
种树四年树成材

tɕi^{54} zə^{24} li^{31} hi^{31} mau^{24} pai^{54} kuo^{33}
今 日 打 行 木 边 过
今日打从树边过

khaŋ^{33} kai^{33} mau^{24} ta^{24} mau^{24} ɕəŋ^{31} ɕi^{54}
看 见 木 大 木 成 身
看见树大已成材

tse^{31} mu^{24} ɕaŋ^{33} tiŋ^{54} hau^{33} tɕhəŋ^{31} tɕaŋ^{24}
骑 马 上 京 去 请 匠
骑马上京去请匠

tse^{31} lio^{31} no^{24} vai^{24} tɕhəŋ^{31} tɕaŋ^{24} kuo^{54}
骑 驴 入 县 请 匠 归
骑驴入县请匠回

mau^{24} tɕaŋ^{33} no^{24} məŋ^{31} tsəi^{35} fu^{33} thio^{35}
木 匠 进 门 按 下 尺①
木匠进门接墨斗

paŋ^{31} fu^{33} lio^{35} thio^{35} mi^{24} se^{54} liaŋ^{31}
放 下 弯 尺 慢 思 量
放下弯尺慢思量

mi^{24} mi^{24} se^{54} liaŋ^{31} tsa^{31} tai^{31} mau^{24}
慢 慢 思 量 裁 剪 木
慢慢思量裁剪木

tsa^{31} tai^{31} ta^{24} mau^{24} taŋ^{24} liaŋ^{33} təŋ^{31}
裁 剪 大 木 段 两 筒②
裁剪大木分两段

tou^{31} təŋ^{31} nəŋ^{54} luo^{31} sa^{54} səi^{33} pie^{31}
头 筒 给 来 锯 细 板
头段用来锯细板

① 古时做木工，先把墨斗钉在木料上，然后接线上墨，进行画线、测量、设计等工作。尺，也称折尺、曲尺、拐尺、弯尺，纵向长，横向短，用于检验线条是否垂直、木料表面是否平整等。

② 两筒：两段。

no^{24} təŋ^{31} nəŋ^{54} luo^{31} kuo^{35} tɕhəŋ^{54} ɕaŋ^{54}
二 筒 给 来 做 轻 箱①
二段用来做神龛

ɕi^{54} tsa^{33} tɕhəŋ^{54} ɕaŋ^{54} la^{33} tɕhəŋ^{54} pa^{33}
新 做 轻 箱 俫 轻 拜②
新做神龛我钦拜

tɕhəŋ^{54} luo^{31} pa^{33} hau^{33} tɕhəŋ^{54} tou^{31} ȵi^{31}
轻 来 拜 去 清 头 人
鞠躬礼拜厅堂人

tɕhəŋ^{54} pa^{33} tɕhəŋ^{54} tou^{31} ho^{31} na^{24} ne^{24}
轻 拜 清 头 好 闹 热
礼拜厅堂好热闹

ȵi^{31} la^{54} na^{24} ne^{24} paŋ^{33} ɕiŋ^{31} niaŋ^{31}
人 多 闹 热 伴 行 娘
人多热闹伴行娘

tse^{54} no^{54} ɕo^{35} məŋ^{31} se^{31} li^{24} ho^{31}
今 天 出 门 时 运 好
今天出门时运好

təi^{31} luo^{54} po^{24} ɕu^{24} saŋ^{33} ȵi^{31} tsai^{31}
捡 个 白 石 是 银 钱
捡个白石是银钱

paŋ^{33} liaŋ^{31} zə^{35} fəŋ^{54} li^{31} tɕi^{33} tse^{31}
半 两 一 分 打 戒 指
半两一钱打戒指

① 轻箱：应为“钦箱”，供祭祀、礼拜的神龛。
② 轻拜：应为“钦拜”，鞠躬和礼拜。

zə^{35} liaŋ^{31} no^{35} fəŋ^{54} li^{31} nio^{33} vi^{31}
一 两 二 分 打 耳 环
一两二钱打耳环

no^{24} liaŋ^{31} səŋ^{54} fəŋ^{54} li^{31} ȵi^{33} tsha^{35}
二 两 三 分 打 银 饰
二两三钱打银饰

so^{33} liaŋ^{31} so^{33} fəŋ^{54} li^{31} ȵi^{31} paŋ^{31}
四 两 四 分 打 银 盘
四两四钱打银盘

ȵi^{31} paŋ^{31} mə^{33} ɕa^{35} la^{33} aŋ^{54} ɕa^{35}
银 盘 不 削 俫 安 削
银盘不削我安肃

se^{33} la^{33} aŋ^{54} ɕa^{35} tɕhəŋ^{54} tou^{31} ȵi^{31}
是 俫 安 削 清 头 人
是我安肃厅堂人

aŋ^{54} ɕa^{35} tɕhəŋ^{54} tou^{31} ho^{31} na^{24} ne^{24}
安 削 清 头 好 闹 热
安肃厅堂好热闹

ȵi^{31} la^{54} na^{24} ne^{24} paŋ^{33} ɕiŋ^{31} niaŋ^{31}
人 多 闹 热 伴 行 娘
人多热闹伴行娘

au^{54} ɕu^{35} kau^{54} tou^{31} tia^{35} vai^{33} vai^{33}
乌 鸦 姑 鸟① 脚 元 元②
乌鸦八哥脚光光

① 姑鸟：即八哥鸟。外形像乌鸦，但体型略小。
② 脚元元：脚爪裸露钩住树枝，“元”谐音“完”。

aŋ^{54} ɕa^{35} ȵi^{31} kø^{54} se^{33} jaŋ^{24} vai^{33}
安 削 人 歌 是 样 完
安肃人歌就此完

aŋ^{54} ɕa^{35} ȵi^{31} kø^{54} se^{33} jaŋ^{24} lia^{33}
安 削 人 歌 是 样 了
安肃人歌结束了

hou^{31} vu^{24} mə^{33} vai^{31} saŋ^{33} thiaŋ^{33} vai^{31}
口 曰 不 完 算 唱 完
口说不完算唱完

hou^{31} vu^{24} mə^{33} vai^{31} saŋ^{33} thiaŋ^{33} lia^{33}
口 曰 不 完 算 唱 了
口说不完算唱了

se^{33} la^{33} mə^{33} luo^{54} saŋ^{33} thiaŋ^{33} vai^{33}
是 倈 不 知 算 唱 完
是我不知算唱完

təŋ^{31} jou^{31} la^{24} zə^{24} mə^{33} ɕəŋ^{31} məŋ^{33}
桐 油 落 叶 不 成 莓
梧桐落叶不像树

aŋ^{54} ɕa^{35} ȵi^{31} kø^{54} mə^{33} ɕəŋ^{31} tou^{31}
安 削 人 歌 不 成 条
安肃人歌不成歌

tsa^{33} pai^{54} zə^{35} phəi^{35} mə^{33} ɕəŋ^{31} tse^{24}
左 边 一 丿 不 成 字
左边一撇不成字

jou^{24} pai^{54} zə^{35} phəi^{35} tiaŋ^{24} ɕəŋ^{31} ȵe^{31}
右 边 一 乀 共 成 人
右边一捺共成人

ȵi^{31} tse^{24} tau^{33} luo^{33} aŋ^{54} vaŋ^{31} tse^{24}
人 字 肚 里 安 王 字
人字肚里安王字

aŋ^{54} ɕa^{35} ȵi^{31} kø^{54} thiaŋ^{33} mə^{33} tɕuai^{31}
安 削 人 歌 唱 不 全
安肃人歌唱不全

se^{24} tse^{24} tɕaŋ^{33} te^{54} se^{24} tse^{24} ɕai^{33}
十 字 将 了 十 字 形
十字像了十字形

tɕo^{33} tse^{24} nəŋ^{54} luo^{31} tia^{35} fu^{24} vai^{33}
具 字 给 来 脚 下 元
具字凑来脚下悬

se^{24} tse^{24} tsa^{33} tou^{31} tɕo^{33} tsa^{33} tia^{35}
十 字 在 头 具 在 脚
十字在头具在脚

aŋ^{54} ɕa^{35} ȵi^{31} kø^{54} thiaŋ^{33} mə^{33} tɕi^{54}
安 削 人 歌 唱 不 真
安肃人歌唱不真

thiaŋ^{33} mə^{33} tɕuai^{31} se^{31} mə^{33} ɕa^{33} la^{33}
唱 不 全 时 不 笑 倈
唱不全时不笑我

thiaŋ^{33} mə^{33} tɕi^{54} se^{31} mə^{33} ɕa^{33} nəŋ^{31}
唱 不 真 时 不 笑 男
唱不真时不笑我

zə^{35} po^{35} ɕu^{31} ɕəŋ^{31} paŋ^{33} pai^{54} hou^{31}
一 笔 写 成 半 边 口
一笔写成半边口

jaŋ^{24} tse^{24} ɕu^{31} luo^{31} tia^{35} fu^{33} aŋ^{54}
用 字 写 来 脚 下 安
用字写来脚下安

tsou^{31} nio^{33} li^{31} çi^{31} tia^{35} fu^{33} kuo^{33}
走 耳 打 行 脚 下 过
走之打从脚下过

aŋ^{54} ɕa^{35} ȵi^{31} kø^{54} thiaŋ^{33} mə^{33} thaŋ^{54}
安 削 人 歌 唱 不 通
安肃人歌唱不通

tse^{54} təi^{31} çuo^{31} po^{24} lio^{33} thio^{33} tɕe^{24}
鸡 啼 狗 叫 处 处 同
鸡啼狗叫到处同

thai^{54} fu^{33} ɕo^{54} təŋ^{31} kø^{54} mə^{33} təŋ^{31}
天 下 书 同 歌 不 同
天下书同歌不同

thai^{54} fu^{33} ɕo^{54} təŋ^{31} kø^{54} mə^{33} lua^{33}
天 下 书 同 歌 不 对
天下书同歌不一

thiaŋ^{31} jou^{33} la^{33} saŋ^{54} thiaŋ^{33} mə^{33} təŋ^{31}
恐 有 俫 双 唱 不 同
只恐我俩唱不同

thiaŋ^{33} mə^{33} thaŋ^{54} se^{31} mə^{33} ɕa^{33} la^{33}
唱 不 通 时 不 笑 俫
唱不通时不笑我

thiaŋ^{33} mə^{33} lua^{33} se^{31} piu^{54} haŋ^{31} nəŋ^{31}
唱 不 对 时 包 涵 男
唱不对时包涵我

tɕhəŋ^{54} tou^{31} ȵi^{31} la^{54} mə^{33} ɕa^{33} la^{33}
清 头 人 多 不 笑 俫
厅堂人多不笑我

kuo^{33} tsa^{31} kø^{54} se^{54} piu^{54} haŋ^{31} nəŋ^{31}
高 才 歌 师 包 涵 男
高才歌师包涵我

laŋ^{31} laŋ^{31} thiaŋ^{33}
短 短 唱
短短唱

laŋ^{31} laŋ^{31} tou^{31} kø^{54} tɕun^{54} paŋ^{33} nəŋ^{31}
短 短 条 歌 尊 伴 男
短短支歌传同伴

tɕun^{54} kuo^{33} təŋ^{31} paŋ^{33} tsəi^{35} tɕi^{31} thiaŋ^{33}
尊 过 同 伴 接 着 唱
传过同伴接着唱

tsəi^{35} tɕi^{31} kø^{54} ɕəŋ^{54} paŋ^{33} ɕiŋ^{31} niaŋ^{31}
接 着 歌 声 伴 行 娘
接着歌声伴行娘

səŋ^{54} niai^{31} liaŋ^{33} tio^{33} tɕun^{54} kuo^{33} paŋ^{33}
三 言 两 语 尊 过 伴
三言两语传过伴

tɕhəŋ^{31} paŋ^{33} tse^{24} tɕou^{24} tsəi^{35} tɕi^{31} ɕiəŋ^{54}
请 伴 自 就 接 着 声
请伴径直接着声

tiaŋ^{31} fu^{33} mə^{33} tɕa^{33} nəŋ^{31} tiaŋ^{31} kuo^{33}
讲 话 不 着 能 讲 过
讲话不对能讲过

tɕun^{54} paŋ^{33} mə^{33} tɕa^{24} ɕaŋ^{54} kuo^{33} liaŋ^{31}
尊 伴 不 对 商 过 量
传伴不对再商量

ho^{31} tshe^{54} pai^{54} luo^{31} tɕa^{24} mə^{33} tɕa^{24}
口 吃 边 梨 嚼 不 嚼
口吃槟榔嚼不嚼

se^{33} mə^{33} əi^{54} jaŋ^{33} tɕun^{54} paŋ^{3} nəŋ^{31}
是 否 这样 尊 伴 们
是否这样传同伴

六、请刘三姐歌

题解：这是歌堂最重要的仪式，主人听到该歌唱起就要摆香案，上香恭请歌神刘三姐。

ho^{31} tshe^{35} pai^{54} luo^{31} jou^{24} se^{33} tɕa^{24}
口 吃 边 梨 又 是 嚼
口吃槟榔又是嚼

tiŋ^{33} se^{33} əi^{54} jaŋ^{24} tɕun^{54} la^{33} nəŋ^{31}
正 是 这 样 尊 我 们
正是这样传我们

tiaŋ^{31} fu^{24} tɕa^{24} te^{54} mə^{33} la^{54} tiaŋ^{31}
讲 话 着 了 不 多 讲
讲话对了不多讲

tɕun^{54} la^{33} tia^{24} te^{54} mə^{33} ɕaŋ^{54} liaŋ^{31}
尊 我 对 了 不 商 量
传我对了不商量

tsəi^{35} tɕi^{31} thiaŋ^{33}
接 着 唱
接着唱

tsəi^{35} tɕi^{31} paŋ^{33} ɕəŋ^{54} paŋ^{33} ɕiŋ^{31} niaŋ^{31}
接 着 伴 声 伴 行 娘
接着伴声伴行娘

la^{33} tsa^{33} tɕhəŋ^{54} tou^{31} lu^{35} tɕhəŋ^{33} tɕe^{31}
俫 坐 清 头 得 听 着
我坐厅堂得听见

tɕhəŋ^{33} tɕe^{31} tou^{31} taŋ^{31} tɕi^{31} tɕiu^{24} ai^{54}
听 着 头 团 层 谢 烟
听见头团感谢烟

tɕi^{31} tɕiu^{24} ai^{54} kø^{54} thiaŋ^{33} lu^{35} ho^{31}
层 谢 烟 歌 唱 得 好
感谢烟歌唱得好

thiaŋ^{33} lu^{35} tɕuai^{31} se^{31} thiaŋ^{33} lu^{35} tɕi^{54}
唱 得 全 时 唱 得 真
唱得全时唱得真

no^{24} taŋ^{31} aŋ^{54} ɕa^{35} thiaŋ^{33} lu^{35} ho^{31}
二 团 安 削 唱 得 好
二团安肃①唱得好

təŋ^{31} tou^{31} zə^{35} no^{24} thiaŋ^{33} lu^{54} thaŋ^{54}
从 头 一 二 唱 得 通
从头一二唱得通

① 这里指《安肃人歌》。

liaŋ^{33} taŋ^{31} təŋ^{31} paŋ^{33} thiaŋ^{33} lu^{35} ho^{31}
两 团 同 伴 唱 得 好
两团同伴都优秀

jou^{33} zə^{35} jou^{33} no^{24} thiaŋ^{33} lu^{35} thaŋ^{54}
有 一 有 二 唱 得 通
有一有二唱得通

ɕaŋ^{24} ju^{33} thaŋ^{54} luo^{33} tiaŋ^{54} nu^{31} vai^{24}
上 又 通 到 江 华 县
上又通到江华县

fu^{33} jo^{33} thaŋ^{54} luo^{33} fə^{33} tɕhai^{54} ɕəŋ^{31}
下 也 通 到 富 川 城
下也通到富川城

fə^{33} tɕhai^{54} ɕəŋ^{31} tɕaŋ^{31} mo^{33} laŋ^{31} te^{24}
富 川 城 墙 没 挡 阻
富川城墙没挡阻

liaŋ^{31} taŋ^{31} ho^{31} kø^{54} mo^{33} luo^{31} te^{31}
两 团 好 歌 没 顶 蹄
两团好歌没错处

thiaŋ^{33} lu^{35} tɕhəŋ^{54} tou^{31} ȵi^{31} la^{54} tɕhəŋ^{33}
唱 得 清 头 人 多 听
唱得厅堂人爱听

ȵi^{54} ȵi^{54} tɕhəŋ^{33} te^{54} fuə^{24} lia^{33} ɕi^{54}
人 人 听 了 合 了 心
人人听了合了心

əi^{54} fa^{31} luo^{33} te^{54} ŋu^{33} ta^{24} ȵe^{54}
这 回 到 了 我 自 己
这回到了我自己

luo^{33} te^{54} ta^{24} ȵe^{54} mə^{33} va^{24} vo^{31}
到 了 自 己 不 会 维
到了自己不会做

ho^{31} vu^{24} mə^{33} va^{24} ju^{24} tɕa^{24} thiaŋ^{33}
口 曰 不 会 也 得 唱
口说不会也得唱

tse^{31} vaŋ^{24} ȵi^{54} ȵi^{54} vo^{24} piu^{54} haŋ^{31}
指 望 个 个 多 包 涵
希望个个多包涵

ȵi^{54} ȵi^{54} piou^{54} haŋ^{31} tau^{31} kaŋ^{31} thiaŋ^{33}
人 人 包 涵 才 敢 唱
人人包涵才敢唱

tau^{31} nəŋ^{31} ji^{54} paŋ^{33} thiaŋ^{33} taŋ^{24} vai^{31}
才 能 与 伴 唱 段 完
才能与伴唱完歌

təŋ^{33} mə^{33} təŋ^{33} se^{31} zə^{35} taŋ^{24} se^{24}
动 不 动 时 一 段 事
久不久办一段事

təŋ^{33} mə^{33} təŋ^{33} se^{31} paŋ^{33} ɕiŋ^{31} niaŋ^{31}
动 不 动 时 伴 行 娘
久不久又伴行娘

vai^{31} sai^{54} se^{31} le^{33} mə^{33} luo^{31} le^{33}
原 先 启 礼 不 倒 礼
原先制礼不违礼

zə^{31} tɕi^{54} ɕi^{54} pai^{54} mə^{33} kaŋ^{31} vo^{31}
如 今 新 编 不 敢 维
如今新编不敢遵

ləi^{31} kiu^{35} mu^{24} tsau^{31} ji^{33} kuo^{54} kau^{31}
犁 面 额 锄 依 归 古
犁面笔直依回古

ji^{33} kuo^{54} kau^{31} le^{33} tɕhəŋ^{31} liu^{31} səŋ^{54}
依 归 古 礼 请 刘 三
依照古礼请刘三

mə^{33} tɕhəŋ^{31} liu^{31} səŋ^{54} ɕi^{31} ȵi^{31} ɕa^{33}
不 请 刘 三 怕 人 笑
不请刘三怕人笑

ɕi^{31} ȵi^{31} ɕa^{33} la^{33} mə^{33} luo^{54} tɕhəŋ^{31}
怕 人 笑 俫 不 知 情
怕人笑我不知情

tio^{33} tɕi^{54} tio^{33} ku^{31} ju^{24} tɕa^{24} thiaŋ^{33}
句 真 句 假 也 着 唱
句真句假也得唱

tɕa^{24} mə^{33} tɕa^{24} se^{31} təi^{31} vu^{31} tou^{31}
对 不 对 时 提 下 头
对不对时带下头

thiaŋ^{33} kø^{54} mə^{33} tɕhəŋ^{31} liu^{31} səŋ^{54} tso^{31}
唱 歌 不 请 刘 三 姐
唱歌不请刘三姐

zə^{35} tɕiəŋ^{24} tou^{31} thaŋ^{54} mo^{33} mə^{33} thaŋ^{54}
一 定 头 通 尾 不 通
一定头通尾不通

thiaŋ^{33} kø^{54} tɕhəŋ^{31} te^{54} liu^{31} səŋ^{54} tso^{31}
唱 歌 请 了 刘 三 姐
唱歌请了刘三姐

kho^{31} nəŋ^{31} tou^{31} thaŋ^{54} mo^{33} jou^{24} thaŋ^{54}
可 能 头 通 尾 也 通
才能头通尾也通

tou^{31} mo^{33} mə^{33} thaŋ^{54} mə^{33} tɕhi^{31} ɕa^{33}
头 尾 不 通 不 耻 笑
头尾不通不耻笑

tɕhəŋ^{54} tou^{31} ȵi^{31} la^{54} mə^{33} ɕa^{33} nəŋ^{31}
清 头 人 多 不 笑 男
厅堂人多不笑我

sai^{54} ɕa^{33} liu^{31} səŋ^{54} phai^{54} mə^{33} ho^{31}
先 笑 刘 三 编 不 好
先笑刘三编不好

hou^{33} ɕa^{33} la^{33} nəŋ^{31} tse^{33} mə^{33} tɕi^{54}
后 笑 俫 男 记 不 真
后笑我们记不真

zə^{33} jaŋ^{24} tiaŋ^{31} luo^{31} zə^{33} jaŋ^{24} vo^{24}
依 样 讲 来 依 样 曰
依样讲来依样说

zə^{33} jaŋ^{24} vo^{24} luo^{31} tɕhəŋ^{31} liu^{31} səŋ^{54}
依 样 曰 来 请 刘 三
依样说来请刘三

phe^{35} ha^{54} ɕi^{33} tou^{31} la^{33} mə^{33} ȵe^{24}
丢 开 顺 头 我 不 要
丢开序曲我不要

mə^{33} ȵe^{24} ɕi^{33} tou^{31} tɕhəŋ^{31} liu^{31} səŋ^{54}
不 要 顺 头 请 刘 三
不要序曲请刘三

khou^{31} nəŋ^{31} ɕi^{33} tou^{31} ti^{33} zə^{35} jaŋ^{24}
可 能 顺 头 都 一 样
可能序曲都一样

kau^{31} jou^{24} mə^{33} ȵi^{31} ju^{24} və^{31} faŋ^{31}
估 计 不 要 也 无 妨
估计不要也无妨

tiŋ^{54} ŋue^{24} nəŋ^{31} pəŋ^{54} təŋ^{31} təŋ^{24} ɕaŋ^{33}
正 月 南 风 从 垌 上
正月南风从垌上

tsho^{35} ŋue^{31} tɕhou^{54} pəŋ^{54} təŋ^{31} liŋ^{33} luo^{31}
七 月 秋 风 从 岭 来
七月秋风从岭来

ta^{24} pəŋ^{54} luo^{33}
大 风 到
大风到

ɕi^{54} tɕi^{54} piou^{35} mau^{24} ti^{33} ləi^{54} tou^{31}
深 山 竹 木 都 低 头
深山竹木都低头

piou^{35} mau^{24} ləi^{54} tou^{31} tɕhəŋ^{33} pəŋ^{54} kuo^{33}
竹 木 低 头 听 风 过
竹木低头听风过

le^{35} vo^{24} kuo^{54} tsa^{31} tɕhəŋ^{33} la^{33} ɕəŋ^{54}
列 位 高 才 听 倈 声
列位高才听我声

tɕhəŋ^{54} tou^{31} ȵi^{31} la^{54} tɕhəŋ^{33} tɕi^{31} la^{33}
清 头 人 多 听 着 倈
厅堂人多听着我

tɕh^{33} tɕi^{31} la^{33} saŋ^{54} tɕhəŋ^{31} liu^{31} səŋ^{54}
听 着 倈 双 请 刘 三
听着我俩请刘三

zə^{35} liaŋ^{54} həŋ^{31} tse^{31} həŋ^{31} thu^{54} thu^{54}
一 张 红 纸 红 滔 滔
一张红纸红彤彤

tiaŋ^{54} jaŋ^{54} tse^{33} fu^{35} khaŋ^{31} miŋ^{31} thiu^{54}
中 央 直 画 孔 明 车
中央直画孔明车

thiu^{54} tse^{24} tsou^{31} nio^{33} ɕəŋ^{31} lai^{31} tse^{24}
车 字 走 耳 成 连 字
车字走之成连字

lai^{31} pai^{24} lai^{31} ɕəŋ^{31} tɕhəŋ^{31} liu^{31} səŋ^{54}
连 便 连 成 请 刘 三
连便连成请刘三

tɕəŋ^{31} tsai^{31} jou^{33} lou^{54} so^{33} tse^{33} tɕhəŋ^{54}
庭 前 有 蔸 四 季 青
庭前有棵四季青

la^{33} tɕhəŋ^{31} liu^{31} səŋ^{54} tɕou^{24} se^{31} ɕəŋ^{54}
俫 请 刘 三 就 起 声
我请刘三就起声

la^{33} tɕhəŋ^{31} liu^{31} səŋ^{54} se^{31} ɕəŋ^{54} thiaŋ^{33}
俫 请 刘 三 起 声 唱
我请刘三起声唱

tsəi^{35} tɕi^{31} se^{31} ɕəŋ^{54} tɕhəŋ^{31} liu^{31} səŋ^{54}
接 着 起 声 请 刘 三
接着起声请刘三

ɕaŋ^{54} tɕhəŋ^{31} ɕaŋ^{54}
相 请 相①
相请啊

ɕaŋ^{54} tɕhəŋ^{31} tio^{31} ȵi^{31} ɕa^{54} tse^{31} ɕaŋ^{54}
相 请 主 人 烧 纸 香
相请主人烧纸香

① 相请相：诚恳请求。相，发语词。

tio^{31} ȵi^{31} ɕa^{54} ɕaŋ^{54} haŋ^{24} lio^{33} ɕo^{31}
主　人　烧　香　换　绿　水①
主人烧香换清水

ɕa^{54} ɕaŋ^{54} haŋ^{24} ɕo^{31} tɕhəŋ^{31} liu^{31} səŋ^{54}
烧　香　换　水　请　刘　三
烧香换水请刘三

jaŋ^{31} tsau^{31} paŋ^{33} se^{24} ji^{54} tsau^{24} paŋ^{33}
阳　助　半　时　阴　助　半
阳助半时阴助半

tsau^{24} tɕe^{31} la^{33} nəŋ^{31} tɕhəŋ^{31} liu^{31} səŋ^{54}
助　起　俫　男　请　刘　三
助起我们请刘三

tɕhəŋ^{31} ɕo^{35} liu^{31} səŋ^{54} tai^{24} ɕaŋ^{24} tsa^{33}
请　出　刘　三　殿　上　坐
请出刘三殿上坐

tai^{24} ɕaŋ^{24} tsa^{33} tɕe^{31} ɕou^{33} ɕaŋ^{54} ai^{54}
殿　上　坐　起　受　香　烟
殿上坐好受香烟

liu^{31} səŋ^{54} ɕou^{33} lu^{35} ɕaŋ^{54} ai^{54} mo^{33}
刘　三　受　得　香　烟　尾
刘三受得香烟尾

mə^{33} nəŋ^{54} ɕaŋ^{54} lau^{31} thaŋ^{33} ɕaŋ^{54} ai^{54}
不　给　香　炉　断　香　烟
不给香炉断香烟

① 绿水：清水。山中泉水无杂质，能映蓝天青山，故常绿。

ɕou31 luo31 nio24 hau24 tɕi54 mo24 ɕo31
手 提 玉 壶 金 墨 水
手提玉壶金墨水

tso24 se35 po24 tou31 thou33 se54 ɕo54
浸 湿 笔 头 透① 诗 书
浸湿笔头写诗书

thou33 se31 se54 ɕo54 səŋ54 pu35 pəŋ31
透 起 诗 书 三 百 本
写起诗书三百本

thou33 tse31 tiou31 tiai54 so33 pu35 phe54
透 起 九 经② 四 百 篇
写起九经四百篇

liu31 səŋ54 luo31 ɕo35 au35 ɕaŋ24 sa33
刘 三 拿 出 屋 上 晒
刘三拿出屋上晒

tse33 lu35 ki54 məŋ31 ma31 tse35 ɕo54
记 得 关 门 忘 记 收
记得关门忘记收

ɕo31 luo31 zə54 ki54 liaŋ31 ɕaŋ33 ɕo31
睡 倒 一 更 龙 上 水
睡倒一更雷电闪

ɕo31 luo31 no24 ki54 se31 au54 ve31
睡 倒 二 更 起 乌 云
睡倒二更起乌云

---

① 透：写。墨会透过纸背，故言透。
② 九经：四书五经，也指多种经典文章。

ɕo^{31} luo^{31} səŋ^{54} ki^{54} lua^{33} tai^{24} ŋe^{33}
睡 倒 三 更 雷 电 眼
睡倒三更响霹雳

ɕo^{31} luo^{31} so^{33} ki^{54} hau^{33} lai^{31} lio^{31}
睡 倒 四 更 雨 连 流
睡倒四更雨潺潺

ɕo^{31} luo^{31} ŋau^{33} ki^{54} fa^{35} ta^{24} ɕo^{31}
睡 倒 五 更 发 大 水
睡倒五更发大水

ɕo^{31} tɕhua^{54} kø^{54} pəŋ^{31} luo^{33} jaŋ^{31} tiou^{54}
水 推 歌 本 到 扬 州
水推歌本到扬州

luo^{33} hau^{33} jaŋ^{31} tiou^{54} jaŋ^{31} tse^{31} ta^{24}
到 去 扬 州 洋 子 大
到去扬州洋子大

so^{33} li^{31} təŋ^{31} paŋ^{33} thəi^{33} nəŋ^{31} jou^{54}
四 邻 同 伴 替 男 忧
四邻同伴替我忧

zə^{35} khou^{33} piou^{35} pa^{31} kaŋ^{31} mə^{33} luo^{33}
一 个 竹 排 赶 不 到
一个竹排赶不到

no^{24} khou^{33} piou^{35} pa^{31} kaŋ^{31} luo^{33} tiou^{54}
二 个 竹 排 赶 到 州
二个竹排赶到州

zə^{35} khou^{33} lia^{31} kuo^{54} kua^{33} mə^{33} luo^{33}
一 个 镣 钩① 挂 不 到
一个铁钩钩不到

no^{24} khou^{33} lia^{31} kuo^{54} kua^{33} luo^{33} tou^{31}
二 个 镣 钩 挂 到 头
二个铁钩钩到头

səŋ^{54} khou^{33} lia^{31} kuo^{54} kua^{33} kuo^{54} pəŋ^{31}
三 个 镣 钩 挂 归 本
三个铁钩钩回本

kua^{33} kuo^{54} zə^{35} pəŋ^{31} se^{33} liu^{31} səŋ^{54}
挂 归 一 本 是 刘 三
钩回一本是刘三

liu^{31} səŋ^{54} tɕo^{24} tsa^{33} kuəi^{33} li^{31} ɕe^{31}
刘 三 住 在 桂 林 省②
刘三住在桂林省

tɕo^{24} tsa^{33} ɕuəi^{33} li^{31} se^{33} ŋa^{31} tiou^{54}
住 在 桂 林 是 梧 州
住在桂林是梧州

tɕo^{24} tsa^{33} ŋa^{31} tiou^{54} tsho^{35} lau^{54} təŋ^{24}
住 在 梧 州 七 都③ 垌
住在梧州七都垌

① 镣钩：铁钩。
② 自此以下四句地名照原文译出。
③ 七都：在富川石家乡。富川旧属梧州市管辖，今属贺州。

tɕo^{24} tsa^{33} tsho^{35} lau^{54} liu^{31} ku^{54} vi^{54}
住 在 七 都 刘 家 湾
住在七都刘家湾

liu^{31} səŋ^{54} nəŋ^{31} ta^{54} liu^{31} fə^{33} tse^{31}
刘 三 的 爸 刘 富 子
刘三的爸刘富子

liu^{31} səŋ^{54} nəŋ^{31} ma^{33} tiou^{54} fə^{33} ve^{31}
刘 三 的 妈 朱 富 云
刘三的妈朱富云

liu^{31} səŋ^{54} ta^{24} tso^{31} liu^{31} faŋ^{24} tɕe^{31}
刘 三 大 姐 刘 凤 举
刘三大姐刘凤举

liu^{31} səŋ^{54} səi^{33} tso^{31} liu^{31} faŋ^{24} ve^{31}
刘 三 小 姐 刘 凤 云
刘三小姐刘凤云

ɕi^{24} jou^{33} liu^{31} səŋ^{54} zə^{35} tɕho^{31} jaŋ^{33}
剩 有 刘 三 乙 丑 养
剩有刘三乙丑生

liou^{24} ŋue^{33} tɕhau^{54} səŋ^{54} tse^{33} se^{31} ɕi^{54}
六 月 初 三 巳 时 生
六月初三巳时生

jaŋ^{33} fu^{33} səŋ^{54} tia^{54} aŋ^{54} miŋ^{31} tse^{24}
养 下 三 朝 安 名 字
生下三天起名字

səŋ[54] lia[54] aŋ[54] miŋ[31] hi[33] faŋ[24] ji[54]
三　朝　安　名　喊　凤　音
三天起名叫凤音

zə[35] ɕuəi[33] tse[31] ȵi[31] tɕi[31] tia[35] nio[33]
一　岁　之　人　裙　脚　女①
一岁之人裙脚女

no[24] ɕuəi[33] tse[54] ȵi[31] ɕou[31] ɕaŋ[24] tiou[54]
二　岁　之　人　手　上　珠
二岁之人手上珠

səŋ[54] ɕuəi[33] ɕou[24] hi[31] va[24] tsou[31] lau[24]
三　岁　学　行　会　走　路
三岁学行会走路

so[33] ɕuəi[33] təi[31] tɕi[54] mə[33] məŋ[24] ȵi[31]
四　岁　提　针　不　问　人
四岁拿针不问人

ŋau[33] ɕuəi[33] luo[31] tiaŋ[54] tɕhiu[24] səi[33] tso[33]
五　岁　楼　中　穿　小　罩②
五岁楼中织小罩

liou[24] ɕuəi[33] tɕhəŋ[54] tou[31] faŋ[31] səi[33] su[54]
六　岁　清　头　纺　细　纱
六岁厅堂纺细纱

---

① 裙脚女：裙脚，应指襁褓。在当地方言中，襁褓即背裙或背带。裙脚女，襁褓中的女婴。

② 穿小罩：织毛线衣物。

tsho^{35} ɕuəi^{33} tia^{33} jou^{31} ma^{33} ku^{33} tse^{33}

七 岁 叫 爷 买 架 机

七岁叫爷买架机

pa^{35} ɕuəi^{33} tiou^{35} ɕo^{35} mo^{33} ni^{54} fu^{54}

八 岁 织 出 牡 丹 花

八岁织出牡丹花

tiou^{31} ɕuəi^{33} tiou^{35} ɕo^{35} ve^{31} la^{31} taŋ^{24}

九 岁 织 出 云 罗 缎

九岁织出绫罗缎

tiou^{35} ɕo^{35} ve^{31} la^{31} ɕou^{33} ɕəŋ^{31} fu^{54}

织 出 云 罗 绣 成 花

织出绫罗绣成花

se^{24} ɕuəi^{33} kəŋ^{54} puə^{35} tɕuai^{31} mə^{33} tiaŋ^{31}

十 岁 功 夫 全 不 讲

十岁功夫不用讲

tɕuai^{31} tiaŋ^{31} faŋ^{54} liu^{31} tiaŋ^{31} thiaŋ^{33} kø^{54}

全 讲 风 流 讲 唱 歌

全讲风流讲唱歌

se^{24} zə^{35} thiaŋ^{33} kø^{54} luo^{33} se^{24} no^{24}

十 一 唱 歌 到 十 二

十一唱歌到十二

se^{24} no^{24} thiaŋ^{33} kø^{54} luo^{33} se^{24} səŋ^{54}

十 二 唱 歌 到 十 三

十二唱歌到十三

se^{24} səŋ^{54} sau^{54} tou^{31} va^{24} niau^{31} kuo^{33}
十　三　梳　头　会　梳　辫
十三梳头会梳辫

se^{24} so^{33} sau^{54} ɕo^{35} na^{31} au^{54} ve^{31}
十　四　梳　出　朵　乌　云
十四梳出朵乌云

se^{24} ŋau^{33} jai^{31} tsu^{31} ləŋ^{33} məŋ^{24} nio^{33}
十　五　盐　茶　担①　问　女
十五盐茶担提亲

se^{24} liou^{33} jai^{31} piu^{54} pa^{35} mə^{33} ha^{54}
十　六　盐　包②　拨　不　开
十六盐包拨不开

se^{24} tsho^{35} ɕu^{54} te^{54} thu^{54} ku^{54} ɕe^{33}
十　七　收　了　他　家③　信
十七收了男家信

ɕou^{24} tsa^{33} luo^{31} tiaŋ^{54} tshi^{33} luo^{31} niaŋ^{31}
睡　在　楼　中　气　倒　娘
睡在楼中气倒娘

au^{35} lu^{54} ju^{31} niaŋ^{31} ju^{24} thəi^{31} həŋ^{24}
屋　里　爷　娘　也　体　贴
家里爷娘也体贴

① 盐茶担：装聘礼的担子。
② 盐包：包给女方亲戚的盐。
③ 他家：男家。

hau^{33} luo^{33} ȵi^{24} ku^{54} tsa^{33} fuə^{54} ȵi^{31}
去 到 人 家 做 夫 人
去到人家有身份

liu^{31} səŋ^{54} ji^{54} vo^{24} se^{24} pa^{35} so^{31}
刘 三 因 为 十 八 死
刘三因为十八死

ji^{54} vo^{24} tɕhiu^{54} liaŋ^{31} hau^{33} səi^{31} su^{54}
因 为 秋 凉 去 洗 纱
因为秋凉去洗纱

səi^{31} su^{54} to^{24} no^{24} ha^{31} tiaŋ^{54} le^{31}
洗 纱 跌 进 海 中 底
洗纱跌进大海底

thi^{54} ɕaŋ^{24} kai^{33} su^{54} mə^{33} kai^{33} niaŋ^{31}
滩 上 见 纱 没 见 娘
滩上见纱没见娘

au^{54} vu^{54} po^{33}
乌 鸦 报
乌鸦报

au^{54} vu^{54} po^{33} luo^{54} ta^{24} tso^{31} luo^{54}
乌 鸦 报 给 大 姐 知
乌鸦报给大姐知

po^{33} luo^{54} ta^{24} tso^{31} hau^{33} tsəi^{35} me^{24}
报 知 大 姐 去 接 妹
报知大姐去接妹

po^{33} luo^{54} səi^{33} tso^{31} tsəi^{35} me^{24} kuo^{54}
报 知 小 姐 接 妹 归
报知小姐接妹回

ta^{24} tso^{31} səi^{33} tso^{31} lai^{31} hau^{33} tsəi^{35}
大 姐 小 姐 连 去 接
大姐小姐连去接

thi^{54} ɕaŋ^{24} kai^{33} su^{54} mə^{33} kai^{33} ȵi^{31}
滩 上 见 纱 不 见 人
滩上见纱不见人

ta^{24} tso^{31} kuo^{54} luo^{33} paŋ^{33} ɕaŋ^{54} ɕe^{33}
大 姐 回 来 放 香 信①
大姐回来备礼牲

səi^{33} tso^{31} kuo^{54} luo^{31} hau^{33} məŋ^{24} sai^{54}
小 姐 回 来 去 问 仙
小姐回来去问仙

sai^{54} ȵi^{31} ɕaŋ^{33} tia^{31} zə^{35} no^{24} po^{33}
仙 人 上 朝② 一 二 报
仙人上桥一二报

me^{24} se^{33} nəŋ^{31} ha^{31} paŋ^{33} kaŋ^{54} ji^{54}
妹 是 南 海 陪 观 音
妹是南海陪观音

---

① 放香信：烧香，祈祷平安。
② 上朝：应为“上桥”。农村问仙时，将巫婆与仙人沟通之所在称为“桥”。

kaŋ^{54} ji^{54} khaŋ^{33} kai^{33} liu^{31} səŋ^{54} nio^{33}
观 音 看 见 刘 三 女
观音看见刘三女

khaŋ^{33} kai^{33} liu^{31} səŋ^{54} ɕi^{54} lu^{35} kua^{54}
看 见 刘 三 生 得 乖
看见刘三生得乖

khaŋ^{33} kai^{33} liu^{31} səŋ^{54} ɕi^{54} lu^{35} ho^{31}
看 见 刘 三 生 得 好
看见刘三长得美

se^{31} na^{24} au^{54} vi^{31} tiu^{54} nəi^{24} tou^{31}
起 朵 乌 云 遮 日 头①
起朵乌云遮太阳

au^{54} ve^{31} tiu^{54} nəi^{24} mə^{33} tiu^{54} nio^{33}
乌 云 遮 日 不 遮 女
乌云遮日不遮女

nəi^{24} tou^{31} mə^{33} tiu^{54} liu^{31} səŋ^{54} ɕi^{54}
日 头 不 遮 刘 三 身
太阳不遮刘三身

ti^{33} tou^{31} kaŋ^{54} ji^{54} pa^{35} no^{24} hau^{33}
都 才 观 音 邀 进 去
都才观音邀进去

pa^{35} no^{24} nəŋ^{31} ha^{31} paŋ^{33} kaŋ^{54} ji^{54}
邀 进 南 海 伴 观 音
邀进南海伴观音

① 日头：太阳。

liu^{31} səŋ^{54} tse^{33} ɕo^{35} kø^{54} luo^{31} thiaŋ^{33}
刘 三 置 出① 歌 来 唱
刘三编出歌来唱

tia^{31} tia^{31} ta^{24} ta^{24} haŋ^{54} la^{24} ɕi^{54}
朝 朝 代 代 欢 乐 心
朝朝代代欢乐心

liu^{31} səŋ^{54} tse^{33} kø^{54} tse^{33} lu^{35} ho^{31}
刘 三 置 歌 置 得 好
刘三制歌制得好

vi^{24} kau^{31} liu^{31} miŋ^{31} tɕuai^{31} se^{33} ki^{54}
万 古 留 名 传 世 间
万古留名传世间

ɕaŋ^{24} se^{33} tɕuai^{31} ɕo^{35} fu^{33} se^{33} thiaŋ^{33}
上 世 传 出 下 世 唱
先人传出后人唱

mə^{33} nəŋ^{54} maŋ^{31} me^{24} liu^{31} səŋ^{54} miŋ^{31}
不 给 磨 灭 刘 三 名
不给磨灭刘三名

lai^{31} zə^{24} lai^{31}
莲 叶 连
莲叶连

① 置出：制出、创出。这里指编出。

tɕhəŋ^{31} liu^{31} səŋ^{54} kø^{54} se^{33} jaŋ^{24} vai^{31}

请 刘 三 歌 是 样 完

请刘三歌已结束

tɕhəŋ^{31} liu^{31} səŋ^{54} kø^{54} saŋ^{33} thiaŋ^{33} lia^{33}

请 刘 三 歌 算 唱 了

请刘三歌算唱了

hou^{31} vu^{33} mə^{33} vai^{31} saŋ^{33} thiaŋ^{33} vai^{31}

口 曰 不 完 算 唱 完

口说不完算唱完

hou^{31} vu^{33} mə^{33} vai^{31} saŋ^{33} thiaŋ^{33} lia^{33}

口 曰 不 完 算 唱 了

口说不完算唱了

la^{33} mə^{33} luo^{54} kø^{54} saŋ^{33} thiaŋ^{33} vai^{31}

俫 不 知 歌 算 唱 完

我不知歌算唱完

se^{33} la^{33} mə^{33} luo^{33} saŋ^{33} thiaŋ^{33} lia^{33}

是 俫 不 知 算 唱 了

是我不知算唱了

ȵi^{31} jo^{24} luo^{54} la^{33} mə^{33} luo^{54} kø^{54}

人 也 知 俫 不 知 歌

人也知我不知歌

ȵi^{31} vo^{24} liu^{31} səŋ^{54} səŋ^{54} se^{24} so^{31}

人 曰 刘 三 三 十 死

人说刘三三十死

la^{33} thiaŋ^{33} liu^{31} səŋ^{54} se^{24} pa^{35} tɕhiu^{54}
侏 唱 刘 三 十 八 春
我唱刘三十八春

tse^{54} təi^{31} kuo^{31} po^{33} thio^{33} thio^{33} tɕe^{24}
鸡 啼 狗 叫 处 处 同
鸡啼狗叫处处同

thai^{54} fu^{33} ɕo^{54} təŋ^{31} kø^{54} mə^{33} təŋ^{31}
天 下 书 同 歌 不 同
天下书同歌不同

thai^{54} fu^{33} ɕo^{54} təŋ^{31} kø^{54} mə^{33} tɕe^{24}
天 下 书 同 歌 不 对
天下书同歌不对

khaŋ^{31} jou^{33} la^{33} saŋ^{54} thiaŋ^{33} mə^{33} təŋ^{31}
孔① 有 侏 双 唱 不 同
恐有我俩唱不同

ju^{24} jou^{33} mə^{33} təŋ^{31} mə^{33} tɕhi^{31} ɕa^{33}
如 有 不 同 不 耻 笑
如有不同不耻笑

tai^{31} tse^{24} ləi^{24} tia^{35} mə^{33} ɕa^{33} nəŋ^{31}
田 字 力 脚 不 笑 男②
田字力脚不笑我

---

① 孔：应为“恐”。
② 此句拆“男”字。

tsa^{33} pai^{54} zə^{35} phəi^{35} mə^{33} ɕəŋ^{31} tse^{24}

左 边 一 丿 不 成 字

左边一撇不成字

jou^{24} pai^{54} zə^{24} phəi^{35} tiaŋ^{24} ɕəŋ^{31} ȵi^{31}

右 边 一 乀 共 成 人

右边一捺共成人

ȵi^{31} tse^{24} tau^{33} luo^{33} aŋ^{54} vaŋ^{31} tse^{24}

人 字 肚 里 安 王 字

人字肚里安王字

la^{33} tɕhəŋ^{31} liu^{31} səŋ^{54} thiaŋ^{33} mə^{33} tɕuai^{31}

俫 请 刘 三 唱 不 全

我请刘三唱不全

se^{24} tse^{24} tɕaŋ^{33} te^{54} se^{24} tse^{24} ɕai^{31}

十 字 将 了 十 字 形

十字像了十字形

tɕio^{33} tse^{24} nəŋ^{54} luo^{31} tia^{35} fu^{33} vai^{31}

具 字 给 来 脚 下 元

具字凑来脚下悬

se^{24} tse^{24} tsa^{33} tou^{31} tɕio^{33} tsa^{33} tia^{35}

十 字 在 头 具 在 脚

十字在头具在脚

la^{33} tɕhəŋ^{31} liu^{31} səŋ^{54} thiaŋ^{33} mə^{33} tɕi^{54}

俫 请 刘 三 唱 不 真

我请刘三唱不真

thiaŋ^{33} mə^{33} tɕi^{54} se^{31} mə^{33} ɕa^{33} la^{33}
唱 不 真 时 不 笑 我
唱不真时不笑我

thiaŋ^{33} mə^{33} tɕuai^{31} si^{31} mə^{33} ɕa^{33} nəŋ^{31}
唱 不 全 时 不 笑 男
唱不全时不笑我

zə^{35} po^{54} ɕu^{31} ɕəŋ^{31} paŋ^{33} pai^{54} ho^{31}
一 笔 写 成 半 边 口
一笔写成半边口

jaŋ^{24} tse^{24} ɕu^{31} luo^{31} tia^{24} fu^{33} aŋ^{54}
用 字 写 来 脚 下 安
用字写来脚下安

tsou^{31} tio^{33} li^{31} hi^{31} tia^{35} fu^{33} kue^{33}
走 尔 打 行 脚 下 过
走之打从脚下过

ŋu^{33} tɕhəŋ^{31} liu^{31} səŋ^{54} thiaŋ^{33} mə^{33} thaŋ^{54}
我 请 刘 三 唱 不 通
我请刘三唱不通

mo^{33} thiaŋ^{33} thaŋ^{54} se^{31} mə^{33} ɕa^{33} la^{33}
没 唱 通 时 不 笑 俫
没唱通时不笑我

thiaŋ^{33} mə^{33} thaŋ^{54} se^{31} mə^{33} ɕa^{33} nəŋ^{31}
唱 不 通 时 不 笑 男
唱不通时不笑我

tɕhəŋ^{54} tou^{31} ȵi^{31} la^{54} vai^{31} liaŋ^{24} ŋu^{33}
清 头 人 多 原 谅 我
厅堂人多原谅我

lie^{35} vo^{24} kuo^{54} tsa^{31} piu^{54} haŋ^{31} nəŋ^{31}
列 位 高 才 包 涵 男
列位高才包涵咱

ɕou^{31} phu^{35} ɕi^{54} tou^{31} la^{33} ɕaŋ^{31} se^{31}
手 拍 心 头 倈 想 起
手拍心头我想起

se^{33} ŋu^{33} ɕaŋ^{33} se^{31} təŋ^{31} paŋ^{33} ȵi^{31}
是 我 想 起 同 伴 人
是我想起同伴人

ɕaŋ^{31} se^{31} təŋ^{31} paŋ^{33} ju^{24} jou^{33} se^{24}
想 时 同 伴 也 有 事
想起同伴也有事

mə^{33} kho^{31} ŋa^{31} tɕi^{31} təŋ^{31} paŋ^{33} ȵi^{31}
不 可 挨 着 同 伴 人
不可误了同伴人

pəŋ^{54} mau^{24} kuo^{54}
枫 木 高
枫木高

pəŋ^{54} mau^{24} mo^{33} ɕaŋ^{24} kua^{33} se^{54} tho^{54}
枫 木 尾 上 挂 丝 绦
枫木尾上挂绣球

pəŋ^{54} thio^{54} se^{54} tho^{54} taŋ^{31} taŋ^{31} luai^{33}
风 吹 丝 绦 团 团 转
风吹绣球团团转

kaŋ^{31} khuai^{33} luai^{33} luo^{33} təŋ^{31} paŋ^{33} pai^{54}
赶 快 转 到 同 伴 边
赶快转到同伴边

nəŋ^{54} ŋu^{33} təŋ^{31} paŋ^{33} tsəi^{35} tɕi^{31} thiaŋ^{54}
给 我 同 伴 接 着 唱
给我同伴接着唱

tsəi^{35} tɕi^{31} se^{31} ɕəŋ^{54} paŋ^{33} ɕiŋ^{31} niaŋ^{31}
接 着 起 声 伴 行 娘
接着起声伴行娘

la^{33} ke^{33} fu^{24} po^{31} əi^{54} jaŋ^{24} tiaŋ^{31}
我 的 话 毕 这 样 讲
我的话儿这样讲

səŋ^{54} niai^{31} liaŋ^{33} tio^{33} tɕun^{54} paŋ^{33} nəŋ^{31}
三 言 两 句 尊 伴 男
三言两句传同伴

tshau^{54} ɕi^{54} ta^{24} zə^{24} tɕun^{54} kuo^{33} paŋ^{33}
粗 心 大 意 尊 过 伴
粗心大意传过伴

vaŋ^{24} paŋ^{33} mə^{33} kua^{33} la^{33} nəŋ^{31} saŋ^{54}
望 伴 不 怪 我 们 双
望伴不怪我们俩

ho^{31} tshe^{35} pai^{54} luo^{31} tɕa^{24} mə^{33} tɕa^{24}
口 吃 边 梨 嚼 不 嚼
口吃槟榔嚼不嚼

se^{33} me^{33} əi^{54} jaŋ^{24} tɕun^{54} paŋ^{33} nəŋ^{31}
是 否 这 样 尊 伴 男
是否这样传同伴

七、护家神歌

题解：这是通灵并祭祀家神的歌词。护，方言与“下”同音，即从神龛延请下来参加庆典、歌堂，因有吵扰，故也有保护之意。

hou^{31} tshe^{35} pai^{54} luo^{31} jou^{24} se^{24} tɕa^{24}
口 吃 边 梨 也 是 嚼
口吃槟榔也是嚼

tɕiŋ^{33} se^{33} əi^{54} jaŋ^{24} tɕun^{54} la^{33} nəŋ^{31}
正 是 这 样 尊 倸 男
正是这样传我们

se^{24} tsa^{33} təŋ^{31} paŋ^{33} fu^{35} tshe^{33} ho^{31}
实 在 同 伴 客 气 好
实在同伴好谦让

tio^{33} tio^{33} ho^{31} fu^{24} thou^{33} luo^{54} nəŋ^{31}
句 句 好 话 透 知 男
句句好话告知我

tɕhəŋ^{33} paŋ^{33} kø^{54} ho^{31} ɕəŋ^{54} ju^{33} ho^{31}
听 伴 歌 好 声 也 好
听伴歌好声也好

ɕəŋ^{54} tse^{31} nio^{31} nio^{31} tɕun^{54} luo^{33} nəŋ^{31}
声 子 柔 柔 尊 到 男
声儿柔柔传到我

ɕəŋ^{54} tse^{31} nio^{31} nio^{31} tɕun^{54} luo^{33} la^{33}
声 子 柔 柔 尊 到 俫
声儿柔柔传到我

luo^{33} luo^{33} la^{33} pai^{54} mə^{33} va^{24} vo^{31}
到 来 俫 边 不 会 维
传到我了不会吟

hou^{31} vu^{24} mə^{33} va^{24} ju^{24} tɕa^{24} thiaŋ^{33}
口 曰 不 会 也 得 唱
口说不会也得唱

ji^{54} vo^{24} ho^{31} paŋ^{33} ha^{54} ŋu^{33} ɕi^{54}
因 为 好 伴 开 我 心
因为好伴开我心

taŋ^{31} taŋ^{31} təŋ^{31} paŋ^{33} ho^{31} mə^{33} lia^{33}
团 团 同 伴 好 不 了
团团同伴好得很

ȵi^{54} ȵi^{54} ȵi^{24} tshe^{33} ho^{31} mə^{33} vai^{31}
个 个 义 气 好 不 完
个个义气好不完

ta^{24} tsəi^{31} fuə^{31} tshe^{31} piu^{54} haŋ^{31} ŋu^{33}
大 齐 和 气 包 涵 我
大家和气包涵我

ŋu^{33} tɕou^{24} aŋ^{54} ɕi^{54} ɕou^{24} thiaŋ^{33} kø^{54}
我 就 安 心 学 唱 歌
我就安心学唱歌

təŋ^{33} mə^{33} təŋ^{33} se^{31} zə^{35} taŋ^{24} se^{24}
动 不 动 时 一 段 事
久不久办一段事

təŋ^{33} mə^{33} təŋ^{33} se^{31} paŋ^{33} ɕiŋ^{31} niaŋ^{31}
动 不 动 时 伴 行 娘
久不久又伴行娘

luo^{31} paŋ^{33} ɕiŋ^{31} niaŋ^{31} hou^{33} tsha^{31} na^{24}
来 伴 行 娘 有 吵 闹
来伴行娘有吵闹

tsha^{31} na^{24} tiŋ^{54} təŋ^{33} ku^{54} ɕi^{33} taŋ^{31}
吵 闹 惊 动 家 神 堂
吵闹惊动家神堂

vai^{31} sai^{54} kau^{31} le^{24} sai^{54} tse^{33} ɕo^{35}
原 先 古 礼 先 置 出
原先古礼先制出

tse^{33} ɕo^{35} paŋ^{33} me^{24} fə^{33} ku^{54} ɕi^{31}
置 出 伴 妹 护 家 神
制出伴妹护家神

vai^{31} sai^{54} se^{31} le^{33} mə^{33} luo^{31} le^{33}
原 先 启 礼 不 倒 礼
原先制礼不违礼

zə^{31} tɕi^{54} ɕi^{54} phai^{54} mə^{33} kaŋ^{31} vo^{31}
如 今 新 编 不 敢 维
如今新编不敢遵

ləi^{31} tiu^{35} mu^{24} tsau^{31} ji^{33} kuo^{54} kau^{31}
犁 面 额 锄 依 归 古
犁面笔直依古制

paŋ^{33} me^{24} ji^{33} kuo^{54} kau^{31} le^{33} he^{31}
伴 妹 依 归 古 礼 行
伴妹依回古礼行

paŋ^{33} me^{24} ji^{33} kuo^{54} kau^{31} le^{33} tsou^{31}
伴 妹 依 归 古 礼 走
伴妹依回古礼走

ji^{33} kuo^{54} kau^{31} le^{33} fə^{33} ku^{54} ɕi^{31}
依 归 古 礼 护 家 神
依回古礼护家神

mə^{33} fə^{33} ku^{54} ɕi^{31} ɕi^{31} ȵi^{31} ɕa^{33}
不 护 家 神 怕 人 笑
不护家神怕人笑

ɕi^{31} ȵi^{31} ɕa^{33} la^{33} mə^{33} luo^{54} tɕhəŋ^{31}
怕 人 笑 俫 不 知 情
怕人笑我不知情

luo^{54} mə^{33} luo^{54} se^{31} təi^{31} vu^{31} thiaŋ^{33}
知 不 知 时 提 下 唱
若不知时提下醒

tio^{33} tɕi^{54} tio^{33} vu^{31} təi^{31} vu^{31} tou^{31}
句 真 句 假 提 下 头
句真句假带个头

phi^{35} ha^{54} ɕi^{33} tou^{31} la^{33} mə^{33} ȵi^{24}
丢 开 顺 头 俫 不 要
丢开序曲我不要

ȵi^{24} lu^{35} ɕi^{31} tou^{31} no^{24} mə^{24} tɕaŋ^{31}
要 得 顺 头 日 不 长
若要序曲缺时间

kho^{31} nəŋ^{31} ɕi^{33} tou^{31} ti^{33} zə^{35} jaŋ^{24}
可 能 顺 头 都 一 样
可能序曲都一样

kau^{31} tse^{33} mə^{33} ȵi^{24} ju^{24} və^{31} faŋ^{31}
估 计 不 要 也 无 妨
估计不要也无妨

zə^{31} tɕi^{54} se^{33} ki^{54} ŋa^{31} lu^{35} tio^{31}
如 今 时 间 挨 得 久
如今时间挨得久

khaŋ^{31} jou^{33} paŋ^{33} me^{24} se^{24} mə^{33} thaŋ^{54}
孔 有 伴 妹 事 不 通
恐有伴妹事不通

ta^{24} hou^{31} tsau^{33} tou^{33} mu^{24} mai^{33} tɕhe^{31}
大 口 锄 头 麦 面 铲
大口锄头马面铲

fə³³ ku⁵⁴ ɕi³³ kø⁵⁴ tsəi³⁵ pai²⁴ luo³¹
护 家 神 歌 接 便 来
护家神歌接绪来

tɕəŋ³¹ tsai³¹ jou³³ luo⁵⁴ so³³ tse³³ tɕhəŋ⁵⁴
庭 前 有 蔸 四 季 青
庭前有棵四季青

fə³³ ku⁵⁴ ɕi³¹ kø⁵⁴ tɕou²⁴ se³¹ ɕəŋ⁵⁴
护 家 神 歌 就 起 声
护家神歌就起声

fə³³ ku⁵⁴ ɕi³³ kø⁵⁴ se³¹ ɕəŋ⁵⁴ thiaŋ³³
护 家 神 歌 起 声 唱
护家神歌起声唱

tsəi³⁵ tɕi³¹ se³¹ ɕəŋ⁵⁴ fə³³ ku⁵⁴ ɕi³¹
接 着 起 声 护 家 神
接着起声护家神

no²⁴ se³³ pa³⁵ ɕou³⁵ la³³ mə³³ thiaŋ³³
二 十 八 宿 倈 不 唱
二十八宿我不唱

tɕi⁵⁴ və³³ thau³¹ to²⁴ təi³¹ vu³¹ tou³¹
真 武 土 地① 提 下 头
真武土地带个头

① 真武土地：真武大帝和土地神。

ɕaŋ^{54} tɕhəŋ^{31} ɕaŋ^{54}
相 请 相
相请啊

ɕaŋ^{54} tɕhəŋ^{31} tio^{31} ȵi^{31} thai^{54} tse^{31} ɕaŋ^{54}
相 请 主 人 添 纸 香
相请主人添纸香

tio^{31} ȵi^{31} thai^{54} ɕaŋ^{54} haŋ^{24} lio^{24} ɕo^{31}
主 人 添 香 换 绿 水
主人添香换清水

thai^{54} ɕaŋ^{54} thai^{54} tse^{31} fə^{33} ku^{54} ɕe^{31}
添 香 添 纸 护 家 神
添香添纸护家神

jaŋ^{31} tsau^{24} paŋ^{33} si^{31} ji^{54} tsau^{24} paŋ^{33}
阳 助 伴 时 阴 助 伴
阳助伴时阴助伴

tsau^{24} tɕi^{31} la^{33} nəŋ^{31} fə^{33} ku^{54} ɕe^{31}
助 起 俫 男 护 家 神
助起我们护家神

tse^{24} tse^{31} paŋ^{31} ka^{31} ha^{54} thai^{54} to^{24}
自 从 盘 古 开 天 地
自从盘古开天地

ȵi^{31} ku^{54} tɕou^{24} tsu^{24} faŋ^{33} ku^{54} ɕe^{31}
人 家① 住 宅 奉 家 神
家家住宅奉家神

① 人家：这里指每家每户。

faŋ^{33} se^{31} ku^{54} ɕe^{31} ɕi^{54} lu^{35} ho^{31}
奉 起 家 神 兴 得 好
奉起家神兴得好

tɕi^{54} və^{33} fu^{54} tio^{31} ɕaŋ^{33} ku^{54} sai^{54}
真 武 花 主① 上 家 先②
真武花主上神龛

tɕi^{54} və^{33} fu^{54} tio^{31} liaŋ^{33} pai^{54} tsa^{33}
真 武 花 主 两 边 坐
真武花主两边坐

kaŋ^{54} ji^{54} niaŋ^{31} niaŋ^{31} tsa^{33} tiaŋ^{54} jaŋ^{54}
观 音 娘 娘 坐 中 央
观音娘娘坐中央

tɕi^{54} təŋ^{31} nio^{24} nio^{33} luo^{31} tɕi^{54} ɕou^{31}
金 童 玉 女 来 酾 酒
金童玉女来斟酒

tɕi^{31} tɕi^{31} sai^{54} tiəŋ^{33} kaŋ^{54} ji^{54} niaŋ^{31}
盏 盏 先 敬 观 音 娘
盏盏先敬观音娘

ɕaŋ^{24} taŋ^{31} ɕaŋ^{54} fuə^{31} səŋ^{54} tɕun^{54} ɕaŋ^{33}
上 堂 香 火 三 尊 像③
上堂香火三尊像

① 花主：八都所奉花主为都花娘娘，掌管生育。
② 家先：家仙，这里指神龛。
③ 三尊像：即真武、花神、观音三尊神像。

fu^{33} taŋ^{31} ɕaŋ^{54} fə^{31} thau^{31} to^{24} ɕe^{31}
下 堂 香 火 土 地 神
下堂香火土地神

thau^{31} to^{24} ɕe^{31}
土 地 神
土地神

thau^{31} to^{24} vai^{31} se^{31} pa^{35} la^{31} ȵi^{31}
土 地 原 是 八 兄 人
土地原是八弟兄

thau^{31} to^{24} vai^{31} se^{33} ɕi^{54} pa^{35} la^{31}
土 地 原 是 生 八 兄
土地原是八兄弟

fi^{31} təŋ^{33} nai^{33} ki^{54} hau^{33} liaŋ^{33} ȵi^{54}
反 动 年 间① 逝 两 个
动乱年间逝两人

hau^{33} ha^{54} liaŋ^{33} ȵi^{54} ɕi^{24} liou^{24} la^{31}
逝 去 两 个 剩 六 兄
逝去两人剩六人

thau^{31} to^{24} ɕi^{24} kuo^{54} liou^{24} la^{31} ȵi^{31}
土 地 剩 下 六 兄 人
土地剩下六兄弟

① 反动年间：溜喉歌中指战乱或政局动荡的时候。

ta^{24} kø^{54} tɕo^{33} tsa^{33} tiŋ^{54} məŋ^{31} hou^{31}
大 哥 住 在 京 门 口
大哥住在京门口

səi^{33} kø^{54} tɕo^{33} tsa^{33} vai^{24} məŋ^{31} tsai^{33}
小 哥 住 在 县 门 前
小哥住在县门前

səŋ^{54} kø^{54} ɕəŋ^{31} faŋ^{31} ɕou^{31} thau^{31} to^{24}
三 哥 成 坊① 守 土 地
三哥城隍守土地

so^{33} kø^{54} au^{35} luo^{31} ɕou^{31} liaŋ^{31} ɕe^{31}
四 哥 屋 里 守 龙 神
四哥家里守龙神

ŋau^{33} kø^{54} tai^{31} tou^{31} tɕiəŋ^{24} ɕo^{31} nəŋ^{31}
五 哥 田 头 定 水 等②
五哥田头定水位

tɕ^{24} lu^{35} ɕaŋ^{24} thaŋ^{54} fu^{33} ju^{24} lio^{31}
定 得 上 通 下 也 流
定得上通下也流

ɕi^{24} jou^{24} liu^{24} kø^{54} se^{33} jou^{33} te^{33}
剩 有 六 哥 是 幼 弟
剩下六哥是幼弟

---

① 成坊：应为“城隍”。
② 水等：田头入水口定入水水位的物体。

jou^{24} kø^{54} au^{54} luo^{31} ɕou^{31} tɕhun^{54} ŋo^{31}
六 哥 屋 里 守 春 牛
六哥家里守春牛

tsho^{35} kø^{54} pa^{35} kø^{54} nai^{31} miŋ^{24} laŋ^{31}
七 哥 八 哥 年 命 短
七哥八哥年命短

tsou^{31} no^{24} ɕi^{54} ɕi^{54} ɕou^{31} tsau^{31} fəŋ^{31}
走 进 深 山 守 祖 坟
葬入深山守祖坟

ɕi^{54} fəŋ^{31} tou^{31} ɕaŋ^{24} jou^{33} tou^{24} thau^{31}
新 坟 头 上 有 旧 土
新坟头上有旧土

tou^{24} fəŋ^{31} tou^{31} ɕaŋ^{24} jou^{33} hau^{54} miau^{31}
旧 坟 头 上 有 枯 茅
旧坟头上茅草枯

pa^{35} ŋue^{31} miau^{31} hau^{54} paŋ^{33} jou^{24} fuə^{31}
八 月 茅 枯 放 夜 火
八月茅枯夜失火

tsou^{31} lu^{35} tou^{31} phiu^{54} kuo^{33} jou^{24} liou^{31}
走 得 头 抛① 辫 又 流②
跑得头蓬辫散开

① 头抛：头发蓬松。
② 流：指辫子散开。

tsou^{31} lu^{35} tou^{31} phiu^{54} kuo^{33} jou^{24} lio^{33}
走 得 头 抛 辫 又 流
跑得头蓬辫又散

tou^{31} phiu^{54} kuo^{33} ɕo^{33} ɕou^{31} tsau^{31} fəŋ^{31}
头 抛 辫 散 守 祖 坟
头蓬辫散守祖坟

ɕou^{31} lu^{35} tsau^{31} fəŋ^{31} ɕi^{54} tiŋ^{24} təŋ^{33}
守 得 祖 坟 心 惊 动
守得祖坟心惊动

mə^{33} luo^{54} nai^{31} ȵue^{24} tɕi^{54} mə^{33} tɕi^{54}
不 知 年 月 真 不 真
不知年月真不真

nai^{31} ȵue^{24} tɕi^{54} te^{54} ho^{31} pi^{24} se^{24}
年 月 真 了 好 办 事
年月真了好办事

zə^{24} se^{31} tɕi^{54} te^{54} so^{33} tɕo^{33} thaŋ^{54}
日 时 真 了 四 柱 通①
时日真了四柱通

so^{33} tɕo^{33} thaŋ^{54} te^{54} ho^{31} tɕhua^{54} saŋ^{33}
四 柱 通 了 好 推 算
四柱通了好推算

① 四柱通：四柱，生辰八字分年、月、日、时四柱，排出四柱后，天干地支相生相克明了为“通”。

ȵi^{31} ɕi^{54} zə^{35} se^{33} saŋ^{33} ɕo^{35} luo^{31}
人 生 一 世 算 出 来
人生一世算出来

tɕi^{54} və^{33} tɕi^{54}
真 武 君
真武君

tɕi^{54} və^{33} vai^{31} se^{31} ku^{35} ɕi^{31} ɕi^{54}
真 武 原 是 甲 辰 生
真武原是甲辰生

tɕi^{54} və^{33} vai^{31} se^{31} ku^{35} ɕi^{31} jaŋ^{33}
真 武 原 是 甲 辰 养
真武原是甲辰养

ŋau^{33} ŋue^{24} tshau^{54} ŋau^{33} ŋau^{33} se^{31} ɕi^{54}
五 月 初 五 午 时 生
五月初五午时生

və^{24} ŋau^{33} nai^{31} ki^{54} hau^{33} ɕou^{24} ɕo^{35}
戊 午 年 间 去 学 法
戊午年间去学法

və^{33} laŋ^{54} ɕi^{54} ɕaŋ^{24} ɕou^{24} ɕou^{54} çe^{31}
武 当 山 上 学 修 行
武当山上学修行

ɕou^{54} çe^{31} səŋ^{54} nai^{31} səŋ^{54} khou^{33} ŋue^{35}
修 行 三 年 三 个 月
修行三年三个月

tɕi^{54} və^{33} fu^{33} ɕi^{54} kuo^{33} ta^{24} thi^{54}
真 武 下 山 过 大 滩
真武下山过大滩

luo^{33} luo^{33} ta^{24} thi^{54} kuo^{33} mə^{33} lu^{35}
去 去 大 滩 过 不 得
去到大滩过不得

kuo^{31} kau^{31} mau^{31} təŋ^{31} tia^{54} kuo^{33} thi^{54}
扯 根 茅 筒① 漂 过 滩
扯根苇秆漂过滩

kuo^{54} ku^{33} maŋ^{31} təŋ^{31} ləi^{54} ku^{33} kai^{24}
高 架 芒 筒 低 架 枧②
高架苇秆低架枧

zə^{35} tɕiu^{24} tiaŋ^{31} pəŋ^{54} thio^{54} kuo^{33} tiaŋ^{54}
一 阵 强 风 吹 过 江
一阵强风吹过江

thəi^{35} tɕaŋ^{24} lau^{31} tou^{31} ki^{54} ku^{33} ɕuo^{33}
铁 匠 炉 头 山 架 过
铁匠炉头山架过

ɕi^{54} ti^{31} tɕaŋ^{31} tɕhiaŋ^{54} tɕaŋ^{33} no^{24} tɕaŋ^{31}
新 打 长 抢 丈 二 长
新打长枪丈二长

① 茅筒：同“芒筒”。

② 枧：引水灌溉用的槽，有木槽、石槽等。现麦岭仍有保存，并一直使用。另，今石枧村又称“古岷（芒）村”。

pa35 vi33 tiaŋ31 piŋ54 pu31 mə33 se31
八 万 强 兵 把 不 起①
八万强兵拿不起

tɕi54 və54 luo33 luo33 pu31 se31 çe31
真 武 到 来 把 起 行
真武到来拿起抡

pu31 ɕaŋ33 ɕaŋ24 vai31 ɕo33 zə35 ɕo33
把 向 上 园 试 一 试
拿到上园试一试

pu31 fu33 fu33 vai31 ɕou24 fa35 çe33
把 下 下 园 学 法 行
拿到下园学法术

ɕo35 huo54 ta24 ha54 tse33 zə35 fa35
出 回 大 河 置 一 法
出到河边创一法

tsa24 tɕi31 kuo54 ɕu31 tia24 fu33 tɕhuai54
抓 起 龟 蛇 脚 下 穿
抓起龟蛇脚下穿

tsa33 tia35 la31 kuo54 jou24 tia35 se31
左 脚 踏 龟 右 脚 起
左脚踏龟右脚起

① 把不起：拿不起。

jou^{24} tia^{35} la^{31} ɕu^{31} tsa^{33} tia^{35} tɕhuai^{54}

右 脚 踩 蛇 左 脚 穿①

右脚踩蛇左脚缠

tɕi^{54} təŋ^{31} nio^{24} nio^{33} luo^{31} ɕaŋ^{54} tsau^{24}

金 童 玉 女 来 相 助

金童玉女来相助

vi^{24} kau^{31} liu^{31} miŋ^{31} tɕuai^{31} se^{33} ki^{54}

万 古 留 名 传 世 间

万古留名传世间

tɕi^{54} və^{33} vai^{31} se^{31} fa^{35} liŋ^{24} ta^{33}

真 武 原 是 法 令 大

真武原是法术强

tɕi^{54} lia^{33} kaŋ^{54} ji^{54} ɕaŋ^{54} tai^{24} taŋ^{31}

争 了 观 音 香 殿 堂

争了观音香殿堂

kaŋ^{54} ji^{54} mə^{33} fuə^{31} hau^{33} kuo^{33} tsaŋ^{24}

观 音 不 服 去 告 状

观音不服去告状

kuo^{33} tɕi^{31} tɕi^{54} və^{33} ɕou^{31} la^{33} ku^{54}

告 起 真 武 手 带 枷

告得真武手带枷

---

① 穿：缠绕。

kuo^{33} tɕi^{31} tɕi^{54} və^{33} lau^{31} tiaŋ^{54} tsa^{33}
告 起 真 武 牢 中 坐
告得真武牢中坐

kaŋ^{54} ji^{54} tsha^{35} ɕou^{31} ɕo^{35} ɕəŋ^{31} məŋ^{31}
观 音 措 手① 出 城 门
观音拄杖出城门

ta^{24} vo^{31} səi^{54} liŋ^{33} fə^{33} tɕhuai^{54} ɕəŋ^{31}
大 围 西 岭 富 川 城
大围西岭富川城

niai^{31} se^{33} tshu^{24} tse^{24} paŋ^{31} fu^{33} piŋ^{31}
吟 诗 拆 字 伴 花 瓶②
吟诗拆字伴花瓶

niai^{31} se^{33} tshu^{24} tse^{24} la^{33} mə^{33} thiaŋ^{33}
吟 诗 拆 字 倈 不 唱
吟诗拆字我不唱

mə^{33} nəŋ^{54} maŋ^{31} me^{24} tsau^{31} kəŋ^{54} miŋ^{31}
不 给 磨 灭 祖 公 名
不给磨灭祖公名

maŋ^{31} me^{24} tsau^{31} kəŋ^{54} jou^{33} ȵi^{31} vo^{24}
磨 灭 祖 公 有 人 曰
磨灭祖公有人骂

① 措手：此处应指拄杖。

② 花瓶是神台上的实物，同时也是人们心中虚拟的权利的象征。守护花瓶即护卫家族的命运，凡一村一族的盛衰荣辱都与之关联。

maŋ^{31} me^{24} tsau^{31} kəŋ^{54} jou^{33} ȵi^{31} tie^{31}
磨　灭　祖　公　有　人　弹
磨灭祖公有人责

pəŋ^{31} tse^{24} lua^{33} kuo^{33} pəŋ^{31} tse^{24} thiaŋ^{33}
逢　字　对　回　逢　字　唱
逢字要对逢字唱

tshu^{24} tse^{24} lua^{33} kuo^{54} tshu^{24} tse^{24} se^{54}
拆　字　对　归　拆　字　诗
拆字对回拆字诗

nəi^{24} ɕo^{35} ləŋ^{54} pai^{54} jaŋ^{31} lio^{33} zə^{24}
日　出　东　边　杨　柳　叶
日出东边杨柳叶

ɕu^{31} fa^{54} fəŋ^{31} au^{54} ho^{31} niai^{31} se^{54}
石　灰　粉　屋　好　言　诗
石灰粉屋好吟诗

ləi^{54} se^{54} niai^{31} ɕaŋ^{33} kuo^{54} se^{54} khaŋ^{33}
低　诗　言　向　高　诗　看
浅诗吟向高才看

kuo^{54} se^{54} niai^{31} ɕo^{35} ha^{31} liaŋ^{31} vaŋ^{31}
高　诗　言　出　海　龙　王
高才吟出海龙王

ha31 le31 liaŋ31 vaŋ31 tiai31 tia35 tse31
海 底 龙 王 缠 脚 子①
海底龙王缠双脚

liaŋ31 tiai31 tia35 tse31 faŋ24 tiai31 ɕi54
龙 缠 脚 子 凤 缠 身
龙缠双脚凤缠身

mo24 paŋ31 ɕo31 tshai31 hi31 thai54 fu33
墨 盘 水 浅 行 天 下
墨盘水浅行天下

po24 fu33 vəŋ31 tiaŋ54 tɕuai54 se33 ki54
笔 下 文 章 传 世 间
笔下文章传世间

tɕi54 ɕi54 tsou24 fə33 thai54 po31 təŋ33
真 心 作 福 天 皮 动
真心作福九霄震

pu31 po35 niai31 se54 to24 po31 ha54
把 笔 吟 诗 地 皮 开
把笔吟诗大地开

zə35 saŋ54 se54 tse31 luo24 se54 tɕho54
一 双 狮 子 立 诗 秋②
一双狮子立春秋

① 脚子：方言，即角色，指有才能、有出息的人。
② 诗秋：充满诗意的春秋。

ho^{31} $ɕi^{54}$ $fəŋ^{54}$ $fə^{33}$ la^{33} $nəŋ^{31}$ jou^{54}
好　心　吩　咐　俫　男　忧
好心吩咐我们忧

hi^{31} $niai^{31}$ $mə^{33}$ $tiaŋ^{31}$ au^{35} $niai^{31}$ fo^{24}
行①　言　不　讲　恶　言　话
善人不讲恶言语

$tiaŋ^{31}$ se^{31} au^{35} $niai^{31}$ luo^{33} $liou^{33}$ $tiou^{54}$
讲　起　恶　言　到　柳　州
讲起恶言到柳州

hau^{33} luo^{33} $liou^{33}$ $tiou^{54}$ $ŋau^{31}$ $ȵi^{31}$ to^{24}
去　到　柳　州　牛　岩②　地
去到柳州蛮荒地

$ɕi^{54}$ $ɕi^{54}$ pu^{35} lia^{31} $thəi^{33}$ $nəŋ^{31}$ jou^{54}
深　山　百　鸟　替　男　忧
深山百鸟替我忧

jou^{54} $kuai^{54}$ vai^{31} luo^{24} fu^{54} $zə^{31}$ mo^{33}
忧　官　原　利③　飞　如　马④
为官利害是非多

tse^{24} kau^{31} $faŋ^{54}$ $liou^{31}$ $mə^{33}$ luo^{33} tou^{31}
自　古　风　流　不　到　头
自古功名不到头

---

① 行：在当地方言中，“行”“善”谐音。

② 牛岩：指蛮荒、开发程度低。

③ 原利：原因在于是非利害关系重要。

④ 本句是指官场是非复杂、利害相关，往往昨富今贫、朝荣暮辱，变化正如野马奔腾一样迅速，无法左右。

lai^{31} zə^{24} lai^{31}
莲 叶 连
莲叶连

fə^{33} ku^{54} ɕe^{31} kø^{54} saŋ^{33} thiaŋ^{33} vai^{31}
护 家 神 歌 算 唱 完
护家神歌算唱完

tsa^{33} pai^{54} zə^{24} phəi^{35} mə^{33} ɕəŋ^{31} tse^{24}
左 边 一 丿 不 成 字
左边一撇不成字

jou^{24} pai^{54} zə^{24} phəi^{35} tiaŋ^{24} ɕəŋ^{31} ȵi^{31}
右 边 一 乀 共 成 人
右边一捺共成人

ȵi^{31} tse^{24} tau^{33} luo^{33} aŋ^{54} vaŋ^{31} tse^{24}
人 字 肚 里 安 王 字
人字肚里安王字

fə^{33} ku^{54} ɕe^{31} kø^{54} thiaŋ^{33} mə^{33} tɕuai^{31}
护 家 神 歌 唱 不 全
护家神歌唱不全

zə^{35} po^{35} ɕu^{31} ɕəŋ^{31} se^{33} se^{24} tse^{24}
一 笔 写 成 是 十 字
一笔写成是十字

tɕo^{33} tse^{24} nəŋ^{54} luo^{31} tia^{24} fu^{33} aŋ^{54}
具 字 给 来 脚 下 安
具字凑来脚下安

se^{24} tse^{24} tsa^{33} tou^{31} tɕo^{33} tsa^{33} tia^{35}
十 字 在 头 具 在 脚
十字在头具在脚

fə^{33} ku^{54} ɕe^{31} kø^{54} thiaŋ^{33} mə^{33} tɕi^{54}
护 家 神 歌 唱 不 真
护家神歌唱不真

zə^{35} po^{35} ɕu^{31} ɕəŋ^{31} se^{33} paŋ^{33} ho^{31}
一 笔 写 成 是 半 口
一笔写成半个口

jaŋ^{24} tse^{24} ɕu^{31} luo^{31} tia^{35} fu^{33} aŋ^{54}
用 字 写 来 脚 下 安
用字写来脚下安

tsou^{31} ɲo^{33} li^{31} çi^{31} tia^{35} fu^{33} kuo^{33}
走 耳 打 行 脚 下 过
走之打从脚下过

fə^{33} ku^{54} ɕe^{31} kø^{54} thiaŋ^{33} mə^{33} thaŋ^{54}
护 家 神 歌 唱 不 通
护家神歌唱不通

thiaŋ^{33} mə^{33} thaŋ^{54} se^{31} mə^{33} ɕa^{33} la^{33}
唱 不 通 时 不 笑 俫
唱不通时不笑我

mə^{33} tɕi^{54} mə^{33} tɕuai^{31} mə^{33} kua^{33} nəŋ^{31}
不 真 不 全 不 怪 男
不真不全不怪我

tɕhəŋ^{54} tou^{31} ȵi^{31} la^{54} piu^{54} haŋ^{31} la^{33}
清 头 人 多 包 涵 俫
厅堂人多包涵我

piu^{54} haŋ^{31} la^{33} saŋ^{54} paŋ^{33} ɕiŋ^{31} niaŋ^{31}
包 涵 俫 双 伴 行 娘
包涵我俩伴行娘

thiaŋ^{33} mə^{33} thaŋ^{54} se^{31} mə^{33} ɕa^{33} la^{33}
唱 不 通 时 不 笑 俫
唱不通时不笑我

thiaŋ^{33} mə^{33} lua^{33} se^{31} piou^{54} haŋ^{31} nəŋ^{31}
唱 不 对 时 包 涵 男
唱不对时包涵我

tɕhəŋ^{54} tou^{31} ȵi^{31} la^{54} mə^{33} ɕa^{33} la^{33}
清 头 人 多 不 笑 俫
厅堂人多不笑我

kuo^{54} tsa^{31} kø^{54} se^{54} piou^{54} haŋ^{31} nəŋ^{31}
高 才 歌 师 包 涵 男
高才歌师包涵我

zə^{35} luo^{33} piu^{54} tɕe^{31} la^{33} ɕəŋ^{54} thio^{31}
一 来 包 住 俫 声 吜
一来包涵我声丑

no^{24} luo^{31} piu^{54} tɕe^{31} kø^{54} piŋ^{31} ɕaŋ^{31}
二 来 包 住 歌 平 常
二来包涵歌平常

phaŋ^{31} pəi^{33} thiu^{54} tou^{31} taŋ^{31} taŋ^{31} luai^{33}
纺 棉 车 子 团 团 转
纺棉车子团团转

luai^{33} luo^{31} luai^{33} hau^{33} hau^{33} paŋ^{33} pai^{54}
转 来 转 去 去 伴 边
转来转去去伴边

hau^{33} luo^{33} paŋ^{33} pai^{54} tsəi^{35} tɕi^{31} thiaŋ^{33}
去 到 伴 边 接 着 唱
去到伴边接着唱

tsəi^{35} tɕi^{31} kø^{54} ɕəŋ^{54} paŋ^{33} ɕiŋ^{31} niaŋ^{31}
接 着 歌 声 伴 行 娘
接着唱歌伴行娘

hou^{31} tshe^{54} pai^{54} luo^{31} tɕa^{24} mə^{33} tɕa^{24}
口 吃 边 梨 嚼 不 嚼
口吃槟榔嚼不嚼

se^{33} mə^{33} əi^{54} jaŋ^{24} tɕun^{54} paŋ^{33} nəŋ^{31}
是 否 这 样 尊 伴 们
是否这样传同伴

tiaŋ^{31} fu^{24} mə^{33} tia^{24} nəŋ^{31} tiaŋ^{31} kuo^{33}
讲 话 不 着 能 讲 过
讲话不对能讲过

tɕun^{54} paŋ^{33} mə^{33} tia^{24} ɕaŋ^{54} kuo^{33} liaŋ^{31}
尊 伴 不 对 商 过 量
传伴不对再商量

八、邀女伴唱歌后唱愁行娘姐歌

题解：本歌主要是吩咐新娘事理，多为必须遵循的严格规矩，故称“愁”，多即兴发挥，俗称“白口唠”。

ɕiŋ^{31}　niaŋ^{31}　paŋ^{33}　niaŋ^{31}　miŋ^{31}　pu^{24}　nio^{33}
行　娘　伴　娘　明　白　女
行娘伴娘明白女

tio^{31}　pai^{24}　te^{31}　tou^{31}　me^{24}　tse^{24}　tshəŋ^{54}
随　便　提　头　妹　自　聪
随便提醒妹自知

tso^{31}　me^{24}　tshəŋ^{54}　miŋ^{31}　pa^{35}　nio^{33}　paŋ^{33}
姐　妹　聪　明　邀　女　伴
姐妹聪明邀女伴

ɕiŋ^{31}　niaŋ^{31}　tɕi^{31}　tiaŋ^{54}　ka^{54}　fu^{33}　luo^{31}
行　娘　主　张　该　下　楼
行娘主张该下楼

ɕiŋ^{31}　niaŋ^{31}　paŋ^{33}　niaŋ^{31}　pa^{35}　paŋ^{33}　fu^{33}
行　娘　伴　娘　邀　伴　下
行娘伴娘邀伴下

ȵi^{54} ȵi^{54} tse^{24} tɕou^{24} fu^{33} te^{54} luo^{31}
个 个 自 就 下 了 来
个个径直下楼来

fu^{33} luo^{33} tɕhəŋ^{54} tou^{31} hou^{33} ɕaŋ^{54} ȵe^{24}
下 来 清 头 有 商 议
下来厅堂有商议

ta^{24} tse^{31} ɕaŋ^{54} ȵe^{24} paŋ^{33} ɕiŋ^{31} niaŋ^{31}
大 齐 商 议 伴 行 娘
大家商议伴行娘

luo^{33} paŋ^{33} ɕiŋ^{31} niaŋ^{31} vaŋ^{24} na^{24} ne^{24}
来 伴 行 娘 望 闹 热
来伴行娘看热闹

ta^{24} tse^{31} ɕi^{54} ne^{24} paŋ^{33} ɕiŋ^{31} niaŋ^{31}
大 齐 心 热 伴 行 娘
大家愉快伴行娘

na^{24} ne^{24} ha^{54} ɕi^{54} se^{33} ho^{31} se^{33}
闹 热 开 心 是 好 事
热闹开心是好事

ha^{54} ɕi^{54} na^{24} ne^{24} thiaŋ^{33} tou^{31} kø^{54}
开 心 闹 热 唱 条 歌
开心热闹唱支歌

vai^{31} sai^{54} kau^{31} fu^{24} tiaŋ^{31} mə^{33} tshu^{33}
原 先 古 话 讲 不 错
原先古话没有错

ha^{54} ɕi^{54} haŋ^{54} se^{31} thiaŋ^{33} ɕi^{54} kø^{54}
开 心 欢 喜 唱 山 歌
开心欢喜唱山歌

thiaŋ^{33} tou^{31} ɕi^{54} kø^{54} ka^{31} ɕi^{54} tɕa^{54}
唱 条 山 歌 解 心 焦
唱支山歌解心焦

ɕi^{54} kø^{54} ka^{31} lu^{35} ȵi^{31} ɕi^{54} tso^{31}
山 歌 解 得 人 心 愁
山歌解得人心愁

ka^{31} lia^{33} ɕi^{54} tsou^{31} phi^{35} jou^{33} se^{24}
解 了 心 愁 丢 悠① 事
解了心愁少忧虑

mə^{33} tso^{31} mə^{33} jou^{54} ho^{31} aŋ^{54} pa^{31}
不 愁 不 悠 好 安 排
不愁不忧好安排

se^{24} se^{24} ha^{54} thaŋ^{54} aŋ^{54} pa^{31} ho^{31}
事 事 开 通 安 排 好
事事顺利安排好

ȵi^{31} ɕi^{54} tɕho^{33} se^{33} ɕi^{24} ɕi^{31} lio^{31}
人 生 处 世 顺 行 流
人生处世顺心求

① 悠：应为“忧”。

me^{24} te^{33} ɕi^{54} tiaŋ^{54} ha^{54} thaŋ^{54} lie^{33}
妹 的 心 中 开 通 些
妹的性格大方些

se^{33} mə^{33} se^{31} ɕəŋ^{54} thiaŋ^{33} tou^{31} kø^{54}
是 否 起 声 唱 条 歌
是否起声唱支歌

nio^{33} paŋ^{33} la^{33} paŋ^{33} ta^{24} tsəi^{31} thiaŋ^{33}
女 伴 俫 伴 大 齐 唱
女伴男伴大家唱

ta^{24} tsəi^{31} tsəi^{31} ɕi^{54} paŋ^{33} ɕiŋ^{31} niaŋ^{31}
大 齐 齐 心 伴 行 娘
大家齐心伴行娘

la^{33} ke^{33} fu^{24} po^{24} əi^{54} jaŋ^{24} tiaŋ^{31}
俫 的 话 毕 这 样 讲
我的话儿这样讲

ɕi^{54} ɕəŋ^{33} ho^{31} tshau^{54} tiaŋ^{31} ɕo^{35} luo^{31}
心 性 口 初 讲 出 来
心直口粗讲出来

tiaŋ^{31} ɕo^{35} mə^{33} tɕa^{24} mə^{33} tse^{33} kua^{33}
讲 出 不 对 不 记 怪
讲出不对不怪罪

vaŋ^{24} me^{33} ɕi^{33} kuo^{33} la^{33} nəŋ^{31} saŋ^{54}
望 妹 训 过 俫 男 双
望妹包涵兄弟们

hou^{31} luo^{31} thiŋ^{54} ɕi^{54} tɕu^{33} məŋ^{24} me^{24}
口 来 轻 心 借 问 妹
口说心想借问妹

məŋ^{24} me^{24} fuə^{24} ɕi^{54} mə^{33} fuə^{24} ɕi^{54}
问 妹 合 心 不 合 心
问妹合心不合心

vu^{24} se^{33} fuə^{24} ɕi^{54} kəŋ^{33} ku^{31} ho^{31}
曰 是 合 心 更 加 好
若是合心更加好

vu^{24} se^{33} mə^{33} fuə^{24} tiaŋ^{31} ɕo^{35} luo^{31}
若 是 不 合 讲 出 来
若是不合讲出来

ho^{31} tshe^{35} pai^{54} luo^{31} tɕa^{24} mə^{33} tɕa^{24}
口 吃 边 梨 嚼 不 嚼
口吃槟榔嚼不嚼

se^{33} mə^{33} əi^{54} jaŋ^{24} saŋ^{33} ɕaŋ^{54} liaŋ^{31}
是 否 这 样 算 商 量
是否这样算商量

tiaŋ^{31} fu^{24} mə^{33} tia^{24} nəŋ^{31} tiaŋ^{31} kuo^{33}
讲 话 不 对 能 讲 过
讲话不对再讲过

pa^{35} me^{24} mə^{33} tɕa^{24} ɕaŋ^{54} kuo^{33} liaŋ^{31}
邀 妹 不 对 再 商 量
邀妹不对再商量

ɕou^{31} luo^{31} po^{31} pu^{31} ti^{24} taŋ^{33} sai^{33}
手 拿 琵 琶 弹 断 线
手拿琵琶弹断弦

liaŋ^{33} ɕou^{31} nəŋ^{54} luo^{31} nəŋ^{54} tsəi^{35} kuo^{54}
两 手 给 来 能 接 归
两手牵来能接回

tsəi^{35} kuo^{54} po^{31} pu^{31} ɕou^{31} ɕaŋ^{24} ti^{24}
接 回 琵 琶 手 上 弹
接好琵琶手上弹

tsəi^{35} kuo^{54} kø^{54} ɕəŋ^{54} paŋ^{33} ɕiŋ^{31} niaŋ^{31}
接 归 歌 声 伴 行 娘
接回歌声伴行娘

la^{33} nəŋ^{31} tse^{31} la^{31} mu^{33} səi^{33} zə^{33}
俫 男 几 兄 没 细 意
我们兄弟没细心

luo^{31} paŋ^{33} çiŋ^{31} niaŋ^{31} təi^{24} zə^{35} fa^{31}
来 伴 行 娘 第 一 回
来伴行娘第一回

hou^{33} se^{24} khuəi^{35} ɕa^{31} se^{33} ki^{54} məŋ^{24}
有 事 缺 少 时 间 问
有事缺少时间问

mə^{33} məŋ^{24} mə^{33} luo^{54} me^{24} se^{24} tɕhəŋ^{31}
不 问 不 知 妹 事 情
不问不知妹的事

hou^{31} luo^{31} tɕhəŋ^{54} ɕi^{54} tɕu^{33} məŋ^{24} me^{24}
口 来 轻 心 借 问 妹
口说心想借问妹

no^{33} ku^{33} se^{31} ki^{54} la^{54} ɕa^{31} tɕaŋ^{31}
到 嫁 时 间 多 少 长
到嫁时间有多长

tɕi^{31} po^{24} se^{24} tɕhəŋ^{31} tsa^{33} ho^{31} mo^{33}
准 备 事 情 做 好 否
准备事情做好否

ɕou^{31} ɕaŋ^{24} nio^{33} kəŋ^{54} ɕəŋ^{31} mə^{33} ɕəŋ^{31}
手 上 女 工 成 不 成
手上女工成不成

vu^{24} se^{33} mə^{33} ɕəŋ^{31} tiaŋ^{31} ɕo^{35} tɕhəŋ^{33}
曰 是 不 成 讲 出 听
若是不成讲出来

paŋ^{33} niaŋ^{31} nio^{33} paŋ^{33} paŋ^{54} tsa^{33} ɕəŋ^{31}
伴 娘 女 伴 帮 做 成
伴娘女伴帮做成

ȵi^{54} ȵi^{54} paŋ^{33} lio^{24} tso^{31} tsa^{33} ho^{31}
人 人 帮 力 早 做 好
人人帮忙早做好

ɕo^{35} ku^{33} ɕaŋ^{33} thiu^{54} lu^{35} khaŋ^{54} fa^{31}
出 嫁 上 车 得 空 怀
出嫁上车得从容

hau^{33} luo^{33} thu^{54} ku^{54} kui^{33} mə^{33} kui^{33}
去 到 他 家 惯 不 惯
去到夫家惯不惯

tɕhəŋ^{31} me^{24} na^{24} ɕi^{54} paŋ^{33} ȵi^{31} tɕəŋ^{31}
请 妹 耐 心 放 人 情①
请妹耐心处关系

tɕhi^{54} ju^{31} tɕhi^{54} niaŋ^{31} tɕo^{31} pai^{24} lie^{33}
亲 爷 亲 娘 随 便 些
亲爷亲娘随便些

hau^{33} luo^{33} thu^{54} ku^{54} ɕou^{33} ȵi^{31} ɕi^{54}
去 到 他 家 试 人 心
去到人家试人心

vu^{24} se^{33} mə^{33} kue^{33} tiaŋ^{31} ɕo^{35} tɕhəŋ^{33}
若 是 不 惯 讲 出 听
若是不惯讲出来

thu^{54} ku^{54} jiu^{33} niaŋ^{31} ho^{31} aŋ^{54} pa^{31}
他 家 爷 娘 好 安 排
夫家爷娘好安排

vu^{24} se^{33} ȵi^{31} la^{54} mə^{33} ho^{31} tɕou^{24}
若 是 人 多 不 好 就
若是人多难将就

① 放人情：处理好人情世故。

ju^{24} ȵi^{33} na^{24} ɕi^{54} paŋ^{33} ȵi^{31} təŋ^{31}
也 要 耐 心 放 人 情
也要耐心处关系

hou^{33} se^{24} ti^{33} ȵi^{24} saŋ^{54} faŋ^{54} tɕo^{31}
有 事 都 要 双 方 就
有事都要双方就

tau^{31} nəŋ^{31} ta^{24} tse^{31} lu^{35} fə^{31} tse^{31}
才 能 大 家 得 和 谐
大家才能得和谐

fə^{31} tse^{31} tɕou^{24} nəŋ^{31} lu^{35} taŋ^{31} tse^{35}
和 谐 就 能 得 团 结
和谐就能得团结

fə^{31} tsə^{31} taŋ^{31} tsə^{35} zə^{35} ku^{54} tɕhi^{54}
和 谐 团 结 一 家 亲
和谐团结一家亲

kau^{31} fu^{35} lio^{31} fu^{33} tiaŋ^{31} lu^{35} ho^{31}
古 话 留 下 讲 得 好
古话留下讲得好

ȵi^{31} ɕi^{54} tɕhio^{33} se^{33} ȵi^{24} fə^{31} tsə^{31}
人 生 处 世 要 和 谐
人生处世要和谐

thai^{54} to^{24} ȵi^{31} fə^{31} vi^{24} və^{24} ɕəŋ^{24}
天 地 人 和 万 物 盛
天地人和万物盛

ku⁵⁴ tɕhəŋ³¹ fə³¹ se³¹ vi²⁴ se²⁴ ɕi⁵⁴

家 庭 和 气 万 事 兴

家庭和气万事兴

tɕuai³¹ kuəi³⁵ ȵi³¹ miŋ³¹ ta²⁴ taŋ³¹ tse³⁵

全 国 人 民 大 团 结

全国人民大团结

thəi³⁵ pu³¹ tiaŋ⁵⁴ ɕi⁵⁴ vi²⁴ nai³¹ tɕaŋ³¹

铁 打 江 山 万 年 长

铁打江山万年长

miŋ³¹ fə³³ kuəi³⁵ tiaŋ³¹ tɕəŋ²⁴ se²⁴ ɕai²⁴

民 富 国 强 定 实 现

民富国强定实现

mo³³ maŋ³³ ɕai³³ fuə³⁵ tsa³¹ vi²⁴ nai³¹

美 满 幸 福 载 万 年

美满幸福载万年

la³³ jou²⁴ tse³¹ la³¹ lu³⁵ tɕhəŋ³³ tɕe³¹

俫 也 几 兄 得 听 着

我们兄弟得听说

thu⁵⁴ ku⁵⁴ ȵi⁵⁴ ȵi⁵⁴ ho³¹ mə³³ vai³¹

他 家 个 个 好 不 完

他家个个好得很

me²⁴ hau³³ thu⁵⁴ ku⁵⁴ ju²⁴ kuo³³ ho³¹

妹 去 他 家 也 够 好

妹去他家也够好

ta24 au54 ȵi31 ku54 ȵi31 tɕiŋ31 tɕaŋ31

大 屋 人 家 人 情 长

大屋人家人情长

ju33 niaŋ31 ɕoŋ54 te33 ȵi54 ȵi54 ho31

爷 娘 兄 弟 个 个 好

爷娘兄弟个个好

ȵi54 ȵi54 ti33 se33 vai24 me24 nəŋ31

人 人 都 是 爱 妹 们

人人都很喜欢妹

zə35 ku54 ȵi54 ȵi54 hou33 səi33 zə33

一 家 人 人 有 细 意

一家人人有情意

zə31 tsəŋ31 se33 kuo54 tse24 niaŋ31 pai54

如 同 是 归 自 娘 边

如同还在娘身边

hau33 luo33 kuo33 kui33 ju24 zə35 jaŋ24

去 到 过 惯 也 一 样

去到过惯也一样

jou24 ȵi24 phi35 həŋ54 kuo54 luo31 he31

也 要 丢 空① 回 来 行

偶尔得空回来行

① 丢空：找空闲。

zə^{35} luo^{31} liu^{24} la^{33} luo^{33} ju^{24} niaŋ^{31}
一 来 看 下 老 爷 娘
一来看下老爷娘

no^{24} luo^{31} hi^{33} ha^{54} kø^{54} so^{31} nəŋ^{31}
二 来 喊 下 哥 嫂 们
二来喊下哥嫂们

ju^{31} niaŋ^{31} vu^{24} nio^{33} hou^{33} səi^{33} zə^{33}
爷 娘 曰 女 有 细 意
爷娘说女有情意

kø^{54} so^{31} vu^{24} me^{24} ho^{31} ȵi^{31} tɕhəŋ^{31}
哥 嫂 曰 妹 好 人 情
哥嫂说妹好人情

lai^{33} ku^{54} tɕou^{24} au^{35} ȵi^{31} luo^{54} luo^{35}
连 家 住 屋 人 知 道
隔壁邻舍人知道

vu^{24} me^{24} luo^{54} luo^{33} nai^{24} əŋ^{54} tɕəŋ^{31}
曰 妹 知 理 念 恩 情
说妹知理念恩情

ɕo^{54} ja^{31} mə^{33} tiaŋ^{31} me^{24} luo^{54} luo^{35}
虽 然 不 讲 妹 知 道
虽然不讲妹知道

la^{33} jou^{24} ho^{31} tshau^{54} tiaŋ^{31} ɕo^{35} luo^{31}
俫 也 口 初 讲 出 来
我也口粗讲出来

ji^{33} tiaŋ^{54} ho^{31} tshau^{54} tiaŋ^{31} te^{54} ɕo^{35}
已 经 口 初 讲 了 出
已经口粗讲出来

vaŋ^{33} me^{24} mə^{33} kua^{33} la^{33} nəŋ^{31} saŋ^{54}
望 妹 不 怪 我 们 双
望妹不怪我们俩

vu^{24} se^{33} hou^{31} tshau^{54} tiaŋ^{31} mə^{33} tɕa^{24}
若 是 口 初 讲 不 对
若是口粗讲不对

tɕhəŋ^{31} me^{24} vai^{31} liaŋ^{24} la^{33} nəŋ^{31} saŋ^{54}
请 妹 原 谅 我 们 双
请妹原谅我们俩

tɕhəŋ^{54} tou^{31} ȵi^{31} la^{54} mə^{33} tɕhi^{31} ɕa^{33}
清 头 人 多 不 耻 笑
厅堂人多不耻笑

tio^{31} ȵi^{31} ɕiŋ^{31} niaŋ^{31} mə^{33} kua^{33} nəŋ^{31}
主 人 行 娘 不 怪 男
主人行娘不怪我

la^{33} ke^{33} fu^{24} po^{24} əi^{54} jaŋ^{24} tiaŋ^{31}
俫 的 话 毕 这 样 讲
我的话儿这样讲

tse^{31} vaŋ^{24} ȵi^{54} ȵi^{54} piu^{54} haŋ^{31} nəŋ^{31}
指 望 个 个 包 涵 男
希望个个包涵我

zə^{35} luo^{31} piu^{54} tɕe^{31} mə^{33} luo^{54} luo^{33}

一 来 包 着 不 知 理

一来包涵不知理

no^{24} luo^{31} piu^{54} tɕe^{31} ho^{31} tou^{31} tshau^{54}

二 来 包 着 口 头 初

二来包涵口头粗

hou^{31} tshe^{35} pai^{54} luo^{31} ju^{24} se^{33} tɕa^{24}

口 吃 边 梨 也 是 嚼

口吃槟榔也是嚼

tiŋ^{33} se^{33} əi^{54} jaŋ^{24} tɕun^{54} la^{33} nəŋ^{31}

正 是 这 样 尊 俫 男

正是这样传我们

tiaŋ^{31} fu^{24} tɕa^{24} te^{54} mə^{33} la^{54} tiaŋ^{31}

讲 话 着 了 不 多 讲

讲话对了不多讲

tɕun^{54} la^{33} tia^{24} te^{54} mə^{33} ɕaŋ^{54} liaŋ^{31}

尊 俫 对 了 不 商 量

传我对了不商量

la^{33} tsa^{33} tɕhəŋ^{54} tou^{31} se^{31} ŋi^{31} kha^{33}

俫 在 清 头 起 眼 看

我在厅堂起眼看

kha^{33} kai^{33} tio^{31} ȵi^{31} fəi^{33} te^{54} tɕəŋ^{31}

看 见 主 人 费 了 情

看见主人费尽情

kha^{33} kai^{33} ɕiŋ^{31} niaŋ^{31} fəi^{33} tɕi^{33} le^{33}
看　见　行　娘　费　尽　礼
看见行娘费尽礼

paŋ^{33} niaŋ^{31} nio^{33} paŋ^{33} fəi^{33} tɕi^{33} ɕi^{54}
伴　娘　女　伴　费　尽　心
伴娘女伴费心思

pu^{31} na^{31} fua^{24} tiaŋ^{33} tsəi^{31} ɕaŋ^{54} ȵe^{24}
打　锣　会　众　齐　商　议
打锣会众齐商议

ɕu^{31} ŋau^{31} lou^{33} tio^{33} səi^{33} ɕaŋ^{54} liaŋ^{31}
蛇　鱼　对　嘴　细　商　量
蛇鱼对嘴细商量

ta^{24} ɕaŋ^{54} liaŋ^{31} se^{31} səi^{33} ɕaŋ^{54} ȵe^{24}
大　商　量　时　细　商　议
大商量兼细商议

ju^{35} və^{31} ɕaŋ^{54} ȵe^{24} lau^{35} jaŋ^{24} vo^{31}
看　下　商　议　那　样① 维
看下商议怎样成

ju^{35} və^{31} ɕaŋ^{54} ȵe^{24} lau^{35} jaŋ^{24} se^{35}
看　下　商　议　那　样　是
看下商议怎样好

① 那样：应为“哪样”，怎样。

se^{33} mə^{33} ɕaŋ^{54} liaŋ^{31} liŋ^{33} tio^{31} tɕəŋ^{33}
是 否 商 量 领 主 请
是否商量领主情

ȵi^{24} liŋ^{33} tio^{31} tɕəŋ^{33} ta^{24} tsəi^{31} liŋ^{33}
要 领 主 情 大 齐 领
要领主情大家领

mə^{33} nəŋ^{54} ku^{35} ɕo^{35} lau^{24} zə^{35} ȵi^{54}
不 给 隔 出 哪 一 个
不给漏了哪一个

ku^{35} ɕo^{35} zə^{35} ȵi^{54} jou^{33} ȵi^{31} ɕa^{33}
隔 出 一 个 有 人 笑
漏了一个有人笑

ku^{35} ɕo^{35} zə^{35} ȵi^{54} jou^{33} ȵi^{31} tie^{31}
隔 出 一 个 有 人 弹
漏了一个有人责

jou^{33} ȵi^{31} tie^{31} la^{33} mə^{33} luo^{54} le^{33}
有 人 弹 倈 不 知 礼
有人责我不知礼

jou^{33} ȵi^{31} tie^{31} la^{33} mə^{33} luo^{54} tɕəŋ^{31}
有 人 弹 倈 不 知 情
有人责我不知情

ta^{24} tai^{31} ta^{24} to^{24} ȵi^{31} pəŋ^{54} ɕe^{33}
大 田 大 地 人 分 散
大田大地人分散

tɕhiu^{31} vu^{24} zə^{24} se^{24} pəŋ^{54} mə^{33} lie^{31}
且 曰 吃 食 分 不 匀
仍有衣食分不匀

zə^{24} se^{24} mə^{33} lie^{31} ɕi^{54} kho^{35} kho^{35}
吃 食 不 匀 心 亏 亏
粮食不匀心惭愧

ja^{35} tia^{35} mə^{33} lie^{31} ŋi^{31} luo^{24} lio^{31}
穿 着 不 匀 眼 泪 流
穿着不匀眼泪流

zə^{35} po^{35} ɕu^{31} ɕəŋ^{31} se^{33} niai^{31} tse^{24}
一 笔 写 成 是 言 字
一笔写成是言字

tɕhəŋ^{54} tse^{24} ɕu^{31} luo^{31} tse^{33} saŋ^{54} saŋ^{54}
青 字 写 来 直 双 双
青字写来直双双

niai^{31} ji^{54} tɕhəŋ^{54} tse^{24} saŋ^{54} saŋ^{54} tse^{33}
言 与 青 字 双 双 站
言与青字双双站

tshu^{35} tse^{24} thiaŋ^{33} tou^{31} tɕhəŋ^{31} paŋ^{33} nəŋ^{31}
拆 字 唱 条 请 伴 们
拆字唱歌请同伴

tshu^{35} tse^{24} thiaŋ^{33} tou^{31} hau^{33} tɕhəŋ^{31} paŋ^{33}
拆 字 唱 条 去 请 伴
拆字唱歌去请伴

tɕhəŋ^{31} sə^{31} təŋ^{31} paŋ^{33} tsa^{33} ta^{31} tou^{31}
请 起 同 伴 坐 桌 头
请起同伴坐桌头

la^{33} paŋ^{33} nio^{33} paŋ^{33} ti^{33} hau^{33} tsa^{33}
俫 伴 女 伴 都 去 坐
男伴女伴都去坐

ȵi^{54} ȵi^{54} ta^{24} tsəi^{31} tsa^{33} ta^{31} tou^{31}
个 个 大 齐 坐 台 头
大家个个坐桌头

khəŋ^{35} tɕi^{54} ji^{33} tiai^{54} paŋ^{33} ju^{33} kuo^{33}
现 在 已 经 半 夜 过
现在已经半夜过

se^{33} ki^{54} mə^{33} kho^{31} ləŋ^{31} ŋu^{33} nəŋ^{31}
时 间 不 可 等 我 们
时间不容等我们

ȵi^{24} liŋ^{33} tio^{31} tɕəŋ^{31} kaŋ^{31} khua^{33} lie^{33}
要 领 主 情 赶 快 些
要领主情赶快些

ȵi^{54} ȵi^{54} tse^{24} tɕou^{24} tsa^{33} ta^{31} tou^{31}
人 人 自 就 在 台 头
人人快快坐桌头

thai^{54} to^{24} ɕuai^{31} haŋ^{31} tɕu^{31} jai^{31} ha^{54}
天 地 玄 黄 茶 筵 开
天地玄黄茶筵开

tɕi⁵⁴ ɕi⁵⁴ lio²⁴ tsu³¹ maŋ³³ ta³¹ sa⁵⁴
金 山 绿 茶 满 台 酾①
金山绿茶满桌酾

tsi⁵⁴ kəŋ⁵⁴ phu²⁴ ɕo³³ tsəi³¹ tsəi³¹ çe³³
鸡 公 拍 翅 齐 齐 喊
诸姑伯叔一齐到

khaŋ³¹ vai³¹ ɕoŋ⁵⁴ tie³³ ta²⁴ tsəi³¹ luo³¹
孔 怀② 兄 弟 大 齐 来
同胞兄弟大家来

tsu³¹ zə²⁴ tsu³¹
茶 叶 茶
茶叶茶

kuo³³ ku⁵⁴ çiŋ³¹ niaŋ³¹ ɕa⁵⁴ te⁵⁴ tsu³¹
贵 家 行 娘 烧 了 茶
贵家行娘烧了茶

ȵi³¹ vu²⁴ tsu³¹ tsai³¹ zə³¹ mo²⁴ ɕo³¹
人 曰 茶 甜 如 蜜 水
人说茶甜如蜜水

ɕou³¹ təi³¹ tɕi⁵⁴ pei⁵⁴ pa³⁵ paŋ³³ ɕaŋ³¹
手 提 金 杯 邀 伴 尝
手拿金杯邀伴尝

---

① 酾：斟酒或倒茶。
② 孔怀：指兄弟情意深厚。

九、入茶园歌

题解：本歌为采茶前奏，唱预备工作，如制造独木舟、去扬州等。

tɕou^{33} tɕou^{33} kun^{31} kun^{31} kun^{31} tɕou^{33} tɕou^{33}
绸 绸 滚 滚① 滚 绸 绸
绸绸滚滚滚绸绸

ɕuəi^{35} lu^{35} tsu^{33} luo^{31} taŋ^{33} sai^{33} tou^{31}
喝 得 茶 来 断 线 头
喝得茶来断线头

taŋ^{33} te^{54} su^{54} tou^{31} tse^{33} ɕaŋ^{24} təi^{24}
断 了 纱 头 机 上 找
断了纱头机上找

taŋ^{33} te^{54} kø^{54} ɕəŋ^{54} liŋ^{24} təi^{24} tou^{31}
断 了 歌 声 另 找 条
断了歌声另找支

liŋ^{24} təi^{24} zə^{35} tou^{31} se^{31} kuo^{33} ɕo^{31}
另 找 一 条 起 回 首
另找一支起头唱

① 绸绸滚滚：热闹的样子。

təi^{24} kuo^{54} tou^{31} jou^{31} no^{24} tsu^{31} vai^{31}
找 归 头 由 入 茶 园①
找头绪唱入茶园

tsu^{31} kø^{31} ji^{33} tiai^{54} ti^{33} tshe^{35} lia^{33}
茶 果 已 经 都 吃 了
茶果已经都吃了

no^{24} tsu^{31} vai^{31} kø^{54} mə^{33} tsəŋ^{31} te^{31}
进 茶 园 歌② 不 从 提
进茶园歌不曾吟

mə^{33} no^{24} tsu^{31} vai^{31} ɕi^{31} ȵi^{31} ɕa^{33}
不 进 茶 园 怕 人 笑
不进茶园怕人笑

ɕi^{31} ȵi^{31} ɕa^{33} la^{33} mə^{33} luo^{54} tɕəŋ^{31}
怕 人 笑 倈 不 知 情
怕人笑我不知情

luo^{54} mə^{33} luo^{54} se^{31} təi^{31} vu^{31} thiaŋ^{33}
知 不 知 是 提 下 唱
若不知时提下醒

tɕa^{24} mə^{33} tɕa^{24} se^{31} təi^{31} vu^{31} tou^{31}
对 不 对 也 提 下 头
对不对也道一声

① 入茶园：即《入茶园歌》。
② 进茶园歌：即《进茶园歌》。下文“进茶园”同。

phi^{35} ha^{54} ɕi^{33} tou^{31} la^{33} mə^{33} ȵi^{24}
丢 开 顺 头 俫 不 要
丢开序曲我不要

mə^{33} ȵi^{24} ɕi^{33} tou^{31} no^{24} tsu^{31} vai^{31}
不 要 顺 头 进 茶 园
不要序曲进茶园

ȵi^{24} lu^{35} ɕi^{33} tou^{31} no^{24} mə^{33} tio^{31}
要 得 顺 头 日 不 等
要得序曲时不待

ŋa^{31} tɕe^{31} paŋ^{33} me^{24} se^{24} mə^{33} thaŋ^{54}
挨 着 伴 妹 事 不 通
误了伴妹事不通

zə^{33} jaŋ^{24} tiaŋ^{31} luo^{31} zə^{33} jaŋ^{24} vo^{24}
依 样 讲 来 依 样 曰
依样讲来依样说

zə^{33} jaŋ^{24} vu^{24} luo^{31} no^{24} tsu^{31} vai^{31}
依 样 曰 来 入 茶 园
依样说来入茶园

ha^{35} taŋ^{31} və^{31} kuo^{31} liaŋ^{33} kuəi^{24} həŋ^{54}
扯 断 禾 稿① 两 头 空
扯断稻草两头空

no^{24} tsu^{31} vai^{31} kø^{54} tɕou^{24} se^{31} ɕəŋ^{54}
入 茶 园 歌 就 起 声
入茶园歌就起声

① 禾稿：稻草。

no^{24} tsu^{31} vai^{31} kø^{54} se^{31} ɕəŋ^{54} thiaŋ^{33}
入 茶 园 歌 起 声 唱
入茶园歌起声唱

tsəi^{35} tɕi^{31} se^{31} ɕəŋ^{54} no^{24} tsu^{31} vai^{31}
接 着 起 声 入 茶 园
接着起声入茶园

ɕu^{24} ɕi^{54} tou^{31} ɕaŋ^{24} səŋ^{54} lou^{54} mau^{24}
石 山 头 上 三 蔸 木
石山头上三棵树

liaŋ^{54} ji^{54} jou^{33} lou^{33} tɕa^{24} təŋ^{31} tiai^{31}
中 间 有 蔸 着 桐 缠①
中间有棵大桐树

tiaŋ^{54} ji^{54} jou^{33} lou^{33} təŋ^{31} tiai^{31} mau^{24}
中 间 有 蔸 桐 缠 木
中间有棵大桐树

luo^{31} lau^{31} təŋ^{31} tiai^{31} kuo^{35} li^{31} ɕuai^{31}
砍 倒 桐 缠 造 麒 船
砍倒桐木造龙船

ɕi^{54} kuo^{35} li^{31} ɕuai^{31} paŋ^{33} fu^{33} ɕo^{31}
新 造 麒 船 放 下 水
新造龙船放下水

ɕo^{31} tho^{31} phiu^{54} phiu^{54} luo^{33} jaŋ^{31} tiou^{54}
水 子 滔 滔 到 扬 州
水儿滔滔到扬州

① 着桐缠：着，与“儿”同，无实意。桐缠，应为“铜钱”，这里指桐树。

hau^{33} luo^{33} jaŋ^{31} tiou^{54} məŋ^{24} ɕo^{31} lau^{24}
去 到 扬 州 问 水 路
去到扬州问水路

mə^{33} luo^{54} la^{35} tou^{31} no^{24} tsu^{31} vai^{31}
不 知 那 条 进 茶 园
不知哪条进茶园

jaŋ^{31} tiou^{54} vai^{31} se^{33} səŋ^{54} kau^{31} lau^{24}
扬 州① 原 是 三 条 路
扬州原是三条路

tiaŋ^{54} ji^{54} zə^{35} kau^{31} no^{24} tsu^{31} vai^{31}
中 间 一 条 进 茶 园
中间一条进茶园

no^{24} hau^{33} tsu^{31} vai^{31} tsu^{31} fu^{54} fa^{35}
进 去 茶 园 茶 花 发
进去茶园茶花发

no^{24} hau^{33} tsu^{31} vai^{31} tsu^{31} pəi^{35} ŋo^{33}
进 去 茶 园 茶 发 芽
进去茶园茶发芽

tsu^{31} tou^{31} pəi^{35} ŋo^{33} la^{33} ɕaŋ^{31} ɕaŋ^{31}
茶 子 发 芽 倈 常 想
茶子发芽我常想

se^{33} la^{33} ɕaŋ^{31} ɕaŋ^{31} ɕiŋ^{31} niaŋ^{31} tsu^{31}
是 倈 常 想 行 娘 茶
是我常想行娘茶

① 扬州：江苏省扬州市，瑶族发源地之一。

tsu^{31} zə^{33} tsu^{31}
茶 叶 茶
茶叶茶

vai^{31} sai^{54} ŋau^{31} haŋ^{31} tse^{33} ɕo^{35} tsu^{31}
原 先 牛 皇① 置 出 茶
原先牛皇制出茶

ŋau^{31} haŋ^{31} tse^{33} tsu^{31} tse^{33} tsho^{35} tsho^{54}
牛 皇 置 茶 置 七 蔸
玉皇制茶植七棵

ŋau^{31} haŋ^{31} tse^{33} ɕo^{35} tsho^{35} tsho^{54} tsu^{31}
牛 皇 置 出 七 蔸 茶
牛皇植出七棵茶

so^{33} tsho^{54} nəŋ^{31} luo^{31} fu^{54} thai^{54} hau^{33}
四 蔸 给 来 飞 天 去
四棵用来飞天去

ɕi^{31} jou^{31} səŋ^{54} tshou^{54} tiŋ^{33} ji^{54} jaŋ^{31}
剩 有 三 蔸 正 阴 阳
剩有三棵正阴阳

tsu^{31} se^{33} ɕaŋ^{24} vai^{31} tsho^{35} po^{31} zə^{24}
茶 是 上 园 七 宝 叶
茶是上园七宝叶

① 牛皇：即神农氏，一说与下文“偶皇”同，指玉皇大帝，总管天上、人间一切祸福的道教尊神。

jai^{31} se^{33} nəŋ^{31} tiŋ^{54} ha^{31} lie^{31} so^{54}
盐 是 南 京 海 底 砂
盐是南京海底砂

jai^{31} ji^{54} tsu^{31} zə^{24} mə^{24} tiaŋ^{24} ɕəŋ^{33}
盐 与 茶 叶 不 共 姓
盐与茶叶不共姓

jai^{31} tsu^{31} no^{24} ɕo^{31} liaŋ^{33} ɕaŋ^{54} pəŋ^{31}
盐 茶 进 水 两 相 逢
盐茶进水两相逢

pu^{24} maŋ^{31} maŋ^{31}
白 芒 芒
白茫茫

pa^{35} sai^{54} ŋou^{33} haŋ^{31} tse^{33} taŋ^{31} vaŋ^{31}
八 仙 偶 皇 置① 唐 王②
八仙玉皇命唐王

pa^{35} sai^{54} ŋou^{33} haŋ^{31} taŋ^{31} vaŋ^{31} fə^{33}
八 仙 偶 皇 唐 王 护
八仙玉皇唐王护

kəŋ^{54} tɕe^{31} ŋou^{33} haŋ^{31} ɕaŋ^{33} ɕaŋ^{24} thai^{54}
跟 着 偶 皇 向 上 天
跟着玉皇上天宫

---

① 置：此处是钦命、选任之意。

② 唐王：这里应指古代管理南京盐政的唐姓官员。

thai^{54} ɕaŋ^{24} luo^{33} mo^{33} pi^{24} se^{24} tai^{24}
天 上 老 母① 办 十 碟
天上王母办筵席

se^{24} tai^{24} puə^{35} tɕe^{31} hou^{33} təi^{24} jai^{31}
十 碟 里 面 有 碟 盐
十碟里面有碟盐

tsou^{31} no^{24} tɕio^{33} faŋ^{31} liu^{35} zə^{54} liu^{35}
走 进 厨 房 看 一 看
走进厨房看一看

tɕi^{33} faŋ^{31} mo^{33} ȵi^{31} thou^{54} piu^{54} jai^{31}
厨 房 没 人 偷 包 盐
厨房没人偷包盐

thou^{54} piu^{54} jai^{31} tio^{31} tsaŋ^{31} ɕi^{54} ɕaŋ^{24}
偷 包 盐 子 藏 身 上
偷包食盐藏身上

piu^{54} jai^{31} tsaŋ^{31} ɕi^{54} fu^{33} fi^{31} ki^{54}
包 盐 藏 身 下 凡 间
包盐藏身下凡间

thai^{54} ɕaŋ^{24} sai^{54} ȵi^{31} tɕo^{54} lu^{35} tɕe^{31}
天 上 仙 人 追 得 紧
天上仙人追得紧

① 老母：王母娘娘。

nəŋ^{54} luo^{31} phi^{35} no^{24} nəŋ^{31} ha^{31} vi^{54}
给 来 丢 进 南 海 湾
将盐丢进南海湾

jai^{31} həŋ^{31} ha^{31} zə^{24} thaŋ^{54} so^{33} ha^{31}
盐 咸 好 吃 通 四 海
盐咸好吃通四海

məi^{33} liaŋ^{31} ha^{31} zə^{24} thaŋ^{54} tiou^{31} tiou^{54}
米 粮 好 吃 通 九 州
米粮好吃通九州

tsu^{31} zə^{24} tsu^{31}
茶 叶 茶
茶叶茶

jaŋ^{33} liaŋ^{31} mə^{33} təi^{31} sai^{54} pəi^{35} ŋo^{31}
阳 鸟 不 啼 先 发 芽
阳鸟不啼先发芽

pu^{35} liaŋ^{31} fu^{54} luo^{31} tɕua^{35} luo^{54} tshe^{35}
百 鸟 飞 来 啄 个 吃
百鸟飞来啄一个

fu^{54} ɕaŋ^{33} mau^{24} ɕaŋ^{33} tse^{33} ɕi^{54} tsu^{31}
飞 上 树 上 寄 生 茶①
飞上树成寄生茶

① 此二句指鸟衔来茶果，落在枯树上后得以寄生。

tsu^{31} zə^{33} tsu^{31}

茶　叶　茶

茶叶茶

tiou^{31} ləŋ^{54} se^{24} ŋue^{24} tsu^{31} kø^{31} tsu^{31}

九　冬　十　月　茶　果　茶①

九冬十月茶果茶

ta^{24} pəŋ^{54} thio^{54} luo^{33} ha^{54} kəŋ^{54} tia^{35}

大　风　吹　到　河　根　脚②

大风吹到河岸边

thio^{54} luo^{33} ha^{54} pai^{54} ɕo^{31} liu^{31} tsu^{31}

吹　到　河　边　水　榴　茶③

吹到河边水榴茶

təi^{31} luo^{54} no^{24} vai^{31} hau^{33} tia^{35} piou^{35}

提　刀　进　园　去　砍　竹

拿刀进园去砍竹

no^{24} vai^{31} tia^{35} piou^{35} ɕuai^{31} liou^{31} ləŋ^{31}

入　园　砍　竹　选　流　兰④

入园砍竹选好材

nəŋ^{54} luo^{31} ɕuai^{31} luo^{54} faŋ^{24} mo^{33} piou^{35}

给　来　选　莸　凤　尾　竹

最佳应是凤尾竹

---

① 茶果茶：结茶果后的茶。

② 河根脚：河岸边。

③ 水榴茶：在河边生长的茶树。

④ 这里指选大小适中、材质好、直而高的竹子。流兰：形容词，有优良、灵秀、伶俐、灵活、敏捷、聪明等含义。

$faŋ^{24}$ mo^{33} $piou^{35}$ tou^{31} $pəŋ^{24}$ au^{35} $ɕe^{31}$
风 尾 竹 子 竖 屋 檐
风尾竹子竖屋檐

lou^{54} $piou^{35}$ $nəŋ^{54}$ luo^{31} phe^{33} so^{33} $tshe^{31}$
莵 竹 给 来 破 四 紫①
凤竹拿来破四片

so^{33} $tshe^{31}$ $nəŋ^{54}$ luo^{31} phe^{33} pa^{35} sai^{54}
四 紫 给 来 破 八 先②
四片继而八瓣分

pa^{35} sai^{54} $nəŋ^{54}$ luo^{31} phe^{33} se^{24} lio^{24}
八 先 给 来 破 十 六
八瓣破来分十六

se^{24} lio^{24} $nəŋ^{54}$ luo^{31} $tiou^{35}$ tsu^{31} kuo^{54}
十 六 给 来 织 茶 篮
分成十六织茶篮

tsu^{31} kuo^{54} $mə^{33}$ $ɕəŋ^{31}$ $ɕəŋ^{31}$ so^{33} lio^{24}
茶 篮 不 成 成 四 栎③
茶篮不成成撮箕

so^{33} $liou^{24}$ $mə^{33}$ $ɕəŋ^{31}$ $ɕəŋ^{31}$ $tɕou^{31}$ $tsho^{54}$
四 栎 不 成 成 酒 抄④
撮箕不成成酒抽

① 四紫：四片。
② 八先：八小片。
③ 四栎：撮箕，一种可收拢谷物的平底竹制品。
④ 酒抄：酒抽，圆形有底的竹制品，用于隔开酒醅来舀酒。

tɕou[31] tsho[54] mai[24] ɕaŋ[24] lu[24] səŋ[54] lu[24]
酒 抄 面 上 腊① 三 腊
酒抽面上绕三绕

lai[31] pai[24] tɕou[24] ɕəŋ[31] se[33] tsu[31] kuo[54]
连 便 织 成 是 茶 篮
顺手织成是茶篮

① 腊：缠绕，指继续编织。

十、采茶歌

题解：以十二个月为次唱行娘家一整年的采茶活动。

tiŋ^{54} ŋue^{24} tsha^{31} tsu^{31} se^{33} ɕi^{54} nai^{31}
正 月 采 茶 是 新 年
正月采茶是新年

tou^{31} tsha^{35} tɕi^{54} tshai^{54} lai^{31} tsu^{31} vai^{31}
头 插 金 钗 点 茶 园
头插金钗点茶园

la^{54} lai^{31} tsu^{31} vai^{31} səŋ^{54} pu^{35} mo^{33}
多 点 茶 园 三 百 亩
多点茶园三百亩

tso^{31} tso^{31} ɕu^{54} se^{24} lia^{33} kaŋ^{54} vai^{31}
早 早 修 实① 调 官 员
早早修整报官员

no^{24} ŋue^{24} tsha^{31} tsu^{31} tsu^{31} pəi^{35} ŋo^{31}
二 月 采 茶 茶 发 芽
二月采茶茶发芽

---

① 修实：收拾，整理。

tso^{31} me^{24} saŋ^{54} saŋ^{54} tsu^{35} tsu^{31} ŋo^{31}
姐 妹 双 双 摘 茶 芽
姐妹双双摘茶芽

tso^{31} tsu^{35} la^{54} se^{31} me^{24} tsu^{35} ɕa^{31}
姐 摘 多 时 妹 摘 少
姐摘多时妹摘少

tɕo^{31} la^{54} tɕou^{24} ɕa^{31} tso^{31} fa^{33} ku^{54}
随 多 就 少 早 回 家
不管多少早回家

səŋ^{54} ŋue^{24} tsha^{31} tsu^{31} tsu^{31} zə^{24} tɕhəŋ^{54}
三 月 采 茶 茶 叶 青
三月采茶茶叶青

tso^{31} me^{24} luo^{31} tiaŋ^{54} ɕou^{33} tɕhiəŋ^{33} ləŋ^{54}
姐 妹 楼 中 绣 庆 灯
姐妹楼中绣庆灯

liaŋ^{33} pai^{54} ɕou^{33} ɕo^{35} tsu^{31} fu^{54} na^{31}
两 边 绣 出 茶 花 朵
两边绣出茶花朵

tiaŋ^{54} jaŋ^{54} ɕou^{33} ɕo^{35} tsha^{31} tsu^{31} niaŋ^{31}
中 间 绣 出 采 茶 娘
中间绣出采茶娘

so^{33} ŋue^{24} tsha^{31} tsu^{31} tsu^{31} zə^{24} tɕaŋ^{31}
四 月 采 茶 茶 叶 长
四月采茶茶叶长

tso^{31} me^{24} saŋ^{54} saŋ^{54} paŋ^{33} ŋou^{31} jaŋ^{31}
姐 妹 双 双 放 牛 羊
姐妹双双放牛羊

paŋ^{33} lu^{35} ŋou^{31} jaŋ^{31} tsu^{31} zə^{24} luo^{33}
放 得 牛 羊 茶 叶 老
放得牛羊茶叶老

tsha^{31} lu^{54} tsu^{31} luo^{31} mu^{24} tou^{31} haŋ^{33}
采 得 茶 来 麦 子 黄
采得茶来麦子黄

ŋau^{33} ŋue^{24} tsha^{31} tsu^{31} tsu^{31} zə^{24} haŋ^{33}
五 月 采 茶 茶 叶 黄
五月采茶茶叶黄

tsu^{31} thou^{54} mo^{33} tia^{35} jou^{33} ɕu^{31} paŋ^{31}
茶 蔸 莓 脚① 有 蛇 盘
茶树脚下有蛇盘

la^{54} ma^{33} tsai^{31} tse^{31} tɕəi^{33} thau^{31} to^{24}
多 买 钱 纸 祭 土 地
多买钱纸祭土地

liŋ^{31} ɕi^{31} thau^{31} to^{24} po^{31} piŋ^{31} aŋ^{54}
灵 神 土 地 保 平 安
灵神土地保平安

① 莓脚：树木底下。

liou[31] ŋue[24] tsha[31] tsu[31] nəi[24] ȵi[31] laŋ[54]
六 月 采 茶 热 难 当
六月采茶热难当

la[54] tɕi[31] jaŋ[31] liu[33] ɕa[31] tɕi[31] saŋ[54]
多 种 扬 柳① 少 种 桑
多种杨柳少种桑

ɕa[31] tɕi[31] haŋ[31] saŋ[54] tsəŋ[31] tou[31] tshe[35]
少 种 黄 桑 蚕 子 吃
少种黄桑蚕子吃

la[54] tɕi[31] jaŋ[31] liu[33] ȵi[31] tɕho[54] liaŋ[31]
多 种 扬 柳 人 吹 凉
多种杨柳好乘凉

tsho[35] ŋue[24] tsha[31] tsu[31] luo[33] tɕhou[54] liaŋ[31]
七 月 采 茶 到 秋 凉
七月采茶到秋凉

tso[31] me[24] luo[31] tiaŋ[54] ɕou[33] vo[54] ɕaŋ[31]
姐 妹 楼 中 绣 衣 裳
姐妹楼中绣衣裳

ɕou[33] ɕo[35] faŋ[24] haŋ[31] vo[54] tɕou[24] ɕaŋ[24]
绣 出 凤 凰 衣 袖 上
绣出凤凰衣袖上

ɕou[33] ɕo[35] haŋ[31] liaŋ[31] vo[54] ɕaŋ[24] paŋ[31]
绣 出 黄 龙 衣 上 盘
绣出黄龙衣上盘

① 扬柳：应为“杨柳”，下同。

pa^{35} ŋue^{31} tsha^{31} tsu^{31} tsu^{31} fu^{54} ha^{54}
八 月 采 茶 茶 花 开
八月采茶茶花开

pəŋ^{54} tɕho^{54} tsu^{31} fu^{54} maŋ^{33} vai^{31} ɕaŋ^{54}
风 吹 茶 花 满 园 香
风吹茶花满园香

no^{24} tso^{31} kuo^{54} luo^{31} po^{33} ta^{24} tso^{31}
二 姐 回 来 报 大 姐
二姐回来报大姐

tsu^{31} mu^{31} mo^{33} lu^{35} tsu^{31} fu^{54} ɕaŋ^{54}
茶 芽 没 得 茶 花 香
茶芽没有茶花香

tiou^{31} ŋue^{31} tsha^{31} tsu^{31} luo^{33} tia^{31} jaŋ^{31}
九 月 采 茶 到 重 阳
九月采茶到重阳

tia^{31} jaŋ^{31} tiŋ^{33} se^{33} tɕhua^{54} tsu^{31} ɕaŋ^{54}
重 阳 正 是 催 茶 香
重阳正是催茶香

ɕo^{31} ȵi^{31} ɕo^{35} luo^{31} pu^{31} tsu^{31} hau^{33}
谁 人 出 来 把 茶 壶
谁人出来把茶煮

ȵi^{54} ȵi^{54} a^{35} tshe^{35} ɕiŋ^{31} niaŋ^{31} tsu^{31}
人 人 爱 吃 行 娘 茶
人人爱吃行娘茶

se^{24} ŋue^{24} tsha^{31} tsu^{31} luo^{24} lia^{33} leŋ^{54}
十　月　采　茶　立　了　冬
十月采茶立了冬

tiou^{31} leŋ^{33} tsu^{31} ləŋ^{31} se^{24} leŋ^{33} həŋ^{54}
九　担　茶　篮　十　担　空
九担茶篮十担空

tiou^{31} leŋ^{33} tsu^{31} leŋ^{31} kua^{33} piou^{35} ɕaŋ^{24}
九　担　茶　篮　挂　壁　上①
九担茶篮挂西壁

se^{24} leŋ^{33} tsu^{31} leŋ^{31} kua^{33} piou^{35} paŋ^{54}
十　担　茶　篮　挂　壁　板②
十担茶篮挂东墙

se^{24} zə^{35} ŋue^{24} tsha^{31} tsu^{31} kuo^{33} ta^{24} tiaŋ^{54}
十　一　月　采　茶　过　大　江
十一月采茶过大江

kuo^{33} lia^{33} vaŋ^{24} tse^{33} mi^{24} se^{54} liaŋ^{31}
过　了　旺　季　慢　思　量
过了旺季慢思量

mi^{24} mi^{24} se^{54} liaŋ^{31} mi^{24} mi^{24} ma^{24}
慢　慢　思　量　慢　慢　卖
慢慢思量慢慢卖

①② 壁上、壁板：都指墙壁。过去，当地人家里多用杉木板间隔房间。

ɕu^{54} paŋ^{33} ɕai^{24} paŋ^{33} tso^{31} fa^{31} ɕaŋ^{54}
赊　半　现　半①　早　回　乡
半卖半赊早回乡

se^{24} no^{24} ȵue^{24} tsha^{31} tsu^{31} luo^{33} te^{54} nai^{31}
十　二　月　采　茶　到　了　年
十二月采茶到了年

pu^{31} ɕi^{31} kuo^{33} kaŋ^{54} tsəi^{35} tsu^{31} tsai^{31}
把　伞　过　岗　接　茶　钱
打伞过岗接茶钱

se^{33} la^{54} se^{33} ɕa^{31} ti^{33} ɕou^{54} tsou^{33}
是　多　是　少　都　收　拢
是多是少都收好

tse^{54} nai^{54} kuo^{33} te^{54} vaŋ^{24} miŋ^{31} nai^{31}
今　年　过　了　望　明　年
今年过了望明年

tsu^{31} zə^{24} tsu^{31}
茶　叶　茶
茶叶茶

səŋ^{54} ȵue^{31} tɕhəŋ^{54} miŋ^{31} kau^{35} hau^{33} tsu^{31}
三　月　清　明　谷　雨　茶
三月清明谷雨茶

① 赊半现半：一半赊出去，一半收现钱。

se^{31} na^{31} au^{54} vi^{31} la^{24} tɕiu^{24} hau^{33}
起 朵 乌 云 落 阵 雨
起朵乌云下阵雨

səŋ^{54} niaŋ^{54} lau^{24} ɕo^{31} maŋ^{31} vai^{31} tɕhəŋ^{54}
三 朝 露 水 满 园 青
三天露水满园青

tsu^{31} zə^{24} tsu^{31}
茶 叶 茶
茶叶茶

ɕiŋ^{31} niaŋ^{31} təi^{31} kuo^{54} hau^{33} tsu^{35} tsu^{31}
行 娘 提 篮 去 摘 茶
行娘提篮去摘茶

ɕiŋ^{31} niaŋ^{31} tsu^{35} tsu^{31} səi^{33} ɕi^{54} tsu^{35}
行 娘 摘 茶 细 心 摘
行娘摘茶细心摘

zə^{35} tɕaŋ^{31} zə^{35} laŋ^{31} tsu^{35} tso^{33} luo^{31}
一 长 一 短 摘 拢 来
一长一短摘好来

zə^{35} tɕaŋ^{31} zə^{35} laŋ^{31} ti^{33} tsu^{35} tso^{33}
一 长 一 短 都 摘 拢
长长短短都摘好

tsu^{35} tso^{33} kuo^{54} luo^{31} ta^{33} faŋ^{33} nəŋ^{31}
摘 拢 回 来 待 奉 男
摘好回家侍奉我

tsu^{35} tso^{33} kuo^{54} luo^{31} ta^{33} faŋ^{33} la^{33}
摘 拢 归 来 待 奉 俫
摘好归来待奉我

ta^{33} faŋ^{33} la^{33} saŋ^{54} mə^{33} luo^{54} tɕəŋ^{31}
待 奉 俫 双 不 知 情①
不知辛苦吃香茶

lau^{24} pai^{54} tsho^{31} tou^{31} ji^{54} saŋ^{54} ɕuəi^{35}
路 边 草 子 因② 霜 雪③
路边草子霜雪压

tsho^{31} tou^{31} məŋ^{33} fu^{33} jou^{33} ku^{54} ȵi^{31}
草 子 莓 下 有 家 人
草子下隐现有人家

ȵi^{31} ku^{54} mai^{24} tso^{31} jou^{33} ta^{24} mau^{24}
人 家 面 前 有 大 木
人家院里有大树

luo^{31} luo^{31} ta^{24} mau^{24} luo^{31} ɕa^{54} tsu^{31}
砍 倒 大 木 来 烧 茶
砍倒大树来烧茶

tsu^{31} se^{33} pəŋ^{31} se^{33} thau^{31} tiaŋ^{54} ɕi^{54}
茶 是 本 是 土 中 生
茶叶本是土中生

---

① 歌手说行娘采茶很辛苦，自己不曾体验，只知享受，表示歉意。
② 因：叠加。
③ 自此以下四句析“茶”字。

ɕa^{54} fə^{31} tio^{31} tsu^{31} ku^{33} vəŋ^{31} tɕhiu^{54}
烧 火 煮 茶 架 鼎 锅
烧火煮茶用鼎锅

tsu^{31} no^{24} vəŋ^{31} tɕhiu^{54} po^{33} lu^{35} tho^{33}
茶 进 鼎 锅 泡 得 透
茶进鼎锅泡得透

pəi^{54} pəi^{54} tsu^{31} ɕo^{31} ta^{33} fu^{35} pi^{54}
杯 杯 茶 水 待 客 班
杯杯茶水待客人

ta^{33} ɕo^{35} fu^{35} ju^{33} zə^{24}
待 出 客 也 吃
客人饮茶多欢喜

fəi^{33} tɕi^{33} ɕiŋ^{31} niaŋ^{31} ɕi^{54}
费 尽 行 娘 心
感谢行娘费心思

kaŋ^{31} se^{54} to^{24} naŋ^{33} tsho^{31} pəi^{35} ŋo^{31}
广 西 地 暖 草 发 芽
广西地暖草发芽

tia^{31} ləŋ^{54} ɕo^{35} ȵi^{54} fə^{31} səŋ^{54} ju^{31}
朝 东 出 人 何 三 爷①
朝东出人何三爷

① 何三爷：何廷枢，明万历年间进士，广西富川县朝东镇豪山坊人。

ȵi^{31} ku^{54} fuə^{35} tɕe^{31} jou^{33} lou^{54} mau^{24}
人 家 里 面 有 蔸 木
人家里面有棵树

ȵi^{54} ȵi^{54} təŋ^{31} paŋ^{33} tshe^{35} te^{54} tsu^{31}
个 个 同 伴 吃 了 茶
个个同伴吃了茶

tshai^{54} se^{54} vi^{24} ɕaŋ^{31} mi^{24} se^{54} liaŋ^{31}
千 思 万 想 慢 思 量
千思万想细思量

pa^{35} tse^{24} ɕou^{54} ɕo^{54} paŋ^{33} ɕiŋ^{31} niaŋ^{31}
八 字 修 书 伴 行 娘
八字修书伴行娘

lau^{35} zə^{24} se^{54} ɕaŋ^{31} luo^{31} paŋ^{33} me^{24}
那 日 思 想 来 伴 妹
日日心想来伴妹

ɕiŋ^{31} niaŋ^{31} tsu^{31} tsu^{31} phəŋ^{54} phəŋ^{54} ɕaŋ^{54}
行 娘 茶 子 喷 喷 香
行娘茶子喷喷香

fə^{31} se^{33} ɕo^{31} tiaŋ^{54} ɕi^{54}
禾 是 水 中 生
禾苗本是水中生

səŋ^{54} ŋue^{24} ho^{31} tsa^{35} tɕhun^{54}
三 月 好 种 春
三月地暖好种春

so^{33} ŋue^{24} mo^{33} hau^{33} la^{24}
四 月 没 雨 落
四月天旱没下雨

haŋ^{33} sa^{35} mo^{24} tsu^{31} ɕa^{31} jaŋ^{31} tɕhun^{54}
旱 死 麦 子 小 阳 春
旱死麦子小阳春

ŋau^{33} ŋue^{24} liu^{24} ŋue^{24} hau^{33} ɕo^{31} ho^{31}
五 月 六 月 雨 水 好
五月六月雨水好

nəŋ^{54} luo^{31} ɕou^{54} te^{54} ta^{24} jaŋ^{31} tɕhun^{54}
给 来 收 了 大 阳 春
正好收了大阳春

ɕou^{54} te^{54} ta^{24} tɕhun^{54} hou^{33} na^{24} me^{33}
收 了 大 春① 有 糯 米
七八月后有糯米

na^{24} me^{33} tio^{31} kø^{31} kø^{31} ju^{24} ɕaŋ^{54}
糯 米 煮 果 果 又 香
糯米煮果果又香

kø^{31} se^{33} me^{33} fu^{54} ɕi^{54}
果 是 米 花 生
果是糯米做

ɕa^{54} fə^{31} ku^{33} jou^{31} tɕhiu^{54}
烧 火 架 油 锅
烧火架油锅

① 大春：大阳春，即农历七月、八月。

kø^{31} no^{24} jou^{31} tɕhiu^{54} po^{33}
果 入 油 锅 泡
果条放进油锅里

kø^{31} tio^{31} ta^{33} fu^{35} pi^{54}
果 子 待 客 班
果软清甜待客人

ta^{33} ɕo^{35} fu^{35} jou^{33} zə^{24}
待 出 客 也 吃
人人吃了多欢喜

fəi^{33} tɕi^{33} ɕiŋ^{31} niaŋ^{31} ɕi^{54}
费 尽 行 娘 心
感谢行娘费心思

mai^{24} tso^{31} ta^{24} tai^{31} so^{33} so^{33} faŋ^{54}
面 前 大 田 四 四 方①
面前大田四四方

tai^{31} tse^{54} tia^{35} fu^{33} tɕi^{33} mau^{24} jaŋ^{54}
田 基② 脚 下 种 木 秧③
田埂脚下插禾苗

liaŋ^{31} tai^{31} ɕo^{35} lu^{35} ho^{31} pu^{24} me^{33}
良 田 出 得 好 白 米
良田出得好白米

① 自此以下四句折“果”字。
② 田基：田埂。
③ 木秧：树苗。

ɕiŋ^{31} niaŋ^{31} kø^{31} tsu^{31} tɕhəŋ^{54} tɕhəŋ^{54} tai^{31}

行 娘 果 子 清 清 甜

行娘果子清清甜

lai^{31} zə^{24} lai^{31}

莲 叶 连

莲叶连

no^{24} tsu^{31} vai^{31} kø^{54} se^{33} jaŋ^{24} vai^{31}

入 茶 园 歌 是 样 完

入茶园歌就唱完

no^{24} tsu^{31} vai^{31} kø^{54} se^{33} jaŋ^{24} lia^{33}

入 茶 园 歌 是 样 了

入茶园歌是这样

hou^{31} vu^{24} mə^{33} vai^{31} saŋ^{33} thiaŋ^{33} vai^{31}

口 曰 不 完 算 唱 完

口说不完算唱完

hou^{31} vu^{24} mə^{33} vai^{31} saŋ^{33} thiaŋ^{33} lia^{33}

口 曰 不 完 算 唱 了

口说不了算唱了

se^{33} la^{33} mə^{33} lu^{54} saŋ^{33} thiaŋ^{33} vai^{31}

是 倈 不 知 算 唱 完

是我不知算唱完

təŋ^{31} jou^{31} la^{24} zə^{33} mə^{33} ɕəŋ^{31} məŋ^{33}

桐 油 落 叶 不 成 莓

桐油落叶不成树

no^{24} tsu^{31} vai^{31} kø^{54} mə^{33} ɕəŋ^{31} tou^{31}
入 茶 园 歌 不 成 条
入茶园歌不成歌

tsa^{33} pai^{54} zə^{35} phəi^{35} mə^{33} ɕəŋ^{31} tse^{24}
左 边 一 丿 不 成 字
左边一撇不成字

jou^{24} pai^{54} zə^{35} phəi^{35} tiaŋ^{24} ɕəŋ^{31} ȵi^{31}
右 边 一 乀 共 成 人
右边一捺写成人

ȵi^{31} tse^{24} tau^{33} luo^{33} aŋ^{54} vaŋ^{31} tse^{24}
人 字 肚 里 安 王 字
人字肚里安王字

no^{24} tsu^{31} vai^{31} kø^{54} thiaŋ^{33} mə^{33} tɕuai^{31}
入 茶 园 歌 唱 不 全
入茶园歌唱不全

zə^{35} po^{35} ɕu^{31} ɕəŋ^{31} se^{33} se^{24} tse^{24}
一 笔 写 成 是 十 字
一笔写成是十字

tɕo^{33} tse^{24} nəŋ^{54} luo^{31} tia^{35} fu^{35} aŋ^{54}
具 字 给 来 脚 下 安
具字拿来脚下安

se^{24} tse^{24} tsa^{33} tou^{31} tɕo^{33} tsa^{33} tia^{35}
十 字 在 头 具 在 脚
十字在头具在脚

no^{24} tsu^{31} vai^{31} kø^{54} thiaŋ^{33} mə^{33} tɕi^{54}
入 茶 园 歌 唱 不 真
入茶园歌唱不真

thiaŋ^{33} mə^{33} tɕuai^{31} se^{31} mə^{33} ɕa^{33} la^{33}
唱 不 全 时 不 笑 俫
唱不全时不笑我

thiaŋ^{33} mə^{33} tɕi^{54} se^{31} mə^{33} ɕa^{33} nəŋ^{31}
唱 不 真 时 不 笑 男
唱不真时不笑我

zə^{35} po^{35} ɕu^{31} ɕəŋ^{31} se^{33} paŋ^{33} hou^{31}
一 笔 写 成 是 半 口
一笔写成是半口

jaŋ^{24} tse^{24} ɕu^{31} luo^{31} tia^{35} fu^{33} aŋ^{54}
用 字 写 来 脚 下 安
用字写来脚下安

tsou^{31} nio^{33} li^{31} hi^{31} tia^{35} fu^{33} kuo^{33}
走 尔 打 行 脚 下 过
走之打从脚下过

la^{33} no^{24} tsu^{31} vai^{31} thiaŋ^{33} mə^{33} thaŋ^{54}
俫 入 茶 园 唱 不 通
我入茶园唱不通

thiaŋ^{33} mə^{33} thaŋ^{54} se^{31} mə^{33} ɕa^{33} la^{33}
唱 不 通 时 不 笑 俫
唱不通时不笑我

thiaŋ^{33} mə^{33} thaŋ^{54} se^{31} mə^{33} ɕa^{33} nəŋ^{31}
唱 不 通 时 不 笑 男
唱不通时不笑我

la^{33} nəŋ^{31} tse^{31} la^{31} mə^{33} luo^{54} le^{33}
俫 男 几 兄 不 知 礼
我们兄弟不知礼

tse^{31} vaŋ^{31} kuo^{54} tsa^{31} vo^{24} piu^{54} haŋ^{31}
指 望 高 才 为 包 涵
希望高才来包涵

tɕhəŋ^{54} tou^{31} ȵi^{54} la^{54} piu^{54} haŋ^{31} la^{33}
清 头 人 多 包 涵 俫
厅堂人多包涵我

piu^{54} haŋ^{31} la^{33} saŋ^{54} paŋ^{33} ɕiŋ^{31} niaŋ^{31}
包 涵 俫 双 伴 行 娘
包涵我们伴行娘

tɕəŋ^{31} ɕo^{31} no^{24} tai^{31} nəŋ^{31} ji^{24} kuo^{33}
井 水 进 田 能 引 够
井水进田适可止

mə^{33} nəŋ^{54} tai^{31} tse^{54} maŋ^{33} səi^{35} luo^{33}
不 给 田 基 满 惜 怜
满过田埂好可惜

maŋ^{33} ɕaŋ^{33} ɕaŋ^{24} ȵe^{31} mə^{33} ȵi^{24} tɕe^{31}
满 向 上 基① 不 要 紧
满过邻田不要紧

maŋ^{33} fu^{33} fu^{33} ȵe^{31} ho^{31} se^{35} luo^{33}
满 下 下 基② 可 惜 怜
满过沟渠太可惜

səi^{31} tɕəŋ^{24} tɕhəŋ^{54} se^{54} luo^{31} ɕaŋ^{24} sa^{33}
洗 净 青 丝 篱 上 晒
洗净青丝篱上晒

səi^{33} hau^{33} mo^{31} mo^{31} tɕhəŋ^{31} tio^{31} ɕou^{54}
细 雨 毛 毛 请 主 收
细雨毛毛请收好

tɕhəŋ^{31} tio^{31} ɕou^{54} ha^{54} tsu^{31} kuo^{35} kø^{31}
请 主 收 开 茶 与 果
请人收好茶与果

tɕhəŋ^{31} tio^{31} ɕou^{54} ha^{54} kø^{31} kuo^{35} tsu^{31}
请 主 收 开 果 与 茶
请人收好果与茶

ɕou^{54} ha^{54} tsu^{31} kø^{31} lu^{35} se^{24} lia^{33}
收 开 茶 果 得 事 了
收好茶果没事了

---

①② 上基、下基：稻田的上、下田埂。上田埂一般有田地，下田埂临河或沟渠。

ɕou^{54} ha^{54} kø^{31} tsu^{31} lu^{35} se^{24} thaŋ^{54}
收 开 果 茶 得 事 通
收好果茶万事通

ɕou^{31} pu^{35} ɕi^{54} tou^{31} la^{33} ɕaŋ^{31} se^{31}
手 拍 心 头 俫 想 起
手拍心头我想起

se^{33} la^{33} ɕaŋ^{31} se^{31} tsa^{33} lu^{35} tɕaŋ^{31}
是 俫 想 起 坐 得 长
是我想起坐得久

tsa^{33} lu^{35} tɕaŋ^{31} te^{54} ȵi^{31} ɕa^{33} la^{33}
坐 得 长 了 人 笑 俫
坐得久了人笑我

ȵi^{31} ɕa^{33} la^{33} saŋ^{54} mə^{33} luo^{54} tɕəŋ^{31}
人 笑 俫 双 不 知 情
人笑哥哥不知情

tse^{54} no^{54} la^{33} nəŋ^{31} se^{33} paŋ^{33} me^{24}
今 天 俫 男 是 伴 妹
今天哥哥是伴妹

mə^{33} se^{33} luo^{31} tɕho^{33} me^{24} kø^{54} taŋ^{31}
不 是 来 看 妹 歌 堂
不是来看妹歌堂

luo^{31} tɕho^{33} kø^{54} taŋ^{31} zə^{35} ju^{33} tɕho^{33}
来 看 歌 堂 一 夜 看
来看歌堂一夜看

paŋ^{33} me^{24} thai^{54} kaŋ^{54} ȵi^{31} ɕa^{33} nəŋ^{31}
伴 妹 天 光① 人 笑 男
伴妹天亮人笑哥

kuo^{54} ɕi^{54} la^{24} ɕuəi^{35} la^{33} ɕi^{54} ɕo^{33}
高 山 落 雪 俫 告 别
高山落雪哥告别

la^{54} la^{54} ɕi^{54} ɕo^{33} ɕiŋ^{31} niaŋ^{31} ku^{54}
多 多 新 受② 行 娘 家
多多感谢行娘家

ɕi^{54} ɕo^{33} ɕiŋ^{31} niaŋ^{31} la^{33} se^{31} tia^{35}
新 受 行 娘 俫 起 脚③
谢过行娘我起脚

fəŋ^{54} fə^{33} me^{24} nəŋ^{31} la^{33} fa^{31} ku^{54}
吩 咐 妹 男 俫 回 家
告诉妹子我回家

lia^{35} se^{31} ha^{31} tou^{31} la^{33} se^{31} tia^{35}
穿 起 鞋 子 俫 起 脚
穿起鞋子我起脚

no^{31} ha^{54} ləŋ^{33} to^{24} la^{33} se^{31} ɕi^{54}
拿 开 凳 子 俫 起 身
拿开凳子我起身

① 天光：天亮。
② 新受：道谢，感恩。
③ 起脚：动身出发。

se^{31} ɕi^{54} tsai^{31}
起 身 前
起身前

se^{31} ɕi^{54} tu^{24} ɕo^{35} ta^{24} məŋ^{33} tsai^{31}
起 予① 踏 出 大 门 前
起身踏出大门前

tu^{24} ɕo^{35} ta^{24} məŋ^{31} mi^{24} mi^{24} hau^{33}
踏 出 大 门 慢 慢 去
踏出大门慢慢去

mi^{24} mi^{24} hi^{31} tsou^{31} la^{33} fa^{31} ku^{54}
慢 慢 行 走 俫 回 家
慢慢行走我回家

tɕou^{33} tɕou^{33} kun^{31} kun^{31} kun^{31} tɕou^{33} tɕou^{33}
绸 绸 滚 滚 滚 绸 绸
绸绸滚滚滚绸绸

ɕuəi^{35} lu^{35} tɕou^{31} luo^{31} li^{31} taŋ^{33} tou^{33}
喝 得 酒 来 顶 断 条
喝得酒来歌声断

taŋ^{33} te^{54} su^{54} tou^{31} tse^{33} ɕaŋ^{24} te^{24}
断 了 纱 头 机 上 找
断了纱头机上找

taŋ^{33} te^{54} kø^{54} ɕəŋ^{54} liəŋ^{24} təi^{24} tou^{31}
断 了 歌 声 另 找 条
断了歌声再起头

① 予：应为“身”。

liŋ²⁴ va³³ təi²⁴ tou³¹ tsəi³⁵ tɕi³¹ thiaŋ³³
另 外 找 条 接 着 唱
另外起头接着唱

tsəi³⁵ tɕi³¹ kø⁵⁴ ɕəŋ⁵⁴ paŋ³³ ɕiŋ³¹ niaŋ³¹
接 着 歌 声 伴 行 娘
接着歌声伴行娘

pu³¹ na³¹ fa²⁴ tiaŋ³³ tsəi³¹ ɕaŋ⁵⁴ ȵe²⁴
打 锣 会 众 齐 商 议
打锣会众齐商议

ju³⁵ vo³¹ ɕaŋ⁵⁴ ȵe²⁴ lau³⁵ jaŋ²⁴ vo³¹
看 下 商 议 那 样 维
看下商议怎样好

tio³¹ ȵi³¹ ɕiŋ³¹ niaŋ³¹ fəi³³ te⁵⁴ le³³
主 人 行 娘 费 了 礼
主人行娘费了礼

fəi³³ le³³ fəi³³ ɕi⁵⁴ ta³³ faŋ³³ nəŋ³¹
费 礼 费 心 待 奉 男
费礼费心侍奉我

ta²⁴ tse³¹ təŋ³¹ paŋ³³ ɕuəi³⁵ te⁵⁴ tɕou³¹
大 齐 同 伴 喝 了 酒
大家同伴喝了酒

ȵi⁵⁴ ȵi⁵⁴ zə³⁵ tse³¹ liəŋ³³ te⁵⁴ tɕəŋ³¹
人 人 一 齐 领 了 情
人人一齐领了情

ɕuəi^{35} tɕou^{31} ju^{24} jou^{33} tɕou^{31} ke^{33} le^{33}
喝 酒 也 有 酒 的 礼
喝酒也有酒的礼

se^{33} mə^{33} pa^{35} paŋ^{33} ha^{54} tɕou^{31} jai^{31}
是 否 邀 伴 开 酒 筵
是否邀伴开酒筵

luo^{54} mə^{33} luo^{54} se^{31} təi^{31} vu^{31} thiaŋ^{33}
知 不 知 时 提 下 唱
若不知时提醒唱

tio^{33} tɕi^{54} tio^{33} vu^{31} təi^{31} vu^{31} tou^{31}
句 真 句 假 提 下 头
句真句假带个头

phi^{35} ha^{54} ɕi^{31} tou^{31} la^{33} mə^{33} ȵi^{24}
丢 开 序 头 俫 不 要
丢开序曲我不要

ȵi^{24} lu^{35} ɕi^{31} tou^{31} no^{24} mə^{33} tɕaŋ^{31}
要 得 序 头 日 不 长
要得序曲日不长

tɕhəŋ^{54} tou^{31} se^{31} ki^{54} ŋa^{31} lu^{35} tio^{31}
清 头 时 间 挨 得 久
厅堂时间耽搁久

ȵi^{31} ɕa^{33} la^{33} saŋ^{54} mə^{33} luo^{54} tɕəŋ^{31}
人 笑 俫 双 不 知 情
人笑我俩不知情

zə^{35} liaŋ^{54} həŋ^{31} tse^{31} həŋ^{31} thu^{54} thu^{54}
一 张 红 纸 红 滔 滔
一张红纸红彤彤

tiaŋ^{54} jaŋ^{54} tse^{31} fu^{35} khaŋ^{31} miŋ^{31} thiu^{54}
中 央 直 画 孔 明 车
中央直画孔明车

thiu^{54} tse^{24} tsou^{31} nio^{33} ɕiəŋ^{31} lai^{31} tse^{24}
车 字 走 耳 成 连 字
车字走之连成字

lai^{31} pai^{24} lai^{31} ɕiəŋ^{31} ha^{54} tɕou^{31} jai^{31}
连 便 连 成 开 酒 筵
连便连成开酒筵

十一、开酒筵歌

题解：客人饮茶后主人陆续摆上筵席，以《开酒筵歌》邀请亲友入座，用十二首（各村寨歌师所唱字数及歌词略有出入）拆字歌形容酒筵的丰盛、热闹。

tɕəŋ^{31} tsai^{31} jou^{33} luo^{54} so^{33} tse^{33} tɕhəŋ^{54}
庭 前 有 蔸 四 季 青
庭前有棵四季青

ha^{54} tɕou^{31} jai^{31} kø^{54} tɕou^{24} se^{31} ɕəŋ^{54}
开 酒 筵 歌 就 起 声
开酒筵歌就开唱

ha^{54} tɕou^{31} jai^{31} kø^{54} se^{31} ɕəŋ^{54} thiaŋ^{33}
开 酒 筵 歌 起 声 唱
开酒筵歌开口唱

tsəi^{35} tɕi^{31} se^{31} ɕəŋ^{54} ɕou^{24} tɕou^{31} jai^{31}
接 着 起 声 学 酒 筵
接着开唱学酒筵

mə^{33} ji^{54} fu^{54} fa^{35} ji^{54} fu^{54} fa^{35}
不 因 花 发 因 花 发
不因花发因花发

tɕhun^{54} pəŋ^{54} thio^{54} fa^{35} ɕu^{24} liu^{31} fu^{54}
春 风 吹 发 石 榴 花
春风吹发石榴花

thio^{54} fa^{35} ɕu^{24} liu^{31} ɕu^{31} tsha^{31} na^{31}
吹 发 石 榴 舍 采 朵①
吹发石榴采一朵

thio^{54} fa^{35} la^{33} saŋ^{54} ɕu^{31} thiaŋ^{54} tou^{31}
吹 发 俫 双 舍 唱 条
催促我俩歌一曲

ɕu^{31} thiaŋ^{33} zə^{35} tou^{31} na^{24} ne^{24} ho^{31}
赦② 唱 一 条 闹 热 好
若唱一支好热闹

ɕu^{31} thiaŋ^{54} no^{24} tou^{31} ha^{54} tɕou^{31} jai^{31}
赦 唱 二 条 闹 酒 筵
若唱二支闹酒筵

səŋ^{54} lai^{31} jou^{33} pai^{54} ji^{54} tɕou^{31} se^{31}
三 点 西 边 因 酒 起③
三点西边因酒起

piou^{35} tiŋ^{33} tsou^{31} nio^{33} ji^{54} tɕou^{31} jai^{31}
竹 正 走 耳 因 酒 筵④
竹正走之因酒筵

① 舍采朵：舍得采一朵。
② 赦：应为“舍”，舍得。
③ 此句拆“酒”字。
④ 此句拆“筵”字。

səŋ^{54} lai^{31} jou^{33} pai^{54} thiaŋ^{54} kuo^{54} tɕou^{31}
三 点 西 边 唱 归 酒
三点西边唱个酒

tsho^{31} tou^{31} fu^{24} tia^{35} thiaŋ^{33} kuo^{54} fu^{54}
艹 化 脚 唱 归 花①
草头化脚唱个花

thiaŋ^{33} kuo^{54} həŋ^{31} fu^{54} tsa^{33} ɕou^{24} ɕaŋ^{24}
唱 归 红 花 在 树 上
唱个红花在树上

thiaŋ^{33} kuo^{54} tɕou^{31} jai^{31} tsa^{33} tɕhəŋ^{54} tou^{31}
唱 归 酒 筵 在 清 头
唱个酒筵在厅堂

ɕaŋ^{24} vai^{31} liou^{33} tsu^{31} fu^{33} vai^{31} to^{31}
上 园 李 子 下 园 桃
上园李子下园桃

zə^{35} tse^{31} kuo^{33} lia^{33} no^{24} tse^{31} luo^{31}
一 期 过 了 二 期 来
一季过了二季来

ɕaŋ^{24} vai^{31} liou^{33} tsu^{31} fu^{54} tiŋ^{33} fa^{35}
上 园 李 子 花 正 发
上园李子花正好

fu^{33} vai^{31} to^{33} tsu^{31} fu^{54} tiŋ^{33} ha^{54}
下 园 桃 子 花 正 开
下园桃子花正开

---

① 此句拆“花”字。

fu54 ha54 fu54 tɕiu24 nai31 nai31 jou33
花 开 花 谢 年 年 有
花开花谢年年有

paŋ33 me24 tɕou31 jai31 ɕa31 jou33 se31
伴 妹 酒 筵 少 有 时
伴妹酒筵不常有

mə33 ji54 fu54 fa35 ji54 fu54 fa35
不 因 花 发 因 花 发
不因花发因花发

mə33 ji54 fu54 fa35 no24 fu54 vai31
不 因 花 发 入 花 园
不因花发入花园

mə33 ji54 vai31 te24 hau31 tiaŋ54 tia33
不 因 原 碟① 湖 中 照
圆圆碟子湖中照

tia33 kai33 la31 se54 ɕo31 ɕaŋ24 jou31
照 见 螺 丝 水 上 游
照见螺蛳水上游

la31 se54 ɕo31 ɕaŋ24 jou31 jou31 so33
螺 丝 水 上 游 游 数
螺蛳水上慢慢数

paŋ33 me24 tɕou31 jai31 ɕa31 jou33 se31
伴 妹 酒 筵 少 有 时
伴妹酒筵少逢着

① 原碟：圆碟。

tsa^{33} pai^{54} ji^{54} ŋa^{35} mə^{33} ɕəŋ^{31} tse^{24}
左 边 一 扇 不 成 排①
左边一扇不成排

jou^{24} pai^{54} ji^{54} ŋa^{35} tiaŋ^{24} ɕəŋ^{31} məŋ^{31}
右 边 一 扇 共 成 门
右边一扇共成门

tɕəŋ^{31} tse^{24} no^{24} məŋ^{31} tou^{33} luo^{33} tsa^{33}
井 字 入 门 肚 里 坐
井字入门肚里坐

tshu^{24} tse^{24} thiaŋ^{33} tou^{31} ha^{54} tɕou^{31} jai^{31}
拆 字 唱 条 开 酒 筵
拆字唱歌开酒筵

tsou^{31} ju^{24} kau^{54} tɕou^{31} mə^{33} kuo^{54} ku^{54}
昨 夜 端 酒② 不 归 家
昨夜买酒不归家

thai^{54} to^{24} ȵi^{31} tɕəŋ^{31} mə^{33} həŋ^{31} ɕu^{54}
天 地 人 情 不 肯 赊
天地人情不肯赊

ja^{24} ta^{24} mo^{24} vaŋ^{31} kau^{54} mo^{24} tɕou^{31}
约 大③ 蜜 王 端 蜜 酒
偌大蜜王买蜜酒

① 自此以下四句拆“开”字（繁体为“開”）。
② 端酒：买酒。
③ 约大：偌大。

və^{33} tsai^{31} tha^{35} fu^{33} zə^{35} saŋ^{54} ɕu^{54}

无 钱 脱 下 一 双 赊①

无钱支付先欠着

no^{24} se^{33} ɕo^{35} tou^{31} saŋ^{54} ho^{31} tse^{33}

二 十 出 头 双 口 赞②

二十出头双口赞

ɕou^{33} luo^{24} ku^{54} ȵe^{31} se^{33} ki^{54} thaŋ^{31}

秀 丽 佳 人 世 间 谈

秀丽佳人世间谈

tse^{31} khai^{33} məi^{31} ȵi^{31} luo^{31} ɕaŋ^{54} khuai^{33}

只 欠 媒 人 来 相 劝

只欠媒人来相劝

phəi^{33} ɕəŋ^{31} ji^{54} jaŋ^{54} fuə^{24} ku^{54} haŋ^{54}

配 成 鸳 鸯 合 家 欢

配成鸳鸯合家欢

zə^{35} vo^{24} thiai^{54} fu^{35} luo^{33} tɕaŋ^{31} su^{54}

一 为 迁 客 到 长 沙

一为迁客到长沙

səi^{54} vaŋ^{24} tɕaŋ^{31} aŋ^{54} mə^{33} kai^{33} ku^{54}

西 望 长 安 不 见 家

西望长安不见家

① 脱下：托付。此句以蜜王无钱也能买蜜酒，类比人无钱也应能赊蜜酒。

② 自此以下四句拆“欢”字（繁体为“歡”）。

haŋ^{31} ha^{54} lou^{31} ɕaŋ^{24} thio^{54} nio^{24} tɕo^{24}
黄 鹤 楼 上 吹 玉 笛
黄鹤楼上吹玉笛

tiaŋ^{54} ɕəŋ^{31} ŋau^{33} ŋue^{24} la^{24} məi^{31} fu^{54}
恭 城① 五 月 落 梅 花
江城五月落梅花

pu^{24} fə^{33} sai^{54} ȵi^{31} hau^{33} lai^{31} to^{24}
白 鹤 仙 人 去 点 地
白鹤仙人去点地

lai^{31} ɕo^{35} liaŋ^{33} khou^{33} niau^{31} si^{35} ɕai^{31}
点 出 两 个 扭 丝 形
点出两个扭丝形

pu^{24} tse^{24} niau^{31} se^{54} mau^{24} tse^{24} tia^{35}
白 字 扭 丝 木 字 脚
白字扭丝木字脚

la^{24} no^{24} kuo^{33} ku^{54} ha^{54} tɕou^{31} jai^{31}
乐 入 贵 家 开 酒 筵
落入贵家开酒筵

zə^{35} saŋ^{54} pu^{24} fə^{33} no^{24} ɕu^{24} ŋe^{31}
一 双 白 鹤 入 石 岩
一双白鹤入石岩

① 恭城：在桂林市。原诗为“江城”，方言音同。

haŋ^{31} te^{33} tsa^{33} tia^{24} ɕu^{31} ɕo^{35} həŋ^{31}
黄 帝 坐 轿 赦 出 行
黄帝坐轿好出行

ɕu^{24} ŋe^{31} pe^{35} tɕe^{31} ɕo^{35} fə^{33} kuo^{33}
石 岩 里 面 出 富 贵
石岩里面出富贵

piou^{35} ɕaŋ^{24} te^{31} se^{54} khuai^{33} tɕou^{31} jai^{31}
壁 上 提 诗① 劝 酒 筵
壁上题诗劝酒筵

tsa^{33} pai^{54} ɕo^{33} se^{31} liaŋ^{31} hau^{31} paŋ^{31}
左 边 竖 起 龙 虎 榜②
左边竖起龙虎榜

jou^{24} pai^{54} ɕo^{33} se^{31} liaŋ^{31} faŋ^{24} məŋ^{31}
右 边 竖 起 龙 凤 门
右边竖起龙凤门

se^{54} ȵe^{31} tɕou^{24} no^{24} məŋ^{31} luo^{31} fu^{33}
市 人③ 住 入 门 楼 下
狮子住入门楼下

ne^{24} ne^{24} na^{24} na^{24} ha^{54} tɕou^{31} jai^{31}
闹 闹 热 热 开 酒 筵
热热闹闹开酒筵

---

① 提诗：即题诗。
② 自此以下四句拆“闹”字。
③ 市人：应为“狮狗”。狮，谐音“市”。

səi^{33} ku^{35} lu^{24} ɕu^{24} li^{31} məŋ^{33} ɕi^{54}
小 甲 腊 树① 兰 母 生
常绿冬青兰母生

və^{31} pai^{54} kaŋ^{54} tiəŋ^{31} zə^{35} se^{33} tɕhiu^{33}
无 边 光 景 一 世 春
无边光景一时新

ləŋ^{31} hi^{31} ɕou^{31} lu^{35} ləŋ^{54} pəŋ^{54} mai^{24}
等 闲 守 得 东 风 面
等闲识得东风面

vi^{24} tshe^{31} tshai^{54} həŋ^{31} tsaŋ^{31} se^{33} tɕhiu^{54}
万 紫 千 红 总 是 春
万紫千红总是春

zə^{35} po^{35} ɕu^{31} ɕəŋ^{31} no^{24} se^{33} zə^{35}
一 笔 写 成 廿 一②
一笔写成二十一

no^{24} se^{24} zə^{35} fu^{33} hou^{33} ȵi^{54} ȵi^{31}
廿 一 下 有 个 人
二十一下有个人

səŋ^{54} lai^{31} ɕou^{31} luo^{31} tsa^{33} pai^{54} tsa^{33}
三 点 写 来 左 边 坐
三点写来左边坐

① 小甲腊树：体型小的一种腊树，夏秋季节开深蓝色小花，叶子很绿，可用来掺在糯米粉里做汤圆、糍粑等。

② 自此以下四句拆“洪”字。

tshu^{35} tse^{24} thiaŋ^{33} tou^{31} maŋ^{33} ta^{31} həŋ^{31}
拆　字　唱　条　满　桌　洪
拆字唱歌满桌洪

tsho^{35} ɕuəi^{33} tɕaŋ^{31} se^{54} nuo^{24} ɕou^{24} taŋ^{31}
七　岁　长　诗① 进　学　堂
七岁吟诗进学堂

kø^{31} jai^{31} po^{35} fu^{33} ɕo^{35} vəŋ^{31} tiaŋ^{54}
果　然　笔　下　出　文　章
果然笔下出文章

ha^{31} ŋau^{31} vo^{33} tio^{33} tshai^{54} tɕhou^{54} təŋ^{33}
海　鱼　弯　嘴　千　秋　动②
海鱼弯嘴千秋洞

li^{54} kuəi^{33} ha^{54} se^{31} vi^{24} luo^{33} ɕaŋ^{54}
丹　桂　开　时　万　里　香③
丹桂开时万里香

tshai^{54} se^{54} vi^{24} ɕaŋ^{31} mi^{24} se^{54} liaŋ^{31}
千　思　万　想　慢　思　量
千思万想慢思量

pa^{35} tse^{24} ɕou^{54} ɕo^{35} paŋ^{33} ɕiŋ^{31} niaŋ^{31}
八　字　修　成　伴　行　娘
八字修出伴行娘

---

① 长诗：能吟诗。
② 千秋动：动，应为“洞”。千秋洞，指古老的岩洞。
③ 自此以下四句拆“香”字。

lau^{35} zə^{24} se^{54} ɕaŋ^{31} luo^{31} paŋ^{33} me^{24}
日 日 思 想 来 伴 妹
每日思想来伴妹

kuo^{33} ku^{54} tɕou^{31} jai^{31} maŋ^{33} ta^{31} ɕaŋ^{54}
贵 家 酒 筵 满 桌 香
贵家酒筵满桌香

li^{31} tsu^{31} ɕi^{54} kuo^{54} ɕo^{31} ju^{24} kuo^{54}
林 子 山 高 水 也 高
林子山高水也高

nəi^{24} tou^{31} ɕi^{54} ɕaŋ^{24} kua^{33} se^{54} tho^{54}
日 头 山 上 青 丝 缠
太阳山上挂丝绦

ȵi^{31} ki^{54} se^{33} ɕaŋ^{24} vəŋ^{31} vo^{31} kuo^{33}
人 间 世 上 文 为 贵
人间世上文为贵

haŋ^{31} təi^{33} luo^{24} tia^{31} mə^{33} ɕa^{31} ɕo^{54}
皇 帝 立 朝 不 少 书
立朝治世兴学堂

zə^{35} po^{35} ɕou^{31} ɕəŋ^{31} se^{33} ɕa^{31} hou^{31}
一 笔 写 成 是 小 口①
一笔写成是小口

① 自此以下四句折“高”字（繁体为“高”）。以下“三步楼梯”指“高”字中间部分。

ta^{24} hou^{31} ɕou^{31} luo^{31} vo^{24} mə^{33} tiou^{54}
大 口 写 来 为① 不 周
大口写来围不全

səŋ^{54} puə^{24} luo^{31} thəi^{54} jai^{33} ku^{33} kø^{33}
三 步 楼 梯 燕 架 过
三步楼梯燕飞过

tshu^{35} tse^{24} thiaŋ^{33} tou^{31} maŋ^{33} ta^{31} kuo^{54}
拆 字 唱 条 满 堂 高
拆字唱歌满堂高

vo^{24} ȵi^{31} ŋi^{33} na^{24} zə^{35} se^{31} kaŋ^{54}
为 人 忍 耐 一 时 光
为人忍耐一时光

fuə^{31} ɕi^{54} he^{31} niai^{31} tiaŋ^{31} laŋ^{31} tɕaŋ^{31}
何 生 行 言② 讲 短 长
遇事无须话短长

və^{31} se^{24} tse^{24} tɕaŋ^{31} ɕi^{54} fu^{24} tse^{33}
无 事 自 详③ 生 话 计
无事自想生话计

tse^{24} tɕaŋ^{31} və^{31} se^{24} mi^{24} si^{54} liaŋ^{31}
自 详 无 事 慢 思 量
有事无事慢思量

① 为：应为“围”。
② 何生行言：何必说导致嫌隙的话语。
③ 详：想。

zə^{35} po^{35} ɕou^{31} ɕəŋ^{31} se^{33} tiou^{35} tse^{24}
一 笔 写 成 是 角 字①
一笔写成是角字

luo^{54} tse^{31} ŋou^{31} tou^{31} pəŋ^{31} və^{31} ɕou^{31}
刀 倚 牛 头 本 无 仇
刀倚牛头本无仇

tiou^{35} ji^{54} luo^{54} ŋou^{31} fə^{31} tse^{31} kø^{33}
角 与 刀 牛 和 谐 过
角与刀牛和谐过

tshu^{35} tse^{24} thiaŋ^{33} tou^{31} ka^{31} tɕou^{31} jai^{31}
拆 字 唱 条 解 酒 筵
拆字唱歌解酒筵

tsou^{31} ju^{24} ŋau^{33} ki^{54} məŋ^{24} luo^{33} tiŋ^{54}
昨 夜 五 更 梦 到 京
昨夜五更梦到京

zə^{35} ɕəŋ^{54} tɕi^{54} ɕaŋ^{31} vi^{24} ȵi^{31} he^{31}
一 声 钟 响 万 人 行
一声钟响万人行

ȵi^{54} ȵi^{54} ti^{33} hau^{33} tia^{31} thai^{54} tse^{31}
个 个 都 去 朝 天 子
个个都去朝天子

se^{33} ŋu^{33} və^{31} ki^{54} ɕou^{24} luo^{31} mai^{31}
是 我 无 关 睡 倒 眠
与我无关倒头睡

① 自此以下四句拆“解”字。

zə^{35} po^{35} ɕou^{31} ɕəŋ^{31} se^{33} paŋ^{33} ho^{31}
一 笔 写 成 是 半 口
一笔写成是半口

jaŋ^{24} tse^{24} ɕou^{31} luo^{31} tia^{35} fu^{33} aŋ^{54}
用 字 写 来 脚 下 安
用字写来脚下安

tsou^{31} niou^{33} li^{31} çi^{31} tia^{35} fu^{33} kø^{33}
走 耳 打 行 脚 下 过
走之打行脚下过

kuo^{33} ku^{54} tɕou^{31} jai^{31} so^{33} mai^{24} thaŋ^{54}
贵 家 酒 筵 四 面 通
贵家酒筵四面通

liu^{31} təŋ^{33} pəŋ^{54} thiu^{54} tiŋ^{33} ŋau^{33} thai^{54}
云 淡 风 轻 近 午 天
云淡风轻近午天

paŋ^{33} fu^{54} tɕo^{31} liou^{33} kø^{33} tɕuai^{31} tɕhuai^{54}
伴 花 随 柳 过 前 川
伴花随柳过前川

se^{31} ȵi^{31} mə^{33} ɕou^{35} zə^{31} ɕi^{54} lou^{24}
时 人 不 识 余 心 乐
时人不识余心乐

tɕaŋ^{54} vo^{24} ɕou^{54} he^{31} paŋ^{33} ɕiŋ^{31} niaŋ^{31}
将 谓 休 闲 伴 行 娘
正好休闲伴行娘

zə^{35} po^{35} ɕou^{31} ɕəŋ^{31} se^{33} lø^{24} tse^{24}
一 笔 写 成 是 日 字①
一笔写成是日字

ŋue^{24} tse^{24} ɕou^{31} luo^{31} tse^{33} saŋ^{54} saŋ^{54}
月 字 写 来 直 双 双
月字写来直双双

lø^{24} ji^{54} ŋue^{24} tse^{24} saŋ^{54} saŋ^{54} tse^{33}
日 与 月 字 双 双 站
日与月字双双站

kuo^{33} ku^{54} tɕou^{31} jai^{31} li^{31} lu^{35} miŋ^{31}
贵 家 酒 筵 打 得 明②
贵家酒筵真明亮

tɕu^{35} ɕaŋ^{31} tau^{24} ɕo^{54} mə^{33} jaŋ^{24} ɕi^{54}
绩 想③ 读 书 不 用 心
有时读书不用心

mə^{33} luo^{54} ɕo^{54} luo^{33} ɕo^{35} haŋ^{31} tɕi^{54}
不 知 书 里 出 黄 金
不知书里出黄金

tso^{31} luo^{54} se^{33} ɕaŋ^{24} ɕo^{54} vo^{31} kuo^{33}
早 知 世 上 书 为 贵
早知世上书为贵

① 自此以下四句拆“明”字。
② 打得明：张罗得明亮光彩。
③ 绩想：兹想（兹不想），时想时不想，形容不安定，不认真。

kuo⁵⁴ lai³¹ miŋ³¹ ləŋ⁵⁴ thou³³ ju³³ tɕu³¹
高 点 明 灯 透 夜 巡①
高点明灯夜夜勤

zə³⁵ po³⁵ ɕou³¹ ɕəŋ³¹ se³³ vəŋ³¹ tse²⁴
一 笔 写 成 是 文 字②
一笔写成是文字

tse³¹ tse²⁴ ɕou³¹ luo³¹ tia³⁵ fu³³ aŋ⁵⁴
子 字 写 来 脚 下 安
子字写来脚下安

vəŋ³¹ tse²⁴ tsa³³ tou³¹ tse³¹ tsa³³ tia³⁵
文 字 在 头 子 在 脚
文字在头子在脚

la³³ paŋ³³ ɕiŋ³¹ niaŋ³¹ ɕou²⁴ tɕou³¹ jai³¹
倈 伴 行 娘 斈 酒 筵
我伴行娘学酒筵

tɕou³¹ ho³¹ tsi²⁴ jai³¹ ho³¹ ho³¹ tai³¹
酒 好 自 然 口 口 甜
酒好自然口口甜

mə³³ nəŋ⁵⁴ luo³¹ ɕo³⁵ kho³¹ liŋ³¹ vai³¹
不 给 倒 出 可 怜 完
不给倒出好可怜

① 透夜巡：整夜用功。

② 自此以下四句拆“学”字（民间写法也作“斈”）。

kuo^{33} ku^{54} ho^{31} tɕou^{31} luo^{31} khuai^{33} la^{33}
贵 家 好 酒 来 劝 俫
贵家好酒来劝我

kho^{54} la^{33} tshe^{35} la^{35} kho^{31} li^{31} vai^{31}
亏 俫 吃 多 可 怜 完
亏我吃多真满足

niai^{31} tse^{24} tɕaŋ^{33} te^{54} niai^{31} tse^{24} ɕai^{31}
言 字 像 了 言 字 形①
言字像了言字形

ɕi^{54} tse^{24} nəŋ^{53} luo^{31} liaŋ^{33} ɕaŋ^{54} lai^{31}
身 字 给 来 两 相 连
身字并来两相连

niai^{31} ɕi^{54} tɕhoŋ^{33} tse^{24} saŋ^{54} saŋ^{54} tse^{33}
言 身 寸 字 双 双 站
言身寸字一起站

tshu^{24} tse^{24} thiaŋ^{33} tou^{31} tɕiu^{24} tɕou^{31} jai^{31}
拆 字 唱 条 谢 酒 筵
拆字唱歌谢酒筵

① 自此以下四句拆“谢”字（繁体为“謝”）。

十二、垂桌歌

题解：《垂桌歌》又叫《旋台歌》。垂桌，方言称“旋台”。《垂桌歌》以七种树木为序，依次唱匠人凿做八仙桌过程，歌词反复吟咏，重章叠句，故称“旋”。一说是“锤桌”，依次唱雕刻、锤凿桌子的各个部件，“旋”为后来音变。《垂桌歌》传唱千年，手抄本按音记录，部分词义已模糊。

nəi54 tou31 ɕo35 tso31 tia33 ɕi54 vo35
日 头 出 早 照 山 坳
太阳出早照山坳

tia33 kai33 ɕi54 vo35 tsi35 mau24 fu54
照 见 山 坳 志 木① 花
照见山坳檵木花

se54 tse31 ɕaŋ31
事 齐 常②
事齐祥

① 志木：檵木，木质较硬，纹理细密。八都方言里，村头岗村还保留“檵”这个音，如“檵木柴”。

② 事齐常：事情都很顺利，此处表示山村一片祥和。后文“事齐祥”“思齐常”“是齐常”等音近，意义相同。

se^{33} ɕo^{31} ɕo^{31} se^{31} fu^{54} ɕo^{31} se^{31} ou^{33}

是 谁① 垂② 起 花 垂 起 呕③

是谁旋起花旋起

ou^{31} tse^{33} li^{31} se^{33} se^{24} ou^{33}

欧 志 里 是 色④ 欧

檵是起啊

fu^{54} li^{31} se^{33} se^{24} ou^{33}

花 里 是 色 欧

花是起

fu^{54} ɕo^{31} ju^{24} se^{33} ɕo^{31}

花 垂 也 是 垂⑤

花旋也是旋

o^{33} fu^{54} ɕo^{31} ju^{24} se^{33} ɕo^{31}

啊 花 垂 也 是 垂⑥

花起也是旋

ɕo^{31} ɕo^{31} ju^{24} se^{33} ɕo^{31}

垂 垂 也 是 垂

旋旋又旋旋

---

① 是谁：这里指“是什么”。

② 在当地方言中“垂”“旋”音同，本书根据歌词语境和意境译出。

③ 手抄本《垂桌歌》部分“呕”“里”“欧”“啊”“阿”“嘞”等应为花腔所加衬词，无实际意义，译文原则上不译出。

④ 色：方言音近“起”，应为“起”字。

⑤ 此句应为歌者歌唱檵木花形状之美。檵木花花瓣呈条状，柔嫩细长，类似金线菊，整朵如螺旋形，故称“旋”。

⑥ 《垂桌歌》歌曲从檵木花起首，循环往复，故也称“旋”。

o^{33} fu^{54} ɕo^{31} ju^{24} se^{33} ɕo^{31}
阿 花 垂 也 是 垂
花起也是旋

səŋ^{54} tiaŋ^{54} ŋue^{54} o^{33}
三 江 月① 呕
三江月

o^{33} ŋue^{54} tiaŋ^{54} ju^{54} se^{54} ɕo^{31}
欧 月 江② 也 是 垂
江水（回旋）也是旋

ɕo^{31} ɕo^{31} ju^{24} se^{33} ɕo^{31}
垂 垂 也 是 垂
旋旋又旋旋

o^{33} ŋue^{54} tiaŋ^{54} ju^{24} se^{33} ɕo^{31}
啊 月 江 也 是 垂
月亮（倒影）也是垂

səŋ^{54} li^{31} vai^{24} o^{33}
三 里 县③ 呕
三里县

o^{31} liŋ^{33} li^{31} se^{33} ɕo^{35} o^{33}
欧 岭 里 是 出 欧
是岭里出

①② 三江月、月江：都是写月亮映入江中之景。麦岭为古临水源头，是重要林区，树木繁茂，水草丰美。林边河道纵横交错，汛期可用来放竹排、木排。做花桌离不开木料，歌词从日升写到月上，应是山中伐木一日劳作所见的自然景象。

③ 三里县：指古冯乘县，在麦岭村头岗至金田，面积约三里方圆，后为集市，称春台坊。

li^{54} lio^{54} jou^{31} o^{33} jou^{24} li^{54}
里 猪① 油 欧 又 里
绿油油哩

lio^{54} jou^{24} o^{33} jou^{24} li^{54}
猪 油 欧 又 里
绿油油

jou^{24} li^{54} jou^{54} se^{54} le^{31}
又 里 也 是 犁②
由来也是来

le^{31} le^{24} jou^{54} se^{54} le^{31}
犁 犁 也 是 犁
来嘞也是来

se^{54} tse^{54} ɕaŋ^{33}
是 齐 常
事齐祥

le^{24} ti^{54} la^{31} se^{54} liu^{54} ho^{31} le^{31}
犁 里 拉 丝 柳 喉 犁③
来嘞来斯留侯来

① 猪：在当地方言中与“绿”谐音，这里指树林蓊郁，一片青苍。三里县有十里松岗，与湖南交界处有油茶林、茶场等，绵延一二十里。

② 此句语义不甚明了，可能是推测县治的由来。又，应为“由”，与上文“油”同音。犁，应为“来”。

③ 柳喉犁：应为“留侯来”。留侯，指汉代张良，传说张良反秦，曾在江南招兵买马，与瑶族关联紧密，晚年还隐居岭南修仙布道，其后裔张道陵常在富川白霞观活动，发展道教。故后人创作这些唱词，世代颂扬，感念和召唤留侯英灵。

ɕaŋ^{24} se^{33} ȵi^{31} ta^{31} tse^{33} mau^{24} kau^{31}
上 世 人 抬 志 木 鼓
上辈人抬檵木鼓

fu^{33} se^{33} ȵi^{31} ta^{31} tse^{33} mau^{24} ta^{31}
下 世 人 抬 志 木 桌
下辈人抬檵木桌

liaŋ^{33} la^{31} mə^{33} ta^{31} tse^{33} mau^{24} kaŋ^{33}
两 兄 不 抬 志 木 杆①
兄弟不抬檵木杆

tse^{31} ta^{31} tse^{33} mau^{24} tsa^{24} fu^{54} ta^{31}
只 抬 志 木 凿 花 桌②
只抬檵木凿花桌

tse^{31} mu^{24} ɕaŋ^{33} tiŋ^{33} hau^{33} tɕhəŋ^{31} tɕaŋ^{24}
骑 木 上 京 去 请 匠
骑马进京去请匠

tse^{31} lio^{31} no^{24} vai^{24} tɕhəŋ^{31} tɕaŋ^{24} kuo^{54}
骑 驴 进 县 请 匠 归
骑驴进县接匠归

mau^{24} tɕaŋ^{24} no^{24} məŋ^{31} tsəi^{35} fu^{33} thiu^{35}
木 匠 进 门 接 下 尺
木匠进门装墨斗

① 本句指兄弟之间不抬杠，即不能起争执，互相刁难。

② 檵，谐音“继”，民间认为檵木花叶可入药，能愈合创伤，故用檵木来做八仙桌桌面，以示和谐、友好和继承优良传统。

paŋ^{33} fu^{33} nio^{35} thu^{35} mi^{24} se^{54} liaŋ^{31}
放 下 弯 尺 慢 思 量
放下弯尺慢思量

mi^{24} mi^{24} se^{54} liaŋ^{31} tsa^{31} tsai^{31} mau^{24}
慢 慢 思 量 裁 剪 木
慢慢思量定裁剪

tsa^{31} tsai^{31} tse^{33} mau^{24} ta^{24} fu^{54} ta^{31}
裁 剪 志 木 凿 花 桌
裁剪樾木凿花桌

se^{24} tse^{31} ɕaŋ^{31}
事 齐 常
事齐祥

se^{33} ɕo^{31} ɕo^{31} se^{31} ta^{31} ɕo^{31} se^{31}
是 谁 垂 起 桌 垂 起
是谁旋起桌旋起

o^{33} tse^{33} li^{31} se^{33} se^{24} o^{33}
欧 志 里 是 色 欧
樾是起啊

fu^{54} li^{31} se^{33} se^{24} o^{33}
花 里 是 色 欧
花是起

ta^{31} ɕo^{31} ju^{24} se^{24} ɕo^{31}
桌 垂 也 是 垂①
锤桌也是锤

① 垂：此处译为“锤”，与“垂”“旋”音近。

o33 ta31 ɕo31 ju24 se24 ɕo31
啊 桌 垂 也 是 垂
桌起也是旋

ɕo31 ɕo31 ju24 se24 ɕo31
垂 垂 也 是 垂
旋旋又旋旋

o33 ta31 ɕo31 ju24 se24 ɕo31
阿 桌 垂 也 是 垂
桌起也是旋

səŋ54 tiaŋ54 ɲue24 o33
三 江 月 呕
三江月

o33 ɲue24 tiaŋ54 jou24 se24 ɕo31
欧 月 江 也 是 垂
江水（回旋）也是旋

ɕo31 ɕo31 ju24 se24 ɕo31
垂 垂 也 是 垂
旋旋又旋旋

o33 ɲue24 tiaŋ54 jou24 se24 ɕo31
啊 月 江 也 是 垂
月亮（倒影）也是垂

səŋ54 luo33 vai24 o33
三 里 县 呕
三里县

o^{31} $liŋ^{33}$ li^{31} se^{33} $ɕo^{35}$ o^{33}
欧 岭 里 是 出 欧
是岭里出

li^{54} lio^{54} jou^{31} o^{33} jou^{24} li^{54}
里 猪 油 欧 又 里
绿油油哩

lio^{54} jou^{31} o^{33} jou^{24} li^{54}
猪 油 欧 又 里
绿油油

jou^{24} li^{54} jou^{24} se^{33} le^{31}
又 里 也 是 犁
由来也是来

le^{31} le^{31} jou^{24} se^{33} le^{31}
犁 犁 也 是 犁
来嘞也是来

se^{24} tse^{31} $ɕaŋ^{33}$
是 齐 常
事齐祥

le^{24} li^{54} la^{31} se^{54} liu^{54} ho^{31} le^{31}
犁 里 拉 丝 柳 喉 犁
来嘞来斯留侯来

$səŋ^{54}$ $tɕhu^{35}$ $liaŋ^{31}$ luo^{31} so^{33} $tɕhu^{35}$ ta^{24}
三 尺 量 来 四 尺 断
三尺量来四尺断

so³³ tɕhu³⁵ liaŋ³¹ luo³¹ ŋau³³ tɕhu³⁵ faŋ⁵⁴
四 尺 量 来 五 尺 方①
四尺量来五尺方

mau²⁴ tɕaŋ³³ faŋ⁵⁴ luo⁵⁴ so³³ faŋ⁵⁴ ho³¹
木 匠 方 得 四 方 好
木匠裁得四方好

nəŋ⁵⁴ luo³¹ faŋ⁵⁴ tɕi³¹ so³³ faŋ⁵⁴ faŋ⁵⁴
给 来 方 起 四 方 方
正好裁得四方方

tse³³ mau²⁴ nəŋ⁵⁴ luo³¹ tsa²⁴ ta³¹ mai²⁴
檵 木 给 来 凿 桌 面
檵木用来凿桌面

səŋ⁵⁴ mau²⁴ nəŋ⁵⁴ luo³¹ tsa²⁴ ta³¹ ɕa⁵⁴
杉 木 给 来 凿 桌 肖②
杉木用来凿木榫

se²⁴ tsəi³¹ ɕaŋ³¹
事 齐 常
事齐祥

se³³ ɕo³¹ ɕo³¹ se³¹ ɕa⁵⁴ ɕo³¹ se³¹
是 谁 垂 起 肖 垂 起
是谁旋起榫旋起

o³³ tse³³ li³¹ se³³ se²⁴ o³³
欧 志 里 是 色 欧
檵是起啊

① 方：用锯子或斧子使木材变成方或者圆形的木料。
② 桌肖：这里指桌子木料衔接处的榫。

fu^{54} li^{31} se^{33} se^{24} o^{33}
花 里 是 色 欧
花是起

ɕa^{31} ɕo^{31} ju^{24} se^{33} ɕo^{31}
肖 垂 也 是 垂
锤榫也是锤

o^{33} ɕa^{31} ɕo^{31} ju^{24} se^{33} ɕo^{31}
啊 肖 垂 也 是 垂
榫起也是旋

ɕo^{31} ɕo^{31} ju^{24} se^{33} ɕo^{31}
垂 垂 也 是 垂
旋旋又旋旋

o^{33} ɕa^{31} ɕo^{31} ju^{24} se^{33} ɕo^{31}
阿 肖 垂 也 是 垂
榫起也是旋

səŋ^{54} tiaŋ^{54} ŋue^{24} o^{33}
三 江 月 呕
三江月

o^{33} ŋue^{24} tiaŋ^{54} jou^{24} se^{24} ɕo^{31}
欧 月 江 也 是 垂
江水（回旋）也是旋

ɕo^{31} ɕo^{31} ju^{24} se^{33} ɕo^{31}
垂 垂 也 是 垂
旋旋又旋旋

o^{33} ŋue^{24} tiaŋ^{54} jou^{24} se^{24} ɕo^{31}
啊 月 江 也 是 垂
月亮（倒影）也是垂

səŋ^{54} luo^{33} vai^{24} o^{33}
三 里 县 呕
三里县

o^{31} liŋ^{33} lu^{35} se^{33} ɕo^{35} o^{33}
欧 岭 里 是 出 欧
是岭里出

luo^{33} lio^{54} jo^{31} o^{33} jou^{24} luo^{33}
里 猪 油 欧 又 里
绿油油

lio^{54} jo^{31} o^{33} jou^{24} luo^{33}
猪 油 欧 又 里
绿油油

jou^{24} luo^{33} jou^{24} se^{33} le^{31}
又 里 也 是 犁
由来也是来

le^{31} le^{24} jou^{24} se^{33} le^{31}
犁 犁 也 是 犁
来嘞也是来

se^{54} ze^{54} ɕaŋ^{31}
事 齐 常
事齐祥

le^{24} luo^{33} la^{31} se^{54} liu^{54} ho^{31} le^{31}
犁 里 拉 丝 柳 喉 犁
来嘞来斯留侯来

tɕhun^{54} mau^{24} nəŋ^{54} luo^{31} tsa^{24} ta^{31} tia^{35}
春 木① 给 来 凿 桌 脚
椿树用来凿桌脚

pu^{35} mau^{31} nəŋ^{54} luo^{31} tsa^{24} ta^{31} ɕi^{54}
柏 木 给 来 凿 桌 身
柏树拿来凿桌身

se^{24} tsəi^{31} ɕaŋ^{31}
事 齐 祥
事齐祥

se^{24} ɕo^{31} ɕo^{31} se^{31} ɕi^{54} ɕo^{31} se^{31}
是 谁 垂 起 身 垂 起
是谁旋起身旋起

o^{33} tse^{33} li^{31} se^{33} se^{35} o^{33}
欧 志 里 是 色 欧
檵是起啊

fu^{54} li^{31} se^{33} se^{35} o^{33}
花 里 是 色 欧
花是起

① 春木：椿木。相传明代进士何廷枢曾在今麦岭镇村头岗土城墙大量种植椿树（当地称为树中之王）。

ɕi^{54} ɕo^{31} jou^{24} se^{33} ɕo^{31}
身 垂 也 是 垂
锤身也是锤

o^{33} ɕi^{54} ɕo^{31} jou^{24} se^{33} ɕo^{31}
阿 身 垂 也 是 垂
身起也是旋

ɕo^{31} ɕo^{31} jou^{24} se^{33} ɕo^{31}
垂 垂 也 是 垂
旋旋又旋旋

o^{33} ɕi^{54} ɕo^{31} jou^{24} se^{33} ɕo^{31}
啊 身 垂 也 是 垂
身起也是旋

səŋ^{54} tiaŋ^{54} ŋue^{24} o^{33}
三 江 月 呕
三江月

o^{33} ŋue^{24} tiaŋ^{54} jou^{24} se^{24} ɕo^{31}
欧 月 江 也 是 垂
江水（回旋）也是旋

ɕo^{31} ɕo^{31} jou^{24} se^{33} ɕo^{31}
垂 垂 也 是 垂
旋旋又旋旋

o^{33} ŋue^{24} tiaŋ^{54} jou^{24} se^{33} ɕo^{31}
啊 月 江 也 是 垂
月亮（倒影）也是垂

səŋ^{54} luo^{33} vai^{24} o^{33}
三 里 县 呕
三里县

o^{31} liŋ^{33} li^{31} se^{33} ɕo^{35} o^{33}
欧 岭 里 是 出 欧
是岭里出

luo^{33} lio^{54} jou^{31} o^{33} jou^{24} li^{54}
里 猪 油 欧 又 里
绿油油哩

lio^{54} jo^{31} o^{33} jou^{24} luo^{33}
猪 油 欧 又 里
绿油油

jou^{24} luo^{33} jou^{24} se^{33} le^{31}
又 里 也 是 犁
由来也是来

le^{31} le^{24} jou^{24} se^{33} le^{31}
犁 犁 也 是 犁
来嘞也是来

se^{24} tsəi^{31} ɕaŋ^{31}
事 齐 常
事齐祥

luo^{33} lu^{35} la^{31} se^{54} liu^{54} ho^{31} le^{31}
犁 里 拉 丝 柳 喉 犁
来嘞来斯留侯来

$liaŋ^{31}$ mau^{24} $nəŋ^{54}$ luo^{31} tsa^{24} ta^{31} tau^{33}
龙 木① 给 来 凿 桌 肚②
龙木拿来凿横栏

$tiaŋ^{54}$ mau^{24} $nəŋ^{54}$ luo^{31} lia^{54} li^{31} $ŋu^{31}$
樟 木 给 来 雕 云 牙③
樟木拿来雕花边

se^{24} $tsəi^{31}$ $ɕaŋ^{31}$
事 齐 常
事齐祥

se^{33} $ɕo^{31}$ $ɕo^{31}$ se^{31} $ŋu^{31}$ $ɕo^{31}$ se^{31} o^{31}
是 谁 垂 起 牙 垂 起 呕
是谁旋起牙旋起

o^{33} tse^{33} li^{31} se^{33} se^{24} o^{33}
欧 志 里 是 色 欧
槛是起啊

fu^{54} li^{31} se^{33} se^{24} o^{33}
花 里 是 色 欧
花是起

$ŋu^{31}$ $ɕo^{31}$ jou^{24} se^{33} $ɕo^{31}$
牙 垂 也 是 垂
锤牙也是锤

---

① 龙木：即黄连木，别名孔木、楷木等。其树皮呈龙鳞状，当地人认为是龙所化，所以称“龙木”。

② 桌肚：桌面下横栏。

③ 云牙：桌肚的花边。

o^{33} ŋu^{31} ɕo^{31} jou^{24} se^{33} ɕo^{31}
啊 牙 垂 也 是 垂
旋牙也是旋

ɕo^{31} ɕo^{31} jou^{24} se^{33} ɕo^{31}
垂 垂 也 是 垂
旋旋又旋旋

o^{33} ŋu^{31} ɕo^{31} jou^{24} se^{33} ɕo^{31}
阿 牙 垂 也 是 垂
牙起也是旋

səŋ^{54} tiaŋ^{54} ŋue^{24} o^{33}
三 江 月 呕
三江月

o^{33} ŋue^{24} tiaŋ^{54} jou^{24} se^{33} ɕo^{31}
欧 月 江 也 是 垂
江水（回旋）也是旋

ɕo^{31} ɕo^{31} jou^{24} se^{33} ɕo^{31}
垂 垂 也 是 垂
旋旋又旋旋

o^{33} ŋue^{24} tiaŋ^{54} jou^{24} se^{33} ɕo^{31}
啊 月 江 也 是 垂
月亮（倒影）也是垂

səŋ^{54} luo^{33} vai^{24} o^{33}
三 里 县 呕
三里县

o^{31} liŋ^{33} li^{31} se^{33} ɕo^{35} o^{33}
欧 岭 里 是 出 欧
是岭里出

luo^{33} lio^{54} jou^{31} o^{33} jou^{24} li^{54}
里 猪 油 欧 又 里
绿油油哩

lio^{54} jou^{31} o^{33} jou^{24} luo^{33}
猪 油 欧 又 里
绿油油

jou^{24} luo^{33} jou^{24} se^{33} le^{31}
又 里 也 是 犁
由来也是来

le^{31} le^{24} jou^{24} se^{33} le^{31}
犁 犁 也 是 犁
来嘞也是来

se^{24} tsəi^{31} ɕaŋ^{31}
事 齐 常
事齐祥

le^{24} to^{33} la^{31} se^{54} liu^{54} ho^{31} le^{31}
犁 里 拉 丝 柳 喉 犁
来嘞来斯留侯来

la^{31} mau^{24} nəŋ^{54} luo^{31} tsa^{24} ta^{31} vi^{33}
短 木 给 来 凿 桌 椀①
短木拿来凿柱子

① 桌椀：应为“桌栎”，后同。

so^{33} khou^{33} li^{31} ŋu^{31} so^{33} khou^{33} ɕa^{54}
四 扣 云 牙 四 扣 肖
四段花边四段榫

tsho^{35} mau^{24} nəŋ^{54} luo^{31} tiaŋ^{24} zə^{35} ɕəŋ^{33}
七 木 给 来 共 一 姓
七木凑来共一姓

tiaŋ^{24} se^{31} zə^{35} ɕəŋ^{33} tsa^{24} fu^{54} ta^{31}
共 起 一 姓 凿 花 桌
共起一姓凿花桌

tsa^{24} se^{31} fu^{54} ta^{31} so^{33} tɕu^{35} tia^{35}
凿 起 花 桌 四 只 脚
凿起花桌四只脚

fu^{54} ta^{31} so^{33} tia^{35} tsa^{33} tɕhəŋ^{54} tou^{31}
花 桌 四 脚 坐 清 头
花桌四脚坐厅堂

tɕu^{31} mau^{24} nəŋ^{54} luo^{31} tsa^{24} tɕa^{31} ləŋ^{33}
枞 树① 给 来 凿 条 凳
松树拿来凿条凳

pəŋ^{54} mau^{24} nəŋ^{54} luo^{31} kuo^{35} fə^{31} pəŋ^{31}
枫 木② 给 来 做 火 盆
枫木拿来做火盆

---

① 枞木：方言，当地指松树，因松针每两根并拢如同“从”字，所以用“从”旁象形。

② 枫木：枫树木材相对不易起火，适合做火盆。

fə^{31} pəŋ^{31} vai^{31} se^{31} kaŋ^{31} ləŋ^{54} ɕo^{35}
火 盆 原 是 广 东 出
火盆原是广东出

fu^{35} ȵi^{31} ma^{33} ma^{24} luo^{31} liəŋ^{33} tɕəŋ^{31}
客 人 买 卖 来 领 情
客人买来有情意

liəŋ^{33} tɕəŋ^{31} jou^{33} tsai^{31} liu^{31} fu^{33} tio^{35}
领 情 有 钱 留 下 张
中意有钱留一个

liu^{31} fu^{33} zə^{35} tio^{35} paŋ^{33} fu^{54} ta^{31}
留 下 一 张 伴 花 桌
留下一个伴花桌

haŋ^{31} thai^{54} tɕu^{35} fə^{31} vo^{31} lau^{54} fə^{31}
寒 天 烤 火 围 灶 火
寒天烤火围灶火

mə^{33} kaŋ^{31} thai^{54} tou^{31} ɕuai^{35} maŋ^{33} ɕi^{54}
不 管 天 头 雪 满 山
不管天头雪满山

fu^{54} ta^{31} tsa^{24} ɕəŋ^{31} se^{24} no^{24} zə^{24}
花 桌 凿 成 十 二 日
花桌凿成十二日

se^{24} no^{24} zə^{24} ɕəŋ^{31} tɕhəŋ^{54} ɕaŋ^{24} ta^{31}
十 二 日 成 清 上 桌
十二日成厅堂桌

tiaŋ^{54} səi^{54} ɕo^{35} luo^{54} thiai^{31} jou^{31} tɕaŋ^{24}
江 西 出 得 巧 油 匠
江西生得巧油匠

liu^{31} səŋ^{54} tɕhəŋ^{31} tɕaŋ^{24} tsho^{35} fu^{54} ta^{31}
刘 三 请 匠 漆 花 桌
刘三请匠漆花桌

zə^{35} tɕəŋ^{54} miŋ^{31} jou^{31} paŋ^{33} tɕəŋ^{54} tsho^{35}
一 斤 明 油① 半 斤 漆
一斤桐油半斤漆

tɕuai^{31} tɕi^{54} tsho^{35} se^{31} tɕhəŋ^{54} ɕaŋ^{24} ta^{31}
全 金 漆 起 清 上 桌
全金漆起厅堂桌

jou^{33} se^{31} fu^{54} ta^{31} ti^{24} ti^{24} thiaŋ^{24}
油 起 花 桌 顶 顶 亮
油起花桌顶顶亮

tsho^{35} se^{31} fu^{54} ta^{31} thəi^{35} thəi^{35} ɕi^{54}
漆 起 花 桌 贴 贴 新②
漆起花桌格外新

so^{33} tɕu^{35} ta^{31} tou^{31} so^{33} kaŋ^{31} po^{35}
四 只 台 头 四 杆 笔
四只台头四杆笔

---

① 明油：桐油。
② 贴贴新：格外新。

so33 tɕu35 ta31 tio35 so33 pəŋ31 ɕo54
四 只 台 角 四 本 书
四只台角四本书

tsho35 ɕuəi33 la33 tou31 səŋ33 no24 ɕou24
七 岁 孩 儿 送 入 学
七岁孩儿送入学

lai31 tau24 se24 nai31 po35 nəi54 kuo54
连 读 十 年 毕 业 归
连读十年毕业归

ɕou31 luo31 nio24 hau33 tɕi54 mo24 ɕo31
手 拿 玉 壶 真 墨 水①
手拿玉壶金墨水

tso24 se35 po35 tou31 thou33 se54 ɕo54
浸 湿 笔 头 透 诗 书
浸湿笔头写诗书

thou33 se31 se54 ɕo54 səŋ54 pu35 pəŋ31
透 起 诗 书 三 百 本
写成诗书三百本

thou33 se31 tiou24 tiai54 so33 pu35 phe54
透 起 九 经 四 百 篇
著成九经四百篇

① 真墨水：金墨水。

liu^{31} sən^{54} luo^{31} ɕo^{35} mən^{31} tai^{31} sa^{33}
刘 三 拿 出 门 前 晒
刘三拿出门前晒

tse^{33} lu^{35} ki^{54} mən^{31} maŋ^{31} tse^{35} ɕo^{54}
记 得 关 门 忘 记 收
记得关门忘记收

ɕou^{24} luo^{31} zə^{35} ki^{54} liaŋ^{31} ɕaŋ^{33} ɕo^{31}
睡 倒 一 更 龙 上 水
睡倒一更龙上水

ɕou^{24} luo^{31} no^{24} ki^{54} se^{31} au^{54} ve^{31}
睡 倒 二 更 起 乌 云
睡倒二更起乌云

ɕou^{24} luo^{31} sən^{54} ki^{54} lua^{33} tai^{24} ŋi^{33}
睡 倒 三 更 雷 电 眼
睡倒三更霹雳响

ɕou^{24} luo^{31} so^{33} ki^{54} hau^{33} lai^{31} lio^{31}
睡 倒 四 更 雨 连 流
睡倒四更雨瓢泼

ɕou^{24} luo^{31} ŋau^{33} ki^{54} fa^{35} ta^{24} ɕo^{31}
睡 倒 五 更 发 大 水
睡倒五更发大水

ɕo^{31} tɕhua^{54} kø^{54} pən^{31} luo^{33} jaŋ^{31} tiou^{54}
水 推 歌 本 到 扬 州
水推歌本到扬州

hau^{33} luo^{33} $jaŋ^{31}$ $tiou^{54}$ $jaŋ^{31}$ tse^{31} ta^{24}
去 到 扬 州 洋 子 大
去到扬州河流宽

so^{33} $liŋ^{31}$ $təŋ^{31}$ $paŋ^{33}$ $thəi^{33}$ $nəŋ^{31}$ jou^{54}
四 邻 同 伴 替 男 悠
四邻同伴替我忧

$zə^{35}$ $khou^{33}$ $piou^{35}$ pa^{31} $kaŋ^{31}$ $mə^{33}$ luo^{33}
一 个 竹 排 管 不 到
一个竹排赶不到

no^{24} $khou^{33}$ $piou^{35}$ pa^{31} $kaŋ^{31}$ luo^{33} $tiou^{54}$
两 个 竹 排 管 到 州
两个竹排赶到州

$zə^{35}$ $khou^{33}$ lia^{31} kuo^{54} kua^{33} $mə^{33}$ luo^{33}
一 个 镣 钓 挂 不 到
一个铁钩钩不到

no^{24} $khou^{33}$ lia^{31} kuo^{54} kua^{33} luo^{33} tou^{31}
二 个 镣 钓 挂 到 头
二个铁钩钩到头

$səŋ^{54}$ $khou^{33}$ lia^{31} kuo^{54} kua^{33} kuo^{54} $pəŋ^{31}$
三 个 镣 钩 挂 归 本
三个铁钩钩回本

kua^{33} kuo^{54} $zə^{35}$ $pəŋ^{31}$ se^{33} liu^{31} $səŋ^{54}$
挂 归 一 本 是 刘 三
钩回一本刘三书

liu^{31} səŋ^{54} tse^{33} ɕo^{35} kø^{54} luo^{31} thiaŋ^{33}

刘 三 置 出 歌 来 唱

刘三编出歌来唱

tse^{33} ɕo^{35} thiaŋ^{33} kø^{54} paŋ^{33} ɕiŋ^{31} niaŋ^{31}

置 出 唱 歌 伴 行 娘

兴起唱歌伴行娘

十三、谢主人歌

题解：歌师在歌堂结束后唱歌感谢主人的招待，并辞别起行回家。

lai³¹ zə²⁴ lai³¹
莲　叶　连
莲叶连

tɕou³¹ jai³¹ ɕo³¹ ta³¹ saŋ³³ thiaŋ³³ vai³¹
酒　筵　垂　桌[1]　算　唱　完
酒筵垂桌算唱完

tɕou³¹ jai³¹ ɕo³¹ ta³¹ saŋ³³ thiaŋ³³ lia³³
酒　筵　垂　桌　算　唱　了
酒筵垂桌算唱了

hou³¹ vu²⁴ mə³³ vai³¹ saŋ³³ thiaŋ³³ vai³¹
口　曰　不　完　算　唱　完
口说不完算唱完

hou³¹ vu²⁴ mə³³ vai³¹ saŋ³³ thiaŋ³³ lia³³
口　曰　不　完　算　唱　了
口说不完算唱了

① 酒筵垂桌：这里指《开酒筵歌》《垂桌歌》。

se^{33} la^{33} mə^{33} luo^{54} saŋ^{33} thiaŋ^{33} vai^{31}
是 倈 不 知 算 唱 完
是我不知算唱完

la^{33} nəŋ^{31} mə^{33} luo^{54} laŋ^{31} laŋ^{31} thiaŋ^{33}
倈 男 不 知 短 短 唱
是我不知短短唱

ȵi^{31} ju^{24} luo^{54} la^{33} mə^{33} luo^{54} kø^{54}
人 也 知 我 不 知 歌
人也知我不知歌

ju^{24} va^{24} vai^{31} liaŋ^{24} ɕu^{33} kuo^{33} la^{33}
也 会 原 谅 训 过 我
也会原谅包涵我

tɕhəŋ^{54} tou^{31} ȵi^{31} la^{54} piu^{54} haŋ^{31} nəŋ^{31}
清 头 人 多 包 涵 男
厅堂人多多包涵

tse^{31} vaŋ^{24} ȵi^{54} ȵi^{54} piu^{54} haŋ^{31} la^{33}
指 望 人 人 包 涵 倈
希望人人包涵我

piu^{54} haŋ^{31} la^{33} saŋ^{54} paŋ^{33} ɕiŋ^{31} niaŋ^{31}
包 涵 倈 双 伴 行 娘
包涵我俩伴行娘

la^{31} sa^{35} luo^{33} ŋau^{33} so^{54} lu^{35} o^{33}
踩 死 鲤 鱼 泥 里 沤①
踩死鲤鱼泥里埋

① 沤：掩埋。

mə^{33} nəŋ^{54} tha^{35} ɕo^{35} so^{33} liŋ^{31} luo^{54}
不　给　蹄　出① 四　邻　知
不给说出四邻知

so^{33} liŋ^{31} luo^{54} te^{54} ȵi^{54} ɕa^{33} la^{33}
四　邻　知　了　人　笑　俫
四邻知了人笑我

ȵi^{54} ɕa^{33} la^{33} saŋ^{54} mə^{33} luo^{54} tɕəŋ^{31}
人　笑　俫　双　不　知　情
人笑我俩不知情

tɕəŋ^{31} ɕo^{31} no^{24} tai^{31} nəŋ^{31} ji^{33} kuo^{33}
井　水　进　田　能　引　够
井水进田适可止

mə^{33} nəŋ^{54} tai^{31} maŋ^{33} maŋ^{33} səi^{35} luo^{31}
不　给　田　满　满　惜　怜
满出田埂实可惜

maŋ^{33} ɕaŋ^{33} ɕaŋ^{24} ji^{31} mə^{33} ləi^{31} tɕe^{31}
满　向　上　基　不　要　紧
满过邻田不要紧

maŋ^{33} fu^{33} fu^{33} ji^{31} kho^{31} səi^{35} luo^{31}
满　下　下　基　可　惜　怜
满过沟渠真可惜

① 蹄出：与后文“蹋出”“踢出”音同，说出去。

səi^{31} tɕəŋ^{24} tɕhəŋ^{54} se^{54} luo^{31} ɕaŋ^{24} sa^{33}
洗 净 清 丝 篱 上 晒
洗净清丝篱上晒

səi^{33} hau^{31} mo^{31} mo^{31} tɕhəŋ^{31} tio^{31} ɕou^{54}
细 雨 毛 毛 请 主 收
细雨毛毛请人收

tɕhəŋ^{31} tio^{31} ɕou^{54} ha^{54} jai^{31} tiaŋ^{54} tɕou^{31}
请 主 收 开 筵 中 酒
请人收好筵中酒

tɕhəŋ^{31} tio^{31} ɕou^{54} ha^{54} məŋ^{33} jai^{31} tiaŋ^{54}
请 主 收 开 满 筵 中
请人收好此盛筵

ɕou^{54} ha^{54} jai^{31} tiaŋ^{54} lu^{35} se^{24} lia^{33}
收 开 筵 中 得 事 了
收好酒筵万事好

ɕou^{54} ha^{54} tɕou^{31} jai^{31} lu^{35} se^{33} thaŋ^{54}
收 开 酒 筵 得 事 通
收好酒筵诸事通

tsho^{35} tiou^{31} pa^{35} ɲue^{24} ɕaŋ^{54} fu^{54} hia^{54}
七 九 八 月 香 花 开
七九八月香花开

ɕaŋ^{54} fu^{54} mu^{33} lu^{35} laŋ^{24} ha^{54} se^{31}
香 花 没 有 乱 开 时
香花没有乱开时

fu^{54} ha^{54} fu^{54} tɕiu^{24} nai^{31} nai^{31} jou^{33}
花 开 花 谢 年 年 有
花开花谢年年有

səi^{33} hau^{33} mo^{31} mo^{31} tɕiu^{24} ɕaŋ^{54} fu^{54}
小 雨 毛 毛 谢 香 花
毛毛小雨谢香花

hau^{33} tɕiu^{24} ɕaŋ^{54} fu^{54} la^{33} tɕiu^{24} tio^{31}
雨 谢 香 花 俫 谢 主
雨谢香花我谢主

pa^{35} tsəi^{31} təŋ^{31} paŋ^{33} tɕiu^{24} tio^{31} ȵi^{31}
邀 齐 同 伴 谢 主 人
邀齐同伴谢主人

zə^{35} po^{35} ɕu^{31} ɕəŋ^{31} se^{33} niai^{31} tse^{24}
一 笔 写 成 是 言 字
一笔写成是言字

ɕi^{54} tse^{24} ɕu^{31} luo^{31} tse^{33} saŋ^{54} saŋ^{54}
身 字 写 来 直 双 双
身字写来直双双

niai^{31} ɕi^{54} tɕhoŋ^{33} tse^{24} saŋ^{54} saŋ^{54} tse^{33}
言 身 寸 字 双 双 站
言身寸字一起站

tshu^{35} tse^{24} thiaŋ^{31} tou^{31} tɕiu^{24} tio^{31} ȵi^{31}
拆 字 唱 条 谢 主 人
拆字唱歌谢主人

pa^{35} tsəi^{31} təŋ^{31} paŋ^{33} tɕi^{31} tɕiu^{24} tio^{31}
邀 齐 同 伴 感 谢 主
邀齐同伴感谢主

ȵi^{54} ȵi^{54} zə^{35} tsəi^{31} tɕiu^{24} tio^{31} ȵi^{31}
人 人 一 齐 谢 主 人
人人一齐谢主人

au^{35} ɕaŋ^{24} nəi^{31} kai^{31} tɕi^{31} tsha^{35} tɕi^{33}
屋 上 瓦 片 层 插 层
屋上泥瓦层插层

tse^{31} la^{31} nəŋ^{54} kø^{54} tɕiu^{24} tio^{31} ȵi^{31}
几 兄 给 歌 谢 主 人
兄弟齐歌谢主人

tse^{31} la^{31} nəŋ^{54} kø^{54} tɕi^{33} tɕiu^{24} tio^{31}
几 兄 给 歌 层 谢 主
兄弟齐歌谢主人

nəŋ^{54} kø^{54} tɕi^{33} tɕiu^{24} tio^{31} ȵi^{31} ku^{54}
给 歌 层 谢 主 人 家
齐歌感谢主人家

au^{35} ɕaŋ^{33} la^{33} məi^{31} au^{35} fu^{33} tɕe^{31}
屋 上 罗 霉① 屋 下 存
屋上尘土屋下存

① 罗霉：烟灰，尘土。

tse^{31} la^{31} nəŋ^{54} kø^{54} tɕiu^{24} tio^{31} ȵi^{31}
几 兄 给 歌 谢 主 人
兄弟齐歌谢主人

tse^{31} la^{31} nəŋ^{54} kø^{54} tɕi^{31} tɕiu^{24} tio^{31}
几 兄 给 歌 感 谢 主
兄弟齐歌感谢主

nəŋ^{54} kø^{54} tɕi^{31} tɕiu^{24} tio^{31} ȵi^{31} ku^{54}
给 歌 感 谢 主 人 家
齐歌感谢主人家

tɕi^{33} tɕiu^{24} tio^{31} ȵi^{31} fəi^{33} tie^{24} le^{33}
感 谢 主 人 费 大 礼
感谢主人费大礼

tɕi^{33} tɕiu^{24} tio^{31} ȵi^{31} fəi^{33} tie^{24} ɕi^{54}
感 谢 主 人 费 大 心
感谢主人费大心

fəi^{33} tɕi^{33} səi^{33} ɕi^{54} tia^{33} kau^{33} la^{33}
费 尽 细 心 照 顾 俫
费尽细心照顾我

la^{54} fəi^{33} tai^{24} fuə^{31} la^{54} fəi^{33} jou^{31}
多 费 电 火 多 费 油
多费电火多费油

fəi^{33} te^{54} tai^{24} fuə^{31} mə^{33} ȵi^{24} tɕe^{31}
费 了 电 火 不 要 紧
费了电火不要紧

fəi^{33} te^{54} tɕhəŋ^{54} jou^{31} ɲ̥i^{31} ma^{33} kuo^{54}
费 了 清 油 难 买 归
费了茶油难买回

pəŋ^{31} ɕa^{24} la^{54} nai^{31} jou^{31} tsu^{31} ɕa^{31}
逢 着 多 年 茶 子① 少
逢着多年茶子少

luo^{31} se^{31} ɕa^{24} tsai^{31} ma^{33} mə^{33} kuo^{54}
拿 起 现 钱 买 不 回
拿起现钱买不回

kho^{33} se^{33} tio^{31} ɲ̥i^{31} fu^{33} lu^{35} pəŋ^{31}
靠 是 主 人 下 得 本
还好主人舍得本

tɕaŋ^{54} tsai^{31} mə^{33} saŋ^{33} ma^{33} kuo^{54} luo^{31}
将 钱 不 算 买 归 来
慷慨拿钱买回来

tɕhəŋ^{54} jou^{31} tio^{31} tsha^{33} tsha^{33} ha^{31} zə^{24}
清 油 煮 菜 菜 好 吃
茶油煮菜菜好吃

tɕhəŋ^{54} jou^{31} tio^{31} kø^{31} kø^{31} jou^{24} ɕaŋ^{54}
清 油 煮 果 果 又 香
茶油煮果果又香

① 茶子：即油茶的种子，可以用来榨茶清油。茶子树在麦岭镇广泛种植，遍布山林，秋冬季节开花，花蜜很甜。春季结果实，寒露成熟的叫“寒露茶”，霜降成熟的叫“霜降茶”。麦岭茶油过去产量可观，每家每户每年都有百十来斤，而且油质较好，远销全国，出口海外。

tɕi^{31} tɕiu^{24} la^{54} tɕi^{31} tɕiu^{24}
感 谢 多 感 谢
感谢多感谢

la^{54} la^{54} tɕi^{31} tɕiu^{24} tio^{31} ȵi^{31} ku^{54}
多 多 感 谢 主 人 家
多多感谢主人家

tɕi^{31} tɕiu^{24} tɕo^{31} se^{54} tɕio^{31} tɕi^{33} tsha^{33}
感 谢 厨 师 煮 尽 菜
多谢厨师煮好菜

tɕi^{31} tɕiu^{24} tsho^{33} fi^{24} tɕio^{31} tɕi^{33} mo^{31}
感 谢 造 饭 煮 尽 饭
多谢煮饭煮好饭

tɕi^{31} tɕiu^{24} tɕou^{31} se^{54} sa^{54} tɕi^{33} tɕou^{31}
感 谢 酒 师 酾 尽 酒
多谢酒师酾尽酒

tɕi^{31} tɕiu^{24} tio^{31} ȵi^{31} pəi^{31} tɕi^{33} nəŋ^{31}
感 谢 主 人 陪 尽 男
多谢主人尽心陪

tɕo^{31} se^{54} tɕio^{21} tsha^{33} la^{33} tshe^{35} lia^{33}
厨 师 煮 菜 俫 吃 了
厨师煮菜我吃了

tɕou^{31} se^{54} sa^{54} tɕou^{31} la^{33} thəŋ^{54} pəi^{54}
酒 师 酾 酒 俫 贪 杯
酒师酾酒我贪杯

tɕi^{31} tɕiu^{24} la^{54} tɕi^{31} tɕiu^{24}
层 谢 多 层 谢
感谢多感谢

la^{54} la^{54} tɕi^{31} tɕiu^{24} tio^{31} ȵi^{31} ku^{54}
多 多 感 谢 主 人 家
多多感谢主人家

tɕi^{31} tɕiu^{24} tio^{31} ȵi^{31} səi^{33} zə^{33} ho^{31}
感 谢 主 人 细 意 好
感谢主人心意好

səi^{33} ɕi^{54} zə^{33} ho^{31} ta^{33} faŋ^{33} nəŋ^{31}
细 心 意 好 待 奉 男
好心好意招待我

pəi^{24} thio^{33} paŋ^{33} kuo^{33} mu^{33} jaŋ^{24} ho^{31}
别 处 伴 过 没 样 好
别处没有这般好

ȵi^{31} tɕəŋ^{31} se^{33} kuo^{54} kuo^{33} ku^{54} tɕaŋ^{31}
人 情 是 归 贵 家 长
人情还是贵家长

kuo^{33} ku^{54} ȵi^{31} tɕəŋ^{31} tɕaŋ^{31} lio^{31} ɕo^{31}
贵 家 人 情 长 流 水
贵家人情长流水

tia^{33} la^{33} ȵi^{31} tɕəŋ^{31} tɕaŋ^{31} mə^{33} luo^{31}
照① 倈 人 情 长 不 来
愧我人情长不来

① 照：若是，假如是。

ȵi^{31} ke^{33} hau^{33} tsai^{33} tsai^{33} tɕiu^{24} tio^{31}
人 的 有 钱 钱 谢 主
别人有钱钱谢主

se^{33} la^{33} mu^{33} tsai^{31} kø^{54} tɕiu^{24} ȵi^{31}
是 俫 没 钱 歌 谢 人
是我没钱歌谢人

tsai^{31} tse^{31} tsu^{24} ȵi^{31} pu^{35} se^{24} pu^{35}
钱 子 谢 人 百 十 百
钱子谢人百十百

kø^{54} tse^{31} tɕiu^{24} ȵi^{31} tou^{31} vu^{31} tou^{31}
歌 子 谢 人 条 把 条
歌声谢人一支支

tou^{31} pu^{31} tou^{31} kø^{54} tɕi^{31} tɕiu^{24} tio^{31}
条 把 条 歌 感 谢 主
首首新歌感谢主

tio^{33} pu^{31} tio^{33} kø^{54} tɕiu^{24} tio^{31} ȵi^{31}
句 把 句 歌 谢 主 人
句句好词谢主人

ȵi^{31} ke^{33} ləŋ^{33} tai^{31} ləŋ^{33} məi^{33} luo^{33}
人 的 担 钱 担 米 到
别人担钱担米到

jou^{24} se^{24} piu^{54} vai^{31} ɕou^{31} ɕi^{33} luo^{31}
又 是 包 蛋① 手 信 来
又是包蛋礼物来

① 包蛋：用箬叶包扎鸡蛋，四个一组，每组扎一个红包，送主人家表示祝贺。

piu^{54} vai^{31} ɕou^{31} ɕi^{33} ka^{54} luo^{24} tio^{31}
包 蛋 手 信 该 立 主①
包蛋礼物该立主

se^{33} la^{33} həŋ^{54} ɕou^{31} luo^{33} mə^{33} ka^{54}
是 俫 空 手 理 不 该
是我空手没道理

luo^{33} ɕaŋ^{24} mə^{33} ka^{54} tɕi^{54} mə^{33} ka^{54}
理 上 不 该 真 不 该
理上不该真不该

tɕi^{54} tɕi^{54} mə^{33} ka^{54} luo^{24} tio^{31} ȵi^{31}
真 真 不 该 立 主 人
真真不该立主人

la^{33} se^{33} tsa^{33} luo^{54} tshai^{54} lia^{54} fo^{35}
俫 是 做 得 千 朝 客
我是做得千朝客

tsa^{33} mo^{35} zə^{35} lia^{54} tio^{31} ȵi^{31} ku^{54}
做 不 一 朝 主 人 家
却不能做主人家

tsa^{33} fu^{35} tshai^{54} tia^{54} jaŋ^{31} zə^{24} tsa^{33}
做 客 千 朝 容 易 做
做客千朝容易做

tsa^{33} tio^{31} zə^{35} tia^{54} se^{24} foŋ^{54} ȵe^{31}
做 主 一 朝 十 分 难
做主一朝十分难

---

① 立主：被当作主客招待。按当地风俗，女方嫁妆办酒时，本家同屋都是主，称“立主人”。歌师作为来客，能立主人是一件荣耀的事。

səŋ^{54} ŋue^{24} həŋ^{31} ɕo^{31} maŋ^{33} təŋ^{24} piŋ^{31}
三 月 洪 水 满 垌 平
三月洪水满垌平

tsho^{35} ŋue^{24} tɕhou^{54} ɕo^{31} ȵi^{31} lu^{35} ve^{31}
七 月 秋 水 难 得 还
七月秋水难相比

ȵi^{31} lu^{35} luai^{33} kuo^{54} həŋ^{31} ɕo^{31} maŋ^{33}
难 得 转 归 洪 水 满
难得转回洪水满

ȵi^{31} lu^{35} ve^{31} kuo^{54} ho^{31} tɕou^{31} jai^{31}
难 得 还 归 好 酒 筵
难得归还好酒筵

la^{33} se^{33} tai^{31} tou^{31} ɕu^{33} keŋ^{54} vo^{35}
倈 是 田 头 社 公 伯
我是田头社公伯

tse^{31} se^{33} zə^{35} lu^{35} vi^{31} mu^{35} ȵi^{31}
只 是 吃 得 还 不 人
只是吃得还不了

tse^{31} se^{33} zə^{24} lu^{35} vi^{31} mə^{33} lu^{35}
只 是 吃 得 还 不 得
只是吃得还不得

lau^{35} tsəŋ^{31} vi^{31} kuo^{54} maŋ^{33} jai^{31} tiaŋ^{54}
那 从 还 归 满 筵 中
那曾还回好筵席

sa^{54} mə^{33} tɕi^{33} ke^{33} hau^{31} tiaŋ^{54} tɕou^{31}
酾 不 尽 的 壶 中 酒
酾不尽的壶中酒

tɕiu^{24} mə^{33} tɕi^{33} ke^{33} tio^{31} ȵi^{31} tɕəŋ^{31}
谢 不 尽 的 主 人 情
谢不尽的主人情

fa^{31} ku^{54} səŋ^{54} no^{35} nai^{24} səŋ^{54} no^{35}
回 家 三 天 念 三 天
回家三天念三天

fa^{31} ku^{54} so^{33} no^{35} nai^{24} mə^{33} vai^{31}
回 家 四 天 念 不 完
回家四天念不完

ȵi^{31} ɕi^{54} zə^{35} se^{33} nai^{24} zə^{35} se^{33}
人 生 一 世 念 一 世
人生一世念一世

ȵi^{31} ɕi^{54} zə^{35} se^{33} nai^{24} mə^{33} vai^{31}
人 生 一 世 念 不 完
人生一世念不完

tau^{24} tɕi^{33} se^{54} ɕo^{35} tiŋ^{33} ha^{54} pəŋ^{31}
读 尽 诗 书 订 开 本①
读尽诗书编新册

① 订开本：另编一本。

nai²⁴ tɕi³³ tiou³¹ tiai⁵⁴ ki³¹ ha⁵⁴ phe⁵⁴
念 尽 九 经 减 开 编①
念尽九经减一编

ki³¹ ha⁵⁴ zə³⁵ phe⁵⁴ təi²⁴ kuo³³ to³³
减 开 一 编 找 过 套②
减去一编找新编

təi²⁴ kuo³³ zə³⁵ to³³ ɕa⁵⁴ kuo³³ liaŋ³¹
找 过 一 套 商 过 量
找过新编再商量

ɕou³¹ pu³⁵ ɕi⁵⁴ tou³¹ la³³ ɕaŋ³¹ se³¹
手 拍 心 头 倈 想 起
手拍心头我想起

se³³ la³³ ɕaŋ³¹ pai³¹ tsa³³ lu³⁵ tɕaŋ³¹
是 倈 想 起 坐 得 长
是我想起坐多时

tsa³³ lu³⁵ tɕaŋ³¹ te⁵⁴ ȵi³¹ ɕa³³ la³³
坐 得 长 了 人 笑 倈
坐得长了人笑我

ȵi³¹ ɕa³³ la³³ saŋ⁵⁴ mə³³ luo⁵⁴ tɕəŋ³¹
人 笑 倈 双 不 知 情
人笑我俩不知情

kuo⁵⁴ ɕi⁵⁴ la²⁴ ɕuai³⁵ la³³ ɕi⁵⁴ ɕo³³
高 山 落 雪 倈 告 别
高山下雪我告别

① 减开编：减去一编。
② 找过套：另找一套。

la^{54} la^{54} ɕi^{54} ɕou^{33} ɕiŋ^{31} niaŋ^{31} ku^{54}
多 多 新 受 行 娘 家
多多感谢行娘家

ɕi^{54} ɕou^{33} ɕiŋ^{31} niaŋ^{31} la^{33} se^{31} tia^{35}
新 受 行 娘 倈 起 脚
谢过行娘我动身

ɕi^{54} ɕou^{33} tio^{31} ȵi^{31} la^{33} fa^{31} ku^{54}
新 受 主 人 倈 回 家
谢过主人我回家

liaŋ^{31} ɕi^{31} pəŋ^{24} məŋ^{31} vu^{35} tia^{35} se^{31}
龙 伞 竖 门 鸭 脚① 起
龙伞竖门拍襟褂

mu^{33} təi^{31} la^{24} to^{24} la^{33} fa^{31} ku^{54}
马 蹄 落 地 倈 回 家
马蹄落地我回家

tɕhou^{54} se^{31} ha^{24} tou^{31} la^{33} se^{31} tia^{35}
抄 起② 鞋 子 倈 起 脚
抽起鞋跟我起脚

no^{31} ha^{54} ləŋ^{33} tsu^{31} la^{33} se^{31} ɕi^{54}
拿 开 凳 子 倈 起 身
拿开凳子我起身

① 鸭脚：应为鸭蹼，古代雨伞收拢与鸭蹼形状同，故作比喻。这里谐音“扑”，拍打，指整理衣襟褂子。

② 抄起：提上（鞋后跟）。

se³¹ ɕi⁵⁴ tsai³¹
起 身 前
起身前

se³¹ ɕi⁵⁴ tu²⁴ luo³³ ta²⁴ məŋ³¹ tsai³¹
起 身 达 到 大 门 前
起身走到大门前

tu²⁴ ɕo³⁵ ta²⁴ məŋ³¹ mi³³ mi³³ hau³³
达 出 大 门 慢 慢 去
走出大门慢慢去

mi²⁴ mi²⁴ thiu⁵⁴ tɕe³³ la³³ fa³¹ ku⁵⁴
慢 慢 撑 起① 倈 回 家
慢慢撑船我回家

thai⁵⁴ to²⁴ tɕi⁵⁴ tɕhiu⁵⁴ lu³⁵ fə³³ kuo³³
天 地 君 亲 得 富 贵
天地君亲师神位

se⁵⁴ tse⁵⁴ ɕi³¹ vo²⁴ fə³³ ku⁵⁴ ɕe³¹
师 之 神 位 护 家 神
师之神位护家神

tɕi⁵⁴ təŋ³¹ pu³¹ tɕe³¹ lu³⁵ fə³³ kuo³³
金 童 把 盏 得 富 贵
金童把盏得富贵

no²⁴ nio³³ pu³¹ pəi⁵⁴ fə³³ ku⁵⁴ ɕe³¹
玉 女 把 杯 护 家 神
玉女把杯护家神

① 撑起：撑船。

tɕou^{24} tsu^{24} liaŋ^{31} ɕi^{31} lu^{35} fə^{33} kuo^{33}
住 宅 龙 神 得 富 贵
住宅龙神得富贵

thau^{31} to^{24} tse^{31} ɕəŋ^{54} fə^{33} ku^{54} ɕe^{31}
土 地 子 孙 护 家 神
土地子孙护家神

tɕu^{54} ɕi^{31} se^{24} lai^{31} lu^{35} fə^{33} kuo^{33}
诸 神 祀 典 得 富 贵
祭祀诸神得富贵

mou^{33} se^{33} tsaŋ^{54} ɕi^{54} fə^{33} ku^{54} ɕe^{31}
口 氏 宗 亲 护 家 神
姓氏宗亲护家神

ɕaŋ^{24} tiaŋ^{54} fu^{54} tio^{31} lu^{35} fə^{33} kuo^{33}
上 宫 花 主① 得 富 贵
天宫花神得富贵

lau^{54} fu^{54} pa^{24} niaŋ^{31} fə^{33} ku^{54} ɕe^{31}
都 花 八 娘② 护 家 神
都花八娘护家神

zə^{35} məŋ^{31} tsaŋ^{54} tɕhiu^{54} lu^{35} fə^{33} kuo^{33}
一 门 宗 亲 得 富 贵
一门宗亲得富贵

tɕi^{54} və^{33} po^{31} pia^{54} fə^{33} ku^{54} ɕe^{31}
真 武 保 标 护 家 神
真武保镖护家神

①② 上宫花主、都花八娘：即当地所奉天宫花神，民间仙娘，掌管生育。

jaŋ^{31} ŋou^{31} təŋ^{31} tse^{31} lu^{35} fə^{33} kuo^{33}
养 牛 童 子 得 富 贵
养牛童子得富贵

khaŋ^{33} mu^{33} laŋ^{31} tɕi^{54} fə^{33} ku^{54} ɕe^{31}
看 马 郎 君 护 家 神
看马郎君护家神

jaŋ^{31} tse^{54} luo^{33} mu^{33} lu^{35} fə^{33} kuo^{33}
养 鸡 老 母 得 富 贵
养鸡阿母得富贵

vo^{33} lio^{54} ɕa^{31} niaŋ^{31} fə^{33} ku^{54} ɕe^{31}
喂 猪 小 娘 护 家 神
喂猪小娘护家神

jaŋ^{33} jaŋ^{31} təŋ^{31} tse^{31} lu^{35} fə^{33} kuo^{33}
养 羊 童 子 得 富 贵
养羊童子得富贵

la^{33} kuo^{31} ɕe^{31} tɕi^{54} fə^{33} ku^{54} ɕe^{31}
带 狗 神 君 护 家 神
带狗神君护家神

ŋau^{33} kau^{35} faŋ^{54} ɕou^{54} lu^{35} fə^{33} kuo^{33}
五 谷 丰 收 得 富 贵
五谷丰收得富贵

maŋ^{33} tshaŋ^{54} po^{31} kaŋ^{31} fə^{33} ku^{54} ɕe^{31}
满 仓 保 管 护 家 神
满仓保管护家神

nəŋ^{31} fuə^{54} tɕi^{31} lio^{35} lu^{35} fə^{33} kuo^{33}
农 夫 勤 劳 得 富 贵
农夫勤劳得富贵

so^{33} faŋ^{54} thaŋ^{54} to^{24} fə^{33} ku^{54} ɕe^{31}
四 方 通 达 护 家 神
四方通达护家神

ku^{54} niau^{54} kaŋ^{31} ɕo^{31} lu^{35} fə^{33} kuo^{33}
家 猫 管 鼠 得 富 贵
家猫管鼠得富贵

ku^{54} kuo^{31} ɕou^{31} ku^{54} fə^{33} ku^{54} ɕe^{31}
家 狗 守 家 护 家 神
家狗守家护家神

zə^{35} taŋ^{31} fuə^{31} tshe^{33} lu^{35} fə^{33} kuo^{33}
一 团 和 气 得 富 贵
一团和气得富贵

nəŋ^{31} nio^{33} tsəi^{31} ɕi^{54} fə^{33} ku^{54} ɕe^{31}
男 女 齐 心 护 家 神
男女齐心护家神

ji^{54} jaŋ^{31} luo^{54} tɕəŋ^{31} lu^{35} fə^{33} kuo^{33}
阴 阳 知 情 得 富 贵
阴阳协调得富贵

fə^{33} ɕaŋ^{54} vo^{31} fə^{33} vai^{33} ɕoŋ^{54} ɕi^{54}
互 相 维 护 远 孙 兴
善继善述子孙承

la^{54} nai^{31} haŋ^{31} tshaŋ^{54} tɕi^{54} zə^{31} zə^{33}
多 年 寒 窗 今 如 意
多年寒窗今如意

se^{24} kho^{54} fə^{33} mo^{33} tsho^{54} lau^{31} ɕi^{54}
实 亏 父 母 操 劳 心
实亏父母操劳心

tɕi^{31} tɕiu^{24} luo^{33} se^{54} tiou^{54} faŋ^{54} ho^{31}
感 谢 老 师 教 方 好
感谢老师教育好

lau^{31} tse^{33} tse^{24} ɕi^{54} tiaŋ^{31} ȵi^{24} kəŋ^{54}
牢 记 自 身 勤 用 功
牢记自身勤用功

tɕi^{54} tia^{31} lu^{35} tiaŋ^{33} tsaŋ^{24} vai^{31} laŋ^{31}
今 朝 得 中 状 元 郎
今朝得中状元郎

luo^{31} nai^{31} kuəi^{35} ku^{54} tɕi^{54} təŋ^{24} liaŋ^{31}
来 年 国 家 真 栋 梁
将来国家真栋梁

vu^{24} se^{33} se^{24} ne^{35} ɕiəŋ^{31} tɕou^{24} ho^{33}
若 得 事 业 成 就 后
将来事业成就后

mə^{33} kho^{31} maŋ^{31} tse^{33} pəi^{31} ȵou^{24} əŋ^{54}
不 可 忘 记 培 育 恩
不可忘记培育恩

vaŋ^{31} mə^{33} ɕou^{24} fo^{24} ȵi^{31} tɕhi^{33} tso^{31}
王 冕 学 画 宜 趁 早
王冕学画宜趁早

thiu^{54} je^{24} niaŋ^{24} ȵe^{31} ɕo^{54} tshəŋ^{35} miŋ^{31}
车 胤 囊 萤 须 聪 明
车胤囊萤须聪明

liaŋ^{31} ɕui^{31} nou^{31} mo^{31} tio^{54} la^{24} ɕe^{31}
梁 悬 头 发 锥 刺 股
梁悬头发锥刺股

tse^{24} kau^{31} kəŋ^{54} miŋ^{31} khau^{31} lu^{33} ɕəŋ^{31}
自 古 功 名 苦 后 成
自古功名苦后成

kəŋ^{54} miŋ^{31} no^{24} tse^{24} so^{54} vo^{31} tɕi^{33}
功 名 二 字 虽 为 重
功名二字虽为重

phi^{31} ɕou^{24} lai^{31} jo^{33} se^{33} sa^{31} tɕhiu^{54}
品 学 兼 优 世 所 称
品学兼优世所称

niai^{31} se^{33} tsou^{35} fuə^{31} thai^{54} vəŋ^{31} ja^{24}
吟 诗 作 赋 添 文 雅
吟诗作赋添文雅

tɕiəŋ^{33} jou^{33} tɕun^{54} se^{54} luo^{24} ɕi^{54} pəŋ^{54}
敬 友 尊 师 立 新 风
敬友尊师立新风

mə^{33} ɕou^{24} tɕi^{31} kua^{33} se^{24} kuo^{35} tshe^{33}
不　学　秦　桧　失　骨　气
不学秦桧失骨气

ȵi^{24} tsa^{33} thai^{54} tɕaŋ^{31} piu^{33} tiaŋ^{54} ɕəŋ^{31}
要　做　天　祥　抱　忠　诚
要做天祥抱忠诚

ɕou^{54} ɕi^{54} tsəi^{31} ku^{54} tsa^{33} pia^{31} sua^{33}
修　身　齐　家　做　表　率
修身齐家做表率

tse^{33} kuəi^{35} aŋ^{54} paŋ^{54} tɕi^{33} tsa^{31} nəŋ^{31}
治　国　安　邦　尽　才　能
治国安邦尽才能

十四、行娘出嫁哭歌

题解：行娘在出嫁时所唱歌曲，一般由女伴代哭。

（一）舅做媒的哭媒人歌

tia^{35} piou^{35} sai^{54} tia^{35} paŋ^{31} pai^{54} məŋ^{31}
砍 竹 先 砍 旁 边 根
砍竹先砍旁边根

hau^{35} kø^{54} sai^{54} hau^{35} tɕhi^{54} tiou^{33} ju^{31}
哭 歌 先 哭 亲 舅 爷①
哭歌先哭亲舅爷

hau^{35} kø^{54} sai^{54} hau^{35} tɕhi^{54} tɕhi^{54} ju^{31}
哭 歌 先 哭 亲 亲 舅
哭歌先哭亲亲舅

fa^{31} tou^{31} mi^{24} hau^{35} so^{33} liŋ^{31} ȵi^{31}
回 头 慢 哭 四 邻 人
最后慢哭四邻人

sai^{35} hau^{35} so^{33} liŋ^{31} ȵi^{31} ɕa^{33} nio^{31}
先 哭 四 邻 人 笑 女
先哭四邻人笑女

---

① 舅爷：当地瑶语中，舅舅、舅爷都指母亲的亲兄弟。

po^{33} pu^{31} tshe^{31} fu^{33} jou^{33} ȵi^{31} te^{31}
琵 琶 琴 下 有 人 弹①
琵琶琴下有人弹

ɕi^{54} li^{31} tɕaŋ^{31} luo^{54} hau^{33} ɕou^{54} lau^{24}
新 打 长 刀 去 修 路
新打长刀去修路

ɕou^{54} ha^{54} ta^{24} lau^{24} no^{24} məi^{31} ɕi^{54}
修 开 大 路 入 梅 山②
修开大路入梅山

məi^{31} ɕi^{54} tiŋ^{33} se^{33} tiaŋ^{54} jaŋ^{54} no^{31}
梅 山② 正 是 中 央 脑③
梅山正在山中央

məi^{31} ȵi^{31} tiŋ^{33} se^{33} ɕaŋ^{24} vo^{24} ȵi^{54}
媒 人 正 是 上 位 个④
媒人应该坐上位

ɕou^{31} luo^{31} ȵi^{33} hau^{33} hau^{33} luo^{31} ɕo^{31}
手 拿 银 壶 去 拿 水
手拿银壶去拿水

luo^{31} ɕo^{31} təi^{35} kuo^{54} ɕo^{31} vai^{31} tou^{31}
拿 水 找 归 水 源 头
拿水找回水源头

---

① 此处由弹琴引申为弹劾、责怪等意。
② 梅山：群山中最高的山岭。梅，与“媒”谐音。
③ 脑：麦岭山峦多圆顶，故常称“脑”。
④ 上位个：坐上位的。

tɘi^{35} kuo^{54} ɕo^{31} vai^{31} mɘŋ^{24} ɕo^{31} lau^{24}
找 归 水 源 问 水 路
找回水源问水路

mau^{24} jou^{33} kɘŋ^{54} ɕo^{54} mɘŋ^{24} mau^{24} vai^{31}
木 有 根 须 问 木 园
树有根须问林园

mau^{24} vai^{31} vai^{31} se^{31} kɘŋ^{54} luou^{54} ɕo^{35}
木 子 原 是 根 蔸① 出
树木原是根须出

nai^{33} niaŋ^{31} vai^{31} se^{33} tiou^{33} au^{24} luo^{31}
奶 娘 原 是 舅 屋 来
阿娘原是舅家来

na^{33} niaŋ^{31} ji^{54} tiou^{33} tɕhiu^{54} liaŋ^{33} la^{31}
奶 娘 与 舅 亲 两 兄②
阿娘与舅亲骨肉

vɘ^{24} ɕi^{54} ji^{54} ju^{31} vɘŋ^{31} laŋ^{54} tɕhiu^{54}
外 甥 与 舅 稳 当 亲
外甥与舅应最亲

tɕhiu^{54} se^{24} tɕhiu^{54}
亲 事 亲
亲事亲

① 根蔸：根须。
② 亲两兄：亲兄弟姐妹。

və^{24} ɕi^{54} ȵi^{24} tiou^{33} səŋ^{33} ɕaŋ^{33} tɕhiu^{54}
外 甥 要 舅 送 上 亲
外甥要舅送上亲

və^{24} ɕi^{54} tiou^{33} jo^{31} tɕhiu^{54} səŋ^{33} ɕaŋ^{33}
外 甥 舅 爷 亲 送 上
外甥舅爷亲送上

ji^{24} ka^{54} ȵi^{24} tiou^{33} səŋ^{33} ɕaŋ^{33} məŋ^{31}
应 该 要 舅 送 上 门
应该要舅送上门

ti^{33} tau^{31} zə^{35} ɕi^{54} təi^{24} kuo^{54} tiou^{33}
都 才 一 心 找 归 舅
这才一心找回舅

zə^{35} tse^{24} ȵi^{24} kuo^{54} tiou^{33} tsa^{33} məi^{31}
一 直 要 归 舅 做 媒
一心要请舅做媒

hi^{33} tiou^{33} tsa^{33} kaŋ^{54} tiou^{33} mə^{33} tsa^{33}
叫 舅 做 官 舅 不 做
叫舅做官舅不做

tiou^{33} se^{33} tɕəŋ^{31} mai^{24} tsa^{33} məi^{31} ȵi^{31}
舅 是 情 愿 做 媒 人
舅是情愿做媒人

tsa^{33} kaŋ^{54} liaŋ^{31} ɕe^{31} hou^{33} ȵi^{31} po^{31}
做 官 龙 伞 有 人 把
做官龙伞有人把

tsa33 məi31 luo31 ɕe31 ta24 ȵi54 te31
做　媒　拿　伞　自　己　提
做媒红伞自己拿

tai31 vəi24 ɕo31 ɕi54 hau33 tia33 nəŋ31
田　别①　水　深　去　照　影
田头水深去照影

tia33 kai33 tiou33 jo31 vu35 tsu31 kuo54
照　见　舅　爷　押　茶②　归
照见舅爷挑茶归

tsa33 ɕou31 paŋ54 tiou33 tsəi35 se31 tɕe31
左　手　帮　舅　接　起　伞
左手帮舅接起伞

jou24 ɕou31 paŋ54 tiou33 tsəi35 tsu31 ləŋ31
右　手　帮　舅　接　茶　篮
右手帮舅接茶篮

jai31 tsu31 ləŋ33 məŋ33 aŋ54 vo24 ɕaŋ24
盐　茶　扁　担　安　位　上
盐茶扁担安位上

se54 sai33 tɕe31 tou31 paŋ33 tɕhəŋ54 tou31
丝　线　伞　子　放　清　头
丝线伞子放厅堂

① 田别：稻田入水口冲成的水坑。
② 押茶：挑盐茶担。

tso^{33} ɕaŋ^{24} ɕa^{54} kuo^{33} vəŋ^{54} naŋ^{33} ɕo^{31}
灶 上 烧 过 温 暖 水
灶上烧过温暖水

tso^{33} fu^{33} tɕu^{35} kuo^{33} vəŋ^{54} naŋ^{33} tsu^{31}
灶 下 煲 过 温 暖 茶
灶下煲过温暖茶

təŋ^{33} pəŋ^{31} luo^{31} ɕo^{31} tiou^{33} səi^{31} tia^{35}
铜 盆 倒 水 舅 洗 脚
铜盆倒水舅洗脚

nəŋ^{54} tiou^{33} səi^{31} tia^{35} ja^{35} le^{33} ha^{31}
给 舅 洗 脚 穿 礼 鞋
给舅洗脚穿礼鞋

lia^{35} se^{31} le^{33} ha^{31} no^{24} vo^{24} tsa^{33}
穿 起 礼 鞋 入 位 坐
穿起礼鞋入位坐

səŋ^{54} ŋue^{24} liou^{24} tɕhiu^{54} luo^{31} məŋ^{24} məi^{31}
三 月 六 亲 来 问 媒
三月六亲来问媒

luo^{31} məŋ^{24} məi^{31} ȵi^{31} su^{35} tse^{31} pu^{35}
来 问 媒 人 撒 几 佰
来问媒人撒几百

luo^{31} məŋ^{24} mə^{31} ȵi^{31} su^{35} tse^{31} tsai^{31}
来 问 媒 人 撒 几 钱
来问媒人撒几钱

tse^{31} tsai^{33} tse^{31} pu^{35} su^{35} mə^{33} ɕo^{35}
几 钱 几 百 撒 不 出
几钱几百撒不出来

su^{35} ɕo^{35} zə^{35} saŋ^{54} ɕuai^{24} la^{24} ȵe^{31}
撒 出 一 双 雪 落 银①
撒出一双雪花银

pəi^{33} ɕi^{31} tɕi^{54} piou^{35} ɕo^{35} tɕi^{54} ɕue^{31}
背 后 真② 竹 出 真 笋
后山金竹出金笋

mai^{24} tso^{31} tɕi^{54} mau^{24} ku^{33} tɕi^{54} tia^{31}
面 前 真 木 架 真 桥
面前金木架金桥

tɕi^{54} tia^{31} jai^{33} ȵe^{24} ku^{33} liaŋ^{31} pie^{31}
真 桥 应 要 架 龙 板
金桥应要架龙板

ɕo^{31} nio^{33} jai^{33} ȵe^{24} ho^{31} ȵi^{31} ku^{54}
许 女 应 要 好 人 家
许女应要好人家

ji^{24} ka^{54} lai^{31} taŋ^{31} tsho^{35} ki^{54} au^{35}
应 要 连 堂 七 间 层
应要连堂七间楼

---

① 雪落银：白银锭。
② 真：与“金”同音，这里含较好、突出意。

ji^{24} ka^{54} səŋ^{54} ɕoŋ^{54} liaŋ^{33} te^{33} laŋ^{31}
应 要 三 兄 二 弟 郎
应要三兄二弟郎

ji^{24} ka^{54} səŋ^{54} ɕoŋ^{54} liaŋ^{33} te^{33} au^{35}
应 要 三 兄 二 弟 屋
应要三兄二弟屋

səŋ^{54} ɕoŋ^{54} liaŋ^{33} te^{33} tsa^{33} fə^{33} lie^{31}
三 兄 二 弟 在 富 林①
三兄二弟在富家

ju^{24} jou^{33} ɕaŋ^{33} tiou^{54} fu^{33} vai^{24} hau^{33}
也 有 上 州 下 县 去
也有上州下县去

ju^{24} jou^{33} au^{54} luo^{31} tse^{33} tai^{31} tiaŋ^{54}
也 有 屋 来② 站 田 中
也有在乡勤耕种

la^{54} tse^{33} tai^{31} tiaŋ^{54} ɕa^{31} tse^{33} tio^{24}
多 站 田 中 少 玩 耍
多耕田地少玩耍

mai^{24} tso^{31} tiaŋ^{54} ɕo^{31} ɕoŋ^{54} te^{33} ɕe^{31}
面 前 江 水 兄 弟 承
面前风浪兄弟承

① 富林：富裕人家。
② 屋来：在家乡。

tiaŋ^{54} ɕo^{31} ɕi^{54}
江 水 深
江水深

tia^{33} tiou^{33} miŋ^{31} lia^{54} ɕaŋ^{31} tso^{31} ɕi^{54}
照 舅 明 朝 常 早 身
照舅明早早起身

tia^{33} tiou^{33} miŋ^{31} lia^{54} ɕaŋ^{31} se^{31} tso^{31}
照 舅 明 朝 常 起 早
照舅明早常起早

ɕaŋ^{31} ɕaŋ^{31} se^{31} tso^{31} paŋ^{33} ɕəŋ^{54} çe^{31}
常 常 起 早 伴 孙① 行
常常起早伴甥行

ŋue^{24} lie^{31} ɕo^{31} fu^{33} ŋue^{24} lie^{31} fu^{54}
月 林② 水 下 月 林 花
月林水下月林花

ŋue^{24} lie^{31} ɕo^{31} fu^{33} tɕuai^{31} thu^{54} ku^{54}
月 林 水 下 传 他 家
月林水下过夫家

tɕuai^{31} kuo^{33} thu^{54} ku^{54} ɕəŋ^{54} mo^{33} ɕo^{35}
传 过 他 家 孙 没 出
过到夫家甥没出

① 孙：这里应为“甥”。
② 月林：月光下的树林。

tɕuai^{31} fu^{33} thu^{54} ku^{54} ɕəŋ^{54} mo^{33} luo^{31}
传 下 他 家 孙 没 来
过到夫家甥没来

ŋue^{24} ɕi^{54} paŋ^{31} tiaŋ^{54} mə^{33} ho^{31} vo^{24}
孙 在 房 中 不 好 曰
甥在房中不好说

tiou^{33} tsa^{33} tɕhəŋ^{54} tou^{31} tɕa^{24} pəŋ^{54} sau^{54}
舅 在 清 头 着 分 梳①
舅在厅堂忙吩咐

（二）叔爷或哥哥做媒的哭媒人歌

tia^{35} piou^{35} sai^{54} tia^{35} paŋ^{31} pai^{54} məŋ^{31}
砍 竹 先 砍 旁 边 根
砍竹先砍旁边根

hau^{35} kø^{54} sai^{54} hau^{35} tɕhi^{54} ɕou^{35} jo^{31}（kø^{54}）
哭 歌 先 哭 亲 叔 爷（哥）
哭歌先哭亲叔爷（哥哥）

hau^{35} kø^{54} sai^{54} hau^{35} tɕhi^{54} tɕhi^{54} ɕou^{35}（kø^{54}）
哭 歌 先 哭 亲 亲 叔（哥）
哭歌先哭亲亲叔（哥）

fa^{33} kuo^{54} mi^{24} hau^{35} so^{33} liŋ^{31} ȵi^{31}
回 归 慢 哭 四 邻 人
最后慢哭四邻人

① 分梳：吩咐。

sai^{54} hau^{35} so^{33} liŋ^{31} mə^{33} le^{31} tɕe^{31}
先 哭 四 邻 不 低 紧①
先哭四邻不要紧

po^{33} fu^{33} tshe^{31} fu^{33} va^{24} ȵi^{31} tie^{31}
琵 琶 紫② 下 外 人 弹
琵琶弦下外人责

pəŋ^{54} thio^{54} təi^{24} mə^{31} tɕo^{31} zə^{24} ɕe^{24}
风 吹③ 找 媒 随 叶 顺④
风吹找媒随叶寻

zə^{35} tse^{24} ȵi^{24} kuo^{54} ɕou^{35}（kø^{54}）tsa^{33} me^{31}
一 直 要 归 叔 （哥） 做 媒
一心要请叔（哥）做媒

hi^{54} ɕou^{35}（kø^{54}）tsa^{33} kaŋ^{54} ɕou^{35}（kø^{54}）mə^{33} tsa^{33}
叫 叔 （哥） 做 官 叔 （哥） 不 做
叫叔（哥）做官叔（哥）不做

ɕou^{35}（kø^{54}）se^{33} tɕəŋ^{31} vai^{24} tsa^{33} me^{31} ȵi^{31}
叔 （哥） 是 情 愿 做 媒 人
叔（哥）是情愿做媒人

tsa^{33} kaŋ^{54} liaŋ^{31} ɕe^{31} hou^{33} ȵi^{31} po^{31}
做 官 龙 伞 有 人 把
做官龙伞有人把

① 不低紧：不要紧。
② 紫：这里指琴弦。
③ 风吹：按方向顺序。
④ 顺：谐音“寻”。

tsa^{33} me^{31} liu^{31} ɕe^{31} ta^{24} ȵi^{54} te^{31}
做 媒 拿 伞 自 已 提
做媒红伞自己拿

ɕi^{54} li^{31} tɕaŋ^{31} luo^{54} hau^{33} ɕou^{54} lau^{24}
新 打 长 刀 去 修 路
新打长刀去修路

ɕou^{54} ha^{54} ta^{24} lau^{24} no^{24} məi^{31} ɕi^{54}
修 开 大 路 入 梅 山
修开大路入梅山

məi^{31} ɕi^{54} tiŋ^{33} se^{33} tiaŋ^{54} jaŋ^{54} no^{31}
梅 山 正 是 中 央 脑
梅山正是山中央

me^{31} ȵi^{31} tiŋ^{33} se^{33} ɕaŋ^{24} vo^{24} ȵi^{54}
媒 人 正 是 上 位 个
媒人正该坐上位

tai^{31} pe^{24} ɕo^{31} ɕi^{54} hau^{33} tia^{33} nəŋ^{31}
田 别 水 深 去 照 影
田头水深去照影

tia^{33} kai^{33} ɕou^{35}（kø^{54}）vu^{35} tsu^{31} kuo^{54}
照 见 叔 （哥） 押 茶 归
照见叔（哥）挑茶归

tsa^{33} ɕou^{31} paŋ^{54} ɕou^{35}（kø^{54}）tsəi^{35} se^{31} ɕe^{31}
左 手 帮 叔 （哥） 接 起 伞
左手帮叔（哥）接起伞

jou^{35} ɕou^{31} paŋ^{54} ɕou^{35} （kø^{54}） tsəi^{35} tsu^{31} ləŋ^{31}
右 手 帮 叔 （哥） 接 茶 篮
右手帮叔（哥）接茶篮

jai^{31} tsu^{31} ləŋ^{33} məŋ^{33} aŋ^{54} vo^{24} ɕaŋ^{24}
盐 茶 扁 担 安 位 上
盐茶扁担安位上

se^{54} sai^{33} ɕi^{31} tou^{31} paŋ^{33} tɕhəŋ^{54} tou^{31}
丝 线 伞 子 放 清 头
丝线伞子放厅堂

tso^{33} ɕaŋ^{24} ɕa^{54} kuo^{33} vəŋ^{54} naŋ^{33} ɕo^{31}
灶 上 烧 过 温 暖 水
灶上烧过温暖水

tso^{33} fu^{33} tsu^{35} kuo^{33} vəŋ^{54} naŋ^{33} tsu^{31}
灶 下 煲 过 温 暖 茶
灶下煲过温暖茶

təŋ^{31} pəŋ^{31} luo^{31} ɕo^{31} ɕou^{35} （kø^{54}） se^{31} tia^{35}
铜 盆 倒 水 叔 （哥） 洗 脚
铜盆倒水叔（哥）洗脚

nəŋ^{54} ɕou^{35} （kø^{54}） se^{31} tia^{35} ja^{35} le^{31} ha^{31}
给 叔 （哥） 洗 脚 穿 礼 鞋
给叔（哥）洗脚穿礼鞋

ja^{35} se^{31} le^{31} ha^{31} no^{24} vo^{24} tsa^{33}
穿 起 礼 鞋 入 位 坐
穿起礼鞋入位坐

səŋ^{54} ŋue^{24} liou^{24} tɕhiu^{54} luo^{31} məŋ^{24} me^{31}
三 月 六 亲 来 问 媒
三月六亲来问媒

luo^{31} məŋ^{24} me^{31} ȵi^{31} su^{35} tse^{31} pu^{35}
来 问 媒 人 撒 几 佰
来问媒人撒几百

luo^{31} məŋ^{24} me^{31} ȵi^{31} su^{35} tse^{31} tsai^{31}
来 问 媒 人 撒 几 钱
来问媒人撒几钱

tse^{31} tsai^{31} tse^{31} pu^{35} su^{35} mə^{33} ɕo^{35}
几 钱 几 百 撒 不 出
几钱几百撒不出

su^{35} ɕo^{35} zə^{35} saŋ^{54} ɕuəi^{35} la^{24} ȵe^{31}
撒 出 一 双 雪 落 银
撒出一双雪花银

pəi^{33} ɕe^{31} tɕi^{54} piou^{35} ɕo^{35} tɕi^{54} ɕuəi^{31}
背 后 真 竹 出 真 笋
后山金竹出金笋

mai^{24} tsai^{31} tɕi^{54} mau^{24} ku^{33} tɕi^{54} tia^{31}
面 前 真 木 架 真 桥
面前金木架金桥

tɕi^{54} tia^{31} jai^{33} ȵe^{24} ku^{33} liaŋ^{31} pe^{31}
真 桥 应 要 架 龙 板
金桥应要架龙板

ɕo^{31} nio^{33} jai^{33} ȵe^{24} ho^{31} ȵi^{31} ku^{54}
许 女 应 要 好 人 家
许女应要好人家

jai^{33} ȵe^{24} lai^{31} taŋ^{31} tsho^{35} ki^{54} au^{35}
应 要 连 堂 七 间 厅
应要连堂七间厅

jai^{33} ȵe^{24} səŋ^{54} ɕoŋ^{54} liaŋ^{33} te^{33} laŋ^{31}
应 要 三 兄 二 弟 郎
应要三兄二弟郎

jai^{33} ȵe^{24} səŋ^{54} ɕoŋ^{54} liaŋ^{33} te^{33} au^{35}
应 要 三 兄 二 弟 屋
应要三兄二弟屋

səŋ^{54} ɕoŋ^{54} liaŋ^{33} te^{33} tsa^{33} fə^{33} lie^{31}
三 兄 二 弟 在 富 林
三兄二弟在富家

ju^{24} jou^{33} ɕaŋ^{33} tiou^{54} fu^{33} vai^{24} hau^{33}
也 有 上 州 下 县 去
也有州县做官去

ju^{24} jou^{33} au^{35} luo^{31} tse^{33} tai^{31} tiaŋ^{54}
也 有 屋 来 站 田 中
也有在乡勤耕种

la^{54} tse^{33} tai^{31} tiaŋ^{54} ɕa^{31} tse^{33} tio^{24}
多 站 田 中 少 玩 耍
多耕田地少玩耍

mai^{24} tso^{31} tiaŋ^{54} ɕo^{31} ɕoŋ^{54} təi^{33} ɕe^{31}
面 前 江 水 兄 弟 承
面前风浪兄弟承

tiaŋ^{54} ɕo^{31} ɕi^{54}
江 水 深
江水深

tia^{31} kai^{31} ɕou^{35} jo^{31} （kø^{54} kø^{54}） ɕaŋ^{31} tso^{31} ɕi^{54}
照 见 叔 爷 （哥 哥） 常 早 身
照见叔爷（哥哥）早起身

tia^{33} ɕou^{35} （kø^{54}） miŋ^{31} lia^{54} se^{31} ɕi^{54} tso^{31}
叫 叔 （哥） 明 朝 起 身 早
叫叔（哥）明早起身早

ɕaŋ^{31} ɕaŋ^{31} se^{31} tso^{31} paŋ^{33} ɕoŋ^{53} （me^{24}） se^{31}
常 常 起 早 伴 孙 （妹） 行
常常起早伴孙（妹）行

ɕaŋ^{24} jou^{33} mə^{33} nəŋ^{54} ɕun^{54} （me^{24}） la^{24} ho^{33}
上 又 不 给 孙 （妹） 落 后
上又不给孙（妹）落后

fu^{33} jou^{31} mə^{33} nəŋ^{54} ɕun^{54} （me^{24}） ji^{33} tou^{31}
下 也 不 给 孙 （妹） 引 头
下也不给孙（妹）带头

ɕun^{54} （me^{24}） ji^{33} tou^{31} phiaŋ^{31} lau^{24} ɕo^{31}
孙 （妹） 引 头 碰 露 水
孙（妹）带头碰露水

pa^{35} ha^{54} lau^{24} ɕo^{31} ta^{24} tsəi^{31} çe^{31}
拨 开 露 水 大 齐 行
拨开露水大家行

ŋue^{24} li^{31} ɕo^{31} fu^{33} ŋue^{24} lie^{31} fu^{54}
月 林 水 下 月 林 花
月林水下月林花

ŋue^{24} lie^{31} ɕo^{31} fu^{33} tɕuai^{31} thu^{54} ku^{54}
月 林 水 下 传 他 家
月林水下过他家

tɕuai^{31} kuo^{33} thu^{54} ku^{54} ɕun^{54} （me^{24}） mo^{33} ɕo^{35}
传 过 他 家 孙 （妹） 没 出
过到他家孙（妹）没出

tɕuai^{31} fu^{33} thu^{54} ku^{54} ɕun^{54} （me^{24}） mo^{33} luo^{31}
传 下 他 家 孙 （妹） 没 来
过到他家孙（妹）没来

ɕun^{54} （me^{24}） faŋ^{31} tiaŋ^{54} mə^{33} ho^{31} vo^{24}
孙 （妹） 房 中 不 好 曰
孙（妹）房中不好说

ɕou^{35} （kø^{54}） tsa^{33} tɕhəŋ^{54} tou^{31} tɕa^{24} pəŋ^{54} sau^{54}
叔 （哥） 在 清 头 着 分 梳
叔（哥）在厅堂忙吩咐

（三）媳妇娘哭歌

女唱（哭哥）：

maŋ^{33} təŋ^{31} tiou^{35} tɕou^{24} tɕou^{24} tiou^{35} vi^{54}
芒 茼 织 席 席 织 弯①
苇秆织席席织弯

kø^{54} kø^{54} se^{31} au^{35} se^{31} səŋ^{54} ki^{54}
哥 哥 起 屋 起 三 间
哥哥起屋起三间

səŋ^{54} ki^{54} ta^{24} au^{35} təŋ^{31} to^{24} se^{31}
三 间 大 屋 从 地 起
三间大屋从地起

mai^{24} tso^{31} thai^{54} tɕəŋ^{31} ho^{31} tɕi^{33} fu^{54}
面 前 天 井 好 种 花
面前天井好种花

haŋ^{33} thai^{54} tɕi^{33} fu^{54} naŋ^{33} ɕo^{31} tia^{54}
寒 天 种 花 暖 水 洒
寒天种花暖水洒

nəi^{24} thai^{54} tɕi^{33} fu^{54} liaŋ^{31} ɕe^{31} tiu^{54}
热 天 种 花 凉 伞 遮
热天种花凉伞遮

liaŋ^{31} ɕe^{31} tiu^{54} fu^{54} fu^{54} zə^{24} ɕou^{33}
凉 伞 遮 花 花 叶 秀
凉伞遮花花叶秀

① 织弯：弯折并按顺序织。

kø^{54} nəŋ^{31} tɕou^{24} ta^{31} ta^{24} au^{54} ȵi^{31}
哥 侬 住 在 大 屋 人
哥是住在大屋人

男唱：

mai^{24} tso^{31} ji^{31} to^{31} jaŋ^{54} mu^{24} to^{24}
面 前 田 基 秧 麦 豆
面前田埂种麦豆

mu^{24} to^{24} lau^{24} təŋ^{31} fa^{35} kuo^{33} fu^{54}
麦 豆 落 藤 发 贵 花
麦豆盘藤发贵花

me^{24} se^{24} ȵi^{31} ku^{54} kuo^{33} au^{35} nio^{33}
妹 是 人 家 贵 屋 女
妹是人家贵屋女

nəŋ^{54} luo^{31} la^{24} no^{24} kuo^{33} ȵi^{31} ku^{54}
给 来 落 入 贵 人 家
应该落入贵人家

la^{24} no^{24} kuo^{33} ku^{54} lu^{35} tse^{24} tsa^{33}
落 入 贵 家 得 自 在
落入贵家得自在

la^{24} no^{24} ɕou^{33} tsa^{31} lu^{35} tsha^{35} fu^{54}
落 入 秀 才 得 插 花
落入秀才得插花

tɕi^{31} tsha^{35} tɕi^{31} fu^{54} se^{33} me^{24} jou^{33}
层 插 层 花 是 妹 有
花插层层是妹有

tsha^{35} tɕi^{33} fa^{24} haŋ^{31} se^{33} me^{24} la^{54}
插　尽　凤　凰　是　妹　多
插尽凤凰是妹多

tai^{33} ȵi^{31} vi^{54} lio^{35} həŋ^{31} kau^{54} fu^{54}
田　基　弯　曲　红　姑①　花
田埂弯曲茨菇花

lio^{24} se^{31} jou^{31} jou^{31} hau^{33} niaŋ^{31} ku^{54}
绿　伞　游　游　去　娘②　家
撑伞快快去妹家

hau^{33} luo^{33} niaŋ^{31} ku^{54} niaŋ^{31} zə^{33} ho^{31}
去　到　娘　家　娘　意　好
去到妹家妹意好

kuo^{54} lai^{31} miŋ^{31} ləŋ^{54} ɕun^{54} phaŋ^{31} su^{54}
高　点　明　灯　孙　纺　纱
高点明灯孙纺纱

ɕou^{31} phaŋ^{31} səi^{33} su^{54} niaŋ^{31} mə^{33} lia^{35}
手　纺　细　纱　娘　不　穿
手纺细纱妹不穿

paŋ^{33} no^{24} ləŋ^{33} ɕaŋ^{54} se^{31} lai^{31} fu^{54}
放　入　凳　箱　起③　莲　花
放入箱柜攒莲花

① 红姑：应为“茨菇”，开花洁白、清雅。
② 娘：这里指行娘，因为由“哥”所唱，故可以意译为“妹”。
③ 起：积攒。

liou^{24} ŋue^{24} liu^{24} ɕe^{33} ɕa^{31} ɕaŋ^{24} sa^{33}
六 月 六 神 绍① 上 晒
六月六节竹竿晒

tsho^{35} ŋue^{24} tsho^{35} ɕaŋ^{54} piou^{35} ɕou^{33} thio^{54}
七 月 七 香 竹 萧 吹
七月七夕竹篙吹

tia^{33} lu^{35} tɕhəŋ^{54} ɕi^{54} piou^{35} mau^{24} lio^{24}
照 得 青 山 竹 木 绿
照得青山竹木绿

tia^{33} lu^{35} piŋ^{31} to^{24} pu^{35} tsho^{31} tɕhəŋ^{54}
照 得 平 地 百 草 青
照得平地百草青

pəi^{33} ɕi^{31} jou^{33} luo^{54} liu^{31} ləŋ^{31} tsho^{24}
背 后 有 蔸 流 兰 草
后山有棵灵秀草

niaŋ^{31} se^{33} zə^{35} ȵi^{54} liu^{31} ləŋ^{31} ȵi^{31}
娘 是 一 个 流 兰 人
妹是一个伶俐人

tia^{35} tou^{31} liu^{31} ləŋ^{31} va^{24} tu^{24} tse^{33}
脚 子 流 兰 会 达② 机
脚儿灵活会踩机

① 绍：竹竿架子。
② 达：踩踏。

ɕou^{31} tou^{31} liou^{31} ləŋ^{31} va^{24} ɕou^{33} fu^{54}
手　子　流　兰　会　绣　花
手指灵巧会绣花

ha^{31} tou^{31} ɕou^{33} ɕo^{35} ji^{54} jaŋ^{31} lia^{31}
鞋　头　绣　出　阴　阳　鸟
鞋头绣出阴阳鸟

ha^{31} mo^{33} ɕou^{33} ɕo^{35} mu^{33} vi^{54} fu^{54}
鞋　尾　绣　出　牡　丹　花
鞋尾绣出牡丹花

ɕou^{33} ɕo^{35} jaŋ^{31} lia^{31} fu^{54} thai^{54} hau^{33}
绣　出　阳　鸟　飞　天　去
绣出阳鸟飞天去

mu^{33} vi^{54} fu^{54} tio^{31} tia^{35} ɕaŋ^{33} paŋ^{31}
牡　丹　花　子　脚　上　盘
牡丹花儿脚上盘

pəi^{33} ɕi^{31} tɕi^{33} tsəŋ^{54} tsəŋ^{54} zə^{24} nio^{31}
背　后　种　棕　棕　叶　柔
后山种棕棕叶皱

niaŋ^{31} nəŋ^{31} tɕuai^{31} lia^{35} səi^{33} se^{54} tɕo^{31}
娘　侬①　全　穿　细　丝　绸
妹们全穿细丝绸

① 娘侬：这里泛指女子。

niaŋ^{31} məŋ^{31} tɕuai^{31} lia^{35} se^{54} tɕo^{31} taŋ^{24}
娘 们 全 穿 丝 绸 缎
女伴全穿丝绸缎

mə^{33} lia^{35} ɕou^{31} phaŋ^{31} tshau^{54} sai^{33} su^{54}
不 穿 手 纺 粗 线 纱
不穿手纺粗线纱

ɕou^{31} phaŋ^{31} səi^{33} su^{54} niaŋ^{31} mə^{33} lia^{35}
手 纺 细 纱 娘 不 穿
手纺细纱妹不穿

paŋ^{33} no^{24} ləŋ^{33} ɕaŋ^{54} se^{31} lai^{31} fu^{54}
放 入 凳 箱 起 莲 花
放入箱柜攒莲花

liou^{24} ȵue^{24} luo^{31} ɕo^{35} ɕa^{31} ɕaŋ^{24} sa^{33}
六 月 拿 出 绍 上 晒
六月拿出架上晒

tsho^{35} ȵue^{24} luo^{31} ɕo^{35} ɕa^{31} ɕaŋ^{24} thio^{54}
七 月 拿 出 绍 上 吹
七月拿出架上晾

tia^{33} nəŋ^{35} tɕhəŋ^{54} ɕi^{54} pu^{35} mau^{24} lio^{24}
照 得 青 山 百 木 绿
照得青山百木绿

tia^{33} nəŋ^{35} piŋ^{31} tou^{31} pu^{35} tsho^{31} tɕhəŋ^{54}
照 得 平 地 百 草 青
照得平地百草青

so^{33} tɕiəŋ^{24} tɕaŋ^{31} ka^{54} həŋ^{54} səi^{33} puə^{33}
扫 净 长 街 置 细 布
扫净长街置细布

so^{33} tɕiəŋ^{24} laŋ^{31} ka^{54} həŋ^{54} vi^{31} la^{31}
扫 净 短 街 置 云 罗
扫净短街置绫罗

səi^{33} puə^{33} thio^{54} luo^{33} nəŋ^{31} ha^{31} luo^{35}
细 布 吹 到 南 海 里
细布吹到南海里

vie^{31} la^{31} thio^{54} no^{24} pu^{35} tiŋ^{54} ɕəŋ^{31}
云 罗 吹 入 北 京 城
绫罗吹入北京城

thio^{54} luo^{33} nəŋ^{31} ha^{31} nai^{33} ta^{24} lio^{24}
吹 到 南 海 染 大 绿
吹到南海染大绿

thio^{54} luo^{33} pu^{35} tiŋ^{54} nai^{33} ta^{24} həŋ^{31}
吹 到 北 京 染 大 红
吹到北京染大红

ta^{24} həŋ^{31} ta^{24} lio^{24} se^{33} niaŋ^{31} jou^{33}
大 红 大 绿 是 娘 有
大红大绿是妹有

vie^{31} la^{31} tɕo^{31} taŋ^{24} se^{33} niaŋ^{31} la^{54}
云 罗 绸 缎 是 娘 多
绫罗绸缎是妹多

女唱（哭哥）：

so^{33} tɕiəŋ^{24} tɕəŋ^{31} tai^{31} ɕa^{54} pu^{24} kaŋ^{31}
扫 净 庭 前 烧 白 杆①
扫净庭前烧稻草

pu^{24} kaŋ^{24} tou^{31} ɕaŋ^{24} se^{31} au^{54} ai^{54}
白 杆 头 上 起 乌 烟
稻草头上起乌烟

au^{54} ai^{54} li^{31} he^{31} kø^{54} au^{35} kuo^{33}
乌 烟 打 行 哥 屋 过
乌烟打从哥屋过

kø^{33} ke^{33} ku^{54} tiaŋ^{54} me^{24} ɕaŋ^{31} çe^{31}
哥 的 家 中 妹 常 行
哥的家中妹常行

məŋ^{31} tɕi^{33} kuo^{54} kuo^{54} me^{24} fu^{33} a^{31}
门 槛 高 高 妹 踩 矮
门槛高高妹踩矮

au^{35} to^{31} mə^{33} piŋ^{31} me^{24} tu^{24} piŋ^{31}
屋 地 不 平 妹 踏 平
屋地不平妹踏平

la^{24} hau^{33} na^{31} lu^{35} jou^{31} jou^{31} va^{24}
落 雨 踩 得 油 油 滑
落雨踩得油油滑

---

① 白杆：杆，应为“秆”。保存较好的稻草秆。

thai^{54} ho^{31} na^{31} lu^{35} thau^{31} mo^{31} səŋ^{54}
天 好 踩 得 土 毛① 撒
天晴踩得尘土撒

thau^{31} mo^{31} səŋ^{54} ɕaŋ^{33} kø^{54} ɕi^{54} ɕaŋ^{24}
土 毛 飞 上 哥 身 上
尘土飞到哥身上

kø^{54} se^{33} ɕu^{31} ɕa^{33} mə^{33} ɕu^{31} thiu^{54}
哥 是 敢 笑 不 敢 骂
哥只笑不舍得骂

se^{33} tsa^{33} kø^{54} ke^{33} haŋ^{31} jaŋ^{33} ho^{31}
实 在 哥 的 涵 养 好
实在哥的涵养好

mo^{33} jou^{35} zə^{35} fa^{31} vu^{24} me^{24} nəŋ^{31}
没 有 一 回 曰 妹 们
没有一回说妹们

女唱（哭婶）：

ji^{54} niaŋ^{31} vai^{33} se^{31} ju^{24} mə^{33} vai^{33}
与 娘② 远 时 也 不 远
与婶远时也不远

ji^{54} niaŋ^{31} ku^{35} te^{54} tshau^{54} ɕu^{24} ka^{54}
与 娘 隔 了 粗 石③ 街
与婶隔了粗石街

---

① 土毛：蹦跳时飞起的尘土。

② 娘：这里指叔娘婶婶。

③ 粗石：未经加工的石板。

tshau^{54} ɕu^{24} ka^{54} tou^{31} no^{35} no^{35} fa^{24}
粗 石 街 头 天 天 会
粗石街头天天见

zə^{24} zə^{24} fa^{24} niaŋ^{31} hou^{33} ɕa^{33} no^{31}
日 日 会 娘 有 笑 颜
日日见婶有笑颜

niaŋ^{31} jou^{33} ɕa^{33} no^{31} sai^{54} məŋ^{24} nio^{33}
娘 有 笑 颜 先 问 女
婶有笑颜先问女

se^{33} nio^{33} tshau^{54} ɕi^{54} əŋ^{33} lu^{35} tou^{31}
是 女 粗 心 应 得 迟
是女粗心应得迟

əŋ^{33} lu^{35} niaŋ^{31} tou^{31} mə^{33} tse^{33} kua^{33}
应 得 娘 迟 不 记 怪
应得婶迟不怪罪

tɕəŋ^{31} tsai^{31} tshu^{24} ɕi^{33} liaŋ^{33} pəŋ^{54} luo^{31}
庭 前 拆 散 两 分 离
庭前拆散两分离

女唱（哭哥）：

ji^{54} kø^{54} vai^{33} se^{31} jou^{24} mə^{33} vai^{33}
与 哥 远 时 也 不 远
与哥远时也不远

ji^{54} kø^{54} tiaŋ^{24} təŋ^{24} ju^{24} tiaŋ^{24} tɕhun^{54}
与 哥 共 垌 又 共 村
与哥同垌又同村

me24 se33 ji54 kø54 tiaŋ24 tɕhun54 tɕou24
妹 是 与 哥 共 村 住
妹是与哥同村住

lia54 lia54 tshəŋ33 kø54 hou33 ɕa33 no31
朝 朝 遇 哥 有 笑 颜
天天遇哥有笑颜

kø54 ke33 səi33 zə33 sai54 məŋ24 me24
哥 的 细 意 先 问 妹
哥的心意先问妹

se33 me24 tshau54 ɕi54 əŋ33 kø54 tou31
是 妹 粗 心 应 哥 迟
是妹粗心应哥迟

əŋ33 lu35 kø54 tou31 mə33 tse33 kua33
应 得 哥 迟 不 记 怪
应得哥迟不怪罪

tse54 no54 ji54 kø54 liaŋ33 pəŋ54 luo31
今 日 与 哥 两 分 离
今日与哥两分离

男唱：

ku35 luo31 khaŋ33 kai33 na31 na31 həŋ33
隔 篱 看 见 朵 朵 红
隔篱看见朵朵红

ku35 luo31 khaŋ33 kai33 me24 tshəŋ54 miŋ31
隔 篱 看 见 妹 聪 明
隔篱看见妹聪明

kai^{33} ȵi^{31} mə^{54} jaŋ^{24} va^{24} mə^{54} jaŋ^{24}
见 人 哪 样 会 哪 样
见人哪样会哪样

no^{24} au^{54} luo^{31} se^{31} tɕou^{24} tsa^{33} ɕəŋ^{31}
进 屋 拿 起① 就 做 成
进屋裁剪就做成

lia^{54} tou^{31} tsa^{33} ɕəŋ^{31} paŋ^{33} no^{24} kuo^{24}
上 午 做 成 放 进 柜
上午做成放进柜

zə^{24} tse^{54} tsa^{33} ɕəŋ^{31} paŋ^{33} no^{24} ɕaŋ^{53}
下 午 做 成 放 入 箱
下午做成放箱里

paŋ^{33} no^{24} fu^{54} ɕaŋ^{54} tsaŋ^{54} mə^{33} fu^{33}
放 进 花 箱 装 不 下
放进花箱装不下

paŋ^{33} no^{24} vo^{54} kuo^{24} tsaŋ^{54} mə^{33} vai^{31}
放 入 衣 柜 装 不 完
放入衣柜装不完

女唱（哭哥）：

pəi^{33} ɕi^{31} hou^{33} luou^{54} liu^{31} ləŋ^{31} tsho^{31}
背 后 有 蔸 流 兰 草
后山有棵灵秀草

① 拿起：这里指拿起剪刀和布。

$kø^{54}$ se^{33} $zə^{35}$ $ȵi^{54}$ liu^{31} $ləŋ^{31}$ $ȵi^{31}$
哥 是 一 个 流 兰 人
哥是一个聪明人

$ɕi^{54}$ $tiaŋ^{54}$ $tshəŋ^{54}$ $miŋ^{31}$ hau^{33} no^{24} $ɕou^{24}$
心 中 聪 明 去 入 学
心中聪明去入学

$ɕou^{31}$ tou^{31} liu^{31} $ləŋ^{31}$ va^{24} $ɕu^{31}$ $ɕo^{54}$
手 子 流 兰 会 写 书
手儿灵活会写书

ta^{24} tse^{24} $ɕu^{31}$ $ɕo^{35}$ tse^{24} lua^{33} tse^{24}
大 字 写 出 字 对 字
大字写出字对字

$səi^{33}$ tse^{24} $ɕu^{31}$ $ɕo^{35}$ $haŋ^{31}$ lua^{33} $haŋ^{31}$
小 字 写 出 行 对 行
小字写出行对行

$kø^{54}$ ke^{33} $vəŋ^{31}$ $tiaŋ^{54}$ $ɕu^{31}$ lu^{35} ho^{31}
哥 的 文 章 写 得 好
哥的文章写得好

$ȵi^{54}$ $ȵi^{54}$ vu^{24} $kø^{54}$ ho^{31} $vəŋ^{31}$ tsa^{31}
人 人 曰 哥 好 文 才
人人夸哥好文才

tsa^{33} $ɕo^{35}$ $vəŋ^{31}$ $tiaŋ^{54}$ hau^{33} po^{31} sua^{33}
做 出 文 章 去 比 赛
做出文章去比赛

ta^{24} paŋ^{31} tou^{31} ɕaŋ^{24} kø^{54} jou^{33} miŋ^{31}
大 榜 头 上 哥 有 名
大榜上头哥有名

so^{33} mai^{24} pa^{35} faŋ^{54} tɕuai^{31} ɕo^{35} tɕhoŋ^{33}
四 面 八 方 传 出 听
四面八方传出去

hau^{33} kaŋ^{31} tse^{31} ɕe^{31} hou^{33} miŋ^{31} ɕəŋ^{54}
湖 广 几 省 有 名 声
湖广几省有名声

pəi^{33} ɕe^{31} liu^{24} zə^{24} liu^{24} fu^{54} fu^{54}
背 后 栎 叶① 栎 飞 飞
村后树林叶翻飞

kø^{54} nəŋ^{31} hau^{31} kaŋ^{31} tau^{24} ɕou^{54} ɕo^{54}
哥 侬 湖 广 读 书 出
哥你湖广读书归

po^{35} nəi^{35} ɕo^{35} luo^{31} lu^{35} kaŋ^{54} tsa^{33}
毕 业 出 来 得 官 做
毕业出来得官做

vai^{31} luo^{31} ta^{24} paŋ^{31} kø^{54} jou^{33} miŋ^{31}
原 来 大 榜 哥 有 名
原来大榜哥有名

---

① 栎叶：杂树林里的树叶。

pəi^{33} ɕe^{31} liu^{24} zə^{24} liu^{24} tiou^{54} vai^{31}
背 后 栎 叶 栎 珠① 圆
村后树林槠珠圆

kø^{54} kø^{54} təi^{31} tiou^{54} luo^{35} luo^{35} tai^{31}
哥 哥 捡 珠 个 个 甜
哥哥捡珠个个甜

kø^{54} nəŋ^{31} tɕhəŋ^{31} miŋ^{24} tɕi^{54} tɕhəŋ^{31} miŋ^{24}
哥 侬 请 命 真 请 命
哥你请命真请命

tɕhəŋ^{31} tɕa^{24} jo^{31} niaŋ^{31} ku^{54} tsai^{31} la^{54}
请 着 爷 娘 家 财 多
请着爷娘家财多

ju^{24} jou^{33} liŋ^{31} tsai^{31} hau^{33} tse^{33} tio^{24}
也 有 零 钱 去 玩 要
既有零钱去玩耍

ju^{24} jou^{33} tsaŋ^{31} tsai^{31} hau^{33} ma^{33} tai^{31}
又 有 总 钱 去 买 田
又有大钱去买田

ma^{33} tai^{31} mai^{33} tɕa^{24} tiaŋ^{54} ki^{54} təŋ^{24}
买 田 买 着 中 间 垌
买田买到中间垌

① 栎珠：此处指槠树的果实，有甜、苦两种。八都槠树遍布山林，以村头岗后龙山最多。其树古拙苍劲，材质坚实。果实十月成熟，甜槠咀嚼起来甘甜，苦槠先苦后甜。可做饼和豆腐，为荒年充饥续粮的主要食物。

ma33 tɕo31 tiaŋ54 ki54 ho31 ɕo31 tai31
买 着 中 间 好 水 田
买到中间好水田

mə33 ȵi24 tha35 ha31 hau33 liu35 ɕo31
不 要 脱 鞋 去 看 水
不要脱鞋去看水

mə33 tɕa24 paŋ33 me24 hau33 tɕi31 tai31
不 着 放 袜 去 从 田①
不需脱袜去查田

tiou31 ləŋ54 se24 ŋue24 və33 tshaŋ54 ma33
九 冬 十 月 禾 仓 库②
九冬十月谷仓满

tiou31 ŋue24 ɕou54 tɕu35 se24 ŋue24 vai31
九 月 收 集 十 月 完
九月收集十月完

kø54 nəŋ31 jo31 niaŋ31 ku54 tsa31 tie24
哥 依 爷 娘 家 财 大
哥你爷娘家财大

ma33 tai31 ma33 tio31 tie24 təŋ24 tai31
买 田 买 着 大 垌 田
买田买到大垌田

① 从田：巡田，查看稻田。
② 库：应为“满”。

ka^{33} te^{54} to^{31} tɕhuai^{54} pa^{35} tio^{35} təŋ^{24}
介 了 桃 川① 八 角 垌②
盖了桃川八角垌

ɕua^{33} kø^{33} kaŋ^{33} jaŋ^{31} ŋou^{31} tiou^{35} vi^{54}
赛 过 灌 阳 牛 角 湾
赛过灌阳牛角湾

po^{54} tɕo^{54} zə^{24} tou^{31} po^{54} tɕo^{54} fu^{54}
芭 蕉 叶 子 芭 蕉 花
芭蕉叶子芭蕉花

kø^{54} nəŋ^{31} nai^{31} mia^{24} tso^{31} laŋ^{54} ku^{54}
哥 侬 年 妙③ 早 当 家
哥你年少早当家

kø^{54} nəŋ^{31} nai^{31} mia^{24} laŋ^{54} ku^{54} tso^{31}
哥 侬 年 妙 当 家 早
哥你年少当家早

zə^{24} kaŋ^{31} tsai^{31} liaŋ^{31} no^{24} kaŋ^{31} ku^{54}
一 管 钱 粮 二 管 家
一管钱粮二管家

zə^{24} kaŋ^{31} tsai^{31} liaŋ^{31} jai^{31} jou^{31} mə^{33}
一 管 钱 粮 盐 油 米
一管钱粮盐油米

① 桃川：在湖南省江永县。
② 八角垌：在桃川镇，未详。
③ 年妙：年纪弱小。

no^{24} kaŋ^{31} ku^{54} tiaŋ^{54} mo^{33} tɕu^{31} jo^{31}
二 管 家 中 没 爸 爷①
二管家中没父亲

hou^{35} te^{54} tɕu^{31} jo^{31} tɕhəŋ^{54} tou^{31} tsa^{33}
有 了 爸 爷 清 头 坐
如有父亲厅堂坐

haŋ^{31} ɕi^{54} mə^{33} luo^{33} kø^{54} luo^{31} tsho^{54}
寒 心 不 到 哥 来 操
烦心不到哥来操

la^{24} tou^{31} fa^{35} fu^{54} maŋ^{33} kaŋ^{54} po^{24}
辣 子 发 花 满 岗 白
辣子发花满岗白

kø^{54} nəŋ^{31} nai^{31} mia^{24} ho^{31} tse^{33} tio^{24}
哥 侬 年 妙 好 玩 要
哥你年少好玩要

ŋau^{33} ŋue^{24} mə^{33} luo^{54} ŋau^{33} ŋue^{24} luo^{33}
五 月 不 知 五 月 到
五月不知五月到

liou^{24} ŋue^{24} mə^{33} luo^{54} no^{24} tse^{31} tɕaŋ^{31}
六 月 不 知 日 子 长
六月不知日子长

① “爸”与“爷”同指父亲。

liou^{24} ŋue^{24} no^{24} tɕaŋ^{31} ho^{31} tse^{33} tɕo^{24}
六　月　日　长　好　玩　要
六月日长好玩耍

ləŋ^{54} thai^{54} no^{24} laŋ^{31} ho^{31} faŋ^{53} liou^{31}
冬　天　日　短　好　方　流①
冬天日短好远游

tse^{33} tio^{24} faŋ^{54} liou^{31} ȵi^{31} mo^{33} vo^{24}
玩　要　方　流　人　不　曰
到处游玩人不说

ɕo^{35} ɕo^{35} no^{24} no^{24} ti^{33} tse^{24} jou^{31}
出　出　进　进　都　自　由
出出进进都自由

女唱（哭爷）：

ɕi^{54} se^{31} məŋ^{31} luo^{31} ju^{31} sai^{54} kuo^{33}
新　起　门　楼　爷　先　过
新建门楼爷先过

ɕi^{54} tɕhuəi^{33} lau^{24} ka^{54} ju^{31} sai^{54} he^{31}
新　砌　路　街　爷　先　行
新砌路街爷先行

məŋ^{24} ju^{33} lau^{24} ka^{54} va^{24} mə^{33} va^{24}
问　爷　路　街　滑　不　滑
问爷路街滑不滑

① 方流：随处游玩。

məŋ^{24} ju^{33} hi^{31} lau^{24} ni^{31} mə^{33} ni^{31}
问 爷 行 路 难 不 难
问爷行路难不难

vu^{24} se^{33} ȵi^{31} se^{31} kau^{33} luo^{54} nio^{33}
若 是 难 时 告 知 女
若是难时告知女

nəŋ^{54} luo^{31} nio^{33} ɕi^{54} hau^{33} ɕou^{33} ȵi^{31}
给 来 女 心① 去 试 人②
给女亲自试试它

hau^{33} lau^{33} ȵi^{31} ku^{54} ɕou^{33} ɕi^{54} ləŋ^{31}
去 到 人 家 试 心 胆
去到人家试心胆

hau^{33} lau^{33} thu^{54} ku^{54} ni^{31} mə^{33} ni^{31}
去 到 他 家 难 不 难
去到他家难不难

女唱（哭娘和姨娘）：

haŋ^{33} sou^{35} fa^{35} fu^{54} lai^{31} liaŋ^{33} na^{31}
黄 色③ 花 发 连 两 朵
黄色花发连两朵

niaŋ^{31} ji^{54} ji^{31} niaŋ^{31} liaŋ^{33} la^{31} ȵi^{31}
娘 与 姨 娘 两 俫 人
娘与姨娘两个人

① 心：应为“身”。
② 人：应为“它”。
③ 黄色：即黄栀子，树林中一种常见中药，花开并蒂，芳香而且美丽。

nian^{31} ji^{54} ji^{31} nian^{31} thiu^{54} so^{31} me^{24}
娘 与 姨 娘 亲 姐 妹
娘与姨娘亲姐妹

lian^{33} la^{31} khən^{35} khən^{35} ho^{31} mə^{33} vai^{31}
两 俫 刻 刻 好 不 完
两人时刻好得很

tɕhiu^{54} tɕhiu^{54} lian^{33} la^{31} tsəi^{35} tɕan^{31} çe^{31}
亲 亲 两 俫 接 长 行①
亲亲姐妹共长久

tɕan^{31} çe^{31} se^{33} kuo^{54} lian^{33} la^{31} ȵi^{31}
长 行 是 归 两 俫 人
长长久久两姐妹

tse^{24} ɕun^{54} ȵi^{54} ȵi^{54} fan^{33} ɕi^{54} kuo^{33}
侄 孙 个 个 放 心 过
侄孙个个放心过

ȵi^{54} ȵi^{54} se^{33} kuo^{54} ho^{31} mə^{33} vai^{31}
人 人 是 归 好 不 完
人人都是好得很

nən^{31} kən^{54} nio^{33} kən^{54} nian^{31} sai^{54} ɕo^{33}
男 工 女 工 娘 先 试
男工女工娘先试

---

① 长行：长久行往。

tsa^{33} ȵi^{31} sa^{33} po^{33} niaŋ^{31} sai^{54} çe^{31}
做 人 媳 妇 娘 先 行
做人媳妇娘经历

məŋ^{24} niaŋ^{31} ɕou^{24} kəŋ^{54} ho^{31} ɕou^{24} mo^{33}
问 娘 学 工 好 学 否
问娘学工好学否

tsa^{33} ȵi^{31} sa^{33} po^{33} ȵi^{31} mə^{33} ȵi^{31}
做 人 媳 妇 难 不 难
做人媳妇难不难

vu^{24} se^{33} ȵi^{31} se^{31} kau^{33} luo^{54} nio^{33}
若 是 难 时 告 知 女
若是难时告知女

nəŋ^{54} nio^{33} zə^{35} jaŋ^{24} va^{24} tsa^{33} ȵi^{31}
给 女 一 样 会 做 人
让女一样会做人

ɕou^{24} va^{24} tsa^{33} ȵi^{31} ȵi^{31} mə^{33} ɕai^{31}
学 会 做 人 人 不 嫌
学会做人人不嫌

so^{33} mai^{24} pa^{35} faŋ^{54} ho^{31} thaŋ^{54} çe^{31}
四 面 八 方 好 通 行
四面八方好通行

liou^{24} tɕhiu^{54} pu^{35} fu^{35} ȵi^{54} ȵi^{54} ho^{31}
六 亲 百 客 个 个 好
六亲百客个个好

vo[24] nio[33] ho[31] se[24] tsa[33] lu[35] ɕəŋ[31]
为 女 好 事 做 得 成
为女好事做得成

ɕo[54] jai[31] ho[31] se[24] ȵi[31] ȵi[31] tsa[33]
虽 然 好 事 人 难 做
虽然好事人难做

tɕi[33] liou[24] tsa[33] ɕo[35] ȵi[31] mə[33] tie[31]
尽 力 做 出 人 不 弹
尽力做出人不嫌

女唱（哭哥）：

pəi[33] ɕe[31] liu[24] zə[24] liu[24] fu[54] fu[54]
背 后 栎 叶 栎 飞 飞
村后树林叶飞飞

kø[54] nəŋ[31] hau[31] kaŋ[31] tau[24] ɕo[54] kuo[54]
哥 侬 湖 广① 读 书 归
哥你湖广读书归

ȵi[31] vo[24] hau[31] kaŋ[31] tau[24] ɕo[54] nie[31]
人 曰 湖 广 读 书 难
人说湖广书难读

kø[54] ke[33] tshəŋ[54] miŋ[31] ju[24] mə[33] ȵi[31]
哥 的 聪 明 也 不 难
哥哥聪明也不难

① 湖广：元明时所置湖广行省，是当时江南文化氛围较好的地方。

no^{24} ɕou^{24} ŋau^{33} nai^{31} vəŋ^{31} mou^{24} ho^{31}
入 学 五 年 文 墨 好
入学五年文墨好

ɕu^{31} ɕo^{35} vəŋ^{31} tiaŋ^{54} nio^{24} maŋ^{33} ka^{54}
写 出 文 章 贴 满 街
写出文章贴满街

ȵi^{54} ȵi^{54} vu^{24} kø^{54} vəŋ^{31} tsa^{31} ho^{31}
个 个 曰 哥 文 才 好
个个夸哥文才好

so^{33} mai^{24} pa^{35} faŋ^{54} kø^{54} jou^{33} miŋ^{31}
四 面 八 方 哥 有 名
四面八方哥有名

ɕo^{54} pəŋ^{31} ɕo^{54} jou^{33} ȵi^{54} ȵi^{54} ho^{31}
书 朋 书 友 人 人 好
书朋书友人人好

tiaŋ^{24} ju^{31} tiaŋ^{24} niaŋ^{31} ɕoŋ^{54} təi^{33} ɕai^{31}
共 爷 共 娘 兄 弟 形
形如同胞弟与兄

no^{24} ɕou^{24} tse^{31} nai^{31} ȵi^{24} tshe^{33} ho^{31}
入 学 几 年 义 气 好
入学几年情谊好

po^{35} ne^{35} luo^{31} ha^{54} mə^{33} luo^{31} ɕi^{54}
毕 业 离 开 不 离 心
毕业离开不离心

saŋ^{54} faŋ^{54} se^{31} khəŋ^{35} hou^{33} se^{54} ɕaŋ^{31}
双 方 时 刻 有 思 想
双方时时有牵挂

ɕaŋ^{31} tio^{31} ɕo^{54} jou^{33} hou^{33} tɕa^{31} ɕi^{54}
想 着 书 友 有 条 心
想着书友共条心

kəŋ^{54} tsou^{35} ɕi^{54} fəi^{24} ho^{31} mə^{33} ho^{31}
工 作 生 活 好 不 好
工作生活好不好

ɕəŋ^{31} ku^{54} luo^{24} ne^{35} ɕəŋ^{31} mə^{33} ɕəŋ^{31}
成 家 立 业 成 不 成
成家立业成不成

ju^{24} hou^{35} fəŋ^{33} tɕa^{24} ti^{33} məŋ^{24} ɕaŋ^{31}
晚 上 睡 着 都 梦 想
晚上睡着都梦想

məŋ^{24} ɕaŋ^{31} təŋ^{31} ɕou^{24} se^{24} nəi^{35} ɕəŋ^{31}
梦 想 同 学 事 业 成
梦想同学事业成

se^{24} nəi^{35} ɕəŋ^{31} tɕou^{24} tiaŋ^{24} ɕo^{35} lio^{24}
事 业 成 就 共 出 力
事业成就共出力

ȵi^{54} ȵi^{54} tiaŋ^{24} təŋ^{31} vo^{24} kuəi^{35} ku^{54}
人 人 共 同 为 国 家
个个同心为国家

vo²⁴ kuəi³⁵ vo²⁴ miŋ³¹ mu³¹ fa³⁵ tiaŋ³¹
为 国 为 民 谋 发 展
为国为民谋发展

po³³ to²⁴ tɕu⁵⁴ tɕhi⁵⁴ əŋ⁵⁴ se⁵⁴ tɕəŋ³¹
报 答 君 亲 恩 师 情
报答君亲恩师情

po³³ to²⁴ fə³³ mo³³ jaŋ³³ ɳ̊ou²⁴ əŋ⁵⁴
报 答 父 母 养 育 恩
报答父母养育恩

po³³ to²⁴ ɕu³³ fa²⁴ jaŋ³³ ɳ̊ou²⁴ tɕəŋ³¹
报 答 社 会 养 育 情
报答社会养育情

thiaŋ³³ tiaŋ³¹ ɕu³¹ tsou³⁵ tsa³³ vəŋ³¹ tiaŋ⁵⁴
唱 讲 写 作 做 文 章
唱讲写作做文章

vəŋ³¹ tiaŋ⁵⁴ ti³³ ji²⁴ kuo³³ səŋ⁵⁴ kui⁵⁴
文 章 都 应 过 三 关
文章都应过三关

ho³¹ thiaŋ³³ zə³⁵ kiu⁵⁴ jaŋ³¹ zə²⁴ kuo³³
口 唱 一 关 容 易 过
口唱一关容易过

tiaŋ³¹ ɕou²⁴ no²⁴ kiu⁵⁴ hou³³ vo³¹ ɳ̊i³¹
讲 述 二 关 有 为 难
讲述二关有为难

səŋ^{54} kiu^{54} ɕu^{31} tso^{35} tɕo^{31} ni^{31} kuo^{33}
三 关 写 作 最 难 过
三关写作最难过

thiaŋ^{33} fa^{35} tiaŋ^{31} vo^{24} ti^{33} te^{31} khaŋ^{31}
唱 法 讲 曰 都 他 扛
唱法讲说都要扛

kau^{31} fo^{24} tse^{31} ɕaŋ^{31} zə^{31} tɕi^{54} luo^{33}
古 话 慈 祥 遗 真 理
古话慈祥遗真理

tse^{33} ɕi^{54} mə^{33} zə^{31} po^{35} tse^{33} tɕun^{31}
记 心 不 如 笔 记 存
记心不如笔记存

tsaŋ^{31} tse^{33} ɕou^{24} te^{54} nəŋ^{31} luo^{54} lu^{35}
总 之 学 而 能 知 道
总之学而能知道

mə^{33} va^{24} kaŋ^{54} ɕi^{54} jaŋ^{24} jaŋ^{24} çe^{31}
不 会 刚 生 样 样 行
不会刚生样样行

mə^{33} nəŋ^{31} ɕo^{35} se^{33} jaŋ^{24} jaŋ^{24} va^{24}
不 能 出 世 样 样 会
不能出世样样会

vai^{24} ɕou^{24} liou^{35} tsa^{33} tau^{31} nəŋ^{31} ɕəŋ^{31}
会 学 勤 做 才 能 成
会学勤做才能成

ji^{31} kəŋ^{54} zə^{31} ɕi^{54} nəŋ^{31} tsa^{33} luo^{33}
愚 公 移 山 能 做 到
愚公移山能做到

se^{33} ɕaŋ^{24} fə^{31} se^{24} tsa^{33} mə^{33} ɕəŋ^{31}
世 上 何 事 做 不 成
世上何事做不成

ȵi^{31} se^{24} tse^{31} phu^{33} jou^{33} ɕi^{54} ȵi^{31}
难 事 只 怕 有 心 人
难事只怕有心人

vi^{24} tiaŋ^{33} zə^{35} ɕi^{54} tse^{24} jai^{31} ɕəŋ^{31}
万 众 一 心 自 然 成
万众一心自然成

（四）行娘姐哭上清歌

题解：行娘感谢留恋同伴、亲友所哭歌，“上清”指行娘出房门上到厅堂。

zə^{35} tɕa^{31} həŋ^{31}
一 条 红
一条红

zə^{35} tɕa^{31} həŋ^{31} se^{54} nia^{24} paŋ^{33} məŋ^{31}
一 条 红 丝 扭① 房 门
一条红丝缠房门

həŋ^{31} se^{54} nia^{31} paŋ^{33} həŋ^{31} lai^{31} tia^{33}
红 丝 绕 房 红 连 照②
红丝绕房红彤彤

① 扭：缠绕。
② 红连照：红得耀眼。

həŋ31 lai31 tia33 fu33 se31 tsou31 ɕun54
红 连 照 下 起 集 孙①
红彤吉兆多贤孙

tsou31 tse31 tsou31 ɕun54 se31 mə33 lia33
集 子 集 孙 起 不 了
子子孙孙一代代

se31 mə33 lia33 jai31 nio33 ɕaŋ33 tɕhəŋ54
起 不 了 然② 女 上 清
生儿育女要出嫁

hau31 piou35 tiou35 luo33 tɕi31 tɕiu24 au35
苦 竹 织 篱 层 谢 屋
苦竹织篱感谢屋

pu24 piou35 tiou35 luo33 tɕi31 tɕiu24 tsaŋ31
白 竹 织 篱 层 谢 床
白竹织席感谢床

tɕi31 tɕiu24 tsaŋ31 tou31 ɕou24 ta24 nio33
层 谢 床 头 睡 大 女
感谢床头养大女

tɕi31 tɕiu24 po33 tou31 luou35 ta24 ɕun54
层 谢 被 头 搂③ 大 孙
感谢被头育大孙

---

① 起集孙：生育繁衍后代。

② 起不了然：人丁兴旺、繁衍不断的样子。瑶族受父系氏族思想影响，为保持血统纯正、家族兴旺，按乡间风俗女儿一般不能在家生育，必须出嫁。

③ 搂：怀抱。这里指抚养幼儿。

luou^{35} te^{24} ta^{24} nio^{33} hau^{33} ɕo^{35} fu^{35}
搂　大　大　女　去　出　客
养大大女出了门

luou^{35} te^{24} ta^{24} ɕun^{54} ɕo^{35} liou^{24} tɕhi^{54}
搂　大　大　孙　出　六　亲
养大大孙出六亲

liou^{24} tɕhiu^{54} ju^{35} nio^{33} se^{33} zə^{35} luai^{33}
六　亲　看　女　是　一　转
六亲看女是一转

mo^{33} lu^{35} khəŋ^{35} khəŋ^{35} ju^{35} nio^{33} nəŋ^{31}
没　有　刻　刻　看　女　们
没有时刻看女们

ku^{35} piou^{35} li^{31} ɕo^{33} tɕhəŋ^{31} niaŋ^{31} no^{24}
隔　壁　邻　舍　请　娘　入
隔壁邻居请娘入

tɕhəŋ^{31} niaŋ^{31} no^{24} luo^{31} ha^{54} ha^{54} paŋ^{31}
请　娘　入　来　开　开　房
请娘进来开开房

ha^{54} ha^{54} paŋ^{31} məŋ^{31} ha^{54} ha^{54} sa^{31}
开　开　房　门　开　开　锁
开开房门开开锁

nəŋ^{54} niaŋ^{31} no^{24} luo^{31} məŋ^{24} lia^{35} vo^{54}
给　娘　进　来　问　穿　衣
给娘进来问穿衣

məŋ^{24} niaŋ^{31} lia^{35} vo^{54} lia^{35} tse^{31} liŋ^{31}
问 娘 穿 衣 穿 几 件
问娘穿衣穿几件

məŋ^{24} niaŋ^{31} vuə^{24} tɕe^{31} vuə^{24} tse^{31} tou^{31}
问 娘 拵 裙① 拵 几 条
问娘穿裙穿几条

lia^{35} vo^{54} mə^{35} nəŋ^{54} phai^{54} te^{54} kai^{33}
穿 衣 不 给 偏 了 件②
穿衣不宜穿单件

puə^{24} tɕi^{31} mə^{33} nəŋ^{54} tau^{24} te^{54} tou^{31}
拵 裙 不 给 独 了 条③
穿裙切忌数成奇

çe^{31} se^{31} liŋ^{31} kai^{33} ȵi^{31} au^{35} lia^{33}
行 时 偏 件 人 屋 了
单衣哪能去夫家

tse^{54} no^{54} tau^{24} tou^{31} nio^{33} ɕaŋ^{33} tɕhəŋ^{54}
今 日 独 条 女 上 清
独裙怎能去上厅

jou^{33} jou^{33} hau^{35}
游 游④ 哭
呦呦哭

---

① 拵裙：穿裙子，戴披肩。

②③ 偏了件、独了条：前者指衣裳件数不成双，后者指裙子（包括里裙）条数是单数。均为婚仪忌讳。

④ 游游：应为“呦呦”，出嫁时女子伤感动情哭泣不止的样子。

jou^{33} jou^{33} hau^{35} ɕo^{35} tɕu^{31} paŋ^{31} məŋ^{31}
游 游 哭 出 爸 房 门
呦呦哭出爸房门

hau^{35} ɕo^{35} paŋ^{31} məŋ^{31} təi^{24} zə^{35} puə^{24}
哭 出 房 门 第 一 步
哭出房门第一步

nio^{33} paŋ^{33} tɕaŋ^{31} tia^{35} tse^{33} liaŋ^{33} pai^{54}
女 伴 墙 脚 站 两 边
女伴墙脚站两边

hau^{35} ɕo^{35} paŋ^{31} məŋ^{31} nio^{33} ɕaŋ^{31} se^{31}
哭 出 房 门 女 想 起
哭出房门女想起

lia^{54} lia^{54} ji^{54} niaŋ^{31} sa^{31} paŋ^{31} məŋ^{31}
朝 朝 与 娘 锁 房 门
朝朝与娘锁房门

jou^{33} jou^{33} hau^{35}
游 游 哭
呦呦哭

jou^{33} jou^{33} hau^{35} ɕo^{35} tɕu^{31} lau^{54} tou^{31}
游 游 哭 出 爸 灶 头
呦呦哭出爸灶头

hau^{35} ɕo^{35} lau^{54} tou^{31} təi^{24} no^{24} puə^{24}
哭 出 灶 头 第 二 步
哭出灶头第二步

təŋ^{31} paŋ^{33} ɕua^{31} ɕua^{31} tse^{33} liaŋ^{33} pai^{54}
同 伴 昭 昭 站 两 边
同伴排排站两边

hau^{35} ɕo^{35} lau^{54} tou^{31} nio^{33} ɕaŋ^{31} se^{31}
哭 出 灶 头 女 想 起
哭出灶头女想起

lia^{54} lia^{54} ji^{54} niaŋ^{31} tɕhou^{33} tɕa^{31} fə^{31}
朝 朝 与 娘 奏 柴 火
朝朝与娘升灶火

jou^{33} jou^{33} hau^{35}
游 游 哭
呦呦哭

jou^{33} jou^{33} hau^{35} ɕo^{35} ju^{31} tɕhəŋ^{54} tou^{31}
游 游 哭 出 爷 清 头
呦呦哭出爷厅堂

hau^{35} ɕo^{35} tɕhəŋ^{54} tou^{31} təi^{24} səŋ^{54} puə^{24}
哭 出 清 头 第 三 步
哭出厅堂第三步

liou^{24} tɕhiu^{54} pu^{35} fu^{35} tsa^{33} tɕhəŋ^{54} tou^{31}
六 亲 百 客 在 清 头
六亲百客在厅堂

hau^{35} ɕo^{35} tɕhəŋ^{54} tou^{31} nio^{33} ɕaŋ^{31} pai^{31}
哭 出 清 头 女 想 反
哭出厅堂女回想

lia^{54} lia^{54} ji^{54} niaŋ^{31} lia^{35} se^{54} tɕo^{31}
朝 朝 与 娘 穿 丝 绸
朝朝与娘穿丝绸

nəi^{24} tou^{31} ɕo^{35} tso^{31} nəi^{24} tou^{31} həŋ^{33}
日 头 出 早 日 头 红
太阳出早太阳红

tia^{33} kai^{33} na^{33} niaŋ^{31} luo^{31} kua^{33} həŋ^{31}
照 见 奶 娘 来 挂 红
照见奶娘来挂红

nəŋ^{54} nio^{33} kua^{33} lu^{35} həŋ^{31} həŋ^{31} ɕo^{35}
给 女 挂 得 红 红 赤
给女挂得红红赤

həŋ^{31} həŋ^{31} ɕo^{35} ɕo^{35} ɕaŋ^{33} tɕo^{31} tɕhəŋ^{54}
红 红 赤 赤 上 爸 清①
红红赤赤上厅堂

tu^{24} ɕaŋ^{33} tɕhəŋ^{54} se^{31} tu^{24} fu^{33} tɕhəŋ^{54}
踏 上 清 时 踏 下 清
踏上厅时踏下厅

həŋ^{31} lai^{31} tɕhi^{31} tia^{35} so^{33} fu^{33} tɕhəŋ^{54}
红 连 裙 脚 扫 下 清
红连裙脚扫下堂

① 本句指到父亲常坐的厅堂。

çe^{31} se^{31} so^{33} fu^{33} təŋ^{31} paŋ^{33} tsa^{33}
行 时 扫 下 同 伴 坐
行时扫下同伴坐

tse^{54} no^{54} so^{33} fu^{33} nio^{33} ɕaŋ^{33} tɕhəŋ^{54}
今 日 扫 下 女 上 清
今日扫下女上厅

zə^{33} ha^{54} tɕaŋ^{31} ta^{31} ti^{33} nio^{33} kuo^{33}
移 开 长 桌 给 女 过
移开长桌给女过

zə^{33} ha^{54} laŋ^{31} ta^{31} nəŋ^{54} nio^{33} çe^{31}
移 开 短 桌 给 女 行
移开短桌给女行

tɕaŋ^{31} ta^{31} mə^{33} nəŋ^{54} tsau^{31} laŋ^{31} nio^{33}
长 桌 不 给 阻 挡 女
长桌不给挡住女

laŋ^{31} ta^{31} mə^{33} nəŋ^{54} tsau^{31} laŋ^{31} nəŋ^{31}
短 桌 不 给 阻 挡 男
短桌不给挡着男

tsau^{31} laŋ^{31} nio^{33} nəŋ^{31} mə^{33} le^{31} tɕe^{31}
阻 挡 女 们 不 抵 紧
挡着女们不要紧

tsau^{31} ŋau^{24} liou^{24} tɕhiu^{54} kuo^{54} au^{35} tou^{31}
阻 误 六 亲 归 屋 迟
耽误六亲回屋迟

liou^{24} tɕhiu^{54} kuo^{54} tou^{31} ȵi^{31} ɕa^{33} tɕo^{31}
六 亲 归 迟 人 笑 爸
六亲迟归人笑爸

ȵi^{31} ɕa^{33} tɕo^{31} jo^{31} fa^{35} fu^{35} tou^{31}
人 笑 爸 爷 发 客 迟
人笑阿爸放行迟

piou^{35} ɕaŋ^{24} sai^{54}
壁 上 仙
壁上仙

tɕhəŋ^{31} ɕo^{35} nio^{33} luo^{31} pa^{33} ku^{54} sai^{54}
请 出 女 来 拜 家 仙
请出女来拜神龛

zə^{35} pa^{33} ku^{54} sai^{54} no^{24} pa^{33} tio^{31}
一 拜 家 仙 二 拜 主
一拜家仙二拜主

no^{24} pa^{33} kəŋ^{54} mo^{31} tsa^{33} tio^{31} ȵi^{31}
二 拜 公 奶① 做 主 人
二拜爷奶做主人

kəŋ^{54} mo^{31} tsa^{33} lu^{35} tɕi^{31} tiaŋ^{54} se^{24}
公 奶 做 得 主 张 事
爷奶做得主张事

① 公奶：爷爷奶奶。

nəŋ54 ɕun54 kuo54 luo31 hou33 no24 tau31
给 孙 归 来 有 入 图①
给孙归来有入途

zə35 saŋ54 ŋou31 po35 zə35 saŋ54 lai31
一 双 牛 笔② 一 双 连
一双大笔一双连

zə35 saŋ54 fu54 kau31 kua33 məŋ31 tsai31
一 双 花 鼓 挂 门 前
一双花鼓挂门前

fu54 kau31 kua33 məŋ31 khuai33 kø54 po31
花 鼓 挂 门 劝 哥 打
花鼓挂门劝哥打

fu54 tɕou24 ti31 ja54 khuai33 kø54 tɕho54
花 笛 拦 腰③ 劝 哥 吹
花笛挂腰劝哥吹

fu54 kau31 mə33 po31 nio33 mə33 ɕo35
花 鼓 不 打 女 不 出
花鼓不打女不出

fu54 tɕou24 mə33 tɕho54 mə33 ɕaŋ33 tɕhəŋ54
花 笛 不 吹 不 上 清
花笛不吹不出屋

---

① 入图：应为“入途”，指可停留的地方。
② 牛笔：大笔。
③ 拦腰：挂腰间。

tshai^{54} tse^{24} tshai^{54}
千 十 千
千十千

pai^{31} ku^{54} nio^{33} luo^{31} tsa^{33} ɕaŋ^{24} pai^{54}
反 加① 女 来 坐 上 边
反而女来坐上边

to^{24} tou^{31} ɕu^{24} thai^{54} thai^{54} ɕu^{24} to^{24}
地 子 顺 天 天 顺 地
地子顺天天顺地

nio^{33} nəŋ^{31} fai^{31} kuo^{54} tsa^{33} ɕaŋ^{24} vo^{24}
女 侬 反 而 坐 上 位
女儿反而上位尊

（五）行娘伴娘哭出门歌

su^{54} mau^{24} ta^{24} tsaŋ^{31} həŋ^{31} lai^{31} tia^{33}
杉 木 凿 床 红 连 照
杉木凿床红彤彤

həŋ^{31} lai^{31} tia^{33} fu^{33} se^{31} tsu^{31} ɕun^{54}
红 连 照 下 起② 集③ 孙
红彤彤下多子孙

① 反加：应为“反过”。意为反而，反转。
② 起：兴起，繁衍。
③ 集：应为“胄”。

tsu^{31} tse^{31} tsu^{31} ɕun^{54} se^{31} mə^{33} lia^{33}
集 子 集 孙 起 不 了①
子子孙孙一代代

se^{31} mə^{33} lia^{33} jai^{31} nio^{33} la^{24} thu^{54}
起 不 了 然 女 落 他②
年华渐长嫁儿郎

hau^{31} piou^{35} tiou^{35} luo^{33} tɕi^{31} tɕiu^{24} au^{35}
苦 竹 织 篱 层 谢 屋
苦竹织篱感谢屋

pu^{24} piou^{35} tiou^{35} luo^{33} tɕi^{31} tɕiu^{24} paŋ^{31}
白 竹 织 篱 层 谢 房
白竹织席感谢房

tɕi^{31} tɕiu^{24} paŋ^{31} tiaŋ^{54} ji^{31} vo^{35} nio^{33}
层 谢 房 中 应 威③ 女
感谢闺房避风雨

ji^{31} vo^{35} nio^{33} ȵi^{31} hau^{33} la^{24} thu^{54}
应 威 女 人 去 落 他
温馨成长去嫁他

ku^{35} piou^{35} ti^{31} ɕo^{33} tɕhəŋ^{31} niaŋ^{31} no^{24}
隔 壁 邻 舍 请 娘 入
隔壁邻舍请娘进

① 了：尽。
② 女落他：他，这里指丈夫。女落他，指女儿嫁到夫家生活。
③ 应威：应为“隐隈”。这里指闺房供女儿居住，为之遮风避雨。

tɕhəŋ31 niaŋ31 no24 luo31 khou33 ha54 məŋ31
请 娘 入 来 扣 开 门
请娘进来敲开门

ha54 ha54 paŋ31 məŋ31 ha54 ha54 sa31
开 开 房 门 开 开 锁
开开房门开开锁

nəŋ54 niaŋ31 no24 luo31 məŋ24 lia35 vo54
给 娘 进 来 问 穿 衣
给娘进来问穿衣

məŋ24 niaŋ31 lia35 vo54 lia35 tse31 kai33
问 娘 穿 衣 穿 几 件
问娘穿衣穿几件

məŋ24 niaŋ31 puə24 tɕi31 puə24 tse31 tou31
问 娘 捹 裙 捹 几 条
问娘穿裙穿几条

lia35 vo54 mə33 nəŋ54 li54 te54 kai33
穿 衣 不 给 单 了 件
穿衣不给单了件

puə24 tɕi31 mə33 nəŋ54 tau24 te54 tou31
捹 裙 不 给 独 了 条
穿裙不给数成奇

hi33 se33 phai54 lie31 ȵi31 au35 lia33
行 时 偏 件 人 屋 了①
不宜单衣去夫家

① 人屋了：去人家家里。

tse^{54} no^{54} tau^{24} tou^{31} nio^{33} la^{24} thu^{54}
今 日 独 条 女 落 他
出嫁着裙数要谐

jou^{33} jou^{33} hau^{35}
游 游 哭
呦呦哭

jou^{33} jou^{33} hau^{35} ɕo^{35} tɕo^{31} paŋ^{31} məŋ^{31}
游 游 哭 出 爸 房 门
呦呦哭出爸房门

hau^{35} ɕo^{35} paŋ^{31} məŋ^{31} təi^{24} zə^{35} puə^{24}
哭 出 房 门 第 一 步
哭出房门第一步

liaŋ^{33} khou^{33} ɕi^{31} sai^{54} tse^{33} liaŋ^{33} pai^{54}
两 个 神 仙 站 两 边
两个神仙站两边

ɕi^{31} sai^{54} ho^{31} vu^{24} liou^{31} nio^{33} tɕou^{24}
神 仙 好 曰 留 女 住
神仙好声留女住

tɕhiəŋ^{33} kai^{33} mə^{33} se^{33} liou^{31} nio^{33} ɕəŋ^{54}
听 见 不 是 留 女 声
听见不是留女声

jou^{33} jou^{33} hau^{35}
游 游 哭
呦呦哭

jou^{33} jou^{33} hau^{35} ɕo^{35} tɕu^{31} lau^{54} tou^{31}
游 游 哭 出 爸 灶 头
呦呦哭出爸灶头

hau^{35} ɕo^{35} lau^{54} tou^{31} tɘi^{24} no^{24} puə^{24}
哭 出 灶 头 第 二 步
哭出灶头第二步

liaŋ^{33} tou^{31} au^{54} vo^{54} tse^{33} liaŋ^{33} pai^{54}
两 只 乌 鸦 站 两 边
两只乌鸦站两边

au^{54} vo^{54} ho^{31} vo^{24} liou^{31} nio^{33} tɕou^{24}
乌 鸦 好 曰 留 女 住
乌鸦好声留女住

tɕhəŋ^{33} kai^{33} mə^{33} se^{33} liou^{31} nio^{33} ɕəŋ^{54}
听 见 不 是 留 女 声
听见不是留女声

jou^{33} jou^{33} hau^{35}
游 游 哭
呦呦哭

jou^{33} jou^{33} hau^{35} ɕo^{35} tɕu^{31} tɕhəŋ^{54} tou^{31}
游 游 哭 出 爸 清 头
呦呦哭出爸厅堂

hau^{35} ɕo^{35} tɕhəŋ^{54} tou^{31} tɘi^{24} səŋ^{54} puə^{24}
哭 出 清 头 第 三 步
哭出厅堂第三步

təŋ^{31} paŋ^{33} ɕa^{31} ɕa^{31} tse^{33} liaŋ^{33} pai^{54}
同 伴 绍 绍① 站 两 边
同伴排排站两边

təŋ^{31} paŋ^{33} ho^{31} vo^{24} liou^{31} nio^{33} tɕou^{24}
同 伴 好 曰 留 女 住
同伴好话留女住

tɕhəŋ^{33} kai^{33} mə^{33} se^{33} liou^{31} nio^{33} ɕəŋ^{54}
听 见 不 是 留 女 声
听见不是留女声

zə^{35} saŋ^{54} ŋou^{31} po^{35} zə^{35} saŋ^{54} lai^{31}
一 双 牛 笔 一 双 连
一双大笔一双连

zə^{35} saŋ^{54} fu^{54} kau^{31} kua^{33} məŋ^{31} tsai^{31}
一 双 花 鼓 挂 门 前
一双花鼓挂门前

fu^{54} kau^{31} kua^{33} məŋ^{31} khuai^{33} kø^{54} po^{31}
花 鼓 挂 门 劝 哥 打
花鼓挂门劝哥打

fu^{54} tɕiu^{24} li^{31} ja^{54} khuai^{33} kø^{54} tɕhou^{54}
花 笛 拦 腰 劝 哥 吹
花笛挂腰劝哥吹

fu^{54} kau^{31} mə^{33} po^{31} nio^{33} mə^{33} ɕo^{35}
花 鼓 不 打 女 不 出
花鼓不打女不出

① 绍绍：绍，即当地方言所指竹竿。因竹竿排列整齐，故“绍绍”含排列整齐之意。

fu^{54} tɕiu^{24} mə^{33} thio^{54} mə^{33} ɕaŋ^{33} tɕhəŋ^{54}
花 笛 不 吹 不 上 清
花笛不吹不出屋

nəi^{24} tou^{31} ɕo^{35} tso^{31} nəi^{24} tou^{31} həŋ^{31}
日 头 出 早 日 头 红
太阳出早太阳红

kø^{54} hau^{33} lai^{31} tiou^{54} ma^{33} təŋ^{31} pəŋ^{31}
哥 去 连 州① 买 铜 盆
哥去连州买铜盆

təŋ^{31} pəŋ^{31} tɕi^{54} pəŋ^{31} mə^{33} tia^{24} ȵe^{24}
铜 盆 金 盆 不 着 要
铜盆金盆不要紧

me^{24} se^{33} ȵi^{24} kø^{54} səŋ^{33} ɕaŋ^{33} məŋ^{31}
妹 是 要 哥 送 上 门
妹是要哥送上门

me^{24} se^{33} ȵi^{24} kø^{54} səŋ^{33} luo^{33} hau^{33}
妹 是 要 哥 送 到 去
妹是要哥送到去

mə^{33} nəŋ^{54} paŋ^{33} lau^{24} tiou^{54} te^{54} tɕhiu^{54}
不 给 半 路 交 了 亲②
不给半路交了亲

① 连州：广东省连州市。
② 交了亲：把新娘交付新郎，在婚礼中是很庄重严肃的程序。

paŋ33 lau24 tiou54 tɕhiu54 ȵi31 ɕa33 me24
半 路 交 亲 人 笑 妹
半路交亲人笑妹

ȵi31 ɕa33 me24 nəŋ54 mo33 tɕhəŋ54 ȵi31
人 笑 妹 们 没 亲 人
人笑妹们没亲人

nəi24 tou31 mə33 ɕo35 nio33 sai54 ɕo35
日 头 不 出 女 先 出
太阳不出女先出

nəi24 la24 səi54 thai54 nio33 mə33 kuo54
日 落 西 天 女 不 归
日落西天女不归

tia33 tɕo31 ma33 luo54 lai31 kaŋ54 piou35
叫 爸 买 蔸 连 杆 竹
叫爸买棵连杆竹

ɕa31 kuo54 nəi24 tou31 nəŋ54 nio33 kuo54
绍 归① 日 头 给 女 归
撑起太阳给女归

nəŋ54 nio33 kuo54 luo31 thu35 səi33 tso33
给 女 归 来 织 小 罩
给女归来织小罩

nəŋ54 nio33 kuo54 luo31 phaŋ31 səi33 su54
给 女 归 来 纺 细 纱
给女归来纺细纱

① 绍归：撑起来。

səi^{33} su^{54} səi^{33} nia^{31} mə^{33} kuə^{35} ŋo^{33}
细 纱 细 绕 不 割 尾
细纱细绕不割尾

tshau^{54} su^{54} tshau^{54} nia^{31} mə^{33} kuə^{35} sai^{54}
粗 纱 粗 绕 不 割 先
粗纱粗绕不割前

mu^{24} kuə^{35} sai^{54}
麦 割 先
割麦先割眼前列

luo^{31} tou^{31} luo^{31} tia^{35} həŋ^{24} luo^{31} pai^{54}
篱 头 篱 脚 惜 篱 边
篱头篱脚惜篱边

həŋ^{24} tɕi^{33} luo^{31} tou^{31} sa^{33} tɕi^{33} puə^{33}
惜 尽 篱 头 晒 尽 布
惜尽篱头晒尽布

həŋ^{24} tɕi^{33} piou^{35} kaŋ^{54} ɕa^{31} tɕi^{33} su^{54}
惜 尽 竹 竿 绍 尽 纱
惜尽竹竿晒尽纱

luo^{31} tou^{31} sa^{33} puə^{33} nio^{33} mo^{33} pəŋ^{24}
篱 头 晒 布 女 没 份
篱头晒布女没份

piou^{35} kaŋ^{54} ɕa^{31} su^{54} nio^{33} he^{31} sau^{54}
竹 竿 绍 纱 女 行 疏①
竹竿晾纱亲渐疏

① 行疏：回家少。

tɕhəŋ^{54} se^{54} lia^{31} tou^{31} tɕhəŋ^{54} se^{54} vie^{31}
青 丝 乌 子① 绿 丝 云
青丝乌发绿丝云

hi^{33} te^{33} tɕhi^{33} ɕe^{31} tɕu^{33} lau^{24} he^{31}
叫 弟 撑 伞 借 路 行
叫弟撑伞借路行

mə^{33} po^{31} tɕho^{33} ȵi^{31} səŋ^{33} liaŋ^{33} no^{35}
不 比 看 人 三 两 天
不比看人三两天

tso^{31} se^{33} la^{24} thu^{54} liou^{24} se^{24} nai^{31}
姐 是 落 他 六 十 年
姐是嫁他六十年

nəi^{24} tou^{31} ɕo^{35} tso^{31} nəi^{24} ji^{54} ji^{54}
日 头 出 早 热 阴 阴②
太阳出早热洇洇

se^{24} tse^{24} lau^{24} ɕaŋ^{24} tsha^{35} ɕou^{31} tɕi^{54}
十 字 路 上 换 手 巾
十字路上换手巾

tsha^{35} te^{54} ɕou^{31} tɕi^{54} nəŋ^{54} tso^{31} hau^{33}
换 了 手 巾 给 姐 去
换了手巾给姐去

① 乌子：指头发乌黑。
② 热阴阴：阴，应为“洇”。热阴阴，指流汗湿透衣服。

tsha^{35} te^{54} ɕou^{31} tɕi^{54} nəŋ^{54} tso^{31} çe^{31}
换 了 手 巾 给 姐 行
换了手巾给姐行

tshu^{35} ha^{54} fə^{33} pio^{54} pəŋ^{54} fə^{31} tse^{31}
拆 散 合 包① 分 伙 子
拆散荷包分伙伴

tɕəŋ^{31} tsai^{31} tshu^{24} ɕe^{33} liaŋ^{33} pəŋ^{54} luo^{31}
庭 前 拆 散 两 分 离
庭前拆散两分离

məi^{24} kəŋ^{33} pəŋ^{54} luo^{31} tsa^{33} tɕo^{31} au^{35}
妹② 的 分 离 在 爸 屋
弟今分离在爸屋

tso^{31} kəŋ^{33} pəŋ^{54} luo^{31} hau^{33} la^{24} thu^{54}
姐 的 分 离 去 落 他
姐今分离去嫁他

（六）酒出世叙歌

题解：八都尚酒，酒是筵席必备，此歌唱关于酒的传说。

thai^{54} ɕaŋ^{24} sai^{54} ȵi^{31} tse^{54} ɕou^{35} ho^{31}
天 上 仙 人 技 术 好
天上仙人技术好

① 合包：应为“荷包”。
② 妹：根据语境，此处应为“弟”。

tɕou^{31} tsu^{31} niaŋ^{31} niaŋ^{31} tse^{33} niaŋ^{24} tɕou^{31}
酒 子 娘 娘 置 酿 酒
造酒娘娘始酿酒

niaŋ^{24} ɕo^{35} ho^{31} tɕou^{31} luo^{31} ta^{33} fu^{35}
酿 出 好 酒 来 待 客
酿出好酒来待客

tɕio^{33} fa^{24} ɕuəi^{35} tɕou^{31} tɕəŋ^{31} ȵi^{24} ɕi^{54}
聚 会 喝 酒 情 义 深
聚会喝酒情义深

ta^{24} tse^{31} ɕuəi^{35} tɕou^{31} ho^{31} ɕaŋ^{54} ȵe^{24}
大 家 喝 酒 好 商 议
大家喝酒好商议

ȵi^{54} ȵi^{54} ɕaŋ^{31} fa^{35} pi^{24} se^{24} tɕəŋ^{31}
个 个 想 法 办 事 情
个个想法办事情

ȵi^{54} ȵi^{54} ti^{33} ȵe^{24} pi^{24} ho^{31} se^{24}
人 人 都 要 办 好 事
人人都要办好事

pi^{24} ho^{31} se^{24} tɕhəŋ^{31} lu^{35} aŋ^{54} jai^{31}
办 好 事 情 得 安 然
办好事情得安心

nio^{24} təi^{33} təŋ^{31} zə^{33} tɕi^{31} se^{24} ho^{31}
玉 帝 同 意 举 事 好
玉帝认为此举好

hou^{33} se^{24} ta^{24} tse^{31} luo^{31} ɕaŋ^{54} liaŋ^{31}
有　事　大　家　来　商　量
有事大家来商量

tau^{33} nəŋ^{31} ta^{24} tse^{31} ɕaŋ^{31} pi^{24} fa^{35}
才　能　大　家　想　办　法
才能大家想办法

te^{24} se^{24} kai^{33} kai^{33} pi^{24} lu^{35} tɕuai^{31}
大　事　件　件　办　得　全
大事件件办得全

tɕuai^{31} sai^{54} ȵi^{54} ȵi^{54} ti^{33} təŋ^{31} zə^{33}
全　仙　个　个　都　同　意
群仙个个都同意

hou^{33} se^{24} tɕhəŋ^{31} tso^{33} ho^{31} ɕaŋ^{54} liaŋ^{31}
有　事　请　拢　好　商　量
有事聚拢好商量

ȵi^{31} la^{54} pi^{24} fa^{35} ɕaŋ^{31} tiou^{54} luo^{33}
人　多　办　法　想　周　到
人多办法想周到

tsa^{33} ȵi^{31} se^{24} tɕəŋ^{31} pi^{24} ho^{31} luo^{31}
再　难　事　情　办　好　来
再难事情办好来

se^{24} tɕəŋ^{31} pi^{24} ho^{31} və^{31} fi^{31} no^{33}
事　情　办　好　无　烦　恼
事情办好无烦恼

təi^{33} sai^{54} ta^{24} tse^{31} ti^{33} aŋ^{54} jai^{31}
帝 仙① 大 家 都 安 然
帝仙大家都安然

sai^{54} kuəi^{35} ta^{24} tse^{31} ti^{33} mə^{33} luo^{24}
仙 国 大 家 都 无 虑
仙国大家都无虑

tiaŋ^{24} təŋ^{31} aŋ^{54} tau^{24} ɕaŋ^{31} fuə^{35} tɕaŋ^{31}
共 同 安 度 幸 福 长
共同安度幸福长

tɕou^{31} tou^{31} niaŋ^{31} niaŋ^{31} tiaŋ^{54} ɕi^{54} ho^{31}
酒 子 娘 娘 忠 心 好
造酒娘娘忠心好

ɕaŋ^{24} thai^{54} ho^{31} se^{24} tɕuai^{31} fi^{31} ki^{54}
上 天 好 事 传 凡 间
上天好事传凡间

to^{24} ɕaŋ^{24} fi^{31} ki^{54} luo^{54} tɕəŋ^{31} ȵe^{24}
地 上 凡 间 知 情 义
地上凡间知情义

ȵi^{54} ȵi^{54} ɕəŋ^{31} ɕi^{54} tɕiu^{24} ɕaŋ^{24} thai^{54}
人 人 诚 心 谢 上 天
人人诚心谢上天

tɕou^{31} niaŋ^{31} tɕuai^{33} fu^{33} fi^{31} ki^{54} niaŋ^{24}
酒 娘 传 下 凡 间 酿
酒娘传下凡间酿

① 帝仙：玉帝和神仙。

tau^{33} khaŋ^{54} tsho^{33} tɕou^{31} jaŋ^{33} tau^{33} tiaŋ^{54}
杜 康 造 酒 养 肚 中
杜康继承技艺精

ju^{24} tsa^{33} tɕuai^{31} ɕo^{35} ku^{54} ku^{54} niaŋ^{24}
又 再 传 出 家 家 酿
又再传出家家酿

ȵi^{54} ȵi^{54} niaŋ^{24} ɕo^{35} ho^{31} tɕou^{31} luo^{31}
人 人 酿 出 好 酒 来
人人酿出好酒来

ɕuəi^{35} te^{54} ho^{31} tɕou^{31} ɕi^{54} tse^{31} naŋ^{31}
喝 了 好 酒 身 子 暖
喝了好酒身子暖

jaŋ^{33} te^{54} tau^{33} tiaŋ^{54} ɕi^{54} tse^{31} tiaŋ^{31}
养 了 肚 中 身 子 强
养了元气身子强

ho^{31} tɕou^{31} jaŋ^{33} ɕi^{54} ȵi^{54} ȵi^{54} vai^{24}
好 酒 养 身 人 人 爱
好酒养身人人爱

ɕi^{54} tse^{31} kai^{33} khaŋ^{54} pi^{24} se^{24} tɕuai^{31}
身 体 健 康 办 事 全
身体健康办事全

ȵi^{31} ɕi^{54} fə^{31} tshe^{33} tɕhəŋ^{31} tɕou^{31} fa^{24}
人 生 和 气 请 酒 会
人生和气请酒会

ȵi^{24} fa^{33} ta^{31} ɕaŋ^{24} tɕou^{31} sai^{54} çe^{31}
宴 会 桌 上 酒 先 行
宴会桌上酒先行

kau^{31} niai^{31} və^{31} tɕou^{31} mə^{33} ɕəŋ^{31} tɕou^{24}
古 言 无 酒 不 成 席
古言无酒不成席

ɕuəi^{35} tɕou^{31} ta^{31} ɕaŋ^{24} ho^{31} thaŋ^{31} ɕi^{54}
喝 酒 桌 上 好 谈 心
喝酒桌上好谈心

tsha^{33} la^{54} tsha^{33} ɕa^{31} və^{33} sau^{31} vo^{24}
菜 多 菜 少 无 所 谓
菜多菜少无所谓

ta^{24} tse^{31} ɕuəi^{35} tɕou^{31} tiaŋ^{31} ȵi^{31} tɕəŋ^{31}
大 家 喝 酒 讲 人 情
大家喝酒讲人情

ɕuəi^{35} tɕou^{31} thaŋ^{33} ɕo^{35} na^{24} ɕi^{54} fo^{24}
喝 酒 谈 出 内 心 话
喝酒谈出内心话

tau^{31} nəŋ^{31} ta^{24} tse^{31} luo^{33} ka^{31} ɕi^{54}
才 能 大 家 理 解 心
才能大家相理解

fi^{31} ki^{54} phəi^{33} təŋ^{31} thai^{54} ɕaŋ^{24} tsa^{33}
凡 间 配 同 天 上 做
凡间配同天上做

ta^{24} tse^{31} təŋ^{31} ɕi^{54} ɕou^{33} to^{24} tio^{31}
大 家 同 心 绣 地 球
大家同心绣地球

thai^{54} ɕaŋ^{24} vo^{31} fə^{33} fi^{31} ki^{54} ho^{31}
天 上 维 护 凡 间 好
上天维护凡间好

vi^{24} pi^{54} se^{33} tɕəŋ^{31} pi^{24} lu^{35} ɕəŋ^{31}
万 般 事 情 办 得 成
万般事情办得成

səi^{33} se^{24} tɕhəŋ^{31} ȵi^{31} luo^{31} ɕaŋ^{54} ȵi^{24}
小 事 请 人 来 商 议
小事请人来商议

ta^{24} se^{24} liou^{24} tɕhi^{54} tɕhəŋ^{31} tse^{31} luo^{31}
大 事 六 亲 请 齐 来
大事六亲请齐来

hou^{33} fə^{31} khoŋ^{33} ȵe^{31} tiaŋ^{31} ɕo^{35} tɕhiəŋ^{33}
有 何 困 难 讲 出 听
有何困难讲出来

ta^{24} tse^{31} ɕaŋ^{31} ɕo^{35} pi^{24} fa^{35} luo^{31}
大 家 想 出 办 法 来
大家想出办法来

ɕaŋ^{31} ɕo^{35} pi^{24} fa^{35} tsəi^{31} ɕi^{54} tsa^{33}
想 出 办 法 齐 心 做
想出办法齐心做

hou^{33} fə^{31} ȵi^{31} se^{24} pi^{24} mə^{33} ɕəŋ^{31}
有 何 难 事 办 不 成
有何难事办不成

fə^{33} ɕaŋ^{54} paŋ^{54} tsau^{24} taŋ^{31} tse^{35} ho^{31}
互 相 帮 助 团 结 好
互相帮助团结好

tsəi^{31} ɕi^{54} jaŋ^{24} kəŋ^{54} vi^{24} se^{24} ɕi^{54}
齐 心 用 功 万 事 兴
齐心用功万事兴

fə^{31} tshe^{33} ɕuəi^{35} tɕou^{31} se^{33} ho^{31} se^{24}
和 气 喝 酒 是 好 事
和气喝酒是好事

mə^{33} kho^{31} tiaŋ^{31} tio^{31} kuo^{33} liaŋ^{24} la^{54}
不 可 强 求 过 量 多
不可强求过量多

tsou^{35} tɕəŋ^{31} ji^{31} liaŋ^{24} jaŋ^{33} ɕi^{54} tɕou^{31}
酌 情 饮 量 养 身 酒
酌情饮量养身酒

la^{54} ji^{31} kuo^{33} liaŋ^{24} va^{24} ɕaŋ^{54} ɕi^{54}
多 饮 过 量 会 伤 身
多饮过量会伤身

tse^{24} ŋu^{33} tsou^{35} tɕəŋ^{31} se^{24} liaŋ^{24} ji^{31}
自 我 酌 情 适 量 饮
自我酌情适量饮

ləi^{24} sa^{31} nəŋ^{31} tse^{24} ȵi^{31} tɕa^{31} fə^{31}
力 所 能 及 人 舒 服
力所能及人舒服

haŋ^{54} se^{31} ha^{54} ɕi^{54} luo^{31} ji^{31} tɕou^{31}
欢 喜 开 心 来 饮 酒
欢喜开心来饮酒

pəŋ^{31} aŋ^{54} ji^{24} khua^{33} fa^{31} ku^{54} məŋ^{31}
平 安 愉 快 回 家 门
平安愉快回家门

mə^{33} thia^{54} tɕou^{31} liaŋ^{24} ɕi^{54} tse^{31} vaŋ^{24}
不 超 酒 量 身 强 旺
不超酒量身强旺

kəŋ^{54} tsou^{35} ɕi^{54} khau^{31} ju^{24} və^{31} faŋ^{31}
工 作 辛 苦 也 无 妨
工作辛苦也无妨

lau^{31} təŋ^{33} ji^{31} tɕou^{31} kuo^{35} tse^{24} liaŋ^{24}
劳 动 饮 酒 各 自 量
劳动饮酒各自量

ɕi^{54} the^{31} kai^{33} khaŋ^{54} ɕou^{24} miŋ^{24} tɕaŋ^{31}
身 体 健 康 寿 命 长
身体健康寿命长

（七）陪行娘姐推抵歌

la^{33} se^{33} jiŋ^{33} miŋ^{31} li^{31} thəi^{35} fu^{35}
我 是 永 明 打 铁 匠
我是永明打铁匠

kəŋ^{54} kuo^{54} se^{54} fə^{33} paŋ^{54} la^{35} tio^{31}
跟 着 师 傅 帮 下 锤
跟着师傅帮下锤

paŋ^{54} se^{54} paŋ^{54} tio^{31} mə^{33} va^{24} paŋ^{54}
帮 师 帮 锤 不 会 帮
帮师帮锤不会帮

tɕəŋ^{31} mai^{24} paŋ^{54} ȵi^{31} tɕhi^{31} mau^{24} po^{31}
情 愿 帮 人 铲 木 皮
情愿帮人铲木皮

hi^{33} ŋu^{33} la^{33} tou^{31} mə^{33} va^{24} la^{33}
叫 我 带 头 不 会 带
叫我带头不会带

mə^{33} nəŋ^{54} ji^{33} tsha^{35} tsou^{31} mə^{33} thaŋ^{54}
不 给 引 错 走 不 通
不给引错走不通

ŋu^{33} tɕhəŋ^{31} tou^{31} taŋ^{31} tse^{24} tɕou^{24} lie^{33}
我 请 头 团 自 就 些
我请头团爽快些

tse^{24} tse^{24} tɕou^{24} tɕou^{24} ji^{33} se^{31} tou^{31}
自 自 就 就 引 起 头
爽爽快快带好头

la^{33} se^{31} ta^{24} tse^{31} tsou^{31} tse^{33} lau^{24}
带 起 大 家 走 直 路
带起大家走直路

mə^{33} nəŋ^{54} jo^{35} lau^{24} tsou^{31} lu^{35} tɕaŋ^{31}
不 给 弯 路 走 得 长
不给弯路走得长

jo^{35} lau^{24} tsou^{31} tɕaŋ^{31} mo^{33} no^{24} tse^{31}
弯 路 走 长 没 日 子
弯路走长耗时间

ŋa^{33} tɕo^{31} ta^{24} tse^{31} se^{24} mə^{33} thaŋ^{54}
挨 着 大 家 事 不 通
误了大家事不通

ŋu^{33} tɕhəŋ^{31} tou^{31} taŋ^{31} mə^{33} tsa^{33} fo^{35}
我 请 头 团 不 坐 客
我请头团不客套

mə^{33} ȵi^{24} tsa^{33} fo^{35} tɕhua^{54} təi^{24} ȵe^{31}
不 要 坐 客 推 别 人
不要客套推别人

tɕhua^{54} lu^{35} la^{54} te^{54} mə^{33} ho^{31} tɕhəŋ^{33}
推 得 多 了 不 好 听
推得多了不好听

mə^{33} nəŋ^{54} pəi^{24} ȵe^{31} tɕhi^{31} ɕa^{33} nəŋ^{31}
不 给 别 人 取 笑 侬
不给别人取笑我

la^{33} ke^{33} fu^{24} po^{33} əi^{54} jaŋ^{24} tiaŋ^{31}
我 的 话 鼻① 这 样 讲
我的话儿这样讲

① 话鼻：同“话篦”。

əi^{54} jaŋ^{24} thaŋ^{54} luo^{54} təŋ^{31} paŋ^{33} ȵe^{31}
这 样 通 知 同 伴 人
这样通知同伴人

tsaŋ^{31} ȵe^{24} tou^{31} taŋ^{31} tse^{24} tɕou^{24} lie^{33}
总 要 头 团 自 就 些
总要头团爽快些

li^{31} khua^{33} tse^{24} tɕou^{24} tso^{31} ji^{33} tou^{31}
打 快 自 就 早 引 头
赶快自觉早带头

tse^{31} kaŋ^{31} ji^{33} tou^{31} pəŋ^{54} kəŋ^{54} fo^{33}
只 管 引 头 分 工 下
只管带头分好工

zə^{35} taŋ^{31} zə^{35} tɕhou^{33} lu^{35} lau^{24} thaŋ^{54}
一 团 一 奏① 得 路 通
一团一段得路通

ta^{24} tse^{33} ȵi^{54} ȵi^{54} tse^{24} tɕou^{24} lie^{33}
大 齐 个 个 自 就 些
大家个个爽快些

mə^{33} nəŋ^{54} ŋa^{31} tɕi^{31} tio^{31} ȵi^{31} ku^{54}
不 给 挨 着 主 人 家
不要耽误主人家

① 一奏：一段。

ho^{31} tshe^{35} pai^{54} luo^{31} tɕa^{24} mə^{33} tɕa^{24}
口 吃 边 梨 嚼 不 嚼
口吃槟榔嚼不嚼

se^{33} mə^{33} əi^{54} jaŋ^{24} saŋ^{33} ɕaŋ^{54} liaŋ^{31}
是 否 这 样 算 商 量
是否这样算商量

tiaŋ^{31} fu^{24} mə^{33} tia^{24} nəŋ^{31} tiaŋ^{31} kuo^{33}
讲 话 不 对 能 讲 过
讲话不对能讲过

tɕun^{54} paŋ^{33} mə^{33} tia^{24} ɕaŋ^{54} kuo^{33} liaŋ^{31}
尊 伴 不 对 商 过 量
传伴不对再商量

ho^{31} tshe^{35} pai^{54} luo^{31} jou^{24} se^{33} tɕa^{24}
口 吃 边 梨 也 是 嚼
口吃槟榔也是嚼

tiŋ^{33} se^{33} əi^{54} jaŋ^{24} tɕun^{54} la^{33} nəŋ^{31}
正 是 这 样 尊 我 们
正是这样传我们

tiaŋ^{31} fu^{24} tɕa^{24} te^{54} mə^{33} la^{54} tiaŋ^{31}
讲 话 对 了 不 多 讲
讲话对了不多讲

thiaŋ^{33} kø^{54} tɕa^{24} te^{54} mə^{33} ɕaŋ^{54} liaŋ^{31}
唱 歌 对 了 不 商 量
唱歌对了不商量

la^{33} se^{33} hau^{31} nəŋ^{31} ma^{24} tiaŋ^{54} fo^{35}
我 是 湖 南 卖 姜 客
我是湖南卖姜客

ɕo^{35} luo^{31} na^{24} tse^{31} paŋ^{33} tiaŋ^{54} la^{31}
出 来 闹 子 放 姜 箩
出来集市放姜箩

paŋ^{33} fu^{33} tiaŋ^{54} la^{31} tiaŋ^{31} tiaŋ^{54} ku^{33}
放 下 姜 箩 讲 姜 价
放下姜箩讲姜价

tse^{31} tiaŋ^{54} mə^{33} po^{31} luo^{33} tiaŋ^{54} tou^{31}
子 姜 不 比 老 姜 头
子姜不比老姜头

tse^{31} tiaŋ^{54} mə^{33} po^{31} luo^{33} tiaŋ^{54} ho^{31}
子 姜 不 比 老 姜 好
子姜不比老姜好

la^{33} nəŋ^{31} mə^{33} po^{31} təŋ^{31} paŋ^{33} ȵe^{31}
我 们 不 比 同 伴 人
我们不比同伴人

tou^{31} təŋ^{31} po^{31} ŋu^{33} luo^{54} lu^{35} le^{33}
头 团 比 我 知 得 礼
头团比我知礼节

ji^{24} ka^{54} tse^{24} tɕou^{24} ji^{33} se^{31} tou^{31}
应 该 自 就 引 起 头
应该爽快带好头

tou^{31} təŋ^{31} ji^{24} ka^{54} mə^{33} tsa^{33} fo^{35}
头 团 应 该 不 坐 客
头团应该少客套

mə^{33} pəi^{35} se^{24} kəŋ^{54} ŋa^{31} lu^{35} tou^{31}
不 必 时 间 挨 得 迟
不必时间耽搁久

ŋa^{31} lu^{35} tou^{31} te^{54} mo^{33} no^{24} tse^{31}
挨 得 迟 了 没 日 子
拖得久了没时间

ŋu^{33} tɕhəŋ^{31} tou^{31} taŋ^{31} khua^{33} ji^{33} tou^{31}
我 请 头 团 快 引 头
我请头团快带头

li^{31} kua^{33} ji^{33} tou^{31} pəŋ^{54} kəŋ^{54} fo^{33}
打 快 引 头 分 工 下
赶快带头分工下

zə^{35} taŋ^{31} zə^{35} tɕhou^{33} thiaŋ^{33} taŋ^{24} vai^{31}
一 团 一 奏 唱 段 完
一团一段唱段完

se^{33} ŋu^{33} ho^{31} tshau^{54} tiaŋ^{31} lu^{35} khua^{33}
是 我 口 初 讲 得 快
是我口粗讲得快

tse^{31} vaŋ^{31} təŋ^{31} paŋ^{33} mə^{33} kua^{33} nəŋ^{31}
指 望 同 伴 不 怪 侬
希望同伴不怪我

vu²⁴ se³³ ho³¹ tshau⁵⁴ tiaŋ³¹ mə³³ tɕa²⁴
若　是　口　初　讲　不　对
若是口粗讲不对

tɕəŋ³¹ paŋ³³ tiaŋ³¹ ɕo³⁵ ɕaŋ⁵⁴ kuo³³ liaŋ³¹
请　伴　讲　出　商　过　量
请伴讲出再商量

ho³¹ tshe³⁵ pai⁵⁴ luo³¹ tɕa²⁴ mə³³ tɕa²⁴
口　吃　边　梨　嚼　不　嚼
口吃槟榔嚼不嚼

se³³ mə³³ əi⁵⁴ jaŋ²⁴ saŋ³³ ɕaŋ⁵⁴ liaŋ³¹
是　否　这　样　算　商　量
是否这样算商量

tsəi³⁵ tɕi³¹ thiaŋ³³
接　着　唱
接着唱

tsəi³⁵ tɕi³¹ paŋ³³ kə³³ ho³¹ kø⁵⁴ tɕəŋ³¹
接　着　伴　的　好　歌　情
接着伴的好歌情

luo⁵⁴ ɕi⁵⁴ təŋ³¹ paŋ³³ tiaŋ³¹ lu³⁵ ho³¹
知　心　同　伴　讲　得　好
知心同伴讲得好

tiŋ³¹ se³³ əi⁵⁴ jaŋ²⁴ luo³¹ ɕaŋ⁵⁴ liaŋ³¹
正　是　这　样　来　商　量
正是这样来商量

səŋ^{54} pu^{35} tɕi^{54} the^{35} li^{31} piŋ^{31} to^{33}
三 百 斤 铁 打 把 锯
三百斤铁打把锯

so^{33} ȵi^{31} ta^{33} ɕaŋ^{33} mau^{24} ɕaŋ^{24} ȵau^{31}
四 人 抬 上 木 上 揉①
四人抬上木上推

ȵi^{33} tɕhua^{54} luo^{31} te^{31} ŋu^{33} tɕhua^{54} hau^{33}
你 推 来 时 我 推 去
你推来时我推去

tɕhua^{54} luo^{31} tɕhua^{54} hau^{33} no^{24} mə^{33} tɕaŋ^{31}
推 来 推 去 日 不 长
推来推去日不长

sa^{54} lu^{35} tiou^{31} te^{54} sa^{54} mə^{33} taŋ^{33}
锯 得 久 了 锯 不 断
锯得久了锯不断

tɕhua^{54} luo^{31} tɕhua^{54} hau^{33} mə^{33} ji^{54} tou^{31}
推 来 推 去 不 引 头
推来推去不带头

mo^{33} ȵi^{31} ji^{33} tou^{31} mə^{33} ho^{31} pe^{24}
没 人 引 头 不 好 办
没人带头不好办

və^{33} ȵi^{31} pəŋ^{54} kəŋ^{54} mə^{33} ho^{31} vo^{31}
无 人 分 工 不 好 维
无人分工不好为

① 揉：应为“推”。

tshai^{54} ju^{54} vi^{24} mu^{33} jou^{33} tou^{31} tɕu^{54}
千 军 万 马 有 头 军
千军万马有头军

vi^{24} tɕaŋ^{33} mu^{31} sa^{35} jou^{33} kau^{31} tou^{31}
万 丈 麻 绳 有 根 头
万丈麻绳有个头

piou^{35} jou^{33} ɕaŋ^{24} kuo^{35} jou^{33} fu^{33} kuo^{35}
竹 有 上 节 有 下 节
竹有上节有下节

thiaŋ^{33} kø^{54} tou^{31} taŋ^{31} luo^{33} no^{24} taŋ^{31}
唱 歌 头 团 到 二 团
唱歌头团到二团

ŋu^{33} tɕhəŋ^{31} tou^{31} təŋ^{31} tse^{24} tɕou^{24} lie^{33}
我 请 头 团 自 就 些
我请头团爽快些

li^{31} khua^{33} tse^{24} tɕou^{24} ji^{33} se^{31} tou^{31}
打 快 自 就 引 起 头
赶快自觉带起头

la^{33} tou^{31} zə^{35} no^{24} pəŋ^{54} kəŋ^{54} fo^{33}
带 头 一 二 分 工 下
带头一二分工下

zə^{35} taŋ^{31} zə^{35} tɕhou^{33} lu^{35} lau^{24} thaŋ^{54}
一 团 一 奏 得 路 通
一团一段得路通

ȵi^{54} ȵi^{54} se^{33} kuo^{54} ɕou^{24} se^{24} paŋ^{33}
个 个 是 归 熟 悉 伴
个个都是熟悉伴

ji^{24} ka^{54} ta^{24} tse^{31} ho^{31} ɕaŋ^{54} liaŋ^{31}
应 该 大 齐 好 商 量
应该大家好商量

la^{33} kəŋ^{33} fu^{24} po^{24} əi^{54} jaŋ^{24} tiaŋ^{31}
我 的 话 鼻 这 样 讲
我的话是这样讲

ŋu^{33} tɕhəŋ^{31} tou^{31} taŋ^{31} tso^{31} ji^{33} tou^{31}
我 请 头 团 早 引 头
我请头团早带头

hou^{31} luo^{33} tɕhəŋ^{54} ɕi^{54} tɕu^{33} məŋ^{24} paŋ^{33}
口 来 轻 心 借 问 伴
口说心想借问伴

ta^{24} tse^{31} fuə^{24} ɕi^{54} mə^{33} fuə^{24} ɕi^{54}
大 齐 合 心 不 合 心
大家合心不合心

vu^{24} se^{33} fuə^{24} ɕi^{54} kəŋ^{33} vu^{31} ho^{31}
若 是 合 心 更 加 好
若是合心更加好

tou^{31} taŋ^{31} se^{31} ɕəŋ^{54} la^{33} se^{31} tou^{31}
头 团 起 声 带 起 头
头团起声带起头

ŋau^{33} faŋ^{54} ŋau^{33} lau^{24} kuo^{35} vo^{24} fə^{33}
五 方 五 路 各 为 何
五方五路为何路

ləŋ^{54} faŋ^{54} ɕua^{24} tɕhəŋ^{54} mau^{24} liaŋ^{31}
东 方 属 青 木 龙
东方属木青龙

nəŋ^{31} faŋ^{54} ɕua^{24} fə^{31} vaŋ^{24} liaŋ^{31}
南 方 属 火 旺 龙
南方属火红龙

səi^{54} faŋ^{54} ɕua^{24} tɕi^{54} tɕi^{54} liaŋ^{31}
西 方 属 真 金 龙
西方属金白龙

po^{35} fəŋ^{54} ɕua^{24} tɕaŋ^{31} ɕʊ^{31} liaŋ^{31}
北 方 属 长 水 龙①
北方属水黑龙

tiaŋ^{54} jaŋ^{54} ɕua^{24} thau^{31} haŋ^{31} liaŋ^{31}
中 央 属 土 黄 龙②
中央属土黄龙

fə^{33} vo^{33} ŋau^{33} səŋ^{35} liaŋ^{31} tɕhiaŋ^{31} tio^{53}
何 为 五 色 龙 抢 珠
何为五色龙抢珠

① 北方壬癸水，主黑色，如白山黑水。
② 中央戊己土，主黄色，如黄袍加身。

tiou^{54} vo^{31} tɕuai^{31} liaŋ^{31} ɕo^{54} sa^{31} vaŋ^{24}
珠 为 群 龙 需 所 旺
珠为群龙所必争

tɕhəŋ^{54} liaŋ^{31} həŋ^{31} liaŋ^{31} haŋ^{31} liaŋ^{31} lio^{24} liaŋ^{31} pu^{24} liaŋ^{31}
青 龙 红 龙 黄 龙 绿 龙① 白 龙
青龙红龙黄龙绿龙白龙

ŋau^{33} liaŋ^{31} ti^{33} ɕo^{54} tio^{54} ji^{33} lau^{24}
五 龙 都 需 珠 引 路
五龙都需珠引路

sa^{31} ji^{33} ŋau^{33} liaŋ^{31} tɕhaŋ^{31} tio^{54}
所 叫 五 龙 抢 珠
所以叫五龙抢珠

① 八都土话形容颜色深常说“黑绿黑绿”，故黑龙也称绿龙。

第二篇

嫁女看歌堂之歌

题解：嘱咐行娘出嫁到男家后要兼顾好婆家和娘家的关系，在婆家要关照好丈夫，与丈夫同心同德，办好家庭的一切事务，欢欢喜喜生儿育女，成为家庭和睦、夫妻恩爱、和谐团结的典范。

一、嫁女做歌堂歌

题解：即嫁女仪式的《进村堂歌》。

（一）进村堂歌

çi^{31} çi^{31} vaŋ^{33} vaŋ^{33} li^{31} tshai^{54} tɕhou^{54}
行 行 往 往 打 千 秋
行行往往度千秋

mə^{33} çi^{31} mə^{33} vaŋ^{33} au^{24} luo^{31} jou^{54}
不 行 不 往 屋 里 忧
不行不往家里忧

au^{24} luo^{31} tsou^{31} jou^{54} və^{31} ȵi^{31} ka^{31}
屋 里 愁 忧 无 人 解
家里愁忧无人解

ɕo^{35} məŋ^{31} tsou^{31} jou^{54} kø^{54} ka^{31} nəŋ^{31}
出 门 愁 忧 歌 解 男
出门愁忧歌能解

kø^{54} tou^{31} ka^{31} lu^{35} la^{33} tsou^{31} jou^{54}
歌 子 解 得 俫 愁 忧
歌儿解得我愁忧

kø^{54} taŋ^{31} ka^{31} lu^{35} la^{33} ɕi^{54} tɕa^{54}
歌 堂 解 得 俫 心 焦
歌堂解得我心闷

ka^{31} ha^{35} tsou^{31} jou^{54} pa^{35} paŋ^{33} hau^{33}
解 开 愁 忧 邀 伴 去
解开愁忧邀伴去

pa^{35} paŋ^{33} hau^{33} tɕho^{33} me^{24} kø^{54} taŋ^{31}
邀 伴 去 看 妹 歌 堂
邀伴去看妹歌堂

ta^{24} lau^{24} piŋ^{31} piŋ^{31} ho^{31} tsou^{31} lau^{24}
大 路 平 平 好 走 路
大路平平好走路

ɕo^{31} tou^{31} jou^{33} jou^{33} ho^{31} tɕhi^{54} ɕuai^{31}
水 子 游 游 好 撑 船
水儿悠悠好撑船

jou^{33} jou^{33} tɕhi^{54} tɕi^{31} jou^{33} jou^{33} hau^{33}
游 游 撑 起 游 游 去
快快撑起快快去

jou^{33} jou^{33} tɕhi^{54} hau^{33} tɕho^{33} kø^{54} taŋ^{31}
游 游 撑 去 看 歌 堂
快快撑去看歌堂

çi^{33} çi^{33} mə^{33} luo^{54} ȵi^{31} tɕhun^{54} luo^{31}
行 行 不 知 人 村 到
行行不知人村到

luo^{31} luo^{31} ȵi^{31} tɕhun^{54} ho^{31} tsu^{24} tiaŋ^{31}
到 来 人 村 好 宅 强
来到人村好恢宏

tsu^{24} tiaŋ^{31} ho^{31} tsu^{24} tiaŋ^{31}
宅 强 好 宅 强
恢宏啊恢宏

ŋau^{33} faŋ^{54} ŋau^{33} lau^{24} ŋau^{33} tou^{31} liaŋ^{31}
五 方 五 路 五 条 龙
五方五路五条龙

jou^{24} jou^{33} səŋ^{54} tou^{31} hau^{33} tɕhi^{33} zə^{24}
又 有 三 条 去 寻 吃
见有三条去寻吃

jou^{24} jou^{33} liaŋ^{31} tou^{31} ɕou^{31} tɕhun^{54} taŋ^{31}
又 有 两 条 守 村 堂
还有两条守村庄

tsu^{24} tiaŋ^{31} ho^{31} tsu^{24} tiaŋ^{31}
宅 强 好 宅 强
恢宏啊恢宏

tiou^{31} tɕhuəi^{33} məŋ^{31} luo^{31} se^{24} tɕhuə^{33} tɕaŋ^{31}
九 砌 门 楼 十 砌 墙
九砌门楼十砌墙

tiou^{31} tɕhuəi^{33} məŋ^{31} luo^{31} fu^{24} liaŋ^{31} hau^{31}
九 砌 门 楼 画 龙 虎
九砌门楼画龙虎

se^{24} tɕhuəi^{33} tɕaŋ^{31} ɕaŋ^{24} fu^{24} faŋ^{24} haŋ^{31}

十 砌 墙 上 画 凤 凰

十砌墙上画凤凰

faŋ^{24} haŋ^{31} pu^{35} tɕho^{35} məŋ^{31} ȵi^{31} vo^{24}

凤 凰 拍 翅 闻 人 曰

凤凰拍翅闻人传

məŋ^{31} ȵi^{31} vo^{24} me^{24} tsa^{33} kø^{54} taŋ^{31}

闻 人 曰 妹 做 歌 堂

闻人传妹做歌堂

la^{33} tɕou^{24} tse^{31} la^{31} pa^{35} paŋ^{33} luo^{31}

我 就 几 兄 邀 伴 到

我们兄弟邀伴到

pa^{35} paŋ^{33} luo^{31} tɕho^{33} me^{24} kø^{54} taŋ^{31}

邀 伴 来 看 妹 歌 堂

邀伴来陪妹歌堂

tu^{24} no^{24} kuo^{54} tɕhun^{54} li^{31} zə^{35} va^{24}

达 进 贵 村 打 一 望

踏进贵村抬头望

vaŋ^{24} kai^{33} kuo^{54} tɕhun^{54} ho^{31} tɕhun^{54} taŋ^{31}

望 见 贵 村 好 村 堂

望见贵村好村堂

pəi^{33} ɕe^{31} luo^{31} liaŋ^{31} tiou^{31} thio^{33} ɕo^{31}

背 后 来 龙 九 处 水

背后来龙九条脉

mai^{24} tsu^{31} tia^{35} tu^{24} ɕo^{31} ni^{31} ka^{54}
面 前 脚 踏 水 泥 街
面前脚踏水泥街

ȵi^{54} ȵi^{54} pa^{35} paŋ^{33} se^{31} ɕi^{54} au^{35}
个 个 邀 伴 起 新 屋
个个邀伴起新屋

tɕuai^{31} se^{31} kaŋ^{54} tɕi^{54} ɕo^{31} ni^{31} luo^{31}
全 起 钢 筋 水 泥 楼
都起钢筋水泥楼

tse^{31} tɕe^{33} kuo^{54} luo^{31} se^{31} lu^{35} ho^{31}
几 层 高 楼 起 得 好
几层高楼起得好

ɕaŋ^{31} fə^{35} no^{24} tse^{31} haŋ^{54} la^{24} ɕi^{54}
幸 福 日 子 欢 乐 心
幸福日子欢乐心

ȵi^{54} sua^{33} ȵi^{54} ȵe^{24} tsaŋ^{54} ɕou^{54} ho^{31}
个 赛 个 要 装 修 好
争先恐后装修好

tɕo^{24} no^{24} ɕi^{54} au^{35} ɕo^{31} ni^{31} luo^{31}
住 进 新 屋 水 泥 楼
住进新屋水泥楼

tse^{31} ɕəŋ^{54} hou^{33} ta^{24} lu^{35} ɕaŋ^{31} fə^{35}
子 孙 后 代 得 幸 福
子孙后代得幸福

lu^{35} te^{54} ɕaŋ^{31} fə^{35} nai^{24} əŋ^{54} tɕiəŋ^{31}
得 了 幸 福 念 恩 情
得了幸福念恩情

ȵi^{31} ki^{54} se^{33} ɕaŋ^{24} thio^{33} thio^{33} təŋ^{31}
人 间 世 上 处 处 同
人间世上处处同

lu^{35} te^{54} ɕaŋ^{31} fə^{35} mə^{33} maŋ^{31} tɕəŋ^{31}
得 了 幸 福 不 忘 情
得了幸福不忘恩

se^{33} ɕaŋ^{24} liaŋ^{31} ɕi^{54} to^{33} luo^{31} ho^{31}
世 上 良 心 道 理 好
世上良心道理好

thai^{35} to^{24} tia^{33} kau^{33} tiaŋ^{54} ɕi^{54} ȵi^{31}
天 地 照 顾 忠 心 人
天地照顾忠心人

zə^{35} nai^{31} tiaŋ^{54} tɕhou^{54} zə^{35} nai^{31} maŋ^{31}
一 年 中 秋 一 年 忙
一年中秋一年忙

pa^{35} ŋue^{24} pəi^{33} fu^{54} maŋ^{33} to^{24} haŋ^{31}
八 月 贝 花 满 地 黄
八月棉花满地黄

tiaŋ^{54} zə^{35} pəi^{33} tse^{24} lai^{31} liu^{31} ɕuo^{31}
中 一 贝 字 连 流 写
中一贝字顺序写

tse^{31} la^{31} tu^{24} no^{24} kuo^{33} tɕhun^{54} taŋ^{31}
几 兄 踏 进 贵 村 堂
兄弟踏进贵村堂

tu^{24} no^{24} kuo^{33} tɕhun^{54} nəŋ^{31} pa^{35} paŋ^{33}
踏 进 贵 村 能 邀 伴
踏进贵村能邀伴

pa^{35} tsəi^{31} təŋ^{31} paŋ^{33} tɕho^{33} kø^{54} taŋ^{31}
邀 齐 同 伴 看 歌 堂
邀齐同伴看歌堂

pa^{35} tsəi^{31} təŋ^{31} paŋ^{33} ȵi^{54} ȵi^{54} hau^{33}
邀 齐 同 伴 个 个 去
邀齐同伴个个去

ȵi^{54} ȵi^{54} hau^{33} tɕho^{33} me^{24} kø^{54} taŋ^{31}
个 个 去 看 妹 歌 堂
个个去看妹歌堂

ȵi^{54} kuo^{54} ȵi^{54} a^{31} ta^{24} tsəi^{31} hau^{33}
个 高 个 矮 大 齐 去
无论高矮大家去

mə^{33} nəŋ^{54} ku^{35} ɕo^{35} lau^{35} zə^{35} ȵi^{54}
不 给 隔 出 哪 一 个
不给漏下哪一个

ku^{35} ɕo^{35} zə^{35} ȵi^{54} jou^{33} ȵi^{31} ɕa^{33}
隔 出 一 个 有 人 笑
漏下一个有人笑

ku^{35} ɕo^{35} zə^{35} ȵi^{54} jou^{33} ȵi^{31} te^{31}
隔 出 哪 个 有 人 弹
漏下哪个有人责

jou^{33} ȵi^{31} te^{31} la^{33} mə^{33} luo^{54} le^{33}
有 人 弹 俫 不 知 礼
有人责我不知礼

mə^{33} pa^{35} təŋ^{31} paŋ^{33} tɕho^{33} kø^{54} taŋ^{31}
不 邀 同 伴 看 歌 堂
不邀同伴看歌堂

ŋu^{33} tɕhəŋ^{31} təŋ^{31} paŋ^{33} tɕhi^{33} tso^{31} ɕo^{35}
我 请 同 伴 趁 早 出
我请同伴趁早出

tɕhi^{33} tso^{31} ɕo^{35} luo^{31} zə^{35} tsəi^{31} he^{31}
趁 早 出 来 一 齐 行
趁早出来一齐行

ta^{24} tse^{31} ɕo^{35} luo^{31} zə^{35} tsəi^{31} ha^{33}
大 家 出 来 一 齐 去
大家出来一齐去

ta^{24} tsəi^{31} hau^{33} tɕho^{33} me^{24} kø^{54} taŋ^{31}
大 家 去 看 妹 歌 堂
大家去看妹歌堂

la^{33} ke^{33} fu^{24} po^{24} əi^{54} jaŋ^{24} tiaŋ^{31}
俫 的 话 篦 这 样 讲
我的话儿这样讲

zə^{35} ɕi^{54} pa^{35} paŋ^{33} tɕho^{33} kø^{54} taŋ^{31}
一 心 邀 伴 看 歌 堂
一心邀伴看歌堂

tu^{24} ɕaŋ^{33} məŋ^{31} luo^{31} li^{31} zə^{35} vaŋ^{24}
达 上 门 楼 打 一 望
踏上门楼望一望

vaŋ^{24} kai^{33} kua^{33} se^{31} tɕi^{54} tse^{24} paŋ^{31}
望 见 挂 起 金 字 牌
望见挂起金字牌

tɕi^{54} paŋ^{31} vai^{31} se^{31} tsaŋ^{24} vai^{31} lu^{35}
金 牌 原 是 状 元 得
金牌原是状元得

tsaŋ^{24} vai^{31} vai^{31} se^{31} ɕou^{33} tsa^{31} luo^{31}
状 元 原 是 秀 才 来
状元原是秀才来

ɕou^{33} tsa^{31} mə^{33} taŋ^{33} ki^{33} ɕi^{54} lau^{24}
秀 才 不 断 更 新 路
秀才不断上进路

kuo^{33} tɕhun^{54} mə^{33} taŋ^{33} me^{24} kø^{54} taŋ^{31}
贵 村 不 断 妹 歌 堂
贵村不变歌堂俗

kuo^{33} tɕhun^{54} tɕo^{24} tsu^{24} faŋ^{54} ɕo^{31} ho^{31}
贵 村 住 宅 风 水 好
贵村住宅风水好

tiaŋ³¹ tiaŋ³¹ ta²⁴ ta²⁴ ɕo³⁵ kaŋ⁵⁴ vai³¹
朝 朝 代 代 出 官 员
朝朝代代出官员

tsa³³ kaŋ⁵⁴ tsa³³ fə³¹ vo²⁴ pu³⁵ ɕəŋ³³
坐 官 坐 府 为 百 姓
坐官坐府为百姓

təŋ³¹ ji⁵⁴ pu³⁵ ɕəŋ³³ zə³⁵ tɕa³¹ ɕi⁵⁴
同 与 百 姓 一 条 心
同与百姓一条心

tsa³³ ɕo³⁵ ho³¹ jaŋ²⁴ ta²⁴ tse³¹ lio³⁵
做 出 好 样 大 家 看
做出好样大家看

ȵi⁵⁴ ȵi⁵⁴ ɕaŋ⁵⁴ ɕe³³ laŋ⁵⁴ kaŋ⁵⁴ ȵi³¹
个 个 相 信 当 官 人
个个相信当官人

tɕhun⁵⁴ miŋ³¹ ȵi⁵⁴ ȵi⁵⁴ ti³³ vu²⁴ ho³¹
村 民 人 人 都 说 好
村民人人都说好

tɕi⁵⁴ tiŋ³³ ȵi³¹ miŋ³¹ fə³³ mu³³ kaŋ⁵⁴
真 正 人 民 父 母 官
真正人民父母官

zə³⁵ tɕhun⁵⁴ ȵi⁵⁴ ȵi⁵⁴ ta²⁴ tse³¹ ho³¹
一 村 个 个 大 家 好
一村个个大家好

ho^{31} tɕaŋ^{33} tɕhi^{54} tɕhi^{54} zə^{35} ku^{54} ȵe^{31}
好 像 亲 亲 一 家 人
好像亲亲一家人

ta^{24} tse^{31} ȵi^{54} ȵi^{54} ŋi^{24} tshe^{33} ho^{31}
大 家 人 人 义 气 好
大家人人义气好

ju^{24} jou^{33} se^{24} tɕəŋ^{31} ȵi^{54} paŋ^{54} ȵi^{54}
若 有 事 情 个 帮 个
若有事情相互帮

se^{24} jou^{33} khoŋ^{33} ȵe^{31} mə^{33} ȵi^{24} tɕe^{31}
实 有 困 难 不 要 紧
实有困难不要紧

ta^{24} tse^{31} tsəi^{31} ɕi^{54} luo^{31} fu^{33} luo^{31}
大 家 齐 心 拿 下 来
大家齐心拿下来

ho^{31} se^{24} ȵe^{31} se^{24} ti^{33} zə^{35} jaŋ^{24}
好 事 难 事 都 一 样
好事难事都一样

mə^{33} nəŋ^{54} lau^{24} ȵi^{54} la^{54} fi^{31} ɕi^{54}
不 给 哪 人 多 烦 心
不让哪个多烦心

ȵi^{31} la^{54} tsəi^{31} ɕi^{54} ləi^{24} liaŋ^{24} te^{24}
人 多 齐 心 力 量 大
人多齐心力量大

tsa³³ te²⁴ khoŋ³³ ȵe³¹ pi²⁴ lu³⁵ ɕəŋ³¹
再 大 困 难 办 得 成
再大困难也能成

ku⁵⁴ ku⁵⁴ ȵi⁵⁴ ȵi⁵⁴ pi²⁴ se²⁴ ɕe²⁴
家 家 个 个 办 事 顺
家家个个办事顺

ta²⁴ tse³¹ ȵi⁵⁴ ȵi⁵⁴ haŋ⁵⁴ la²⁴ ɕi⁵⁴
大 家 人 人 欢 乐 心
大家人人欢乐心

ɕaŋ³³ fu³³ li³¹ tɕhun⁵⁴ ȵi³¹ luo⁵⁴ lu³⁵
上 下 邻 村 人 晓 得
上下邻村人晓得

ȵi³¹ vo²⁴ kuo³³ tɕhun⁵⁴ ho³¹ tsəi³¹ ɕi⁵⁴
人 曰 贵 村 好 齐 心
人曰贵村好齐心

fə³¹ tse³¹ taŋ³¹ tse³⁵ və³¹ ku³³ po³¹
和 谐 团 结 无 价 宝
和谐团结无价宝

luo³¹ se³¹ haŋ³¹ tɕi⁵⁴ ma³³ mə³³ luo³¹
拿 起 黄 金 买 不 来
拿起黄金买不来

ɕo³⁵ məŋ³¹ tu²⁴ pai³¹ paŋ³¹ kaŋ⁵⁴ ɕo²⁴
出 门 踏 反 盘 官 石
出门踏反官铺石

paŋ^{31} kaŋ^{54} ɕo^{24} fu^{33} jou^{33} saŋ^{54} liaŋ^{31}
盘 官 石 下 有 双 龙
官铺石下有双龙

liaŋ^{31} mə^{33} ɕaŋ^{54} ja^{54} ɕo^{24} mə^{33} təŋ^{33}
龙 不 伸 腰 水 不 动
龙不伸腰水不动

me^{24} mə^{33} ɕo^{35} kuo^{33} la^{33} mə^{33} luo^{31}
妹 不 出 嫁 俫 不 来
妹不出嫁我不来

me^{24} mə^{33} ɕo^{35} ku^{33} la^{33} mə^{33} luo^{33}
妹 不 出 嫁 俫 不 到
妹不出嫁我不到

la^{33} jou^{24} mə^{33} luo^{31} tɕho^{33} kø^{54} taŋ^{31}
俫 又 不 来 看 歌 堂
我也不来看歌堂

liaŋ^{31} nai^{31} fuə^{24} ɲue^{24} me^{24} ɕo^{35} ku^{33}
良 年 合 月 妹 出 嫁
良年吉月妹嫁人

luo^{31} tɕho^{33} kø^{54} taŋ^{31} vo^{24} ləi^{31} tsai^{31}
来 看 歌 堂 为 值 钱
我看歌堂为妹好

kaŋ^{31} səi^{54} ka^{54} tou^{31} ma^{33} hou^{31} tɕhiŋ^{33}
广 西 街 头 买 口 镜
广西街头买面镜

paŋ^{33} pai^{54} ɕi^{54} thəi^{35} paŋ^{33} pai^{54} təŋ^{31}
半 边 生 铁 半 边 铜
半边生铁半边铜

ləŋ^{54} pai^{54} pou^{31} tɕhəŋ^{33} səi^{54} pai^{54} ɕaŋ^{31}
东 边 打 镜 西 边 响
东边打镜西边响

məŋ^{31} ɕəŋ^{54} tɕhəŋ^{33} ɕaŋ^{31} ta^{24} ku^{54} luo^{31}
闻 声 听 响 大 家 来
闻声听响大家来

məŋ^{31} ɕəŋ^{54} tɕhəŋ^{33} ɕaŋ^{31} la^{33} jou^{24} luo^{31}
闻 声 听 响 俫 又 到
闻声听响我又到

la^{33} jou^{24} luo^{31} tɕho^{33} me^{24} kø^{54} taŋ^{31}
俫 又 来 看 妹 歌 堂
我又来看妹歌堂

tsou^{31} jo^{33} tɕhəŋ^{33} məŋ^{31} kø^{54} taŋ^{31} luo^{31}
昨 夜 听 闻 歌 堂 到
昨夜听说歌堂到

tsou^{31} tɕi^{33} tsho^{35} tɕhun^{54} ma^{33} tsho^{31} ha^{31}
走 尽 七 村 买 草 鞋
走尽七村买草鞋

tsou^{31} ɕaŋ^{33} ɕaŋ^{24} tɕhun^{54} ma^{33} mə^{33} ɕo^{35}
走 向 上 村 买 不 出
走向上村买不到

tsou^{31} fu^{33} fu^{33} tɕhun^{54} ma^{33} mə^{33} luo^{31}
走 下 下 村 买 不 来
走下下村买不来

ȵi^{31} ke^{33} ti^{31} ha^{31} ti^{31} lia^{35} ma^{24}
人 的 层 鞋 层 穿 袜
人家新鞋兼厚袜

kho^{54} la^{33} ja^{35} khai^{33} tɕho^{33} kø^{54} taŋ^{31}
亏 我 穿 歉① 看 歌 堂
亏我赤脚看歌堂

tɕaŋ^{31} ɕaŋ^{24} tiou^{31} tsha^{33} zə^{24} ɕo^{31} ɕo^{31}
墙 上 韭 菜 叶 垂 垂
墙上韭菜叶垂垂

pəi^{33} ɕi^{31} ɕi^{54} kuo^{54} ŋue^{24} ɕo^{35} tou^{31}
背 后 山 高 月 出 迟
背后山高月出迟

pəi^{33} ɕi^{31} ɕi^{54} kuo^{54} tiu^{54} lia^{33} ŋue^{24}
背 后 山 高 遮 了 月
背后山高遮了月

ɕi^{54} kuo^{54} tiu^{54} ŋue^{24} la^{33} luo^{31} tou^{31}
山 高 遮 月 我 来 迟
山高遮月我来迟

① 穿歉：原为“赤脚”，当代歌师根据生活状况变化而改动歌词。

luo^{31} tou^{31} lia^{33}
来 迟 了
来迟了

luo^{31} tou^{31} ju^{24} se^{33} tɕho^{33} kø^{54} taŋ^{31}
来 迟 也 是 看 歌 堂
来迟也是看歌堂

tiou^{24} nai^{31} tou^{31} pai^{31} miou^{31} tɕi^{54} to^{24}
去 年 锄 反 茅 根 地
去年锄开茅草地

tse^{54} nai^{54} va^{35} pai^{31} lai^{31} jou^{31} mo^{31}
今 年 挖 翻 点 油 麻
今年挖翻种芝麻

hau^{33} se^{31} jou^{31} mo^{31} su^{35} səŋ^{54} tɕe^{31}
去 时 油 麻 撒 三 盏
去时芝麻撒三盏

kuo^{54} se^{31} jou^{31} mo^{31} ɕou^{54} səŋ^{54} ɕi^{54}
归 时 油 麻 收 三 升
归时芝麻收三升

səŋ^{54} ɕi^{54} jou^{31} mo^{31} tsəŋ^{31} ka^{54} su^{35}
三 升 油 麻 从 街 撒
三升芝麻从街撒

su^{35} luo^{31} məŋ^{31} tsai^{31} səŋ^{54} pu^{35} ku^{54}
撒 到 门 前 三 百 家
撒到门前三百家

səŋ^{54} ku^{54} so^{33} au^{35} la^{33} mə^{33} no^{24}
三 家 四 屋 倈 不 进
三家四屋我不进

la^{33} se^{33} no^{24} kuo^{54} kø^{54} taŋ^{31} ku^{54}
我 是 进 回 歌 堂 家
我是进回歌堂家

zə^{35} saŋ^{54} hau^{31} ɕuai^{35} fo^{54} fu^{33} liŋ^{33}
一 双 虎 雪 飞 下 岭
一双虎雪飞下岭

zə^{35} ɕo^{35} fo^{54} luo^{31} tou^{31} liu^{24} lie^{31}
一 翅 飞 来 投 栎 林
并翅飞来投社林

lia^{31} tou^{31} liu^{24} lie^{31} la^{33} tou^{31} tio^{31}
鸟 投 栎 林 我 投 主
鸟投社林我投主

kø^{54} taŋ^{31} sai^{54} tou^{31} tio^{31} ȵi^{33} ku^{54}
歌 堂 先 投 主 人 家
歌堂先投主人家

sai^{54} tou^{31} tio^{31} ȵi^{33} tɕi^{31} mə^{33} tɕe^{31}
先 投 主 人 准 不 准
先投主人准不准

hou^{33} məŋ^{24} so^{33} li^{31} ɕi^{54} mə^{33} ɕi^{54}
后 问 四 邻 兴 不 兴
后问四邻兴不兴

so^{33} li^{31} vu^{24} ɕi^{54} la^{33} tɕou^{24} no^{24}
四 邻 曰 兴 倈 就 入
四邻说兴我就进

tio^{31} ȵi^{33} tɕi^{31} tia^{54} tɕho^{33} lu^{35} ɕəŋ^{31}
主 人 准 许 看 得 成
主人张罗陪得成

zə^{35} lai^{31} zə^{35} vu^{35} ve^{31}
一 点 一 画 横
一点一画横

hou^{31} ɕa^{31} tia^{35} fu^{33} lie^{31}
口 小 脚 下 拦
口小脚下悬

tsa^{33} pai^{54} ɕo^{33} ɕi^{54} piŋ^{31} pa^{31} tse^{33}
左 边 忄 平 排 站
左边竖心平排站

mə^{33} ka^{54} tɕiŋ^{54} təŋ^{33} so^{33} li^{31} ȵe^{31}
不 该 惊 动 四 邻 人
不该惊动四邻人

tɕiŋ^{54} təŋ^{33} luo^{31} ke^{33} fəŋ^{33} mə^{33} tɕa^{24}
惊 动 老 的 睡 不 着
惊动老人睡不着

tɕiŋ^{54} təŋ^{33} ɕa^{33} ke^{33} nəi^{35} lia^{33} ɕi^{54}
惊 动 少 的 热 了 心
惊动小孩躁了心

ȵi^{54} ȵi^{54} nəi^{24} ɕi^{54} pa^{35} paŋ^{33} hau^{33}
个 个 热 心 邀 伴 去
个个热心邀伴去

nəi^{24} ɕi^{54} hau^{33} tɕho^{33} me^{24} kø^{54} taŋ^{31}
热 心 去 看 妹 歌 堂
热心去看妹歌堂

ɕo^{33} tɕi^{54} tɕaŋ^{33} te^{54} ɕo^{33} ɕi^{54} ɕai^{31}
忄 像 了 竖 心 形
竖心像了竖心形

liŋ^{24} tse^{24} nəŋ^{54} luo^{31} liaŋ^{33} ɕaŋ^{54} lai^{31}
令 字 给 来 两 相 连
令字并来两相连

ɕo^{33} tɕi^{54} liəŋ^{24} tse^{24} saŋ^{54} saŋ^{54} tse^{33}
忄 令 字 双 双 站
竖心令字双双站

ɕaŋ^{31} luo^{31} mə^{33} tɕho^{33} kai^{33} kho^{31} lie^{31}
想 来 不 看 见 可 怜
想来不看见可怜

kho^{31} lie^{31} tɕi^{54} kho^{31} lie^{31}
可 怜 真 可 怜
怜爱真怜爱

kho^{31} lie^{31} kuo^{33} ku^{54} ɕiŋ^{31} niaŋ^{31} ȵe^{31}
可 怜 贵 家 行 娘 人
怜爱贵家行娘人

kho^{31} lie^{31} kuo^{33} ku^{54} ɕiŋ^{31} niaŋ^{31} me^{24}
可 怜 贵 家 行 娘 妹
怜爱贵家行娘妹

kho^{31} lie^{31} kuo^{33} ku^{54} ho^{31} fu^{35} tɕiəŋ^{31}
可 怜 贵 家 好 客 情
可赞贵家好客情

ho^{31} zə^{33} hi^{33} ȵi^{31} lu^{35} ɕi^{33} luo^{31}
好 意 喊 人 达 信 到
好意喊人传信到

hi^{33} la^{33} luo^{31} tɕho^{33} me^{24} kø^{54} taŋ^{31}
喊 俫 来 看 妹 歌 堂
喊我来看妹歌堂

la^{33} se^{33} tse^{31} la^{31} vai^{24} mə^{33} lia^{33}
俫 是 几 兄 愿 不 了
我们兄弟喜不尽

luo^{31} ȵi^{31} luo^{31} ku^{54} vai^{24} mə^{33} vai^{31}
老 人 老 家 愿 不 完
老人老家爱不完

luo^{31} luo^{31} məŋ^{31} tsai^{31} tse^{33} zə^{35} tse^{33}
到 来 门 前 站 一 站
来到门前站一站

tsa^{33} jou^{24} zə^{35} lai^{31} ŋi^{33} lio^{24} liu^{31}
左 右 一 点 眼 泪 流
左右一点眼泪流

zə^{35} phəi^{35} li^{31} çe^{31} tia^{35} fu^{33} kuə^{33}
一 丿 打 行 脚 下 过
一撇打从脚下过

luo^{31} ȵi^{31} luo^{31} tɕho^{33} ɕa^{33} kø^{54} taŋ^{31}
老 人 来 看 少 歌 堂
老人来看少歌堂

ɕa^{33} tse^{24} paŋ^{31} pai^{54} səŋ^{54} lai^{31} ɕo^{31}
少 字 旁 边 三 点 水
少字旁边三点水

ɕaŋ^{31} luo^{31} mə^{33} tɕho^{33} tshe^{33} ɕəŋ^{31} su^{54}
想 来 不 看 气 成 沙①
想来不来气成痧

piŋ^{31} to^{24} ɕi^{54} se^{31} zɔ^{35} luou^{54} mau^{24}
平 地 生 起 一 蔸 木
平地生起一棵树

liaŋ^{33} ȵi^{31} tse^{33} ɕaŋ^{33} mau^{24} ɕaŋ^{24} niou^{31}
两 人 站 上 木 上 蹂
两人站上树上踩

liaŋ^{33} ȵi^{31} niou^{31} niou^{31} ɕo^{31} fu^{33} kuo^{31}
两 人 蹂 蹂 垂 下 枝
两人踩踩枝垂下

hou^{24} vu^{33} mə^{33} luo^{31} ɕi^{54} a^{33} luo^{31}
口 曰 不 来 心 爱 来
口说不来心爱来

① 沙：以上四句拆“沙”字，本句“沙”字根据语境应为“痧”。

hou^{24} vu^{33} mə^{33} luo^{31} ɕi^{54} a^{33} luo^{31}
口 曰 不 来 心 爱 到
口说不来心爱到

ɕi^{54} tiaŋ^{54} a^{33} luo^{31} tɕho^{33} kø^{54} taŋ^{31}
心 中 爱 来 看 歌 堂
心中爱来看歌堂

səŋ^{54} tɕhun^{54} jaŋ^{31} liu^{33} zə^{24} ɕo^{31} ɕo^{31}
三 春 杨 柳 叶 垂 垂
三春杨柳叶垂垂

ȵi^{31} ɕi^{54} tse^{33} ɕo^{35} se^{33} jaŋ^{24} vo^{31}
人 心 置 出 是 样 维
人心生成是这般

lau^{24} zə^{31} se^{54} ɕaŋ^{31} kø^{54} taŋ^{31} luo^{31}
哪 日 思 想 歌 堂 到
哪日思想歌堂到

jou^{31} jou^{31} tɕhi^{54} luo^{31} ta^{24} məŋ^{31} tsai^{31}
游 游 撑 到 大 门 前
快快撑到大门前

tsha^{31} na^{24} luo^{31}
吵 闹 到
吵闹到

se^{54} pai^{54} jou^{33} tsu^{35} tsha^{31} na^{24} ɕuai^{31}
溪 边 有 只 吵 闹 船
溪边有船来吵闹

ɕuai^{31} luo^{31} tsə^{24} tou^{31} paŋ^{33} fu^{33} ɕo^{31}
船 到 埠 头 停 下 水
船到埠头放下桨

mu^{33} luo^{31} məŋ^{31} tsai^{31} ɕai^{31} fu^{35} aŋ^{54}
马 到 门 前 掀 下 鞍
马到门前掀下鞍

ɕai^{31} fu^{33} mu^{33} aŋ^{54} aŋ^{54} ku^{54} ɕaŋ^{24}
掀 下 马 鞍 安 家 上
掀下马鞍放家里

se^{54} sai^{33} ləŋ^{31} tou^{31} kua^{33} piou^{35} ɕaŋ^{54}
丝 线 笼 头 挂 壁 上
丝线笼头挂壁上

ləŋ^{31} tou^{31} kua^{33} ɕaŋ^{33} piou^{35} paŋ^{54} ɕaŋ^{24}
笼 头 挂 上 壁 板 上
笼头挂上壁板上

mə^{33} khaŋ^{33} kø^{54} taŋ^{31} khaŋ^{33} lau^{24} faŋ^{54}
不 看 歌 堂 看 哪 方
不看歌堂看什么

mə^{33} vai^{24} kø^{54} taŋ^{31} la^{33} mə^{33} luo^{31}
不 愿① 歌 堂 俫 不 到
不爱歌堂我不到

la^{33} ju^{31} mə^{33} luo^{31} tsha^{31} na^{24} ȵe^{31}
俫 也 不 来 吵 闹 人
我也不来吵闹人

① 不愿：不喜欢。

thəŋ^{35} tɕi^{54} ji^{33} tiai^{54} luo^{31} te^{54} luo^{31}
现 在 已 经 到 了 来
现在已经来到了

tsha^{31} na^{24} ji^{33} tiai^{54} luo^{31} te^{54} luo^{31}
吵 闹 已 经 到 了 来
吵闹已经到了来

tio^{31} ȵi^{31} zə^{35} ku^{54} ho^{31} mə^{33} lia^{33}
主 人 一 家 好 不 了
主人一家好不了

paŋ^{33} niaŋ^{31} nio^{33} paŋ^{33} ho^{31} mə^{33} vai^{31}
伴 娘 女 伴 好 不 完
伴娘女伴好得很

fu^{35} tɕiəŋ^{31} zə^{33} ho^{31} luo^{31} tsəi^{35} la^{33}
客 情 意 好 来 接 我
客情意好来接我

ɕaŋ^{54} ai^{54} ɕaŋ^{54} tsu^{31} ta^{33} faŋ^{33} nəŋ^{31}
香 烟 香 茶 待 奉 男
香烟香茶侍奉男

ȵi^{54} ȵi^{54} he^{33} la^{33} tse^{24} tɕou^{24} lie^{33}
个 个 喊 倈 自 就 些
个个喊我快快进

tio^{33} tio^{33} he^{33} la^{33} no^{24} tɕhəŋ^{54} tou^{31}
句 句 喊 倈 入 清 头
句句喊我入厅堂

la^{33} se^{33} tse^{31} la^{31} mə^{33} luo^{54} le^{33}
俫 是 几 兄 不 知 礼
我们兄弟不知礼

məŋ^{31} tsai^{31} le^{33} mau^{24} mə^{33} çe^{31} thaŋ^{54}
门 前 礼 貌 没 行 通
门前礼貌没做到

kø^{54} taŋ^{31} ji^{24} jou^{33} kø^{54} taŋ^{31} le^{33}
歌 堂 也 有 歌 堂 礼
歌堂也有歌堂礼

məŋ^{31} tsai^{31} aŋ^{33} ɕa^{35} tɕa^{24} təi^{31} tou^{31}
门 前 安 削 着① 提 头
门前安肃要领头

luo^{54} mə^{33} luo^{54} se^{33} təi^{33} vu^{31} thiaŋ^{33}
知 不 知 时 提 下 唱
知不知时带着唱

tio^{33} tɕi^{54} tio^{31} ku^{31} təi^{31} vu^{31} tou^{31}
句 真 句 假 提 下 头
对不对时提醒我

liou^{24} ŋue^{33} nəŋ^{31} pəŋ^{54} təŋ^{31} təŋ^{24} ɕaŋ^{33}
六 月 南 风 从 洞 上
六月南风从垌上

tsho^{35} ŋue^{31} tɕhou^{54} pəŋ^{54} təŋ^{31} liŋ^{33} luo^{31}
七 月 秋 风 从 岭 来
七月秋风从岭来

① 着：需要。

ta^{24} pəŋ^{54} luo^{31}
大 风 到
大风到

ɕi^{54} ɕi^{54} piou^{35} mau^{24} ti^{33} ləi^{54} tou^{31}
深 山 竹 木 都 低 头
深山竹木都低头

piou^{35} mau^{24} ləi^{54} tou^{31} tɕhəŋ^{33} pəŋ^{54} kuə^{33}
竹 木 低 头 听 风 过
竹木低头听风过

lie^{35} vo^{24} kuo^{54} tsa^{31} tɕhəŋ^{33} la^{33} ɕəŋ^{54}
列 位 高 才 听 俫 声
列位高才听我声

kø^{54} taŋ^{31} ȵi^{31} la^{54} tɕhəŋ^{33} tɕi^{31} la^{33}
歌 堂 人 多 听 着 俫
歌堂人多听着我

tɕhəŋ^{33} tɕi^{31} la^{33} saŋ^{54} aŋ^{54} ɕa^{35} ȵe^{31}
听 着 俫 双 安 削 人
听着我俩安肃人

məŋ^{31} tsai^{31} aŋ^{54} ɕa^{35} təi^{31} vu^{31} thiaŋ^{33}
门 前 安 削 提 下 唱
门前安肃领头唱

təŋ^{33} mə^{33} təŋ^{33} se^{31} tɕho^{33} kø^{54} taŋ^{31}
动 不 动 时 看 歌 堂
动不动时看歌堂

fə^{31} ɕa^{54} tiaŋ^{54} luo^{31} laŋ^{24} se^{24} tse^{24}
火 烧 江 华 乱 石 寺
火烧江华浪尸寺

fə^{31} jaŋ^{54} la^{24} no^{24} se^{24} tse^{31} ka^{54}
火 秧 落 入 十 字 街
火苗落入十条街

se^{24} tse^{31} ka^{54} tou^{31} li^{31} fa^{35} fə^{31}
十 字 街 头 打 发 火①
十字街头发火灾

lai^{31} ɕəŋ^{31} ɕa^{54} ɕo^{35} ɕi^{33} tou^{31} luo^{31}
连 成 烧 出 榫 头 来
结果烧出榫头来

ɕa^{54} ɕo^{35} ɕi^{33} tou^{31} la^{33} mə^{33} ȵe^{24}
烧 出 榫 头 俫 不 要
烧出榫头我不要

mə^{33} ȵe^{24} ɕi^{33} tou^{31} aŋ^{54} ɕa^{35} ȵe^{31}
不 要 榫 头 安 削 人
不要序曲安肃人

zə^{35} liaŋ^{54} həŋ^{31} tse^{31} həŋ^{31} thu^{54} thu^{54}
一 张 红 纸 红 滔 滔
一张红纸红彤彤

tiaŋ^{54} jaŋ^{54} tse^{33} vu^{35} khaŋ^{31} miŋ^{31} thiu^{54}
中 央 直 画 孔 明 车
中央直画孔明车

① 打发火：引发火灾。

thiu^{54} tse^{24} tsou^{31} nio^{33} ɕəŋ^{31} lai^{31} tse^{24}
车 字 走 耳 成 连 字
车字走之成连字

lai^{31} pai^{24} lai^{31} ɕəŋ^{31} aŋ^{54} ɕa^{35} ȵe^{31}
连 便 连 成 安 削 人
连便连成安肃人

tɕəŋ^{31} tsai^{31} jou^{33} luou^{54} so^{33} tse^{33} tɕhəŋ^{54}
庭 前 有 蔸 四 季 青
庭前有棵四季青

aŋ^{54} ɕa^{35} ȵe^{31} kø^{54} tɕou^{24} se^{31} ɕəŋ^{54}
安 削 人 歌 就 起 声
安肃人歌就起声

aŋ^{54} ɕa^{35} ȵe^{31} kø^{54} se^{31} ɕəŋ^{54} thiaŋ^{33}
安 削 人 歌 起 声 唱
安肃人歌起声唱

tsəi^{35} tɕi^{31} se^{31} ɕəŋ^{54} aŋ^{54} ɕa^{35} ȵe^{31}
接 着 起 声 安 削 人
接着起声安肃人

se^{24} tsho^{35} se^{24} pa^{35} tsou^{31} kaŋ^{31} se^{54}
十 七 十 八 走 广 西
十七十八走广西

se^{24} tɕou^{31} no^{24} se^{24} tsou^{31} fə^{33} tɕhuai^{54}
十 九 二 十 走 富 川
十九二十走富川

hau^{33} se^{31} tsou^{31} no^{24} kuəi^{33} li^{31} ɕe^{31}
去 时 走 进 桂 林 省
去时走进桂林省

li^{31} ɕe^{31} ɕaŋ^{54} taŋ^{31} haŋ^{33} hou^{31} kuo^{54}
打 行 湘 潭 汉 口 归
打从湘潭汉口归

ɕaŋ^{54} taŋ^{31} haŋ^{33} hou^{31} tiaŋ^{54} se^{54} ɕo^{24}
湘 潭 汉 口 樟 丝 树①
湘潭汉口金丝楠

luo^{31} luo^{31} tiaŋ^{54} se^{54} lia^{54} tsu^{31} paŋ^{31}
砍 倒 樟 丝 雕 茶 盘
砍倒楠木雕茶盘

tsu^{31} paŋ^{31} mə^{33} ɕa^{35} la^{33} aŋ^{54} ɕa^{35}
茶 盘 不 削 俫 安 削
茶盘不削我安肃

se^{33} la^{33} aŋ^{54} ɕa^{35} so^{33} li^{31} ȵe^{31}
是 俫 安 削 四 邻 人
是我安肃四邻人

aŋ^{54} ɕa^{35} so^{33} li^{31} ho^{31} na^{24} ne^{24}
安 削 四 邻 好 闹 热
安肃四邻好热闹

ȵi^{31} la^{54} na^{24} ne^{24} tɕho^{33} kø^{54} taŋ^{31}
人 多 闹 热 看 歌 堂
人多热闹看歌堂

① 樟丝树：一说金丝楠木。

tsou^{31} jo^{24} tsaŋ^{54} mo^{31} hau^{33} ɕaŋ^{33} liŋ^{33}
昨 夜 装 饭 去 上 岭
昨夜装饭去上岭

tsaŋ^{54} mo^{31} ɕaŋ^{33} liŋ^{33} hau^{33} tsha^{31} maŋ^{31}
装 饭 上 岭 去 采 芒
装饭上岭去采芒

ɕaŋ^{33} liŋ^{33} tsha^{31} maŋ^{31} mə^{33} tɕiəŋ^{24} mə^{31}
上 岭 采 芒 不 定 根
上岭采芒不定数

fu^{33} liŋ^{33} tsha^{31} maŋ^{31} mə^{33} tɕiəŋ^{24} saŋ^{54}
下 岭 采 芒 不 定 双
下岭采芒有短长

tsha^{31} fu^{33} piŋ^{31} to^{24} kuə^{33} zə^{35} sau^{31}
采 下 平 地 过 一 数
采下平地数一数

səŋ^{54} pu^{35} mə^{31} tɕaŋ^{31} so^{33} pu^{35} saŋ^{54}
三 百 根 长 四 百 双
三百根长四百双

tɕaŋ^{31} te^{33} nəŋ^{54} luo^{31} tsa^{33} tɕe^{33} tsai^{33}
长 的 给 来 做 起 箭
长的拿来做起箭

laŋ^{31} te^{33} nəŋ^{54} luo^{31} tiai^{31} tɕo^{35} ɕi^{54}
短 的 给 来 缠 烛 心
短的拿来缠烛心

laŋ^{54} thai^{54} lai^{31} lua^{33} jou^{31} lu^{24} tio^{35}
当 天 点 对 油 蜡 烛
当天点对油蜡烛

nəŋ^{54} luo^{31} tɕu^{35} tɕe^{31} so^{33} li^{33} ȵe^{31}
给 来 烤 着 四 邻 人
拿来照着四邻人

tɕu^{35} tɕe^{31} so^{33} li^{33} ho^{31} na^{24} ne^{24}
烤 着 四 邻 好 闹 热
照着四邻好热闹

ȵe^{31} la^{54} na^{24} ne^{24} tɕho^{33} kø^{54} taŋ^{31}
人 多 闹 热 看 歌 堂
人多热闹看歌堂

ɕaŋ^{24} khua^{33} fu^{33} ma^{24} ta^{24} piŋ^{31} ɕe^{31}
上 块 下 睦 大 坪 庙
巷头和睦大古街

kuo^{54} po^{54} ɕi^{54} tso^{33} tiou^{54} taŋ^{31} ŋe^{31}
高 坝 新 造 周 塘 岩
高坝新造周塘岩

mu^{24} kaŋ^{54} mu^{24} liŋ^{33} səi^{54} ŋou^{31} ai^{33}
麻 岗 麦 岭 犀 牛 堰
华岗麦岭犀牛堰

səi^{54} ŋou^{31} ai^{33} ɕo^{31} ŋa^{35} tou^{31} tia^{31}
犀 牛 堰 水 砍 头 桥
犀牛堰水砍头桥

ŋa^{35} tou^{31} tia^{31} ɕaŋ^{24} ɕua^{54} ha^{54} fo^{33}
砍 头 桥 上 滑 开 下
砍头桥上滑下去

tiŋ^{33} se^{33} se^{31} ɕi^{54} ɕi^{54} po^{54} ka^{54}
正 是 麒 山 深 坡 街
岐山村旁深坡街

ɕi^{54} po^{54} liŋ^{33} ɕo^{31} tsu^{24} tou^{31} vai^{31}
深 坝 泠 水 宅 头 园
深坡临水宅头园

tɕhəŋ^{54} taŋ^{31} ɕaŋ^{24} təŋ^{24} luo^{31} ki^{54} vai^{31}
清 塘 上 洞 到 关 元
清塘上洞到关源

haŋ^{31} piou^{35} liou^{24} tɕaŋ^{33} luo^{31} ɕi^{31} ɕaŋ^{24}
黄 竹 六 丈 到 神 上
黄竹六丈神上村

ɕi^{31} ɕaŋ^{24} ɕi^{54} fu^{33} luo^{31} vie^{31} au^{54}
神 上 山 下 到 云 乌
神上山下是龙窝

vi^{31} au^{54} taŋ^{31} tou^{31} liaŋ^{31} ɕaŋ^{33} ɕo^{31}
云 乌 塘 头 龙 上 水
龙窝塘头龙上水

vi^{31} au^{54} liŋ^{33} mo^{33} se^{24} au^{54} vie^{31}
云 乌 岭 尾 起 乌 云
龙窝岭尾起乌云

se^{31} na^{31} au^{54} vie^{31} la^{24} tɕiu^{24} hau^{33}
起 朵 乌 云 落 阵 雨
起朵乌云下阵雨

tia^{31} tou^{31} ɕi^{31} vi^{54} ɕo^{31} tɕhua^{54} su^{54}
桥 头 神 湾 水 推 砂
桥头神湾水推沙

ɕo^{31} tsu^{31} tɕhua^{54} su^{54} piŋ^{31} təŋ^{24} fo^{33}
水 子 推 砂 平 垌 下
水儿推沙平垌下

tɕhua^{54} ɕo^{35} zə^{35} saŋ^{35} təŋ^{31} mau^{24} lio^{31}
推 出 一 双 桐 木 榴
推出两棵桐木苗

ɕo^{35} məŋ^{31} tse^{33} tɕo^{24} ȵe^{31} tsəi^{31} se^{31}
出 门 玩 耍 人 捡 起
出门玩耍人捡起

nəŋ^{54} luo^{31} tɕe^{33} no^{24} mau^{24} luo^{31} ve^{54}
给 来 种 进 木 楼 湾
拿来种进木楼湾

səi^{33} hau^{33} mo^{31} mo^{31} tɕe^{33} təŋ^{31} mau^{24}
小 雨 濛 濛 种 桐 木
小雨蒙蒙种桐木

mo^{24} jaŋ^{54} səi^{33} hau^{33} təŋ^{31} mau^{24} ɕi^{54}
毛 秧 细 雨 桐 木 生
毛毛细雨桐木生

tɕe^{33} mau^{24} səŋ^{54} nai^{31} mau^{24} jou^{24} ta^{24}
种 木 三 年 木 也 大
种树三年树也大

tɕe^{33} mau^{24} so^{33} nai^{31} mau^{24} ɕəŋ^{31} ɕi^{54}
种 木 四 年 木 成 身
种树四年树成材

tse^{54} no^{54} li^{31} he^{31} mau^{24} pai^{54} kuə^{33}
今 日 打 行 木 边 过
今日打从树边过

khaŋ^{33} kai^{33} mau^{24} ta^{24} mau^{24} ɕəŋ^{31} ɕi^{54}
看 见 木 大 木 成 身
看见树大已成材

tse^{31} mu^{33} ɕaŋ^{33} tiŋ^{54} hau^{33} tɕhəŋ^{31} tɕaŋ^{24}
骑 马 上 京 去 请 匠
骑马上京去请匠

tse^{31} lio^{31} no^{24} vai^{24} tɕhəŋ^{31} tɕaŋ^{24} kuo^{54}
骑 驴 入 县 请 匠 归
骑驴入县请匠回

mau^{24} tɕaŋ^{24} no^{24} məŋ^{31} tsəi^{35} fu^{33} tɕo^{35}
木 匠 进 门 接 下 尺
木匠进门接墨斗

paŋ^{33} fu^{33} lio^{35} tɕo^{35} mi^{24} se^{54} liaŋ^{31}
放 下 曲 尺 慢 思 量
放下曲尺慢思量

mi^{24} mi^{24} se^{54} liaŋ^{31} hau^{33} luo^{31} mau^{24}
慢 慢 思 量 去 砍 木
慢慢思量去砍木

luo^{31} luo^{31} ta^{24} mau^{24} taŋ^{24} liaŋ^{33} təŋ^{31}
砍 倒 大 木 断 两 筒
砍断大木两段分

tou^{31} təŋ^{31} nəŋ^{54} luo^{31} sa^{54} səi^{33} pe^{31}
头 筒 给 来 锯 细 板
头段用来锯细板

no^{24} təŋ^{31} nəŋ^{54} luo^{31} tsa^{33} tshəŋ^{54} ɕaŋ^{54}
二 筒 给 来 做 钦 箱
二段用来做神龛

ɕi^{54} tsa^{33} tshiɔŋ^{54} ɕaŋ^{54} la^{33} tshəŋ^{54} pa^{33}
新 做 轻 箱 俫 轻 拜
新做神龛我礼拜

tshəŋ^{54} luo^{31} pa^{33} hau^{33} so^{33} liŋ^{31} ȵe^{31}
轻 来 拜 去 四 邻 人
鞠躬礼拜四邻人

tshəŋ^{54} pa^{33} so^{33} liŋ^{31} ho^{31} na^{24} ne^{24}
轻 拜 四 邻 好 闹 热
礼拜四邻好热闹

ȵe^{31} la^{54} na^{24} ne^{24} tɕho^{33} kø^{54} taŋ^{31}
人 多 闹 热 看 歌 堂
人多热闹看歌堂

tse^{54} no^{54} ɕo^{35} məŋ^{31} se^{31} li^{24} ho^{31}
今 天 出 门 时 运 好
今天出门时运好

tɕi^{31} luo^{35} pu^{24} se^{33} saŋ^{33} ȵi^{31} tsai^{31}
捡 个 白 石 是 银 钱
捡个白石是银钱

paŋ^{33} liaŋ^{31} zə^{35} fəŋ^{54} li^{31} tɕe^{33} tse^{31}
半 两 一 分 打 戒 指
半两一钱打戒指

zə^{35} liaŋ^{33} no^{24} fəŋ^{54} li^{31} ȵou^{33} ve^{31}
一 两 二 分 打 耳 环
一两二钱打耳环

no^{24} liaŋ^{31} no^{24} fəŋ^{54} li^{31} ȵi^{33} tha^{35}
二 两 二 分 打 银 饰
二两三钱打银饰

so^{33} liaŋ^{31} so^{33} fəŋ^{54} li^{31} ȵi^{31} paŋ^{31}
四 两 四 分 打 银 盘
四两四钱打银盘

ȵi^{31} paŋ^{31} mə^{33} ɕa^{35} la^{33} aŋ^{33} ɕa^{35}
银 盘 不 削 俫 安 削
银盘不削我安肃

se^{33} la^{33} aŋ^{54} ɕa^{35} so^{33} li^{31} ȵe^{31}
是 倈 安 削 四 邻 人
是我安肃厅头人

aŋ^{54} ɕa^{35} so^{33} li^{31} hau^{33} na^{24} ne^{24}
安 削 四 邻 好 闹 热
安肃四邻好热闹

ȵe^{31} la^{54} na^{24} ne^{24} tɕho^{33} kø^{54} taŋ^{31}
人 多 闹 热 看 歌 堂
人多热闹伴行娘

lai^{31} zə^{24} lai^{31}
莲 叶 连
莲叶连

aŋ^{54} ɕa^{35} ȵi^{31} kø^{54} saŋ^{33} thiaŋ^{33} vai^{31}
安 削 人 歌 算 唱 完
安肃人歌算唱完

aŋ^{54} ɕa^{35} ȵi^{31} kø^{54} saŋ^{33} thiaŋ^{33} lia^{33}
安 削 人 歌 算 唱 了
安肃人歌算唱了

hou^{33} vu^{24} mə^{33} vai^{31} saŋ^{33} thiaŋ^{33} vai^{31}
口 曰 不 完 算 唱 完
口说不完算唱完

hou^{33} vu^{24} mə^{33} vai^{31} saŋ^{33} thiaŋ^{33} lia^{33}
口 曰 不 完 算 唱 了
口说不完算唱了

la^{33} $mə^{33}$ luo^{54} $kø^{54}$ $saŋ^{33}$ $thiaŋ^{33}$ vai^{31}
俫 不 知 歌 算 唱 完
我不知歌算唱完

li^{54} $ɕaŋ^{24}$ $thəi^{35}$ ho^{35} lai^{33} $liaŋ^{33}$ $taŋ^{24}$
砧 上 切 瓜 连 两 段
砧上切瓜连两段

tou^{31} $taŋ^{24}$ $mə^{33}$ vai^{31} mo^{33} $taŋ^{24}$ luo^{31}
头 段 不 完 尾 段 来
头段不完尾段来

tou^{31} $taŋ^{24}$ $mə^{33}$ vai^{31} mo^{33} $taŋ^{24}$ fa^{35}
头 段 不 完 尾 段 发
头段不完尾段发

$aŋ^{54}$ $ɕa^{35}$ $mə^{33}$ vai^{31} $tɕhua^{54}$ me^{24} $nəŋ^{31}$
安 削 不 完 推① 妹 们
安肃不完催妹们

$tɕhua^{54}$ tse^{31} me^{24} $nəŋ^{31}$ luo^{31} $tsəi^{35}$ la^{33}
推 起 妹 们 来 接 俫
催起妹们来接我

$tsəi^{35}$ la^{33} tse^{31} la^{31} no^{24} $tɕhəŋ^{54}$ tou^{31}
接 我 几 兄 入 清 头
接我兄弟入厅堂

① 推：应为“催”。

no^{24} hau^{33} tɕhəŋ^{54} tou^{31} jou^{33} zə^{35} no^{24}
进 去 清 头 有 一 二
进去厅堂有顺序

jou^{33} zə^{35} jou^{33} no^{24} tɕho^{33} kø^{54} taŋ^{31}
有 一 有 二 看 歌 堂
有一有二看歌堂

tu^{24} ɕaŋ^{33} ka^{54} se^{31} tu^{24} fu^{33} ka^{54}
踏 上 街 时 踏 下 街
踏上街时踏下街

liaŋ^{33} ɕai^{33} faŋ^{24} məŋ^{31} mo^{33} ha^{54} ha^{54}
两 扇 凤 门 没 开 开
两扇凤门没打开

tsa^{33} pe^{54} mo^{33} ha^{54} faŋ^{24} məŋ^{31} pe^{31}
左 边 没 开 凤 门 板
左边没开玉凤门

jou^{33} pai^{54} mo^{33} ha^{54} liaŋ^{31} faŋ^{24} məŋ^{31}
右 边 没 开 龙 凤 门
右边没开金龙门

mo^{33} ha^{54} faŋ^{24} məŋ^{31} mə^{33} ho^{31} no^{24}
没 开 凤 门 不 好 入
没开凤门不好入

la^{33} ju^{31} mə^{33} ho^{31} no^{24} tɕhəŋ^{54} tou^{31}
俫 也 不 好 入 清 头
我也不好入厅堂

tɕu^{54} məŋ^{24} me^{24} nəŋ^{31} ɕo^{31} ȵi^{31} tsəi^{35}
借 问 妹 男 谁 人 接
借问妹们谁人接

ɕo^{31} ȵi^{31} tse^{35} la^{33} no^{24} tɕhəŋ^{54} tou^{31}
谁 人 接 俫 入 清 头
谁人接我入厅堂

tse^{35} no^{24} tɕhəŋ^{54} tou^{31} aŋ^{54} lau^{35} vo^{24}
接 入 清 头 安 哪 位
接入厅堂安哪位

tse^{35} no^{24} la^{33} nəŋ^{31} aŋ^{54} lau^{35} faŋ^{54}
接 入 俫 男 安 哪 方
接入我们安哪里

lau^{35} faŋ^{54} lau^{35} luo^{24} lau^{35} vo^{24} tsa^{33}
哪 方 哪 路 哪 位 坐
哪方哪路哪位坐

lau^{35} vo^{24} tsa^{33} fu^{33} tɕho^{33} kø^{54} taŋ^{31}
哪 位 坐 下 看 歌 堂
哪位坐下看歌堂

khuai^{33} se^{31} me^{24} nəŋ^{31} se^{31} ɕəŋ^{54} thiaŋ^{33}
劝 起 妹 们 起 声 唱
劝起妹们起声唱

se^{31} ɕəŋ^{54} thiaŋ^{33} tou^{31} tsəi^{35} la^{33} nəŋ^{31}
起 声 唱 条 接 我 们
起声唱支接我们

se^{31} ɕəŋ^{54} thiaŋ^{33} tou^{31} luo^{31} tsəi^{35} la^{33}
起 声 唱 条 来 接 我
起声唱支来接我

tsəi^{35} la^{33} tse^{31} la^{31} no^{24} tɕhəŋ^{54} tou^{31}
接 我 几 俫 入 清 头
接我几人入厅堂

khuai^{33} me^{24} thiaŋ^{33}
劝 妹 唱
劝妹唱

ɕou^{31} təi^{31} nio^{24} tɕo^{24} khuai^{33} me^{24} thio^{54}
手 提 玉 笛 劝 妹 吹
手提玉笛劝妹吹

mə^{33} thio^{54} mə^{33} ɕəŋ^{31} ɕou^{31} ɕaŋ^{35} tɕo^{24}
不 吹 不 成 手 上 笛
不吹不成手上笛

mə^{33} thiaŋ^{54} mə^{33} ɕəŋ^{31} tsəi^{35} la^{33} nəŋ^{31}
不 唱 不 成 接 俫 男
不唱不成接我们

pa^{35} me^{24} thiaŋ^{33}
邀 妹 唱
邀妹唱

mai^{24} tso^{31} ta^{24} lau^{24} pa^{35} me^{24} ɕou^{54}
面 前 大 路 邀 妹 修
面前大路邀妹修

mə^{33} ɕou^{54} mə^{33} ɕəŋ^{31} kaŋ^{54} ta^{24} lau^{24}
不 修 不 成 光 大① 路
不修不成宽敞路

mə^{33} thiaŋ^{33} mə^{33} ɕəŋ^{31} tɕho^{33} kø^{54} taŋ^{31}
不 唱 不 成 看 歌 堂
不唱不成看歌堂

khuai^{33} me^{24} thiaŋ^{33}
劝 妹 唱
劝妹唱

hau^{33} tiaŋ^{54} jou^{33} tɕou^{31} khuai^{33} me^{24} ɕaŋ^{31}
壶 中 有 酒 劝 妹 尝
壶中有酒劝妹尝

mə^{33} tshe^{35} mə^{33} ɕəŋ^{31} hau^{33} tiaŋ^{54} tɕou^{31}
不 吃 不 成 壶 中 酒
不吃不成壶中酒

mə^{33} thiaŋ^{33} mə^{33} ɕəŋ^{31} tsəi^{35} la^{33} nəŋ^{31}
不 唱 不 成 接 俫 男
不唱不成接我们

pa^{35} me^{24} thiaŋ^{33}
邀 妹 唱
邀妹唱

① 光大：宽敞。

mai^{24} tso^{31} po^{54} tɕe^{33} pa^{35} me^{24} ɕou^{54}
面 前 坝 渠 邀 妹 修
村前坝渠邀妹修

mə^{33} ɕou^{54} mə^{33} ɕəŋ^{31} po^{54} ɕaŋ^{35} tɕe^{33}
不 修 不 成 坝 上 渠
不修不成坝上渠

mə^{33} tsəi^{35} mə^{33} ɕəŋ^{31} tɕho^{33} kø^{54} taŋ^{31}
不 接 不 成 看 歌 堂
不接不成看歌堂

khuai^{33} me^{24} thiaŋ^{33}
劝 妹 唱
劝妹唱

ɕou^{31} təi^{31} kaŋ^{54} tɕu^{33} khuai^{33} me^{24} ɕaŋ^{31}
手 提 甘 蔗 劝 妹 尝
手拿甘蔗劝妹尝

mə^{33} tshe^{35} mə^{33} luo^{54} tai^{31} kaŋ^{54} tio^{33}
不 吃 不 知 甜 甘 蔗
不吃不知甜甘蔗

mə^{33} thiaŋ^{33} mə^{33} ɕiəŋ^{31} tsəi^{35} la^{33} nəŋ^{31}
不 唱 不 成 接 俫 男
不唱不成接我们

pa^{35} me^{24} thiaŋ^{33}
邀 妹 唱
邀妹唱

pəi^{33} ɕe^{31} kau^{31} mau^{24} pa^{35} me^{24} faŋ^{54}
背 后 古 木 邀 妹 方
后山古木邀妹裁

jo^{35} mau^{24} mə^{33} faŋ^{54} mə^{33} ɕəŋ^{31} tɕo^{24}
弯 木 不 方 不 成 直
弯木不裁不成直

tɕo^{24} mau^{24} mə^{33} faŋ^{54} mə^{33} so^{33} ləŋ^{31}
直 木 不 方 不 四 兰①
直木不裁不玲珑

mə^{33} faŋ^{54} mə^{33} ɕəŋ^{31} tsa^{31} lia^{24} mau^{24}
不 方 不 成 材 料 木
不裁不成材料木

mə^{33} thiaŋ^{33} mə^{33} ɕəŋ^{31} tsəi^{35} la^{33} nəŋ^{31}
不 唱 不 成 接 倈 男
不唱不成接我们

mə^{33} thiaŋ^{33} mə^{33} se^{35} tɕi^{54} tsəi^{35} la^{33}
不 唱 不 是 真 接 我
不唱不是真接我

la^{33} ju^{31} mə^{33} ho^{31} no^{24} tɕhəŋ^{54} tou^{31}
我 也 不 好 入 清 头
我也不好入厅堂

① 四兰：方正、光滑、整齐。

pa^{35} me^{24} thiaŋ^{33}
邀 妹 唱
邀妹唱

kø^{54} taŋ^{31} pa^{35} me^{24} tso^{31} se^{31} ɕəŋ^{54}
歌 堂 邀 妹 早 起 声
歌堂邀妹早起声

tɕhi^{33} tso^{31} se^{31} ɕəŋ^{54} tsəi^{35} no^{24} la^{33}
趁 早 起 声 接 入 俫
趁早起声接入我

məŋ^{31} tsai^{31} mə^{33} ho^{31} tɕho^{33} kø^{54} taŋ^{31}
门 前 不 好 看 歌 堂
门前不好看歌堂

səŋ^{54} khuai^{54} so^{33} pa^{35} lu^{35} thiaŋ^{33} ɕø^{33}
三 劝 四 邀 得 唱 过
三劝四邀都唱遍

vo^{24} tia^{33} se^{33} ku^{54} mə^{33} tsəi^{35} ɕəŋ^{54}
为 着 什 么 不 接 声
为了什么不接声

se^{33} mə^{33} ɕai^{31} la^{33} mə^{33} luo^{54} le^{33}
是 否 嫌 俫 不 知 礼
是否嫌我不知礼

se^{33} mə^{33} ɕa^{31} la^{33} mə^{33} luo^{54} kø^{54}
是 否 嫌 俫 不 知 歌
是否嫌我不知歌

ta^{24} mau^{24} jou^{24} phu^{33} thai^{54} luo^{54} tia^{35}
大 木 又 怕 千 刀 砍
大树也怕千刀砍

miŋ^{31} pu^{24} jou^{24} phu^{33} paŋ^{33} tio^{33} təi^{31}
明 白 也 怕 半 句 提
明白人怕半句提

paŋ^{33} tio^{33} təi^{31} luo^{31} pu^{24} tse^{24} lia^{33}
半 句 提 来 白 字 了
半句提醒识白字

tio^{33} tio^{33} təi^{31} luo^{31} me^{24} tse^{33} tshəŋ^{54}
句 句 提 来 妹 自 聪
句句提醒自明白

tɕi^{54} zə^{24} li^{31} çe^{31} kuo^{54} kaŋ^{54} kuə^{33}
今 日 打 行 高 冈① 过
今日打从高岗过

kuo^{54} kaŋ^{54} liŋ^{33} tia^{35} jou^{33} ɕo^{54} tai^{31}
高 冈 岭 脚 有 丘② 田
高岗岭脚有块田

kuo^{54} kaŋ^{54} tsa^{24} tai^{31} tsho^{54} ɕi^{54} tie^{24}
高 冈 种 田 操 心 大
高岗种田操心大

---

① 高冈，应为“高岗”。
② 丘：量词，块。

nai^{31} nai^{31} səŋ^{54} li^{31} tɕa^{24} so^{33} po^{31}
年 年 三 犁 着 四 耙
年年三犁与四耙

səŋ^{54} li^{31} so^{33} po^{31} ti^{33} po^{31} kuə^{33}
三 犁 四 耙 都 耙 过
三犁四耙都尽力

tsha^{35} və^{31} mə^{33} kai^{33} və^{31} ɕo^{35} tou^{31}
插 禾 不 见 禾 出 头
插禾不见禾出头

tsaŋ^{31} se^{33} mə^{33} kai^{33} və^{31} miu^{31} lia^{31}
总 是 不 见 禾 苗 长
总是不见禾苗长

thiaŋ^{33} tiou^{31} mə^{33} məŋ^{33} me^{24} se^{31} ɕəŋ^{54}
唱 久 不 闻 妹 起 声
唱久不闻妹起声

ŋou^{31} vu^{35} taŋ^{33} tso^{31} mə^{33} lio^{35} thio^{35}
牛 弯 冲 糍 不 弯 曲
牛轭舂糍太弯曲

au^{54} vu^{54} tse^{33} ɕo^{24} mə^{33} kho^{31} ŋa^{31}
乌 鸦 站 树 不 可 挨
乌鸦站树不可久

ŋa^{31} hau^{33} ŋa^{31} luo^{31} no^{24} mə^{33} ləŋ^{31}
挨 去 挨 来 日 不 等
挨去挨来时不等

no^{24} tse^{31} mə^{33} tiou^{31} tɕho^{33} kø^{54} taŋ^{31}
日 子 不 久 看 歌 堂
日子不久看歌堂

ɕaŋ^{54} tɕhəŋ^{31} ɕaŋ^{54}
相 请 相
相请啊

ɕaŋ^{54} tɕhəŋ^{31} ɕiŋ^{31} niaŋ^{31} tsa^{33} tɕi^{31} tiaŋ^{54}
相 请 行 娘 做 主 张
相请行娘做主张

ɕiŋ^{31} niaŋ^{31} tɕi^{31} tiaŋ^{54} khuai^{33} se^{31} me^{24}
行 娘 主 张 劝 起 妹
口吃槟榔嚼不嚼

paŋ^{31} niaŋ^{31} nio^{33} paŋ^{33} tso^{24} se^{31} ɕəŋ^{54}
伴 娘 女 伴 早 起 声
是否这样传妹们

tse^{24} tɕou^{24} se^{31} ɕəŋ^{54} luo^{31} tsəi^{35} la^{33}
自 就 起 声 来 接 俫
爽快起声来接我

tsəi^{35} la^{33} tɕhi^{33} tso^{31} no^{24} tɕhəŋ^{54} tou^{31}
给 我 趁 早 入 清 头
给我趁早入厅堂

ho^{31} tshe^{54} pai^{54} luo^{31} tɕa^{24} mə^{33} tɕa^{24}
口 吃 边 梨 嚼 不 嚼
口吃槟榔嚼不嚼

se^{33} mə^{33} əi^{54} jaŋ^{24} tɕoŋ^{54} me^{24} nəŋ^{31}
是 否 这 样 尊 妹 男
是否这样传同伴

（二）进门歌

piou^{35} ɕaŋ^{33} tsha^{35} tɕi^{54} tɕi^{54} tsha^{35} tɕi^{54}
壁 上 插 针 真 插 针
壁上插针真插针

paŋ^{33} niaŋ^{31} nio^{33} paŋ^{33} ho^{31} səi^{33} ɕi^{54}
伴 娘 女 伴 好 细 心
知心同伴好细心

paŋ^{33} niaŋ^{31} nio^{33} paŋ^{33} səi^{33} zə^{33} ho^{31}
伴 娘 女 伴 细 意 好
知心同伴细心好

səi^{33} ɕi^{54} zə^{33} ho^{31} tsəi^{35} la^{33} nəŋ^{31}
细 心 意 好 接 俫 男
细心好意接我们

faŋ^{33} te^{54} ɕaŋ^{54} ai^{54} tsəi^{35} la^{33} no^{24}
奉 了 香 烟 接 俫 入
递了香烟接我入

tio^{33} tio^{33} hi^{33} la^{33} no^{24} tɕhəŋ^{54} tou^{31}
句 句 喊 俫 入 清 头
句句喊我入厅堂

tio^{31} n̠i^{31} liou^{24} tɕhi^{54} n̠i^{31} tɕəŋ^{31} ho^{31}
主 人 六 亲 人 情 好
主人六亲人情好

n̠i^{54} n̠i^{54} hi^{33} la^{33} no^{24} tɕhəŋ^{54} tou^{31}
人 人 喊 俫 入 清 头
人人喊我入厅堂

hi^{33} la^{33} tse^{31} la^{31} tse^{24} tɕou^{24} le^{33}
喊 俫 几 兄 自 就 些
喊我兄弟爽快些

məŋ^{31} tsai^{31} le^{33} mau^{24} mə^{33} la^{54} niai^{31}
门 前 礼 貌 不 多 言
门前礼貌不多言

pəi^{24} thio^{33} kø^{54} taŋ^{31} mo^{33} jaŋ^{24} ho^{31}
别 处 歌 堂 没 样 好
别处歌堂虽然好

n̠i^{31} tɕəŋ^{31} se^{33} kuo^{54} kuo^{33} ku^{54} tɕaŋ^{31}
人 情 是 归 贵 家 长
人情还是贵家长

la^{33} nəŋ^{31} tse^{31} la^{31} mə^{33} luo^{54} le^{33}
俫 男 几 兄 不 知 礼
我们兄弟不知礼

ŋo^{33} tɕou^{24} tse^{24} tɕou^{24} no^{24} tɕhəŋ^{54} tou^{31}
我 就 自 就 入 清 头
我就径直入厅堂

pa^{35} tse^{24} phou^{35} tou^{31} la^{33} tɕou^{24} no^{24}
八 字 盖 头 倈 就 入
八字盖头我就入

tsi^{33} ȵi^{31} tiu^{24} tse^{24} la^{33} tɕou^{24} he^{31}
彳 亍 字 我 就 行
双人亍字我就行

vu^{24} tse^{24} se^{24} tia^{35} nəŋ^{31} tɕhi^{33} tso^{31}
曰 字 十 脚 能 趁 早
日字十脚能趁早

pu^{35} faŋ^{54} no^{31} tso^{31} mə^{33} no^{31} tou^{31}
北 方① 宜 早 不 宜 迟
远方宜早不宜迟

pu^{35} faŋ^{54} no^{31} tso^{31} ɕəŋ^{31} ɕi^{54} hau^{33}
北 方 宜 早 诚 心 去
远方宜早诚心去

pu^{35} faŋ^{54} no^{31} tou^{31} mə^{33} ɕəŋ^{31} ɕi^{54}
北 方 宜 迟 不 诚 心
远方若迟不诚心

ɕu^{24} ɕi^{54} tou^{31} ɕaŋ^{24} ɕu^{24} ɕi^{54} ɕi^{54}
石 山 头 上 石 山 山
石山头上石山峰

---

① 北方：背向太阳的方位，也指较远的地方。

vo^{33} ha^{54} ləŋ^{33} tou^{31} la^{33} se^{31} ɕi^{54}
拿 开 凳 子 倈 起 身
拿开凳子我起身

se^{31} ɕi^{54} tsai^{31}
起 身 前
起身走

se^{31} ɕi^{54} tu^{24} luo^{31} ta^{24} məŋ^{31} tsai^{31}
起 身 踏 到 大 门 前
起身走到大门前

zə^{35} liaŋ^{54} həŋ^{31} tse^{31} həŋ^{31} thu^{54} thu^{54}
一 张 红 纸 红 滔 滔
一张红纸红彤彤

tiaŋ^{54} jaŋ^{33} tse^{33} fu^{35} khaŋ^{31} miŋ^{31} thiu^{54}
中 央 直 画 孔 明 车
中央直画孔明车

thiu^{54} tse^{24} tsou^{31} nio^{33} ɕəŋ^{31} lai^{31} tse^{24}
车 字 走 耳 成 连 字
车字走之成连字

lai^{31} pai^{24} lai^{31} ɕəŋ^{31} no^{24} tɕhəŋ^{54} tou^{31}
连 便 连 成 入 清 头
连便连成入厅堂

pu^{54} tsha^{33} ha^{31} zə^{35} lai^{31} kəŋ^{54} tshe^{35}
菠 菜 好 吃 连 根 吃
菠菜好吃连根吃

fu^{54} kuəi^{54} ɕaŋ^{33} ɕo^{31} vi^{54} lau^{54} luo^{31}
虾 蚣 上 水 万 路 来
虾公上水万路来

fu^{54} kuəi^{54} ɕaŋ^{33} ɕo^{31} vi^{54} lau^{54} ɕaŋ^{33}
虾 蚣 上 水 万 路 上
虾公上水万路上

vi^{54} vi^{54} lau^{54} lau^{54} no^{24} tɕhəŋ^{54} tou^{31}
万 万 路 路 入 清 头
万万路路入厅堂

tsa^{33} tia^{35} tu^{24} ɕaŋ^{33} liaŋ^{31} məŋ^{31} tɕe^{33}
左 脚 踏 上 龙 门 坎
左脚踏上龙门槛

jou^{24} tia^{35} tu^{24} no^{24} me^{24} tɕhəŋ^{54} tou^{31}
右 脚 达 入 妹 清 头
右脚踏入妹厅堂

tu^{24} no^{24} tɕhəŋ^{54} tou^{31} li^{31} zə^{35} va^{24}
达 入 清 头 打 一 望
踏入厅堂抬头望

vaŋ^{24} kai^{33} tɕi^{54} paŋ^{31} kua^{33} liaŋ^{33} haŋ^{31}
望 见 金 榜 挂 两 行
望见金榜挂两行

tsaŋ^{24} vai^{31} se^{54} ɕi^{54} ɕu^{31} lu^{35} ho^{31}
状 元 先 生 写 得 好
状元先生写得好

tɕuai^{31} tɕi^{54} thəi^{35} tɕi^{31} maŋ^{33} tɕhəŋ^{54} kaŋ^{54}
全 金 贴 起 满 清 光
全金贴起耀光芒

tu^{24} no^{33} tɕhəŋ^{54} tou^{31} vaŋ^{24} kuo^{54} vaŋ^{24}
达 入 清 头 望 归 望
踏入厅堂再一望

vaŋ^{24} kai^{33} khaŋ^{31} fuə^{54} tsa^{33} tɕhəŋ^{54} tou^{31}
望 见 孔 夫 坐 清 头
望见孔夫在厅堂

khaŋ^{31} fuə^{54} tɕhəŋ^{54} tou^{31} luo^{54} le^{33} mau^{24}
孔 夫 清 头 知 礼 貌
孔子殿堂多礼仪

se^{33} la^{33} mə^{33} luo^{54} le^{33} mau^{24} çe^{31}
是 倈 不 知 礼 貌 行
是我不知礼仪行

ȵi^{31} tso^{33} ləi^{31} tou^{31} la^{33} tio^{33} thio^{31}
人 造 犁 头 倈 嘴 丑
人造犁头我嘴笨

se^{33} la^{33} tio^{33} thio^{31} mo^{35} məŋ^{24} ȵe^{31}
是 倈 嘴 丑 没 问 人
是我嘴笨没问人

ɕaŋ^{24} au^{35} mo^{35} məŋ^{24} ta^{24} kø^{54} so^{31}
上 屋 没 问 大 哥 嫂
上屋没问大哥嫂

fu^{33} au^{35} mo^{35} məŋ^{24} ɕou^{35} mu^{33} niaŋ^{31}
下 屋 没 问 叔 母 娘
下屋没问叔母娘

ɕaŋ^{24} au^{35} ju^{24} jou^{31} ɕou^{35} ɕo^{54} tse^{31}
上 屋 又 有 识 书 子
上屋也有读书子

fu^{33} au^{35} ju^{24} jou^{24} miŋ^{31} luo^{31} ȵe^{31}
下 屋 也 有 明 理 人
下屋还有明理人

ɕou^{35} ɕo^{54} ɕiŋ^{31} luo^{31} luo^{54} le^{33} mau^{24}
识 书 醒 理 知 礼 貌
知书识理懂礼貌

se^{33} la^{33} mə^{33} luo^{54} le^{33} mau^{24} çe^{31}
是 俫 不 知 礼 貌 行
是我不知礼仪行

tɕhəŋ^{54} tou^{31} ȵi^{31} la^{54} la^{33} mo^{35} məŋ^{24}
清 头 人 多 俫 没 问
厅堂人多没问候

tɕi^{31} tɕi^{31} maŋ^{31} maŋ^{31} no^{24} te^{54} luo^{31}
急 急 忙 忙 进 了 来
我就急忙进了来

zə^{35} taŋ^{31} fə^{31} se^{33} tse^{31} ɕəŋ^{54} ɕai^{31}
一 堂 和 气 子 孙 贤
一堂和气子孙贤

hou^{31} nai^{24} tɕi^{54} tia^{54} ɕo^{35} ɕa^{33} vai^{31}
口 念 真 经 出 少 元
口念真经出状元

tai^{31} tiaŋ^{54} tɕe^{33} tio^{35} tse^{31} tiŋ^{54} ɕo^{24}
田 中 种 竹 几 京 树
田园种竹节节高

fə^{33} kuo^{33} jiŋ^{31} fu^{54} vi^{24} vi^{24} nai^{31}
富 贵 荣 华 万 万 年
富贵荣华万万年

tɕi^{54} tse^{54} zə^{35} ho^{31} tɕua^{35} tiŋ^{33} thai^{54}
金 鸡 一 口 啄 穿 天
金鸡一口啄穿天

se^{31} na^{31} au^{54} vie^{54} tiu^{54} liaŋ^{33} pai^{54}
起 朵 乌 云 遮 两 边
起朵乌云遮两边

kuo^{35} ȵi^{31} ti^{33} vai^{24} kø^{54} taŋ^{31} luo^{31}
各 人 都 愿 歌 堂 到
各人都盼歌堂到

tɕhəŋ^{54} tou^{31} ȵi^{31} la^{54} ho^{31} fu^{35} tɕəŋ^{31}
清 头 人 多 好 客 情
厅堂人多好客情

tɕhəŋ^{54} tou^{31} ȵi^{31} la^{54} fu^{35} tɕəŋ^{31} ho^{31}
清 头 人 多 客 情 好
厅堂人多客情好

tio^{33} tio^{33} hi^{33} la^{33} tsa^{33} fu^{33} vo^{31}
句 句 喊 俫 坐 下 围
句句喊我坐相邻

ji^{54} tse^{24} tɕaŋ^{33} te^{54} ji^{54} tse^{24} ɕai^{31}
尹 字 将 了 尹 字 形
尹字像了尹字形

ho^{31} tse^{24} nəŋ^{54} luo^{31} tia^{35} fu^{33} vai^{31}
口 字 给 来 脚 下 元
口字凑来脚下悬

ji^{54} tse^{24} tsa^{33} tou^{31} ho^{31} tsa^{33} tia^{35}
尹 字 坐 头 口 坐 脚
尹字坐头口坐脚

tɕhəŋ^{54} tou^{31} ȵi^{31} la^{54} mə^{33} pəi^{35} tɕiu^{54}
清 头 人 多 不 必 君
厅堂人多难区分

mə^{33} pəi^{35} tɕiu^{54} la^{33} tsəi^{31} tsa^{33} fu^{33}
不 必 君 俫 齐 坐 下
不分主次齐坐下

ȵi^{54} ȵi^{54} tsa^{33} fu^{33} tɕho^{33} kø^{54} taŋ^{31}
个 个 坐 下 看 歌 堂
个个坐下看歌堂

tio^{35} zə^{33} tɕaŋ^{31} tɕaŋ^{31} tsho^{31} zə^{24} tɕhəŋ^{54}
竹 叶 长 长 草 叶 青
竹叶长长草叶青

pa^{31} pa^{31} tio^{35} zə^{33} so^{33} fu^{33} tɕhəŋ^{54}
扯 枝 竹 叶 扫 下 清
扯枝竹叶扫下厅

so^{33} tɕiəŋ^{31} ɕaŋ^{24} tɕhəŋ^{54} ɕo^{54} faŋ^{31} au^{35}
扫 净 上 清 书 房 屋
扫净上厅书房屋

so^{33} tɕiəŋ^{31} fu^{33} tɕhəŋ^{54} tau^{24} ɕo^{54} faŋ^{31}
扫 净 下 清 读 书 房
扫净下厅读书房

so^{33} tɕəŋ^{31} tɕhəŋ^{54} tou^{31} liŋ^{31} luo^{24} tsa^{33}
扫 净 清 头 干 净 坐
扫净厅堂干净坐

liŋ^{31} luo^{24} tsa^{33} fu^{33} tɕho^{33} kø^{54} taŋ^{31}
干 净 坐 下 看 歌 堂
干净坐下看歌堂

zə^{35} tou^{31} tɕi^{54} tse^{54} fo^{54} ɕaŋ^{33} thai^{54}
一 只 金 鸡 飞 上 天
一只金鸡飞上天

luo^{31} ɕo^{31} ləŋ^{33} məŋ^{33} liaŋ^{33} kuəi^{24} nio^{31}
挑 水 扁 担 两 边 柔
挑水扁担两边垂

ȵi^{31} ku^{54} mo^{33} nio^{33} hau^{33} luo^{31} ɕo^{31}
人 家 美 女 去 挑 水
人家美女去挑水

luo^{31} tɕho^{33} kø^{54} taŋ^{31} aŋ^{54} fu^{33} ɕi^{54}
来 看 歌 堂 安 下 身
我看歌堂安下身

aŋ^{54} fu^{33} zə^{35} ɕi^{54} tsəi^{31} tsa^{33} fu^{33}
安 下 一 身 齐 坐 下
安下一身齐坐下

tsəi^{31} tsəi^{31} tsa^{33} fu^{33} tɕho^{33} kø^{54} taŋ^{31}
齐 齐 坐 下 看 歌 堂
齐齐坐下看歌堂

liaŋ^{33} ȵi^{31} vəŋ^{31} və^{33} hau^{33} no^{24} tiŋ^{54}
两 人 文 武 去 入 京
两人文武去入京

tɕo^{24} tsa^{33} haŋ^{31} thau^{31} po^{33} haŋ^{31} əŋ^{54}
住 在 黄 土① 报 皇 恩
住在皇土报皇恩

liaŋ^{33} ȵi^{31} ɕaŋ^{31} ɕaŋ^{31} tia^{35} tu^{24} thau^{31}
两 人 常 常 脚 踏 土
两人并排脚踏土

la^{33} tɕho^{33} kø^{54} taŋ^{31} tsa^{33} fu^{33} vo^{31}
俫 看 歌 堂 坐 下 围
我看歌堂坐相邻

① 黄土：应为“皇土”。

tsha^{35} tai^{31} nia^{35} kau^{35} ȵi^{31} si^{35} so^{35}
插 田 打 谷 人 休 息
插田打谷人休息

la^{33} tɕho^{33} kø^{54} taŋ^{31} tho^{31} la^{35} ɕəŋ^{54}
俫 看 歌 堂 休 下 声
我看歌堂歇下声

tho^{31} fu^{33} kø^{54} ɕəŋ^{54} tsəi^{31} tsa^{33} fu^{33}
休 下 歌 声 齐 坐 下
停下歌声齐坐下

tsaŋ^{31} se^{33} tɕo^{33} kø^{33} kø^{54} taŋ^{31} ku^{54}
总 是 俱 过 歌 堂 家
总是麻烦歌堂家

la^{33} tsa^{33} tɕhəŋ^{54} tou^{31} lu^{24} tɕhəŋ^{33} tɕe^{31}
俫 在 清 头 得 听 着
我在厅堂得听着

tɕhəŋ^{33} tɕe^{31} təŋ^{31} paŋ^{33} luo^{31} te^{54} luo^{31}
听 着 同 伴 到 了 来
听见同伴到了来

təŋ^{31} paŋ^{33} luo^{31} luo^{31} tɕhəŋ^{31} no^{24} au^{35}
同 伴 到 来 请 进 屋
同伴到来请进屋

tɕhəŋ^{31} no^{24} tɕhəŋ^{54} tou^{31} tɕho^{33} kø^{54} taŋ^{31}
请 人 清 头 看 歌 堂
请入厅堂看歌堂

liŋ^{33} ɕaŋ^{24} thai^{31} ŋa^{31} luou^{24} te^{54} kuo^{54}
岭 上 天 鹅 漏 了 甲
岭上天鹅失了群

tɕi^{54} ju^{33} kø^{54} taŋ^{31} luou^{24} te^{54} saŋ^{54}
今 夜 歌 堂 漏 了 双
今夜歌堂漏了双

luou^{24} te^{54} zə^{35} saŋ^{54} ŋo^{33} təŋ^{31} paŋ^{33}
漏 了 一 双 我 同 伴
漏了一双我同伴

luou^{24} te^{54} no^{24} saŋ^{54} təŋ^{31} paŋ^{33} ȵe^{31}
漏 了 二 双 同 伴 人
漏了二双同伴人

sai^{54} tsai^{31} ɕo^{35} məŋ^{31} mo^{33} pa^{35} paŋ^{33}
先 前 出 门 没 邀 伴
先前出门没邀伴

mo^{33} luo^{54} pa^{35} paŋ^{33} la^{31} luo^{24} luo^{31}
没 有 邀 伴 倈 先 来
没有邀伴我先来

piou^{35} ɕaŋ^{24} thiəŋ^{35} luo^{54} vaŋ^{24} mə^{33} kua^{33}
壁 上 插 刀 望 不 怪
壁上插刀望不怪

vaŋ^{24} paŋ^{33} mə^{33} kua^{33} la^{33} nəŋ^{31} saŋ^{54}
望 伴 不 怪 倈 男 双
望伴不怪我们俩

mə^{33} kua^{33} la^{33} nəŋ^{31} sai^{54} lau^{24} luo^{31}
不 怪 俫 男 先 路 到
不怪我们先到来

mə^{33} kua^{33} la^{33} saŋ^{54} tɕhuai^{31} te^{35} tiaŋ^{31}
不 怪 俫 双 取 了 强
不怪我俩抢了先

ȵi^{31} ke^{54} tɕhuai^{31} tiaŋ^{31} tɕhuai^{31} ɕo^{35} ɕou^{31}
人 的 取 强 取 出 手
人的抢先为排场

se^{33} la^{33} tɕhuai^{31} tiaŋ^{31} tɕho^{33} kø^{54} taŋ^{31}
是 俫 取 强 看 歌 堂
我是抢先看歌堂

tse^{31} vaŋ^{24} təŋ^{31} paŋ^{33} mə^{33} tse^{33} kua^{33}
只 望 同 伴 不 记 怪
只望同伴不怪罪

vaŋ^{24} paŋ^{33} tse^{33} tɕou^{24} no^{24} tɕhəŋ^{54} tou^{31}
望 伴 自 就 入 清 头
望伴径直入厅堂

zə^{33} tɕi^{54} ləŋ^{54} thai^{54} thai^{54} jou^{24} liŋ^{33}
如 今 冬 天 天 又 冷
如今冬天天又冷

mə^{33} nəŋ^{54} məŋ^{31} tsai^{31} ɕou^{33} səi^{54} haŋ^{31}
不 给 门 前 受 西 寒
不要门前受风寒

pəŋ^{54} luo^{31} ju^{24} mo^{33} tɕaŋ^{31} luo^{31} le^{31}
风 来 又 没 墙 来 挡
风吹没有墙来挡

la^{35} hau^{33} ju^{24} mo^{33} au^{35} ɕi^{31} tiu^{54}
落 雨 也 没 屋 檐 遮
下雨也没屋檐遮

au^{35} ɕi^{31} tiu^{54} kuo^{54} au^{35} ɕi^{31} fu^{33}
屋 檐 遮 归 屋 檐 下
屋檐只遮屋檐下

tio^{54} mə^{33} luo^{54} ɕi^{54} təŋ^{31} paŋ^{33} ȵe^{31}
遮 不 知 心 同 伴 人
知不知心同伴人

məŋ^{31} tsai^{31} le^{33} mau^{24} mə^{33} la^{54} tiaŋ^{31}
门 前 礼 貌 不 多 讲
门前礼貌不多讲

ȵi^{54} ȵi^{54} se^{33} kuo^{54} ɕou^{24} se^{24} ȵe^{31}
个 个 是 归 熟 悉 人
个个都是熟悉人

la^{33} tsa^{33} tɕhəŋ^{54} tou^{31} niai^{31} zə^{35} niai^{31}
佅 在 清 头 言 一 言
我在厅堂道一言

tɕhəŋ^{54} tse^{24} nəŋ^{54} luo^{31} liaŋ^{33} ɕaŋ^{54} lai^{31}
青 字 给 来 两 相 连
青字并来两相连

niai^{31} ji^{54} tɕhəŋ^{54} tse^{24} saŋ^{54} saŋ^{54} tse^{33}
言 与 青 字 双 双 站
言字青字双双站

tshu^{35} tse^{24} thiaŋ^{33} tou^{31} tɕhəŋ^{31} paŋ^{33} nəŋ^{31}
拆 字 唱 条 请 伴 们
拆字唱歌请同伴

tshu^{35} tse^{24} thiaŋ^{33} tou^{31} hau^{33} tɕhəŋ^{31} paŋ^{33}
拆 字 唱 头 去 请 伴
拆字唱支去请伴

tɕhəŋ^{31} paŋ^{33} tse^{24} tɕou^{24} no^{24} tɕhəŋ^{54} tou^{31}
请 伴 自 就 入 清 头
请伴径直进厅堂

la^{33} zə^{33} fu^{24} po^{35} əi^{54} jaŋ^{24} tiaŋ^{31}
俫 的 话 篼 这 样 讲
我的话儿这样讲

səŋ^{54} niai^{31} liaŋ^{33} tio^{33} tɕhəŋ^{31} paŋ^{33} nəŋ^{31}
三 言 两 句 请 伴 男
三言两语请同伴

tiaŋ^{31} fu^{24} mə^{33} tɕa^{24} nəŋ^{31} tiaŋ^{31} kø^{33}
讲 话 不 着 能 讲 过
讲话不对能讲过

tsəi^{35} paŋ^{33} mə^{33} tɕa^{24} ɕaŋ^{54} kø^{33} liaŋ^{31}
接 伴 不 对 商 过 量
接伴不对再商量

hou^{31} tshe^{54} pai^{54} luo^{31} tɕa^{24} mə^{33} tɕa^{24}
口 吃 边 梨 嚼 不 嚼
口吃槟榔嚼不嚼

tse^{31} ɕaŋ^{24} fu^{24} fu^{54} kua^{54} mə^{33} kua^{54}
纸 上 画 花 乖 不 乖
纸上画花美不美

fu^{24} fu^{54} mə^{33} kua^{54} tsa^{33} tɕhəŋ^{31} tɕaŋ^{24}
画 花 不 乖 再 请 匠
画花不美再请匠

tsəi^{35} paŋ^{33} mə^{33} tɕa^{24} ɕaŋ^{54} kø^{33} liaŋ^{31}
接 伴 不 对 商 过 量
接伴不对再商量

piou^{35} ɕaŋ^{31} tsha^{35} tɕi^{54} tɕi^{54} tsha^{35} tɕi^{54}
壁 上 插 针 真 插 针
壁上插针真插针

luo^{54} ɕi^{54} təŋ^{31} paŋ^{33} ho^{31} səi^{33} ɕi^{54}
知 心 同 伴 好 细 心
知心同伴好细心

luo^{54} ɕi^{54} təŋ^{31} paŋ^{33} səi^{33} ɕi^{54} ho^{31}
知 心 同 伴 细 心 好
知心同伴细心好

səi^{33} ɕi^{54} zə^{33} ho^{31} tsəi^{35} la^{33} nəŋ^{31}
细 心 意 好 接 倈 男
细心好意接我们

səi^{33} ɕi^{54} zə^{33} ho^{31} luo^{31} tsəi^{35} la^{33}
细 心 意 好 来 接 俫
细心好意来接我

mə^{33} se^{33} luo^{54} ɕi^{54} mə^{33} tsəi^{35} nəŋ^{31}
不 是 知 心 不 接 侬
不是知心不接我

luo^{24} ɕu^{31} se^{54} ɕo^{54} so^{33} thio^{33} tse^{33}
立 写 诗 书 四 处 站
立写诗书四处站

ta^{24} mau^{24} ɕo^{24} tia^{35} ho^{31} tɕho^{54} liaŋ^{31}
大 木 树 下 好 吹 凉
大树底下好乘凉

kai^{33} tɕe^{33} ȵi^{31} ho^{31} si^{33} paŋ^{33} ho^{31}
见 尽 人 好 是 伴 好
所见人情是伴好

tɕhi^{54} a^{33} təŋ^{31} paŋ^{33} tsəi^{35} la^{33} nəŋ^{31}
亲 爱 同 伴 接 俫 男
亲爱同伴接我们

tse^{33} ȵi^{31} tɕaŋ^{33} te^{54} tse^{33} ȵi^{31} ɕai^{31}
亻 将 了 单 人 形
单人像了单人形

tɕio^{33} tse^{24} nəŋ^{54} luo^{31} liaŋ^{33} ɕaŋ^{54} lai^{31}
具 字 给 来 两 相 连
具字并来两相连

tse^{33} ȵi^{31} tɕio^{33} tse^{24} saŋ^{54} saŋ^{54} tse^{33}
亻 具 字 双 双 站
单人具字双双站

tɕio^{33} kø^{33} luo^{54} ɕi^{54} tsəi^{35} la^{33} nəŋ^{31}
俱 过 知 心 接 我 们
劳烦知心接我们

se^{24} tsa^{31} luo^{54} ɕi^{54} ȵi^{31} se^{24} ho^{31}
实 在 知 心 人 事 好
实在知心人事好

fu^{35} tɕiəŋ^{31} ho^{31} fu^{24} tiaŋ^{31} ɕo^{35} luo^{31}
客 气 好 话 讲 出 来
客气好话讲出来

tiaŋ^{31} ɕo^{35} luo^{54} ɕi^{54} sai^{54} lau^{24} luo^{31}
讲 出 知 心 先 路 到
讲出知心先来到

mo^{33} lu^{35} pa^{35} paŋ^{33} sai^{54} lau^{24} luo^{31}
没 有 邀 伴 先 路 来
没有邀伴先进来

liŋ^{31} ɕaŋ^{31} thai^{54} ŋa^{24} mo^{33} luou^{24} kuo^{35}
岭 上 天 鹅 没 漏 甲
岭上天鹅没失群

tse^{54} ju^{24} kø^{54} taŋ^{31} mo^{33} luou^{24} saŋ^{54}
今 日 歌 堂 没 漏 双
今夜歌堂没漏双

luou^{24} te^{54} zə^{35} saŋ^{54} təi^{24} kuo^{54} tɕa^{24}
漏 了 一 双 找 回 着
漏了一双找回来

luou^{24} te^{54} no^{24} saŋ^{54} təi^{24} kuo^{54} luo^{31}
漏 了 二 双 找 归 来
漏了两双寻回来

çi^{31} çi^{31} təi^{24} kuo^{54} çi^{31} çi^{31} paŋ^{33}
行 行 寻 回 行 行 伴
行行找归行行伴

luo^{54} ɕi^{54} təi^{24} kuo^{54} luo^{54} ɕi^{54} ȵe^{31}
知 心 找 归 知 心 人
知心寻回知心人

luo^{54} ɕi^{54} təi^{24} kuo^{54} luo^{54} ɕi^{54} paŋ^{33}
知 心 寻 回 知 心 伴
知心寻回知心伴

təi^{24} kuo^{54} luo^{54} ɕi^{54} tɕho^{35} kø^{54} taŋ^{31}
找 归 知 心 看 歌 堂
相寻知心看歌堂

təŋ^{31} paŋ^{33} fu^{35} tshe^{33} tiaŋ^{31} lu^{35} ho^{31}
同 伴 客 气 讲 得 好
同伴客气讲得好

mo^{33} ju^{35} pa^{35} paŋ^{33} sai^{54} lau^{24} luo^{31}
没 有 邀 伴 先 路 来
没有邀伴走路来

ɕu^{24} pi^{31} tɕhuəi^{33} ka^{54} ka^{54} ju^{24} tse^{31}
石 板 砌 街 街 又 齐
石板砌街街又齐

zə^{35} tɕi^{31} ɕu^{24} pi^{31} zə^{35} tɕi^{31} ne^{31}
一 层 石 板 一 层 泥
一层石板一层泥

ne^{31} ji^{35} ɕu^{24} pi^{31} mə^{33} tiaŋ^{24} ɕəŋ^{33}
泥 与 石 板 不 共 姓
泥与石板不共姓

la^{33} ji^{54} təŋ^{31} paŋ^{31} mə^{33} tiaŋ^{24} tɕhoŋ^{33}
我 与 同 伴 不 共 村
我与同伴不同村

mə^{33} se^{33} tiaŋ^{24} tɕhoŋ^{33} mə^{33} ho^{31} pa^{35}
不 是 共 村 不 好 邀
不是同村不好邀

tsaŋ^{31} ȵi^{24} hou^{33} pi^{54} sai^{54} lau^{24} luo^{31}
总 要 有 班 先 路 来
总要有班先路来

sai^{54} lau^{24} la^{24} le^{31} ti^{33} zə^{35} jaŋ^{24}
先 路 落 后 都 一 样
先来后到都一样

ȵi^{54} kəŋ^{54} ȵi^{54} ɕe^{31} luo^{31} te^{54} luo^{31}
个 跟 个 腚 到 了 来
个跟个后到了来

pu^{24} maŋ^{31} maŋ^{33}
白 芒 芒
白茫茫

lau^{35} tsəŋ^{31} tiaŋ^{31} ɕo^{35} tɕhuai^{31} te^{54} tiaŋ^{31}
哪 曾 讲 着 取 了 强
哪曾讲着抢了先

tɕhuai^{31} tiaŋ^{31} liaŋ^{33} tse^{24} tɕuai^{31} mə^{33} tiaŋ^{31}
取 强 两 字 全 不 讲
抢先两字全不讲

tsaŋ^{31} se^{33} tiaŋ^{31} kuo^{54} ho^{31} mə^{33} vai^{31}
总 是 讲 归 好 不 完
总之要讲情谊浓

ȵi^{31} ho^{31} se^{33} kuo^{54} luo^{54} ɕi^{54} ho^{31}
人 好 是 归 知 心 好
人好是归知心好

tio^{33} tio^{33} tiaŋ^{31} ɕo^{35} thəi^{31} həŋ^{24} nəŋ^{31}
句 句 讲 出 体 惜 男
句句讲出体贴我

tiou^{24} nai^{31} ma^{33} te^{54} liu^{31} luo^{31} mo^{33}
去 年 买 了 琉 璃 瓦
去年买了琉璃瓦

tse^{54} nai^{54} ma^{33} tɕuai^{54} se^{31} kuo^{54} luo^{31}
今 年 买 砖 起 高 楼
今年买砖起高楼

ɕi^{54} se^{31} kuo^{54} luo^{31} ɕo^{31} ne^{31} ka^{33}
新 起 高 楼 水 泥 灌
新起高楼水泥筑

ɕu^{54} ɕo^{35} ŋou^{31} tia^{35} mai^{33} la^{54} tɕaŋ^{31}
伸 出 牛 腿 米 多 长
伸出斗拱米多长

ɕi^{54} tɕhuəi^{33} tia^{33} tɕaŋ^{31} liu^{31} mu^{33} ka^{33}
新 砌 照 墙 琉 瓦 盖
新砌影壁琉瓦盖

ɕu^{54} ɕo^{35} ju^{24} jo^{33} səŋ^{54} tɕhu^{35} tɕaŋ^{31}
伸 出 也 有 三 尺 长
檐脚也有三尺长

pəŋ^{54} thio^{35} ju^{24} jou^{33} tɕaŋ^{31} luo^{31} le^{31}
风 吹 也 有 墙 来 挡
风吹也有墙来挡

la^{24} hau^{33} ju^{24} jou^{33} kuo^{54} luo^{31} tiu^{54}
落 雨 又 有 高 楼 遮
下雨还有高楼遮

ju^{24} jou^{33} kuo^{54} luo^{31} tiu^{54} ka^{33} la^{33}
也 有 高 楼 遮 住 俫
也有高楼遮住我

ju^{24} jou^{33} luo^{54} ɕi^{54} tiu^{54} ka^{33} nəŋ^{31}
又 有 知 心 遮 盖 男
还有知心照顾我

khəŋ^{35} tɕi^{54} thai^{54} tse^{33} ju^{24} mə^{33} liəŋ^{33}
现 在 天 气 也 不 冷
现在天气也不冷

la^{33} ju^{24} mo^{33} luo^{54} ɕou^{33} səi^{54} haŋ^{31}
俫 也 没 有 受 西 寒
我也没有受风寒

la^{33} tɕou^{24} zə^{33} kuo^{54} luo^{54} ɕi^{54} tiaŋ^{31}
俫 就 依 归 知 心 讲
我就依着知心讲

ɕi^{33} kuo^{54} luo^{54} ɕi^{54} fəŋ^{54} fə^{33} nəŋ^{31}
信 归 知 心 吩 咐 男
相信知心吩咐我

maŋ^{31} təŋ^{31} tse^{24} tɕou^{24} la^{33} tse^{24} tɕou^{24}
芒 筒 自 就 俫 自 就
苇秆茎直我直率

la^{33} tɕou^{24} tse^{24} tɕou^{24} no^{24} tɕhəŋ^{54} tou^{31}
我 就 自 就 入 清 头
我就径直入厅堂

tu^{24} luo^{31} ta^{24} məŋ^{31} la^{33} tɕou^{24} no^{24}
达 到 大 门 俫 就 入
走到大门我就进

la^{33} tɕou^{24} no^{24} au^{54} tɕho^{33} kø^{54} taŋ^{31}
我 就 进 屋 看 歌 堂
我就进屋看歌堂

zə^{35} liaŋ^{54} həŋ^{31} tse^{31} həŋ^{31} thu^{54} thu^{54}
一 张 红 纸 红 滔 滔
一张红纸红彤彤

tiaŋ^{54} jaŋ^{54} tse^{33} fu^{35} khaŋ^{31} miŋ^{31} thiu^{54}
中 央 直 画 孔 明 车
中央直画孔明车

thiu^{54} tse^{33} tsou^{31} nio^{33} ɕəŋ^{31} lai^{31} tse^{24}
车 字 走 耳 成 连 字
车字走之成连字

lai^{31} pai^{24} lai^{31} ɕəŋ^{31} no^{24} tɕhəŋ^{54} tou^{31}
连 便 连 成 入 清 头
连便连成入厅堂

pu^{54} tsha^{33} ho^{31} tshe^{31} lai^{31} kəŋ^{54} tshe^{35}
菠 菜 好 吃 连 根 吃
菠菜好吃连根吃

fu^{54} kuəi^{35} ɕaŋ^{33} ɕo^{31} vi^{54} lau^{54} luo^{31}
虾 蚣 上 水 万 路 来
虾公上水万路来

fu^{54} kuəi^{35} ɕaŋ^{33} ɕo^{31} vi^{54} lau^{54} ɕaŋ^{33}
虾 公 上 水 万 路 上
虾公上水万路上

vi^{54} vi^{54} lau^{54} lau^{54} no^{54} tɕhəŋ^{54} tou^{31}
万 万 路 路 入 清 头
万万路路入厅堂

tsa^{33} tia^{35} tu^{24} ɕaŋ^{33} liaŋ^{31} məŋ^{31} tɕe^{33}
左 脚 踏 上 龙 门 坎
左脚踏上龙门槛

jou^{24} tia^{35} tu^{24} no^{33} me^{24} tɕhəŋ^{54} tou^{31}
右 脚 踏 入 妹 清 头
右脚踏入妹厅堂

tu^{24} no^{33} tɕhəŋ^{54} tou^{31} li^{31} zə^{35} va^{24}
踏 入 清 头 打 一 望
踏入厅堂抬头望

vaŋ^{24} kai^{33} tɕi^{54} paŋ^{31} kua^{33} liaŋ^{33} haŋ^{31}
望 见 金 榜 挂 两 行
望见金榜挂两行

tsaŋ^{24} vai^{24} sai^{54} ɕi^{54} ɕu^{31} lu^{35} ho^{31}
状 元 先 生 写 得 好
状元先生写得好

tɕuai^{31} tɕi^{54} thəi^{35} tɕi^{31} maŋ^{33} tɕhəŋ^{54} kaŋ^{54}
全 金 贴 起 满 清 光
全金贴起耀光芒

tu^{24} no^{33} tɕhəŋ^{54} tou^{31} vaŋ^{24} kuo^{54} vaŋ^{24}
踏 入 清 头 望 回 望
踏入厅堂再一望

vaŋ^{24} kai^{33} khaŋ^{31} fuə^{54} tsa^{33} tɕhəŋ^{54} tou^{31}
望 见 孔 夫 在 清 头
望见厅堂孔子像

khaŋ^{31} fuə^{54} tɕhəŋ^{54} tou^{31} luo^{54} le^{33} mau^{24}
孔　夫　清　头　知　礼　貌
孔子殿堂多礼仪

se^{33} la^{33} mə^{33} luo^{54} le^{33} mau^{24} çe^{31}
是　我　不　知　礼　貌　行
是我不知礼仪行

ȵi^{31} tso^{33} ləi^{31} tou^{31} la^{33} tio^{33} thio^{31}
人　造　犁　头　我　嘴　丑
人造犁头我嘴笨

se^{33} la^{33} tio^{33} thio^{31} mo^{35} məŋ^{24} ȵe^{31}
是　我　嘴　丑　没　问　人
是我嘴笨没问人

ɕaŋ^{24} au^{54} mo^{35} məŋ^{24} ta^{24} kø^{54} so^{31}
上　屋　没　问　大　哥　嫂
上屋没问大哥嫂

fu^{33} au^{54} mo^{35} məŋ^{24} ɕou^{35} mu^{33} niaŋ^{31}
下　屋　没　问　叔　婶　娘
下屋没问叔母娘

ɕaŋ^{24} au^{54} ju^{24} jou^{33} ɕou^{35} ɕo^{54} tse^{31}
上　屋　也　有　识　书　子
上屋也有读书子

fu^{33} au^{54} jou^{24} jou^{33} miŋ^{31} luo^{31} ȵe^{31}
下　屋　又　有　明　理　人
下屋还有明理人

ɕou^{35} ɕo^{54} ɕiŋ^{31} luo^{31} luo^{54} le^{33} mau^{24}
识 书 省 理 知 礼 貌
知书识理懂礼貌

se^{33} la^{33} mə^{33} luo^{54} le^{33} mau^{24} çe^{31}
是 倈 不 知 礼 貌 行
是我不知礼仪行

tɕhəŋ^{54} tou^{31} ȵi^{31} la^{54} la^{33} mo^{35} məŋ^{24}
清 头 人 多 倈 没 问
厅堂人多我没问

la^{33} tɕou^{24} tse^{35} maŋ^{31} luo^{24} te^{54} luo^{31}
我 就 急 忙 进 了 来
我就急忙进了来

zə^{35} taŋ^{31} fə^{31} se^{33} tse^{31} ɕəŋ^{54} ɕuai^{31}
一 堂 和 气 子 孙 贤
一堂和气子孙贤

ho^{31} nai^{24} tɕi^{54} tiai^{54} ɕo^{35} ɕa^{33} vai^{31}
口 念 真 经 出 少 元
口念真经出状元

tai^{31} tiaŋ^{54} tɕe^{33} tio^{35} tse^{31} tɕiŋ^{54} ɕo^{24}
田 中 种 竹 儿 京 树
田园种竹节节高

fə^{33} kuo^{33} jiŋ^{31} fu^{54} vi^{24} vi^{24} nai^{31}
富 贵 荣 华 万 万 年
富贵荣华万万年

tɕi^{54} tse^{54} zə^{35} ho^{31} tɕua^{35} tiŋ^{33} thai^{54}
金 鸡 一 口 啄 穿 天
金鸡一口啄穿天

se^{31} na^{31} au^{54} vi^{31} tiu^{54} liaŋ^{33} pai^{54}
起 朵 乌 云 遮 两 边
起朵乌云遮两边

kuo^{35} ȵi^{31} ti^{33} a^{33} kø^{54} taŋ^{31} luo^{31}
各 人 都 爱 歌 堂 到
各人都爱歌堂到

tɕhəŋ^{54} tou^{31} ȵi^{31} la^{54} ho^{31} fu^{35} tɕəŋ^{31}
清 头 人 多 好 客 情
厅堂人多好客情

tɕhəŋ^{54} tou^{31} ȵi^{31} la^{54} fu^{35} tɕəŋ^{31} ho^{31}
清 头 人 多 客 情 好
厅堂人多客情好

tio^{33} tio^{33} hi^{33} la^{33} tsa^{33} fu^{33} vo^{31}
句 句 喊 倈 坐 下 围
句句喊我坐相邻

piou^{35} zə^{31} tɕaŋ^{31} tɕaŋ^{31} tsho^{31} zə^{24} tɕhəŋ^{54}
竹 叶 长 长 草 叶 青
竹叶长长草叶青

pa^{31} pa^{31} piou^{35} zə^{31} so^{33} fu^{33} tɕhəŋ^{54}
扯 枝 竹 叶 扫 下 清
扯枝竹叶扫下厅

so^{33} tɕəŋ^{24} ɕaŋ^{24} tɕhəŋ^{54} ɕo^{54} faŋ^{31} au^{35}
扫 净 上 清 书 房 屋
扫净上厅书房屋

so^{33} tɕəŋ^{24} fu^{24} tɕhəŋ^{54} tau^{24} ɕo^{54} faŋ^{31}
扫 净 下 清 读 书 房
扫净下厅读书房

so^{33} tɕiəŋ^{24} tɕhəŋ^{54} tou^{31} liŋ^{31} luo^{24} tsa^{33}
扫 净 清 头 干 净 坐
扫净厅堂干净坐

liŋ^{31} luo^{24} tsa^{33} fu^{33} tɕho^{33} kø^{54} taŋ^{31}
干 净 坐 下 看 歌 堂
干净坐下看歌堂

zə^{35} tou^{31} tɕi^{54} tse^{54} fo^{54} ɕaŋ^{33} thai^{54}
一 只 金 鸡 飞 上 天
一只金鸡飞上天

luo^{31} ɕo^{31} ləŋ^{33} məŋ^{33} liaŋ^{33} kuəi^{24} nio^{31}
挑 水 扁 担 两 边 柔
挑水扁担两边垂

ku^{54} ȵi^{31} mo^{33} nio^{33} hau^{33} luo^{31} ɕo^{31}
佳 人 美 女 去 挑 水
佳人美女去挑水

la^{33} tɕho^{33} kø^{54} taŋ^{31} aŋ^{54} fu^{33} ɕi^{54}
俫 看 歌 堂 安 下 身
我看歌堂安下身

aŋ^{54} fu^{33} zə^{35} ɕi^{54} tsəi^{31} tsa^{33} fu^{33}
安 下 一 身 齐 坐 下
安下一身齐坐下

tsəi^{31} tsəi^{31} tsa^{33} fu^{33} tɕho^{33} kø^{54} taŋ^{31}
齐 齐 坐 下 看 歌 堂
齐齐坐下看歌堂

liaŋ^{33} ȵi^{31} vəŋ^{31} və^{33} hau^{33} no^{24} tiŋ^{54}
两 人 文 武 去 入 京
两人文武去上京

tɕo^{24} tsa^{33} haŋ^{31} thau^{31} po^{33} haŋ^{31} əŋ^{54}
住 在 黄 土 报 皇 恩
住在皇土报皇恩

liaŋ^{33} ȵi^{31} ɕaŋ^{31} ɕaŋ^{31} tia^{35} tu^{24} thau^{31}
两 人 常 常 脚 踏 土
两人齐齐脚踏土

ȵi^{54} ȵi^{54} tsa^{33} fu^{33} tɕho^{33} kø^{54} taŋ^{31}
个 个 坐 下 看 歌 堂
个个坐下看歌堂

tsha^{35} tai^{31} li^{31} kau^{35} ȵi^{31} si^{35} so^{35}
插 田 打 谷 人 休 息
插田打谷人休息

la^{33} tɕho^{33} kø^{54} taŋ^{31} tho^{31} fu^{33} ɕəŋ^{54}
俫 看 歌 堂 休 下 声
我看歌堂歇下声

tho^{31} fu^{33} zə^{35} ɕəŋ^{54} tsəi^{31} tsa^{33} fu^{33}
休 下 一 声 齐 坐 下
歇下一会齐坐下

tsaŋ^{31} se^{33} tɕo^{33} kø^{33} kø^{54} taŋ^{31} ku^{54}
总 是 俱 过 歌 堂 家
总是麻烦歌堂家

二、推抵歌

piou^{35} zə^{33} tɕaŋ^{31} tɕaŋ^{31} tsho^{31} zə^{24} tɕhəŋ^{54}
竹 叶 长 长 草 叶 青
竹叶长长草叶青

la^{33} tɕho^{33} kø^{54} taŋ^{31} ɕou^{24} kø^{54} ɕəŋ^{54}
俫 看 歌 堂 学 歌 声
我看歌堂学歌声

zə^{35} ɕou^{24} kø^{54} ɕəŋ^{54} ɕəŋ^{54} mə^{33} ho^{31}
一 学 歌 声 声 不 好
一学歌声声不好

no^{24} ɕou^{24} kø^{54} ɕəŋ^{54} ɕəŋ^{54} mə^{33} nio^{31}
二 学 歌 声 声 不 柔
二学歌声声不柔

ɕəŋ^{54} nio^{31} ɕəŋ^{54} mə^{33} nio^{31}
声 柔 声 不 柔
声柔声不柔

ɕo^{31} tɕhuai^{54} tia^{31} mau^{24} ji^{54} faŋ^{54} liu^{31}
水 推 桥 木 因 风 流
水推桥木顺水流

ɕo^{31} tɕhuai^{54} tia^{31} mau^{24} tɕo^{31} ɕo^{31} fu^{33}
水 推 桥 木 随 水 下
水推桥木随水下

la^{33} tɕho^{33} kø^{54} taŋ^{31} ɕou^{24} thiaŋ^{54} kø^{54}
我 看 歌 堂 学 唱 歌
我看歌堂学唱歌

ɕou^{24} lu^{35} tio^{33} tɕi^{54} tio^{33} ju^{24} ku^{31}
学 得 句 真 句 又 假
学得句真句又假

tio^{33} tɕi^{54} tio^{33} ku^{31} mə^{33} ɕa^{33} nəŋ^{31}
句 真 句 假 不 笑 男
句真句假不笑我

tio^{33} tɕi^{54} tio^{33} ku^{31} mə^{33} ɕa^{33} la^{33}
句 真 句 假 不 笑 倈
句真句假不笑我

tio^{33} tio^{33} ȵi^{24} tɕi^{54} thiaŋ^{33} mə^{33} ɕəŋ^{31}
句 句 要 真 唱 不 成
句句要真唱不成

tɕhəŋ^{54} tou^{31} ȵi^{31} la^{54} piu^{54} haŋ^{31} la^{33}
清 头 人 多 包 涵 我
厅堂人多包涵我

piu^{54} haŋ^{31} la^{33} saŋ^{54} tɕho^{33} kø^{54} taŋ^{31}
包 涵 倈 双 看 歌 堂
包涵我们看歌堂

ȵi^{31} ɕi^{54} se^{33} ɕaŋ^{24} tiaŋ^{31} fə^{31} tshe^{33}
人 生 世 上 讲 和 气
人生世上讲和气

ɕo^{35} məŋ^{31} fə^{31} tshe^{33} ho^{31} tiou^{31} tsa^{31}
出 门 和 气 好 求 财
出门和气好求财

zə^{35} thio^{33} fə^{31} tshe^{33} lu^{35} aŋ^{54} la^{24}
一 处 和 气 得 安 乐
一处和气得快乐

thio^{33} thio^{33} fə^{31} tshe^{33} thaŋ^{54} tiou^{31} tio^{54}
处 处 和 气 通 九 州
处处和气通九州

thaŋ^{54} tɕiəŋ^{31} tu^{24} luo^{31} ȵi^{31} fuə^{24} zə^{33}
通 情 达 理 人 合 意
通情达理人合意

zə^{35} taŋ^{31} fə^{31} tshe^{33} ho^{31} tse^{33} ku^{54}
一 堂 和 气 好 治 家
一堂和气好治家

fə^{31} tshe^{33} fə^{33} kuo^{33} lu^{35} tɕaŋ^{31} tio^{31}
和 气 富 贵 得 长 久
和气富贵得长久

fə^{33} kuo^{33} jəŋ^{31} fu^{54} vi^{24} vi^{24} nai^{31}
富 贵 荣 华 万 万 年
富贵荣华万万年

ləi^{33} paŋ^{31} jou^{24} pai^{54} zə^{35} hou^{31} tai^{33}
示 旁 右 边 一 口 田
礼旁右边一口田

zə^{35} ȵ̥i^{54} mo^{33} nio^{33} hou^{31} lai^{31} lai^{31}
一 个 美 女 口 连 连
一个美女口相连

luou^{54} mau^{24} li^{31} çe^{31} vu^{24} tiaŋ^{54} kø^{33}
莀 木 打 行 曰 中 过
一木单从“曰”中过

pa^{35} se^{24} pə^{31} pə^{31} tsa^{33} ɕo^{31} pai^{54}
八 十 婆 婆 在 水 边
八字婆婆在水边

tai^{33} tse^{24} hou^{31} zə^{35} ləi^{33} paŋ^{31} pai^{54}
田 字 口 一 礼 旁 边
一口田上礼旁边

liaŋ^{33} ȵ̥i^{31} se^{24} so^{33} zə^{35} ɕi^{54} se^{54}
彳 十 四 一 心 思
双人十四一心思

ləŋ^{33} məŋ^{33} khaŋ^{31} se^{31} ȵ̥i^{31} ku^{54} nio^{33}
扁 担 挑 起 人 家 女
扁担挑起人家女

pu^{24} mau^{24} ɕou^{24} tou^{31} liaŋ^{33} pai^{54} se^{54}
白 木 树 头 两 边 丝
白木树头两旁丝

kuo^{33} ku^{54} fə^{35} fəŋ^{24} zə^{31} ləŋ^{54} ha^{31}
贵 家 福 分 如 东 海
贵家福分如东海

fə^{35} le^{35} aŋ^{54} la^{24} ȵi^{54} ȵi^{54} luo^{31}
福 德 安 乐 人 人 来
福德安乐人人来

fə^{35} le^{35} aŋ^{54} la^{24} ȵi^{54} ȵi^{54} luo^{31}
福 德 安 乐 个 个 到
福德安乐人人到

ȵi^{54} ȵi^{54} luo^{31} tɕho^{33} me^{24} kø^{54} taŋ^{31}
个 个 来 看 妹 歌 堂
个个来看妹歌堂

səŋ^{54} ho^{31} fu^{54} liŋ^{33} nəŋ^{31} pəŋ^{31} vai^{24}
三 毫 花 岭 男 本 县
三豪花岭我家乡

pəŋ^{54} fu^{33} so^{33} se^{24} pa^{35} taŋ^{31} ȵi^{31}
分 下 四 十 八 堂 人
分下四十八团人

so^{33} se^{24} pa^{35} taŋ^{31} pəŋ^{54} səŋ^{54} tshe^{35}
四 十 八 堂 分 三 镇
四十八团分三镇

nəŋ^{54} luo^{31} pəŋ^{54} fu^{33} səŋ^{54} tɕhi^{54} ȵe^{31}
给 来 分 下 三 区 人
然后分下三区人

fə^{33} jaŋ^{31} tɕhi^{54} ȵe^{31} ȵe^{31} mə^{33} tsou^{35}
富 阳 区 人 人 不 作
富阳区人不会唱

ɕi^{54} po^{54} tɕhi^{54} ȵe^{31} ȵe^{31} mə^{33} ɕi^{54}
深 坡 区 人 人 不 兴
深坡区人不作兴

mu^{24} liŋ^{33} pa^{35} lau^{54} ɕi^{54} se^{24} ho^{31}
麦 岭 八 都 兴 事 好
麦岭八都兴致好

ɕi^{54} ɕo^{35} tou^{31} kø^{54} tɕho^{33} kø^{54} taŋ^{31}
兴 出 条 歌 看 歌 堂
创作歌曲伴出嫁

ɕi^{54} ɕo^{35} tou^{31} kø^{54} ȵi^{54} ȵi^{54} vai^{24}
兴 出 条 歌 人 人 愿
动听歌曲人人愿

ȵi^{54} ȵi^{54} vai^{24} tɕho^{33} me^{24} kø^{54} taŋ^{31}
人 人 愿 看 妹 歌 堂
人人愿看妹歌堂

luo^{31} tɕho^{33} kø^{54} taŋ^{31} vai^{24} me^{24} ho^{31}
来 看 歌 堂 愿 妹 好
来看歌堂愿妹好

ɕiŋ^{31} niaŋ^{31} ȵi^{31} ho^{31} ȵi^{54} nai^{24} ȵi^{54}
行 娘 人 好 个 念 个
行娘人好相依恋

la^{33} nai^{24} ɕiŋ^{31} niaŋ^{31} səi^{33} zə^{33} ho^{31}
俫 念 行 娘 细 意 好
我念行娘心意好

me^{24} nai^{24} la^{33} saŋ^{54} tɕho^{33} kø^{54} taŋ^{31}
妹 念 俫 双 看 歌 堂
妹恋我们看歌堂

niou^{24} jaŋ^{31} se^{54} tse^{31} tiou^{31} tiaŋ^{31} thai^{54}
岳 阳 狮 子 九 重 天
岳阳狮子降九天

vaŋ^{31} mu^{24} thai^{54} tou^{31} tɕo^{33} pa^{35} sai^{54}
皇 母 天 头 聚 八 仙
王母天上聚八仙

thai^{54} ɕaŋ^{24} vaŋ^{31} mu^{33} pa^{35} sai^{54} tɕo^{33}
天 上 皇 母 八 仙 聚
天上王母八仙聚

pa^{35} sai^{54} thai^{54} tou^{31} tɕo^{33} fa^{24} taŋ^{31}
八 仙 天 头 聚 会 堂
八仙天上聚会堂

pa^{35} sai^{54} thai^{54} tou^{31} ni^{31} lu^{35} tɕhou^{33}
八 仙 天 头 难 得 奏①
八仙天头难得聚

ni^{31} lu^{35} tɕhou^{33} tɕa^{24} tɕho^{33} kø^{54} taŋ^{31}
难 得 奏 着 看 歌 堂
难得逢着看歌堂

① 奏：应为“凑”，聚集。

tsa^{33} tsa^{33} tshe^{35} tshe^{35} tɕhi^{54} tshe^{35} tshe^{35}
坐 坐 吃 吃 亲 吃 吃
坐坐吃吃又吃吃

tɕhəŋ^{54} tou^{31} ȵi^{31} la^{54} ɕa^{33} mo^{31} mo^{31}
清 头 人 多 笑 眯 眯
厅堂人多笑眯眯

vai^{31} tau^{24} tɕhəŋ^{54} tɕhəŋ^{54} se^{33} tiou^{31} tsha^{33}
园 地 青 青 是 韭 菜
园里青青是韭菜

ɕo^{31} tou^{31} jou^{31} jou^{31} se^{33} tɕhəŋ^{54} tio^{54}
水 子 游 游 是 青 苔
水中摇摇是藻苔

tɕhəŋ^{54} tio^{54} mai^{24} ɕaŋ^{24} sa^{33} pu^{24} puə^{33}
青 苔 面 上 晒 白 布
青苔河面晒白布

pu^{24} puə^{33} ləi^{31} fu^{33} luo^{31} ŋau^{31} jou^{31}
白 布 底 下 鲤 鱼 游
白布底下鲤鱼游

luo^{31} ŋau^{31} a^{33} jou^{31} tɕhəŋ^{54} lio^{24} ɕo^{31}
鲤 鱼 爱 游 青 绿 水
鲤鱼爱游青绿水

ȵi^{54} ȵi^{54} a^{35} tɕho^{33} me^{24} kø^{54} taŋ^{31}
人 人 爱 看 妹 歌 堂
人人爱看妹歌堂

ɕaŋ^{31} luo^{31} mə^{33} tɕho^{33} kho^{31} li^{31} lia^{33}
想 来 不 看 可 怜 了
心想不看可惜了

ɕaŋ^{31} luo^{31} mə^{33} tɕho^{33} kai^{33} kho^{31} li^{31}
想 来 不 看 见 可 怜
心想不看觉可惜

kho^{31} li^{31} tɕi^{54} kho^{31} li^{31}
可 怜 真 可 怜
可爱真可爱

kho^{31} li^{31} kuo^{33} ku^{54} ɕiŋ^{31} niaŋ^{31} ȵe^{31}
可 怜 贵 家 行 娘 人
可爱贵家行娘人

kho^{31} li^{31} kuo^{33} ku^{54} ɕiŋ^{31} niaŋ^{31} me^{24}
可 怜 贵 家 行 娘 妹
都爱贵家出嫁妹

kho^{31} li^{31} me^{24} ke^{33} ho^{31} kø^{54} taŋ^{31}
可 怜 妹 的 好 歌 堂
可怜妹的好歌堂

na^{24} tse^{31} tɕhou^{33} tɕo^{31} vu^{24} ɕi^{33} luo^{31}
闹 子 奏 着 曰 信 到
赶集逢着传信到

hi^{33} la^{33} luo^{31} tɕho^{33} me^{24} kø^{54} taŋ^{31}
喊 倈 来 看 妹 歌 堂
喊我来看妹歌堂

pəŋ^{31} tɕhun^{54} la^{33} paŋ^{33} ju^{24} pa^{35} la^{33}
本 村 俫 伴 也 邀 我
本村伙伴也邀我

pa^{35} la^{33} luo^{31} tɕho^{33} me^{24} kø^{54} taŋ^{31}
邀 我 来 看 妹 歌 堂
邀我来看妹歌堂

ŋu^{33} se^{33} tse^{31} la^{31} vai^{24} mə^{33} lia^{33}
我 是 几 兄 愿 不 了
我们兄弟喜不尽

se^{33} vo^{33} se^{33} ɕa^{33} vai^{24} mə^{33} vai^{31}
是 老 是 少 愿 不 完
老老少少爱不完

lau^{35} zə^{24} se^{54} ɕaŋ^{31} kø^{54} taŋ^{31} luo^{31}
哪 日 思 想 歌 堂 到
日日盼望歌堂到

tɕi^{54} zə^{24} ji^{33} tiai^{54} luo^{31} te^{54} luo^{31}
今 日 已 经 到 了 来
今天已经到了来

luo^{31} luo^{31} kuo^{33} ku^{54} ho^{31} mə^{33} lia^{33}
来 到 贵 家 好 不 了
来到贵家非常好

tio^{31} ȵi^{31} ɕiŋ^{31} niaŋ^{31} ho^{31} fu^{35} tɕiəŋ^{31}
主 人 行 娘 好 客 情
主人行娘好客情

paŋ^{33} niaŋ^{31} nio^{33} paŋ^{33} səi^{33} zə^{33} ho^{31}
伴 娘 女 伴 细 意 好
伴娘女伴心细致

lai^{31} pai^{24} məŋ^{31} ɕəŋ^{54} hau^{33} tsəi^{35} nəŋ^{31}
连 便 闻 声 去 接 男
闻声立刻去相迎

ɕou^{31} luo^{31} ɕaŋ^{54} ai^{54} ta^{33} faŋ^{33} la^{33}
手 拿 香 烟 待 奉 倈
手拿香烟侍奉我

səi^{33} ɕi^{54} zə^{33} ho^{31} tsəi^{35} la^{33} nəŋ^{31}
细 心 意 好 接 倈 男
细致入微接我们

mə^{33} tsəŋ^{31} luo^{31} məŋ^{31} hi^{33} khua^{33} le^{33}
不 曾 到 门 喊 快 些
不曾到门喊快些

məŋ^{31} tsai^{31} ji^{33} tiai^{54} pa^{31} ləŋ^{33} luo^{31}
门 前 已 经 摆 凳 来
门前已经摆凳来

hou^{31} hou^{31} ɕəŋ^{54} ɕəŋ^{54} hi^{33} la^{33} tsa^{33}
口 口 声 声 喊 倈 坐
口口声声喊我坐

ɕaŋ^{54} ai^{54} ɕaŋ^{54} tsu^{31} ta^{33} faŋ^{33} nəŋ^{31}
香 烟 香 茶 待 奉 男
香烟香茶待我们

pəi^{24} thio^{33} kø^{54} taŋ^{31} mo^{33} jaŋ^{24} ho^{31}
别 处 歌 堂 没 样 好
别处歌堂虽也好

ȵi^{31} tɕəŋ^{31} se^{33} kuo^{54} kuo^{33} ku^{54} tɕaŋ^{31}
人 情 是 归 贵 家 长
人情却是贵家长

ləi^{33} paŋ^{31} tɕaŋ^{33} te^{54} ləi^{33} paŋ^{31} ɕai^{31}
衣 旁 将 了 衣 旁 形
衣旁像了衣旁形

luo^{54} tse^{24} nəŋ^{54} luo^{31} liaŋ^{33} ɕaŋ^{54} lai^{31}
刀 字 给 来 两 相 连
刀字凑来两相连

ləi^{33} paŋ^{31} luo^{54} tse^{24} saŋ^{54} saŋ^{54} tse^{33}
衣 旁 刀 字 双 双 站
衣旁刀字双双站

se^{33} ŋu^{33} tse^{31} la^{31} ɕi^{54} ɕəŋ^{33} tshau^{54}
是 我 几 兄 心 性 初
我们兄弟心性粗

ɕi^{54} ɕəŋ^{33} tshau^{54} tshau^{54} mo^{33} paŋ^{33} me^{24}
心 性 初 初 没 伴 妹
心性粗了不知礼

zə^{35} no^{24} mo^{33} paŋ^{33} me^{24} ɕiŋ^{31} niaŋ^{31}
一 日 没 伴 妹 行 娘
一日没伴妹行娘

mo^{33} paŋ^{33} ɕiŋ^{31} niaŋ^{31} ju^{24} luo^{31} tɕho^{33}
没 伴 行 娘 也 来 看
没伴行娘也来看

ju^{24} ɕaŋ^{31} luo^{31} tɕho^{33} me^{24} kø^{54} taŋ^{31}
也 想 来 看 妹 歌 堂
也想来看妹歌堂

tse^{31} vaŋ^{24} tio^{31} ȵi^{31} mə^{33} tse^{33} kua^{33}
只 望 主 人 不 记 怪
只望主人不怪罪

ŋu^{33} tɕhəŋ^{31} ɕiŋ^{31} niaŋ^{31} vai^{31} liaŋ^{24} nəŋ^{31}
我 请 行 娘 原 谅 男
我请行娘原谅我

paŋ^{33} niaŋ^{31} nio^{33} paŋ^{33} mə^{33} kua^{33} la^{33}
伴 娘 女 伴 不 怪 倈
伴娘女伴不怪我

tɕhəŋ^{54} tou^{31} ȵi^{31} la^{54} piu^{54} haŋ^{31} nəŋ^{31}
清 头 人 多 包 涵 男
厅堂人多包涵我

vo^{24} ȵi^{31} ki^{54} tɕe^{33} hau^{33} ɕəŋ^{31} ɕi^{54}
为 人 耕 种 去 诚 心
一人弃耕去成仙

thi^{35} lia^{33} ku^{54} tiaŋ^{54} tsau^{31} nəi^{35} tai^{31}
丢 了 家 中 祖 业 田
丢了家中祖业田

ȵi^{31} tse^{24} zə^{35} tai^{31} zə^{24} tse^{24} tia^{35}
人 字 一 田 日 字 脚
人字一田日字脚

ɕaŋ^{54} fa^{24} təŋ^{31} paŋ^{33} tɕho^{33} kø^{54} taŋ^{31}
相 会 同 伴 看 歌 堂
相会同伴看歌堂

pa^{35} təŋ^{24} ɕi^{33} sai^{54} tɕe^{33} ku^{54} tiaŋ^{54}
八 洞 神 仙 进 家 中
八洞神仙进家中

vaŋ^{31} tɕaŋ^{31} ɕou^{54} to^{33} se^{33} li^{24} thaŋ^{54}
王 祥 修 道 时 运 通
王祥修道时运通

la^{33} se^{33} tse^{31} la^{31} mə^{33} luo^{54} le^{33}
我 是 几 兄 不 知 礼
我们兄弟不知礼

təŋ^{31} paŋ^{33} ȵi^{24} tshe^{33} ho^{31} mə^{33} vai^{31}
同 伴 义 气 好 不 完
同伴义气好得很

tiou^{35} ke^{33} taŋ^{33} tiŋ^{54} mə^{33} taŋ^{33} vo^{24}
织 布 断 经 不 断 纬
织布断经不断纬

ji^{54} paŋ^{33} luo^{31} ɕi^{54} mə^{33} luo^{31} ɕi^{54}
与 伴 离 身 不 离 心
与伴离身不离心

ɕo^{31} səi^{31} mə^{33} tha^{35} ta^{31} jou^{31} tsho^{35}
水 洗 不 脱 桌 油 漆
水洗不脱桌油漆

luo^{54} tshəi^{35} mə^{33} taŋ^{33} ho^{31} paŋ^{33} tɕəŋ^{31}
刀 切 不 断 好 伴 情
刀切不断好伴情

kø^{54} taŋ^{31} la^{54} nai^{33} ȵi^{31} ɕaŋ^{54} fa^{24}
歌 堂 多 年 难 相 会
歌堂多年难相会

zə^{31} tɕi^{54} ȵi^{24} tshe^{33} se^{33} kuo^{54} luo^{31}
如 今 义 气 是 归 来①
如今义气依然有

zə^{31} tɕi^{54} ȵi^{24} tshe^{33} vai^{33} kuo^{54} tsa^{33}
如 今 义 气 转 归 在
如今义气依然在

ȵi^{54} ȵi^{54} se^{33} kuo^{54} ho^{31} mə^{33} vai^{31}
个 个 是 归 好 不 完
个个义气好得很

① 是归来：依旧存在。

la^{33} tsa^{33} tɕhəŋ^{54} tou^{31} se^{31} ŋi^{31} kha^{33}
俫 坐 清 头 起 眼 看
我在厅堂起眼看

khaŋ^{33} kai^{33} tɕhəŋ^{54} tou^{31} ho^{31} la^{54} ɳe^{31}
看 见 清 头 好 多 人
看见厅堂好多人

khaŋ^{33} kai^{33} tɕhəŋ^{54} tou^{31} ho^{31} la^{54} paŋ^{33}
看 见 清 头 好 多 伴
看见厅堂好多伴

ho^{31} la^{54} təŋ^{31} paŋ^{33} tɕho^{33} kø^{54} taŋ^{31}
好 多 同 伴 看 歌 堂
好多同伴看歌堂

la^{24} hau^{33} məi^{31} piou^{35} ɕo^{31} phia^{54} phia^{54}
落 雨 梅 竹 水 漂 漂
下雨梅竹叶漂漂

taŋ^{31} tiaŋ^{54} ɕo^{31} tshai^{31} ŋau^{31} ju^{24} la^{54}
塘 中 水 浅 鱼 又 多
塘中水浅鱼又多

ɕo^{31} tshai^{31} ŋau^{31} la^{54} kuo^{31} ŋa^{35} ɕo^{31}
水 浅 鱼 多 搞 混 水
水浅鱼多搞浑水

tɕhəŋ^{54} tou^{31} ɳi^{31} la^{54} kuo^{31} laŋ^{24} ɕi^{54}
清 头 人 多 搞 乱 心
厅堂人多搞乱心

kuo^{31} laŋ^{24} la^{33} ɕi^{54} la^{33} mə^{33} luo^{54}
搞 乱 倈 心 倈 不 知
搞乱我心我不知

mə^{33} luo^{54} tɕhəŋ^{54} tou^{31} tse^{31} taŋ^{31} ɳ̊e^{31}
不 知 清 头 几 团 人
不知厅堂几团人

mə^{33} luo^{54} tɕhəŋ^{54} tou^{31} tse^{31} taŋ^{31} paŋ^{33}
不 知 清 头 几 团 伴
不知厅堂几团伴

tse^{31} taŋ^{31} təŋ^{31} paŋ^{33} tɕho^{35} kø^{54} taŋ^{31}
几 团 同 伴 看 歌 堂
几团同伴看歌堂

sai^{54} tsai^{31} təŋ^{31} paŋ^{33} tsəi^{35} no^{24} la^{33}
先 前 同 伴 接 入 倈
先前同伴接入我

khəŋ^{35} tɕi^{54} tɕu^{33} məŋ^{24} təŋ^{31} paŋ^{33} ɳ̊e^{31}
现 在 借 问 同 伴 人
现在借问同伴人

tɕu^{33} məŋ^{24} təŋ^{31} paŋ^{33} tse^{31} taŋ^{31} paŋ^{33}
借 问 同 伴 几 团 伴
借问同伴几团伴

tse^{31} taŋ^{31} təŋ^{31} paŋ^{33} tɕho^{35} kø^{54} taŋ^{31}
几 团 同 伴 看 歌 堂
几团同伴看歌堂

ŋu^{33} tɕhəŋ^{31} təŋ^{31} paŋ^{33} thou^{33} luo^{54} la^{33}
我 请 同 伴 透 知 俫
我请同伴告知我

kau^{33} luo^{54} tɕhəŋ^{54} tou^{31} tse^{31} taŋ^{31} ȵe^{31}
告 知 清 头 几 团 人
告知厅堂几团人

ɕu^{24} ɕe^{54} tou^{31} ɕaŋ^{24} tso^{33} tse^{54} kau^{54}
石 山 头 上 皂 角 刺
石山头上皂角刺

se^{33} ŋu^{33} tse^{31} la^{31} hau^{31} tou^{31} tshau^{54}
是 我 几 兄 口 头 初
我们兄弟口头粗

hou^{31} tou^{31} tshau^{54} te^{54} tiaŋ^{31} te^{54} ɕo^{35}
口 头 初 了 讲 了 出
口头粗了讲出来

ho^{31} tshau^{54} tiaŋ^{31} ɕo^{35} tɕu^{33} məŋ^{24} ȵe^{31}
口 初 讲 出 借 问 人
口粗讲出借问人

piou^{35} ɕaŋ^{24} thiəŋ^{54} luo^{54} vaŋ^{24} mə^{33} kua^{33}
壁 上 插 刀 望 不 怪
壁上插刀望不怪

vaŋ^{24} paŋ^{33} mə^{33} kua^{33} la^{33} nəŋ^{31} saŋ^{54}
望 伴 不 怪 俫 男 双
望伴不怪我们俩

vu^{24} se^{33} mə^{33} kua^{33} kuo^{33} luo^{54} la^{33}
若 是 不 怪 告 知 俫
若是不怪告知我

kuo^{33} luo^{54} tɕhəŋ^{54} tou^{31} tse^{31} taŋ^{31} ȵe^{31}
告 知 清 头 几 团 人
告知厅堂几团人

nəŋ^{54} nəŋ^{31} tse^{31} la^{31} ho^{31} ɕaŋ^{54} ȵe^{24}
给 男 几 兄 好 商 议
与我兄弟好商议

ta^{24} tsəi^{31} ɕaŋ^{54} ȵe^{24} tɕho^{35} kø^{54} taŋ^{31}
大 齐 商 议 看 歌 堂
大家商议看歌堂

ɕou^{31} pu^{35} ɕi^{54} tou^{31} la^{33} ɕaŋ^{31} pai^{31}
手 拍 心 头 俫 想 反
手拍心头我回想

se^{33} la^{33} ɕaŋ^{31} pai^{31} təŋ^{31} paŋ^{33} ȵe^{31}
是 我 想 反 同 伴 人
是我想起同伴人

laŋ^{31} laŋ^{31} thiaŋ^{33}
短 短 唱
短短唱

laŋ^{31} laŋ^{31} tou^{31} kø^{54} tɕoŋ^{54} paŋ^{33} nəŋ^{31}
短 短 条 歌 尊 伴 男
唱支短歌传同伴

tɕoŋ^{54} kø^{33} təŋ^{31} paŋ^{33} tsəi^{35} tɕi^{31} thiaŋ^{33}
尊 过 同 伴 接 着 唱
传过同伴接着唱

tsəi^{35} tɕi^{31} kø^{33} ɕəŋ^{54} tɕho^{35} kø^{54} taŋ^{31}
接 着 歌 声 看 歌 堂
接着歌声看歌堂

tiaŋ^{31} fu^{24} mə^{33} tɕa^{24} nəŋ^{31} tiaŋ^{31} kø^{33}
讲 话 不 着 能 讲 过
讲话不对能讲过

tɕu^{33} məŋ^{24} mə^{33} tɕa^{24} ɕaŋ^{54} kø^{33} liaŋ^{31}
借 问 不 对 商 过 量
借问不对再商量

hou^{31} tshe^{54} pai^{54} luo^{31} tɕa^{24} mə^{33} tɕa^{24}
口 吃 边 梨 嚼 不 嚼
口吃槟榔嚼不嚼

se^{33} mə^{33} əi^{54} jaŋ^{24} tɕoŋ^{54} paŋ^{33} nəŋ^{31}
是 否 这 样 尊 伴 们
是否这样传同伴

tsəi^{35} tɕi^{31} thiaŋ^{33}
接 着 唱
接着唱

mai^{24} tso^{31} luo^{31} məŋ^{33} tsəi^{35} kuo^{54} ɕi^{54}
面 前 梨 树 接 归 生
面前梨树接回生

tsəi^{35} kuo^{54} luo^{31} ɕi^{54} luo^{31} tse^{35} tso^{31}
接 归 梨 生 梨 结 子
接回梨生梨结子

tsəi^{35} kuo^{54} paŋ^{33} ɕəŋ^{54} tɕho^{33} kø^{54} taŋ^{31}
接 着 伴 声 看 歌 堂
接着伴声看歌堂

hou^{31} tshe^{54} pai^{54} luo^{31} jou^{24} se^{33} tɕa^{24}
口 吃 边 梨 又 是 嚼
口吃槟榔也是嚼

tiŋ^{33} se^{33} əi^{54} jaŋ^{24} tɕoŋ^{54} la^{33} nəŋ^{31}
正 是 这 样 尊 倈 男
正是这样传我们

tɕoŋ^{54} luo^{31} la^{33} nəŋ^{31} mə^{33} luo^{54} le^{33}
尊 到 倈 男 不 知 礼
传到我们不知礼

mə^{33} luo^{54} le^{33} mau^{24} tɕho^{33} kø^{54} taŋ^{31}
不 知 礼 貌 看 歌 堂
不知礼貌看歌堂

tse^{31} vaŋ^{24} təŋ^{31} paŋ^{33} piu^{54} haŋ^{33} la^{33}
指 望 同 伴 包 涵 倈
希望同伴包涵我

tɕhəŋ^{54} tou^{31} ȵi^{31} la^{54} mə^{33} ɕa^{33} nəŋ^{31}
清 头 人 多 不 笑 男
厅堂人多不笑我

tɕhəŋ^{33} paŋ^{33} kø^{54} ho^{31} ɕəŋ^{54} ju^{33} ho^{31}
听 伴 歌 好 声 也 好
听伴歌好声也好

zə^{31} tsəŋ^{31} thai^{54} tou^{31} mo^{24} tsha^{31} fu^{54}
如 从 天 头 蜜 采 花
甜如天上蜜采花

mo^{24} tou^{31} tsha^{31} fu^{54} vi^{24} lau^{24} luo^{31}
密 子① 采 花 万 路 到
蜜蜂采花万路到

tɕhəŋ^{33} paŋ^{33} kø^{54} ho^{31} vi^{24} lau^{24} thaŋ^{54}
听 伴 歌 好 万 路 通
听伴歌好万路通

ɕaŋ^{24} jou^{24} thaŋ^{54} luo^{31} ləŋ^{54} po^{35} ɕe^{31}
上 又 通 到 东 北 省
上能通到东北省

fu^{33} jou^{31} thaŋ^{54} luo^{31} liou^{33} tiou^{54} ɕəŋ^{31}
下 也 通 到 柳 州 城
下又通到柳州城

① 密子：应为“蜜子”，蜜蜂。

liou^{33} tiou^{54} ɕəŋ^{31} tɕaŋ^{31} mo^{33} laŋ^{31} te^{24}
柳 州 城 墙 没 挡 抵
柳州城墙没拦阻

tɕhəŋ^{33} paŋ^{33} ho^{31} kø^{54} mo^{33} luo^{31} te^{31}
听 伴 好 歌 没 顶 蹄
听伴好歌真通顺

jou^{33} zə^{35} jou^{33} no^{24} tɕi^{31} tɕiu^{24} me^{24}
有 一 有 二 感 谢 妹
有一有二感谢妹

ju^{24} se^{33} tɕi^{31} tɕiu^{24} təŋ^{31} paŋ^{33} ȵe^{31}
又 是 层 谢 同 伴 人
同时感谢同伴人

tio^{31} ȵi^{31} fu^{35} tɕəŋ^{31} tɕiu^{24} lu^{35} ho^{31}
主 人 客 情 谢 得 好
主人客情谢得好

zə^{35} tɕəŋ^{31} zə^{35} luo^{31} tiaŋ^{31} lu^{35} tɕuai^{31}
一 情 一 理 讲 得 全
一情一理讲得全

thau^{31} tse^{24} tai^{31} tou^{31} paŋ^{33} luo^{54} luo^{31}
土 字 田 头 伴 知 理①
土字里头伴知理

① 此句拆“里”字，谐音“理”。

ɕo^{33} ɕi^{54} tɕhəŋ^{54} tse^{24} paŋ^{33} luo^{54} tɕəŋ^{31}
忄 青 字 伴 知 情
竖心青字伴知情

paŋ^{33} ɕə^{33} luo^{54} tɕəŋ^{31} ju^{24} luo^{54} luo^{31}
伴 的 知 情 也 知 理
同伴知情还知理

zə^{35} tɕəŋ^{31} zə^{35} luo^{31} tɕi^{31} tɕiu^{24} ȵe^{31}
一 情 一 理 层 谢 人
一情一理感谢人

tɕhəŋ^{54} tou^{31} ȵi^{31} la^{54} lu^{35} tɕhəŋ^{33} tɕe^{31}
清 头 人 多 得 听 着
厅堂人多得聆听

ta^{24} təi^{31} tɕhəŋ^{54} te^{54} ti^{33} fuə^{24} ɕi^{54}
大 家 听 了 都 合 心
大家听了都合心

la^{33} tsa^{33} tɕhəŋ^{54} tou^{31} lu^{35} tɕhəŋ^{33} tɕe^{31}
俫 在 清 头 得 听 着
我在厅堂得听见

tɕhəŋ^{33} tɕe^{31} təŋ^{31} paŋ^{33} tɕu^{33} məŋ^{24} nəŋ^{31}
听 着 同 伴 借 问 男
听见同伴借问男

tɕu^{33} mən^{24} tɕhən^{54} tou^{31} tse^{31} taŋ^{31} paŋ^{33}
借 问 清 头 几 团 伴
借问厅堂几团伴

tse^{31} taŋ^{31} təŋ^{31} paŋ^{33} tɕho^{35} kø^{54} taŋ^{31}
几 团 同 伴 看 歌 堂
几团同伴看歌堂

la^{33} jo^{24} təŋ^{31} paŋ^{33} tsəi^{35} no^{24} la^{54}
俫 也 同 伴 接 入 我
我也是同伴接入

la^{33} jo^{24} mə^{33} luo^{54} tse^{31} taŋ^{31} ȵe^{31}
我 也 不 知 几 团 人
我也不知几团人

ȵi^{24} kuo^{54} ləi^{31} tou^{31} no^{24} kuo^{54} ɕo^{31}
用 回① 犁 头 入 回 水
按下犁头再入水

tsəi^{35} kuo^{54} kø^{54} ɕəŋ^{54} tɕu^{33} mən^{24} ȵe^{31}
接 归 歌 声 借 问 人
接回歌声借问人

la^{33} jo^{24} tsəi^{35} tɕe^{31} hau^{33} mən^{24} paŋ^{33}
俫 也 接 着 去 问 伴
我也接着去问伴

① 用回：再次使用。

tɕu^{33} mən^{24} təŋ^{31} paŋ^{33} hou^{33} tse^{31} taŋ^{31}
借 问 同 伴 有 几 团
借问同伴有几团

ŋu^{33} tɕhəŋ^{31} təŋ^{31} paŋ^{33} thou^{33} luo^{54} la^{33}
我 请 同 伴 透 知 俫
我请同伴告诉我

khou^{33} luo^{54} tɕhəŋ^{54} tou^{31} tse^{31} taŋ^{31} ȵe^{31}
告 知 清 头 几 团 人
告知厅堂几团人

nəŋ^{54} nəŋ^{31} ta^{24} tse^{31} ho^{31} ɕaŋ^{54} ȵe^{24}
给 男 大 齐 好 商 议
我们大家好商议

ta^{24} tse^{31} ɕaŋ^{54} ȵe^{24} tɕho^{35} kø^{54} taŋ^{31}
大 齐 商 议 看 歌 堂
大家商议看歌堂

ɕou^{31} phu^{35} ɕi^{54} tou^{31} la^{33} ɕaŋ^{31} pai^{31}
手 拍 心 头 俫 想 反
手拍心头我想起

se^{33} la^{33} ɕaŋ^{31} se^{31} təŋ^{31} paŋ^{33} ȵe^{31}
是 俫 想 起 同 伴 人
是我想起同伴人

se^{33} la^{33} ɕaŋ^{31} se^{31} ŋu^{33} təŋ^{31} paŋ^{33}
是 俫 想 起 我 同 伴
是我想起我同伴

ɕaŋ^{31} se^{31} təŋ^{31} paŋ^{33} tɕho^{35} kø^{54} taŋ^{31}
想 起 同 伴 看 歌 堂
想起同伴看歌堂

phaŋ^{31} pəi^{33} thiu^{54} tou^{31} təŋ^{31} təŋ^{24} vai^{33}
纺 棉 车 子 同 同 转①
纺棉车子团团转

luai^{33} luo^{31} luai^{33} hau^{33} hau^{33} paŋ^{33} pai^{54}
转 来 转 去 到 伴 边
转来转去到伴边

hau^{33} luo^{31} paŋ^{33} pai^{54} tsəi^{35} tɕi^{31} thiaŋ^{33}
去 到 伴 边 接 着 唱
去到伴边接着唱

tsəi^{35} tɕi^{31} kø^{54} ɕəŋ^{54} tɕhi^{33} tso^{31} vo^{31}
接 着 歌 声 趁 早 维
接着歌声趁早唱

hou^{31} tshe^{54} pai^{54} luo^{31} tɕa^{24} mə^{33} tɕa^{24}
口 吃 边 梨 嚼 不 嚼
口吃槟榔嚼不嚼

se^{33} mə^{33} əi^{54} jaŋ^{24} tɕoŋ^{54} paŋ^{33} nəŋ^{31}
是 否 这 样 尊 伴 男
是否这样传同伴

tiaŋ^{31} fu^{24} mə^{33} tia^{24} nəŋ^{31} tiaŋ^{31} kø^{33}
讲 话 不 对 能 讲 过
讲话不对能讲过

① 同同转：团团旋转。

tɕoŋ^{54} paŋ^{33} mə^{33} tia^{24} ɕaŋ^{54} kø^{54} liaŋ^{31}
尊 伴 不 对 商 过 量
传伴不对再商量

tsəi^{35} tɕi^{31} thiaŋ^{33}
接 着 唱
接着唱

lau^{24} pai^{54} nia^{33} və^{31} tsəi^{35} tɕi^{31} nia^{31}
路 边 料 禾 接 着 挠
路边理禾接着扶

tsəi^{35} tɕi^{31} nia^{31} və^{31} tiou^{33} ŋau^{33} kau^{35}
接 着 挠 禾 救 五 谷
接着扶禾救五谷

tsəi^{35} tɕi^{31} kø^{54} ɕəŋ^{54} tɕho^{33} kø^{54} taŋ^{31}
接 着 歌 声 看 歌 堂
接着歌声看歌堂

hou^{31} tshe^{54} pai^{54} lau^{31} ju^{24} se^{33} tɕa^{24}
口 吃 边 梨 也 是 嚼
口吃槟榔也是嚼

tiŋ^{33} se^{31} əi^{54} jaŋ^{24} tɕoŋ^{54} la^{33} nəŋ^{31}
正 是 这 样 尊 倈 男
正是这样传我们

tiŋ^{33} se^{31} əi^{54} jaŋ^{24} tɕoŋ^{54} luo^{31} la^{33}
正 是 这 样 尊 到 我
正是这样传到我

tɕoŋ^{54} luo^{31} la^{33} pai^{54} mə^{33} va^{24} niai^{31}
尊 到 我 边 不 会 言
传到我了不会说

hou^{31} vo^{24} vo^{33} ni^{31} jou^{24} tɕa^{24} thiaŋ^{33}
口 曰 为 难 也 着 唱
口说为难也须唱

tio^{33} tɕi^{54} tio^{33} kuo^{31} tɕho^{33} kø^{54} taŋ^{31}
句 真 句 假 看 歌 堂
句真句假看歌堂

pu^{24} maŋ^{31} maŋ^{33}
白 芒 芒
白茫茫

ɕu^{24} ɕi^{54} tou^{31} ɕaŋ^{24} taŋ^{33} thau^{31} tɕaŋ^{31}
石 山 头 上 冲 土 墙
石山头上充土墙

ɕu^{24} ɕi^{54} tou^{31} ɕaŋ^{24} thau^{31} tɕaŋ^{31} au^{35}
石 山 头 上 土 墙 屋
石山头上土墙屋

ɕu^{24} fa^{54} fəŋ^{31} se^{31} saŋ^{33} ɕou^{24} taŋ^{31}
石 灰 粉 起 算 学 堂
石灰粉起算学堂

səŋ^{54} ɕuəi^{33} la^{33} tou^{31} səŋ^{33} no^{24} ɕou^{24}
三 岁 孩 子 送 入 学
三岁孩子送入学

pu^{31} vo^{24} mə^{33} ɕo^{35} ɕaŋ^{24} ta^{24} ȵe^{31}
把 笔 不 识 上 大 人
把笔不识上大人

la^{33} tse^{33} tse^{31} la^{31} ku^{54} tɕiəŋ^{31} khau^{31}
我 是 几 兄 家 庭 苦
我们兄弟家境苦

ji^{54} vo^{24} ku^{54} khau^{31} ɕa^{31} to^{24} kuo^{54}
因 为 家 穷 少 读 书
因为家穷少读书

to^{24} kuo^{54} ɕa^{31} te^{54} mə^{33} luo^{54} le^{33}
读 书 少 了 不 知 礼
读书少了不知礼

mə^{33} luo^{54} le^{33} mau^{24} tɕho^{33} kø^{54} taŋ^{31}
不 知 礼 貌 看 歌 堂
不知礼貌看歌堂

le^{35} vo^{24} kuo^{54} tsa^{31} mə^{33} tɕhiu^{31} ɕa^{33}
列 位 高 才 不 取 笑
列位高才不取笑

mə^{33} ɕa^{33} la^{33} saŋ^{54} mə^{33} luo^{54} tɕiəŋ^{31}
不 笑 俫 双 不 知 情
不笑我俩不知情

ɕu^{24} ɕi^{54} tou^{31} ɕaŋ^{24} tɕe^{33} haŋ^{31} tiaŋ^{54}
石 山 头 上 种 黄 姜
石山头上种黄姜

ɕu^{24} ɕi^{54} tia^{35} fu^{33} tɕe^{33} po^{31} pu^{31}
石 山 脚 下 种 枇 杷
石山脚下种枇杷

po^{31} pu^{31} zə^{24} te^{24} tiu^{54} ka^{33} kuo^{24}
枇 杷 叶 大 遮 盖 树
枇杷叶大遮盖树

tɕhəŋ^{54} tou^{31} ȵi^{31} la^{54} tiu^{54} ka^{33} nəŋ^{31}
清 头 人 多 遮 盖 男
厅堂人多包涵我

tiu^{54} ka^{33} la^{33} nəŋ^{31} mə^{33} luo^{54} le^{33}
遮 盖 俫 男 不 知 礼
包涵我们不知礼

mə^{33} luo^{54} le^{33} mau^{24} tɕho^{33} kø^{54} taŋ^{31}
不 知 礼 貌 看 歌 堂
不知礼貌看歌堂

la^{33} tsa^{33} tɕhəŋ^{54} tou^{31} lu^{35} tɕhəŋ^{33} tɕe^{31}
俫 在 清 头 得 听 着
我在厅堂得听见

tɕhəŋ^{33} tɕe^{31} təŋ^{31} paŋ^{33} tɕu^{33} məŋ^{24} nəŋ^{31}
听 着 同 伴 借 问 男
听见同伴借问我

tɕu^{33} məŋ^{24} tɕhəŋ^{54} tou^{31} tse^{31} taŋ^{31} paŋ^{33}
借 问 清 头 几 团 伴
借问厅堂几团伴

tse^{31} taŋ^{31} təŋ^{31} paŋ^{33} tɕho^{33} kø^{54} taŋ^{31}
几 团 同 伴 看 歌 堂
几团同伴看歌堂

la^{33} jou^{24} təŋ^{31} paŋ^{33} tsəi^{35} no^{24} la^{33}
俫 又 同 伴 接 入 我
我也是同伴接入

la^{33} jou^{24} mə^{33} luo^{54} tse^{31} taŋ^{31} ȵe^{31}
我 也 不 知 几 团 人
我也不知几团人

ŋu^{33} jo^{24} tsəi^{35} kuo^{54} təŋ^{31} paŋ^{33} fo^{24}
我 也 接 归 同 伴 话
我也接回同伴话

tsəi^{35} kuo^{54} paŋ^{33} ɕəŋ^{54} tɕu^{33} məŋ^{24} ȵe^{31}
接 归 伴 声 借 问 人
接回伴声借问人

tɕu^{33} məŋ^{24} tsəi^{35} ŋu^{33} ke^{33} təŋ^{31} paŋ^{33}
借 问 接 我 的 同 伴
借问接我的同伴

liu^{35} vo^{31} tɕhəŋ^{54} tou^{31} tse^{31} taŋ^{31} ȵe^{31}
看 下 清 头 几 团 人
看下厅堂几团人

ji^{33} ka^{54} təŋ^{31} paŋ^{31} jou^{24} ȵi^{31} tsəi^{35}
应 该 同 伴 有 人 接
同伴也是有人接

jou^{24} $ȵi^{31}$ $tsəi^{35}$ no^{24} $tɕhəŋ^{54}$ tou^{31} luo^{31}
有　人　接　入　清　头　来
有人接入厅堂来

$ŋu^{33}$ $tɕhəŋ^{31}$ $təŋ^{31}$ $paŋ^{33}$ tse^{24} $tɕou^{24}$ le^{33}
我　请　同　伴　自　就　些
我请同伴爽快些

li^{31} $khuai^{33}$ tse^{24} $tɕou^{24}$ $tiaŋ^{31}$ $ɕo^{35}$ luo^{31}
打　快　自　就　讲　出　来
赶快径直讲出来

$tiaŋ^{31}$ $ɕo^{35}$ hai^{33} $ȵe^{24}$ hau^{33} $khuai^{33}$ $paŋ^{33}$
讲　出　还　要　去　劝　伴
讲出还要去劝伴

$khuai^{33}$ se^{31} $təŋ^{31}$ $paŋ^{33}$ tso^{31} ji^{33} tou^{31}
劝　起　同　伴　早　引　头
劝起同伴引起头

$mə^{33}$ $ȵe^{24}$ fa^{31} tou^{31} $taŋ^{31}$ $taŋ^{31}$ $khuai^{33}$
不　要　回　头　团　团　劝
不要回头个个劝

$taŋ^{31}$ $taŋ^{31}$ $khuai^{33}$ $kø^{33}$ no^{24} $mə^{33}$ $tɕaŋ^{31}$
团　团　劝　过　日　不　长
团团劝过时不长

pi^{54} pi^{54} hau^{33} $khuai^{33}$ no^{24} $mə^{33}$ tio^{31}
班　班　去　劝　日　不　等
班班去劝时不等

no^{24} tse^{31} mə^{33} tio^{31} tɕho^{33} kø^{54} taŋ^{31}
日 子 不 久 看 歌 堂
时间短暂伴行娘

ɕa^{54} faŋ^{54} ja^{31} tou^{31} pu^{24} lia^{33} pu^{24}
烧 灰 窑 头 白 了 白
烧灰窑头白又白

pu^{24} və^{33} sai^{54} ȵi^{31} fu^{33} ɕaŋ^{33} tse^{31}
白 鹤 仙 人 下 象 棋
白鹤仙人下象棋

sai^{54} ȵi^{31} fu^{33} tse^{31} kø^{33} no^{24} tse^{31}
仙 人 下 棋 过 日 子
仙人下棋过日子

la^{33} tɕho^{33} kø^{54} taŋ^{31} kø^{33} se^{31} kaŋ^{54}
俫 看 歌 堂 过 时 光
我看歌堂过时光

se^{31} kaŋ^{54} mə^{33} nəŋ^{54} se^{31} kaŋ^{54} kø^{33}
时 光 不 给 时 光 过
时光荏苒要珍惜

se^{31} kaŋ^{54} kø^{33} lia^{33} no^{24} ȵe^{31} pəŋ^{31}
时 光 过 了 日 难 逢
时光过了再难逢

ȵe^{31} pəŋ^{31} ȵi^{31} ŋue^{24} tɕi^{54} ŋi^{31} ŋue^{24}
难 逢 银 月 金 银 月
难逢银月金银月

tsho^{54} sai^{33} ȵe^{31} pəŋ^{31} ɕou^{33} fu^{54} tɕi^{54}
粗 线 难 逢 绣 花 针
粗线难穿绣花针

lau^{35} təŋ^{31} fu^{54} tɕi^{54} pəŋ^{31} tɕa^{24} sai^{33}
那 从 花 针 逢 着 线
哪曾花针逢细线

ni^{31} lu^{35} pəŋ^{31} tɕa^{24} tɕho^{33} kø^{54} taŋ^{31}
难 得 逢 着 看 歌 堂
难得逢着看歌堂

ȵi^{54} ȵi^{54} se^{33} kuo^{54} ɕou^{24} se^{24} paŋ^{33}
个 个 是 归 熟 悉 伴
个个都是熟悉伴

ta^{24} tse^{31} fə^{24} ɕi^{54} tɕho^{33} kø^{54} taŋ^{31}
大 齐 合 心 看 歌 堂
大家合心看歌堂

zə^{35} pi^{54} hau^{33} khuai^{33} ju^{24} zə^{35} jaŋ^{24}
一 班 去 劝 也 一 样
一班去劝也一样

ɕaŋ^{54} ɕi^{33} mə^{33} se^{33} tsa^{33} fu^{35} ȵe^{31}
相 信 不 是 做 客 人
相信不是客套人

se^{33} kuo^{54} ɕou^{24} se^{24} mə^{33} lio^{35} thio^{35}
是 归 熟 悉 不 弯 曲
都是熟人不欺骗

tau^{31} se^{33} tɕi^{54} tiŋ^{33} luo^{54} ɕi^{54} ȵe^{31}
才 是 真 正 知 心 人
才是真正知心人

ŋu^{33} se^{33} ɕaŋ^{54} ɕe^{33} ɕou^{24} se^{24} paŋ^{33}
我 是 相 信 熟 悉 伴
我是相信熟悉伴

faŋ^{33} ɕi^{54} təŋ^{31} paŋ^{33} khuai^{33} tou^{31} taŋ^{31}
放 心 同 伴 劝 头 团
放心同伴劝头团

khuai^{33} se^{31} tou^{31} taŋ^{31} tse^{24} tɕou^{24} le^{33}
劝 起 头 团 自 就 些
劝起头团爽快些

tse^{24} tse^{24} tɕou^{24} tɕou^{24} tso^{31} ji^{33} tou^{31}
自 自 就 就 早 引 头
爽爽快快早引头

tau^{33} nəŋ^{31} ta^{24} tse^{31} khaŋ^{54} fa^{31} le^{33}
才 能 大 家 空 怀 些
才能大家从容些

kø^{54} taŋ^{31} se^{24} tɕəŋ^{31} lu^{35} lau^{24} thaŋ^{54}
歌 堂 事 情 得 路 通
歌堂事情得路通

la^{33} ke^{33} fu^{24} po^{24} əi^{54} jaŋ^{24} tiaŋ^{31}
我 的 话 篼 这 样 讲
我的话儿这样讲

se³³ ŋu³³ ho³¹ tsho⁵⁴ tiaŋ³¹ ɕo³⁵ luo³¹
是 我 口 初 讲 出 来
是我口粗讲出来

tse³¹ vaŋ²⁴ ta²⁴ tse³¹ mə³³ tse³³ kua³³
指 望 大 齐 不 记 怪
希望大家不怪罪

mə³³ kua³³ la³³ saŋ⁵⁴ ho³¹ tou³¹ tshau⁵⁴
不 怪 俫 双 口 头 初
不怪我俩口头粗

tiaŋ³¹ fu³³ mə³³ tɕa²⁴ nəŋ³¹ tiaŋ³¹ kø³³
讲 话 不 着 能 讲 过
讲话不着能讲过

thiaŋ³³ kø⁵⁴ mə³³ tɕa²⁴ ɕaŋ⁵⁴ kø³³ liaŋ³¹
唱 歌 不 对 商 过 量
唱歌不对再商量

hou³¹ tshe⁵⁴ pai⁵⁴ luo³¹ tɕa²⁴ mə³³ tɕa²⁴
口 吃 边 梨 嚼 不 嚼
口吃槟榔嚼不嚼

tse³¹ ɕaŋ²⁴ fu²⁴ fu⁵⁴ kua⁵⁴ mə³³ kua⁵⁴
纸 上 画 花 乖 不 乖
纸上画花美不美

fu²⁴ fu⁵⁴ mə³³ kua⁵⁴ tsa³³ tɕhəŋ³¹ tɕaŋ²⁴
画 花 不 乖 再 请 匠
画花不美再请匠

ŋu^{33} tiaŋ^{31} mə^{33} tɕa^{24} ɕaŋ^{54} kø^{33} liaŋ^{31}
我 讲 不 对 商 过 量
我讲不对再商量

tsəi^{35} tɕi^{31} thiaŋ^{33}
接 着 唱
接着唱

tsəi^{35} kuo^{54} liaŋ^{31} kuo^{35} tsəi^{35} kuo^{54} thiu^{54}
接 归 龙 骨 接 归 车
接回扇页接着浇

tsəi^{35} kuo^{54} liaŋ^{31} kuo^{35} tsəi^{35} tɕi^{31} sau^{33}
接 归 龙 骨 接 着 负
接回扇页接着灌

tsəi^{35} kuo^{54} paŋ^{33} ɕəŋ^{54} tɕho^{33} kø^{54} taŋ^{31}
接 回 伴 声 看 歌 堂
接回伴声看歌堂

hou^{31} tshe^{54} pai^{54} luo^{31} jou^{24} se^{33} tɕa^{24}
口 吃 边 梨 也 是 嚼
口吃槟榔也是嚼

tse^{31} ɕaŋ^{24} fu^{24} fu^{54} jou^{24} se^{33} kua^{54}
纸 上 画 花 也 是 乖
纸上画花也是美

fu^{24} fu^{54} kua^{54} te^{54} mə^{33} tɕhəŋ^{31} tɕa^{24}
画 花 乖 了 不 请 匠
画花美了不请匠

təŋ31 paŋ33 tiaŋ31 tɕa24 mə33 ɕaŋ54 liaŋ31
同 伴 讲 对 不 商 量
讲话对了不商量

luo54 ɕi54 təŋ31 paŋ33 səi33 zə33 ho31
知 心 同 伴 细 意 好
知心同伴心细致

jou33 zə35 jou33 no24 tɕoŋ54 luo31 nəŋ31
有 一 有 二 尊 到 男
有一有二传到我

ɕuai54 ja33 la33 nəŋ31 mə33 luo54 le33
虽 然 俫 男 不 知 礼
虽然我们不知礼

mə33 luo54 le33 mau24 khuai33 tou31 taŋ31
不 知 礼 貌 劝 头 团
不知情理劝头团

mə33 luo54 le33 mau24 ju24 tɕa24 khuai33
不 知 礼 貌 也 着 劝
不知礼貌也得劝

ju24 tɕa24 hau33 khuai33 tou31 taŋ31 ȵi31
也 要 去 劝 头 团 人
也得去劝头团人

mo33 ȵi31 ji33 tou31 mə33 ho31 tsa33
没 人 引 头 不 好 做
没人引头不好做

və^{31} ȵi^{31} pəŋ^{54} kəŋ^{54} mə^{33} ho^{31} vo^{31}
无 人 分 工 不 好 维
无人分工难维持

tshai^{54} piŋ^{54} vi^{24} mu^{24} jou^{33} tou^{31} tɕi^{54}
千 兵 万 马 有 头 军
千军万马有将领

vi^{24} tɕaŋ^{33} mu^{31} sa^{35} jou^{33} kau^{31} tou^{31}
万 丈 麻 绳 有 根 头
万丈麻绳有根头

mo^{33} lu^{35} tou^{31} tɕi^{54} piŋ^{54} mə^{33} təŋ^{33}
没 有 头 军 兵 不 动
没有将领兵不动

tou^{31} tɕi^{54} fu^{33} liŋ^{24} lai^{31} ju^{24} çe^{31}
头 军 下 令 连 夜 行
将军下令连夜行

piou^{35} jou^{33} ɕaŋ^{24} kuo^{35} jou^{33} fu^{33} kuo^{35}
竹 有 上 节 有 下 节
竹有上节有下节

kø^{54} taŋ^{31} tou^{31} taŋ^{31} luo^{31} no^{24} taŋ^{31}
歌 堂 头 团 到 二 团
歌堂头团到二团

tou^{31} taŋ^{31} pəŋ^{54} kəŋ^{54} zə^{35} no^{24} thiaŋ^{33}
头 团 分 工 一 二 唱
头团分工一二唱

liou^{24} tɕhi^{54} pu^{35} fu^{35} mo^{33} ȵi^{31} te^{31}
六 亲 百 客 没 人 弹
六亲百客没责言

tou^{31} taŋ^{31} ji^{33} tou^{31} se^{24} tiŋ^{33} luo^{31}
头 团 引 头 是 正 理
头团引头是正理

pəi^{24} taŋ^{31} ji^{33} tou^{31} luo^{31} mə^{33} ka^{54}
别 团 引 头 理 不 该
别团引头理不该

no^{24} luo^{31} tɕhəŋ^{54} tou^{31} ŋa^{31} lu^{35} tio^{31}
进 来 清 头 挨 得 久
进来厅堂耽误久

ŋa^{31} tɕi^{31} kø^{54} taŋ^{31} se^{24} mə^{33} thaŋ^{54}
挨 着 歌 堂 事 不 通
误了歌堂事不通

ta^{24} mau^{24} ju^{24} phu^{33} tshai^{54} luo^{54} tia^{35}
大 树 也 怕 千 万 砍
大树也怕千万砍

miŋ^{31} pu^{24} jou^{24} phu^{33} paŋ^{33} tio^{33} te^{31}
明 白 也 怕 半 句 提
明白人怕半句提

paŋ^{33} tio^{33} te^{31} luo^{31} pu^{24} tse^{24} lia^{33}
半 句 提 来 白 字 了
半句提来识白字

tio^{33} tio^{33} te^{31} luo^{31} paŋ^{33} tse^{24} tshəŋ^{54}
句 句 提 来 伴 自 聪
句句提来自明白

ŋou^{31} vu^{35} taŋ^{33} tso^{31} mə^{33} lio^{35} thio^{35}
牛 弯 冲 糍 不 弯 曲
牛轭舂糍太弯曲

au^{54} vu^{54} tse^{33} ɕo^{24} mə^{33} kho^{31} ŋa^{31}
乌 鸦 站 树 不 可 挨
乌鸦站树不可久

ŋa^{31} luo^{31} ŋa^{31} hau^{33} no^{24} mə^{33} tio^{31}
挨 来 挨 去 日 不 等
延来误去时间过

ŋa^{31} tɕo^{31} kø^{54} taŋ^{31} mə^{33} khaŋ^{54} fa^{31}
挨 着 歌 堂 不 空 怀
延误歌堂不顺溜

ɕaŋ^{33} ɕi^{54} tia^{35} tio^{35} ta^{24} tse^{54} tso^{33}
上 山 砍 木 凿 鸡 栖
上山砍树做鸡栅

fu^{33} ɕi^{54} tia^{35} piou^{35} tiou^{35} tse^{54} ləŋ^{31}
下 山 砍 竹 织 鸡 笼
下山砍竹织鸡笼

zə^{35} pu^{35} tou^{31} tse^{54} vəŋ^{33} tso^{33} tso^{33}
一 百 只 鸡 关 拢 栖
一百只鸡关鸡栅

zə^{35} tou^{31} phu^{35} ɕo^{35} la^{33} se^{31} te^{31}
一 只 拍 翅 带 起 啼
一只拍翅带起啼

zə^{35} tou^{31} phu^{35} ɕo^{35} se^{31} te^{54} ɕo^{31}
一 只 拍 翅 起 了 首
一只拍翅起了头

la^{33} se^{31} se^{31} ɕəŋ^{54} tou^{31} tou^{31} te^{31}
带 起 起 声 只 只 啼
带头起声只只啼

tou^{31} taŋ^{31} ha^{54} niai^{31} la^{33} se^{31} thiaŋ^{33}
头 团 开 言 带 起 唱
头团开言带起唱

ta^{24} tse^{31} zə^{35} no^{24} tɕho^{54} kø^{54} taŋ^{31}
大 齐 一 二 看 歌 堂
大家一二伴行娘

ŋu^{33} tɕhəŋ^{31} tou^{31} taŋ^{31} tse^{24} tɕou^{24} le^{33}
我 请 头 团 自 就 些
我请头团爽快些

tse^{24} tɕou^{24} kaŋ^{31} khua^{33} tso^{31} ji^{33} tou^{31}
自 就 赶 快 早 引 头
径直快快早发言

ha^{54} niai^{31} zə^{35} no^{24} pəŋ^{54} kəŋ^{54} fu^{33}
开 言 一 二 分 工 下
发言按序分工好

zə^{35} pi^{54} zə^{35} taŋ^{24} tɕho^{33} kø^{54} taŋ^{31}
一 班 一 段 看 歌 堂
一班一段看歌堂

la^{33} kəŋ^{33} fu^{24} po^{24} əi^{54} jaŋ^{24} tiaŋ^{31}
俫 的 话 篦 这 样 讲
我的话儿这样讲

tou^{31} taŋ^{31} fə^{24} ɕi^{54} mə^{33} fə^{24} ɕi^{54}
头 团 合 心 不 合 心
头团合心不合心

vu^{24} se^{33} fə^{24} ɕi^{54} kəŋ^{33} ku^{31} ho^{31}
若 是 合 心 更 加 好
若是合心更加好

vu^{24} se^{33} mə^{33} fə^{24} ɕaŋ^{54} kø^{33} liaŋ^{31}
若 是 不 合 商 过 量
若不合心再商量

ɕu^{24} ɕi^{54} tou^{31} ɕaŋ^{24} tsa^{33} tse^{35} kau^{54}
石 山 头 上 皂 角 刺
石山头上皂角刺

se^{33} ŋu^{33} tse^{31} la^{31} ho^{31} tou^{31} tshau^{54}
是 我 几 兄 口 头 初
我们兄弟口头粗

hou^{31} tou^{31} tshau^{54} tshau^{54} thiaŋ^{31} te^{54} ɕo^{35}
口 头 初 初 讲 了 出
口头粗粗讲出来

hou^{31} tshau^{31} khuai^{33} te^{54} tou^{31} taŋ^{31} ȵe^{31}
口 初 劝 了 头 团 人
口粗劝了头团人

tse^{31} vaŋ^{24} tou^{31} taŋ^{31} mə^{33} kua^{33} la^{33}
指 望 头 团 不 怪 我
希望头团不怪我

mə^{33} kua^{33} la^{33} saŋ^{54} hau^{33} khuai^{33} ȵe^{31}
不 怪 倈 双 去 劝 人
不怪我俩去劝人

vu^{24} se^{33} tou^{31} taŋ^{31} vai^{31} liaŋ^{24} ŋu^{33}
如 是 头 团 原 谅 我
若是头团谅解我

tɕou^{24} ȵe^{24} tse^{24} tɕou^{24} tso^{31} ji^{33} tou^{31}
就 要 自 就 早 引 头
就要爽快早开言

tɕhi^{31} tso^{31} ha^{54} niai^{31} pəŋ^{54} kəŋ^{54} fu^{33}
趁 早 开 言 分 工 下
趁早发言分工好

tau^{33} ho^{31} kø^{54} taŋ^{31} zə^{35} lau^{24} thaŋ^{54}
才 好 歌 堂 一 路 通
才好歌堂一路通

fu^{24} po^{33} se^{33} mə^{33} əi^{54} jaŋ^{24} tiaŋ^{31}
话 鼻 是 否 这 样 讲
话儿是否这样讲

kø^{54} taŋ^{31} se^{33} mə^{33} jaŋ^{24} ɕaŋ^{54} liaŋ^{31}
歌 堂 是 否 样 商 量
这样商量看歌堂

pəŋ^{54} mau^{24} pəŋ^{54}
枫 木 枫
枫木风

pəŋ^{54} mau^{24} mo^{33} ɕaŋ^{24} kua^{33} su^{54} ləŋ^{54}
枫 木 尾 上 挂 纱 灯
枫木尾上挂纱灯

pəŋ^{54} thio^{54} su^{54} ləŋ^{54} taŋ^{31} taŋ^{31} lai^{33}
风 吹 纱 灯 团 团 转
风吹纱灯团团转

luai^{33} luo^{31} luai^{33} hau^{33} hau^{33} paŋ^{33} pai^{54}
转 来 转 去 到 伴 边
转来转去到伴边

luai^{33} luo^{31} tou^{31} taŋ^{31} luo^{54} ɕi^{54} paŋ^{33}
转 到 头 团 知 心 伴
转到头团知心伴

tou^{31} taŋ^{31} ȵi^{31} ho^{31} tso^{24} ji^{33} tou^{31}
头 团 人 好 早 引 头
头团人好早引头

ho^{31} tshe^{54} pai^{54} luo^{31} tɕa^{24} mə^{33} tɕa^{24}
口 吃 边 梨 嚼 不 嚼
口吃槟榔嚼不嚼

tɕoŋ⁵⁴ paŋ³³ se³³ mə²⁴ əi⁵⁴ jaŋ²⁴ niai³¹
尊 伴 是 否 这 样 言
传伴是否这样说

tsəi³⁵ tɕi³¹ thiaŋ³³
接 着 唱
接着唱

tsəi³⁵ tɕi³¹ tou³¹ taŋ³¹ ho³¹ kø⁵⁴ tɕiəŋ³¹
接 着 头 团 好 歌 情
接着头团好歌情

tou³¹ taŋ³¹ va²⁴ tiaŋ³¹ va²⁴ tsa³³ fu³⁵
头 团 会 讲 会 做 客
头团客套会推辞

tsa³³ fu³⁵ tiaŋ³¹ ɕo³⁵ mə³³ tsa³³ tou³¹
做 客 讲 出 不 做 头
谦虚客套不领头

tsa³³ fu³⁵ ke³³ ȵe³¹ tsa³³ ɕai²⁴ se²⁴
做 客 的 人 做 现 事
做客跟从做现事

tsa³³ tou³¹ ke³³ ȵe³¹ tsho⁵⁴ haŋ³¹ ɕi⁵⁴
做 头 的 人 操 寒 心
牵头引路最操心

tɕo³³ kau³⁵ va²⁴ tiaŋ³¹ tɕhua⁵⁴ luo³¹ la³³
嘴 巴 会 讲 推 到 我
嘴巴会讲推到我

pai^{31} ke^{54} hi^{33} la^{33} luo^{31} ji^{31} tou^{31}
反 的 喊 我 来 引 头
反而喊我来带头

tiaŋ^{54} tiaŋ^{54} nəŋ^{31} pəŋ^{54} tɕho^{54} te^{54} kø^{33}
刚 刚 南 风 吹 了 过
刚刚南风吹过了

thəŋ^{35} tɕe^{33} po^{35} pəŋ^{33} tɕa^{33} thio^{54} luo^{31}
现 在 北 风 又 吹 来
现在北风又吹来

nəŋ^{31} pəŋ^{54} thio^{54} luo^{31} vu^{54} vu^{54} naŋ^{33}
南 风 吹 到 温 温 暖
南风吹到温且暖

po^{35} pəŋ^{54} thio^{54} luo^{31} kai^{33} haŋ^{31} ȵe^{31}
北 风 吹 来 知 寒 人
北风吹来冷又冰

lia^{35} lu^{54} vo^{54} ɕa^{31} kai^{33} lu^{35} ȵe^{33}
穿 得 衣 少 见 得 冷
穿得衣少见得冷

la^{33} mə^{33} luo^{54} kø^{54} kai^{33} vo^{31} ne^{31}
我 不 知 歌 见 为 难
我不知歌见为难

hi^{33} ŋu^{33} ji^{33} tou^{31} zə^{35} kai^{33} se^{24}
叫 我 引 头 一 件 事
叫我引头操心事

zə^{35} thai^{54} mo^{35} mo^{35} kuo^{31} moŋ^{31} ɕi^{54}
一 天 墨 墨 鬼 朦 山
满天漆黑鬼朦山

vai^{31} tɕaŋ^{31} luo^{31} tia^{35} tɕe^{33} hau^{31} ku^{54}
园 墙 篱 脚 种 苦 瓜
园墙篱脚种苦瓜

se^{33} tɕaŋ^{31} se^{33} laŋ^{31} tiaŋ^{31} fa^{35} fu^{35}
是 长 是 短 讲 发 花
是长是短讲发花

təŋ^{31} tɕaŋ^{31} məŋ^{33} ta^{24} tse^{35} lu^{54} te^{24}
藤 长 麽① 大 结 得 大
藤长苗大结得大

təŋ^{31} laŋ^{31} məŋ^{33} səi^{33} tse^{35} mə^{33} luo^{31}
藤 短 麽 细 结 不 来
藤短苗小难结成

tsa^{33} kaŋ^{54} tsa^{33} fə^{31} ȵi^{54} ȵi^{54} vai^{24}
做 官 做 府 人 人 愿
当官做府人人愿

miŋ^{24} mə^{33} tou^{31} tha^{54} na^{24} mə^{33} fə^{31}
命 不 投 胎 奈 不 何
命不投胎没奈何

① 麽：应为“莓”，一般指灌木或藤类植物主体部分，下同。

ŋu^{33} se^{33} tse^{31} la^{31} mə^{33} luo^{54} le^{33}
我 是 几 兄 不 知 礼
我们兄弟不知礼

ɕaŋ^{31} tsa^{33} tou^{31} taŋ^{31} zə^{24} mə^{33} ɕa^{54}
想 做 头 团 吃 不 消
想做牵头吃不消

piou^{35} jou^{33} ɕaŋ^{24} kuo^{35} jou^{33} fu^{33} kuo^{35}
竹 有 上 节 有 下 节
竹有上节有下节

thiaŋ^{33} kø^{54} tou^{31} taŋ^{31} luo^{31} no^{24} taŋ^{31}
唱 歌 头 团 到 二 团
唱歌头团到二团

ha^{54} ɕou^{31} tou^{31} taŋ^{31} sai^{54} tsəi^{35} paŋ^{33}
开 始 头 团 先 接 伴
开始头团先接伴

ji^{33} tou^{31} ȵi^{24} kuo^{54} tou^{31} taŋ^{31} ȵe^{31}
引 头 要 归 头 团 人
领头还需头团人

tou^{31} taŋ^{31} luo^{54} ɕi^{54} ɕou^{31} sai^{54} luo^{31}
头 团 知 心 首 先 到
头团知心首先到

ji^{24} ka^{54} tse^{24} tɕou^{24} ji^{33} se^{31} tou^{31}
应 该 自 就 引 起 头
应该爽快引起头

tou^{31} taŋ^{31} ji^{33} tou^{31} se^{33} tiŋ^{33} luo^{31}
头 团 引 头 是 正 理
头团引头是正理

pəi^{24} taŋ^{31} ji^{33} tou^{31} luo^{31} mə^{33} ka^{54}
别 团 引 头 理 不 该
别团引头理不该

pəi^{24} taŋ^{31} ji^{33} tou^{31} hou^{33} ȵi^{31} ɕa^{33}
别 团 引 头 有 人 笑
别团引头有人笑

ȵi^{31} ɕa^{33} la^{33} saŋ^{54} laŋ^{24} səŋ^{54} thai^{54}
人 笑 倈 双 乱 三 天
人笑我俩乱三天

no^{24} luo^{31} tɕhəŋ^{54} tou^{31} ŋa^{31} lu^{35} tio^{31}
进 来 清 头 挨 得 久
进来厅堂耽搁久

kø^{54} taŋ^{31} se^{24} lau^{24} mo^{33} zə^{35} haŋ^{31}
歌 堂 事 路 没 一 行
歌堂事路都没通

ta^{24} mau^{24} ju^{24} phu^{33} tshai^{54} luo^{54} tia^{35}
大 树 也 怕 千 刀 砍
大树也怕千刀砍

miŋ^{31} pu^{24} ju^{24} phu^{33} paŋ^{33} tio^{31} te^{31}
明 白 就 怕 半 句 提
明白人怕半句提

paŋ^{33} tio^{31} te^{31} luo^{31} pu^{24} tse^{24} lia^{33}
半 句 提 来 白 字 了
半句提醒识白字

tio^{31} tio^{31} te^{31} luo^{31} paŋ^{33} tse^{24} tshəŋ^{54}
句 句 提 来 伴 自 聪
句句提来自明白

ŋu^{31} vu^{35} taŋ^{33} tso^{31} mə^{33} lio^{35} thio^{35}
牛 弯 冲 糍 不 弯 曲
牛轭舂糍太弯曲

au^{54} vu^{54} tse^{33} ɕo^{24} mə^{33} kho^{31} ŋa^{31}
乌 鸦 站 树 不 可 挨
乌鸦站树不可久

ŋa^{31} luo^{31} ŋa^{31} hau^{33} mo^{33} no^{24} tse^{31}
挨 来 挨 去 没 日 子
延来误去时间过

ŋa^{31} tɕi^{31} kø^{54} taŋ^{31} se^{24} mə^{33} thaŋ^{54}
挨 着 歌 堂 事 不 通
耽误伴妹事不通

ȵi^{54} ȵi^{54} se^{33} kø^{54} ɕou^{24} se^{24} paŋ^{33}
个 个 是 归 熟 悉 伴
个个都是熟悉伴

ŋu^{33} he^{33} tou^{31} taŋ^{31} mə^{33} la^{54} niai^{31}
我 喊 头 团 不 多 言
我喊头团不多言

maŋ^{31} te^{31} tse^{24} tɕou^{24} paŋ^{33} tse^{24} tɕou^{24}
芒 筒 自 就 伴 自 就
苇秆茎直伴直率

kaŋ^{31} khua^{33} tse^{24} tɕou^{24} ji^{33} se^{31} tou^{31}
赶 快 自 就 引 起 头
还请径直引起头

tse^{24} tɕou^{24} kaŋ^{31} khua^{33} la^{33} se^{31} lua^{33}
自 就 赶 快 带 起 队
径直快快带起队

li^{31} khua^{33} tse^{24} tɕou^{24} ha^{54} ɕo^{35} niai^{31}
打 快 自 就 开 出 言
快快径直发个言

jou^{33} zə^{35} jou^{33} no^{24} pəŋ^{54} kəŋ^{54} fu^{33}
有 一 有 二 分 工 下
有一有二分工好

tau^{31} nəŋ^{31} kø^{54} taŋ^{31} lu^{35} lau^{24} thaŋ^{54}
才 能 歌 堂 得 路 通
才能歌堂得路通

la^{33} ke^{33} fu^{24} po^{24} əi^{54} jaŋ^{24} tiaŋ^{31}
我 的 话 篦 这 样 讲
我的话儿这样讲

se^{33} ŋu^{33} ho^{31} tshau^{54} tiaŋ^{31} ɕo^{35} luo^{31}
是 我 口 初 讲 出 来
是我口粗讲出来

ji^{24} tiaŋ^{54} ho^{31} tshau^{54} tiaŋ^{31} te^{54} ɕo^{35}
已 经 口 初 讲 了 出
已经口粗讲了出

vaŋ^{24} paŋ^{33} mə^{33} kua^{33} la^{33} nəŋ^{31} saŋ^{54}
望 伴 不 怪 我 们 双
望伴不怪我们俩

hou^{31} tshe^{54} pai^{54} luo^{31} tɕa^{24} mə^{33} tɕa^{24}
口 吃 边 梨 嚼 不 嚼
口吃槟榔嚼不嚼

ŋu^{33} tɕou^{24} əi^{54} jaŋ^{24} tɕoŋ^{54} tou^{31} taŋ^{31}
我 就 这 样 尊 头 团
我就这样传头团

tiaŋ^{31} fu^{24} mə^{33} tia^{24} nəŋ^{31} tiaŋ^{31} kø^{33}
讲 话 不 对 就 讲 过
讲话不对就讲过

tɕoŋ^{54} paŋ^{33} mə^{33} tɕa^{24} ɕaŋ^{33} kø^{54} liaŋ^{31}
尊 伴 不 对 商 过 量
传伴不对再商量

hou^{31} tshe^{54} pai^{54} luo^{31} ju^{24} se^{33} tɕa^{24}
口 吃 边 梨 也 是 嚼
口吃槟榔也是嚼

tɕoŋ^{54} ŋu^{33} tiŋ^{33} se^{33} əi^{54} jaŋ^{24} niai^{31}
尊 我 正 是 这 样 言
传我正是这样说

la^{33} tsa^{33} tɕhəŋ^{54} tou^{31} lu^{35} tɕhiəŋ^{33} tɕe^{31}
我 坐 清 头 得 听 着
我坐厅堂得听到

tɕhiəŋ^{33} tɕe^{31} təŋ^{31} paŋ^{33} luo^{31} khuai^{33} nəŋ^{31}
听 着 同 伴 来 劝 男
听到同伴来劝我

pi^{54} pi^{54} təŋ^{31} paŋ^{33} səi^{33} zə^{33} ho^{31}
班 班 同 伴 细 意 好
班班同伴心细致

zə^{35} tɕəŋ^{31} zə^{35} luo^{31} tiaŋ^{31} ɕo^{35} luo^{31}
一 情 一 理 讲 出 来
一情一理讲出来

vo^{24} te^{54} kø^{54} taŋ^{31} khaŋ^{54} fa^{31} le^{33}
为 了 歌 堂 空 怀 些
为了歌堂从容些

khuai^{33} la^{33} tse^{24} tɕou^{24} tso^{31} ji^{33} tou^{31}
劝 倈 自 就 早 引 头
劝我爽快早带头

no^{24} pi^{54} luo^{54} ɕi^{54} kəŋ^{33} ku^{31} ho^{31}
二 班 知 心 更 加 好
二班知心更加好

səi^{33} ɕi^{54} zə^{33} ho^{31} luo^{31} khuai^{33} nəŋ^{31}
细 心 意 好 来 劝 侬
心细好意来劝我

zə^{35} tɕaŋ^{31} zə^{35} laŋ^{31} po^{31} ɕo^{35} tɕhiəŋ^{33}
一 长 一 短 比 出 听
一长一短细分析

tɕəŋ^{31} vo^{33} nəŋ^{54} ŋu^{33} və^{31} na^{24} fə^{31}
情 理 给 我 无 奈 何
情理该我无奈何

mə^{33} va^{24} tiaŋ^{31} se^{31} mə^{33} va^{24} tsho^{54}
不 会 讲 时 不 会 操
不会操心不会说

ma^{31} tsa^{35} tou^{24} fə^{33} tse^{54} tso^{31} to^{54}
磨 箱 豆 腐 鸡 抓 糟
磨箱豆腐给鸡啄

tse^{54} tɕua^{35} tou^{24} fə^{33} ɕuəi^{35} tɕo^{33} tɕou^{31}
鸡 啄 豆 腐 喝 醉 酒
鸡啄豆腐喝醉酒

ji^{54} vo^{24} tɕou^{31} tɕo^{33} se^{31} lai^{54} kuaŋ^{31}
因 为 酒 醉 起 癫 狂
因为酒醉起狂魔

lai^{54} kuaŋ^{31} tse^{54} ȵi^{31} mə^{33} luo^{54} le^{33}
癫 狂 之 人 不 知 礼
癫狂之人不知礼

fəŋ^{54} fəŋ^{54} tɕo^{33} tɕo^{33} luo^{31} te^{54} luo^{31}
晕 晕 醉 醉 到 了 来
晕晕醉醉到了来

la^{33} nəŋ^{31} luo^{31} luo^{31} se^{31} ŋi^{31} kha^{33}
俫 男 到 来 起 眼 看
我们到来仔细看

tse^{31} la^{31} təŋ^{31} paŋ^{33} mə^{33} tsəŋ^{31} luo^{31}
几 兄 同 伴 不 曾 来
几位同伴不曾来

tsaŋ^{31} se^{33} la^{33} nəŋ^{31} sai^{54} lau^{24} luo^{31}
总 是 俫 男 先 路 到
总是我们抢先到

se^{33} ŋu^{33} tse^{31} la^{31} tɕhuai^{31} te^{54} tiaŋ^{31}
是 我 几 个 取 了 强
是我兄弟抢了先

ȵi^{31} ke^{33} tɕhuai^{31} tiaŋ^{31} tɕhuai^{31} ɕo^{35} ɕou^{31}
人 的 取 强 取 出 手
别人抢先为好胜

se^{33} la^{33} tɕhuai^{31} tiaŋ^{31} tɕho^{33} kø^{54} taŋ^{31}
是 俫 取 强 看 歌 堂
我抢先为看歌堂

se^{33} ŋu^{33} tsəi^{35} no^{24} no^{24} taŋ^{31} paŋ^{33}
是 我 接 进 二 团 伴
是我接进二团伴

no^{24} taŋ^{31} tsəi^{35} no^{24} səŋ^{54} taŋ^{31} ȵe^{31}
二 团 接 入 三 团 人
二团接入三团人

səŋ^{54} taŋ^{31} tsəi^{35} no^{24} so^{33} taŋ^{31} paŋ^{33}
三 团 接 进 四 团 伴
三团接入四团伴

so^{33} taŋ^{31} tsəi^{35} no^{24} ŋau^{33} taŋ^{31} ȵe^{31}
四 团 接 入 五 团 人
四团接入五团人

tse^{54} ju^{33} kø^{54} taŋ^{31} ŋau^{33} taŋ^{31} paŋ^{33}
今 夜 歌 堂 五 团 伴
今夜歌堂五团伴

ŋau^{33} taŋ^{31} təŋ^{31} paŋ^{33} tɕho^{33} kø^{54} taŋ^{31}
五 团 同 伴 看 歌 堂
五团同伴看歌堂

la^{33} nəŋ^{31} sai^{54} lau^{24} tɕhua^{54} mə^{33} tha^{35}
俫 男 先 路 推 不 脱
我们先来推不脱

la^{24} so^{31} mə^{33} tha^{35} saŋ^{33} tou^{31} taŋ^{31}
赖 死 不 脱 算 头 团
死活难推算头团

piou^{35} ɕaŋ^{24} kua^{33} luo^{54} vaŋ^{24} mə^{33} kua^{33}
壁 上 挂 刀 望 不 怪
壁上插刀望不怪

vaŋ^{24} paŋ^{33} mə^{33} kua^{33} la^{33} nəŋ^{31} saŋ^{54}
望 伴 不 怪 俫 男 双
望伴不怪我们俩

mə^{33} kua^{33} la^{33} nəŋ^{31} sai^{54} lau^{24} luo^{31}
不 怪 俫 男 先 路 到
不怪我们先来到

mə^{33} luo^{54} le^{33} mau^{24} tɕhuai^{31} te^{54} tiaŋ^{31}
不 知 礼 貌 取 了 强
不知礼貌抢了先

mə^{33} va^{24} tiaŋ^{31} se^{31} mə^{33} va^{24} tsho^{54}
不 会 讲 时 不 会 操
不会操心不会讲

mo^{33} tsai^{31} ma^{33} liŋ^{31} pha^{33} mai^{31} vo^{54}
没 钱 买 件 破 棉 衣
没钱买件破棉衣

tɕou^{24} tsai^{31} pha^{33} vo^{54} mə^{33} ho^{31} lia^{35}
就 钱 破 衣 不 好 穿
省钱破衣不好穿

ta^{24} ȵe^{54} təi^{24} ze^{35} haŋ^{31} ɕi^{54} tsho^{54}
自 己 找 个 寒 心 操
自己找个寒心操

mə^{33} va^{24} vu^{24} se^{31} mə^{33} va^{24} tsho^{54}
不 会 曰 时 不 会 操
不会操心不会言

ho^{31} tse^{54} ɕaŋ^{33} mau^{24} ɕua^{35} te^{54} tio^{54}
猴 子 上 树 刷 了 株
猴子上树失了手

ho^{31} tse^{54} ɕaŋ^{33} mau^{24} to^{24} te^{54} fu^{33}
猴 子 上 树 跌 了 下
猴子上树跌下来

ta^{24} ȵi^{54} təi^{24} le^{33} haŋ^{31} ɕi^{54} tsho^{54}
自 己 找 个 寒 心 操
自己找个寒心操

luo^{54} ɕi^{54} təŋ^{31} paŋ^{33} thəi^{31} həŋ^{24} ŋu^{33}
知 心 同 伴 体 贴 我
知心同伴体贴我

tio^{33} tio^{33} tiaŋ^{31} luo^{31} ho^{31} ɕaŋ^{54} liaŋ^{31}
句 句 讲 来 好 商 量
句句道来好商量

ȵi^{54} ȵi^{54} ti^{33} se^{33} ɕou^{24} se^{24} paŋ^{33}
个 个 都 是 熟 悉 伴
个个都是熟悉伴

tɕou^{24} se^{33} mə^{33} tɕa^{24} ju^{24} və^{31} faŋ^{31}
就 是 不 对 也 无 妨
就是不对也无妨

se^{24} tsa^{33} luo^{54} ɕi^{54} səi^{33} zə^{33} ho^{31}
实 在 知 心 细 意 好
实在知心心细致

ȵi^{54} ȵi^{54} səi^{24} ɕi^{54} khuai^{33} la^{33} nəŋ^{31}
人 人 细 心 劝 俫 男
人人用心劝我们

ho^{31} ɕi^{54} liaŋ^{33} khuai^{33} luo^{31} khuai^{33} la^{33}
好 心 两 劝 来 劝 俫
好心三番来劝我

khuai^{33} la^{33} zə^{35} tɕiəŋ^{24} ji^{33} se^{31} tou^{31}
劝 我 一 定 引 起 头
劝我一定引起头

kuo^{54} ɕi^{54} kəŋ^{24} ɕu^{24} ȵi^{31} tɕhua^{33} po^{24}
高 山 滚 石 难 退 避
高山滚石难退避

tse^{24} luo^{31} tou^{31} jou^{31} mə^{33} tse^{24} jou^{31}
自 来 头 由 不 自 由
从来领头不自由

tou^{31} jou^{31} mo^{33} lu^{35} ji^{54} jou^{31} se^{31}
头 由 没 得 因 由 起
领头没有因由起

ji^{54} vo^{24} tou^{31} jou^{31} təi^{24} tou^{31} jou^{31}
因 为 头 由 找 头 由
为了领头找领头

se^{24} tsa^{33} la^{33} nəŋ^{31} mə^{33} luo^{54} le^{33}
实 在 俫 男 不 知 礼
实在我们不知礼

luo^{54} ɕi^{54} təŋ^{31} paŋ^{33} ho^{31} mə^{33} vai^{31}
知 心 同 伴 好 不 完
知心同伴好得很

tiaŋ^{31} se^{31} ji^{33} tou^{31} zə^{35} taŋ^{24} se^{24}
讲 起 引 头 一 段 事
讲起领头这个事

zə^{35} thai^{54} mo^{24} hou^{35} kuo^{31} maŋ^{31} ɕi^{54}
一 天 墨 黑 鬼 朦 山
满天漆黑鬼朦山

ɕi^{31} tɕi^{31} ji^{33} tou^{31} mə^{33} luo^{54} lau^{24}
怕 着 引 头 不 知 路
怕着领头不知路

mə^{33} ji^{33} kho^{31} li^{31} ho^{31} paŋ^{33} tɕiəŋ^{31}
不 引 可 怜 好 伴 情
不领辜负好伴情

ɕaŋ^{33} fu^{33} liaŋ^{33} ȵe^{31} kuo^{33} ȵe^{31} tsa^{33}
上 下 两 难 够 难 做
上下两难够难做

tsaŋ^{31} ɕi^{31} ji^{33} tou^{31} ji^{33} mə^{33} thaŋ^{54}
总 怕 引 头 引 不 通
总怕领头事不通

ɕu^{24} pi^{31} tshəi^{35} ka^{54} ka^{54} ju^{24} tsəi^{31}
石 板 砌 街 街 又 齐
石板砌街街整齐

zə^{35} tɕi^{31} ɕu^{24} pi^{31} zə^{35} tɕi^{31} ne^{33}
一 层 石 板 一 层 泥
一层石板一层泥

ne^{33} ji^{54} ɕu^{24} pi^{31} mə^{33} tiaŋ^{31} ɕəŋ^{33}
泥 与 石 板 不 同 姓
泥与石板不同姓

ŋu^{33} ji^{54} təŋ^{31} paŋ^{33} mə^{33} tiaŋ^{24} tɕhun^{54}
我 与 同 伴 不 共 村
我与同伴不共村

kuo^{35} tɕhun^{54} ti^{33} hou^{33} kuo^{35} tɕhun^{54} le^{24}
各 村 都 有 各 村 礼
各村都有各村礼

kuo^{35} tɕhun^{54} le^{33} mau^{24} hou^{33} mə^{33} təŋ^{31}
各 村 礼 貌 有 不 同
各村礼貌怕不同

ji^{24} jou^{33} mə^{33} təŋ^{31} mə^{33} tse^{33} kua^{33}
如 有 不 同 不 记 怪
如有不同不怪罪

ji^{33} tou^{31} mə^{33} tɕa^{24} vai^{31} liaŋ^{24} nəŋ^{31}
引 头 不 对 原 谅 男
领头不对原谅我

tse^{31} vaŋ^{24} ȵi^{54} ȵi^{54} piu^{54} haŋ^{31} la^{33}
指 望 个 个 包 涵 我
希望个个包涵我

piu^{54} haŋ^{31} la^{33} saŋ^{54} ɕou^{24} ji^{33} tou^{31}
包 涵 俫 双 学 引 头
包涵我俩学领头

ŋi^{24} se^{31} tou^{31} po^{31} ju^{24} tɕa^{24} ji^{33}
硬 起 头 皮 也 着 引
硬着头皮也着领

ŋu^{33} tɕou^{24} tshau^{54} ɕou^{24} luo^{31} ji^{33} tou^{31}
我 就 初 学 来 引 头
我就初学来领头

zə^{33} jaŋ^{24} tiaŋ^{31} luo^{31} zə^{33} jaŋ^{24} vo^{24}
依 样 讲 来 依 样 曰
依样讲来依样说

zə^{33} jaŋ^{24} vo^{24} luo^{31} la^{33} ji^{33} tou^{31}
依 样 曰 来 俫 引 头
依样说来我领头

zə^{35} lian^{54} həŋ^{31} tse^{31} həŋ^{31} thu^{54} thu^{54}
一 张 红 纸 红 滔 滔
一张红纸红彤彤

tiaŋ^{33} jaŋ^{33} tse^{24} fu^{24} khaŋ^{31} miŋ^{31} thiu^{54}
中 央 直 画 孔 明 车
中央直画孔明车

thiu^{54} tse^{24} tou^{31} nio^{33} ɕəŋ^{31} lai^{31} tse^{24}
车 字 走 耳 成 连 字
车字走之成连字

lai^{31} pai^{24} lai^{31} ɕəŋ^{31} la^{33} ha^{54} niai^{31}
连 便 连 成 俫 开 言
连便连成我开言

fə^{31} ɕa^{54} tiaŋ^{54} ŋo^{31} laŋ^{24} ɕu^{24} tse^{24}
火 烧 江 华 乱 石 寺
火烧江华浪尸寺

fə^{31} jaŋ^{54} la^{24} no^{24} se^{24} tse^{31} ka^{54}
火 秧 落 入 十 字 街
火苗落入十字街

ɕa^{54} nə^{31} se^{24} tse^{31} po^{31} tiaŋ^{24} fə^{33}
烧 燃 十 字 皮 匠 铺
烧燃街中皮匠铺

lai^{31} ɕəŋ^{31} ɕa^{54} ɕo^{35} ɕi^{33} tou^{31} luo^{31}
连 成 烧 出 榫 头 来
结果烧出榫头来

tiaŋ^{31} ɕo^{35} ɕi^{33} tou^{31} la^{33} mə^{33} ȵe^{24}
烧 出 榫 头 俫 不 要
烧出榫头我不要

mə^{33} ȵe^{24} ɕi^{33} tou^{31} tɕou^{24} ha^{54} niai^{31}
不 要 榫 头 就 开 言
不要序曲就发言

liou^{24} ŋue^{33} nəŋ^{31} pəŋ^{54} təŋ^{31} təŋ^{24} ɕaŋ^{33}
六 月 南 风 从 垌 上
六月南风从垌上

tsho^{24} ŋue^{24} tɕho^{54} pəŋ^{54} təŋ^{31} liŋ^{33} luo^{31}
七 月 秋 风 从 岭 来
七月秋风从岭来

ta^{24} pəŋ^{54} luo^{31}
大 风 到
大风到

ɕi^{54} ɕi^{54} piou^{35} mau^{24} ti^{33} ləi^{54} tou^{31}
深 山 竹 木 都 低 头
深山竹木都低头

piou^{35} mau^{24} ləi^{54} tou^{31} tɕhəŋ^{33} pəŋ^{54} kø^{33}
竹 木 低 头 听 风 过
竹木低头听风过

le^{35} vo^{24} kuo^{54} ta^{31} tɕhəŋ^{33} la^{33} ɕəŋ^{54}
列 位 高 才 听 倈 声
列位高才听我声

luo^{54} ɕi^{54} təŋ^{31} paŋ^{33} tɕhəŋ^{33} tɕi^{31} la^{33}
知 心 同 伴 听 着 倈
知心同伴听着我

tɕhəŋ^{33} tɕi^{31} la^{33} saŋ^{54} la^{33} ha^{54} niai^{31}
听 着 倈 双 倈 开 言
听着我俩来开言

ta^{24} ȵe^{54} pəŋ^{54} kəŋ^{54} ta^{24} ȵe^{54} tɕhəŋ^{31}
自 己 分 工 自 己 请
自己分工自己请

ta^{24} ȵe^{54} tɕhəŋ^{31} te^{54} pəŋ^{54} pəi^{24} ȵe^{31}
自 己 请 了 分 别 人
自己请了才分人

tɕi^{31} tɕiu^{24} ai^{54} kø^{54} la^{33} luo^{31} thiaŋ^{33}
感 谢 烟 歌 俫 来 唱①
感谢烟歌我来唱

no^{24} taŋ^{31} təŋ^{31} paŋ^{33} aŋ^{54} ɕa^{35} ȵe^{31}
二 团 同 伴 安 削 人
二团同伴安肃人

luo^{31} te^{54} səŋ^{54} taŋ^{31} ŋu^{33} təŋ^{31} paŋ^{33}
到 了 三 团 我 同 伴
到了三团我同伴

səŋ^{54} taŋ^{31} təŋ^{31} paŋ^{33} tɕhəŋ^{31} liu^{31} səŋ^{54}
三 团 同 伴 请 刘 三
三团同伴请刘三

ju^{24} jou^{33} so^{33} taŋ^{31} ŋu^{33} təŋ^{31} paŋ^{33}
又 有 四 团 我 同 伴
又有四团我同伴

so^{33} taŋ^{31} təŋ^{31} paŋ^{33} fə^{33} ku^{54} ɕe^{31}
四 团 同 伴 护 家 神
四团同伴护家神

hai^{31} hau^{33} ŋau^{33} taŋ^{31} luo^{54} ɕi^{54} paŋ^{33}
还 有 五 团 知 心 伴
还有五团我同伴

① 自此以下八句为与各团商量分工，分别唱《感谢烟歌》《安肃人歌》《请刘三姐歌》《护家神歌》《请舅爷歌》等。

ŋau^{33} taŋ^{31} luo^{54} ɕi^{54} tɕhəŋ^{31} tiou^{33} jo^{31}
五 团 知 心 请 舅 爷
五团知心请舅爷

zə^{35} lua^{33} ta^{24} tse^{31} lu^{35} thiaŋ^{33} kø^{33}
一 转 大 家 得 唱 过
大家一轮唱得好

fa^{31} tou^{31} lua^{33} kuo^{54} luo^{31} la^{33} nəŋ^{31}
回 头 转 归 到 俫 男
回头轮回到我们

la^{33} nəŋ^{31} tou^{31} taŋ^{31} tɕhəŋ^{31} ɕou^{35} jo^{31}
俫 男 头 团 请 叔 爷①
我们头团请叔爷

ɕi^{54} kha^{31} no^{24} taŋ^{31} tɕhəŋ^{31} ɕiŋ^{31} niaŋ^{31}
辛 苦 二 团 请 行 娘
辛苦二团请行娘

ɕiŋ^{31} niaŋ^{31} paŋ^{33} niaŋ^{31} zə^{35} tsəi^{31} tɕhəŋ^{31}
行 娘 伴 娘 一 齐 请
行娘伴娘大家请

nio^{33} paŋ^{33} ȵi^{54} ȵi^{54} tɕhəŋ^{31} fu^{33} luo^{31}
女 伴 个 个 请 下 楼
女伴个个请下楼

① 自此以下二十四句为与各团商量分工，分别唱《请叔爷歌》《请行娘伴娘女伴歌》《推女伴立头人歌》《唱花瓶歌》《入茶园歌》《修酒路程歌》等。

tɕhəŋ^{31} fu^{33} tɕhəŋ^{54} tou^{31} tsəi^{31} tsa^{33} fu^{33}
请 下 清 头 齐 坐 下
请到厅堂齐坐下

ji^{54} la^{33} ta^{24} tsəi^{31} tɕho^{33} kø^{54} taŋ^{31}
与 俫 大 齐 看 歌 堂
我与大家看歌堂

ju^{24} jou^{33} səŋ^{54} taŋ^{31} ŋu^{33} təŋ^{31} paŋ^{33}
也 有 三 团 我 同 伴
也有三团我同伴

səŋ^{54} taŋ^{31} təŋ^{31} paŋ^{33} tɕhua^{54} me^{24} nəŋ^{31}
三 团 同 伴 推 妹 男
三团同伴推我们

tɕhua^{54} se^{31} paŋ^{33} niaŋ^{31} pa^{35} nio^{33} paŋ^{33}
催 起 伴 娘 邀 女 伴
催起伴娘邀女伴

pa^{35} se^{31} nio^{33} paŋ^{33} luo^{24} se^{31} tou^{31}
邀 起 女 伴 立 起 头
邀起女伴立起头

luo^{24} se^{31} tou^{31} ȵi^{31} jou^{33} zə^{35} no^{24}
立 起 头 人 有 一 二
立起头人有一二

jou^{33} zə^{35} jou^{33} no^{24} zə^{31} fu^{54} piəŋ^{31}
有 一 有 二 移 花 瓶
有一有二移花瓶

me^{24} nəŋ^{31} ji^{33} tou^{31} se^{31} ɕəŋ^{54} thiaŋ^{33}

妹 男 引 头 起 声 唱

我们引头起声唱

zə^{35} pi^{54} zə^{35} tɕhou^{33} tɕho^{33} kø^{54} taŋ^{31}

一 班 一 奏 看 歌 堂

一班一奏看歌堂

zə^{31} te^{54} fu^{54} piŋ^{31} hai^{33} jou^{24} se^{24}

移 了 花 瓶 还 有 事

移了花瓶还有事

so^{33} taŋ^{31} təŋ^{31} paŋ^{33} no^{24} tsu^{31} vai^{31}

四 团 同 伴 入 茶 园

四团同伴入茶园

tsha^{31} tsu^{31} tsu^{31} kø^{54} zə^{35} tsəi^{31} thiaŋ^{33}

采 茶 茶 歌 一 齐 唱

采茶茶歌大家唱

tsu^{31} kø^{31} tse^{54} kø^{54} thiaŋ^{33} taŋ^{24} vai^{31}

茶 果 之 歌 唱 段 完

茶歌结束唱段完

hai^{31} hou^{33} ŋau^{33} taŋ^{31} ŋu^{33} təŋ^{31} paŋ^{33}

还 有 五 团 我 同 伴

还有五团我同伴

ɕou^{54} lau^{24} tɕiŋ^{31} kø^{54} ŋau^{24} taŋ^{31} vo^{31}

修 路 程 歌 五 团 维

畲路程歌五团唱

ɕou^{54} lau^{24} tɕiŋ^{31} kø^{54} ŋau^{24} taŋ^{31} thiaŋ^{33}
修 路 程 歌 五 团 唱
畲路程歌五团唱

ɕi^{54} khau^{31} luo^{54} ɕi^{54} təi^{24} ŋau^{33} taŋ^{31}
辛 苦 知 心 第 五 团
辛苦知心第五团

no^{24} ləŋ^{31} ta^{24} tse^{31} lu^{35} thiaŋ^{33} kø^{33}
二 轮 大 齐 得 唱 歌
二轮大家得唱歌

ɕi^{24} fu^{33} hou^{33} se^{24} tsa^{33} ɕaŋ^{54} liaŋ^{31}
剩 下 有 事 再 商 量
剩下有事再商量

tsa^{31} ȵi^{24} ta^{24} tse^{31} ho^{31} ɕaŋ^{54} ȵe^{24}
总 要 大 齐 好 商 议
总要大家好商议

zə^{35} tɕəŋ^{24} tse^{31} ɕi^{54} tɕho^{33} taŋ^{33} vai^{31}
一 定 齐 心 看 段 完
一定齐心看段完

lai^{31} zə^{24} lai^{31}
莲 叶 连
莲叶连

ha^{54} niai^{31} pəŋ^{54} kəŋ^{54} saŋ^{33} thiaŋ^{33} vai^{31}
开 言 分 工 算 唱 完
发言分工算唱完

ha^{54} niai^{31} pəŋ^{54} kəŋ^{54} se^{33} jaŋ^{24} lia^{33}
开 言 分 工 是 样 了
发言分工这样了

la^{33} mə^{33} luo^{54} tɕiəŋ^{31} ha^{54} mə^{33} tɕuai^{31}
俫 不 知 情 开 不 全
我不知情分不全

ɕu^{24} ɕi^{54} tou^{31} ɕaŋ^{24} ɕu^{24} ɕi^{54} ɕi^{54}
石 山 头 上 石 山 山
石头山上石山山

se^{33} la^{33} ha^{54} niai^{31} ha^{54} mə^{33} tɕi^{54}
是 俫 开 言 开 不 真
是我开言开不真

ha^{54} niai^{31} mə^{33} tɕuai^{31} mə^{33} ɕa^{54} la^{33}
开 言 不 全 不 笑 俫
开言不全不笑我

pəŋ^{54} kəŋ^{54} mə^{33} tɕi^{54} mə^{33} ɕa^{54} nəŋ^{31}
分 工 不 真 不 笑 男
分工不真不笑我

pəŋ^{54} kəŋ^{54} mə^{33} tɕa^{24} vai^{31} liaŋ^{24} la^{33}
分 工 不 对 原 谅 俫
分工不对原谅我

ha^{54} niai^{31} mə^{33} tɕa^{24} piu^{54} haŋ^{31} nəŋ^{31}
开 言 不 着 包 涵 男
开言不对包涵我

tɕhəŋ^{54} tou^{31} ȵi^{31} la^{54} piu^{54} haŋ^{31} la^{33}
清 头 人 多 包 涵 俫
厅堂人多包涵我

tse^{31} vaŋ^{24} ȵi^{54} ȵi^{54} ɕi^{33} kø^{33} nəŋ^{31}
指 望 个 个 顺 过 侬
希望个个原谅我

vai^{31} liaŋ^{24} la^{33} nəŋ^{31} mə^{33} luo^{54} le^{33}
原 谅 俫 男 不 知 礼
原谅我们不知礼

piu^{54} haŋ^{31} la^{33} saŋ^{54} tɕho^{54} kø^{54} taŋ^{31}
包 涵 俫 双 看 歌 堂
包涵我们看歌堂

ju^{24} jou^{33} ha^{54} niai^{31} ha^{54} mə^{33} tɕa^{24}
如 有 开 言 开 不 着
若有发话发不对

ŋu^{33} tɕhəŋ^{31} təŋ^{31} paŋ^{33} ɕi^{33} kø^{33} nəŋ^{31}
我 请 同 伴 顺 过 男
我请同伴原谅我

la^{33} kuo^{33} fu^{24} po^{24} əi^{54} jaŋ^{24} tiaŋ^{31}
俫 的 话 篦 这 样 讲
我的话儿这样讲

əi^{54} jaŋ^{24} thou^{33} luo^{54} təŋ^{31} paŋ^{33} ȵe^{31}
这 样 透 知 同 伴 人
这样告知同伴人

tiaŋ^{31} fu^{24} mə^{33} tɕa^{24} nəŋ^{31} tiaŋ^{31} kø^{33}
讲 话 不 着 能 讲 过
讲话不对能讲过

pəŋ^{54} kəŋ^{54} mə^{33} tia^{24} ɕaŋ^{54} kø^{33} liaŋ^{31}
分 工 不 对 商 过 量
分工不对再商量

hou^{31} luo^{31} tɕəŋ^{54} ɕi^{54} tɕu^{33} məŋ^{24} paŋ^{33}
口 来 轻 心 借 问 伴
话来经心借问伴

məŋ^{24} paŋ^{33} fə^{24} ɕi^{54} mə^{33} fə^{24} ɕi^{54}
问 伴 合 心 不 合 心
问伴合心不合心

vu^{24} se^{33} fə^{24} ɕi^{54} kəŋ^{33} ku^{31} ho^{31}
若 是 合 心 更 加 好
若是合心更加好

vu^{24} se^{33} mə^{33} fə^{24} tiaŋ^{31} ɕo^{35} luo^{31}
若 是 不 合 讲 出 来
如是不合讲出来

hou^{31} tshe^{54} pai^{54} luo^{31} tɕa^{24} mə^{33} tɕa^{24}
口 吃 边 梨 嚼 不 嚼
口吃槟榔嚼不嚼

se^{33} mə^{33} əi^{54} jaŋ^{24} saŋ^{33} ha^{54} niai^{31}
是 否 这 样 算 开 言
是否这样算发言

三、感谢烟歌

题解：行娘、侍娘给客人、歌手敬烟后，歌团要唱《感谢烟歌》，表达谢意。

tsəi^{35} tɕi^{31} thiaŋ^{33}
接 着 唱
接着唱

tsəi^{35} tɕi^{31} kø^{54} ɕəŋ^{54} tɕho^{33} kø^{54} taŋ^{31}
接 着 歌 声 看 歌 堂
接着歌声看歌堂

taŋ^{31} taŋ^{31} təŋ^{31} paŋ^{33} tiaŋ^{31} lu^{35} ho^{31}
团 团 同 伴 讲 得 好
各团同伴讲得好

tio^{33} tio^{33} tiaŋ^{31} luo^{31} fə^{24} lia^{33} ɕi^{54}
句 句 讲 来 合 了 心
句句讲来合了心

ȵi^{54} ȵi^{54} ti^{33} vo^{24} ho^{31} ɕaŋ^{54} ȵe^{24}
个 个 都 曰 好 商 议
个个都说好商议

ȵi^{54} ȵi^{54} tsəi^{31} ɕi^{54} tɕho^{33} kø^{54} taŋ^{31}
人 人 齐 心 看 歌 堂
人人齐心看歌堂

zə^{33} jaŋ^{24} tiaŋ^{31} luo^{31} zə^{33} jaŋ^{24} vo^{24}
依 样 讲 来 依 样 曰
依样讲来依样说

la^{33} tɕou^{24} se^{31} ɕəŋ^{54} la^{33} tou^{31} vo^{31}
我 就 起 声 带 头 维
我就带头来维持

no^{24} ŋue^{33} nəŋ^{31} pəŋ^{54} təŋ^{31} təŋ^{24} ɕaŋ^{33}
二 月 南 风 从 洞 上
二月南风从垌上

pa^{35} ŋue^{31} tɕhou^{54} pəŋ^{54} təŋ^{31} liŋ^{33} luo^{31}
八 月 秋 风 从 岭 来
八月秋风从岭来

ta^{24} pəŋ^{54} luo^{31}
大 风 到
大风到

ɕi^{54} ɕi^{54} piou^{35} mau^{24} ti^{33} le^{54} tou^{31}
深 山 竹 木 都 低 头
深山竹木都低头

piou^{35} mau^{24} le^{54} tou^{31} tɕhiəŋ^{33} pəŋ^{54} kø^{33}
竹 木 低 头 听 风 过
竹木低头听风过

tɕhəŋ^{54} tou^{31} ȵi^{31} la^{54} tɕhiəŋ^{33} la^{33} ɕəŋ^{54}
清 头 人 多 听 倈 声
厅堂人多听我声

tɕhəŋ^{54} tou^{31} ȵi^{31} la^{54} tɕhəŋ^{33} tɕi^{31} la^{33}
清 头 人 多 听 着 俫
厅堂人多听着我

tɕhəŋ^{33} tɕi^{31} la^{33} saŋ^{54} tɕi^{31} tɕiu^{24} ai^{54}
听 着 俫 双 层 谢 烟
听着我俩感谢烟

phi^{33} ha^{54} ɕi^{33} tou^{31} la^{33} mə^{33} ȵe^{24}
丢 开 序 头 俫 不 要
丢开序曲我不要

mə^{33} ȵe^{24} ɕi^{33} tou^{31} tɕi^{31} tɕiu^{24} ai^{54}
不 要 序 头 感 谢 烟
不要序曲感谢烟

kho^{31} nəŋ^{31} ɕi^{33} tou^{31} se^{33} zə^{35} jaŋ^{24}
可 能 训 头 是 一 样
可能序曲都一样

kau^{31} le^{31} mə^{33} ȵi^{24} ju^{24} və^{31} faŋ^{31}
估 计 不 要 也 无 妨
估计不要也无妨

sa^{54} taŋ^{31} piou^{35} təŋ^{31} liaŋ^{33} kø^{24} həŋ^{54}
锯 断 竹 筒 两 边 空
锯断竹筒两边空

tɕi^{31} tɕiu^{24} ai^{54} kø^{54} tɕou^{24} se^{31} ɕəŋ^{54}
感 谢 烟 歌 就 起 声
感谢烟歌就起声

se^{31} ɕəŋ^{54} thiaŋ^{33}
起 声 唱
起声唱

tsəi^{35} tɕi^{31} se^{31} ɕəŋ^{54} tɕi^{31} tɕiu^{24} ai^{54}
接 着 起 声 感 谢 烟
接着起声感谢烟

ta^{24} fə^{31} həŋ^{24} həŋ^{24} ɕa^{54} ləŋ^{54} pai^{54}
大 火 红 红 烧 东 边
大火红红烧东边

taŋ^{31} tsəŋ^{54} tɕhui^{31} tiai^{54} kø^{33} səi^{54} thai^{54}
唐 僧 取 经 过 西 天
唐僧取经去西天

thau^{31} tau^{24} fə^{54} ȵi^{31} luo^{31} ji^{33} lau^{24}
土 地 夫 人 来 引 路
土地夫人来引路

ji^{33} te^{54} tse^{31} pu^{35} təŋ^{24} tse^{31} tshai^{54}
引 了 几 百 加 几 千
路程几百加几千

tse^{31} tshai^{54} tse^{31} pu^{35} tsəi^{31} tsa^{33} fu^{33}
几 千 几 百 齐 坐 下
几千几百齐坐下

tsəi^{31} tsəi^{31} tsa^{33} fu^{33} ɕa^{54} te^{54} ai^{54}
齐 齐 坐 下 烧 了 烟
齐齐坐下烧了烟

tsa^{33} pai^{54} zə^{35} phəi^{35} mə^{33} ɕəŋ^{31} tse^{24}

左 边 一 丿 不 成 字

左边一撇不成字

jou^{24} pai^{54} zə^{35} phəi^{35} tiaŋ^{24} ɕəŋ^{31} ȵe^{31}

右 边 一 乀 共 成 人

右边一捺共成人

ȵe^{31} tse^{24} tiŋ^{31} ɕaŋ^{24} ku^{54} liaŋ^{33} lai^{31}

人 字 颈 上 加 两 点

人字颈上加两点

lai^{31} nə^{31} fə^{31} tou^{31} ɕa^{54} te^{54} ai^{54}

点 燃 火 子 烧 了 烟

点燃火子烧了烟

kuo^{24} li^{24} tsuəi^{33} ai^{33} kau^{31} kau^{31} tɕaŋ^{31}

过 滤 嘴 烟 支 支 长

过滤嘴烟支支长

tsai^{24} ai^{54} tou^{31} ɕaŋ^{24} luai^{33} ji^{54} jaŋ^{31}

纸 烟 头 上 转 阴 阳

纸烟头上转晕圈

tsai^{24} ai^{54} tou^{31} ɕaŋ^{24} mə^{33} va^{24} luai^{33}

纸 烟 头 上 不 会 转

纸烟头上不会转

kho^{54} la^{33} tsəi^{35} tɕi^{31} mə^{33} va^{24} ɕaŋ^{31}
亏 俫 接 起 不 会 尝
亏我接起不会尝

kho^{54} la^{33} tsəi^{35} tɕi^{31} mə^{33} va^{24} zə^{24}
亏 俫 接 着 不 会 吃
亏我接着不会吃

mə^{33} va^{24} zə^{24} ai^{54} laŋ^{24} fəi^{33} tsai^{31}
不 会 吃 烟 浪 费 钱
不会吃烟浪费钱

ɕa^{54} təŋ^{31} tsa^{33} ɕa^{54} təŋ^{31}
烧 筒 再 烧 筒
一支又一支

fə^{31} ai^{54} ɕaŋ^{33} thai^{54} nai^{24} me^{24} tɕəŋ^{31}
火 烟 上 天 念 妹 情
火烟上天念妹情

fə^{31} ai^{54} ɕaŋ^{33} thai^{54} nai^{24} me^{24} zə^{33}
火 烟 上 天 念 妹 意
火烟上天念妹意

ȵi^{54} ȵi^{54} nai^{24} me^{24} ho^{31} fu^{35} tɕəŋ^{31}
人 人 念 妹 好 客 情
人人念妹好客情

ȵi^{54} ȵi^{54} nai^{24} me^{24} fu^{35} tɕəŋ^{31} ho^{31}
个 个 念 妹 客 情 好
个个念妹客情好

ɕaŋ^{54} ai^{54} ɕaŋ^{54} tsu^{31} ta^{33} faŋ^{33} nəŋ^{31}
香 烟 香 茶 待 奉 男
香烟香茶侍奉我

tshai^{54} se^{54} vi^{24} ɕaŋ^{31} mi^{24} se^{54} liaŋ^{31}
千 思 万 想 慢 思 量
千思万想慢思量

pa^{35} tse^{24} ɕou^{54} ɕo^{54} tɕho^{33} kø^{54} taŋ^{31}
八 字 修 书 看 歌 堂
八字修书看歌堂

lau^{35} zə^{31} se^{54} ɕaŋ^{31} kø^{54} taŋ^{31} luo^{31}
那 日 思 想 歌 堂 到
哪日思想歌堂到

ɕiŋ^{31} niaŋ^{31} ai^{54} le^{31} phəŋ^{31} phəŋ^{54} ɕaŋ^{54}
行 娘 烟 子 喷 喷 香
行娘烟草喷喷香

ai^{54} se^{33} fə^{31} tshe^{33} po^{31}
烟 是 和 气 宝
烟是和气宝

zə^{24} ai^{54} mə^{33} pio^{31} ka^{31} ȵi^{31} ɕi^{54}
吃 烟 不 饱 解 人 心
吃烟不饱解人心

tse^{31} tsu^{31} kua^{31} ai^{54} ai^{54} tsəi^{35} fə^{31}
纸 子 卷 烟 烟 接 火
纸片卷烟烟接火

ɕo^{31} tsu^{31} tsa^{33} ɕuai^{31} ɕuai^{31} tsa^{33} ȵe^{31}
水 子 载 船 船 坐 人
水儿载船船坐人

pəŋ^{54} tse^{31} səŋ^{33} vi^{31} vi^{31} səŋ^{33} hau^{33}
风 子 送 云 云 送 雨
风儿送云云送雨

ze^{31} tsəŋ^{31} ɕo^{24} ɕəŋ^{54} səŋ^{33} ŋue^{24} liaŋ^{31}
如 从 瑞 星 送 月 亮
如同瑞星送月亮

ɕo^{24} ɕəŋ^{54} səŋ^{33} ŋue^{24} ȵi^{31} luo^{35} tɕhou^{33}
瑞 星 送 月 难 得 奏
瑞星送月难得见

ȵi^{31} lu^{35} tɕhou^{33} tɕa^{24} kuo^{33} ɕaŋ^{54} ai^{54}
难 得 奏 着 贵 香 烟
难得逢着贵香烟

tse^{54} nai^{54} pəŋ^{31} tɕa^{24} ɕaŋ^{54} ai^{54} kuo^{33}
今 年 逢 着 香 烟 贵
今年逢着香烟贵

səŋ^{54} tsai^{31} tse^{31} phia^{33} so^{33} tsai^{31} ai^{54}
三 钱 纸 票 四 钱 烟
三钱纸票四钱烟

səŋ^{54} tsai^{31} tse^{31} phia^{33} ma^{33} mə^{33} ɕo^{35}
三 钱 纸 票 卖 不 出
三元纸票卖不出

ȵi^{31} vo^{31} ɕiŋ^{31} niaŋ^{31} ma^{33} ɕo^{35} luo^{31}

难 为 行 娘 买 出 来

难为行娘买出来

kho^{33} se^{33} ɕiŋ^{31} niaŋ^{31} fu^{33} lu^{35} pəŋ^{31}

靠 是 行 娘 下 得 本

多亏行娘下得本

tɕaŋ^{33} tsai^{31} mə^{33} saŋ^{31} ma^{33} kuo^{54} luo^{31}

将 钱 不 算 买 回 来

慷慨大方买回来

ma^{33} kuo^{54} ɕaŋ^{54} ai^{54} ta^{33} faŋ^{33} la^{33}

买 回 香 烟 待 奉 俫

买回香烟侍奉我

ma^{33} kuo^{54} ɕaŋ^{54} ai^{54} ta^{33} faŋ^{33} nəŋ^{31}

买 归 香 烟 待 奉 男

买来香烟侍奉我

ta^{33} faŋ^{33} la^{33} nəŋ^{31} mə^{33} luo^{54} le^{33}

待 奉 俫 男 不 知 礼

侍奉我们不知礼

mə^{33} luo^{54} le^{33} mau^{24} ɕa^{54} te^{54} ai^{54}

不 知 礼 貌 烧 了 烟

不知礼貌烧了烟

lau^{35} tsəŋ^{31} la^{33} nəŋ^{31} ha^{54} ai^{54} fə^{33}

那 从 俫 男 开 烟 铺

哪时我们开烟铺

tiou^{31} təŋ^{31} vi^{31} kuo^{54} se^{24} təŋ^{31} niaŋ^{31}
九 筒 还 归 十 筒 娘
九支归还十支娘

tiou^{31} təŋ^{31} vi^{31} kuo^{54} se^{24} təŋ^{31} me^{24}
九 筒 还 归 十 筒 妹
九支归还十支妹

lau^{35} tsəŋ^{31} vi^{31} kuo^{54} kuo^{33} ɕaŋ^{54} ai^{54}
那 从 还 归 贵 香 烟
哪时还回贵香烟

la^{33} se^{33} tai^{31} tou^{31} ɕu^{33} kəŋ^{54} vo^{35}
俫 是 田 头 社 公 伯
我是田头土地公

tse^{31} se^{33} zə^{24} lu^{35} vi^{31} mu^{35} ȵe^{31}
只 是 吃 得 还 不 人
只是吃得还不了

tse^{31} se^{33} zə^{24} lu^{35} vi^{31} mə^{33} lu^{35}
只 是 吃 得 还 不 得
只是吃得还不得

fə^{33} tsəŋ^{31} vi^{31} kuo^{54} ɕo^{33} ɕaŋ^{54} ai^{54}
何 能 还 回 贵 香 烟
难得还回贵香烟

laŋ^{31} laŋ^{31} thiaŋ^{33}
短 短 唱
短短唱

tɕi^{31} tɕiu^{24} ai^{54} kø^{54} laŋ^{31} laŋ^{31} te^{31}
层 谢 烟 歌 短 短 提
感谢烟歌短短唱

laŋ^{31} laŋ^{31} te^{31} to^{31} ȵi^{31} luo^{54} luo^{35}
短 短 提 条 人 知 道
短短唱支人知道

ȵi^{31} jou^{31} luo^{35} la^{33} mə^{33} luo^{54} kø^{54}
人 也 知 我 不 知 歌
人也知我不知歌

təŋ^{31} jou^{31} la^{24} zə^{33} mə^{33} ɕəŋ^{31} mə^{33}
桐 油 落 叶 不 成 麽
桐油落叶不成树

tɕi^{31} tɕiu^{24} ai^{54} kø^{54} mə^{33} ɕəŋ^{31} tou^{31}
层 谢 烟 歌 不 成 条
感谢烟歌不像歌

mə^{33} ɕəŋ^{31} tou^{31} se^{31} mə^{33} ɕəŋ^{31} tɕhou^{33}
不 成 条 时 不 成 奏
不成支歌难凑数

la^{33} nəŋ^{31} mə^{33} luo^{54} laŋ^{24} kaŋ^{54} te^{31}
倈 男 不 知 乱 岗① 提
我们胡编也算歌

① 乱岗：随便。

lai^{31} zə^{24} lai^{31}
莲 叶 连
莲叶连

tɕi^{31} tɕiu^{24} ai^{54} kø^{54} saŋ^{33} thiaŋ^{33} vai^{31}
感 谢 烟 歌 算 唱 完
感谢烟歌算唱完

tɕi^{31} tɕiu^{24} ai^{54} kø^{54} saŋ^{33} thiaŋ^{33} lia^{33}
感 谢 烟 歌 算 唱 了
感谢烟歌算唱了

hou^{31} vu^{24} mə^{33} vai^{31} saŋ^{33} thiaŋ^{33} vai^{31}
口 曰 不 完 算 唱 完
口说不完算唱完

hou^{31} vu^{24} mə^{33} vai^{31} saŋ^{33} thiaŋ^{33} lia^{33}
口 曰 不 完 算 唱 了
口说不完算唱了

la^{33} mə^{33} luo^{54} kø^{54} saŋ^{33} thiaŋ^{33} vai^{31}
我 不 知 歌 算 唱 完
我不知歌算唱完

ȵi^{31} ke^{33} luo^{54} lu^{35} thiaŋ^{33} ho^{31} le^{33}
人 的 知 道 唱 好 些
别人懂歌唱好些

se^{33} la^{33} mə^{33} luo^{54} laŋ^{24} kaŋ^{54} te^{31}
是 我 不 知 乱 岗 提
是我不知胡乱提

tsa^{33} pai^{54} zə^{35} phəi^{35} mə^{33} ɕəŋ^{31} tse^{24}
左 边 一 丿 不 成 字
左边一撇不成字

jou^{24} pai^{54} zə^{35} phəi^{35} tiaŋ^{24} ɕəŋ^{31} ȵe^{31}
右 边 一 乀 共 成 人
右边一捺共成人

ȵi^{31} ku^{54} tou^{33} luo^{31} aŋ^{54} vaŋ^{31} tse^{24}
人 家 肚 里 安 王 字
人字肚里安王字

tɕi^{31} tɕiu^{24} ai^{54} kø^{54} thiaŋ^{33} mə^{33} tɕuai^{31}
层 谢 烟 歌 唱 不 全
感谢烟歌唱不全

se^{24} tse^{24} tɕaŋ^{33} te^{54} se^{24} tse^{24} ɕai^{31}
十 字 将 了 十 字 形
十字像了十字形

tɕo^{33} tse^{24} nəŋ^{54} luo^{31} tia^{35} fu^{33} vai^{31}
具 字 给 来 脚 下 元
具字凑来脚下悬

se^{24} tse^{24} tsa^{33} tou^{31} tɕo^{33} tsa^{33} tia^{35}
十 字 在 头 具 在 脚
十字在头具在脚

tɕi^{31} tɕiu^{24} ai^{54} kø^{54} thiaŋ^{33} mə^{33} tɕi^{54}
层 谢 烟 歌 唱 不 真
感谢烟歌唱不真

thiaŋ^{33} mə^{33} tɕi^{54} se^{31} mə^{33} ɕa^{33} la^{33}
唱 不 真 时 不 笑 倈
唱不真时不笑我

thiaŋ^{33} mə^{33} tɕuai^{31} se^{31} mə^{33} ɕa^{33} nəŋ^{31}
唱 不 全 时 不 笑 男
唱不全时不笑我

zə^{35} po^{35} ɕu^{31} ɕəŋ^{31} se^{33} paŋ^{33} ho^{31}
一 笔 写 成 是 半 口
一笔写成半边口

jaŋ^{24} tse^{24} ɕu^{31} luo^{31} tia^{35} fu^{33} aŋ^{54}
用 字 写 来 脚 下 安
用字写来脚下安

tsou^{31} nio^{33} li^{31} çi^{31} tia^{35} fu^{33} kø^{33}
走 耳 打 行 脚 下 过
走之打从脚下过

tɕi^{31} tɕiu^{24} ai^{54} kø^{54} thiaŋ^{33} mə^{33} thaŋ^{54}
感 谢 烟 歌 唱 不 通
感谢烟歌唱不通

thiaŋ^{33} mə^{33} thaŋ^{54} se^{31} mə^{33} ɕa^{33} la^{33}
唱 不 通 时 不 笑 倈
唱不通时不笑我

tɕhəŋ^{54} tou^{31} ȵi^{31} la^{54} piu^{54} haŋ^{31} nəŋ^{31}
清 头 人 多 包 涵 男
厅堂人多包涵我

ɕou^{31} phu^{35} ɕi^{54} tou^{31} la^{33} ɕaŋ^{33} pai^{31}
手 拍 心 头 倈 想 反
手拍心头我回想

se^{33} la^{33} ɕaŋ^{31} pai^{31} no^{24} taŋ^{31} ȵe^{31}
是 倈 想 起 二 团 人
是我想起二团人

se^{33} la^{33} ɕaŋ^{31} pai^{31} no^{24} taŋ^{31} paŋ^{33}
是 倈 想 起 二 团 伴
是我想起二团伴

no^{24} taŋ^{31} təŋ^{31} paŋ^{33} tɕho^{33} kø^{54} taŋ^{31}
二 团 同 伴 看 歌 堂
二团同伴看歌堂

laŋ^{31} laŋ^{31} thiaŋ^{33}
短 短 唱
短短唱

laŋ^{31} laŋ^{31} tou^{33} kø^{54} tɕoŋ^{54} paŋ^{33} nəŋ^{31}
短 短 条 歌 尊 伴 男
短短支歌传同伴

tɕoŋ^{54} paŋ^{33} no^{24} taŋ^{31} jou^{33} zə^{35} no^{24}
尊 伴 二 团 有 一 二
传过二团有一二

jou^{33} zə^{35} jou^{33} no^{24} aŋ^{54} ɕa^{35} ȵe^{31}
有 一 有 二 安 削 人
有一有二安肃人

pəŋ^{54} mau^{24} kuo^{54}
枫 木 高
枫木高

pəŋ^{54} mau^{24} mo^{33} ɕaŋ^{24} kua^{33} se^{54} tho^{54}
枫 木 尾 上 挂 丝 绦
枫木尾上挂绣球

pəŋ^{54} thio^{54} se^{54} tho^{54} taŋ^{31} taŋ^{31} luai^{33}
风 吹 丝 绦 团 团 转
风吹绣球团团转

luai^{33} hau^{33} luai^{31} luo^{31} hau^{33} paŋ^{33} pai^{54}
转 去 转 来 到 伴 边
转去转来到伴边

luai^{33} luo^{31} paŋ^{33} pai^{54} tsəi^{35} tɕi^{31} thiaŋ^{33}
转 到 伴 边 接 着 唱
转到伴边接着唱

tsəi^{35} tɕi^{31} kø^{54} ɕəŋ^{54} tɕho^{33} kø^{54} taŋ^{31}
接 着 歌 声 看 歌 堂
接着歌声看歌堂

hou^{31} tshe^{54} pai^{54} luo^{31} tɕa^{24} mə^{33} tɕa^{24}
口 吃 边 梨 嚼 不 嚼
口吃槟榔嚼不嚼

se^{33} mə^{33} əi^{54} jaŋ^{24} tɕoŋ^{54} paŋ^{33} nəŋ^{31}
是 否 这 样 尊 伴 们
是否这样传同伴

四、安肃人歌

hou^{31} tshe^{54} pai^{54} luo^{31} jou^{24} se^{33} tɕa^{24}
口 吃 边 梨 也 是 嚼
口吃槟榔也是嚼

tiŋ^{33} se^{33} əi^{54} jaŋ^{24} tɕoŋ^{54} la^{33} nəŋ^{31}
正 是 这 样 尊 俫 男
正是这样传我们

tɕoŋ^{54} luo^{31} la^{33} nəŋ^{31} mə^{33} luo^{54} le^{33}
尊 到 俫 男 不 知 礼
传到我们不知礼

mə^{33} luo^{54} le^{33} mau^{24} tɕho^{33} kø^{54} taŋ^{31}
不 知 礼 貌 看 歌 堂
不知礼貌看歌堂

la^{33} tsa^{33} tɕhəŋ^{54} tou^{31} lu^{35} tɕhəŋ^{33} tɕe^{31}
俫 坐 清 头 得 听 着
我坐厅堂得听着

tɕhəŋ^{33} tɕe^{31} tou^{31} taŋ^{31} fəŋ^{54} fə^{33} nəŋ^{31}
听 着 头 团 吩 咐 男
听着头团吩咐吾

tɕhəŋ^{33} tɕe^{31} tou^{31} taŋ^{31} fəŋ^{54} fə^{33} la^{33}
听 着 头 团 吩 咐 俫
听着头团吩咐我

fəŋ^{54} fə^{33} la^{33} saŋ^{54} aŋ^{54} ɕa^{35} ȵe^{31}
吩 咐 俫 双 安 削 人
吩咐我双安肃人

mə^{33} kø^{33} la^{33} nəŋ^{31} mə^{33} luo^{54} le^{33}
不 过 俫 男 不 知 礼
不过我们不知礼

tɕoŋ^{54} luo^{31} la^{33} pai^{54} kai^{33} vo^{31} ȵe^{31}
尊 到 俫 边 见 为 难
传到我了见为难

hou^{31} vu^{24} vo^{31} ȵe^{31} ju^{24} tɕa^{24} thiaŋ^{33}
口 曰 为 难 也 着 唱
口说为难也得唱

ɕou^{24} tɕho^{33} kø^{54} taŋ^{31} pəi^{35} jou^{33} ȵe^{31}
学 看 歌 堂 必 有 难
学看歌堂必有难

təŋ^{33} mə^{33} təŋ^{33} se^{31} zə^{35} taŋ^{24} se^{24}
动 不 动 时 一 段 事
久不久办一段事

təŋ^{33} mə^{33} təŋ^{33} se^{31} tɕho^{33} kø^{54} taŋ^{31}
动 不 动 时 看 歌 堂
久不久又看歌堂

vai^{31} sai^{54} se^{31} le^{31} mə^{33} luo^{31} le^{33}
原 先 启 礼 不 倒 礼
原先制礼不违礼

zə^{31} tɕi^{54} ɕi^{54} phai^{54} mə^{33} çaŋ^{31} vo^{31}
如 今 新 编 不 敢 维
如今新编不敢从

ləi^{31} piou^{35} mu^{24} tou^{31} ji^{33} kuo^{54} kau^{31}
犁 面 额 锄 依 归 古
犁面笔直依回古

kø^{54} taŋ^{31} ji^{33} kuo^{54} kau^{31} le^{33} çe^{31}
歌 堂 依 归 古 礼 行
歌堂依归古礼行

kø^{54} taŋ^{31} ji^{33} kuo^{54} kau^{31} le^{33} tou^{31}
歌 堂 依 归 古 礼 走
歌堂依归古礼走

ji^{33} kuo^{54} kau^{31} le^{33} aŋ^{54} ɕa^{35} ȵe^{31}
依 归 古 礼 安 削 人
依旧古礼安肃人

mo^{33} luo^{54} aŋ^{54} ɕa^{35} ɕi^{31} ȵi^{31} ɕa^{33}
没 得 安 削 怕 人 笑
没有安肃怕人笑

mo^{33} luo^{54} aŋ^{54} ɕa^{35} ɕi^{31} ȵi^{31} te^{31}
没 得 安 削 怕 人 弹
没有安肃怕人责

luo^{54} mə^{33} luo^{54} se^{33} təi^{31} vu^{31} thiaŋ^{33}
知 不 知 时 提 下 唱
知不知时带着唱

lua^{33} mə^{33} lua^{33} se^{31} təi^{31} vu^{31} tou^{31}
对 不 对 时 提 下 头
对不对时提醒我

zə^{33} jaŋ^{24} thiaŋ^{31} luo^{31} zə^{33} jaŋ^{24} vo^{24}
依 样 讲 来 依 样 曰
依样讲来依样说

zə^{33} jaŋ^{24} vo^{24} luo^{31} aŋ^{54} ɕa^{35} ȵe^{31}
依 样 曰 来 安 削 人
依样说来安肃人

ta^{24} vu^{33} tou^{31} tou^{31} mu^{24} mai^{24} tɕhe^{31}
大 口 锄 头 额 面 铲
大口锄头马面铲

aŋ^{54} ɕa^{35} ȵe^{31} kø^{54} mu^{24} mai^{24} luo^{31}
安 削 人 歌 额 面 来
安肃人歌直接来

no^{24} ŋue^{31} nəŋ^{31} pəŋ^{54} təŋ^{31} təŋ^{24} ɕaŋ^{33}
二 月 南 风 从 垌 上
二月南风垌上过

pa^{35} ŋue^{31} tɕhou^{54} pəŋ^{54} təŋ^{31} liŋ^{33} luo^{31}
八 月 秋 风 从 岭 来
八月秋风从岭来

ta^{24} pəŋ^{54} luo^{31}
大 风 到
大风到

ɕi^{54} ɕi^{54} piou^{35} mau^{24} ti^{33} le^{54} tou^{31}
深 山 竹 木 都 低 头
深山竹木都低头

piou^{35} mau^{24} le^{54} tou^{31} tɕhəŋ^{33} pəŋ^{54} kø^{33}
竹 木 低 头 听 风 过
竹木低头听风过

le^{35} vo^{24} kuo^{54} tsa^{31} tɕhəŋ^{33} la^{33} ɕəŋ^{54}
列 位 高 才 听 俫 声
列位高才听我声

tɕhəŋ^{54} tou^{31} ȵi^{31} la^{54} tɕhəŋ^{33} tɕi^{31} la^{33}
清 头 人 多 听 着 俫
厅堂人多听着我

tɕhəŋ^{33} tɕi^{31} la^{33} saŋ^{54} aŋ^{54} ɕa^{35} ȵe^{31}
听 着 俫 双 安 削 人
听着我俩安肃人

fə^{31} ɕa^{54} tiaŋ^{54} luo^{31} laŋ^{24} ɕu^{24} tse^{24}
火 烧 江 华 乱 石 寺
火烧江华浪尸寺

fə^{31} jaŋ^{54} la^{24} no^{24} se^{24} tse^{31} ka^{54}
火 秧 落 入 十 字 街
火苗落入十字街

se^{24} tse^{31} ka^{54} tou^{31} li^{31} fa^{35} fə^{31}
十 字 街 头 打 发 火
十字街头起火灾

lai^{31} ɕəŋ^{31} ɕa^{54} ɕo^{35} ɕu^{33} tou^{31} luo^{31}
连 成 烧 出 榫 头 来
结果烧出榫头来

ɕa^{54} ɕo^{35} ɕu^{33} tou^{31} la^{33} mə^{33} ȵe^{24}
烧 出 榫 头 俫 不 要
烧出榫头我不要

mə^{33} ȵe^{24} ɕu^{33} tou^{31} aŋ^{54} ɕa^{35} ȵe^{31}
不 要 榫 头 安 削 人
不要序曲安肃人

zə^{35} liaŋ^{54} həŋ^{31} tse^{31} həŋ^{31} thu^{54} thu^{54}
一 张 红 纸 红 滔 滔
一张红纸红彤彤

tiaŋ^{54} jaŋ^{54} tse^{33} vu^{35} khaŋ^{31} miŋ^{31} thiu^{54}
中 央 直 画 孔 明 车
中央直画孔明车

thiu^{54} tse^{24} tsou^{31} nio^{33} ɕəŋ^{31} lai^{31} tse^{24}
车 字 走 耳 成 连 字
车字走之成连字

lai^{31} pai^{24} lai^{31} ɕəŋ^{31} aŋ^{54} ɕa^{35} ȵe^{31}
连 便 连 成 安 削 人
连便连成安肃人

se^{24} tsho^{35} se^{24} pa^{35} tsou^{31} kaŋ^{31} se^{54}
十 七 十 八 走 广 西
十七十八走广西

se^{24} tiou^{31} no^{24} se^{24} tsou^{31} fə^{33} tɕhuai^{54}
十 九 二 十 走 富 川
十九二十走富川

hau^{33} se^{31} tsou^{31} no^{24} kuəi^{33} li^{31} ɕe^{31}
去 时 走 进 桂 林 省
去时走进桂林省

li^{31} he^{31} ɕaŋ^{54} taŋ^{31} haŋ^{33} ho^{31} kuo^{54}
打 行 湘 潭 汉 口 归
打从湘潭汉口归

ɕaŋ^{54} taŋ^{31} haŋ^{33} ho^{31} tiaŋ^{54} se^{54} ɕo^{24}
湘 潭 汉 口 樟 丝 树
湘潭汉口金丝楠

luo^{31} luo^{31} tiaŋ^{54} se^{54} lia^{54} tsu^{31} paŋ^{31}
砍 倒 樟 丝 雕 茶 盘
砍倒楠木雕茶盘

tsu^{31} paŋ^{31} mə^{33} ɕa^{35} la^{33} aŋ^{54} ɕa^{35}
茶 盘 不 削 俫 安 削
茶盘不削我安肃

se^{33} la^{33} aŋ^{54} ɕa^{35} tɕhəŋ^{54} tou^{31} ȵe^{31}
是 俫 安 削 清 头 人
是我安肃厅堂人

aŋ^{54} ɕa^{35} tɕhəŋ^{54} tou^{31} ho^{31} na^{24} ne^{24}
安 削 清 头 好 闹 热
安肃厅堂好热闹

ȵi^{31} la^{54} na^{24} ne^{24} tɕho^{33} kø^{54} taŋ^{31}
人　多　闹　热　看　歌　堂
人多热闹看歌堂

tsou^{31} jo^{33} tsaŋ^{54} mo^{31} hau^{33} ɕaŋ^{33} liŋ^{33}
昨　夜　装　饭　去　上　岭
昨夜装饭去岭上

tsaŋ^{54} mo^{33} ɕaŋ^{33} liŋ^{33} hau^{33} tsha^{31} maŋ^{31}
装　饭　上　岭　去　采　芒
装饭上岭去采芒

ɕaŋ^{33} liŋ^{33} tsha^{31} maŋ^{31} mə^{33} tɕiəŋ^{24} məŋ^{31}
上　岭　采　芒　不　定　根
上岭采芒不定数

fu^{33} liŋ^{33} tsha^{31} maŋ^{31} mə^{33} tɕiŋ^{24} saŋ^{54}
下　岭　采　芒　不　定　双
下岭采芒有短长

tsha^{31} fu^{33} piŋ^{31} to^{24} kø^{33} zə^{35} sau^{31}
采　下　平　地　过　一　数
采下平地数一数

səŋ^{54} pu^{35} mu^{31} tɕaŋ^{31} so^{33} pu^{35} saŋ^{54}
三　百　根　长　四　百　双
三百根长四百双

tɕaŋ^{31} te^{54} nəŋ^{54} luo^{31} tsa^{33} tɕi^{31} tsai^{33}
长　的　给　来　做　起　箭
长的拿来做起箭

laŋ^{31} te^{54} nəŋ^{54} luo^{31} tiai^{31} tɕo^{35} ɕi^{54}

短 的 给 来 缠 烛 心

短的拿来缠烛心

laŋ^{54} tɕhəŋ^{54} lai^{31} lua^{33} jou^{31} vu^{24} tɕo^{35}

当 清 点 对 油 蜡 烛

当厅点对油蜡烛

nəŋ^{54} luo^{31} tɕu^{35} tɕi^{31} tɕhəŋ^{54} tou^{31} ȵe^{31}

给 来 烤 着 清 头 人

拿来照着堂中人

tɕu^{35} tɕi^{31} tɕhəŋ^{54} tou^{31} ho^{31} na^{24} ne^{24}

烤 着 清 头 好 闹 热

照着厅堂好热闹

ȵi^{31} la^{54} na^{24} ne^{24} tɕho^{33} kø^{54} taŋ^{31}

人 多 闹 热 看 歌 堂

人多热闹看歌堂

ɕaŋ^{24} khua^{33} fu^{33} ma^{24} ta^{24} piŋ^{31} ɕe^{31}

上 块 下 睦 大 平 庙

巷头和睦大古街

kuo^{54} po^{54} ɕi^{54} tso^{33} tiou^{54} taŋ^{31} ȵe^{31}

高 坝 新 造 周 塘 岩

高坝新造周塘岩

mu^{31} kaŋ^{54} mu^{24} liŋ^{33} səi^{54} ŋou^{31} ai^{33}

马 岗 麦 岭 犀 牛 堰

华岗麦岭犀牛堰

səi^{54} ŋou^{31} ai^{33} ɕo^{31} ŋa^{35} tou^{31} tia^{31}
犀 牛 堰 水 砍 头 桥
犀牛堰水砍头桥

ŋa^{35} tou^{31} tia^{31} ɕaŋ^{24} tɕhua^{54} fu^{33} ha^{54}
砍 头 桥 上 推 下 去
砍头桥水流过去

tiŋ^{33} se^{33} tse^{31} ɕi^{54} ɕi^{54} po^{54} ka^{54}
正 是 麒 山 深 坡 街
岐山村旁深坡街

ɕi^{54} po^{54} liŋ^{33} ɕo^{31} tsu^{24} tou^{31} vai^{31}
深 坝 泠 水 宅 头 园
深坡临水宅头园

tɕhəŋ^{54} taŋ^{31} ɕaŋ^{24} təŋ^{24} luo^{31} kiu^{54} vai^{31}
清 塘 上 洞 到 关 元
清塘上洞到关源

haŋ^{31} piou^{35} liou^{24} tɕaŋ^{31} luo^{31} ɕi^{31} ɕaŋ^{24}
黄 竹 六 丈 到 神 上
黄竹六丈神上村

ɕi^{31} ɕaŋ^{24} ɕi^{54} fu^{33} luo^{31} vie^{31} au^{54}
神 上 山 下 到 云 乌
神上山下是龙窝

vie^{31} au^{54} taŋ^{31} tou^{31} liaŋ^{31} ɕaŋ^{33} ɕo^{31}
云 乌 塘 头 龙 上 水
龙窝塘头龙上水

vie^{31} au^{54} liŋ^{33} mo^{33} se^{31} au^{54} vie^{31}
云 乌 岭 尾 起 乌 云
龙窝岭尾起乌云

se^{31} na^{31} au^{54} vie^{31} la^{24} tɕiu^{24} hau^{33}
起 朵 乌 云 落 阵 雨
起朵乌云下阵雨

tia^{31} tou^{31} ɕi^{31} vi^{54} ɕo^{31} tɕhua^{54} su^{54}
桥 头 神 湾 水 推 砂
桥头神湾水推沙

ɕo^{31} tou^{31} tɕhua^{54} su^{54} piŋ^{31} təŋ^{24} fu^{33}
水 子 推 砂 平 垌 下
水儿推沙平垌下

tɕhua^{54} ɕo^{35} zə^{35} saŋ^{54} təŋ^{31} mau^{24} lio^{31}
推 出 一 双 桐 木 榴
推出两棵桐木苗

ɕo^{35} məŋ^{31} tse^{33} tio^{24} ȵi^{31} te^{31} se^{31}
出 门 玩 耍 人 捡 起
出门玩耍人捡起

nəŋ^{54} luo^{31} tɕe^{33} no^{24} mau^{24} luo^{31} vi^{54}
给 来 种 进 木 楼 湾
拿来种进木楼湾

səi^{33} hau^{33} mo^{31} mo^{31} tɕe^{33} təŋ^{31} mau^{24}
小 雨 濛 濛 种 桐 木
小雨蒙蒙种桐木

mo^{31} jaŋ^{54} səi^{33} hau^{33} təŋ^{31} mau^{24} ɕi^{54}
毛 秧 细 雨 桐 木 生
浙浙细雨桐木生

tɕe^{33} mau^{24} səŋ^{54} nai^{31} mau^{24} jou^{33} ta^{24}
种 木 三 年 木 也 大
种树三年树也大

tɕe^{33} mau^{24} so^{33} nai^{31} mau^{24} ɕəŋ^{31} ɕi^{54}
种 木 四 年 木 成 身
种树四年树成材

tse^{54} no^{54} li^{31} hi^{31} mau^{24} pai^{54} kø^{33}
今 日 打 行 木 边 过
今日打从树边过

khaŋ^{33} kai^{33} mau^{24} ta^{24} mau^{24} ɕəŋ^{31} ɕi^{54}
看 见 木 大 木 成 身
看见树大已成材

tse^{33} mu^{24} ɕaŋ^{33} tiŋ^{54} hau^{33} tɕhəŋ^{31} tɕa^{24}
骑 马 上 京 去 请 匠
骑马上京去请匠

tse^{33} jo^{31} no^{24} vai^{24} tɕhəŋ^{31} tɕaŋ^{24} kuo^{54}
骑 驴 进 县 请 匠 归
骑驴入县请匠回

mau^{24} tɕaŋ^{33} no^{24} məŋ^{31} tsəi^{35} fu^{33} tɕho^{35}
木 匠 进 门 接 下 尺
木匠进门接墨斗

paŋ^{33} fu^{33} lio^{35} thio^{35} mi^{24} si^{54} liaŋ^{31}
放 下 弯 尺 慢 思 量
放下弯尺慢思量

mi^{24} mi^{24} si^{54} liaŋ^{31} hau^{33} luo^{31} mau^{24}
慢 慢 思 量 去 砍 木
慢慢思量去砍木

luo^{31} luo^{31} ta^{24} mau^{24} taŋ^{24} liaŋ^{33} təŋ^{31}
砍 倒 大 木 段 两 筒
砍断大木两段分

tou^{31} təŋ^{31} nəŋ^{54} luo^{31} sa^{54} səi^{33} pe^{31}
头 筒 给 来 锯 细 板
头段用来锯细板

no^{31} təŋ^{31} nəŋ^{54} luo^{31} kuo^{35} tɕhəŋ^{54} ɕaŋ^{54}
二 筒 给 来 做 轻 箱
二段用来做神龛

ɕi^{54} kuo^{35} tɕhəŋ^{54} ɕaŋ^{54} la^{33} tɕhəŋ^{54} pa^{33}
新 做 轻 箱 俫 钦 拜
新做神龛我礼拜

tɕhəŋ^{54} luo^{31} pa^{33} hau^{33} tɕhəŋ^{54} tou^{31} ȵe^{31}
钦 来 拜 去 清 头 人
鞠躬礼拜厅堂人

tɕhəŋ^{54} pa^{33} tɕhəŋ^{54} tou^{31} ho^{31} na^{24} ne^{24}
钦 拜 清 头 好 闹 热
礼拜厅堂好热闹

ȵe^{31} la^{54} na^{24} ne^{24} tɕho^{33} kø^{54} taŋ^{31}
人 多 闹 热 看 歌 堂
人多热闹看歌堂

tse^{54} no^{54} ɕo^{35} məŋ^{31} se^{33} li^{24} ho^{31}
今 天 出 门 时 运 好
今天出门时运好

te^{31} luo^{35} tu^{24} ɕu^{24} saŋ^{33} ȵi^{31} tsai^{31}
捡 个 白 石 是 银 钱
捡个白石是银钱

paŋ^{33} liaŋ^{31} zə^{35} fəŋ^{54} li^{31} tɕhi^{33} tse^{31}
半 两 一 分 打 戒 指
半两一钱打戒指

zə^{35} liaŋ^{31} no^{24} fəŋ^{54} li^{31} niou^{33} ve^{31}
一 两 二 分 打 耳 环
一两二钱打耳环

no^{24} liaŋ^{31} no^{24} fəŋ^{54} li^{31} ȵi^{31} tsha^{35}
二 两 二 分 打 银 饰
二两三钱打银饰

so^{33} liaŋ^{31} so^{33} fəŋ^{54} li^{31} ȵi^{31} paŋ^{31}
四 两 四 分 打 银 盘
四两四钱打银盘

ȵi^{31} paŋ^{31} mə^{33} ɕa^{35} la^{33} aŋ^{54} ɕa^{35}
银 盘 不 削 俫 安 削
银盘不削我安肃

se^{33} la^{33} aŋ^{54} ɕa^{35} tɕhəŋ^{54} tou^{31} ȵe^{31}
是 俫 安 削 清 头 人
是我安肃厅堂人

aŋ^{54} ɕa^{35} tɕhəŋ^{54} tou^{31} ho^{31} na^{24} ne^{24}
安 削 清 头 好 闹 热
安肃厅堂好热闹

ȵi^{31} la^{54} na^{24} ne^{24} tɕho^{33} kø^{54} taŋ^{31}
人 多 闹 热 看 歌 堂
人多热闹看歌堂

au^{54} ɕu^{35} kau^{54} tsu^{31} tia^{35} vai^{31} vai^{31}
乌 鸦 姑 鸟 脚 元 元
乌鸦姑鸟爪弯弯

aŋ^{54} ɕa^{35} ȵi^{31} kø^{54} se^{33} jaŋ^{24} vai^{31}
安 削 人 歌 是 样 完
安肃人歌就此完

aŋ^{54} ɕa^{35} ȵi^{31} kø^{54} se^{33} jaŋ^{24} lia^{33}
安 削 人 歌 是 样 了
安肃人歌结束了

hou^{31} vu^{24} mə^{33} vai^{31} saŋ^{33} thiaŋ^{33} vai^{31}
口 曰 不 完 算 唱 完
口说不完算唱完

hou^{31} vu^{24} mə^{33} vai^{31} saŋ^{33} thiaŋ^{33} lia^{33}
口 曰 不 完 算 唱 了
口说不完算唱了

se^{33} la^{33} mə^{33} luo^{54} saŋ^{33} thiaŋ^{33} vai^{31}
是 我 不 知 算 唱 完
我不知歌算唱完

təŋ^{33} jou^{31} la^{24} zə^{24} mə^{33} ɕəŋ^{31} mə^{33}
桐 油 落 叶 不 成 麽
梧桐落叶不像树

aŋ^{54} ɕa^{35} ȵi^{31} kø^{54} mə^{33} ɕəŋ^{31} tou^{31}
安 削 人 歌 不 成 条
安肃人歌不成歌

tsa^{33} pai^{54} zə^{35} phe^{35} mə^{33} ɕəŋ^{31} tse^{24}
左 边 一 丿 不 成 字
左边一撇不成字

jou^{24} pai^{54} zə^{35} phe^{35} tiaŋ^{24} ɕəŋ^{31} ȵe^{31}
右 边 一 ㇏ 共 成 人
右边一捺共成人

ȵi^{31} tse^{24} tou^{33} luo^{31} aŋ^{54} vaŋ^{31} tse^{24}
人 字 肚 里 安 王 字
人字肚里安王字

aŋ^{54} ɕa^{35} ȵi^{31} kø^{54} thiaŋ^{33} mə^{33} tɕuai^{31}
安 削 人 歌 唱 不 全
安肃人歌唱不全

se^{24} tse^{24} tɕaŋ^{33} te^{54} se^{24} tse^{24} ɕai^{31}
十 字 将 了 十 字 形
十字像了十字形

tɕo^{33} tse^{24} nəŋ^{54} luo^{31} tia^{35} fu^{33} vai^{31}
具 字 给 来 脚 下 元
具字凑来脚下悬

se^{24} tse^{24} tsa^{33} tou^{31} tɕo^{33} tsa^{33} tia^{35}
十 字 在 头 具 在 脚
十字在头具在脚

aŋ^{54} ɕa^{35} ȵi^{31} kø^{54} thiaŋ^{33} mə^{33} tɕi^{54}
安 削 人 歌 唱 不 真
安肃人歌唱不真

thiaŋ^{33} mə^{33} tɕuai^{31} se^{31} mə^{33} ɕa^{33} la^{33}
唱 不 全 时 不 笑 俫
唱不全时不笑我

thiaŋ^{33} mə^{33} tɕi^{54} se^{31} mə^{33} ɕa^{33} nəŋ^{31}
唱 不 真 时 不 笑 男
唱不真时不笑我

zə^{35} po^{35} ɕu^{31} ɕəŋ^{31} paŋ^{33} pai^{54} ho^{31}
一 笔 写 成 半 边 口
一笔写成半边口

jaŋ^{24} tse^{24} ɕu^{31} luo^{31} tia^{35} fu^{33} aŋ^{54}
用 字 写 来 脚 下 安
用字写来脚下安

tsou^{31} nio^{33} li^{31} hi^{31} tia^{35} fu^{33} kø^{33}
走 尔 打 行 脚 下 过
走之打从脚下过

aŋ^{54} ɕa^{35} ȵi^{31} kø^{54} thiaŋ^{33} mə^{33} taŋ^{54}
安 削 人 歌 唱 不 通
安肃人歌唱不通

thiaŋ^{33} mə^{33} thaŋ^{54} se^{31} mə^{33} ɕa^{33} la^{33}
唱 不 通 时 不 笑 俫
唱不通时不笑我

thiaŋ^{33} mə^{33} thaŋ^{54} se^{31} mə^{33} ɕa^{33} nəŋ^{31}
唱 不 通 时 不 笑 男
唱不通时不笑我

tse^{54} təi^{31} kuo^{31} po^{24} thio^{33} thio^{33} tɕe^{24}
鸡 啼 狗 叫 处 处 是
鸡啼狗叫到处同

thai^{54} fu^{33} ɕo^{54} təŋ^{31} kø^{54} mə^{33} təŋ^{31}
天 下 书 同 歌 不 同
天下书同歌不同

thai^{54} vu^{33} ɕo^{54} təŋ^{31} kø^{54} mə^{33} tɕe^{24}
天 下 书 同 歌 不 致①
天下书同歌不一

khaŋ^{31} jou^{33} la^{33} saŋ^{54} thiaŋ^{33} mə^{33} təŋ^{31}
恐 有 俫 双 唱 不 同
只恐我俩唱不同

thiaŋ^{33} mə^{33} thaŋ^{54} se^{31} mə^{33} ɕa^{33} la^{33}
唱 不 通 时 不 笑 俫
唱不通时不笑我

① 不致：不一致。

thiaŋ^{33} mə^{33} lua^{33} se^{31} piu^{54} haŋ^{31} nəŋ^{31}

唱 不 对 时 包 涵 男

唱不对时包涵我

tɕhəŋ^{54} tou^{31} ȵi^{31} la^{54} vai^{31} liaŋ^{24} la^{33}

清 头 人 多 原 谅 俫

厅堂人多不笑我

kuo^{54} tsa^{31} kø^{54} se^{54} piu^{54} haŋ^{31} nəŋ^{31}

高 才 歌 师 包 涵 男

高才歌师包涵我

laŋ^{31} laŋ^{31} thiaŋ^{33}

短 短 唱

短短唱

laŋ^{31} laŋ^{31} tou^{31} kø^{54} tɕoŋ^{54} paŋ^{33} nəŋ^{31}

短 短 条 歌 尊 伴 男

唱支短歌传同伴

tɕoŋ^{54} paŋ^{33} təŋ^{31} paŋ^{33} tsəi^{35} tɕi^{31} thiaŋ^{33}

尊 伴 同 伴 接 着 唱

传过同伴接着唱

tsəi^{35} tɕi^{31} kø^{54} ɕəŋ^{54} tɕho^{33} kø^{54} taŋ^{31}

接 着 歌 声 看 歌 堂

接着歌声看歌堂

hou³¹ tshe⁵⁴ pai⁵⁴ ləi³¹ tɕa²⁴ mə³³ tɕa²⁴

口　吃　边　梨　嚼　不　嚼

口吃槟榔嚼不嚼

se³³ mə³³ əi⁵⁴ jaŋ²⁴ tɕoŋ⁵⁴ paŋ³³ nəŋ³¹

是　否　这　样　尊　伴　们

是否这样传同伴

五、请刘三姐歌

hou^{31} tshe^{54} pai^{54} ləi^{31} jou^{24} se^{33} tɕa^{24}
口 吃 边 梨 也 是 嚼
口嚼槟榔也是嚼

tiŋ^{33} se^{33} əi^{54} jaŋ^{24} tɕoŋ^{54} la^{33} nəŋ^{31}
正 是 这 样 尊 倈 男
正是这样传我们

tsəi^{35} tɕi^{31} thiaŋ^{33}
接 着 唱
接着唱

tsəi^{35} tɕi^{31} paŋ^{33} ɕəŋ^{54} tɕho^{33} kø^{54} taŋ^{31}
接 着 伴 声 看 歌 堂
循着次序看歌堂

tou^{31} taŋ^{31} luo^{54} ɕi^{54} thiaŋ^{33} lu^{35} ho^{31}
头 团 知 心 唱 得 好
头团知心唱得好

tɕi^{31} tɕiu^{24} ai^{54} kø^{54} thiaŋ^{33} lu^{35} thaŋ^{54}
感 谢 烟 歌 唱 得 通
感谢烟歌唱得通

no^{24} taŋ^{31} ɕou^{24} se^{33} thiaŋ^{33} lu^{35} tɕuai^{31}
二 团 熟 悉 唱 得 全
二团熟悉唱得全

aŋ^{54} ɕa^{35} ȵi^{31} kø^{54} thiaŋ^{33} lu^{35} tɕi^{54}
安 削 人 歌 唱 得 真
安肃人歌唱得真

liaŋ^{33} taŋ^{31} təŋ^{31} paŋ^{33} thiaŋ^{33} kuo^{33} ho^{31}
两 团 同 伴 唱 够 好
两团同伴唱够好

thiaŋ^{33} lu^{35} tɕi^{54} se^{31} thiaŋ^{33} lu^{35} thaŋ^{54}
唱 得 真 时 唱 得 通
唱得真时唱得通

ɕaŋ^{24} jou^{33} thaŋ^{54} luo^{31} ləŋ^{54} po^{35} ɕe^{31}
上 又 通 到 东 北 省
上又通到东北省

fu^{33} jou^{24} thaŋ^{54} luo^{31} liou^{33} tiou^{54} ɕəŋ^{31}
下 也 通 到 柳 州 城
下也通到柳州城

liou^{33} tiou^{54} ɕəŋ^{31} tɕaŋ^{31} mo^{33} laŋ^{31} te^{24}
柳 州 城 墙 没 挡 抵
柳州城墙没抵挡

liaŋ^{33} taŋ^{31} ho^{31} kø^{54} mə^{33} luo^{31} te^{31}
两 团 好 歌 不 挡 蹄
两团好歌没停顿

thiaŋ^{33} lu^{35} tɕhəŋ^{54} tou^{31} ȵi^{31} lu^{35} tɕhəŋ^{33}
唱 得 清 头 人 多 听
唱得厅堂人多听

ȵi^{54} ȵi^{54} tɕhəŋ^{33} te^{54} fə^{24} lia^{33} ɕi^{54}
人 人 听 了 合 了 心
人人听了合了心

aŋ^{54} fa^{31} luo^{31} te^{54} la^{33} ta^{24} ȵi^{54}
这 回 到 了 我 自 己
这回到了我自己

luo^{31} te^{54} ta^{24} ȵi^{54} kai^{33} vo^{31} ȵe^{31}
到 了 自 己 见 为 难
到了自己见为难

hou^{31} vu^{24} vo^{31} ȵe^{31} ju^{24} tɕa^{24} thiaŋ^{33}
口 曰 为 难 也 得 唱
口说为难也得唱

tse^{31} vaŋ^{24} ȵi^{54} ȵi^{54} vo^{24} piu^{54} haŋ^{31}
指 望 个 个 为 包 涵
希望个个多包涵

ȵi^{54} ȵi^{54} piu^{54} haŋ^{31} tau^{31} kaŋ^{31} thiaŋ^{33}
人 人 包 涵 才 敢 唱
人人包涵才敢唱

tau^{31} nəŋ^{31} ta^{24} te^{31} tɕho^{33} taŋ^{24} vai^{31}
才 能 大 家 看 段 完
大家才能听完整

mə^{33} jai^{31} la^{33} nəŋ^{31} fu^{33} mu^{35} mo^{33}
不 然 倈 男 下 不 尾
不然我们难结尾

kø^{54} taŋ^{31} zə^{35} tɕiəŋ^{24} ȵi^{31} ɕa^{33} nəŋ^{31}
歌 堂 一 定 人 笑 男
歌堂唱乱人笑我

təŋ^{33} mə^{33} təŋ^{33} se^{31} zə^{35} taŋ^{24} se^{24}
动 不 动 时 一 段 事
久不久办一段事

təŋ^{33} mə^{33} təŋ^{33} se^{31} tɕho^{33} kø^{54} taŋ^{31}
动 不 动 时 看 歌 堂
久不久又看歌堂

vai^{31} sai^{54} se^{31} le^{33} mə^{33} luo^{31} le^{33}
原 先 起 礼 不 倒 礼
原先制礼不违礼

zə^{31} tɕi^{54} ɕi^{54} pai^{54} mə^{33} kaŋ^{31} vo^{31}
如 今 新 编 不 敢 维
如今新编不敢从

ləi^{33} piou^{35} mu^{24} ta^{31} ji^{33} kuo^{54} kau^{31}
犁 面 额 锄 依 归 古
犁面笔直依旧辙

ji^{33} kuo^{54} kau^{31} le^{33} tɕhiəŋ^{33} liu^{31} səŋ^{54}
依 归 古 礼 请 刘 三
依照古礼请刘三

mə^{33} tɕhəŋ^{31} liu^{31} səŋ^{54} ɕi^{31} ȵi^{31} ɕa^{33}
不 请 刘 三 怕 人 笑
不请刘三怕人笑

ȵi^{31} ɕa^{33} la^{33} saŋ^{54} mə^{33} luo^{54} tɕiəŋ^{31}
人 笑 俫 双 不 知 情
人笑我俩不知情

tio^{33} tɕi^{54} tio^{33} ku^{31} ju^{24} tɕa^{33} thiaŋ^{33}
句 真 句 假 也 着 唱
半真半假也得唱

lua^{33} mə^{33} lua^{33} se^{31} təi^{31} vu^{31} tou^{31}
对 不 对 也 提 下 头
若不对时带下头

thiaŋ^{33} kø^{54} mə^{33} tɕhəŋ^{31} liu^{31} səŋ^{54} tso^{31}
唱 歌 不 请 刘 三 姐
唱歌不请刘三姐

zə^{35} tɕiəŋ^{31} tou^{31} thaŋ^{54} mo^{33} mə^{33} thaŋ^{54}
一 定 头 通 尾 不 通
一定头通尾不通

thiaŋ^{33} kø^{54} tɕhəŋ^{31} te^{54} liu^{31} səŋ^{54} tso^{31}
唱 歌 请 了 刘 三 姐
唱歌请了刘三姐

kho^{31} nəŋ^{31} tou^{31} thaŋ^{54} mo^{33} jou^{24} thaŋ^{54}
可 能 头 通 尾 又 通
才能头通尾也通

tou^{31} mo^{33} mə^{33} thaŋ^{54} mə^{33} tɕhi^{31} ɕa^{33}
头 尾 不 通 不 耻 笑
头尾不通不耻笑

tɕhəŋ^{54} tou^{31} ȵi^{31} la^{54} mə^{33} ɕa^{33} nəŋ^{31}
清 头 人 多 不 笑 男
厅堂人多不笑我

sai^{54} ɕa^{33} liu^{31} səŋ^{54} pai^{54} mə^{33} ho^{31}
先 笑 刘 三 编 不 好
先笑刘三编不好

hou^{33} ɕa^{33} la^{33} nəŋ^{31} thiaŋ^{33} mə^{33} tɕi^{54}
后 笑 俫 男 记 不 真
后笑我们记不真

zə^{33} jaŋ^{24} tiaŋ^{31} luo^{31} zə^{33} jaŋ^{24} vo^{24}
依 样 讲 来 依 样 曰
依样讲来依样说

zə^{33} jaŋ^{24} vo^{24} luo^{31} tɕhiəŋ^{33} liu^{31} səŋ^{54}
依 样 曰 来 请 刘 三
依样说来请刘三

phe^{35} ha^{54} ɕu^{33} tou^{31} la^{33} mə^{33} ȵe^{24}
丢 开 序 头 俫 不 要
丢开序曲我不要

mə^{33} ȵe^{24} ɕu^{33} tou^{31} tɕhəŋ^{31} liu^{31} səŋ^{54}
不 要 序 头 请 刘 三
不要序曲请刘三

kuo^{31} nəŋ^{31} ɕi^{33} tou^{31} ti^{33} zə^{35} jaŋ^{24}
可 能 序 头 都 一 样
可能序曲都一样

kau^{31} ju^{24} mə^{33} ȵe^{24} ju^{24} və^{31} faŋ^{31}

估 计 不 要 也 无 妨

估计不要也无妨

tiŋ^{54} ŋue^{33} nəŋ^{31} pəŋ^{54} təŋ^{31} təŋ^{24} ɕaŋ^{33}

正 月 南 风 从 洞 上

正月南风从垌过

tsho^{35} ŋue^{33} tɕhou^{54} pəŋ^{54} təŋ^{31} liŋ^{33} luo^{31}

七 月 秋 风 从 岭 来

七月秋风从岭来

ta^{24} pəŋ^{54} luo^{31}

大 风 到

大风到

ɕi^{54} ɕi^{54} piou^{35} mau^{24} ti^{33} ləi^{54} tou^{31}

深 山 竹 木 都 低 头

深山竹木都低头

piou^{35} mau^{24} ləi^{54} tou^{31} tɕhəŋ^{33} pəŋ^{54} kø^{33}

竹 木 低 头 听 风 过

竹木低头听风过

ləi^{35} vo^{24} kuo^{54} ta^{31} tɕhəŋ^{33} la^{33} ɕəŋ^{54}

列 位 高 才 听 俫 声

列位高才听我声

tɕhəŋ^{54} tou^{31} ȵi^{31} la^{54} tɕhəŋ^{33} tɕi^{31} la^{33}

清 头 人 多 听 着 俫

厅堂人多听着我

tɕhəŋ^{33} tɕi^{31} la^{33} saŋ^{54} tɕhəŋ^{31} liu^{31} səŋ^{54}
听 着 俫 双 请 刘 三
听着我俩请刘三

zə^{35} liaŋ^{54} həŋ^{31} tse^{31} həŋ^{31} thu^{54} thu^{54}
一 张 红 纸 红 滔 滔
一张红纸红彤彤

tiaŋ^{54} jaŋ^{54} tse^{33} fu^{35} khaŋ^{31} miŋ^{31} thiu^{54}
中 央 直 画 孔 明 车
中央直画孔明车

thiu^{54} tse^{24} tsou^{31} nio^{33} ɕəŋ^{31} lai^{31} tse^{24}
车 字 走 耳 成 连 字
车字走之成连字

lai^{31} pai^{24} lai^{31} ɕəŋ^{31} tɕhəŋ^{31} liu^{31} səŋ^{54}
连 便 连 成 请 刘 三
连便连成请刘三

tɕiəŋ^{31} tsai^{31} jou^{33} luo^{54} so^{33} tse^{33} tɕhəŋ^{54}
庭 前 有 蔸 四 季 青
庭前有棵四季青

la^{33} tɕhəŋ^{31} liu^{31} səŋ^{54} tɕou^{24} se^{31} ɕəŋ^{54}
俫 请 刘 三 就 起 声
我请刘三就起声

la^{33} tɕhəŋ^{31} liu^{31} səŋ^{54} se^{31} ɕəŋ^{54} thiaŋ^{33}
俫 请 刘 三 起 声 唱
我请刘三起声唱

tsəi^{35} tɕi^{31} se^{31} ɕəŋ^{54} tɕhəŋ^{31} liu^{31} səŋ^{54}
接 着 起 声 请 刘 三
接着起声请刘三

ɕaŋ^{54} tɕhəŋ^{31} ɕaŋ^{54}
相 请 相
相请啊

ɕaŋ^{54} tɕhəŋ^{31} tio^{31} ȵi^{31} ɕa^{54} tse^{31} ɕaŋ^{54}
相 请 主 人 烧 纸 香
相请主人烧纸香

tio^{31} ȵi^{31} ɕa^{54} ɕaŋ^{54} haŋ^{24} lio^{24} ɕo^{31}
主 人 烧 香 换 绿 水
主人烧香换清水

ɕa^{54} ɕaŋ^{54} haŋ^{24} ɕo^{31} tɕhəŋ^{31} liu^{31} səŋ^{54}
烧 香 换 水 请 刘 三
烧香换水请刘三

jaŋ^{31} tsau^{24} paŋ^{33} se^{31} ji^{54} tsau^{24} paŋ^{33}
阳 助 半 时 阴 助 半
阳助半时阴助半

tsau^{24} se^{31} la^{33} nəŋ^{31} tɕhəŋ^{31} liu^{31} səŋ^{54}
助 起 倈 男 请 刘 三
助起我们请刘三

tɕhəŋ^{31} ɕo^{35} liu^{31} səŋ^{54} tai^{24} ɕaŋ^{24} tsa^{33}
请 出 刘 三 殿 上 坐
请出刘三殿上坐

tai^{24} ɕaŋ^{24} tsa^{33} tɕe^{31} ɕou^{24} ɕaŋ^{54} ai^{54}
殿 上 坐 起 受 香 烟
殿上坐好受香烟

liu^{31} səŋ^{54} ɕou^{33} lu^{35} ɕaŋ^{54} ai^{54} mo^{33}
刘 三 受 得 香 烟 尾
刘三受得香烟尾

mə^{33} nəŋ^{35} ɕaŋ^{54} lau^{31} taŋ^{33} ɕaŋ^{54} ai^{54}
不 给 香 炉 断 香 烟
不给香炉断香烟

ɕou^{31} təi^{33} nio^{24} hau^{31} tɕi^{54} mo^{24} ɕo^{31}
手 提 玉 壶 真 墨 水
手提玉壶金墨水

tso^{24} se^{35} po^{35} tou^{31} thou^{33} se^{54} ɕo^{54}
浸 湿 笔 头 透 诗 书
浸湿笔头写诗书

thou^{33} tɕi^{31} se^{54} ɕo^{54} səŋ^{54} pu^{35} pəŋ^{31}
透 起 诗 书 三 百 本
写起诗书三百本

thou^{33} se^{31} tiou^{31} tiai^{54} so^{33} pu^{35} phe^{54}
透 起 九 经 四 百 篇
写起九经四百篇

liu^{31} səŋ^{54} luo^{31} ɕo^{35} au^{35} tsai^{31} sa^{33}
刘 三 拿 起 屋 前 晒
刘三拿出屋前晒

tse^{33} lu^{35} kiu^{54} məŋ^{31} ma^{31} fə^{35} ɕo^{54}
记 得 关 门 忘 记 收
记得关门忘记收

ɕo^{24} luo^{31} zə^{35} ki^{54} liaŋ^{31} ɕaŋ^{33} ɕo^{31}
睡 倒 一 更 龙 上 水
睡到一更雷电闪

ɕo^{24} luo^{31} no^{24} ki^{54} se^{31} au^{54} vie^{31}
睡 倒 二 更 起 乌 云
睡到二更起乌云

ɕo^{24} luo^{31} səŋ^{54} ki^{54} lua^{31} liu^{24} ŋe^{33}
睡 倒 三 更 雷 雳 眼
睡到三更响霹雳

ɕo^{24} luo^{31} so^{33} ki^{54} hau^{33} lai^{31} lio^{31}
睡 倒 四 更 雨 连 流
睡到四更雨潺潺

ɕo^{24} luo^{31} ŋau^{33} ki^{54} fa^{35} ta^{24} ɕo^{31}
睡 倒 五 更 发 大 水
睡到五更发大水

ɕo^{31} tɕhua^{54} kø^{54} pəŋ^{31} luo^{31} jaŋ^{31} tio^{54}
水 推 歌 本 到 扬 州
水推歌本到扬州

luo^{31} hau^{33} jaŋ^{31} tio^{54} jaŋ^{31} tse^{31} ta^{24}
到 去 扬 州 洋 子 大
去到扬州湖泊大

so^{33} li^{31} təŋ^{31} paŋ^{33} thəŋ^{33} nəŋ^{31} jou^{54}
四 邻 同 伴 替 男 悠
四邻同伴替我忧

zə^{35} kuo^{33} piou^{35} paŋ^{31} kaŋ^{31} mə^{33} luo^{31}
一 个 竹 排 赶 不 到
一个竹排赶不到

no^{24} kuo^{33} piou^{35} paŋ^{31} kaŋ^{31} luo^{31} tio^{54}
二 个 竹 排 赶 到 州
二个竹排赶到州

zə^{35} kuo^{33} lia^{33} kuo^{54} kua^{33} mə^{33} luo^{31}
一 个 镣 钩 挂 不 到
一个铁钩钩不到

no^{24} kuo^{33} lia^{33} kuo^{54} kua^{33} luo^{31} tou^{31}
二 个 镣 钩 挂 到 头
二个铁钩钩到头

səŋ^{54} kuo^{33} lia^{33} kuo^{54} kua^{33} kuo^{54} pəŋ^{31}
三 个 镣 钩 挂 归 本
三个铁钩钩回本

kua^{33} kuo^{54} zə^{35} pəŋ^{31} se^{33} liu^{31} səŋ^{54}
挂 归 一 本 是 刘 三
钩回一本是刘三

liu^{31} səŋ^{54} tɕo^{24} ta^{33} kuəi^{33} li^{31} ɕe^{31}
刘 三 住 在 桂 林 省
刘三住在桂林省

tɕo^{24} ta^{33} kuəi^{33} li^{31} se^{33} ŋa^{31} tio^{54}
住 在 桂 林 是 梧 州
住在桂林是梧州

tɕo^{24} ta^{33} ŋa^{31} tio^{54} tsho^{35} lau^{54} təŋ^{24}
住 在 梧 州 七 都 垌
住在贺州七都垌

tɕo^{24} ta^{33} tsho^{35} lau^{54} liu^{31} ku^{54} vi^{54}
住 在 七 都 刘 家 湾
住在七都刘家湾

liu^{31} səŋ^{54} neŋ^{31} pa^{35} liu^{31} fə^{33} tse^{31}
刘 三 的 爸 刘 富 子
刘三的爸刘富子

liu^{31} səŋ^{54} neŋ^{31} na^{33} tio^{54} fə^{33} ve^{31}
刘 三 的 妈 朱 富 云
刘三的妈朱富云

liu^{31} səŋ^{54} ta^{24} tso^{31} liu^{31} faŋ^{24} tɕe^{31}
刘 三 大 姐 刘 凤 举
刘三大姐刘凤举

liu^{31} səŋ^{54} səi^{33} tso^{31} liu^{31} faŋ^{24} ve^{31}
刘 三 小 姐 刘 凤 云
刘三小姐刘凤云

ɕe^{24} jou^{24} liu^{31} səŋ^{54} zə^{35} tɕho^{31} jaŋ^{33}
剩 有 刘 三 乙 丑 养
还有刘三乙丑养

liou^{24} ŋue^{24} tsho^{54} səŋ^{54} tse^{33} se^{31} ɕi^{54}
六 月 初 三 己 时 生
六月初三巳时生

jaŋ^{33} fu^{33} səŋ^{54} lia^{54} aŋ^{54} miŋ^{31} tse^{24}
养 下 三 朝 安 名 字
生下三天起名字

səŋ^{54} lia^{54} aŋ^{54} miŋ^{31} hi^{33} faŋ^{24} ji^{54}
三 朝 安 名 喊 风 音
三天起名叫风音

zə^{35} ɕuəi^{33} tse^{54} ȵi^{31} tɕi^{31} tia^{24} nio^{31}
一 岁 之 人 裙 脚 女
一岁之人襁褓女

no^{24} ɕuəi^{33} tse^{54} ȵi^{31} ɕou^{31} ɕaŋ^{24} tio^{54}
二 岁 之 人 手 上 珠
二岁之人手上珠

səŋ^{54} ɕuəi^{33} ɕou^{24} he^{31} va^{24} tsou^{31} lau^{24}
三 岁 学 行 会 走 路
三岁学行会走路

so^{33} ɕuəi^{33} təi^{31} tɕi^{54} mə^{33} məŋ^{31} ȵe^{31}
四 岁 提 针 不 问 人
四岁拿针不问人

ŋau^{33} ɕuəi^{33} luo^{31} tiaŋ^{54} tɕhu^{35} səi^{33} tso^{33}
五 岁 楼 中 穿 小 罩
五岁楼中织小罩

liou^{24} ɕuəi^{33} tɕhəŋ^{54} tou^{31} phaŋ^{31} səi^{33} su^{54}
六 岁 清 头 纺 细 纱
六岁厅堂纺细纱

tsho^{35} ɕuəi^{33} tia^{33} ju^{31} ma^{33} kuo^{33} tse^{33}
七 岁 叫 爷 买 架 机
七岁叫爷买架机

pa^{35} ɕuəi^{33} tiou^{35} ɕo^{35} mo^{33} li^{54} fu^{54}
八 岁 织 出 牡 丹 花
八岁织出牡丹花

tiou^{31} ɕuəi^{33} tiou^{35} ɕo^{35} li^{31} la^{31} taŋ^{24}
九 岁 织 出 云 罗 缎
九岁织出绫罗缎

tiou^{35} ɕo^{35} li^{31} la^{31} ɕou^{33} ɕəŋ^{31} fu^{54}
织 出 云 罗 绣 成 花
织出绫罗绣成花

se^{24} ɕuəi^{33} kəŋ^{54} pe^{54} tɕuai^{31} mə^{24} tiaŋ^{31}
十 岁 功 夫 全 不 讲
十岁功夫不用讲

tɕuai^{31} tiaŋ^{31} faŋ^{54} liu^{31} tiaŋ^{31} thiaŋ^{33} kø^{54}
全 讲 风 流 讲 唱 歌
全讲风流讲唱歌

se^{24} zə^{35} thiaŋ^{33} kø^{54} luo^{31} se^{24} no^{24}
十 一 唱 歌 到 十 二
十一唱歌到十二

se^{24} no^{24} thiaŋ^{33} kø^{54} luo^{31} se^{24} səŋ^{54}

十 二 唱 歌 到 十 三

十二唱歌到十三

se^{24} səŋ^{54} sau^{54} tou^{31} va^{24} sau^{54} kuo^{33}

十 三 梳 头 会 梳 髻

十三梳头会梳辫

se^{24} so^{33} sau^{54} ɕo^{35} na^{24} au^{54} ve^{31}

十 四 梳 出 朵 乌 云

十四梳出朵乌云

se^{24} ŋau^{33} jai^{31} tso^{31} luo^{31} məŋ^{24} nio^{33}

十 五 盐 茶 担 问 女

十五盐茶担提亲

se^{24} liou^{33} jai^{31} piu^{54} pa^{24} ma^{33} ha^{54}

十 六 盐 包 拨 不 开

十六盐包拨不开

se^{24} tsho^{33} hou^{54} te^{54} thu^{54} ku^{54} ɕe^{33}

十 七 收 了 他 家 礼

十七收了男家信

ɕo^{24} tsa^{33} luo^{31} tiaŋ^{54} tshe^{33} luo^{31} niaŋ^{31}

睡 在 楼 中 气 倒 娘

睡在楼中气倒娘

au^{35} lu^{54} ju^{31} niaŋ^{31} ju^{24} thəi^{31} həŋ^{24}

屋 里 爷 娘 也 体 贴

家里爷娘也体贴

hau^{33} luo^{31} ȵi^{31} ku^{54} tsa^{33} fə^{54} ȵe^{31}

去 到 人 家 做 夫 人

去到人家有身份

liu^{31} səŋ^{54} ji^{54} vo^{24} se^{24} pa^{35} so^{31}

刘 三 因 为 十 八 死

刘三因为十八死

ji^{54} vo^{24} tɕhou^{54} liaŋ^{31} hau^{33} səi^{31} su^{54}

因 为 秋 凉 去 洗 纱

因为秋凉去洗纱

səi^{31} su^{54} tu^{24} no^{33} ha^{31} tiaŋ^{54} le^{31}

洗 纱 掉 入 海 中 底

洗纱跌进大海底

thi^{54} ɕaŋ^{24} kai^{33} su^{54} mə^{33} kai^{33} niaŋ^{31}

滩 上 见 纱 没 见 娘

滩上见纱没见娘

au^{54} vu^{54} po^{33}

乌 鸦 报

乌鸦报

au^{54} vu^{54} po^{33} luo^{54} ta^{24} tso^{31} luo^{54}

乌 鸦 报 给 大 姐 知

乌鸦报给大姐知

po^{33} luo^{54} ta^{24} tso^{31} hau^{33} tsəi^{35} me^{24}

报 知 大 姐 去 接 妹

报知大姐去接妹

po^{33} luo^{54} no^{24} tso^{31} tsəi^{35} me^{24} kuo^{54}
报 知 二 姐 接 妹 归
报知二姐接妹回

ta^{24} tso^{31} no^{24} tso^{31} tsəi^{31} hau^{33} tsəi^{35}
大 姐 二 姐 齐 去 接
大姐二姐齐去接

thi^{54} ɕaŋ^{24} kai^{33} su^{54} mə^{33} kai^{33} ȵe^{31}
滩 上 见 纱 不 见 人
滩上见纱不见人

ta^{24} tso^{31} kuo^{54} luo^{31} ji^{54} ɕaŋ^{54} ɕe^{33}
大 姐 回 来 放 香 信
大姐回来备礼牲

no^{24} tso^{31} kuo^{54} luo^{31} hau^{33} məŋ^{24} sai^{54}
二 姐 回 来 去 问 仙
二姐回来去问仙

sai^{54} ȵi^{31} ɕaŋ^{33} ta^{31} zə^{35} no^{24} po^{33}
仙 人 上 朝 一 二 报
仙人上桥一二报

me^{24} se^{33} nəŋ^{31} ha^{31} paŋ^{33} kaŋ^{54} ji^{54}
妹 是 南 海 陪 观 音
妹在南海陪观音

kaŋ^{54} ji^{54} khaŋ^{33} kai^{33} liu^{31} səŋ^{54} nio^{33}
观 音 看 见 刘 三 女
观音看见刘三女

khaŋ^{33} kai^{33} liu^{31} səŋ^{54} ɕi^{54} lu^{35} kua^{54}
看 见 刘 三 生 得 乖
看见刘三生得乖

khaŋ^{33} kai^{33} liu^{31} səŋ^{54} ɕi^{54} lu^{35} ho^{31}
看 见 刘 三 生 得 好
看见刘三长得美

se^{31} na^{24} au^{54} vi^{31} tiu^{54} nəi^{24} tou^{33}
起 朵 乌 云 遮 日 头
起朵乌云遮太阳

au^{54} vie^{31} tiu^{54} nə^{24} mə^{33} tiu^{54} nio^{33}
乌 云 遮 日 不 遮 女
乌云遮日不遮女

nəi^{24} tou^{31} mə^{33} tiu^{54} liu^{31} səŋ^{54} ɕi^{54}
日 头 不 遮 刘 三 身
太阳不遮刘三身

ti^{33} tou^{31} kaŋ^{54} ji^{54} pa^{35} no^{24} hau^{33}
都 才 观 音 邀 进 去
然后观音邀进去

pa^{35} no^{24} nəŋ^{31} ha^{31} paŋ^{33} kaŋ^{54} ji^{54}
邀 进 南 海 伴 观 音
邀进南海伴观音

liu^{31} səŋ^{54} tsi^{33} ɕo^{35} kø^{54} luo^{31} thiaŋ^{33}
刘 三 置 出 歌 来 唱
刘三制出歌来唱

tia^{31} tia^{31} ta^{24} ta^{24} haŋ^{54} la^{24} ɕi^{54}
朝 朝 代 代 欢 乐 心
朝朝代代欢乐心

liu^{31} səŋ^{54} tsi^{33} kø^{54} tsi^{33} lu^{35} ho^{31}
刘 三 置 歌 置 得 好
刘三编歌编得好

vi^{24} kau^{31} liu^{31} miŋ^{31} tɕuai^{31} se^{33} ki^{54}
万 古 留 名 传 世 间
万古留名传世间

ɕaŋ^{35} se^{33} tɕuai^{31} ɕo^{35} fu^{33} se^{33} thiaŋ^{33}
上 世 传 出 下 世 唱
先人传出后人唱

mə^{33} nəŋ^{54} maŋ^{31} me^{24} liu^{31} səŋ^{54} miŋ^{31}
不 给 磨 灭 刘 三 名
不给磨灭刘三名

lai^{31} zə^{24} lai^{31}
莲 叶 连
莲叶连

tɕhəŋ^{31} liu^{31} səŋ^{54} kø^{54} se^{33} jaŋ^{24} vai^{31}
请 刘 三 歌 是 样 完
请刘三歌已结束

tɕhəŋ^{31} liu^{31} səŋ^{54} kø^{54} saŋ^{33} thiaŋ^{33} lia^{33}
请 刘 三 歌 算 唱 了
请刘三歌算唱完

hou^{31} vu^{24} mə^{33} vai^{31} saŋ^{33} thiaŋ^{33} vai^{31}
口 曰 不 完 算 唱 完
虽说不完算唱完

hou^{31} vu^{24} mə^{33} vai^{31} saŋ^{33} thiaŋ^{33} lia^{33}
口 曰 不 完 算 唱 了
人说不完也结束

se^{33} la^{33} mə^{33} luo^{54} saŋ^{33} thiaŋ^{33} vai^{31}
是 我 不 知 算 唱 完
我不懂歌算唱完

luo^{54} luo^{54} kəŋ^{33} ȵe^{31} la^{54} thiaŋ^{33} le^{33}
知 道 的 人 多 唱 些
知道的人多唱些

se^{33} la^{33} mə^{33} luo^{54} laŋ^{31} laŋ^{31} te^{31}
是 俫 不 知 短 短 提
是我不懂短短唱

laŋ^{31} laŋ^{31} te^{31} tou^{31} ȵi^{31} luo^{54} luo^{54}
短 短 提 条 人 知 道
短短唱支人知道

ȵi^{31} ju^{31} luo^{54} la^{33} mə^{33} luo^{54} kø^{54}
人 也 知 俫 不 知 歌
人也知我不知歌

ȵi^{31} thiaŋ^{33} liu^{31} səŋ^{54} səŋ^{54} se^{24} so^{31}
人 唱 刘 三 三 十 死
人唱刘三三十死

la^{33} thiaŋ^{33} liu^{31} səŋ^{54} se^{24} pa^{35} tɕhi^{54}
倈 唱 刘 三 十 八 春
我唱刘三十八岁（成仙）

tse^{54} təi^{31} kuo^{31} po^{24} thio^{33} thio^{33} se^{24}
鸡 啼 狗 叫 处 处 是
鸡啼狗叫处处是

thai^{54} fu^{33} ɕo^{54} təŋ^{31} kø^{54} mə^{33} təŋ^{31}
天 下 书 同 歌 不 同
天下书同歌不同

thai^{54} fu^{33} ɕo^{54} təŋ^{31} kø^{54} mə^{33} tɕe^{24}
天 下 书 同 歌 不 对
天下书同歌不对

thiaŋ^{33} jou^{33} la^{33} saŋ^{54} thiaŋ^{54} mə^{33} təŋ^{31}
恐 有 倈 双 唱 不 同
恐有我们唱不同

jou^{24} jou^{33} mə^{33} təŋ^{31} mə^{33} tɕhi^{31} ɕa^{33}
如 有 不 同 不 耻 笑
如有不同不耻笑

tai^{31} tse^{24} ləi^{24} tia^{35} mə^{33} ɕa^{33} nəŋ^{31}
田 字 力 脚 不 笑 男
田字力脚不笑我

tsa^{33} pai^{54} zə^{35} phəi^{35} mə^{33} ɕəŋ^{31} tse^{24}
左 边 一 丿 不 成 字
左边一撇不成字

jou24 pai54 zə35 phəi35 tiaŋ24 ɕəŋ31 ȵe31
右 边 一 ㇏ 共 成 人
右边一捺共成人

ȵi31 tse24 tou33 luo31 aŋ54 vaŋ31 tse24
人 字 肚 里 安 王 字
人字肚里安王字

la33 tɕhəŋ31 liu31 səŋ54 thiaŋ33 mə33 tɕuai31
倈 请 刘 三 唱 不 全
我请刘三唱不全

se24 tse24 tɕaŋ33 te54 se24 tse24 ɕai31
十 字 将 了 十 字 形
十字像了十字形

tɕio33 tse24 nəŋ54 luo31 tia35 fu33 vai31
具 字 给 来 脚 下 元
具字并来脚下悬

se24 tse24 tsa31 tou31 tɕio33 tsa33 tia35
十 字 在 头 具 在 脚
十字在头具在脚

la33 tɕhəŋ31 liu31 səŋ54 thiaŋ33 mə33 tɕi54
我 请 刘 三 唱 不 真
我请刘三唱不真

thiaŋ33 mə33 tɕi54 se31 mə33 ɕa33 la33
唱 不 真 时 不 笑 倈
唱不真时不笑我

thiaŋ^{33} mə^{33} tɕuai^{31} se^{31} mə^{33} ɕa^{33} nəŋ^{31}
唱 不 全 时 不 笑 男
唱不全时不笑我

zə^{35} po^{35} ɕu^{31} ɕəŋ^{31} paŋ^{33} pai^{54} hou^{31}
一 笔 写 成 半 边 口
一笔写成半边口

jaŋ^{24} tse^{24} ɕu^{31} luo^{31} tia^{35} fu^{33} aŋ^{54}
用 字 写 来 脚 下 安
用字写来脚下安

tsou^{31} nio^{33} li^{31} çi^{31} tia^{35} fu^{33} kuo^{33}
走 耳 打 行 脚 下 过
走之打从脚下过

la^{33} tɕhəŋ^{31} liu^{31} səŋ^{54} thiaŋ^{33} mə^{33} thaŋ^{54}
我 请 刘 三 唱 不 通
我请刘三唱不通

thiaŋ^{33} mə^{33} thaŋ^{54} se^{31} mə^{33} ɕa^{33} la^{33}
唱 不 通 时 不 笑 俫
唱不通时不笑我

thiaŋ^{33} mə^{33} thaŋ^{54} se^{31} mə^{33} ɕa^{33} nəŋ^{31}
唱 不 通 时 不 笑 侬
唱不通时不笑我

tɕhəŋ^{54} tou^{31} ȵi^{31} la^{54} vai^{31} liaŋ^{24} la^{33}
清 头 人 多 原 谅 我
厅堂人多原谅我

liou^{24} tɕhi^{54} pu^{35} fu^{35} piu^{54} haŋ^{31} neŋ^{31}
六 亲 百 客 包 涵 男
六亲百客包涵我

ɕou^{31} phu^{35} ɕi^{54} tou^{31} la^{33} ɕaŋ^{31} pai^{31}
手 拍 心 头 俫 想 反
手拍心头我想起

se^{33} la^{33} ɕaŋ^{31} pai^{31} təŋ^{31} paŋ^{33} ȵe^{31}
是 俫 想 反 同 伴 人
是我想起同伴人

ɕaŋ^{31} se^{31} təŋ^{31} paŋ^{33} ju^{24} jou^{33} se^{24}
想 起 同 伴 也 有 事
想起同伴也有事

mə^{33} kho^{31} ŋa^{31} tɕi^{31} təŋ^{31} paŋ^{33} ȵe^{31}
不 可 挨 着 同 伴 人
不可误了同伴人

pəŋ^{54} mau^{24} kuo^{54}
枫 木 高
枫木高

pəŋ^{54} mau^{24} mo^{33} ɕaŋ^{24} kua^{33} se^{54} tho^{54}
枫 木 尾 上 挂 丝 绦
枫木尾上挂绣球

pəŋ^{54} thio^{54} se^{54} tho^{54} taŋ^{31} taŋ^{31} luai^{33}
风 吹 丝 绦 团 团 转
风吹绣球团团转

kaŋ^{31} khua^{33} luai^{33} luo^{31} təŋ^{31} paŋ^{33} pai^{54}

赶 快 转 到 同 伴 边

赶快转到同伴边

nəŋ^{54} ŋu^{33} təŋ^{31} paŋ^{33} tsəi^{35} tɕi^{31} thiaŋ^{33}

给 我 同 伴 接 着 唱

给我同伴接着唱

tsəi^{35} tɕi^{31} se^{31} ɕəŋ^{54} tɕho^{33} kø^{54} taŋ^{31}

接 着 起 声 看 歌 堂

接着起声看歌堂

la^{33} kəŋ^{33} fu^{24} po^{24} əi^{54} jaŋ^{24} tiaŋ^{31}

我 的 话 鼻 这 样 讲

我的话儿这样讲

səŋ^{54} niai^{31} liaŋ^{33} tio^{33} tɕoŋ^{54} paŋ^{33} nəŋ^{31}

三 言 两 句 尊 伴 男

三言两句传同伴

tshau^{54} ɕi^{54} ta^{24} ɕəŋ^{33} tɕoŋ^{54} kuo^{33} paŋ^{33}

粗 心 大 性 尊 过 伴

粗心大意传同伴

vaŋ^{24} paŋ^{33} mə^{33} kua^{33} la^{33} nəŋ^{31} saŋ^{54}

望 伴 不 怪 我 们 双

望伴不怪我们俩

hou^{31} tshe^{54} pai^{54} luo^{31} tɕa^{24} mə^{33} tɕa^{24}

口 吃 边 梨 嚼 不 嚼

口吃槟榔嚼不嚼

se^{33} mə^{33} əi^{54} jaŋ^{24} tɕoŋ^{54} paŋ^{33} nəŋ^{31}

是 否 这 样 尊 伴 男

是否这样传同伴

六、护家神歌

hou^{31} tshe^{54} pai^{54} luo^{31} ju^{24} se^{33} tɕa^{24}
口 吃 边 梨 也 是 嚼
口吃槟榔也是嚼

tiŋ^{33} se^{33} əi^{54} jaŋ^{24} tɕoŋ^{54} la^{33} nəŋ^{31}
正 是 这 样 尊 倈 男
正是这样传我们

se^{24} tsa^{33} təŋ^{31} paŋ^{33} fu^{35} tshe^{33} ho^{31}
实 在 同 伴 客 气 好
实在同伴谦让好

tio^{33} tio^{33} ho^{31} fu^{24} tiaŋ^{31} lu^{35} tɕaŋ^{31}
句 句 好 话 讲 得 详
句句好话讲得详

tɕhəŋ^{33} paŋ^{33} kø^{54} ho^{31} ɕəŋ^{54} ju^{24} ho^{31}
听 伴 歌 好 声 也 好
听伴歌好声也好

ɕəŋ^{54} tou^{31} ȵou^{31} ȵou^{31} tɕoŋ^{54} luo^{31} nəŋ^{31}
声 子 柔 柔 尊 到 男
声儿柔柔传到我

ɕəŋ^{54} tɕu^{31} ȵou^{31} ȵou^{31} tɕoŋ^{54} luo^{31} la^{33}
声 子 柔 柔 尊 到 倈
声儿柔柔传到我

tɕoŋ^{54} luo^{31} la^{33} pai^{54} mə^{33} va^{24} vo^{31}
尊 到 我 边 不 会 维
传到我了不会唱

hou^{31} vu^{24} mə^{33} va^{24} ju^{24} tɕa^{33} thiaŋ^{33}
口 曰 不 会 也 得 唱
口说不会也得唱

ji^{54} vo^{24} ho^{31} paŋ^{33} ha^{54} ŋu^{33} ɕi^{54}
因 为 好 伴 开 我 心
因为好伴开我心

taŋ^{31} taŋ^{31} təŋ^{31} paŋ^{33} ho^{31} mə^{33} lia^{33}
团 团 同 伴 好 不 了
团团同伴好不尽

ȵi^{54} ȵi^{54} ȵi^{24} tshe^{33} ho^{31} mə^{33} vai^{31}
个 个 义 气 好 不 完
个个义气好得很

ta^{24} tsəi^{31} fə^{31} tshe^{33} piu^{54} haŋ^{31} ŋu^{33}
大 齐 和 气 包 涵 我
大家和气包涵我

ŋu^{33} tɕou^{24} aŋ^{54} ɕi^{54} ɕou^{24} thiaŋ^{33} kø^{54}
我 就 安 心 学 唱 歌
我就安心学唱歌

təŋ^{33} mə^{33} təŋ^{33} se^{31} zə^{35} taŋ^{24} se^{24}
动 不 动 时 一 段 事
久不久办一段事

təŋ^{33} mə^{33} təŋ^{33} se^{31} tɕho^{33} kø^{54} taŋ^{31}
动 不 动 时 看 歌 堂
久不久又看歌堂

luo^{31} tɕho^{33} kø^{54} taŋ^{31} jou^{33} tsha^{31} na^{24}
来 看 歌 堂 有 吵 闹
来看歌堂有吵闹

kø^{54} taŋ^{31} tsha^{31} na^{24} ku^{54} ɕi^{31} taŋ^{31}
歌 堂 吵 闹 家 神 堂
歌堂吵闹家神堂

vai^{31} sai^{54} kau^{31} le^{33} sai^{54} tse^{33} ɕo^{35}
原 先 古 礼 先 置 出
古礼祖辈先制出

tse^{33} ɕo^{35} kø^{54} taŋ^{31} fə^{33} ku^{54} ɕi^{31}
置 出 歌 堂 护 家 神
兴起歌堂护家神

vai^{31} sai^{54} se^{31} le^{33} mə^{33} luo^{31} le^{33}
原 先 启 礼 不 倒 礼
原先制礼不违礼

zə^{31} tɕi^{54} ɕi^{54} phai^{54} mə^{33} çaŋ^{31} vo^{31}
如 今 新 编 不 敢 维
如今新编不敢从

ləi^{31} piou^{35} mu^{24} tsu^{31} ji^{33} kuo^{54} kau^{31}
犁 面 额 锄 依 归 古
犁面笔直依旧辙

kø^{54} taŋ^{31} ji^{33} kuo^{54} kau^{31} le^{33} hi^{31}
歌 堂 依 归 古 礼 行
歌堂还依古礼行

kø^{54} taŋ^{31} ji^{33} kuo^{54} kau^{31} le^{33} tsou^{31}
歌 堂 依 归 古 礼 走
歌堂还依古礼走

ji^{33} kuo^{54} kau^{31} le^{33} fə^{33} ku^{54} ɕi^{31}
依 归 古 礼 护 家 神
还依古礼护家神

mə^{33} fə^{33} ku^{54} ɕi^{31} ɕi^{31} ȵi^{31} ɕa^{33}
不 护 家 神 怕 人 笑
不护家神怕人笑

ɕi^{31} ȵi^{31} ɕa^{33} la^{33} mə^{33} luo^{54} tɕiəŋ^{31}
怕 人 笑 俫 不 知 情
怕人笑我不知情

luo^{54} mə^{33} luo^{54} se^{31} təi^{31} vu^{31} thiaŋ^{33}
知 不 知 时 提 下 唱
若不知时提下醒

tio^{33} tɕi^{54} tio^{33} ku^{31} təi^{31} vu^{31} tou^{31}
句 真 句 假 提 下 头
若有错句请指点

phi^{35} ha^{54} ɕu^{33} tou^{31} la^{33} mə^{33} ȵe^{24}
丢 开 序 头 俫 不 要
丢开序曲我不要

ȵi^{24} lu^{35} ɕu^{33} tou^{31} no^{24} mə^{33} tɕaŋ^{31}
要 得 序 头 日 不 长
若要序曲时不足

kho^{31} nəŋ^{31} ɕu^{33} tou^{31} ti^{33} zə^{35} jaŋ^{24}
可 能 序 头 都 一 样
可能序曲都一样

kau^{31} jou^{24} mə^{33} ȵi^{31} ju^{24} və^{31} faŋ^{31}
估 计 不 要 也 无 妨
估计不要也无妨

zə^{31} tɕi^{54} se^{31} ki^{54} ŋa^{31} lu^{35} tio^{31}
如 今 时 间 挨 得 久
如今时间挨得久

khaŋ^{31} jou^{33} kø^{54} taŋ^{31} se^{24} mə^{33} thaŋ^{54}
孔 有 歌 堂 事 不 通
恐有歌堂事不通

ta^{24} hou^{31} tsau^{31} tou^{31} mu^{24} mai^{24} tɕhe^{31}
大 口 锄 头 麦 面 铲
大口锄头马面铲

fə^{33} ku^{54} ɕi^{31} kø^{54} tsəi^{35} mai^{24} luo^{31}
护 家 神 歌 接 便 来
护家神歌接续来

tɕəŋ^{31} tsai^{31} jou^{33} luo^{54} so^{33} tse^{33} tɕhəŋ^{54}
庭 前 有 莌 四 季 青
庭前有棵四季青

fə^{33} ku^{54} ɕi^{31} kø^{54} tɕou^{24} se^{31} ɕəŋ^{54}
护 家 神 歌 就 起 声
护家神歌就起声

fə^{33} ku^{54} ɕi^{31} kø^{54} se^{31} ɕəŋ^{54} thiaŋ^{33}
护 家 神 歌 起 声 唱
护家神歌起声唱

tsəi^{35} tɕi^{31} se^{31} ɕəŋ^{54} fə^{33} ku^{54} ɕi^{31}
接 着 起 声 护 家 神
接着起声护家神

no^{24} se^{33} pa^{35} ɕou^{35} la^{33} mə^{33} thiaŋ^{33}
二 十 八 宿 俫 不 唱
二十八宿我不唱

tɕi^{54} və^{33} thau^{31} tau^{24} təi^{31} vu^{31} tou^{31}
真 武 土 地 提 下 头
真武土地开个头

ɕaŋ^{54} tɕhəŋ^{31} ɕaŋ^{54}
相 请 相
相请啊

ɕaŋ^{54} tɕhəŋ^{31} tio^{31} ȵi^{31} thai^{54} tse^{31} ɕaŋ^{54}
相 请 主 人 添 纸 香
相请主人添纸香

tio^{31} ȵi^{31} thai^{54} ɕaŋ^{54} hiaŋ^{24} lio^{24} ɕo^{31}
主 人 添 香 换 绿 水
主人添香换清水

thai^{54} ɕaŋ^{54} thai^{54} tse^{31} fə^{33} ku^{54} ɕi^{31}
添 香 添 纸 护 家 神
添香添纸护家神

jaŋ^{31} tau^{24} paŋ^{33} se^{31} ji^{54} tau^{24} paŋ^{33}
阳 助 伴 时 阴 助 伴
阳助半时阴助半

tau^{24} tɕi^{31} la^{33} nəŋ^{31} fə^{33} ku^{54} ɕi^{31}
助 起 倈 男 护 家 神
助起我们护家神

tse^{24} tsəŋ^{31} paŋ^{31} kau^{31} ha^{54} thai^{54} to^{24}
自 从 盘 古 开 天 地
自从盘古开天地

ȵi^{31} ku^{54} tɕo^{24} tsu^{24} faŋ^{33} ku^{54} ɕi^{31}
人 家 住 宅 奉 家 神
家家住宅奉家神

faŋ^{33} se^{31} ku^{54} ɕi^{31} kuo^{54} tio^{31} ho^{31}
奉 起 家 神 规 矩 好
奉起家神兴得好

tɕi^{54} və^{33} fu^{54} tio^{31} ɕaŋ^{33} ɕu^{54} sai^{54}
真 武 花 主 上 家 仙
真武花主上神龛

tɕi^{54} və^{33} fu^{54} tio^{31} liaŋ^{33} pai^{54} tsa^{33}
真 武 花 主 两 边 坐
真武花主两边坐

kaŋ^{54} ji^{54} niaŋ^{31} niaŋ^{31} tsa^{33} tiaŋ^{54} jaŋ^{54}
观 音 娘 娘 坐 中 央
观音娘娘坐中央

tɕi^{54} təŋ^{31} nio^{24} nio^{33} luo^{31} tɕi^{54} tɕou^{31}
金 童 玉 女 来 斟 酒
金童玉女来斟酒

tɕi^{31} tɕi^{31} sai^{54} tiŋ^{33} kaŋ^{54} ji^{54} niaŋ^{31}
盏 盏 先 敬 观 音 娘
盏盏先敬观音娘

ɕaŋ^{24} taŋ^{31} ɕaŋ^{54} fə^{31} səŋ^{54} tɕoŋ^{54} ɕaŋ^{33}
上 堂 香 花 三 尊 像
上堂香火三尊像

fu^{33} taŋ^{31} ɕaŋ^{54} fə^{31} thau^{31} to^{24} ɕi^{31}
下 堂 香 火 土 地 神
下堂香火土地神

thau^{31} to^{24} ɕi^{31}
土 地 神
土地神

thau^{31} to^{24} vai^{31} se^{33} pa^{35} la^{31} ȵi^{31}
土 地 原 是 八 兄 人
土地原是八弟兄

thau^{31} to^{24} vai^{31} se^{33} ɕi^{54} pa^{35} la^{31}
土 地 原 是 生 八 兄
土地原是八兄弟

fi^{31} təŋ^{33} nai^{31} ke^{54} hau^{33} liaŋ^{33} ȵi^{54}
反 动 年 间 去 两 个
动乱年间逝两人

hau^{33} ha^{54} liaŋ^{33} ȵi^{54} ɕi^{24} liu^{24} la^{31}
去 开 两 个 剩 六 兄
逝去两个剩六个

thau^{31} to^{24} ɕi^{24} kuo^{54} liou^{24} la^{31} ȵi^{31}
土 地 剩 归 六 兄 人
土地剩下六弟兄

ta^{24} kø^{54} tɕo^{24} tsa^{33} tiŋ^{54} məŋ^{31} ho^{31}
大 哥 住 在 京 门 口
大哥住在京门口

səi^{33} kø^{54} tɕo^{24} tsa^{33} vai^{24} məŋ^{31} tsai^{31}
小 哥 住 在 县 门 前
小哥住在县门前

səŋ^{54} kø^{54} ɕəŋ^{31} faŋ^{31} ɕou^{31} thau^{31} to^{24}
三 哥 城 隍 守 土 地
三哥城隍守土地

so^{33} kø^{54} au^{35} luo^{31} ɕou^{31} liaŋ^{31} ɕi^{31}
四 哥 屋 里 守 龙 神
四哥家里守龙神

ŋau^{33} kø^{54} tai^{31} tou^{31} tɕiəŋ^{24} ɕo^{31} ləŋ^{31}
五 哥 田 头 定 水 胆①
五哥田头定水位

① 水胆：与前“水等”同。

tɕiəŋ^{24} lu^{35} ɕaŋ^{24} thaŋ^{54} fu^{33} ju^{31} liou^{31}
定 得 上 通 下 也 流
定得上通下也流

ɕi^{24} jou^{33} liou^{24} kø^{54} se^{33} jou^{33} te^{33}
剩 有 六 哥 是 幼 弟
剩有六哥年最幼

liou^{24} kø^{54} au^{35} luo^{31} ɕou^{31} tɕhi^{54} ŋo^{31}
六 哥 屋 里 守 春 牛
六哥家里守春牛

tsho^{35} kø^{54} pa^{35} kø^{54} nai^{31} miŋ^{24} la^{31}
七 哥 八 哥 年 命 短
七哥八哥年命短

tsou^{31} no^{24} ɕi^{54} ɕi^{54} ɕou^{31} tsau^{31} pəŋ^{31}
走 进 深 山 守 祖 坟
葬入深山守祖坟

ɕi^{54} fəŋ^{31} tou^{31} ɕaŋ^{24} jou^{33} tiou^{24} thau^{31}
新 坟 头 上 有 旧 土
新坟头上有旧土

tiou^{24} fəŋ^{31} tou^{31} ɕaŋ^{24} jou^{33} hau^{54} mio^{31}
旧 坟 头 上 有 枯 茅
旧坟头上茅草枯

pa^{35} ŋue^{31} mio^{31} hau^{54} paŋ^{33} ju^{24} fə^{31}
八 月 茅 枯 放 夜 火
八月草枯夜失火

tsou^{31} lu^{35} tou^{31} phiu^{54} kuo^{33} ju^{24} lio^{31}
走 得 头 抛 辫 又 流
跑得头蓬辫散开

tsou^{31} lu^{35} tou^{31} phiu^{54} kuo^{33} ju^{24} ɕe^{33}
走 得 头 抛 辫 也 散
跑得头蓬辫又散

tou^{31} phiu^{54} kuo^{33} ɕe^{33} ɕou^{31} tsau^{31} fəŋ^{31}
头 抛 辫 散 守 祖 坟
头蓬辫散守祖坟

ɕou^{31} lu^{35} tsau^{31} fəŋ^{31} ɕi^{54} tiŋ^{54} təŋ^{33}
守 得 祖 坟 心 惊 动
守得祖坟心惊动

mə^{33} luo^{54} nai^{33} ŋue^{24} tɕi^{54} mə^{33} tɕi^{54}
不 知 年 月 真 不 真
不知年月真不真

nai^{33} ŋue^{24} tɕi^{54} te^{54} ho^{31} pi^{24} se^{24}
年 月 真 了 好 办 事
年月真了好办事

zə^{24} se^{31} tɕi^{54} te^{54} so^{33} tɕo^{33} thaŋ^{54}
日 时 真 了 四 柱 通
时日真了四柱通

so^{33} tɕo^{33} tsəi^{31} te^{54} ho^{31} tɕhua^{54} saŋ^{33}
四 柱 齐 了 好 推 算
四柱齐了好推算

ȵi^{31} ɕi^{54} zə^{35} se^{33} saŋ^{33} ɕo^{35} luo^{31}
人 生 一 世 算 出 来
人生一世算出来

tɕi^{54} və^{33} tɕi^{54}
真 武 君
真武君

tɕi^{54} və^{33} vai^{31} se^{31} ku^{24} ɕi^{31} ɕi^{54}
真 武 原 是 甲 辰 生
真武原是甲辰生

tɕi^{54} və^{33} vai^{31} se^{31} ku^{24} ɕi^{31} jaŋ^{33}
真 武 原 是 甲 辰 养
真武原是甲辰养

ŋau^{33} ŋue^{24} tshau^{54} ŋau^{33} ŋau^{33} se^{31} ɕi^{54}
五 月 初 五 午 时 生
五月初五午时生

və^{24} ŋau^{33} nai^{31} ke^{54} hau^{33} ɕou^{24} ɕou^{35}
戊 午 年 间 去 学 法
戊午年间去学法

və^{33} laŋ^{54} ɕi^{54} ɕaŋ^{24} ɕou^{24} ɕou^{54} he^{31}
武 当 山 上 学 修 行
武当山上苦修行

ɕou^{54} he^{31} səŋ^{54} nai^{31} səŋ^{54} khou^{33} ŋue^{35}
修 行 三 年 三 个 月
修行三年三个月

tɕi^{54} və^{33} fu^{33} ɕi^{54} kø^{33} ta^{24} thi^{54}
真 武 下 山 过 大 滩
真武下山过大滩

hau^{33} luo^{31} ta^{24} thi^{54} kø^{33} mə^{33} luo^{35}
去 到 大 滩 过 不 得
去到大滩过不得

thiu^{31} kau^{31} maŋ^{31} təŋ^{31} pia^{54} kø^{33} thi^{54}
扯 支 芒 筒 漂 过 滩
扯根苇秆漂过滩

kuo^{54} ku^{33} maŋ^{31} təŋ^{31} ləi^{54} ku^{33} kai^{31}
高 架 芒 筒 低 架 枧
高架苇秆低架枧

zə^{35} tɕiu^{24} tiaŋ^{31} pəŋ^{54} thio^{54} kø^{33} tiaŋ^{54}
一 阵 强 风 吹 过 江
一阵强风吹过江

thəi^{35} tɕaŋ^{31} lau^{31} tou^{31} ɕi^{54} ku^{33} kø^{33}
铁 匠 炉 头 山 架 过
铁匠炉头新架过

ɕi^{54} li^{31} tɕaŋ^{31} ɕaŋ^{54} tɕaŋ^{33} no^{24} tɕaŋ^{31}
新 打 长 抢 丈 二 长
新打长枪丈二长

pa^{35} vi^{24} tiaŋ^{31} piŋ^{54} pu^{31} mə^{33} se^{31}
八 万 强 兵 把 不 起
八万强兵拿不起

tɕi^{54} və^{33} luo^{31} luo^{31} pu^{31} se^{31} çe^{31}
真 武 到 来 把 起 行
真武到来拿起抡

pu^{31} ɕaŋ^{33} ɕaŋ^{24} vai^{31} ɕou^{33} zə^{35} ɕou^{33}
把 向 上 园 试 一 试
拿到上园试一试

pu^{31} fu^{33} fu^{24} vai^{31} ɕou^{24} ɕou^{35} çe^{31}
把 下 下 园 学 法 行
拿到下园学法行

ɕo^{35} kuo^{54} ta^{24} ha^{54} tse^{33} zə^{35} fa^{35}
出 归 大 河 置 一 法
出到河边创一法

tsa^{35} tɕe^{31} kuo^{54} ɕu^{31} tia^{35} fu^{33} tɕhuai^{54}
抓 住 龟 蛇 脚 下 穿
抓起龟蛇脚下穿

tsa^{33} tia^{35} la^{31} kuo^{54} jou^{24} tia^{35} se^{31}
左 脚 踩 龟 右 脚 起
左脚踏龟右脚起

jou^{24} tia^{35} la^{31} ɕu^{31} tsa^{33} tia^{35} tɕhuai^{54}
右 脚 踩 蛇 左 脚 穿
右脚踩蛇左脚缠

tɕi^{54} təŋ^{31} nio^{24} nio^{33} luo^{31} ɕaŋ^{54} tau^{24}
金 童 玉 女 来 相 助
金童玉女来相助

vi^{24} kau^{31} liu^{31} miŋ^{31} tɕuai^{31} se^{33} ki^{54}
万 古 留 名 传 世 间
万古留名传世间

tɕi^{54} və^{33} vai^{31} se^{31} fa^{35} liŋ^{24} ta^{24}
真 武 原 是 法 令 大
真武只因法令大

tɕi^{54} lia^{33} kaŋ^{54} ji^{54} ɕaŋ^{54} tai^{24} taŋ^{31}
争 了 观 音 香 殿 堂
争了观音香殿堂

kaŋ^{54} ji^{54} mə^{33} fə^{31} hau^{33} kuo^{33} tsaŋ^{24}
观 音 不 服 去 告 状
观音不服去告状

kuo^{33} tɕi^{31} tɕi^{54} və^{33} ɕou^{31} la^{33} ku^{54}
告 起 真 武 手 带 枷
告得真武手戴枷

kuo^{33} tɕi^{31} tɕi^{54} və^{33} lau^{31} tiaŋ^{54} tsa^{33}
告 起 真 武 牢 中 坐
告得真武牢中坐

kaŋ^{54} ji^{54} tsha^{35} ɕou^{31} ɕo^{35} ɕəŋ^{31} məŋ^{31}
观 音 措 手 出 城 门
观音拄杖出城门

ta^{24} vo^{31} səi^{54} liŋ^{33} fə^{33} tɕhuai^{54} ɕəŋ^{31}
大 维 西 岭 富 川 城
大围西岭富川城

niai^{31} se^{54} tshu^{35} tse^{24} paŋ^{33} fu^{54} piŋ^{31}
吟 诗 拆 字 伴 花 瓶
吟诗拆字伴花瓶

niai^{31} se^{54} tshu^{35} tse^{24} mə^{33} va^{24} thiaŋ^{33}
吟 诗 拆 字 不 会 唱
吟诗拆字我不唱

mə^{33} nəŋ^{54} maŋ^{31} me^{24} tsau^{31} kəŋ^{54} miŋ^{31}
不 给 磨 灭 祖 公 名
不给磨灭祖宗名

maŋ^{31} me^{24} tsau^{31} kəŋ^{54} jou^{33} ȵi^{31} vo^{24}
磨 灭 祖 公 有 人 曰
磨灭祖公有人骂

maŋ^{31} me^{24} tsau^{31} kəŋ^{54} jou^{33} ȵi^{31} te^{31}
磨 灭 祖 公 有 人 弹
磨灭祖公有人责

pəŋ^{31} tse^{24} la^{33} kuo^{54} pəŋ^{31} tse^{24} thiaŋ^{33}
逢 字 对 归 逢 字 唱
拼字要对拼字唱

tshu^{35} tse^{24} la^{33} kuo^{54} tshu^{35} tse^{24} se^{54}
拆 字 对 归 拆 字 诗
拆字对应拆字诗

ləi^{54} ɕo^{35} ləŋ^{54} pai^{54} jaŋ^{31} liu^{33} zə^{54}
日 出 东 边 杨 柳 叶
日出东边杨柳叶

ɕu^{54} fa^{54} pəŋ^{31} au^{35} ho^{31} niai^{31} se^{54}
石 灰 粉 屋 好 言 诗
石灰刷墙好题诗

ləi^{54} se^{54} niai^{31} ɕaŋ^{33} kuo^{54} se^{54} kha^{33}
低 诗 吟 向 高 诗 看
浅诗吟向高才看

kuo^{54} se^{54} niai^{31} ɕo^{35} ha^{31} liaŋ^{31} vaŋ^{31}
高 诗 言 出 海 龙 王
高才吟出海龙王

ha^{31} lai^{31} liaŋ^{31} vaŋ^{31} tiai^{31} tia^{35} tse^{31}
海 底 龙 王 缠 脚 子
海底龙王缠双脚

liaŋ^{31} tiai^{31} tia^{35} tse^{31} faŋ^{54} tiai^{31} ɕi^{54}
龙 缠 脚 子 凤 缠 身
龙缠双脚凤缠身

mo^{24} paŋ^{31} ɕo^{31} tshai^{31} hi^{33} thai^{54} fu^{33}
墨 盘 水 浅 行 天 下
砚台墨浅行天下

po^{35} fu^{33} vu^{31} tiaŋ^{54} tɕuai^{31} se^{33} ki^{54}
笔 下 文 章 传 世 间
笔下文章传世间

tɕi^{54} ɕi^{54} tsou^{24} fə^{33} thai^{54} po^{31} təŋ^{33}
真 心 作 福 天 皮 动
真心作赋九霄震

pu^{31} po^{35} niai^{31} se^{54} to^{24} po^{31} ha^{54}

把 笔 言 诗 地 皮 惊

把笔吟诗大地开

zə^{35} saŋ^{54} se^{54} tse^{31} luo^{24} se^{54} tɕhou^{54}

一 双 狮 子 立 诗 秋

一双狮子立春秋

ho^{31} ɕi^{54} fəŋ^{54} fə^{33} la^{33} nəŋ^{31} jou^{54}

好 心 吩 咐 倈 男 忧

好心吩咐我们忧

he^{31} niai^{31} mə^{33} tiaŋ^{31} au^{35} niai^{31} fo^{24}

行 言 不 讲 恶 言 话

善人不讲恶言语

tiaŋ^{31} se^{31} au^{35} niai^{31} luo^{31} liou^{33} tio^{54}

讲 起 恶 言 到 柳 州

讲起恶言到柳州

hau^{33} luo^{31} liou^{33} tio^{54} ŋou^{31} ŋi^{31} tau^{24}

去 到 柳 州 牛 岩 地

去到柳州蛮荒地

ɕi^{54} ɕi^{54} pu^{35} lia^{31} thəi^{31} nəŋ^{31} jou^{54}

深 山 百 鸟 替 男 忧

深山百鸟替我忧

jou^{54} kaŋ^{54} vai^{31} luo^{24} fo^{54} zə^{31} mo^{33}

忧 官 原 利 飞 如 马

为官利害是非多

la^{33} fə^{33} ku^{54} ɕi^{31} mə^{33} luo^{31} tou^{31}

俫 护 家 神 不 到 头

我护家神不到头

lai^{31} zə^{24} lai^{31}

莲 叶 连

莲叶连

fə^{33} ku^{54} ɕi^{31} kø^{54} saŋ^{33} thiaŋ^{33} vai^{31}

护 家 神 歌 算 唱 完

护家神歌算唱完

fə^{33} ku^{54} ɕi^{31} kø^{54} saŋ^{33} thiaŋ^{33} lia^{33}

护 家 神 歌 算 唱 了

没唱齐全算唱了

hou^{31} vu^{24} mə^{33} vai^{31} saŋ^{33} thiaŋ^{33} vai^{31}

口 曰 不 完 算 唱 完

口说不完也唱完

hou^{31} vu^{24} mə^{33} vai^{31} saŋ^{33} thiaŋ^{33} lia^{33}

口 曰 不 完 算 唱 了

口说不全算唱全

la^{33} mə^{33} luo^{54} kø^{54} saŋ^{33} thiaŋ^{33} vai^{31}

俫 不 知 歌 算 唱 完

我不知歌算唱完

luo^{54} luo^{54} kə^{33} ȵe^{31} la^{54} thiaŋ^{33} le^{33}

知 道 的 人 多 唱 些

知道的人多唱些

se^{33} la^{33} mə^{33} luo^{54} laŋ^{31} laŋ^{31} təi^{31}
是 倈 不 知 短 短 提
是我不懂缩短唱

laŋ^{31} laŋ^{31} təi^{31} tou^{31} ȵi^{31} luo^{54} luo^{54}
短 短 提 条 人 知 道
缩短唱支人知道

ȵi^{31} ju^{31} luo^{54} la^{33} mə^{33} luo^{54} kø^{54}
人 也 知 倈 不 知 歌
人也知我不知歌

təŋ^{31} jou^{31} la^{24} zə^{33} mə^{33} ɕəŋ^{31} me^{33}
桐 油 落 叶 不 成 麽
桐油落叶不成树

fə^{33} ku^{54} ɕi^{31} kø^{54} mə^{33} ɕəŋ^{31} tou^{31}
护 家 神 歌 不 成 条
护家神歌不完整

tsa^{33} pai^{54} zə^{35} phai^{35} mə^{33} ɕəŋ^{31} tse^{24}
左 边 一 丿 不 成 字
左边一撇不成字

jou^{24} pai^{54} zə^{35} phai^{35} tiaŋ^{24} ɕəŋ^{31} ȵi^{31}
右 边 一 乀 共 成 人
右边一捺共成人

ȵi^{31} tse^{24} tou^{33} luo^{31} aŋ^{54} vaŋ^{31} tse^{24}
人 字 肚 里 安 王 字
人字肚里安王字

fə^{33} ku^{54} ɕi^{31} kø^{54} thiaŋ^{33} mə^{33} tɕuai^{31}
护 家 神 歌 唱 不 全
护家神歌唱不全

se^{24} tse^{24} tɕaŋ^{33} te^{54} se^{24} tse^{24} ɕai^{31}
十 字 将 了 十 字 形
十字像了十字形

tɕo^{33} tse^{24} nəŋ^{54} luo^{31} tia^{35} fu^{33} vai^{31}
具 字 给 来 脚 下 元
具字并来脚下悬

se^{24} tse^{24} tsa^{33} tou^{31} tɕo^{33} tsa^{33} tia^{35}
十 字 在 头 具 在 脚
十字在头具在脚

fə^{33} ku^{54} ɕi^{31} kø^{54} thiaŋ^{33} mə^{33} tɕi^{54}
护 家 神 歌 唱 不 真
领头开言唱不真

zə^{35} po^{35} ɕu^{31} ɕəŋ^{31} se^{33} paŋ^{33} hou^{31}
一 笔 写 成 是 半 口
一笔写成半边口

jaŋ^{24} tse^{24} ɕu^{31} luo^{31} tia^{35} fu^{33} aŋ^{54}
用 字 写 来 脚 下 安
用字写来脚下安

tsou^{31} nio^{33} li^{31} hi^{31} tia^{35} fu^{33} kø^{33}
走 尔 打 行 脚 下 过
走之打从脚下过

fə^{33} ku^{54} ɕi^{31} kø^{54} thiaŋ^{33} mə^{33} thaŋ^{54}
护 家 神 歌 唱 不 通
护家神歌唱不通

thiaŋ^{33} mə^{33} thaŋ^{54} se^{31} mə^{33} ɕa^{33} la^{33}
唱 不 通 时 不 笑 倈
唱不通时不笑我

mə^{33} tɕi^{54} mə^{33} tɕuai^{31} piu^{54} haŋ^{31} nəŋ^{31}
不 真 不 全 包 涵 男
不真不全包涵我

zə^{35} luo^{31} piu^{54} tɕe^{31} la^{33} ɕəŋ^{54} thio^{31}
一 来 包 着 倈 声 丑
一来包着我声丑

no^{24} luo^{31} piu^{54} tɕe^{31} kø^{54} piŋ^{31} ɕaŋ^{31}
二 来 包 着 歌 平 常
二来包涵歌平常

tɕhəŋ^{54} tou^{31} ȵi^{31} la^{54} mə^{33} tɕhi^{31} ɕa^{33}
清 头 人 多 不 耻 笑
厅堂人多不耻笑

liou^{24} tɕhi^{54} pu^{35} fu^{35} piu^{54} haŋ^{31} nəŋ^{31}
六 亲 百 客 包 涵 男
六亲百客包涵我

vai^{31} liaŋ^{24} la^{33} saŋ^{54} zə^{35} ju^{33} kø^{33}
原 谅 倈 双 一 夜 过
原谅我们一夜过

piu^{54} haŋ^{31} la^{33} saŋ^{54} tɕho^{33} kø^{54} taŋ^{31}
包 涵 倈 双 看 歌 堂
包涵我们看歌堂

laŋ^{31} laŋ^{31} thiaŋ^{33}
短 短 唱
短短唱

laŋ^{31} laŋ^{31} tou^{31} kø^{54} tɕoŋ^{33} paŋ^{33} nəŋ^{31}
短 短 条 歌 尊 伴 男
唱支短歌传同伴

tɕoŋ^{33} kø^{33} təŋ^{31} paŋ^{33} jou^{33} zə^{35} no^{24}
尊 过 同 伴 有 一 二
传过同伴有一二

jou^{33} zə^{35} jou^{33} no^{24} tɕho^{33} kø^{54} taŋ^{31}
有 一 有 二 看 歌 堂
有一有二看歌堂

hou^{31} tshe^{54} pai^{54} luo^{31} tɕa^{24} mə^{33} tɕa^{24}
口 吃 边 梨 嚼 不 嚼
口吃槟榔嚼不嚼

se^{33} mə^{33} əi^{54} jaŋ^{24} tɕoŋ^{54} paŋ^{33} nəŋ^{31}
是 否 这 样 尊 伴 们
是否这样传同伴

tiaŋ^{31} fu^{33} mə^{33} tɕa^{24} nəŋ^{31} tiaŋ^{31} kø^{33}
讲 话 不 对 能 讲 过
讲话不对可更正

tɕoŋ^{54} paŋ^{33} mə^{33} tɕa^{24} saŋ^{54} kø^{33} liaŋ^{31}
尊 伴 不 对 商 过 量
传伴不对再商量

七、请舅爷歌

hou^{31} tshe^{54} pai^{54} luo^{31} jou^{24} se^{33} tɕa^{24}
口 吃 边 梨 也 是 嚼
口嚼槟榔也是对

tiŋ^{33} se^{33} əi^{54} jaŋ^{24} tɕoŋ^{54} la^{33} nəŋ^{31}
正 是 这 样 尊 俫 男
正是这样传我们

tiaŋ^{31} fu^{33} tɕa^{24} te^{54} mə^{33} la^{54} tiaŋ^{31}
讲 话 对 了 不 多 讲
讲话对了不多讲

tɕoŋ^{54} la^{33} tɕa^{24} te^{54} mə^{33} ɕaŋ^{54} liaŋ^{31}
尊 俫 对 了 不 商 量
传我对了不商量

la^{33} tsa^{33} tɕhəŋ^{54} tou^{31} lu^{35} tɕhəŋ^{33} tɕe^{31}
俫 在 清 头 得 听 着
我在厅堂得听着

tɕhəŋ^{33} tɕe^{31} tou^{31} taŋ^{31} fəŋ^{54} fə^{33} nəŋ^{31}
听 着 头 团 吩 咐 男
听着头团吩咐我

fəŋ^{54} fə^{33} la^{33} nəŋ^{31} hau^{33} tɕhiəŋ^{33} tio^{33}
吩 咐 俫 男 去 请 舅
吩咐我们去请舅

tɕhiəŋ^{33} ɕo^{35} tio^{33} ju^{31} tsa^{33} tɕhəŋ^{54} tou^{31}

请 出 舅 爷 坐 清 头

请出舅爷坐厅堂

tou^{31} taŋ^{31} ji^{33} tou^{31} ji^{33} lu^{35} ho^{31}

头 团 引 头 引 得 好

头团引头引得好

tɕi^{31} tɕiu^{24} ai^{54} kø^{54} thiaŋ^{33} lu^{35} tɕuai^{31}

感 谢 烟 歌 唱 得 全

感谢烟歌唱得全

no^{24} taŋ^{31} təŋ^{31} paŋ^{33} jou^{33} zə^{35} no^{24}

二 团 同 伴 有 一 二

二团同伴有一二

aŋ^{54} ɕa^{54} ȵi^{31} kø^{54} thiaŋ^{33} lu^{35} tɕi^{54}

安 削 人 歌 唱 得 真

安肃人歌唱得真

səŋ^{54} taŋ^{31} ɕou^{24} se^{24} ju^{24} kuo^{33} ho^{31}

三 团 熟 悉 也 够 好

三团熟悉也够好

tɕhəŋ^{31} liu^{31} səŋ^{31} kø^{54} thiaŋ^{33} lu^{35} thaŋ^{54}

请 刘 三 歌 唱 得 通

请刘三歌唱得通

so^{33} taŋ^{31} luo^{54} ɕi^{54} jou^{33} tɕəŋ^{31} luo^{31}

四 团 知 心 有 情 理

四团知心有情理

zə^{35} tɕəŋ^{31} zə^{35} luo^{31} fə^{33} ku^{54} ɕi^{31}
一 情 一 理 护 家 神
有情有理护家神

tsou^{31} sai^{54} taŋ^{31} taŋ^{31} thiaŋ^{33} kuo^{33} ho^{31}
走 先 团 团 唱 够 好
先头团团唱够好

thiaŋ^{33} lu^{35} tɕuai^{31} se^{31} thiaŋ^{33} lu^{35} tɕi^{54}
唱 得 全 时 唱 得 真
唱得全时唱得真

jou^{33} zə^{35} jou^{33} no^{24} thiaŋ^{33} fu^{33} mo^{33}
有 一 有 二 唱 下 尾
有一有二唱下底

taŋ^{31} taŋ^{31} ho^{31} kø^{54} thiaŋ^{33} lu^{35} thaŋ^{54}
团 团 好 歌 唱 得 通
团团好歌唱得通

thiaŋ^{33} lu^{35} tɕhəŋ^{54} tou^{31} ȵi^{31} la^{54} tɕhəŋ^{33}
唱 得 清 头 人 多 听
唱得厅堂人多听

ȵi^{54} ȵi^{54} tɕhəŋ^{33} te^{54} fə^{24} lia^{33} ɕi^{54}
个 个 听 了 合 了 心
个个听了都合心

aŋ^{54} fa^{31} luo^{31} te^{54} la^{33} ta^{24} ȵi^{54}
这 回 到 了 我 自 己
这回到了我自己

luo^{31} te^{54} ta^{24} ȵi^{54} tɕhəŋ^{31} tiou^{33} jo^{31}
到 了 自 己 请 舅 爷
到了自己请舅爷

la^{33} hau^{33} tɕhəŋ^{31} tiou^{33} mə^{33} luo^{54} le^{33}
俫 去 请 舅 不 知 礼
我去请舅不知礼

mə^{33} luo^{54} le^{33} mau^{24} kai^{33} vo^{31} ȵi^{31}
不 知 礼 貌 见 为 难
不知礼貌见为难

hou^{31} vu^{24} vo^{31} ȵi^{31} ju^{24} tɕa^{33} tɕhəŋ^{31}
口 曰 为 难 也 要 请
口说为难也要请

tse^{31} vaŋ^{24} tiou^{33} jo^{31} vai^{31} liaŋ^{24} nəŋ^{31}
指 望 舅 爷 原 谅 男
希望舅爷原谅男

təŋ^{33} mə^{33} təŋ^{33} se^{31} zə^{35} taŋ^{24} se^{24}
动 不 动 时 一 段 事
久不久办一段事

təŋ^{33} mə^{33} təŋ^{33} se^{31} tɕho^{33} kø^{54} taŋ^{31}
动 不 动 时 看 歌 堂
动不动又看歌堂

liou^{24} tɕhi^{54} pu^{35} fu^{35} tiou^{33} vo^{31} te^{24}
六 亲 百 客 舅 为 大
六亲百客舅为大

kø^{54} taŋ^{31} tiŋ^{33} tɕhəŋ^{31} tiou^{33} jo^{31} luo^{31}
歌 堂 正 请 舅 爷 来
歌堂正请舅爷来

mə^{33} tɕhəŋ^{31} tiou^{33} jo^{31} ȵi^{31} ɕa^{33} la^{33}
不 请 舅 爷 人 笑 俫
不请舅爷人笑我

ȵi^{31} ɕa^{33} la^{33} saŋ^{54} mə^{33} luo^{54} tɕəŋ^{31}
人 笑 俫 双 不 知 情
人笑我俩不懂理

vai^{31} sai^{54} kau^{31} ȵi^{31} sai^{54} tse^{33} ɕo^{35}
原 先 古 人 先 置 出
过去古人先制出

tse^{33} ɕo^{35} kø^{54} taŋ^{31} tɕhəŋ^{31} tiou^{33} jo^{31}
置 出 歌 堂 请 舅 爷
兴起歌堂请舅爷

vai^{31} sai^{54} se^{31} le^{33} mə^{33} luo^{31} le^{33}
原 先 起 礼 不 倒 礼
原先制礼不违礼

zə^{31} tɕi^{54} ɕi^{54} phəi^{54} mə^{33} kaŋ^{31} vo^{31}
如 今 新 编 不 敢 维
如今新编不敢唱

ləi^{31} piou^{35} mu^{33} tau^{31} ji^{33} kuo^{54} kau^{31}
犁 面 额 锄 依 归 古
犁壁前头循旧路

kø^{54} taŋ^{31} ji^{33} kuo^{54} kau^{31} le^{33} he^{31}
歌 堂 依 归 古 礼 行
歌堂依回古礼行

kø^{54} taŋ^{31} ji^{33} kuo^{54} kau^{31} le^{33} tsou^{31}
歌 堂 依 归 古 礼 走
歌堂依回古礼走

ji^{33} kuo^{54} kau^{31} le^{33} tɕhəŋ^{31} tiou^{33} jo^{31}
依 归 古 礼 请 舅 爷
依回古礼请舅爷

luo^{54} mə^{33} luo^{54} se^{31} təi^{31} vu^{31} thiaŋ^{33}
知 不 知 时 提 下 唱
若不知时提醒唱

tɕa^{24} mə^{33} tɕa^{24} se^{31} təi^{31} vu^{31} tou^{31}
对 不 对 时 提 下 头
若不对时引个头

tɕhəŋ^{54} tou^{31} ȵi^{31} la^{54} vai^{31} liaŋ^{24} la^{33}
清 头 人 多 原 谅 倈
厅堂人多原谅我

la^{33} tɕhəŋ^{31} tiou^{31} jo^{31} piu^{54} haŋ^{31} nəŋ^{31}
我 请 舅 爷 包 涵 男
我请舅爷包涵我

phi^{35} ha^{54} ɕu^{33} tou^{31} la^{33} mə^{33} ȵe^{24}
丢 开 序 头 倈 不 要
丢开序曲我不要

mə³³ ȵe²⁴ ɕu³³ tou³¹ tɕhəŋ³¹ tiou³¹ jo³¹
不 要 序 头 请 舅 爷
不要序曲请舅爷

ȵe²⁴ lu³⁵ ɕu³³ tou³¹ no²⁴ mə³³ ləŋ³¹
要 得 序 头 日 不 等
要得序曲时不待

no²⁴ tse³¹ mə³³ ləŋ³¹ tɕho³³ kø⁵⁴ taŋ³¹
日 子 不 等 看 歌 堂
时间不多看歌堂

ta²⁴ hou³¹ tau³¹ tou³¹ mu²⁴ mai²⁴ tɕhe³¹
大 口 锄 头 麦 面 铲
大口锄头马面铲

tɕhəŋ³¹ tiou³¹ jo³¹ kø⁵⁴ mu²⁴ mai²⁴ luo³¹
请 舅 爷 歌 麦 面 来
请舅爷歌直接来

ŋue²⁴ liaŋ³¹ ŋue²⁴ ji⁵⁴ ji⁵⁴
月 亮 月 阴 阴
月亮光朦朦

pa³⁵ tia³⁵ vo³⁵ tou³¹ həŋ⁵⁴ ɕou³¹ tɕi⁵⁴
八 脚 维 头① 空② 手 巾
八脚维头织手巾

① 维头：织手巾的工具。
② 空：织。

te^{24} tse^{24} $ɕou^{31}$ $tɕi^{54}$ luo^{31} $ɕaŋ^{33}$ lau^{24}
大 字 手 巾 来 上 路
大字手巾来上路

sai^{33} tse^{24} $ɕou^{31}$ $tɕi^{54}$ luo^{31} $ɕaŋ^{33}$ $tɕhəŋ^{54}$
小 字 手 巾 来 上 清
小字手巾来上厅

pu^{31} $ɕaŋ^{33}$ $tɕhəŋ^{54}$
把 上 清
手拿毛巾上厅堂

la^{33} $tɕhəŋ^{54}$ $tiou^{31}$ jo^{31} $tɕou^{24}$ se^{31} $ɕəŋ^{54}$
倈 请 舅 爷 就 起 声
我请舅爷就起声

se^{31} $ɕəŋ^{54}$ $thiaŋ^{33}$
起 声 唱
起声唱

$tsəi^{35}$ $tɕi^{31}$ se^{31} $ɕəŋ^{54}$ $tɕhəŋ^{54}$ $tiou^{31}$ jo^{31}
接 着 起 声 请 舅 爷
接着起声请舅爷

$ɕu^{24}$ $ɕi^{54}$ tou^{31} $ɕaŋ^{24}$ $səŋ^{54}$ luo^{54} mau^{24}
石 山 头 上 三 蔸 木
石山头上三棵树

$tiaŋ^{54}$ ji^{54} jou^{33} luo^{54} $tɕa^{24}$ $təŋ^{31}$ $tiai^{31}$
中 间 有 蔸 着 桐 缠
中间有棵好梧桐

tiaŋ^{54} ki^{54} jou^{33} luo^{54} təŋ^{31} tiai^{31} mau^{24}
中 间 有 苋 桐 缠 木
中间有棵梧桐树

luo^{31} luo^{31} təŋ^{31} tiai^{31} kuo^{35} li^{31} ɕuai^{31}
砍 倒 桐 缠 造 麟 船
砍倒梧桐造龙船

ɕi^{54} kuo^{35} li^{31} ɕuai^{31} paŋ^{33} fu^{35} ɕo^{31}
新 造 麟 船 放 下 水
新造龙船放下水

ɕo^{31} tou^{31} thu^{54} thu^{54} luo^{31} ki^{33} ɕi^{54}
水 子 滔 滔 进 监 山①
水儿滔滔到山涧

luo^{31} hau^{33} ki^{33} ɕi^{54} ɕo^{31} mə^{33} təŋ^{33}
进 去 监 山 水 不 动
进到山涧水不动

luo^{31} hau^{33} ki^{33} ɕi^{54} ɕo^{31} mə^{33} lio^{31}
进 去 监 山 水 不 流
进到山涧水不流

ɕo^{31} tou^{31} mə^{33} lio^{31} məŋ^{24} ɕo^{31} lau^{24}
水 子 不 流 问 水 路
水儿不流问水路

① 监山：有水路的山坳。

mau^{24} jou^{33} kəŋ^{54} ɕo^{54} məŋ^{24} mau^{24} vai^{31}
木 有 根 须 问 木 园
树有根须问林园

mau^{24} tou^{31} vai^{31} se^{31} kəŋ^{54} lo^{54} ɕo^{35}
木 子 原 是 根 蔸 出
树儿原是根须出

na^{33} niaŋ^{31} vai^{31} se^{31} tiou^{33} au^{35} luo^{31}
奶 娘 原 是 舅 屋 来
母亲原是舅家来

ɕi^{54} li^{31} ŋi^{31} hau^{31} hau^{33} luo^{31} ɕo^{31}
新 打 银 壶 去 拿 水
新打银壶去汲水

luo^{31} ɕo^{31} təi^{24} kuo^{54} ɕo^{31} vai^{31} tou^{31}
拿 水 寻 归 水 源 头
汲水寻回水源头

sai^{54} jou^{33} ɕo^{31} vai^{31} jou^{33} ɕo^{31} lau^{24}
先 有 水 源 有 水 路
先有水源有水路

sai^{54} jou^{33} tiou^{54} ku^{54} jou^{33} ŋəi^{24} ɕi^{54}
先 有 舅 家 有 外 甥
先有舅家有外甥

tau^{24} ɕuai^{31} nai^{24} kø^{54} ɕo^{31} lau^{24} zə^{33}
渡 船 念 归 水 路 意
渡船感念水载船

zə^{24} ɕo^{31} mə^{33} maŋ^{31} va^{35} tɕəŋ^{31} ȵe^{31}
吃 水 不 忘 挖 井 人
吃水不忘挖井人

ɕou^{33} tsa^{31} mə^{33} taŋ^{33} ki^{33} ɕi^{54} lau^{24}
秀 才 不 断 更 新 路
秀才不断上进路

vəi^{24} ɕi^{54} mə^{33} taŋ^{33} tiou^{33} au^{35} tɕəŋ^{31}
外 甥 不 断 舅 屋 情
外甥不断舅家情

ɕi^{54} kuo^{35} ta^{24} məŋ^{31} liaŋ^{33} ɕai^{31} kiu^{54}
新 造 大 门 两 槁 关
新造大门两扇关

na^{33} niaŋ^{31} ji^{54} tiou^{33} ŋa^{35} kuo^{35} tɕhi^{54}
奶 娘 与 舅 挨 骨 亲
母亲与舅骨肉亲

na^{33} niaŋ^{31} ji^{54} tiou^{33} tɕhi^{54} liaŋ^{33} la^{31}
奶 娘 与 舅 亲 两 兄
母亲与舅亲骨肉

mə^{33} tɕhəŋ^{31} tiou^{33} jo^{31} tɕhəŋ^{31} lau^{35} ȵi^{54}
不 请 舅 爷 请 哪 个
不请舅爷请哪个

mə^{33} tɕhəŋ^{31} tiou^{33} jo^{31} mo^{33} te^{24} fu^{35}
不 请 舅 爷 没 大 客
不请舅爷没主客

mə^{33} tɕhəŋ^{31} tiou^{33} jo^{31} mə^{33} te^{24} tɕhi^{54}

没 请 舅 爷 没 大 亲

没请舅爷没大亲

la^{33} tsa^{33} tɕhəŋ^{54} tou^{31} niai^{31} zə^{35} niai^{31}

俫 在 清 头 言 一 言

我在厅堂言一言

tɕhəŋ^{54} tse^{24} nəŋ^{54} luo^{31} liaŋ^{33} ɕaŋ^{54} lai^{31}

青 字 给 来 两 相 连

青字并来两相连

niai^{31} ji^{54} tɕhəŋ^{54} tse^{24} saŋ^{54} saŋ^{54} tsə^{33}

言 与 青 字 双 双 站

言与青字双双站

tshu^{35} tse^{24} thiaŋ^{33} tou^{31} tɕhəŋ^{31} tiou^{33} jo^{31}

拆 字 唱 条 请 舅 爷

拆字唱歌请舅爷

tɕhəŋ^{31} ɕo^{35} tiou^{33} jo^{31} tɕhəŋ^{54} tou^{31} tsa^{33}

请 出 舅 爷 清 头 坐

请出舅爷厅堂坐

tɕhəŋ^{54} tou^{31} tsa^{33} fu^{33} ha^{54} zə^{35} niai^{31}

清 头 坐 下 开 一 言

厅堂坐下开一言

ha^{54} zə^{35} niai^{31} se^{31} tiaŋ^{31} zə^{35} tio^{33}

开 一 言 时 讲 一 句

开一言时讲一句

vəi^{24} ɕi^{54} kø^{54} taŋ^{31} lau^{35} jaŋ^{24} vo^{31}
外 甥 歌 堂 哪 样 维
外甥歌堂怎样围

vəi^{24} ɕi^{54} kø^{54} taŋ^{31} lau^{35} jaŋ^{24} se^{35}
外 甥 歌 堂 那 样 是
外甥歌堂怎样做

lau^{35} jaŋ^{24} nəŋ^{54} luo^{31} tɕho^{33} taŋ^{24} vai^{31}
哪 样 给 来 看 段 完
怎样圆满酬乡亲

kaŋ^{31} se^{54} ma^{33} liaŋ^{54} mai^{31} həŋ^{31} tse^{31}
广 西 买 张 棉 红 纸
广西买张棉红纸

piŋ^{31} la^{24} ji^{33} ɕi^{54} ma^{33} mo^{24} paŋ^{31}
平 乐 印 山 买 墨 盘
平乐印山买墨盘

ma^{33} se^{31} mou^{24} tou^{31} pəi^{24} tɕi^{31} po^{35}
磨 起 墨 子 别 起 笔①
磨起墨条顺好笔

pəi^{24} tɕi^{31} po^{35} tou^{31} ɕou^{54} ɕəŋ^{31} ɕo^{54}
别 起 笔 子 修 成 书
顺好笔墨修成书

həŋ^{31} tse^{31} ɕou^{54} ɕo^{54} se^{24} no^{24} zə^{35}
红 纸 修 书 十 二 页
红纸修书十二页

① 别起笔：顺好笔尖。

se^{24} no^{24} zə^{35} ɕo^{54} tɕhəŋ^{31} tiou^{33} jo^{31}
十 二 页 书 请 舅 爷
十二页书请舅爷

tɕhəŋ^{31} ɕo^{35} tiou^{33} jo^{31} tɕhəŋ^{54} tou^{31} tsa^{33}
请 出 舅 爷 清 头 坐
请出舅爷厅堂坐

tɕhəŋ^{54} tou^{31} tsa^{33} fu^{33} ha^{54} zə^{35} niai^{31}
清 头 坐 下 开 一 言
厅堂坐下开一言

ha^{54} zə^{35} niai^{31} se^{31} tiaŋ^{31} zə^{35} tio^{33}
开 一 言 时 讲 一 句
开一言时讲一句

vəi^{24} ɕi^{54} kø^{54} taŋ^{31} lau^{35} jaŋ^{24} vo^{31}
外 甥 歌 堂 哪 样 维
外甥歌堂怎样为

vəi^{24} ɕi^{54} kø^{54} taŋ^{31} lau^{35} jaŋ^{24} se^{35}
外 甥 歌 堂 哪 样 是
外甥歌堂怎样对

lau^{35} jaŋ^{24} nəŋ^{54} luo^{31} tɕho^{33} taŋ^{24} vai^{31}
哪 样 给 来 看 段 完
哪样做法最适宜

tsa^{24} ɕu^{24} no^{24} ŋe^{31} hau^{33} lu^{35} tiou^{31}
丢 石 进 岩 去 得 久
石落岩洞去得久

tiou^{31} tiou^{31} mə^{33} məŋ^{31} ɕu^{24} əŋ^{33} ɕəŋ^{54}
久 久 不 闻 石 岩 声
久久不闻岩回声

tiou^{31} tiou^{31} mə^{33} məŋ^{31} əŋ^{33} ɕəŋ^{54} ɕaŋ^{31}
久 久 不 闻 岩 声 响
久久不闻岩声响

tɕhəŋ^{31} tiou^{31} mə^{33} kai^{33} tiou^{33} jo^{31} luo^{31}
请 久 不 见 舅 爷 来
请久不见舅爷来

ŋou^{31} vu^{35} taŋ^{33} tso^{31} mə^{33} lio^{35} thio^{35}
牛 湾 冲 糍 不 弯 曲
牛轭舂糍不弯曲

au^{54} vu^{54} tse^{33} ɕo^{24} mə^{33} kho^{31} ŋa^{31}
乌 鸦 站 树 不 可 挨
乌鸦站树不可挨

ŋa^{31} luo^{31} ŋa^{31}
挨 来 挨
挨挨啊

ŋa^{31} luo^{31} ŋa^{31} hau^{33} mo^{33} no^{24} tse^{31}
挨 来 挨 去 没 日 子
挨去挨来日子短

ŋa^{31} tɕi^{31} kø^{54} taŋ^{31} se^{24} mə^{33} thaŋ^{54}
挨 着 歌 堂 事 不 通
延误歌堂事不通

ləŋ^{54} pai^{54} nəi^{24} tou^{31} ɕo^{35} lu^{35} tso^{31}
东 边 日 头 出 得 早
东边太阳出海早

səi^{54} pai^{54} ŋue^{24} liaŋ^{31} la^{24} liŋ^{33} tou^{31}
西 边 月 亮 落 岭 迟
西边月亮落岭迟

nəi^{24} ji^{54} ŋue^{24} liaŋ^{31} lu^{35} ɕaŋ^{54} fa^{24}
日 与 月 亮 得 相 会
日与月亮得相会

tiou^{33} jo^{31} se^{33} ȵi^{54} miŋ^{31} pu^{24} ȵe^{31}
舅 爷 是 个 明 白 人
舅爷是个明白人

tiou^{33} jo^{31} se^{33} ȵi^{54} miŋ^{31} pu^{24} tse^{31}
舅 爷 是 个 明 白 子
舅爷向来明事理

tɕio^{31} pai^{24} təi^{31} tou^{31} ɕo^{35} te^{54} luo^{31}
随 便 提 头 出 了 来
随便提醒出了来

ɕo^{35} luo^{31} tɕhəŋ^{54} tou^{31} luo^{54} le^{54} mau^{24}
出 来 清 头 知 礼 貌
出来厅堂知礼貌

ɕou^{31} luo^{31} ɕaŋ^{54} ai^{54} ta^{33} faŋ^{33} nəŋ^{31}
手 拿 香 烟 待 奉 男
手拿香烟侍奉我

ɕou^{31} luo^{31} ɕaŋ^{54} ai^{54} ta^{33} faŋ^{33} la^{33}
手 拿 香 烟 待 奉 倈
手拿香烟侍奉我

tɕhəŋ^{33} au^{35} ȵi^{54} ȵi^{54} faŋ^{33} te^{54} ai^{54}
堂 屋 个 个 奉 了 烟
堂屋个个奉了烟

pəi^{24} thio^{33} kø^{54} taŋ^{31} mo^{33} jaŋ^{24} ho^{31}
别 处 歌 堂 没 样 好
别处歌堂虽也好

ȵi^{31} tɕiəŋ^{31} se^{33} kuo^{54} tiou^{33} jo^{31} tɕaŋ^{31}
人 情 是 归 舅 爷 长
人情还是舅爷长

tiou^{33} jo^{31} ȵi^{31} tɕiəŋ^{31} tɕaŋ^{31} liou^{31} ɕo^{31}
舅 爷 人 情 长 流 水
舅爷人情长流水

tia^{33} la^{33} ȵi^{31} tɕiəŋ^{31} tɕaŋ^{31} mə^{33} luo^{31}
照 倈 人 情 长 不 来
我却人情长不来

sa^{54} mə^{33} tɕe^{33} ke^{33} hau^{31} tiaŋ^{54} tɕou^{31}
酾 不 尽 的 壶 中 酒
斟不尽的壶中酒

nai^{24} mə^{33} tɕe^{33} ke^{33} tiou^{33} jo^{31} tɕiəŋ^{31}
念 不 尽 的 舅 爷 情
念不完的舅爷情

fa^{31} ku^{54} səŋ^{54} no^{35} nai^{24} səŋ^{54} no^{35}
回 家 三 天 念 三 天
回家三天念三天

fa^{31} ku^{54} so^{33} no^{35} nai^{24} mə^{33} vai^{31}
回 家 四 天 念 不 完
回家四天念不完

tau^{24} tɕe^{33} se^{54} ɕo^{54} tiŋ^{33} ha^{54} pəŋ^{31}
读 尽 诗 书 订 开 本
读尽诗书编新册

nai^{24} tɕe^{33} tiou^{31} tiai^{31} ki^{31} ha^{54} phe^{54}
念 尽 九 经 减 开 编
念尽九经减一编

ki^{31} ha^{54} zə^{35} phe^{54} təi^{24} kø^{33} tho^{33}
减 开 一 编 找 过 套
减去一编找新编

təi^{24} kø^{33} zə^{35} tho^{33} tɕho^{33} kø^{54} taŋ^{31}
找 过 一 套 看 歌 堂
找过新编看歌堂

laŋ^{31} laŋ^{31} thiaŋ^{33}
短 短 唱
短短唱

laŋ^{31} laŋ^{31} tou^{31} kø^{54} tɕoŋ^{54} paŋ^{33} nəŋ^{31}
短 短 条 歌 尊 伴 男
唱支短歌传同伴

tɕoŋ54 kø33 təŋ31 paŋ33 tsəi35 tɕi31 thiaŋ33
尊 过 同 伴 接 着 唱
传过同伴接着唱

tsəi35 tɕi31 kø54 ɕəŋ54 tɕho33 kø54 taŋ31
接 着 歌 声 看 歌 堂
接着歌声围歌堂

hou31 tshe35 pai54 luo31 tɕa24 mə33 tɕa24
口 吃 边 梨 嚼 不 嚼
口吃槟榔嚼不嚼

se33 mə33 əi54 jaŋ24 tɕoŋ54 paŋ33 nəŋ31
是 否 这 样 尊 伴 男
是否这样传同伴

八、请叔爷歌

hou³¹ tshe³⁵ pai⁵⁴ luo³¹ ju²⁴ se³³ tɕa²⁴
口 吃 边 梨 也 是 嚼
口吃槟榔也是嚼

tiŋ³³ se³³ əi⁵⁴ jaŋ²⁴ tɕoŋ⁵⁴ paŋ³³ nəŋ³¹
正 是 这 样 尊 伴 男
正是这样传我们

tsəi³⁵ tɕi³¹ thiaŋ³³
接 着 唱
接着唱

tsəi³⁵ tɕi³¹ paŋ³³ ke³³ ho³¹ kø⁵⁴ tɕəŋ³¹
接 着 伴 的 好 歌 情
接着伴的好歌声

tɕhəŋ³³ paŋ³³ kø⁵⁴ ho³¹ ɕəŋ⁵⁴ ju³³ ho³¹
听 伴 歌 好 声 又 好
听伴歌好声又好

ɕəŋ⁵⁴ tou³¹ ȵo³¹ ȵo³¹ tɕoŋ⁵⁴ luo³¹ nəŋ³¹
声 子 柔 柔 尊 到 男
声儿柔柔传我们

ɕəŋ⁵⁴ tou³¹ ȵo³¹ ȵo³¹ tɕoŋ⁵⁴ luo³¹ la³³
声 子 柔 柔 尊 到 俫
声儿柔柔传到我

tɕoŋ^{54} luo^{31} la^{33} pai^{54} mə^{33} va^{24} vo^{31}
尊 到 倈 边 不 会 维
传到我了不会吟

tɕoŋ^{54} luo^{31} la^{33} pai^{54} mə^{33} luo^{54} le^{33}
尊 到 倈 边 不 知 礼
传到我了不知礼

mə^{33} luo^{54} le^{33} mau^{24} tɕhəŋ^{31} ɕou^{35} jo^{31}
不 知 礼 貌 请 叔 爷
不知礼貌请叔爷

mə^{33} luo^{54} le^{33} mau^{24} ju^{24} tɕa^{24} tɕhəŋ^{31}
不 知 礼 貌 也 要 请
不知礼貌也要请

tse^{31} vaŋ^{24} ɕou^{35} jo^{31} vo^{24} piu^{54} haŋ^{31}
指 望 叔 爷 为 包 涵
希望叔爷多包涵

luo^{54} mə^{33} luo^{54} se^{31} təi^{31} vu^{31} thiaŋ^{33}
知 不 知 时 提 下 唱
若不知时提醒唱

tɕa^{24} mə^{33} tɕa^{24} se^{31} təi^{31} vu^{31} tou^{31}
对 不 对 也 提 下 头
若是不对领下头

taŋ^{33} mə^{33} taŋ^{33} se^{31} zə^{35} taŋ^{24} se^{24}
当 不 当 时 一 段 事
久不久办一段事

taŋ^{33} mə^{33} taŋ^{33} se^{31} tɕho^{33} kø^{54} taŋ^{31}
当 不 当 时 看 歌 堂
久不久又看歌堂

tiou^{33} jo^{31} ɕou^{35} jo^{31} tiŋ^{33} se^{33} tɕhəŋ^{31}
舅 爷 叔 爷 正 是 请
舅爷叔爷正应请

tiou^{33} jo^{31} ɕou^{35} jo^{31} luo^{31} mə^{33} ha^{54}
舅 爷 叔 爷 离 不 开
舅爷叔爷离不开

tɕhəŋ^{31} te^{54} tiou^{33} jo^{31} mə^{33} ɕa^{31} ɕou^{35}
请 了 舅 爷 不 少 叔
请了舅爷不少叔

te^{24} səi^{33} se^{24} tɕiəŋ^{31} tiou^{33} ɕou^{35} tse^{31}
大 小 事 情 舅 叔 齐
大小事情舅叔齐

tiou^{33} jo^{31} ji^{33} te^{54} tɕhəŋ^{31} te^{54} ɕo^{35}
舅 爷 已 经 请 了 出
舅爷已经请出来

ɕou^{35} jo^{31} ju^{24} ȵe^{31} tɕhəŋ^{31} ɕo^{35} luo^{31}
叔 爷 也 要 请 出 来
叔爷也要请出来

tɕəŋ^{31} tsai^{31} hou^{33} luo^{54} so^{33} tse^{33} tɕhəŋ^{54}
庭 前 有 蔸 四 季 青
庭前有棵四季青

tɕhəŋ^{31} ɕou^{35} jo^{31} kø^{54} tɕou^{24} se^{31} ɕəŋ^{54}
请 叔 爷 歌 就 起 声
请叔爷歌准备唱

la^{33} tɕhəŋ^{31} ɕou^{35} jo^{31} se^{31} ɕəŋ^{54} thiaŋ^{33}
我 请 叔 爷 起 声 唱
我请叔爷起声唱

tsəi^{35} tɕi^{31} kø^{54} ɕəŋ^{54} tɕhəŋ^{31} ɕou^{35} jo^{31}
接 着 歌 声 请 叔 爷
接着歌声请叔爷

səŋ^{54} ŋue^{24} tɕhəŋ^{54} miŋ^{31} ȵi^{31} kua^{33} tse^{31}
三 月 清 明 人 挂 纸
三月清明人扫墓

tiou^{31} ləŋ^{54} se^{24} ŋue^{24} ȵi^{31} tiaŋ^{31} tɕhi^{54}
九 冬 十 月 人 讲 亲
九冬十月人讲亲

ȵi^{31} luo^{31} tiaŋ^{31} tɕhi^{54} ɕou^{35} paŋ^{33} fu^{35}
人 来 讲 亲 叔 伴 客
人来讲亲叔伴客

ɕou^{54} nio^{33} luo^{31} tou^{31} tɕhəŋ^{33} ɕou^{35} lio^{31}
侄 女 楼 头 听 叔 留
侄女楼头听挽留

tɕhəŋ^{33} hau^{33} tɕhəŋ^{33} luo^{31} ɕou^{35} mə^{33} tiaŋ^{31}
听 去 听 来 叔 不 讲
听去听来叔不讲

tɕhəŋ^{33} hau^{33} tɕhəŋ^{33} luo^{31} ɕou^{35} mə^{33} lio^{31}
听 去 听 来 叔 不 留
听来听去叔不留

ɕou^{35} mə^{33} lio^{31} ɕou^{54} ɕou^{54} ɕo^{35} kuo^{33}
叔 不 留 侄 侄 出 嫁
叔不留侄侄出嫁

liaŋ^{31} nai^{31} fə^{24} ŋue^{24} me^{24} ɕo^{35} məŋ^{31}
量 年 合 月 妹 出 门
良年吉月妹出门

tɕi^{31} po^{24} sa^{35} tio^{54} səŋ^{54} po^{35} tɕi^{54}
准 备 杀 猪 三 百 斤
准备杀猪三百斤

səŋ^{54} po^{35} tɕi^{54} tio^{54} tɕhəŋ^{31} liou^{24} tɕhi^{54}
三 百 斤 猪 请 六 亲
三百斤猪请六亲

hau^{33} tɕhəŋ^{31} liou^{24} tɕhi^{54} sai^{54} tɕhəŋ^{31} ɕou^{35}
去 请 六 亲 先 请 叔
去请六亲先请叔

tɕhəŋ^{31} luo^{31} ɕou^{35} jo^{31} luo^{31} ɕaŋ^{54} liaŋ^{31}
请 到 叔 爷 来 商 量
请到叔爷来商量

tɕu^{31} jo^{31} ji^{54} ɕou^{35} tse^{31} ɕaŋ^{54} ȵe^{24}
爸 爷 与 叔 齐 商 议
父亲与叔齐商议

tsəi^{31} tsəi^{31} ɕaŋ^{54} ȵe^{24} tɕhəŋ^{31} liou^{24} tɕhi^{54}
齐 齐 商 议 请 六 亲
齐齐商议请六亲

mə^{33} tɕhəŋ^{31} ɕou^{35} jo^{31} mo^{33} te^{24} fu^{35}
不 请 叔 爷 没 大 客
不请叔爷没主客

mə^{33} tɕhəŋ^{31} ɕou^{35} jo^{31} mo^{33} te^{24} tɕhi^{54}
没 请 叔 爷 没 大 亲
没请叔爷没大亲

zə^{35} po^{35} ɕu^{31} ɕəŋ^{31} se^{33} niai^{31} tse^{24}
一 笔 写 成 是 言 字
一笔写成是言字

tɕhəŋ^{54} tse^{24} ɕu^{31} luo^{31} tse^{33} saŋ^{54} saŋ^{54}
青 字 写 来 直 双 双
青字写来直双双

niai^{31} ji^{54} tɕhəŋ^{54} tse^{24} saŋ^{54} saŋ^{54} tse^{33}
言 与 青 字 双 双 站
言与青字双双站

thiaŋ^{33} tou^{31} tshu^{35} tse^{24} tɕhəŋ^{31} ɕou^{35} jo^{31}
唱 条 折 字 请 叔 爷
唱支折字请叔爷

tɕhəŋ^{31} ɕo^{35} ɕou^{35} jo^{31} tɕhəŋ^{54} tou^{31} tsa^{33}
请 出 叔 爷 清 头 坐
请出叔爷厅堂坐

tɕhəŋ^{54} tou^{31} tsa^{33} fu^{33} ha^{54} zə^{35} niai^{31}

清 头 坐 下 开 一 言

厅堂坐下开一言

ha^{54} zə^{35} niai^{31} se^{31} tiaŋ^{31} zə^{35} tio^{33}

开 一 言 时 讲 一 句

开一言时讲一句

tse^{24} nio^{31} kø^{54} taŋ^{31} lau^{35} jaŋ^{24} vo^{31}

侄 女 歌 堂 那 样 维

侄女歌堂怎样做

tse^{24} nio^{31} kø^{54} taŋ^{31} lau^{35} jaŋ^{24} se^{35}

侄 女 歌 堂 那 样 是

侄女歌堂怎样对

lau^{35} jaŋ^{24} nəŋ^{54} luo^{31} tɕho^{33} taŋ^{24} vai^{31}

那 样 给 来 看 段 完

怎样做来事最宜

kaŋ^{31} se^{54} ma^{33} liaŋ^{54} mai^{31} həŋ^{31} tse^{31}

广 西 买 张 棉 红 纸

广西买张棉红纸

fə^{33} tɕhuai^{54} tiaŋ^{54} ɕou^{24} tɕhəŋ^{31} ȵi^{31} tsa^{31}

富 川 中 学 请 人 裁

富川中学请人裁

ma^{31} tse^{31} mou^{24} tou^{31} pai^{31} se^{31} po^{35}

磨 起 墨 子 别 起 笔

磨起墨条顺好笔

pai^{31} tɕi^{31} po^{35} tou^{31} ɕou^{54} ɕəŋ^{31} ɕo^{54}
别 起 笔 子 修 成 书
顺好笔毫修成书

həŋ^{31} tse^{31} ɕou^{54} ɕo^{54} se^{24} no^{24} zə^{35}
红 纸 修 书 十 二 页
红纸修书十二页

se^{24} no^{24} zə^{35} ɕo^{54} tɕhəŋ^{31} ɕou^{35} jo^{31}
十 二 页 书 请 叔 爷
十二页书请叔爷

tɕhəŋ^{31} ɕo^{35} ɕou^{35} jo^{31} tɕhəŋ^{54} tou^{31} tsa^{33}
请 出 叔 爷 清 头 坐
请出叔爷厅堂坐

tɕhəŋ^{54} tou^{31} tsa^{33} fu^{35} ha^{54} zə^{35} niai^{31}
清 头 坐 下 开 一 言
厅堂坐下开一言

ha^{54} zə^{35} niai^{31} se^{31} tiaŋ^{31} zə^{35} tio^{33}
开 一 言 时 讲 一 句
开一言时讲一句

tse^{24} nio^{31} kø^{54} taŋ^{31} lau^{35} jaŋ^{24} vo^{33}
侄 女 歌 堂 哪 样 维
侄女歌堂怎样维

tse^{24} nio^{31} kø^{54} taŋ^{31} lau^{35} jaŋ^{24} se^{35}
侄 女 歌 堂 哪 样 是
侄女歌堂怎样对

lau^{35} jaŋ^{24} nəŋ^{54} luo^{31} tɕho^{33} taŋ^{24} vai^{31}
哪 样 给 来 看 段 完
怎样做来事相宜

zə^{35} po^{35} ɕu^{31} ɕəŋ^{31} se^{33} zə^{24} tse^{24}
一 笔 写 成 是 日 字
一笔写成是日字

ŋue^{24} tse^{24} ɕu^{31} luo^{31} tse^{33} saŋ^{54} saŋ^{54}
月 字 写 来 直 双 双
月字写来站双双

zə^{24} ji^{54} ŋue^{24} tse^{24} saŋ^{54} saŋ^{54} tse^{33}
日 与 月 字 双 双 站
日与月字双双站

ɕou^{35} jo^{31} se^{33} ɲi^{54} miŋ^{31} po^{24} ɲe^{31}
叔 爷 是 个 明 白 人
叔爷是个明白人

ɕou^{35} jo^{31} se^{33} ɲi^{54} miŋ^{31} po^{24} tse^{31}
叔 爷 是 个 明 白 子
叔爷是个明理人

tɕo^{31} pai^{24} təi^{31} tou^{31} ɕo^{35} te^{54} luo^{31}
随 便 提 头 出 了 来
随便提醒出来了

ɕo^{35} luo^{31} tɕhəŋ^{54} tou^{31} luo^{54} le^{33} mau^{24}
出 来 清 头 知 礼 貌
出来厅堂知礼貌

jou^{24} zə^{35} jou^{33} no^{24} ta^{33} faŋ^{33} nəŋ^{31}
有 一 有 二 待 奉 男
有一有二侍奉我

ɕou^{31} ləi^{31} ɕaŋ^{54} ai^{54} ta^{33} faŋ^{33} la^{33}
手 拿 香 烟 待 奉 俫
手拿香烟侍奉我

tɕhəŋ^{54} tou^{31} ȵi^{54} ȵi^{54} faŋ^{33} te^{54} ai^{54}
清 头 个 个 奉 了 烟
厅堂个个递了烟

se^{24} tsa^{33} ɕou^{35} jo^{31} səi^{33} zə^{33} ho^{31}
实 在 叔 爷 细 意 好
实在叔爷心意好

səi^{33} ɕi^{54} zə^{33} ho^{31} ta^{33} faŋ^{33} nəŋ^{31}
细 心 意 好 待 奉 男
细心好意侍奉我

pəi^{24} thio^{33} kø^{54} taŋ^{54} lu^{35} tɕho^{33} kø^{33}
别 处 歌 堂 得 看 过
别处歌堂都看过

ȵi^{31} tɕhəŋ^{31} se^{33} kø^{54} kuo^{35} jo^{31} tɕaŋ^{31}
人 情 是 归 叔 爷 长
人情还是叔爷长

ɕou^{35} te^{54} ȵi^{31} tɕhəŋ^{31} tɕaŋ^{31} lio^{31} ɕo^{31}
叔 的 人 情 长 流 水
叔的人情长流水

tia^{33} la^{33} ȵi^{31} tɕhəŋ^{31} tɕaŋ^{31} mə^{33} luo^{31}
照 我 人 情 长 不 来
我却人情长不来

ɕou^{35} te^{54} ȵi^{31} tɕhəŋ^{31} se^{24} tsa^{33} ho^{31}
叔 的 人 情 实 在 好
叔的人情实在好

ho^{31} tɕhəŋ^{31} ho^{31} zə^{31} niai^{24} mə^{33} vai^{31}
好 情 好 意 念 不 完
好情好意念不完

fa^{31} ku^{54} səŋ^{54} no^{35} nai^{24} səŋ^{54} no^{35}
回 家 三 天 念 三 天
回家三天念三天

fa^{31} ku^{54} so^{33} no^{35} niai^{24} mə^{33} vai^{31}
回 家 四 天 念 不 完
回家四天念不完

sa^{54} mə^{33} tɕe^{33} ke^{33} hau^{31} tiaŋ^{54} tɕou^{31}
釃 不 尽 的 壶 中 酒
釃不尽的壶中酒

nai^{24} mə^{33} vai^{31} ke^{33} ɕou^{35} jo^{31} tɕiəŋ^{31}
念 不 完 的 叔 爷 情
念不完的叔爷情

tau^{24} tɕe^{33} se^{54} ɕo^{54} tiŋ^{33} ha^{54} pəŋ^{31}
读 尽 诗 书 订 开 本
读尽诗书编新册

nai^{24} tɕe^{33} tiou^{31} tiai^{54} ki^{31} ha^{54} phe^{54}
念 尽 九 经 减 开 编
念尽九经减一编

ki^{31} ha^{54} zə^{35} phe^{54} təi^{24} kuo^{33} tho^{33}
减 开 一 编 找 过 套
减去一编找新编

təi^{24} çuo^{33} zə^{35} tho^{33} tɕoŋ^{54} paŋ^{33} nəŋ^{31}
找 过 一 套 尊 伴 男
找过新编传同伴

phaŋ^{31} pəi^{35} thiu^{54} tsu^{31} taŋ^{31} taŋ^{31} luai^{33}
纺 棉 车 子 团 团 转
纺棉车子团团转

luai^{33} luo^{31} luai^{33} hau^{33} hau^{33} paŋ^{33} pai^{54}
转 来 转 去 去 伴 边
转来转去到同伴

hau^{33} luo^{31} paŋ^{33} pai^{54} tsəi^{35} tɕi^{31} thiaŋ^{33}
去 到 伴 边 接 着 唱
转到同伴接着唱

tsəi^{35} tɕi^{31} kø^{54} ɕəŋ^{54} tɕho^{33} kø^{54} taŋ^{31}
接 着 歌 声 看 歌 堂
接着歌声看歌堂

la^{33} ke^{33} fu^{24} po^{24} əi^{54} jaŋ^{24} tiaŋ^{31}
倈 的 话 篦 这 样 讲
我的话儿这样讲

$səŋ^{54}$ tou^{31} $liaŋ^{33}$ tio^{33} $tɕoŋ^{54}$ $paŋ^{33}$ $nəŋ^{31}$
三 头 两 句 尊 伴 男
三言两句传同伴

tse^{31} $vaŋ^{24}$ $təŋ^{31}$ $paŋ^{33}$ $mə^{33}$ tse^{33} kua^{33}
指 望 同 伴 不 记 怪
希望同伴不怪罪

$mə^{33}$ $ɕai^{31}$ la^{33} $saŋ^{54}$ $mə^{33}$ luo^{54} $tɕəŋ^{31}$
不 嫌 俫 双 不 知 情
不嫌我俩不知情

$tiaŋ^{31}$ fu^{24} $mə^{33}$ $tɕa^{24}$ $nəŋ^{31}$ $tiaŋ^{31}$ $kø^{33}$
讲 话 不 着 能 讲 过
讲话不对能讲过

$tɕoŋ^{54}$ $paŋ^{33}$ $mə^{33}$ tia^{24} $ɕaŋ^{54}$ $kø^{33}$ $liaŋ^{31}$
尊 伴 不 对 商 过 量
传伴不对再商量

九、请行娘伴娘女伴歌

tsəi^{35} tɕi^{31} thiaŋ^{33}
接 着 唱
接着唱

tsəi^{35} tɕi^{31} paŋ^{33} ke^{33} ho^{31} kø^{54} tɕiəŋ^{31}
接 着 伴 的 好 歌 情
接着伴的好歌声

tou^{31} taŋ^{31} luo^{54} ɕi^{54} se^{24} tsa^{33} ho^{31}
头 团 知 心 实 在 好
头团知心实在好

zə^{35} tɕiəŋ^{31} zə^{35} luo^{31} thou^{33} luo^{54} nəŋ^{31}
一 情 一 理 透 知 男
一情一理告知我

tɕoŋ^{54} la^{33} fu^{35} tshe^{33} ki^{31} ɕa^{31} tiaŋ^{31}
尊 俫 客 气 减 少 讲
客套话语减少讲

mə^{33} nəŋ^{54} se^{31} çi^{54} ŋa^{31} lu^{35} tɕaŋ^{31}
不 给 时 间 挨 得 长
不给时间挨得长

luo^{54} ɕi^{54} tiaŋ^{31} ɕo^{35} se^{33} tiŋ^{33} luo^{31}
知 心 讲 出 是 正 理
知心讲出是正理

vo^{24} te^{54} kø^{54} taŋ^{31} se^{24} lau^{24} thaŋ^{54}
为 了 歌 堂 事 路 通
为了歌堂事顺溜

vo^{24} te^{54} ta^{24} tsəi^{31} hou^{33} luo^{24} jo^{35}
为 了 大 齐 有 利 益
为了大家有利益

ta^{24} tsəi^{31} ȵi^{54} ȵi^{54} lu^{35} khaŋ^{54} fa^{31}
大 齐 人 人 得 空 怀
大家人人得空闲

tiaŋ^{31} fu^{24} tɕa^{24} te^{54} mə^{33} la^{54} tiaŋ^{31}
讲 话 对 了 不 多 讲
讲话对了不再多

tɕoŋ^{54} la^{33} tɕa^{24} te^{54} mə^{33} ɕaŋ^{54} liaŋ^{31}
尊 我 对 了 不 商 量
传我对了不商量

la^{33} ju^{24} ji^{24} ka^{54} tse^{24} tɕou^{24} le^{33}
俫 也 应 该 自 就 些
我也应该爽快些

ji^{33} kuo^{54} pəŋ^{54} kəŋ^{54} tɕhəŋ^{31} ɕiŋ^{31} niaŋ^{31}
依 归 分 工 请 行 娘
依着分工请行娘

paŋ^{33} niaŋ^{31} nio^{33} paŋ^{33} zə^{35} tsəi^{31} tɕhəŋ^{31}
伴 娘 女 伴 一 齐 请
伴娘女伴一齐请

ȵi^{54} lu^{35} zə^{35} tsəi^{31} tɕhəŋ^{31} fu^{33} luo^{31}

个 个 一 齐 请 下 楼

个个一齐请下楼

ȵi^{54} lu^{35} tɕhəŋ^{31} fu^{33} tɕhəŋ^{54} tou^{31} tsa^{33}

人 人 请 下 清 头 坐

人人请下厅堂坐

ta^{24} tsəi^{31} tsa^{33} fu^{33} tɕho^{33} kø^{54} taŋ^{31}

大 齐 坐 下 看 歌 堂

大家坐下看歌堂

mə^{33} kø^{33} la^{33} nəŋ^{31} mə^{33} luo^{54} le^{33}

不 过 俫 男 不 知 礼

不过我们不知礼

hi^{33} la^{33} tɕhəŋ^{31} me^{24} kai^{33} vo^{31} ȵe^{31}

喊 俫 请 妹 见 为 难

叫我请妹真为难

hou^{31} vu^{24} vo^{31} ȵe^{31} ju^{24} tɕa^{24} tɕhəŋ^{31}

口 曰 为 难 也 得 请

口说为难也得请

mə^{33} tɕhəŋ^{31} mə^{33} ho^{31} tɕho^{33} kø^{54} taŋ^{31}

不 请 不 好 看 歌 堂

不请不好看歌堂

mə^{33} tɕhəŋ^{31} ɕiŋ^{31} niaŋ^{31} se^{24} mə^{33} lia^{33}

不 请 行 娘 事 不 了

不请行娘事不了

kø^{54} taŋ^{31} se^{33} tɕəŋ^{31} lau^{35} mə^{33} thaŋ^{54}
歌 堂 事 情 路 不 通
歌堂事情路不通

vai^{31} sai^{54} kau^{31} ȵi^{31} sai^{54} tse^{33} ɕo^{35}
原 先 古 人 先 置 出
原先古人先制出

tse^{33} ɕo^{35} kø^{54} taŋ^{31} tɕhəŋ^{31} ɕiŋ^{31} niaŋ^{31}
置 出 歌 堂 请 行 娘
兴起歌堂请行娘

vai^{31} sai^{54} se^{31} le^{33} mə^{33} luo^{31} le^{33}
原 先 起 礼 不 倒 礼
原先制礼不违礼

zə^{31} tɕi^{54} ɕi^{54} pai^{54} mə^{33} kaŋ^{31} vo^{31}
如 今 新 编 不 敢 维
如今新编不敢维

ləi^{31} piou^{35} mo^{33} tsai^{31} ji^{33} kuo^{54} kau^{31}
犁 面 额 锄 依 归 古
犁面笔直依旧制

kø^{54} taŋ^{31} ji^{33} kuo^{54} kau^{31} le^{33} he^{31}
歌 堂 依 归 古 礼 行
歌堂依照古礼行

kø^{54} taŋ^{31} ji^{33} kuo^{54} kau^{31} le^{33} tsou^{31}
歌 堂 依 归 古 礼 走
歌堂依照古礼做

tia^{33} kuo^{54} kau^{31} le^{33} tɕhəŋ^{33} ɕiŋ^{31} niaŋ^{31}
照 归 古 礼 请 行 娘
照回古礼请行娘

me^{24} ke^{33} kø^{54} taŋ^{31} se^{33} zə^{35} luai^{33}
妹 的 歌 堂 是 一 转
妹的歌堂只一次

mə^{33} po^{31} kau^{31} mau^{24} tsa^{33} pəŋ^{31} tɕhi^{54}
不 比 古 木 再 逢 春
不比枯木再逢春

kau^{31} mau^{24} pəŋ^{31} tɕhi^{54} fu^{54} tsa^{33} fa^{35}
古 木 逢 春 花 再 发
枯木逢春花再发

me^{24} ke^{33} kø^{54} taŋ^{31} se^{33} zə^{35} fa^{31}
妹 的 歌 堂 是 一 回
妹的歌堂只一回

fəŋ^{33} tiŋ^{33} nai^{31} ki^{54} fəŋ^{33} tiŋ^{33} ɕe^{31}
睡 正 午 间 睡 正 辰
莫睡午间睡正辰

fəŋ^{33} tiŋ^{33} nai^{31} ki^{54} tsəi^{35} lua^{31} ɕi^{31}
睡 正 午 间 接 雷 神
睡到午间接雷神

fəŋ^{33} tiŋ^{33} nai^{31} ki^{54} mə^{33} təŋ^{31} jaŋ^{33}
睡 正 午 间 不 同 样
睡到午间混黑白

se^{33} kuo^{54} la^{31} me^{24} ɕəŋ^{31} fə^{54} tshe^{54}
是 归 倈 妹 成 夫 妻
竟是兄妹成夫妻

səŋ^{54} ȵi^{54} ta^{24} vaŋ^{31} ɕaŋ^{54} kuo^{33} ȵe^{24}
三 个 大 王 商 过 议
三个大王商议过

ɕo^{31} nio^{33} phəi^{33} fəŋ^{54} tshu^{33} ɕəŋ^{33} ȵe^{31}
许 女 配 婚 差 姓 人
许女配婚异姓人

ɕo^{31} nio^{33} ɕo^{31} kø^{33} tshu^{33} ɕəŋ^{33} hau^{33}
许 女 许 过 差 姓 去
许女许过异姓去

ɕo^{35} ɕo^{54} ɕəŋ^{31} luo^{31} mo^{33} ȵi^{31} te^{31}
识 书 醒 理 没 人 弹
识书识理没人责

təi^{24} zə^{35} ta^{35} vaŋ^{31} ha^{54} ɕo^{35} liŋ^{24}
第 一 大 王 开 出 令
第一大王开出令

ha^{54} liŋ^{24} fəŋ^{54} fə^{33} me^{31} ku^{54} ȵe^{31}
开 令 吩 咐 媒 家 人
开令吩咐媒家人

məi^{31} ku^{54} te^{24} ȵe^{31} ɕaŋ^{31} tɕi^{31} zə^{33}
媒 家 大 人 想 主 意
媒家大人想主意

nəŋ^{54} luo^{31} tse^{33} ɕo^{35} me^{31} ȵi^{31} luo^{31}
给 来 置 出 媒 人 来
帮忙制出媒妁俗

səŋ^{54} luo^{35} miu^{31} luo^{31} tɕa^{24} luo^{35} ki^{33}
三 个 毛 栗 着 个① 干
三个毛栗逐个干

ɕi^{54} ɕi^{54} pu^{35} lia^{31} ȵi^{24} tou^{31} me^{31}
深 山 百 鸟 要 只 媒
深山百鸟要巢树

miu^{31} luo^{24} mo^{33} ki^{33} ɕəŋ^{31} pi^{31} luo^{24}
毛 栗 没 干 成 板 栗
毛栗没干成板栗

ɕo^{31} nio^{33} və^{31} me^{31} mə^{33} ɕəŋ^{31} tɕhi^{54}
许 女 无 媒 不 成 亲
许女无媒不成亲

ɕi^{54} nai^{31} tshau^{54} zə^{35} thiaŋ^{33} ho^{31} ɕo^{33}
新 年 初 一 鞠 个 躬
新年初一鞠个躬

ȵi^{31} ɕou^{24} le^{33} ɕi^{54} se^{33} jaŋ^{24} vo^{31}
人 熟 礼 心② 是 样 维
人熟礼节是这般

① 着个：逐个。
② 礼心：礼节。

khaŋ^{31} tse^{31} tse^{33} ɕo^{35} ɕo^{54} luo^{31} tau^{24}
孔 子 置 出 书 来 读
孔子编书来开智

tiou^{54} kəŋ^{54} tse^{33} ɕo^{35} le^{33} luo^{31} zə^{31}
周 公 置 出 礼 来 移
周公制礼来移俗

khaŋ^{31} tse^{31} tse^{33} ɕo^{54} ɕo^{54} mə^{33} tshu^{33}
孔 子 记 书 书 不 错
孔子编书书不错

tiou^{54} kəŋ^{54} tse^{33} le^{33} mə^{33} tshu^{33} zə^{31}
周 公 置 礼 不 差 移
周公制礼礼相宜

ɕo^{31} nio^{33} ɕo^{31} luo^{31} se^{24} tsho^{35} pa^{35}
许 女 许 到 十 七 八
许女许到十七八

tho^{31} tɕhi^{54} luo^{31} lau^{24} tse^{35} luo^{31} he^{31}
娶 亲 老 路 结 来 行
娶亲老路多遵循

tho^{31} tɕhi^{54} luo^{31} lau^{24} paŋ^{33} te^{54} hou^{31}
娶 亲 老 路 放 了 口
娶亲古礼重承诺

nəŋ^{54} luo^{31} tse^{33} ɕo^{35} ɕiŋ^{31} niaŋ^{31} ȵe^{31}
给 来 置 出 行 娘 人
于是制出行娘俗

liu^{31} səŋ^{54} tse^{33} ɕo^{35} kø^{54} luo^{31} thiaŋ^{33}

刘 三 置 出 歌 来 唱

刘三编出歌来唱

məi^{54} tɕi^{54} me^{54} me^{54} tse^{33} kø^{54} taŋ^{31}

妹 姣 金① 妹 置 歌 堂

姣金阿妹兴歌堂

hou^{33} zə^{24} ȵi^{31} ku^{54} ɕi^{54} lu^{35} se^{31}

有 吃 人 家 兴 得 起

富裕人家兴得起

ɕu^{31} lu^{35} kəŋ^{33} ȵe^{31} tsa^{33} kø^{54} taŋ^{31}

舍 得 的 人 做 歌 堂

舍得的人做歌堂

paŋ^{33} niaŋ^{31} nio^{33} paŋ^{33} luo^{31} liu^{35} tso^{31}

伴 娘 女 伴 来 看 姐

伴娘女伴来看姐

ȵi^{54} ȵi^{54} vai^{24} tɕho^{33} me^{24} kø^{54} taŋ^{31}

个 个 爱 看 妹 歌 堂

个个爱看姐歌堂

ɕiŋ^{31} niaŋ^{31} kø^{54} taŋ^{31} ȵi^{54} ȵi^{54} vai^{24}

行 娘 歌 堂 人 人 愿

行娘歌堂人人愿

---

① 姣金：指女孩家境较好，有身份，有教养。

tse^{33} ɕo^{35} kø^{54} taŋ^{31} ȵi^{24} thiaŋ^{33} kø^{54}
置 出 歌 堂 要 唱 歌
约定歌堂要唱歌

ti^{33} tou^{31} zə^{35} tɕiŋ^{24} ȵi^{24} tɕhəŋ^{31} me^{24}
都 才 一 定 要 请 妹
所以一定要请妹

zə^{35} tɕiŋ^{24} tɕhəŋ^{31} ɕo^{35} ɕiŋ^{31} niaŋ^{31} luo^{31}
一 定 请 出 行 娘 来
一定请出行娘来

zə^{33} jaŋ^{24} tiaŋ^{31} luo^{31} zə^{33} jaŋ^{24} vo^{24}
依 样 讲 来 依 样 曰
依样讲来依样说

zə^{33} jaŋ^{24} vo^{24} luo^{31} tɕhəŋ^{31} ɕiŋ^{31} niaŋ^{31}
依 样 曰 来 请 行 娘
依样说来请行娘

phi^{35} ha^{54} ɕu^{33} tou^{31} la^{33} mə^{33} ȵe^{24}
丢 开 序 头 俫 不 要
丢开序曲我不要

mə^{33} ȵe^{24} ɕu^{33} tou^{31} tɕhəŋ^{31} ɕiŋ^{31} niaŋ^{31}
不 要 序 头 请 行 娘
不要序曲请行娘

zə^{33} liaŋ^{54} həŋ^{31} tse^{31} həŋ^{31} thu^{54} thu^{54}
一 张 红 纸 红 滔 滔
一张红纸红彤彤

tiaŋ^{54} jaŋ^{54} tse^{33} fu^{35} khaŋ^{31} miŋ^{31} thiu^{54}
中 央 直 画 孔 明 车
中央直画孔明车

thiu^{54} tse^{24} tsou^{31} nio^{33} ɕəŋ^{31} lai^{31} tse^{24}
车 字 走 耳 成 连 字
车字走之成连字

lai^{31} pai^{24} lai^{31} ɕəŋ^{31} tɕhəŋ^{31} ɕiŋ^{31} niaŋ^{31}
连 便 连 成 请 行 娘
顺理成章请行娘

tiŋ^{54} ŋue^{24} nəŋ^{31} pəŋ^{54} təŋ^{31} təŋ^{24} ɕaŋ^{33}
正 月 南 风 从 垌 上
正月南风从垌上

tsho^{35} ŋue^{24} tɕhou^{54} pəŋ^{54} təŋ^{31} liŋ^{33} luo^{31}
七 月 秋 风 从 岭 来
七月秋风从岭来

ta^{24} pəŋ^{54} luo^{31}
大 风 到
大风到

ɕi^{54} ɕi^{54} piou^{35} mau^{35} ti^{33} ləi^{54} tou^{31}
深 山 竹 木 都 低 头
深山竹木都低头

piou^{35} mau^{35} ləi^{54} tou^{31} tɕhiəŋ^{33} pəŋ^{54} kø^{33}
竹 木 低 头 听 风 过
竹木低头听风过

tɕhəŋ^{54} tou^{31} ȵi^{31} la^{54} tɕhəŋ^{33} la^{33} ɕəŋ^{54}
清 头 人 多 听 倈 声
厅堂人多听我声

le^{35} vo^{24} kuo^{54} tsa^{31} tɕhəŋ^{33} tɕi^{31} la^{33}
列 位 高 才 听 着 倈
列位高才听着我

tɕhəŋ^{33} tɕi^{31} la^{33} saŋ^{54} tɕhəŋ^{31} ɕiŋ^{31} niaŋ^{31}
听 着 倈 双 请 行 娘
听着我俩请行娘

tse^{54} no^{54} ɕo^{35} məŋ^{31} se^{31} li^{24} ho^{31}
今 日 出 门 时 运 好
今日出门时运好

tɕhou^{33} tɕa^{24} zə^{35} ti^{54} thəi^{35} tɕaŋ^{24} ȵe^{31}
奏 着 一 班 铁 匠 人
逢着一班铁匠人

tɕhou^{33} tɕi^{31} thəi^{35} tɕaŋ^{24} liu^{31} no^{24} au^{35}
奏 着 铁 匠 留 进 屋
遇到铁匠请进屋

liu^{31} no^{24} au^{35} luo^{31} li^{31} lai^{31} luo^{54}
留 进 屋 来 打 镰 刀
请进屋来打镰刀

ɕi^{54} li^{31} lai^{31} luo^{54} hau^{33} ɕou^{54} lau^{24}
新 打 镰 刀 去 修 路
新打镰刀去修路

ɕou^{54} ha^{54} ta^{24} lau^{24} no^{24} tɕhəŋ^{54} ɕi^{54}
修 开 大 路 进 青 山
修开大路进青山

no^{24} hau^{24} tɕhəŋ^{54} ɕi^{54} tiou^{31} tɕu^{31} no^{31}
进 去 青 山 九 个 脑
进去青山九个峰

mə^{33} luo^{54} lau^{35} tou^{31} se^{33} tɕhəŋ^{54} ɕi^{54}
不 知 那 个 是 青 山
不知哪个是梅山

tɕhəŋ^{54} ɕi^{54} vai^{31} se^{33} tiaŋ^{33} jaŋ^{33} no^{31}
青 山 原 是 中 央 脑
梅山原是中间岭

ɕiŋ^{31} niaŋ^{31} paŋ^{33} niaŋ^{31} tiaŋ^{33} jaŋ^{33} ȵi^{54}
行 娘 伴 娘 中 央 个
行娘伴娘中央位

ɕiŋ^{31} niaŋ^{31} paŋ^{33} niaŋ^{31} luo^{31} tiaŋ^{54} tsa^{33}
行 娘 伴 娘 楼 中 坐
行娘伴娘楼中坐

nio^{24} haŋ^{31} vai^{31} se^{33} tsa^{33} ɕaŋ^{24} thai^{54}
玉 皇 原 是 坐 上 天
玉皇原是坐上天

nio^{24} haŋ^{31} vai^{31} se^{33} ɕaŋ^{24} thai^{54} tsa^{33}
玉 皇 原 是 上 天 坐
玉皇原是上天坐

kiu^{54} ɕəŋ^{33} niai^{31} tɕi^{54} paŋ^{33} nio^{24} haŋ^{31}
关　胜　严　君　伴　玉　皇
关胜帝君伴玉皇

nio^{24} haŋ^{31} vai^{31} se^{31} fəŋ^{54} fə^{33} sai^{54}
玉　皇　原　时　吩　咐　仙
玉皇事先嘱仙人

fəŋ^{54} fə^{24} sai^{54} ȵi^{31} ɕou^{31} thai^{54} məŋ^{31}
吩　咐　仙　人　守　天　门
吩咐仙人守天门

sai^{54} ȵi^{31} ɕou^{31} lu^{35} thai^{54} məŋ^{31} hou^{31}
仙　人　守　得　天　门　口
仙人守得天门口

fi^{31} ki^{54} hou^{33} se^{24} tɕhəŋ^{31} fu^{33} luo^{31}
凡　间　有　事　请　下　来
凡间有事请下来

thai^{54} ɕaŋ^{24} sai^{54} ȵi^{31} tɕhəŋ^{31} lu^{35} fu^{33}
天　上　仙　人　请　得　下
天上仙人已请下

ɕiŋ^{31} niaŋ^{31} paŋ^{33} niaŋ^{31} jou^{24} tɕhəŋ^{31} fu^{33} luo^{31}
行　娘　伴　娘　也　请　下　楼
行娘伴娘请下楼

nio^{33} paŋ^{33} ȵi^{54} ȵi^{54} zə^{35} tsəi^{31} tɕhəŋ^{31}
女　伴　个　个　一　齐　请
女伴个个一齐请

ȵi^{54} ȵi^{54} zə^{35} tsəi^{31} tɕhəŋ^{31} fu^{33} luo^{31}
人 人 一 齐 请 下 楼
人人一齐请下楼

ȵi^{54} ȵi^{54} tɕhəŋ^{31} fu^{33} tɕhəŋ^{54} tou^{31} tsa^{33}
人 人 请 下 清 头 坐
人人请下厅堂坐

tɕhəŋ^{54} tou^{31} tsa^{33} fu^{33} tɕho^{33} kø^{54} taŋ^{31}
清 头 坐 下 看 歌 堂
厅堂坐下看歌堂

kaŋ^{31} se^{54} ma^{33} liaŋ^{54} mai^{31} haŋ^{31} tse^{31}
广 西 买 张 棉 红 纸
广西买张棉红纸

mu^{24} liŋ^{33} tiaŋ^{54} ɕo^{24} tɕhəŋ^{31} ȵi^{31} tsa^{31}
麦 岭 中 学 请 人 裁
麦岭中学请人裁

tiaŋ^{54} ɕo^{24} luo^{31} se^{54} luo^{31} tɕi^{31} po^{35}
中 学 老 师 拿 起 笔
中学老师拿起笔

pəi^{24} tɕi^{31} po^{35} tou^{31} ɕou^{54} ɕəŋ^{31} ɕo^{54}
别 起 笔 子 修 成 书
顺好笔毫修成书

həŋ^{31} tse^{31} ɕou^{54} ɕo^{35} se^{24} no^{24} zə^{35}
红 纸 修 书 十 二 页
红纸修书十二页

se^{24} no^{24} zə^{35} ɕo^{54} tɕhəŋ^{31} me^{24} nəŋ^{31}

十 二 页 书 请 妹 男

十二页书请姐妹

zə^{35} phəi^{35} hau^{33} tɕhəŋ^{31} ɕiŋ^{31} niaŋ^{31} me^{24}

一 页 去 请 行 娘 妹

一页去请行娘妹

no^{24} phəi^{35} hau^{33} tɕhəŋ^{31} paŋ^{33} niaŋ^{31} luo^{31}

二 页 去 请 伴 娘 来

两页去请侍娘来

səŋ^{54} phəi^{35} hau^{33} tɕhəŋ^{31} nio^{33} tou^{31} paŋ^{33}

三 页 去 请 女 子 伴

数页去请女儿伴

ȵi^{54} ȵi^{54} zə^{35} tsəi^{31} tɕhəŋ^{31} fu^{33} luo^{31}

个 个 一 齐 请 下 楼

个个一齐请下楼

ȵi^{54} ȵi^{54} tɕhəŋ^{31} fu^{33} tɕhəŋ^{33} tou^{31} tsa^{33}

人 人 请 下 清 头 坐

人人请下厅堂坐

tɕhəŋ^{33} tou^{31} tsa^{33} fu^{33} tɕho^{33} kuo^{54} taŋ^{31}

清 头 坐 下 看 歌 堂

厅堂坐下看歌堂

la^{33} tsa^{33} tɕhəŋ^{33} tou^{31} niai^{31} zə^{35} niai^{31}

倈 在 清 头 言 一 言

我在厅堂言一言

tɕhəŋ^{33} tse^{24} nəŋ^{54} luo^{31} liaŋ^{31} ɕaŋ^{54} lai^{33}
青 字 给 来 两 相 连
青字过来两相连

niai^{31} ji^{54} tɕhəŋ^{33} tse^{24} saŋ^{54} saŋ^{54} tse^{33}
言 与 青 字 双 双 站
言与青字双双站

thiaŋ^{33} tou^{31} tshu^{24} tse^{24} tɕhəŋ^{31} me^{24} nəŋ^{31}
唱 条 拆 字 请 妹 男
唱拆字歌请妹们

tɕhəŋ^{31} se^{31} ɕiŋ^{33} niaŋ^{31} khuai^{33} paŋ^{33} niaŋ^{31}
请 起 行 娘 劝 伴 娘
先请行娘劝侍娘

paŋ^{33} niaŋ^{31} hau^{33} khuai^{33} nio^{33} paŋ^{33} ȵe^{31}
伴 娘 去 劝 女 伴 人
侍娘再劝女儿伴

pa^{35} se^{31} ȵi^{54} ȵi^{54} zə^{35} tsəi^{31} fu^{33}
邀 起 个 个 一 齐 下
邀起个个一齐下

ȵi^{54} ȵi^{54} tse^{24} tɕou^{24} tso^{31} fu^{33} luo^{31}
人 人 自 就 早 下 楼
人人爽快早下楼

ȵi^{54} ȵi^{54} fu^{33} luo^{31} tɕhəŋ^{33} tou^{31} tsa^{33}
个 个 下 楼 清 头 坐
个个下楼厅堂坐

tɕhəŋ^{33} tou^{31} tsa^{33} fu^{33} tɕho^{33} kø^{54} taŋ^{31}
清 头 坐 下 看 歌 堂
厅堂坐下看歌堂

tsa^{24} ɕu^{24} no^{24} ŋe^{31} hau^{33} lu^{35} tiou^{31}
丢 石 进 岩 去 得 久
石落岩洞去得久

tiou^{31} tiou^{31} mə^{33} məŋ^{31} ɕu^{24} əŋ^{33} ɕəŋ^{54}
久 久 不 闻 石 音 声
久久不闻回应声

tiou^{31} tiou^{31} mə^{33} məŋ^{31} əŋ^{33} ɕəŋ^{54} ɕaŋ^{31}
久 久 不 闻 音 声 响
久久不闻应声响

tɕhəŋ^{31} tio^{31} mə^{33} kai^{33} me^{24} fu^{33} luo^{31}
请 久 不 见 妹 下 楼
请久不见妹下楼

səi^{33} hau^{33} mo^{31} mo^{31} la^{24} lu^{35} tiou^{31}
细 雨 毛 毛 落 得 久
细雨毛毛下得久

la^{35} tiou^{31} mə^{33} kai^{33} lau^{24} ɕo^{31} tiou^{31}
落 久 不 见 路 水 流
下久不见沿街流

la^{35} tiou^{31} mə^{33} kai^{33} lau^{24} ɕo^{31} tso^{31}
落 久 不 见 路 水 走
下久不见水泛滥

tɕhəŋ^{31} tiou^{31} mə^{33} kai^{33} ɕo^{35} tɕhəŋ^{54} tou^{31}
请 久 不 见 出 清 头
请久不见出厅堂

kø^{54} taŋ^{31} tɕhəŋ^{31} me^{24} kau^{31} n̥i^{31} tse^{33}
歌 堂 请 妹 古 人 置
歌堂请妹古人制

mə^{33} se^{33} tse^{54} luo^{54} la^{33} pai^{54} ɕəŋ^{31}
不 是 今 日 倈 编 成
不是今日我编成

se^{33} mə^{33} ɕai^{31} la^{33} mə^{33} luo^{54} le^{33}
是 否 嫌 倈 不 知 礼
是否嫌我不知礼

mə^{33} luo^{54} tou^{31} kø^{54} tɕhəŋ^{31} me^{24} nəŋ^{31}
不 知 条 歌 请 妹 男
不会唱歌请妹们

mə^{33} luo^{54} le^{33} mau^{24} vai^{31} liaŋ^{24} la^{33}
不 知 礼 貌 原 谅 倈
不知礼貌请原谅

vu^{24} se^{33} vai^{31} liaŋ^{24} ka^{54} fu^{33} luo^{31}
若 是 原 谅 该 下 楼
若是原谅该下楼

fu^{33} luo^{31} tɕhəŋ^{54} tou^{31} tse^{31} tsa^{33} fu^{33}
下 来 清 头 齐 坐 下
下来厅堂齐坐下

lia^{33} lia^{33} kø^{54} taŋ^{31} se^{24} lau^{24} thaŋ^{54}
了 了① 歌 堂 事 路 通
完成歌堂事路通

təŋ^{31} zə^{24} təŋ^{31}
藤 叶 藤
藤缠藤

məŋ^{24} me^{24} tɕhəŋ^{33} məŋ^{31} mə^{33} tɕhəŋ^{33} məŋ^{31}
问 妹 听 闻 不 听 闻
问妹听见没听见

vu^{24} se^{33} tɕhəŋ^{33} məŋ^{31} ka^{54} tse^{24} tɕou^{24}
若 是 听 闻 该 自 就
若是听见该爽快

ji^{24} ka^{54} pa^{35} paŋ^{33} tso^{31} fu^{33} luo^{31}
应 该 邀 伴 早 下 楼
应该邀伴早下楼

piŋ^{31} tau^{24} tha^{54} thiu^{54} thiu^{54} mə^{33} luai^{33}
平 地 拖 车 车 不 转
平地拖车车不转

pəi^{35} se^{33} thiu^{54} ɕi^{54} jou^{33} ŋa^{24} tau^{31}
必 是 车 心 有 碍 徒②
必是车轴有故障

① 了了：按顺序进行并结束。
② 碍徒：障碍，故障。下文“碍图”同。

thiu54 ɕi54 jou33 ŋa24 la33 mo33 ŋa24
车 心 有 碍 俫 没 碍
车轴有碍我没碍

la33 jou31 mo33 jou35 ŋa24 tɕa24 niaŋ31
俫 也 没 有 碍 着 娘
我没碍着姐妹们

mo33 jou35 ŋa54 tɕa24 təi24 vai31 ji54
没 有 碍 着 找 原 因
没有妨碍找原因

ɕou31 luo31 tsa24 tso31 ka31 thiu54 liaŋ31
手 拿 凿 子 解 车 梁①
手拿凿子分解开

ka35 ha54 thiu54 liaŋ31 thiu54 tse24 luai33
解 开 车 梁 车 自 转
解开车轴车自转

ɕaŋ33 kaŋ54 fu33 hai31 mo33 ŋa24 tou31
上 岗 下 坳 没 碍 图
上岗下坳得顺溜

hi54 luai33 ma31 vo54 pai31 luai33 lia35
翻 转 棉 衣 反 转 穿
翻转棉衣反转穿

① 车梁：车轴心及车梁部分。

tɕaŋ^{54} luo^{31} me^{24} nəŋ^{31} tsa^{33} la^{33} nəŋ^{31}
将 来 妹 男 做 俫 男
如果妹们做我们

tɕaŋ^{54} luo^{31} me^{24} nəŋ^{31} luo^{31} tsa^{33} la^{33}
将 来 妹 男 来 做 俫
如果妹们来做我

ju^{24} se^{33} tɕi^{24} jaŋ^{24} hau^{33} tiou^{31} ȵe^{31}
也 是 这 样 去 求 人
也是这样去求人

tiou^{31} luo^{31} tiou^{31} hau^{33} tiou^{31} mə^{33} təŋ^{33}
求 来 求 去 求 不 动
求来求去求不动

ta^{24} ȵi^{54} liu^{35} vo^{31} ni^{31} mə^{33} ni^{31}
自 己 看 下 难 不 难
自己看下难不难

ləŋ^{54} fə^{31} kaŋ^{54}
灯 火 光
灯火亮

lai^{31} tse^{31} ləŋ^{54} fə^{31} hau^{33} ha^{54} ɕaŋ^{54}
点 起 灯 火 去 开 箱
点起灯火去开箱

ha^{54} ɕaŋ^{54} təi^{31} ɕo^{35} liaŋ^{31} se^{54} thiu^{35}
开 箱 拿 出 量 丝 尺
开箱拿出量丝尺

tə i^{31} ɕo^{35} se^{54} thiu^{35} mi^{24} se^{54} liaŋ^{31}
拿 出 丝 尺 慢 思 量
拿出丝尺慢思量

mi^{24} mi^{24} se^{54} liaŋ^{31} mi^{24} mi^{24} ɕaŋ^{31}
慢 慢 思 量 慢 慢 想
慢慢思量慢慢想

liu^{35} vu^{31} fu^{33} luo^{31} mə^{33} fu^{33} luo^{31}
看 看 下 楼 不 下 楼
看看下楼不下楼

ɕaŋ^{54} tɕəŋ^{31} ɕaŋ^{54}
相 请 相
相请啊

ɕaŋ^{54} tɕəŋ^{31} tio^{31} ȵi^{31} tsa^{33} tɕi^{31} tiaŋ^{54}
相 请 主 人 做 主 张
相请主人做主张

tio^{31} ȵe^{31} tsa^{33} lu^{35} tɕi^{31} tiaŋ^{54} se^{24}
主 人 做 得 主 张 事
主人做得主张事

tɕi^{31} tiaŋ^{54} hau^{33} khuai^{33} ɕiŋ^{31} niaŋ^{31} ȵe^{31}
主 张 去 劝 行 娘 人
主张去劝行娘人

khuai^{33} se^{31} paŋ^{33} niaŋ^{31} pa^{35} nio^{33} paŋ^{33}
劝 起 伴 娘 邀 女 伴
劝起伴娘邀女伴

pa^{35} se^{31} ȵi^{54} ȵi^{54} tso^{31} fu^{33} luo^{31}
邀 起 个 个 早 下 楼
邀起个个早下楼

li^{31} khua^{33} tse^{24} tɕou^{24} tɕhi^{31} tso^{31} fu^{33}
打 快 自 就 趁 早 下
赶快径直早早下

fu^{33} luo^{31} tɕhəŋ^{54} tou^{31} tɕho^{33} kø^{54} taŋ^{31}
下 来 清 头 看 歌 堂
下来厅堂看歌堂

tɕuai^{54} ɕəŋ^{31} mə^{33} nəŋ^{54} piŋ^{31} te^{54} ləŋ^{31}
穿 线 不 给 偏 了 等
穿线不给偏了向

kø^{54} taŋ^{31} mə^{33} nəŋ^{54} pəŋ^{31} te^{54} pai^{54}
歌 堂 不 给 偏 了 边
歌堂规矩不能偏

tɕuai^{54} ɕəŋ^{31} piŋ^{31} ləŋ^{31} mə^{33} ho^{31} tiou^{35}
穿 线 偏 等① 不 好 织
穿线偏向不好织

kø^{54} taŋ^{31} piŋ^{31} pai^{54} mə^{33} ho^{31} vo^{31}
歌 堂 偏 边 不 好 维
歌堂违规怎能行

① 偏等：织布上线时偏了方向。

kuo^{33} ku^{54} kø^{54} taŋ^{31} vaŋ^{24} na^{24} ne^{24}
贵 家 歌 堂 望 闹 热
贵家歌堂望热闹

nəŋ^{31} paŋ^{33} nio^{33} paŋ^{33} tɕho^{33} kø^{54} taŋ^{31}
男 伴 女 伴 看 歌 堂
男伴女伴看歌堂

ta^{24} tsəi^{31} ȵi^{54} ȵi^{54} tɕhəŋ^{54} tou^{31} tsa^{33}
大 齐 个 个 清 头 坐
大家个个厅堂坐

tsa^{33} se^{33} na^{24} ne^{24} tɕho^{33} kø^{54} taŋ^{31}
才 是 闹 热 看 歌 堂
才是热闹看歌堂

me^{24} nəŋ^{31} luo^{31} ɕaŋ^{24} fəŋ^{33} lu^{35} tio^{31}
妹 男 楼 上 睡 得 久
妹们楼上睡得久

li^{54} se^{33} la^{33} nəŋ^{31} tsa^{33} tɕhəŋ^{54} tou^{31}
单 是 我 们 坐 清 头
单是我们坐厅堂

ho^{35} kəŋ^{54} la^{33} nəŋ^{31} hau^{33} tɕhəŋ^{31} me^{24}
现 在 俫 男 去 请 妹
现在我们去请妹

tɕhəŋ^{31} te^{54} jaŋ^{24} tio^{31} mə^{33} fu^{33} luo^{31}
请 了 样 久① 不 下 楼
请了许久不下楼

① 样久：这样久，许久。

la^{33} ju^{24} mə^{33} ho^{31} ɕi^{54} vu^{35} pe^{35}
倈 也 不 好 生 压 迫
我也不好去强迫

mə^{33} ho^{31} tiaŋ^{31} tio^{31} vu^{35} pe^{35} ȵe^{31}
不 好 强 求 压 迫 人
不好强求逼迫人

fu^{33} mə^{33} fu^{33} se^{31} ji^{54} jou^{31} me^{24}
下 不 下 是 因 由 妹
下不下是由着妹

tsaŋ^{31} ȵi^{24} kuo^{35} ȵi^{31} tse^{24} tshəŋ^{54} miŋ^{31}
总 要 各 人 自 聪 明
道理总要能明白

ɕo^{54} ja^{31} la^{33} nəŋ^{31} mə^{33} luo^{54} le^{33}
虽 然 我 们 不 知 礼
虽然我们不知礼

mə^{33} va^{24} tiaŋ^{31} luo^{31} tɕəŋ^{31} me^{24} nəŋ^{31}
不 会 讲 理 请 妹 男
不会讲理请妹们

miŋ^{31} luo^{54} la^{33} nəŋ^{31} mə^{33} luo^{54} le^{33}
明 知 倈 男 不 知 礼
明知我们不知礼

ji^{24} ka^{54} thəi^{31} həŋ^{24} la^{33} nəŋ^{31} saŋ^{54}
应 该 体 贴 倈 男 双
应该体贴兄弟俩

ta^{24} mau^{24} jou^{24} phu^{33} tshai^{54} luo^{54} tia^{35}
大 木 也 怕 千 刀 砍
大树也怕千刀砍

miŋ^{31} pu^{24} jou^{24} phu^{33} paŋ^{33} tio^{33} te^{31}
明 白 也 怕 半 句 提
明白人怕半句提

paŋ^{33} tio^{33} təi^{31} luo^{31} miŋ^{31} pu^{24} lia^{33}
半 句 提 来 明 白 了
半句提醒明白了

tio^{33} tio^{33} təi^{31} luo^{31} me^{24} tse^{24} tshəŋ^{54}
句 句 提 来 妹 自 聪
句句提来自明白

pəi^{24} khəŋ^{54} me^{24} nəŋ^{31} tshəŋ^{54} miŋ^{31} nio^{33}
别 刻 妹 们 聪 明 女
往时妹们聪明女

tse^{54} no^{54} tsaŋ^{54} tse^{31} mə^{33} tshəŋ^{54} miŋ^{31}
今 天 装 起 不 聪 明
今天装做不聪明

se^{33} mə^{33} tɕəŋ^{33} tse^{54} tsou^{35} ləŋ^{31} la^{33}
是 否 正 经① 作 弄 倈
是否故意作弄我

tsou^{35} ləŋ^{31} la^{33} nəŋ^{31} mə^{33} luo^{54} kø^{54}
作 弄 倈 们 不 知 歌
作弄我们不知歌

① 正经：成心，故意，特意。

la^{33} nəŋ^{31} mə^{33} luo^{54} mə^{33} tse^{33} kua^{33}
倈 们 不 知 不 记 怪
我们不知不怪罪

ji^{24} ka^{54} ɕi^{33} kø^{33} la^{33} nəŋ^{31} saŋ^{54}
应 该 训 过 倈 们 双
希望包涵兄弟们

ɕi^{33} kø^{33} la^{33} nəŋ^{31} vu^{24} me^{24} ho^{31}
训 过 倈 们 曰 妹 好
原谅我们妹真好

nai^{24} me^{24} piu^{54} haŋ^{31} la^{33} nəŋ^{31} saŋ^{54}
念 妹 包 涵 倈 们 双
真心感谢妹包涵

ŋou^{31} vu^{35} taŋ^{33} tso^{31} mə^{33} lio^{35} thio^{35}
牛 弯 冲 糍 不 弯 曲
牛轭舂糍别弯曲

au^{54} vu^{54} tse^{33} ɕo^{24} mə^{33} kho^{31} ŋa^{31}
乌 鸦 站 树 不 可 挨
乌鸦站树不可挨

ŋa^{31} luo^{31} ŋa^{31} hau^{33} no^{33} mə^{33} ləŋ^{31}
挨 来 挨 去 日 不 等
挨来挨去时不等

ŋa^{31} tɕi^{31} kø^{54} taŋ^{31} se^{33} mə^{33} thaŋ^{54}
挨 着 歌 堂 事 不 通
误了歌堂事不通

he^{33} me^{24} ȵi^{54} ȵi^{54} tse^{24} tɕou^{24} le^{33}
叫 妹 个 个 自 就 些
叫妹个个爽快些

ȵi^{54} tɕi^{54} ȵi^{54} sai^{54} khua^{33} fu^{33} luo^{31}
个 争 个 先 快 下 楼
个个争先快下楼

mo^{33} fə^{31} zə^{24} mo^{31} nəŋ^{31} tɕhi^{33} tso^{31}
没 火 吃 饭 能 趁 早
没灯吃饭要趁早

pou^{35} faŋ^{54} no^{31} tso^{31} mə^{33} no^{31} tou^{31}
北 方 宜 早 不 宜 迟
远行宜早不宜迟

pou^{35} faŋ^{54} no^{31} tso^{31} ɕəŋ^{31} ɕi^{54} hau^{33}
北 方 宜 早 成 心 去
远行宜早专心去

pou^{35} faŋ^{54} no^{31} tou^{31} mə^{33} ɕəŋ^{31} ɕi^{54}
北 方 宜 迟 不 成 心
北方若迟不成行

khəŋ^{35} tɕi^{54} ji^{33} tiai^{54} tɕho^{31} se^{24} kø^{33}
现 在 已 经 丑 时 过
现在已经过丑时

hou^{33} kø^{54} mə^{33} tio^{31} tɕou^{24} thai^{54} kaŋ^{54}
有 回 不 久 就 天 光
还有不久就天亮

ŋa^{31} tɕi^{31} kø^{54} taŋ^{31} se^{33} mə^{33} lia^{33}
挨 着 歌 堂 事 不 了
误了歌堂事难了

ŋa^{31} tɕi^{31} tio^{31} ȵe^{31} mə^{33} kaŋ^{54} fa^{31}
挨 着 主 人 不 空 怀
误了主人难办事

maŋ^{31} təŋ^{31} tse^{24} tɕou^{24} me^{24} tse^{24} tɕou^{24}
芒 筒 自 就 妹 自 就
苇秆茎直妹直率

ȵi^{54} ȵi^{54} tse^{24} tɕou^{33} khua^{33} fu^{33} luo^{31}
人 人 自 就 快 下 楼
人人径直快下楼

ləŋ^{54} pai^{54} zə^{24} tou^{31} ɕo^{35} ləŋ^{54} tso^{31}
东 边 日 头 出 得 早
东边太阳出得早

səi^{54} pai^{54} ŋue^{24} liaŋ^{31} la^{24} liŋ^{33} tou^{31}
西 边 月 亮 落 岭 迟
西边月亮落山迟

nəi^{24} tou^{31} la^{24} liŋ^{33} ŋue^{31} liaŋ^{33} ɕo^{35}
日 头 落 岭 月 亮 出
太阳落山月亮出

me^{24} nəŋ^{31} ȵi^{54} ȵi^{54} miŋ^{31} pu^{35} ȵe^{31}
妹 们 个 个 明 白 人
妹们个个明白人

me^{24} nəŋ^{31} ȵi^{54} ȵi^{54} miŋ^{31} pu^{35} nio^{33}
妹 们 人 人 明 白 女
姐妹个个聪明女

thəi^{31} həŋ^{31} la^{33} nəŋ^{31} fu^{33} te^{54} luo^{31}
体 贴 俫 男 下 了 楼
体贴我们下了楼

fu^{33} luo^{31} tɕiəŋ^{31} tou^{31} luo^{54} le^{33} mau^{24}
下 来 清 头 知 礼 貌
下来厅堂知礼貌

ɕou^{31} luo^{31} ɕaŋ^{54} ai^{54} ta^{33} faŋ^{33} nəŋ^{31}
手 拿 香 烟 待 奉 男
手拿香烟侍奉我

tɕəŋ^{31} tou^{31} ȵi^{54} ȵi^{54} lu^{35} faŋ^{33} kø^{33}
清 头 个 个 得 奉 过
厅堂个个都奉过

faŋ^{33} te^{54} ɕaŋ^{54} ai^{54} faŋ^{35} tsu^{31} luo^{31}
奉 了 香 烟 奉 茶 来
奉了香烟奉茶来

se^{24} tsa^{33} me^{24} nəŋ^{31} fu^{35} tɕəŋ^{31} hø^{31}
实 在 妹 们 客 情 好
实在妹们情义好

səi^{33} ɕi^{54} zə^{33} ho^{31} ta^{33} faŋ^{33} ne^{31}
细 心 意 好 待 奉 男
细心好意侍奉我

pəi24 thio33 kø54 taŋ31 mo33 jaŋ24 ho31
别 处 歌 堂 没 样 好
别处歌堂虽也好

ȵi31 tɕəŋ33 se33 kuo54 kuo33 ku54 tɕaŋ31
人 情 是 归 贵 家 长
人情还是贵家长

me24 nəŋ31 ȵi31 tɕəŋ31 tɕaŋ31 lio31 ɕo31
妹 们 人 情 长 流 水
妹们人情长流水

tia33 la33 ȵi31 tɕəŋ31 tɕaŋ31 mə33 luo31
照 倈 人 情 长 不 来
我却人情长不来

sa54 mə33 tɕe33 ke33 hau31 tiaŋ54 tɕou31
酾 不 尽 的 壶 中 酒
酾不尽的壶中酒

nai24 mə33 tɕe33 ke33 me24 fu33 tɕəŋ31
念 不 尽 的 妹 客 情
念不尽妹的好情义

fa31 ku54 səŋ54 no35 nai24 səŋ54 no35
回 家 三 天 念 三 天
回家三天念三天

fa31 ku54 so33 no35 nai24 mə33 vai31
回 家 四 天 念 不 完
回家四天念不完

ɕou^{31} phu^{35} ɕi^{54} tou^{31} la^{33} ɕaŋ^{31} pai^{31}
手 拍 心 头 俫 想 反
手拍心头我想起

se^{33} la^{33} ɕaŋ^{31} pai^{31} səŋ^{54} taŋ^{31} ȵe^{31}
是 俫 想 反 三 团 人
想起到了第三团

se^{33} la^{33} ɕaŋ^{31} pai^{31} səŋ^{54} taŋ^{31} paŋ^{33}
是 俫 想 反 三 团 伴
想起三团唱歌伴

səŋ^{54} taŋ^{31} təŋ^{31} paŋ^{33} tɕho^{33} kø^{54} taŋ^{31}
三 团 同 伴 看 歌 堂
三团同伴看歌堂

tɕoŋ^{54} kø^{33} səŋ^{54} taŋ^{31} ŋu^{33} təŋ^{31} paŋ^{33}
尊 过 三 团 我 同 伴
传过三团唱歌伴

jou^{33} zə^{35} jou^{33} no^{24} tɕhua^{54} me^{24} nəŋ^{31}
有 一 有 二 推 妹 们
有一有二唱下段

ho^{31} tshe^{54} pai^{54} luo^{31} tɕa^{24} mə^{33} tɕa^{24}
口 吃 边 梨 嚼 不 嚼
口嚼槟榔对不对

se^{33} mə^{33} əi^{54} jaŋ^{24} tɕoŋ^{54} paŋ^{33} nəŋ^{31}
是 否 这 样 尊 伴 们
是否这样传同伴

tiaŋ^{31} fu^{24} mə^{33} tɕa^{24} nəŋ^{31} tiaŋ^{31} kø^{33}
讲 话 不 着 能 讲 过
讲话不对能讲过

tɕoŋ^{54} paŋ^{33} mə^{33} tɕa^{24} ɕaŋ^{54} kø^{33} liaŋ^{31}
尊 伴 不 对 商 过 量
传伴不对再商量

十、推女伴立头人歌

hou³¹ tshe⁵⁴ pai⁵⁴ luo³¹ ju²⁴ se³³ tɕa²⁴
口 吃 边 梨 也 是 嚼
口嚼槟榔也是对

tiŋ³³ se³³ əi⁵⁴ jaŋ²⁴ tɕoŋ⁵⁴ paŋ³³ nəŋ³¹
正 是 这 样 尊 伴 男
正是这样传我们

tɕhəŋ³³ paŋ³³ kø⁵⁴ ho³¹ ɕəŋ⁵⁴ ju²⁴ ho³¹
听 伴 歌 好 声 又 好
二团歌好声又好

ɕəŋ⁵⁴ tou³¹ ɳo³¹ ɳo³¹ tɕhəŋ³¹ ɕiŋ³¹ niaŋ³¹
声 子 柔 柔 请 行 娘
声儿柔柔请行娘

ɕiŋ³¹ niaŋ³¹ paŋ³³ niaŋ³¹ tɕhəŋ³¹ te⁵⁴ fu³³
行 娘 伴 娘 请 了 下
行娘伴娘请了下

nio³³ paŋ³³ zə³⁵ tsəi³¹ fu³³ te⁵⁴ luo³¹
女 伴 一 齐 下 了 楼
女伴一齐下了楼

fu³³ luo³¹ tɕhəŋ⁵⁴ tou³¹ tsəi³¹ tsa³³ fu³³
下 来 清 头 齐 坐 下
下来厅堂齐坐下

ta^{24} tsəi^{31} tsa^{33} fu^{33} tɕho^{33} kø^{54} taŋ^{31}
大 齐 坐 下 看 歌 堂
大家坐下看歌堂

tiŋ^{33} se^{33} əi^{54} jaŋ^{24} tau^{31} se^{33} ho^{31}
正 是 这 样 才 是 好
正是这样才是好

tau^{31} se^{33} na^{24} ne^{24} tɕho^{33} kø^{54} taŋ^{31}
才 是 闹 热 看 歌 堂
才是热闹看歌堂

tau^{31} se^{33} nəŋ^{31} nio^{33} hou^{33} ȵi^{24} tshe^{33}
才 是 男 女 有 义 气
才是男女有义气

tau^{31} se^{33} na^{24} ne^{24} kuo^{33} kø^{54} taŋ^{31}
才 是 闹 热 贵 歌 堂
才是欢喜闹歌堂

ə^{54} fa^{31} luo^{31} te^{54} la^{33} ta^{24} ȵe^{54}
这 回 到 了 我 自 己
这回到了我自己

luo^{31} te^{54} ta^{24} ȵe^{54} mə^{33} va^{24} vo^{31}
到 了 自 己 不 会 维
到了自己不会吟

ho^{31} vu^{24} mə^{33} va^{24} ju^{24} tɕa^{24} thiaŋ^{33}
口 曰 不 会 也 要 唱
口说不会也得唱

ju^{24} tɕa^{24} tɕhua^{54} me^{24} luo^{24} tou^{31} ȵe^{31}
也 要 推 妹 立 头 人
紧催女伴立头人

luo^{24} se^{31} tou^{31} ȵe^{31} la^{33} se^{31} lua^{33}
立 起 头 人 带 起 队
立起头人带起队

la^{33} se^{31} la^{33} saŋ^{54} tɕho^{33} kø^{54} taŋ^{31}
带 起 倈 双 看 歌 堂
带起我们看歌堂

tɕiəŋ^{31} tsai^{31} jou^{33} luo^{54} so^{33} tse^{33} tɕhəŋ^{54}
庭 前 有 蔸 四 季 青
庭前有棵四季青

tɕhua^{54} me^{24} luo^{24} tou^{31} tɕou^{24} se^{31} ɕəŋ^{54}
推 妹 立 头 就 起 声
催女伴立头起声唱

tɕhua^{54} me^{24} luo^{24} tou^{31} se^{31} ɕəŋ^{54} thiaŋ^{33}
推 妹 立 头 起 声 唱
催女伴立头起声唱

tsəi^{35} tɕi^{31} se^{31} ɕəŋ^{54} tɕhua^{54} me^{24} nəŋ^{31}
接 着 起 声 催 妹 们
接着起声催女伴

no^{24} ŋue^{33} nəŋ^{31} pəŋ^{54} təŋ^{31} təŋ^{24} ɕaŋ^{33}
二 月 南 风 从 垌 上
二月南风垌上来

pa^{35} ŋue^{33} tɕhou^{54} pəŋ^{54} təŋ^{31} liŋ^{33} luo^{31}
八 月 秋 风 从 岭 来
八月秋风从岭来

ta^{24} pəŋ^{54} luo^{31}
大 风 到
大风到

ɕi^{54} ɕi^{54} piou^{35} mau^{24} ti^{33} ləi^{54} tou^{31}
深 山 竹 木 都 低 头
深山竹木都低头

piou^{35} mau^{24} ləi^{54} tou^{31} tɕhəŋ^{33} pəŋ^{54} kø^{33}
竹 木 低 头 听 风 过
竹木低头听风过

le^{35} vo^{24} kuo^{54} ta^{31} tɕhəŋ^{33} la^{33} ɕəŋ^{54}
列 位 高 才 听 倈 声
列位高才听我吟

tɕhəŋ^{54} tou^{31} ȵi^{31} la^{54} tɕhəŋ^{33} tɕi^{31} la^{33}
清 头 人 多 听 着 倈
厅堂人多听着我

tɕhəŋ^{33} tɕi^{31} la^{33} saŋ^{54} tɕhua^{54} me^{24} nəŋ^{31}
听 着 倈 双 催 妹 们
听着我俩催女伴

pa^{35} ŋue^{24} ɕou^{54} ɕi^{54} paŋ^{33} ju^{24} fə^{31}
八 月 修 山① 放 夜 火
八月巡山放夜火

① 修山：畲山。

fə^{31} ɕa^{54} piou^{35} tou^{31} laŋ^{24} lu^{35} tɕa^{31}
火 烧 竹 子 乱 得 柴
火烧竹子当得柴

və^{24} ŋau^{33} nai^{31} ki^{54} se^{31} se^{24} laŋ^{24}
戊 午① 年 间 时 事 乱
戊午年间时事乱

fəŋ^{54} fəŋ^{54} laŋ^{24} laŋ^{24} luo^{31} zə^{31} tɕi^{54}
昏 昏 乱 乱 到 如 今
昏昏乱乱到如今

ku^{35} ɕi^{31} nai^{31} ki^{54} ta^{24} piŋ^{54} luo^{31}
甲 辰② 年 间 大 兵 到
甲辰这年大兵到

tɕhun^{54} tɕhun^{54} təŋ^{24} təŋ^{24} luo^{24} tou^{31} ȵe^{31}
村 村 垌 垌 立 头 人
村村垌垌立头人

zə^{31} tɕi^{54} ɕaŋ^{24} se^{33} vəŋ^{31} ɕo^{54} luo^{31}
如 今 上 司 文 书 到
如今上司文书到

vəŋ^{31} ɕo^{54} luo^{31} luo^{31} fə^{33} tɕhuai^{54} ɕəŋ^{31}
文 书 来 到 富 川 城
文书先到富川城

① 戊午：应指元延祐五年南宁等地民变一事。
② 甲辰：指元至正二十四年（1364 年），是年朱元璋称吴王，在南京定大都督府。

lo^{31} luo^{31} fə^{33} tɕhuai^{54} fa^{35} tsha^{54} fu^{33}
来 到 富 川 发 差① 下
文到富川钦差下

fa^{35} tsha^{54} fu^{33} luo^{31} mu^{24} liŋ^{33} jəŋ^{31}
发 差 下 到 麦 岭 营
钦差下到麦岭营

luo^{31} luo^{31} mu^{24} liŋ^{33} luo^{24} kai^{24} kaŋ^{31}
来 到 麦 岭 立 殿 管②
来到麦岭立衙署

kai^{24} kaŋ^{31} fə^{35} tɕe^{31} jou^{33} tou^{31} ȵe^{31}
殿 管 里 面 有 头 人
衙署里面有头人

tshai^{54} piŋ^{54} vi^{24} mo^{33} jou^{33} tou^{31} tɕu^{54}
千 兵 万 马 有 头 军
千军万马有领军

vi^{24} tɕaŋ^{33} mo^{31} sa^{35} jou^{33} kau^{31} tou^{31}
万 丈 麻 绳 有 根 头
万丈麻绳有根头

ȵi^{31} ɕi^{54} se^{24} se^{24} mə^{33} li^{24} va^{24}
人 生 事 事 不 例 外
人生事事不例外

① 发差：上级下达命令。
② 殿管：军政事务办公场所。

se^{24} se^{24} mə^{33} kho^{31} ɕa^{31} tou^{31} ȵe^{31}
事 事 不 可 少 头 人
事事不可少头人

ɕa^{31} te^{54} tou^{31} ȵe^{31} və^{33} tou^{31} lau^{24}
少 了 头 人 无 头 路
少了头人无头绪

ɕa^{31} te^{54} la^{33} tou^{31} mə^{33} ho^{31} vo^{31}
少 了 带 头 不 好 维
少了带头无作为

tse^{54} no^{54} kø^{54} taŋ^{31} mo^{33} tsəŋ^{31} hau^{33}
今 天 歌 堂 没 曾 有
今天歌堂不曾有

pa^{35} tsəi^{31} təŋ^{31} paŋ^{33} təi^{24} me^{24} nəŋ^{31}
邀 齐 同 伴 寻 妹 们
邀齐同伴寻妹们

sai^{54} tsai^{31} me^{24} nəŋ^{31} tsəi^{35} no^{24} la^{33}
先 前 妹 们 接 进 俫
先前妹们接进我

zə^{31} tɕi^{54} təi^{35} kuo^{54} me^{24} nəŋ^{31} saŋ^{54}
如 今 找 回 妹 们 双
如今找回妹们说

təi^{35} kuo^{54} me^{24} nəŋ^{31} tsa^{33} kuo^{54} tio^{31}
找 归 妹 们 做 回 主
找回妹们做回主

təi^{35} kuo^{54} me^{24} nəŋ^{31} luo^{24} se^{31} tou^{31}
找 回 妹 们 立 起 头
找回妹们立起头

tou^{31} ȵi^{31} pəŋ^{31} luo^{31} ɕiŋ^{31} niaŋ^{31} tsa^{33}
头 人 本 来 行 娘 做
头人本来行娘做

khaŋ^{33} kai^{33} ɕiŋ^{31} niaŋ^{31} tsho^{54} phai^{33} ɕi^{54}
看 见 行 娘 操 遍 心
看见行娘操遍心

ɕiŋ^{31} niaŋ^{31} tsho^{54} ɕi^{54} mə^{33} ɕu^{31} tsa^{33}
行 娘 操 心 不 赦① 做
行娘操心若不做

tiŋ^{33} se^{33} paŋ^{33} niaŋ^{31} thəi^{33} tso^{31} nəŋ^{31}
正 是 伴 娘 替 姐 们
正应伴娘替姐们

paŋ^{33} niaŋ^{31} thəi^{33} tso^{31} pa^{35} se^{31} paŋ^{33}
伴 娘 替 姐 邀 起 伴
伴娘替姐邀起伴

pa^{35} se^{31} nio^{33} paŋ^{33} luo^{31} se^{31} tou^{31}
邀 起 女 伴 立 起 头
邀起女伴立起头

mo^{31} tse^{24} ɕai^{54} ja^{54} khua^{33} ɕo^{35} kuo^{31}
毛 字 伸 腰 快 出 手
毛字伸腰快出手

① 不赦：不应承。

ta^{24} tse^{24} liaŋ^{33} lai^{31} khua^{33} ɕo^{35} tou^{31}
大 字 两 点 快 出 头
大字两点快出头

nai^{33} pə^{33} no^{24} liaŋ^{31} khua^{33} ɕo^{35} so^{35}
染 布 入 良① 快 出 色
染布加蓝快出色

tɕi^{54} ju^{24} fu^{54} piŋ^{31} khua^{33} ɕo^{35} tou^{31}
今 夜 花 瓶 快 出 头
移花瓶歌快进行

jou^{33} tsho^{31} mau^{24} nəŋ^{33} tiŋ^{33} se^{33} no^{33}
油 草 沐 榄 正 是② 奶
油草沐榄称呼奶

tiaŋ^{31} ləŋ^{54} ɕou^{33} faŋ^{54} tiŋ^{33} se^{33} niaŋ^{31}
朝 东 秀 峰 正 是 娘③
朝东秀峰称呼娘

tiŋ^{33} se^{33} niaŋ^{31} məŋ^{31} vu^{24} lu^{35} fo^{24}
正 是 娘 们 曰 得 话
正是伴娘说话准

ɕaŋ^{33} lu^{35} kuo^{54} ɕi^{54} ɕai^{31} lu^{35} jaŋ^{31}
上 得 高 山 显 得 阳④
上得高山眼界宽

---

① 入良：应为“入蓝”，添加蓝靛染料。

② 正是：称呼。

③ 这两句话指各地对母亲的称呼不同，有“奶”，也有“娘”。

④ 显得阳：看得明朗宽阔。

paŋ^{33} niaŋ^{31} tsa^{33} lu^{35} tɕi^{31} tiaŋ^{54} se^{24}
伴　娘　做　得　主　张　事
伴娘应做主张事

pa^{35} se^{31} nio^{33} paŋ^{33} luo^{24} se^{31} tou^{31}
邀　起　女　伴　立　起　头
邀起女伴立起头

luo^{24} se^{31} tou^{31} ȵi^{31} jou^{33} zə^{35} no^{24}
立　起　头　人　有　一　二
立起头人有一二

jou^{33} zə^{35} jou^{33} no^{24} zə^{31} fu^{54} piŋ^{31}
有　一　有　二　移　花　瓶
有一有二移花瓶

mai^{24} tso^{31} ji^{31} to^{31} jaŋ^{54} mu^{24} to^{24}
面　前　田　基　种　麦　豆
村前田埂种豌豆

tha^{31} ha^{54} vo^{54} tɕi^{54} khuai^{33} me^{24} liaŋ^{54}
伏　开① 衣　襟　劝　妹　装
敞开衣襟劝妹装

khuai^{33} me^{24} liaŋ^{54} se^{31} mu^{24} tou^{24} tɕe^{31}
劝　妹　装　起　麦　豆　种
劝妹装起豌豆种

① 伏开：敷开，拿起。

khuai^{33} me^{24} ɕi^{31} tse^{35} fu^{54} piŋ^{31} tou^{31}
劝 妹 承 接 花 瓶 头
劝妹应承做头人

ku^{35} nai^{31} lai^{31} se^{31} mu^{24} tou^{24} tɕe^{31}
隔 年 点 起 麦 豆 种
隔年点起豌豆种

zə^{31} lia^{33} fu^{54} piəŋ^{31} lu^{35} lau^{24} thaŋ^{54}
移 了 花 瓶 得 路 通
移了花瓶得路通

me^{24} nəŋ^{31} la^{33} se^{31} zə^{35} no^{24} thiaŋ^{33}
妹 们 带 起 一 二 唱
妹们带起一二唱

zə^{35} ȵi^{31} zə^{35} tɕhou^{33} zə^{31} fu^{54} piŋ^{31}
一 人 一 奏 移 花 瓶
一人一段移花瓶

zə^{35} ȵi^{31} zə^{35} tɕhou^{33} ɕu^{24} ho^{31} thiaŋ^{33}
一 人 一 奏 顺 好 唱
一人一段轮着唱

nəŋ^{31} nio^{33} ta^{24} tsəi^{31} tɕho^{33} kø^{54} taŋ^{31}
男 女 大 齐 看 歌 堂
男女大家看歌堂

nəŋ^{31} nio^{33} ta^{24} tsəi^{31} hou^{33} ȵi^{24} tshe^{33}
男 女 大 齐 有 义 气
男女大家有义气

ta^{24} tse^{31} tsəi^{31} ɕi^{54} zə^{31} fu^{54} piŋ^{31}
大 家 齐 心 移 花 瓶
大家齐心移花瓶

khuai^{33} me^{24} thiaŋ^{33}
劝 妹 唱
劝妹唱

ɕou^{31} təi^{31} nio^{24} tɕiu^{24} khuai^{33} me^{24} thio^{54}
手 提 玉 笛 劝 妹 吹
手提玉笛劝妹吹

mə^{33} thio^{54} mə^{33} ɕəŋ^{31} ɕou^{31} ɕaŋ^{24} tɕo^{24}
不 吹 不 成 手 上 笛
不吹不成手上笛

mə^{24} thiaŋ^{33} mə^{33} ɕəŋ^{31} zə^{31} fu^{54} piŋ^{31}
不 唱 不 成 移 花 瓶
不唱不成移花瓶

pa^{35} me^{24} thiaŋ^{33}
邀 妹 唱
邀妹唱

mai^{24} tso^{31} ta^{24} lau^{24} pa^{35} me^{24} ɕou^{54}
面 前 大 路 邀 妹 修
面前大路邀妹修

mə^{24} ɕou^{54} mə^{33} ɕəŋ^{31} kaŋ^{54} ta^{24} lau^{24}
不 修 不 成 光 大 路
不修不成光大路

mə^{24} thiaŋ^{33} mə^{33} ɕəŋ^{31} tɕho^{33} kø^{54} taŋ^{31}
不 唱 不 成 看 歌 堂
不唱不成看歌堂

khuai^{33} me^{24} thiaŋ^{33}
劝 妹 唱
劝妹唱

hau^{31} tiaŋ^{54} jou^{33} tɕou^{31} khuai^{33} me^{24} ɕaŋ^{31}
壶 中 有 酒 劝 妹 尝
壶中有酒劝妹尝

mə^{24} tshe^{35} mə^{33} ɕəŋ^{31} hau^{31} tiaŋ^{54} tɕou^{31}
不 吃 不 成 壶 中 酒
不吃不成壶中酒

mə^{24} thiaŋ^{33} mə^{33} ɕəŋ^{31} zə^{31} fu^{54} piŋ^{31}
不 唱 不 成 移 花 瓶
不唱怎结移花瓶

pa^{35} me^{24} thiaŋ^{33}
邀 妹 唱
邀妹唱

mai^{24} tso^{31} po^{54} tɕu^{33} pa^{35} me^{24} ɕou^{54}
面 前 坝 渠 邀 妹 修
村前坝渠邀妹修

mə^{33} ɕou^{54} mə^{33} ɕəŋ^{31} po^{54} ɕaŋ^{24} tɕu^{33}
不 修 不 成 坝 上 渠
不修不成坝上渠

mə^{24} thiaŋ^{33} mə^{33} ɕəŋ^{31} tɕho^{33} kø^{54} taŋ^{31}
不 唱 不 成 看 歌 堂
不唱不成看歌堂

khuai^{33} me^{24} thiaŋ^{33}
劝 妹 唱
劝妹唱

ɕou^{31} təi^{31} kaŋ^{54} tɕu^{33} khuai^{33} me^{24} ɕaŋ^{31}
手 提 甘 庶 劝 妹 尝
手提甘蔗劝妹尝

mə^{24} tshe^{35} mə^{33} luo^{54} tai^{31} kaŋ^{54} tɕu^{33}
不 吃 不 知 甜 甘 蔗
不吃不知甜甘蔗

mə^{24} thiaŋ^{33} mə^{33} ɕəŋ^{31} zə^{31} fu^{54} piŋ^{31}
不 唱 不 成 移 花 瓶
不唱不能移花瓶

pa^{35} me^{24} thiaŋ^{33}
邀 妹 唱
邀妹唱

pu^{35} tsho^{31} to^{24} mau^{31} pa^{35} me^{24} ha^{54}
百 草 地 蒙① 邀 妹 开
草多地荒邀妹开

① 地蒙：土地荒芜。

mai^{33} ha^{54} mə^{33} ɕəŋ^{31} se^{33} ɕou^{24} to^{24}
不 开 不 成 是 熟 地
不开不成是熟地

mai^{33} thiaŋ^{33} mə^{33} ɕəŋ^{31} tɕho^{33} kø^{54} taŋ^{31}
不 唱 不 成 看 歌 堂
不唱不成看歌堂

pa^{35} me^{24} thiaŋ^{33}
邀 妹 唱
邀妹唱

pəi^{33} ɕi^{31} kau^{31} mau^{24} pa^{35} me^{24} faŋ^{35}
背 后 古 木 邀 妹 方
后山古木邀妹方

jo^{35} mau^{24} mə^{33} faŋ^{54} mə^{33} ɕəŋ^{31} tɕou^{24}
弯 木 不 方 不 成 直
弯木不裁不能直

tɕou^{24} mau^{24} mə^{33} faŋ^{54} mə^{33} so^{33} ləŋ^{31}
直 木 不 方 不 四 兰
直木不削不玲珑

mə^{33} faŋ^{54} mə^{33} ɕəŋ^{31} tsa^{31} lia^{24} mau^{24}
不 方 不 成 材 料 木
不削不成材料木

mə^{33} thiaŋ^{33} mə^{33} ho^{31} zə^{31} fu^{54} piŋ^{31}
不 唱 不 好 移 花 瓶
不唱怎结移花瓶

kaŋ^{54} se^{33} la^{33} nəŋ^{31} mə^{33} ho^{31} thiaŋ^{33}

单 是 俫 男 不 好 唱

单是我们不好唱

la^{33} tɕou^{24} mə^{33} ho^{31} zə^{31} fu^{54} piŋ^{31}

俫 就 不 好 移 花 瓶

我就不好移花瓶

十一、唱花瓶歌

题解：也称《推花抵花歌》，即推、抵花瓶头人花。

se^{24} tsho^{35} se^{24} pa^{35} tsou^{31} kaŋ^{31} se^{54}
十 七 十 八 走 广 西
十七十八走广西

se^{24} tiou^{31} no^{24} se^{24} tsou^{31} fə^{33} tɕhuai^{54}
十 九 二 十 走 富 川
十九二十走富川

hau^{33} se^{31} tsou^{31} nio^{24} jiŋ^{33} tiou^{54} fə^{31}
去 时 走 入 永 州 府
去时走入永州府

li^{31} he^{31} jiŋ^{33} miŋ^{31} fə^{35} təŋ^{24} kuo^{54}
打 行 永 明 福 洞 归
打从江永福洞归

jiŋ^{33} miŋ^{31} kø^{31} paŋ^{31} ma^{33} zə^{35} kuo^{33}
永 明 果 盘 买 一 价
江永果盘一个价

kø^{31} paŋ^{31} au^{35} ka^{33} jou^{33} tsho^{35} faŋ^{31}
果 盘 屋 盖 有 七 房
果盘精致共七格

tɕəŋ^{33} ɕəŋ^{54} tɕhəŋ^{31} tɕəŋ^{33} ɕəŋ^{54}
静 声 请 静 声
静声请静声

la^{33} se^{33} hau^{31} nəŋ^{31} lu^{35} tse^{31} piŋ^{54}
俫 是 湖 南 得 子 兵①
我是湖南“鞑子兵”

tse^{31} piŋ^{54} tse^{31} mu^{33} jou^{31} jou^{31} kø^{33}
子 兵 骑 马 游 游 过
“鞑子”骑马快快过

tsa^{35} tso^{31} no^{24} taŋ^{31} ȵi^{24} tho^{31} kəŋ^{54}
抓 贼 入 堂 要 讨 功
抓贼入堂要讨功

ȵi^{24} tho^{31} ɕi^{54} kəŋ^{54} ka^{33} no^{24} vai^{24}
要 讨 生 功② 介 入 县
要讨生功解入县

ȵi^{24} tho^{31} so^{31} kəŋ^{54} ɕaŋ^{31} fu^{54} həŋ^{31}
要 讨 死 功③ 赏 花 红
要讨死功赏花红

ȵi^{24} tho^{31} fu^{54} həŋ^{31} tho^{31} luo^{31} ɕou^{31}
要 讨 花 红④ 讨 到 手
要讨花红讨到手

---

① 得子兵：“鞑子兵”，元朝蒙古军旧称。
② 生功：生擒盗匪的功劳。
③ 死功：斩杀盗匪的功劳。
④ 花红：指获军功后朝廷赏赐戴在胸前的绸缎花。

ȵi^{24} tho^{31} so^{31} kəŋ^{54} tho^{31} luo^{31} tou^{31}
要 讨 死 功 讨 到 头
要讨死功讨到头

tɕhəŋ^{54} ɕi^{54} ɕu^{24} tia^{24} hau^{33} ɕu^{31} tau^{24}
青 山 石 脚 去 赊 地①
青山石脚去畲地

ɕu^{24} ha^{54} laŋ^{24} tau^{24} lai^{31} jou^{31} mo^{31}
赊 开 乱 地 点 油 麻
畲开乱地点芝麻

hau^{33} se^{31} jou^{31} mo^{31} su^{35} səŋ^{54} tɕe^{31}
去 时 油 麻 撒 三 盏
去时芝麻撒三盏

kuo^{54} se^{31} jou^{31} mo^{31} ɕou^{54} səŋ^{54} ɕi^{54}
归 时 油 麻 收 三 升
归时芝麻收三升

səŋ^{54} ɕi^{54} jou^{31} mo^{31} təŋ^{31} vo^{24} su^{35}
三 升 油 麻 同 位 撒
三升芝麻一处撒

tse^{31} miu^{33} tse^{33} ha^{33} təŋ^{31} vo^{24} tɕhua^{54}
子 卯 巳 亥 同 位 推
子卯巳亥按位推

təŋ^{31} vo^{24} tɕhua^{54} luo^{31} təŋ^{31} vo^{24} tsəi^{35}
同 位 推 来 同 位 接
按位推来按位接

① 赊地：应为“畲地”，焚烧田中草木，用草木灰为肥料的耕种方式。

tha^{24} ha^{54} vo^{54} tɕi^{54} tɕo^{33} ȵi^{31} liaŋ^{54}
伏 开 衣 襟 随 人 装
敞开衣襟随人装

tɕo^{33} ȵi^{31} liaŋ^{54} se^{31} mu^{24} tou^{33} tɕe^{31}
随 人 装 起 麦 豆 种
随人装起豌豆种

tɕo^{33} ȵi^{31} ɕi^{31} tsəi^{35} fu^{54} piŋ^{31} tou^{31}
随① 人 承 接 花 瓶 头
谁承花瓶歌头人

le^{35} vo^{31} kuo^{54} tsa^{31} khua^{33} ɕo^{35} ɕou^{31}
列 位 高 才 快 出 手
列位高才快出手

ta^{24} tse^{24} liaŋ^{33} lai^{31} khua^{33} ɕo^{35} tou^{31}
大 字 两 点 快 出 头
大字两点快出头

nai^{33} pə^{33} no^{24} liaŋ^{31} khuai^{33} ɕo^{35} sou^{35}
染 布 入 量 快 出 色
染布加蓝快出色

tɕi^{54} ju^{33} fu^{54} piŋ^{31} khua^{33} ɕo^{35} tou^{31}
今 夜 花 瓶 快 出 头
今夜花瓶快领头

tiaŋ^{31} ji^{54} kuo^{54} ta^{31} khua^{33} ɕo^{35} ɕou^{31}
强 音 高 才 快 出 手
美声高才快出手

① 随：谐音“谁”。

mə^{33} kua^{33} la^{33} nəŋ^{31} tsa^{33} tɕhun^{54} miŋ^{31}
不 怪 俫 男 坐 村 名
不怪我们显村名

sa^{54} taŋ^{33} piou^{35} təŋ^{31} liaŋ^{33} kuəi^{24} həŋ^{54}
锯 断 竹 筒 两 头 空
锯断竹筒两头空

tou^{31} ȵi^{31} tɕhua^{54} no^{24} paŋ^{33} tɕho^{33} tɕhun^{54}
头 人 推 入 伴 处 村
头人是在同伴村

mo^{33} tɕho^{33} təi^{33} ɕoŋ^{54} khua^{33} ɕo^{35} ɕo^{31}
某 处 弟 兄 快 出 手
某处弟兄快出手

khua^{33} khua^{33} ɕo^{35} ɕou^{31} tsa^{33} tou^{31} ȵe^{31}
快 快 出 手 做 头 人
快快出手做头人

li^{31} khua^{33} ɕo^{35} ɕou^{31} ɕi^{31} tsəi^{35} se^{31}
打 快 出 手 承 接 起
赶快出手应承了

khua^{33} khua^{33} ɕo^{35} ɕou^{31} tsa^{33} tou^{31} ȵe^{31}
快 快 出 手 做 头 人
赶快出手做头人

li^{31} khua^{33} ɕo^{35} ɕou^{31} ɕi^{31} tsəi^{35} se^{31}
打 快 出 手 承 接 起
赶快出手应承下

khua^{33} khua^{33} ɕo^{35} ɕou^{31} ɕi^{31} tsəi^{35} fu^{54}
快 快 出 手 承 接 花
赶快出手做头人

ku^{35} nai^{31} lai^{31} se^{31} mu^{24} tou^{24} tɕe^{31}
隔 年 点 起 麦 豆 种
隔年点起豌豆种

zə^{31} lia^{33} fu^{54} piŋ^{31} lu^{35} lau^{24} thaŋ^{54}
移 了 花 瓶 得 路 通
移了花瓶得路通

pai^{31} la^{33} luo^{24} tou^{31} mə^{33} ɕo^{35} thai^{54}
反 带 斗 笠 不 识 天
反戴斗笠不识天

mə^{33} luo^{54} fu^{54} piŋ^{31} luo^{31} la^{33} pai^{54}
不 知 花 瓶 到 俫 边
不知花瓶到我这

fu^{54} luo^{31} la^{33} pai^{54} la^{33} ju^{24} tsəi^{35}
花 到 俫 边 俫 也 接
花到我这我也接

hau^{33} tiaŋ^{54} jou^{33} tɕou^{31} la^{33} ju^{24} ɕaŋ^{31}
壶 中 有 酒 俫 也 尝
壶中有酒我也尝

mə^{33} nəŋ^{54} khaŋ^{54} kuo^{33} kau^{33} tiaŋ^{54} tɕou^{31}
不 给 空 过 壶 中 酒
不给错过壶中酒

mə^{33} nəŋ^{54} khaŋ^{54} kuo^{33} ɕou^{24} tou^{31} fu^{54}
不 给 空 过 树 头 花
不给错过树头花

khaŋ^{54} kuo^{33} həŋ^{31} fu^{54} miŋ^{31} nai^{31} tsha^{35}
空 过 红 花 明 年 插
错过红花明年有

khaŋ^{54} kuo^{33} kø^{54} taŋ^{31} tse^{54} ju^{33} vai^{31}
空 过 歌 堂 今 夜 完
错过歌堂今夜完

tsa^{33} tsa^{33} mə^{33} luo^{54} se^{33} li^{24} luo^{31}
坐 坐 不 知 时 运 到
坐坐不知时运到

tsa^{33} tsa^{33} mə^{33} luo^{54} se^{33} li^{24} luo^{31}
坐 坐 不 知 时 运 来
坐坐不知时运来

se^{33} li^{24} luo^{31} se^{31} mə^{33} le^{31} tɕe^{31}
时 运 来 时 不 顶 紧①
时运来时不抵挡

se^{33} mə^{33} luo^{31} se^{31} ju^{24} vo^{31} ȵe^{31}
时 不 来 时 也 为 难
时运不来也为难

① 顶紧：抵住。

hou^{24} ŋo^{31} ɕi^{54} ɕo^{35} pu^{24} ŋo^{31} tso^{31}
黑 牛 生 出 白 牛 仔
黑牛生出白牛仔

paŋ^{33} pai^{54} haŋ^{54} se^{31} paŋ^{33} pai^{54} tso^{31}
半 边 欢 喜 半 边 愁
半边欢喜半边愁

mai^{24} tso^{31} jou^{33} luo^{54} le^{31} haŋ^{31} saŋ^{54}
面 前 有 蔸 抵① 黄 桑
面前有棵好黄桑

pəŋ^{54} tshu^{35} pu^{35} ku^{31} ɕo^{31} kuo^{33} kaŋ^{54}
分 叉 百 枝 垂 过 岗
分叉百枝垂过冈

jou^{33} kuo^{31} ɕo^{31} nio^{24} niaŋ^{31} ɕaŋ^{54} təŋ^{24}
有 枝 垂 入 娘 乡 洞
有枝垂入妹乡垌

jou^{33} kuo^{31} ɕo^{31} nio^{24} la^{33} tɕhəŋ^{54} faŋ^{54}
有 枝 垂 入 倈 村 方
有枝垂入我村坊

kuo^{35} tɕhun^{54} ma^{33} jou^{31} kuo^{35} tɕhun^{54} lai^{31}
各 村 买 油 各 村 点
各村买油各村点

kuo^{35} tɕhun^{54} ma^{33} ɕaŋ^{54} kuo^{35} tɕhun^{54} ɕa^{54}
各 村 买 香 各 村 烧
各村买香各村烧

① 抵：相当于“儿”，无实意。

zə^{24} zə^{24} ɕa^{54} ɕaŋ^{54} mə^{33} lu^{35} fə^{35}
日 日 烧 香 不 得 福
日日烧香不得福

tɕi^{54} zə^{24} mə^{33} ɕaŋ^{54} fə^{35} tse^{24} luo^{31}
今 日 不 烧 福 自 来
今日不烧福自来

tso^{31} se^{31} ɕo^{35} məŋ^{31} lia^{31} tsu^{31} tia^{33}
早 时 出 门 鸟 仔 叫
早时出门鸟儿叫

lia^{31} tsu^{31} tou^{31} ɕaŋ^{33} tia^{33} səŋ^{54} ɕəŋ^{54}
鸟 子 头 上 叫 三 声
鸟儿头上叫三声

lia^{31} tsu^{31} tia^{31} la^{33} ji^{54} və^{31} se^{24}
鸟 子 叫 俫 因 何 事
鸟儿叫我因何事

mə^{33} luo^{54} tou^{31} ɲe^{31} səŋ^{33} fu^{54} luo^{31}
不 知 头 人 送 花 来
不知头人送花来

liŋ^{33} ɕaŋ^{24} thai^{54} ŋa^{31} liŋ^{24} tɕhua^{54} pu^{35}
岭 上 天 鹅 另 推 甲
岭上大雁换头领

kuo^{54} lai^{31} miŋ^{31} ləŋ^{54} liŋ^{24} tɕhua^{54} saŋ^{54}
高 点 明 灯① 另 推 双
高点明灯另推双

---

① 明灯：这里指神台两边的灯盏，彻夜明亮。换烛火时，要成对同时更换，故下文说“另推双”，以两盏明灯兴起下文的“一双高才子”。

liŋ^{24} tɕhua^{54} zə^{35} saŋ^{54} kuo^{54} ta^{31} ɕo^{31}
另 推 一 双 高 才 子
另推一双高才子

liŋ^{24} tɕhua^{54} no^{24} saŋ^{54} ɕaŋ^{24} kuo^{54} ta^{31}
另 推 二 双 上 高 才
另推二双上等才

ɕaŋ^{24} ləŋ^{31} kuo^{54} ta^{31} kuo^{54} kuo^{33} la^{33}
上 等 高 才 高 过 俫
上等高才高过我

se^{33} la^{33} piŋ^{31} ɕaŋ^{31} tsa^{35} ɕaŋ^{33} aŋ^{54}
是 俫 平 常 扎 上 鞍
我是驽马也上鞍

ɕou^{31} ɕaŋ^{24} paŋ^{31} se^{31} mə^{33} aŋ^{33} saŋ^{33}
手 上 排 时 不 按 算
手上排时没预料

ɕo^{31} kø^{54} po^{54} tou^{31} səŋ^{54} mə^{33} luo^{54}
水 过 坝 头 三 不 知
水过坝头未先知

səŋ^{54} mə^{33} luo^{54} se^{31} səŋ^{33} fu^{54} luo^{31}
三 不 知 时 送 花 到
未先预料送花到

səŋ^{54} mə^{33} luo^{54} se^{31} səŋ^{33} fu^{54} luo^{31}
三 不 知 时 送 花 来
毫不知觉送花来

ku^{35} tse^{31} zə^{35} ɕo^{31} ha^{31} tiaŋ^{54} tɕi^{54}
甲 子 乙 丑 海 中 金
甲子乙丑海中金

məŋ^{31} tsai^{31} kuo^{31} tia^{33} se^{33} ɕo^{31} ȵe^{31}
门 前 狗 叫 是 谁 人
门前狗叫是谁人

kuo^{31} tia^{33} zə^{35} ɕəŋ^{54} la^{33} mə^{33} ɕo^{35}
狗 叫 一 声 倈 不 出
狗叫一声我不出

kuo^{31} tia^{33} no^{24} ɕəŋ^{54} la^{33} ɕo^{35} luo^{31}
狗 叫 二 声 倈 出 来
狗叫二声我出来

tse^{33} ɕo^{35} məŋ^{31} tsai^{31} li^{31} zə^{35} vaŋ^{24}
站 出 门 前 打 一 望
站出门前望一望

vaŋ^{24} kai^{33} tou^{31} ȵe^{31} səŋ^{33} fu^{54} luo^{31}
望 见 头 人 送 花 来
望见头人送花来

tou^{31} ȵe^{31} səŋ^{33} fu^{54} la^{33} ju^{24} tsəi^{35}
头 人 送 花 倈 也 接
头人送花我也接

tou^{31} ȵe^{31} səŋ^{33} fu^{54} la^{33} ju^{24} ɕe^{31}
头 人 送 花 倈 也 承
头人送花我也承

mai^{24} tsai^{31} jou^{33} tshou^{54} le^{31} haŋ^{31} saŋ^{54}
面 前 有 蔸 抵 黄 桑
面前有棵好黄桑

və^{33} ȵi^{31} ɕi^{31} tio^{31} la^{33} ɕi^{31} laŋ^{54}
无 人 承 主 倈 承 当
无人承接我承当

və^{33} ȵi^{31} ɕi^{31} tio^{31} la^{33} ɕi^{31} thiaŋ^{33}
无 人 承 主 倈 承 唱
无人承接我承唱

zə^{35} ɕi^{54} niou^{24} tiai^{33} kuo^{24} tou^{31} saŋ^{54}
一 身 肉 振 骨 头 酸
一身肉震骨头酸

ta^{24} kuo^{35} tsha^{35} no^{24} ɕa^{31} kuo^{35} luo^{54}
大 骨 插 入 小 骨 里
大骨插入小骨里

ɕa^{31} kuo^{35} tsou^{31} luo^{31} və^{31} thio^{33} aŋ^{54}
小 骨 走 来① 无 处 安
小骨挤走无处安

ta^{24} tia^{54} fu^{54} kəŋ^{54} tsho^{31} luo^{31} tɕaŋ^{31}
大 脚 虾 蚣 草② 立 长
大脚河虾须儿长

fə^{31} tia^{31} ɕo^{31} ɕaŋ^{24} luo^{24} liou^{31} saŋ^{54}
浮 萍 水 上 泪 流 双
浮萍水上泪流双

① 走来：被挤走。
② 草：这里指虾须。

tai^{31} pəi^{24} ɕo^{31} tshai^{31} kø^{33} mə^{33} lu^{35}
田 别 水 浅 过 不 得
田头水浅过不得

tɕu^{31} vu^{24} tia^{33} la^{33} kø^{33} ta^{24} tiaŋ^{54}
且 曰① 叫 倈 过 大 江
何况叫我过大江

kø^{33} lia^{33} ta^{24} tiaŋ^{54} zə^{35} tɕiŋ^{24} se^{35}
过 了 大 江 一 定 湿
过了大江一定湿

zə^{35} tɕiŋ^{24} se^{35} luo^{31} fu^{54} piŋ^{31} tou^{31}
一 定 湿 到 花 瓶 头
一定浸到花瓶头

səŋ^{54} nia^{54} vu^{35} tou^{31} ho^{31} haŋ^{31} haŋ^{31}
三 朝② 鸭 子 口 黄 黄
三天鸭子口黄黄

mə^{33} tsəŋ^{31} tshe^{35} me^{33} sai^{54} jou^{31} taŋ^{31}
不 从 吃 米 先 游 塘
不曾吃米先游塘

jou^{31} taŋ^{31} mə^{33} luo^{54} taŋ^{31} ɕi^{54} tshai^{31}
游 塘 不 知 塘 深 浅
游塘不知塘深浅

① 且曰：还说。

② 这里指鸭子刚出生，还很稚嫩。婴儿出生三日后，亲友前来探望庆贺，八都俗称“三朝酒”。

thiaŋ^{33} kø^{54} mə^{33} luo^{54} tsəi^{35} tɕhou^{33} tou^{31}
唱 歌 不 知 接 奏 头
唱歌不知何处接

thiaŋ^{33} lu^{54} tou^{31} luo^{31} lu^{24} lia^{33} mo^{33}
唱 得 头 来 漏 了 尾
唱得头来漏了尾

thiaŋ^{33} lu^{54} mo^{33} luo^{31} lu^{24} tiaŋ^{33} jaŋ^{54}
唱 得 尾 来 漏 中 央
唱得尾来漏中央

thiaŋ^{33} lu^{54} tiaŋ^{33} jaŋ^{54} liaŋ^{33} kuəi^{24} lu^{24}
唱 得 中 央 两 边 漏
唱得中央两边漏

ku^{54} tɕəŋ^{31} tsho^{54} ɕi^{54} ma^{31} fə^{35} ɕaŋ^{54}
家 庭 操 心 忘 记 香
家庭操心忘烧香

tsho^{35} ŋue^{33} tɕhou^{54} liaŋ^{31} hau^{33} tsha^{31} mau^{24}
七 月 秋 凉 去 采 木①
七月秋凉去采木

pa^{35} ŋue^{33} tɕhou^{54} liaŋ^{31} tsha^{31} mau^{24} kuo^{54}
八 月 秋 凉 采 木 归
八月秋凉采木归

tsha^{31} mau^{24} kuo^{54} luo^{31} ɕou^{54} ləŋ^{33} məŋ^{33}
采 木 归 来 修 扁 担
采木归来修扁担

① 采木：秋冬之际，入山岭选采好的木材，用于做扁担、锄头把的居多。

ɕou^{54} lu^{35} ja^{54} ɕou^{31} liaŋ^{33} kuəi^{24} tsai^{54}
修 得 腰 柔 两 边 尖
修得腰韧两边尖

luo^{31} no^{24} tɕhəŋ^{54} ɕi^{54} hau^{33} tsha^{31} vo^{35}
拿 入 青 山 去 采 青
拿入青山去采青

mə^{33} tsəŋ^{31} ɕaŋ^{33} ku^{35} tiaŋ^{31} fi^{54} kaŋ^{54}
不 曾 上 肩 讲 反 杆①
不曾上肩扁担翻

ləŋ^{33} məŋ^{33} fi^{54} kaŋ^{54} la^{33} ɕaŋ^{31} pai^{31}
扁 担 反 杆 俫 想 反
扁担翻杆我反省

lai^{31} ɕəŋ^{31} ɕaŋ^{31} pai^{31} la^{33} mə^{33} ɕi^{31}
连 成 想 反 俫 不 承
立刻醒悟难承担

kua^{24} fu^{33} tou^{31} li^{31} mo^{31} su^{35} su^{35}
挂 下 头 虫 毛 撒 撒
挂下毛虫毛竖竖

mo^{31} thai^{54} tɕi^{54} tse^{31} tou^{31} faŋ^{54} faŋ^{54}
毛 天 君 子② 头 方 方③
达摩祖师头方方

① 反杆：翻杆，把扁担翻转。
② 毛天君子：达摩祖师。
③ 方方：头脸方形的样子，谐音“慌慌”，心慌乱。

tɕi^{54} ju^{24} kø^{54} taŋ^{31} luo^{31} jou^{33} sau^{33}
今 夜 歌 堂 来 有 数
今夜歌堂来有数

tɕou^{24} se^{33} kaŋ^{31} se^{54} ɕo^{35} tɕi^{54} piŋ^{54}
就 是 广 西 出 真 兵
就是广西出重兵

liŋ^{33} ɕaŋ^{24} thai^{54} ŋa^{31} liŋ^{24} tɕhua^{54} kuo^{35}
岭 上 天 鹅 另 推 甲
岭上另推领头雁

liaŋ^{33} tou^{31} jou^{24} tse^{24} liŋ^{24} tɕhua^{54} saŋ^{54}
两 头 又 字 另 推 双①
两边又字另推双

vaŋ^{31} tse^{24} lai^{31} tou^{31} tɕiu^{24} kuo^{54} tio^{31}
王 字 点 头 谢 归 主②
王字点头谢回主

fu^{54} piŋ^{31} tɕhua^{54} kuo^{54} fu^{54} piŋ^{31} tou^{31}
花 瓶 推 归 花 瓶 头
花瓶头人请另选

ho^{31} nio^{33} ɕi^{31} jo^{54} ha^{24} sa^{35} kuo^{31}
虎 咬 神 猪 害 死 鬼
虎咬神猪怎祭鬼

tsou^{24} thou^{54} kau^{31} ŋo^{31} ha^{24} sa^{35} tɕhi^{54}
贼 偷 古 牛 害 死 春
贼偷古牛难开春

① 此句折“双”字。
② 此句折“主”字。

kuo^{31} nio^{33} miŋ^{31} jaŋ^{31} tɕa^{24} ləi^{31} ho^{31}
狗 咬 绵 羊 着 顶 口
狗咬绵羊顶回去

kaŋ^{31} se^{54} ma^{33} po^{24} tɕa^{24} pəŋ^{54} so^{54}
广 西 买 篦 着 分 梳①
广西买篦要疏通

saŋ^{33} vu^{24} pəŋ^{54} so^{54} pəŋ^{54} lia^{33} hau^{33}
算 曰 分 梳 分 了 去
原想梳理分回去

ma^{33} aŋ^{33} pəŋ^{54} so^{54} tsa^{33} pəŋ^{54} luo^{31}
不 按② 分 梳 再 分 来
不料同伴又分来

tɕhəŋ^{54} thai^{54} pu^{24} zə^{33} lua^{31} kəŋ^{31} ɕaŋ^{31}
青 天 白 日 雷 公 响
青天白日雷公响

pu^{24} zə^{33} tɕhəŋ^{54} thai^{54} lua^{31} pi^{35} ȵi^{31}
白 日 青 天 雷 劈 人
白日青天雷劈人

tse^{31} ɕaŋ^{24} və^{31} miŋ^{31} tsa^{35} tse^{31} kuo^{31}
纸 上 无 名 抓 纸 鬼
纸上无名抓纸鬼

li^{54} ɕaŋ^{24} tshəi^{35} tiaŋ^{54} lu^{35} po^{24} ȵi^{31}
砧 上 切 姜 得 避 人
砧上切姜得避人

---

① 分梳：当地方言已无此词，意指梳理化解，使困难消除。
② 不按：没想到，不料。

ku^{35} təŋ^{24} ɕa^{54} tɕuai^{54} mə^{33} luo^{31} la^{33}
隔　坰　烧　砖　不　到　俫
隔坰烧砖我无关

fu^{54} piŋ^{31} mə^{33} luo^{31} la^{33} luo^{31} zə^{31}
花　瓶　不　到　俫　来　移
花瓶不到我来移

ɕo^{31} ɕaŋ^{24} taŋ^{33} və^{31} mə^{33} ɕi^{31} tse^{35}
水　上　断　禾　不　承　接①
水上砍草难截断

ku^{35} ta^{31} tsha^{35} ɕou^{31} mə^{33} ɕi^{31} laŋ^{54}
隔　台　插　手　不　承　当
隔桌插手怎承当

mo^{33} faŋ^{54} vu^{24} se^{31} ɕi^{31} laŋ^{54} se^{24}
某　方　曰　起　承　当　事
某方说起承当事

zə^{35} ɕi^{54} niou^{24} tiai^{33} kuo^{35} tou^{31} saŋ^{54}
一　身　肉　颤　骨　头　酸
一身肉颤骨头酸

ta^{24} kuo^{35} tsha^{35} no^{24} ɕa^{31} kuo^{35} luo^{35}
大　骨　插　入　小　骨　里
大骨插入小骨里

ɕa^{31} kuo^{35} tsou^{31} luo^{31} və^{31} tɕho^{33} aŋ^{54}
小　骨　走　来　无　处　安
小骨挤走无处安

① 承接：承受，此句用水上截禾秆比喻不好承当。

vu^{35} tou^{31} fa^{35} fəŋ^{54} tɕuai^{31} mə^{33} ɕəŋ^{31}
鸭 子 发 晕 全 不 醒
鸭子发瘟全不醒

ɕa^{54} tɕou^{31} tio^{33} ȵi^{31} tɕuai^{31} mə^{33} luo^{54}
烧 酒 醉 人 全 不 知
烧酒醉人全不知

vu^{24} se^{31} fu^{54} piŋ^{31} zə^{35} taŋ^{24} se^{24}
曰 起 花 瓶 一 段 事
说起移花瓶这事

zə^{35} thai^{54} mo^{24} ho^{35} kuo^{31} maŋ^{31} ɕi^{54}
一 天 墨 黑 鬼 朦 山
满天漆黑鬼朦山

ju^{24} jou^{33} ɕou^{31} sai^{54} ɕou^{31} mə^{33} luo^{31}
又 有 首 先 学 不 到
既有过去没学到

ju^{24} jou^{33} zə^{31} tɕi^{54} tse^{33} mə^{33} tɕuai^{31}
也 有 如 今 记 不 全
也有如今记不全

ha^{54} pai^{54} luo^{31} tɕiu^{24} tɕo^{31} ɕo^{31} fu^{33}
溪 边 芦 苇 随 水 下
溪边芦苇随水下

luo^{31} luo^{31} luo^{31} luo^{31} mə^{33} liŋ^{33} kəŋ^{54}
里 里 流 流① 不 定 根
绵绵延延不定准

① 里里流流：里，应为“离”，纠缠状。指事情连续不断，没有终止。

la^{33} se^{33} ha^{54} pai^{54} ɕu^{24} ɕo^{31} paŋ^{33}
倈 是 河 边 顺 水 伴
我在河边看捞鱼

məŋ^{31} ɕəŋ^{54} ɕo^{35} ɕaŋ^{31} ta^{24} ku^{54} luo^{31}
闻 声 水 响 大 家 来
闻声水响大家来

ɕu^{24} ɕo^{31} paŋ^{33} ŋau^{31} mə^{33} ɕaŋ^{33} tɕhuai^{33}
顺 水 伴 鱼① 不 上 串
顺水捞渔不上串

lau^{31} lu^{35} tshai^{54} tou^{31} mo^{33} zə^{35} paŋ^{31}
捞 得 千 条 无 一 盘
捞得千条无一盘

pa^{35} ŋue^{31} və^{31} mio^{31} ho^{31} khou^{33} jaŋ^{24}
八 月 禾 苗 好 个 样
八月禾苗好个样

ta^{24} pəŋ^{54} thio^{54} luo^{31} se^{33} həŋ^{54} thiaŋ^{54}
大 风 吹 来 是 空 腔②
风灾过后剩谷壳

liŋ^{33} ɕaŋ^{24} thai^{54} ŋa^{33} liŋ^{24} tɕhua^{54} kuo^{35}
岭 上 天 鹅 另 推 甲
岭上雁群另推长

① 伴鱼：一种像金枪鱼的小鱼。

② 空腔：指禾苗遭秋风后稻谷不饱满。

liaŋ^{33} tou^{31} jou^{24} tse^{24} liŋ^{24} tɕhua^{54} saŋ^{54}
两 头 又 字 另 推 双
两个又字另推双

liŋ^{24} tɕhua^{54} zə^{35} saŋ^{54} kuo^{54} tsa^{31} ɕou^{31}
另 推 一 双 高 才 手
另推一双高才手

zə^{31} lia^{33} fu^{54} piŋ^{31} lu^{35} lau^{24} thaŋ^{54}
移 了 花 瓶 得 路 通
移了花瓶得路通

ɕi^{31} tsəi^{35} thiaŋ^{33} se^{31} ɕi^{31} tse^{35} fu^{54}
承 接 唱 时 承 接 花
接过花来接着唱

liaŋ^{33} lai^{31} ɕi^{31} tsəi^{35} tou^{31} ȵi^{31} fu^{54}
两 兄 承 接 头 人 花
我俩接花做头人

tsa^{33} zə^{35} tsa^{33} no^{24} mə^{33} ɕi^{31} tsəi^{35}
再 一 再 二 不 承 接
再三再四不承接

ȵi^{31} vo^{24} tou^{31} ȵi^{31} tɕhua^{54} luo^{31} nəŋ^{31}
难 为 头 人 推 到 男
难为头人推到我

ȵi^{31} vo^{31} tou^{31} ȵi^{31} tɕhua^{54} luo^{31} la^{33}
难 为 头 人 推 到 俫
难为头人推到我

tɕhua^{54} luo^{31} la^{33} nəŋ^{31} jou^{24} piŋ^{31} ɕaŋ^{31}
推 到 俫 男 也 平 常
推到我们也平常

ɕou^{31} luo^{31} maŋ^{31} təŋ^{31} la^{33} tse^{24} tɕou^{24}
手 拿 芒 筒 俫 自 就
手拿苇秆我爽快

se^{33} la^{33} tse^{24} tɕou^{24} ɕi^{31} tsəi^{35} fu^{54}
是 俫 自 就 承 接 花
是我爽快承接花

lau^{24} pəŋ^{31} se^{54} ɕi^{33} ȵi^{31} paŋ^{31} saŋ^{33}
路 逢 西 散① 难 盘 算
路逢神煞难盘算

tse^{24} luo^{31} tou^{31} jou^{31} mə^{33} tse^{24} jou^{31}
自 来 头 由 不 自 由
从来领头不自由

saŋ^{33} vu^{24} tou^{31} ȵi^{31} tɕhua^{54} lia^{33} ɕo^{35}
算 曰 头 人 推 了 出
原想头人推出了

mə^{33} saŋ^{33} tou^{31} ȵi^{31} tɕhua^{54} kuo^{54} luo^{31}
不 算 头 人 推 归 来
不料头人推回来

vu^{24} se^{31} fu^{54} piŋ^{31} zə^{35} taŋ^{24} se^{24}
曰 起 花 瓶 一 段 事
说起花瓶一段事

① 西散：应为“神煞”。

ɕo^{31} tso^{24} fə^{33} tɕhuai^{54} vu^{24} mə^{33} ɕəŋ^{31}
水 浸 富 川 曰 不 成
水浸富川讲不成

phə^{33} tɕe^{33} jo^{54} kaŋ^{54} kai^{33} ta^{24} nəŋ^{31}
破 尽 猪 肝 见 大 胆
剖尽猪肝见猪胆

luo^{31} tɕou^{31} lou^{33} ŋo^{31} ta^{24} ləŋ^{31} ɕaŋ^{31}
拿 酒 斗 牛 大 胆 尝
拿酒聚饮大胆尝

hou^{31} tse^{24} thiaŋ^{54} pai^{54} mə^{33} va^{24} thiaŋ^{33}
口 字 昌 边 不 会 唱
口字昌边不会唱

və^{31} tse^{24} la^{54} pai^{54} mə^{33} va^{24} zə^{31}
禾 字 多 边 不 会 移
禾字多边不会移

tso^{31} tau^{24} ji^{33} tia^{54} fu^{33} lia^{33} ɕou^{31}
锄 地 已 经 下 了 手
锄地已经动了手

thiaŋ^{33} ɕu^{33} ji^{33} tiai^{54} ləi^{54} lia^{33} tou^{31}
鞠 躬 已 经 低 了 头
鞠躬已经低了头

thiaŋ^{33} ɕu^{33} ləi^{54} tou^{31} ju^{24} tɕa^{24} thiaŋ^{33}
鞠 躬 低 头 也 着 鞠
鞠躬低头也要鞠

tɕi^{54} ju^{24} fu^{54} piŋ^{31} ju^{24} tɕa^{24} ɕi^{31}
今 夜 花 瓶 也 着 承
今夜花瓶也须承

liaŋ^{33} la^{31} ɕi^{54} tiaŋ^{54} mə^{33} ɕi^{31} tse^{35}
两 兄 心 中 不 承 接
我们心想不承接

ȵi^{31} vo^{24} tou^{31} ȵi^{31} tɕhua^{54} luo^{31} nəŋ^{31}
难 为 头 人 推 到 男
难为头人推到我

tou^{31} ȵi^{31} tsa^{33} lu^{35} tɕi^{31} tiaŋ^{54} se^{24}
头 人 做 得 主 张 事
头人做得主张事

liaŋ^{33} la^{31} fu^{54} piŋ^{31} tɕou^{24} ɕi^{31} laŋ^{54}
两 兄 花 瓶 就 承 当
我们就承接花瓶

fə^{31} ɕa^{54} au^{35} tio^{35} sai^{54} niai^{31} taŋ^{33}
火 烧 屋 角 先 言 断①
火烧屋角先说好

liaŋ^{33} ku^{54} niai^{31} taŋ^{33} mə^{33} fi^{31} ɕi^{54}
两 家 言 断 不 反 心
两家说定不变心

liaŋ^{33} ku^{54} niai^{31} taŋ^{33} mə^{33} fi^{54} fa^{31}
两 家 言 断 不 反 悔
两家讲定不反悔

① 言断：用火烧不过屋子拐角，喻讲断话语，说好。

fu^{54} piŋ^{31} ta^{24} lau^{24} ta^{24} tsəi^{31} vo^{31}
花 瓶 大 路 大 齐 围
花瓶大路大家围

fu^{54} piŋ^{31} lau^{24} tiŋ^{31} ta^{24} tsəi^{31} thiaŋ^{33}
花 瓶 路 程 大 齐 唱
花瓶路程大家唱

fu^{54} piŋ^{31} lau^{24} tiŋ^{31} ta^{24} tsəi^{31} ɕou^{54}
花 瓶 路 程 大 齐 修
花瓶路程大家修

ɕu^{35} tɕi^{54} tou^{31} ɕaŋ^{31} tɕe^{33} fu^{54} ɕou^{24}
石 山 头 上 种 花 树
石山头上种花树

fu^{54} piŋ^{31} lau^{24} tiŋ^{31} ta^{24} tsəi^{31} ɕu^{54}
花 瓶 路 程 大 齐 赊
花瓶路程大家畲

ni^{33} ɕu^{54} luo^{31} se^{31} ŋu^{33} ɕu^{54} hau^{33}
你 赊 来 时 我 赊 去
你畲来时我畲去

ɕu^{54} luo^{31} ɕu^{54} hau^{33} ju^{24} se^{31} vai^{31}
赊 来 赊 去 也 是 完
畲来畲去终完结

thəŋ^{54} tia^{35} thəŋ^{54}
吞 脚 吞
脚轻轻

fu^{54} piŋ^{31} lau^{24} tiŋ^{31} tɕou^{24} se^{31} ɕəŋ^{54}
花 瓶 路 程 就 起 声
花瓶路程就起声

fu^{54} la^{24} fu^{54}
花 乐 花
花开欢乐花

fu^{54} piŋ^{31} lau^{24} tiŋ^{31} ta^{24} tsəi^{31} ɕu^{54}
花 瓶 路 程 大 齐 赊
花瓶路程大家畲

ni^{33} mə^{33} ɕu^{54} se^{31} ŋu^{33} mə^{33} thiaŋ^{33}
你 不 赊 时 我 不 唱
你不畲时我不唱

fu^{54} piŋ^{31} kø^{54} tiaŋ^{54} la^{33} mə^{33} vo^{31}
花 瓶 歌 中 俫 不 维
花瓶歌儿我不吟

fu^{54} piŋ^{31} kø^{54} tiaŋ^{54} la^{33} mə^{33} thiaŋ^{33}
花 瓶 歌 中 俫 不 唱
花瓶歌儿我不唱

me^{24} thiaŋ^{33} lau^{24} tiŋ^{31} la^{33} jou^{24} vo^{31}
妹 唱 路 程 俫 就 维
妹唱路程我就吟

me^{24} thiaŋ^{33} lau^{24} tiŋ^{31} la^{33} tɕou^{24} thiaŋ^{33}
妹 唱 路 程 俫 就 唱
妹唱路程我就唱

la^{33} thiaŋ^{33} lau^{24} tiŋ^{31} me^{24} thiaŋ^{33} kua^{54}
俫 唱 路 程 妹 唱 乖
我唱路程妹唱花

十二、畲花瓶路程歌

liou^{24} ŋue^{33} nəŋ^{31} pəŋ^{54} təŋ^{31} təŋ^{24} ɕaŋ^{33}
六 月 南 风 同 垌 上
六月南风峒上过

tsho^{35} ŋue^{24} tɕhou^{54} pəŋ^{54} təŋ^{31} liŋ^{33} luo^{31}
七 月 秋 风 从 岭 来
七月秋风从岭来

ta^{24} pəŋ^{54} luo^{31}
大 风 到
大风到

ɕi^{54} ɕi^{54} piou^{35} mau^{24} ti^{33} ləi^{54} tou^{31}
深 山 竹 木 都 低 头
深山竹木都低头

piou^{35} mau^{24} ləi^{54} tou^{31} tɕhəŋ^{33} pəŋ^{54} kø^{33}
竹 木 低 头 听 风 过
竹木低头听风过

le^{35} vo^{24} tɕhəŋ^{54} tou^{31} tɕhəŋ^{33} la^{33} ɕəŋ^{54}
列 位 清 头 听 俫 声
列位厅堂听我声

tɕhəŋ^{54} tou^{31} ȵi^{31} la^{54} tɕhəŋ^{33} ji^{31} la^{33}
清 头 人 多 听 着 俫
厅堂人多听着我

tɕhəŋ^{33} ji^{31} la^{33} saŋ^{54} su^{54} lau^{24} tiŋ^{31}
听 着 俫 双 赊 路 程
听着我俩畲路程

sa^{54} təŋ^{33} piou^{35} təŋ^{31} liaŋ^{33} kuəi^{24} həŋ^{54}
锯 断 竹 筒 两 边 空
锯断竹筒两边空

su^{54} lau^{24} tiŋ^{31} kø^{54} tɕou^{24} se^{31} ɕəŋ^{54}
赊 路 程 歌 就 起 声
畲路程歌就起声

su^{54} lau^{24} tiŋ^{31} kø^{54} se^{31} ɕəŋ^{54} thiaŋ^{33}
赊 路 程 歌 起 声 唱
畲路程歌起声唱

tsəi^{35} tɕi^{31} se^{31} ɕəŋ^{54} su^{54} lau^{24} tiŋ^{31}
接 着 起 声 赊 路 程
接着起声畲路程

tɕəŋ^{31} tsai^{31} jou^{33} luo^{54} tiaŋ^{54} se^{54} ɕo^{24}
庭 前 有 蔸 樟 丝 树
庭前有棵金丝楠

luo^{31} luo^{31} tiaŋ^{54} se^{54} lia^{54} tsu^{31} paŋ^{31}
砍 倒 樟 丝 雕 茶 盘
砍倒楠木雕茶盘

tsu^{31} paŋ^{31} mə^{33} ɕa^{35} la^{33} aŋ^{54} ɕa^{35}
茶 盘 不 削 俫 安 削
茶盘不削我安肃

se³³ la³³ aŋ⁵⁴ ɕa³⁵ tɕhəŋ⁵⁴ tou³¹ ȵi³¹
是 俫 安 削 清 头 人
是我安肃厅堂人

aŋ⁵⁴ ɕa³⁵ tɕhəŋ⁵⁴ tou³¹ ɕa³⁵ ɕa³⁵ tɕəŋ³³
安 削 清 头 消 消 静
安肃厅堂悄悄静

tɕhəŋ³³ ŋu³³ tse³¹ la³¹ su⁵⁴ lau²⁴ tiŋ³¹
听 我 几 兄 赊 路 程
听我兄弟畲路程

aŋ⁵⁴ ɕa³⁵ luo³¹ ȵi³¹ taŋ³¹ ɕaŋ²⁴ ɕo²⁴
安 削 老 人 床 上 睡
安肃老人床上睡

aŋ⁵⁴ ɕa³⁵ təŋ³¹ paŋ³³ ɕa³⁵ tɕəŋ³¹ ɕəŋ⁵⁴
安 削 同 伴 消 静 声
安肃同伴寂静声

tɕəŋ³¹ ɕəŋ⁵⁴ tɕhəŋ³¹ təŋ³¹ ɕəŋ⁵⁴
静 声 请 静 声
静声请静声

tɕhəŋ³³ ŋu³³ liaŋ³¹ ɕi⁵⁴ se³³ tiou³⁵ ȵəŋ⁵⁴
听 我 梁 山 与 祝 英①
听我梁山与祝英

liaŋ³¹ ɕi⁵⁴ ji⁵⁴ vo²⁴ tɕi⁵⁴ se⁵⁴ so³¹
梁 山 因 为 争 妻 死
梁山因为争妻死

① 梁山与祝英：指梁山伯与祝英台。

ɕa^{33} nai^{31} ji^{54} vo^{24} pu^{35} fu^{54} ha^{54}
少 年 因 为 百 花 开
少年因为花开来

pu^{35} fu^{54} ha^{54}
百 花 开
百花开

pu^{35} fu^{54} ɕou^{31} tou^{31} tsəi^{31} ho^{31} ha^{54}
百 花 树 头 齐 口 开
百花树上齐口开

pu^{35} fu^{54} ɕou^{31} tou^{31} tsəi^{31} ha^{54} hou^{31}
百 花 树 头 齐 开 口
百花树上齐开口

liaŋ^{31} ɕi^{54} ji^{54} vo^{24} tiou^{35} ȵəŋ^{54} ta^{31}
梁 山 因 为 祝 英 台
山伯只爱祝英台

ɕaŋ^{54} tɕəŋ^{31} ɕaŋ^{54}
相 请 相
相请啊

ɕaŋ^{54} tɕəŋ^{31} tio^{31} ȵi^{31} ɕa^{54} tse^{31} ɕaŋ^{54}
相 请 主 人 烧 纸 香
相请主人烧纸香

tio^{31} ȵi^{31} ɕa^{54} ɕaŋ^{54} haŋ^{24} lio^{33} ɕo^{31}
主 人 烧 香 换 绿 水
主人烧香换清水

ɕa^{54} ɕaŋ^{54} haŋ^{24} ɕo^{31} tɕhəŋ^{31} liu^{31} səŋ^{54}
烧 香 换 水 请 刘 三
烧香换水请刘三

tɕhəŋ^{31} ɕo^{35} liu^{31} səŋ^{54} tai^{24} ɕaŋ^{24} tsa^{33}
请 出 刘 三 殿 上 坐
请出刘三殿上坐

tai^{24} ɕaŋ^{24} tsa^{33} se^{31} ɕou^{33} ɕaŋ^{54} ai^{54}
殿 上 坐 起 受 香 烟
殿上坐起受香烟

liu^{31} səŋ^{54} ɕou^{24} luo^{35} ɕaŋ^{54} ai^{54} mo^{33}
刘 三 受 得 香 烟 尾
刘三受得香烟尾

mə^{33} nəŋ^{54} ɕaŋ^{54} lau^{31} thaŋ^{33} fə^{31} ai^{54}
不 给 香 炉 断 火 烟
不给香炉断火烟

jaŋ^{31} tau^{24} paŋ^{54} se^{31} ji^{54} tau^{24} paŋ^{33}
阳 助 半 时 阴 助 半
阳助半时阴助半

tau^{24} tɕi^{31} la^{33} nəŋ^{31} su^{54} lau^{24} tiŋ^{31}
助 起 倈 男 赊 路 程
助起我们畲路程

lou^{24} mio^{31} mə^{33} se^{33} ho^{31} ɕou^{33} fə^{31}
漏 茅① 不 是 好 放 火
漏茅不太好点火

① 漏茅：茅草稀疏不干爽。

kø^{54} taŋ^{31} mə^{33} se^{33} ho^{31} tse^{33} tiaŋ^{54}
歌 堂 不 是 好 棋 中①
歌堂不是好棋盘

mə^{33} ho^{31} tsha^{35} ɕou^{31} tɕhiu^{24} ɕaŋ^{24} tsa^{33}
不 好 插 手 席 上 坐
不好插手席上坐

ŋaŋ^{24} ɕaŋ^{24} ke^{33} ȵi^{31} ɕuai^{31} ɕaŋ^{24} tɕhi^{54}
岸 上 的 人 船 上 川
岸上的人怎撑船

zə^{35} saŋ^{54} se^{54} tse^{31} luo^{24} se^{54} tɕhou^{54}
一 双 狮 子 立 诗 秋
一双狮子立春秋

le^{35} vo^{31} fəŋ^{54} fə^{33} la^{33} nəŋ^{31} jou^{54}
列 位 吩 咐 俫 男 忧
历史警醒我们忧

jou^{54} kaŋ^{33} vai^{31} luo^{24} fo^{54} zə^{31} mo^{33}
忧 官 原 利 飞 如 马
忧官是非驰如马

tse^{24} kau^{31} faŋ^{54} lio^{31} mə^{33} luo^{31} tou^{31}
自 古 风 流 不 到 头
自古风流不到头

tsa^{31} tse^{31} tsa^{31}
才 子 才
才子真有才

① 棋中：棋盘。

tɕaŋ^{33} no^{31} li^{31} la^{31} ɕi^{31} tsəi^{35} tsa^{31}
丈 二 云 罗 承 接 裁
丈二绫罗拿来裁

tɕaŋ^{33} no^{31} li^{31} la^{31} laŋ^{54} tɕhəŋ^{54} tsai^{31}
丈 二 云 罗 当 清 剪
丈二绫罗当厅剪

tɕi^{35} ju^{33} kø^{54} taŋ^{31} laŋ^{54} tɕhəŋ^{54} vo^{33}
今 夜 歌 堂 当 清 围
今夜歌堂当厅围

su^{54} vo^{54} luo^{24} tou^{31} tse^{31} mə^{33} mai^{33}
蓑 衣 斗 笠 齐 不 免①
蓑衣斗笠齐不免

tse^{31} se^{33} mai^{33} lu^{35} sai^{54} tou^{31} ȵi^{31}
只 是 免 得 先 头 人
只是免做领头人

məi^{33} ɕi^{54} liaŋ^{31} məi^{33} aŋ^{31} tsa^{33} tsou^{35}
米 升 量 米 碗 再 作②
米升量米碗盛糍

tɕi^{54} tshe^{33} mə^{33} luo^{31} fəi^{33} la^{33} ɕi^{54}
今 次 不 来 费 倈 心
这次不来费我心

① 免：避免。此句以出门随身物件不能缺少比喻不能推辞。
② 作：方言，糍粑。

səŋ^{54} lia^{54} tse^{54} tou^{31} hou^{31} sa^{54} sa^{54}
三 朝 鸡 子 口 撒 撒①
三天小鸡开口叫

mə^{33} təŋ^{31} tshe^{35} məi^{24} sai^{54} jou^{31} ka^{54}
不 从 吃 米 先 游 街
不曾吃米先游街

jou^{31} ka^{54} mə^{33} luo^{54} ka^{54} tɕaŋ^{31} la^{31}
游 街 不 知 街 长 短
游街不知街长短

thiaŋ^{33} kø^{54} mə^{33} luo^{54} tsəi^{35} tɕhou^{33} tou^{31}
唱 歌 不 知 接 奏 头
唱歌不知哪接头

mə^{33} luo^{54} lau^{35} tou^{31} tsəi^{35} lau^{35} tɕhou^{33}
不 知 那 条 接 哪 奏
不知哪支接哪处

mə^{33} luo^{54} lau^{35} tɕhou^{33} tsəi^{35} lau^{35} tou^{31}
不 知 那 奏 接 那 条
不知哪节接哪支

tse^{33} lu^{54} tou^{31} luo^{31} lou^{24} lia^{33} mo^{33}
记 得 头 来 漏 了 尾
记得头来漏了尾

tse^{33} lu^{54} mo^{33} luo^{31} lou^{24} tiaŋ^{54} jaŋ^{54}
记 得 尾 来 漏 中 央
记得尾来漏中央

① 口撒撒：张嘴待哺育。

tse^{33} lu^{54} tiaŋ^{54} jaŋ^{54} liaŋ^{33} pai^{54} lou^{24}
记 得 中 央 两 边 漏
记得中央两边漏

tse^{33} lu^{54} zə^{35} lau^{24} ma^{31} fə^{35} ɕaŋ^{54}
记 得 一 路 磨 福① 香
挂一漏万忘上香

ɕi^{54} tiou^{35} məi^{33} sa^{54} luo^{24} səŋ^{54} luo^{24}
新 编 米 筛 蜡 三 蜡
新编米筛绕几匝

sou^{54} mo^{24} mə^{33} kai^{33} lou^{24} luo^{54} la^{54}
疏 密 不 见 漏 得 多
疏密不一漏处多

tou^{31} tou^{31} lou^{24} lia^{33} tɕi^{54} se^{54} luo^{31}
条 条 漏 了 金 丝 鲤
条条漏了金丝鲤

tou^{31} tou^{31} lou^{24} lia^{33} ho^{31} lau^{24} tiŋ^{31}
条 条 漏 了 好 路 程
支支漏了好路程

həŋ^{31} tse^{31} tsai^{31} tse^{31} tsha^{35} lau^{24} ɕaŋ^{24}
红 旗 钱 纸 插 路 上
红旗整齐插路上

pu^{24} tse^{31} vi^{54} va^{35} luo^{31} jaŋ^{31} tiou^{54}
白 旗 弯 曲 到 扬 州
白旗弯曲到扬州

---

① 磨福：表音，意指忘记。

hən^{31} tse^{31} tiaŋ^{24} tse^{31} se^{24} no^{24} mai^{33}
红　旗　共　旗　十　二　面
红旗白旗十二面

se^{24} no^{24} tse^{54} tɕhiaŋ^{54} tɕaŋ^{33} no^{24} tɕaŋ^{31}
十　二　支　枪　丈　二　长
十二支枪丈二长

tɕaŋ^{31} ɕaŋ^{54} ju^{24} jou^{33} tɕaŋ^{31} tɕhiaŋ^{54} ɕou^{31}
长　枪　又　有　长　枪　手
长枪更有长枪手

pia^{54} tɕhiaŋ^{54} ju^{24} jou^{33} tsəi^{35} tɕhiaŋ^{54} ȵi^{31}
标　枪　也　有　接　枪　人
投枪也有接枪人

tɕaŋ^{31} tɕhiaŋ^{54} ju^{24} jou^{33} laŋ^{31} tɕhiaŋ^{54} ɕou^{31}
长　枪　又　有　短　枪　手
长枪兼有短枪手

zə^{31} fu^{54} ju^{24} jou^{33} tɕi^{24} fu^{54} ȵi^{31}
移　花　也　有　种　花　人
移花还有种花人

ŋue^{24} tiaŋ^{54} ɕi^{54} ɕuəi^{33} lai^{31} kəŋ^{54} po^{31}
月　中　新　桂　连　根　把①
月中新桂连根折

tse^{24} kau^{31} faŋ^{54} lio^{31} mə^{33} luo^{31} tou^{31}
自　古　风　流　不　到　头
自古风流不到头

① 把：折取。

ɕi^{54} ma^{33} təŋ^{31} pəŋ^{31} ɕi^{54} tsa^{24} kuo^{33}
新 买 铜 盆 新 凿 架
新买铜盆新凿架

ɕi^{54} ma^{33} təŋ^{31} liŋ^{31} ɕi^{54} ɕou^{24} so^{54}
新 买 铜 铃 新 学 师
新买铜铃新学师

la^{33} se^{33} ɕi^{54} so^{54} ɕi^{54} ɕou^{24} ɕo^{35}
俫 是 新 师 新 学 法
我是新师新学法

ɕi^{54} so^{54} ɕou^{24} ɕo^{35} mə^{33} tiai^{54} so^{54}
新 师 学 法 不 经 师
新师学法不出师

thiaŋ^{31} jou^{24} sau^{33} vəŋ^{31} tau^{24} mə^{33} tɕa^{24}
孔 有 数 文 读 不 对
恐有数文读不对

thiaŋ^{31} jou^{24} tou^{31} tse^{31} thiaŋ^{33} mə^{33} thaŋ^{54}
孔 有 头 期① 唱 不 通
恐有章节唱不通

thiaŋ^{31} jou^{24} ha^{54} liŋ^{31} liŋ^{31} mə^{33} ɕaŋ^{31}
孔 有 开 铃 铃 不 响
恐有开铃铃不响

① 头期：开头段落。

thiaŋ^{31} jou^{24} ɕaŋ^{33} ti^{31} hou^{31} tse^{24} maŋ^{31}
孔 有 上 弹 口 自 忙
恐有人责心慌张

kuo^{35} tse^{31} so^{54} kəŋ^{54} kuo^{35} tse^{31} ɕo^{35}
各 自 师 公 各 自 法
各自师公各有法

kuo^{35} tse^{31} so^{54} kəŋ^{54} kuo^{35} tse^{31} tɕuai^{31}
各 自 师 公 各 自 传
各自师公各自传

thiaŋ^{33} mə^{33} tɕa^{33} se^{31} mə^{33} ɕa^{33} la^{33}
唱 不 着 时 不 笑 俫
唱不对时不笑我

thiaŋ^{33} mə^{33} tɕa^{24} se^{31} mə^{33} ɕa^{33} nəŋ^{31}
唱 不 对 时 不 笑 男
唱不对时不笑我

tiŋ^{54} ŋue^{31} zə^{35} lia^{35} hau^{33} tsha^{31} mau^{24}
正 月 一 朝 去 采 木
正月某日去采木

no^{24} ŋue^{31} zə^{35} lia^{35} tsha^{31} mau^{24} kuo^{54}
二 月 一 朝 采 木 归
二月某日采木归

tsha^{31} mau^{24} kuo^{54} luo^{31} ɕou^{54} ləŋ^{33} mə^{33}
采 木 归 来 修 扁 担
采木归来修扁担

ɕou^{54} lu^{35} ja^{54} ho^{31} liaŋ^{33} kuəi^{24} tsai^{54}
修 得 腰 柔 两 头 尖
修得腰韧两头尖

no^{31} no^{24} tɕhəŋ^{54} ɕi^{54} hau^{33} tsha^{31} vo^{35}
拿 入 青 山 去 采 青
拿入青山采绿肥

nəŋ^{54} luo^{31} tsha^{35} tɕi^{31} ta^{24} lau^{33} pai^{54}
给 来 插 起 大 路 边
拿来插起大路边

jou^{33} ȵi^{31} ti^{31} lu^{35} lau^{24} tiŋ^{31} se^{24}
有 人 弹 得 路 程 事
有人责难路程事

pou^{31} lu^{35} tha^{31} mo^{31} fo^{54} ɕaŋ^{33} thai^{54}
打 得 灰 尘 飞 上 天
打得灰尘飞上天

pou^{31} lu^{35} maŋ^{31} təŋ^{31} tɕi^{31} no^{24} ɕo^{31}
打 得 芒 筒 沉 入 水
打得苇秆沉入水

pou^{31} lu^{35} ɕu^{24} ɕi^{54} ɕo^{31} ɕaŋ^{24} po^{31}
打 得 石 山 水 上 浮
打得石山水上浮

pou^{31} lu^{35} lua^{33} kəŋ^{54} maŋ^{33} tau^{24} lio^{24}
打 得 雷 公 满 地 滚
打得雷公满地滚

pou^{31} lu^{35} luo^{31} ŋau^{31} tɕhau^{33} ɕaŋ^{33} kaŋ^{54}
打 得 鲤 鱼 跳 上 岸
打得鲤鱼跳上岸

thai^{54} ji^{54} pou^{31} lu^{35} miŋ^{31} ɕəŋ^{54} ɕo^{35}
天 阴 打 得 明 星 出
天阴打得明星出

la^{24} hau^{33} pou^{31} lu^{35} thau^{31} mo^{33} səŋ^{54}
落 雨 打 得 灰 尘 飞
下雨打得灰尘飞

səi^{33} səi^{33} ŋou^{31} tsu^{31} tiou^{35} tsai^{54} tsai^{54}
小 小 牛 仔 角 尖 尖
小小牛仔角尖尖

mə^{33} tsəŋ^{31} ɕaŋ^{33} sa^{35} tho^{31} ȵi^{31} khai^{54}
不 从 上 索 讨 人 牵
不曾上索被人牵

khai^{54} no^{24} tai^{31} tiaŋ^{54} mə^{33} luo^{54} lau^{24}
牵 入 田 中 不 知 路
牵入田中不知路

tiou^{31} ŋou^{31} ŋou^{31} tou^{31} fəi^{33} la^{33} ɕi^{54}
教 脾① 牛 仔 费 俫 心
调教牛仔费我心

səi^{33} səi^{33} ŋou^{31} tsu^{31} tiou^{35} po^{31} po^{31}
小 小 牛 仔 角 耙 耙②
小小牛仔角耙耙

① 教脾：驯服。
② 耙耙：分开朝上。

khai^{54} no^{24} ɕi^{54} ɕi^{54} lai^{31} jou^{31} mo^{31}
牵 入 深 山 点 油 麻
牵入深山点芝麻

hau^{33} se^{31} jou^{31} mo^{31} su^{35} səŋ^{54} tɕe^{31}
去 时 油 麻 撒 三 盏
去时芝麻撒三盏

kuo^{54} se^{33} jou^{31} mo^{31} ɕou^{54} səŋ^{54} ɕi^{54}
归 时 油 麻 收 三 升
回时芝麻收三升

səŋ^{54} ɕi^{54} jou^{31} mo^{31} su^{35} fu^{33} tɕəŋ^{31}
三 升 油 麻 撒 下 井
三升芝麻撒下井

la^{33} tsəŋ^{31} tɕəŋ^{31} le^{31} ɕou^{35} kø^{54} kuo^{54}
倈 从 井 底 学 歌 归
我从井底学歌回

ɕou^{35} luo^{54} tio^{33} tɕi^{54} tio^{33} jou^{33} kuo^{31}
学 得 句 真 句 又 假
学得句真句又假

tio^{33} tɕi^{54} tio^{33} kuo^{31} su^{54} lau^{24} tiŋ^{31}
句 真 句 假 赊 路 程
句真句假畬路程

tio^{33} tɕi^{54} tio^{33} kuo^{31} tse^{31} kaŋ^{31} thiaŋ^{33}
句 真 句 假 只 管 唱
句真句假只管唱

tio^{33} tio^{33} ȵi^{24} tɕi^{54} thiaŋ^{33} mə^{33} ɕəŋ^{31}
句 句 要 真 唱 不 成
句句要真唱不成

liou^{24} ŋue^{24} nəŋ^{31} pəŋ^{54} təŋ^{31} təŋ^{24} ɕaŋ^{33}
六 月 南 风 从 垌 上
六月南风从垌上

tsho^{35} ŋue^{24} tɕhou^{54} pəŋ^{54} təŋ^{31} liŋ^{33} luo^{31}
七 月 秋 风 从 岭 来
七月秋风从岭来

ta^{24} pəŋ^{54} luo^{31}
大 风 到
大风到

ɕi^{54} ɕi^{54} piou^{35} mau^{24} ti^{33} ləi^{54} tou^{31}
深 山 竹 林 都 低 头
深山竹林都低头

piou^{35} mau^{24} ləi^{54} tou^{31} tɕhəŋ^{33} pəŋ^{54} kø^{33}
竹 木 低 头 听 风 过
竹木低头听风过

tɕhəŋ^{33} la^{33} su^{54} lau^{24} tɕhəŋ^{54} mə^{33} tɕhəŋ^{54}
听 倈 赊 路 清 不 清
听我畲路可清晰

ɕi^{54} kaŋ^{54} luo^{31}
新 官 到
新官到

ɕi^{54} kaŋ^{54} luo^{31} luo^{31} fə^{33} tɕhuai^{54} ɕəŋ^{31}
新 官 来 到 富 川 城
新官来到富川城

luo^{31} luo^{31} fə^{33} tɕhuai^{54} ɕəŋ^{31} na^{24} tsa^{33}
来 到 富 川 城 内 坐
来到富川城内坐

liou^{24} tɕi^{54} tsho^{33} luo^{24} ti^{33} ləi^{54} tou^{31}
六 军 造 立① 都 低 头
六军皂隶都低头

tsho^{33} luo^{24} ləi^{54} tou^{31} tɕhəŋ^{33} kaŋ^{54} ɕai^{31}
造 立 低 头 听 官 审
皂隶低头听官审

tɕhəŋ^{33} kaŋ^{54} ɕai^{31} se^{24} tɕhəŋ^{54} mə^{33} tɕhəŋ^{54}
听 官 审 事 清 不 清
审问处事清廉否

tɕhəŋ^{54} kaŋ^{54} vai^{31} tsəŋ^{31} lia^{33} tsha^{35} se^{24}
清 官 原 从 了② 错 事
清官原从了错案

ho^{31} tou^{31} tse^{24} tsəŋ^{31} po^{35} fu^{33} maŋ^{31}
好 子③ 自 从 笔 下 忙④
好文来自多增删

① 造立：应为“皂隶”。
② 了：这里指更正。
③ 好子：好的状纸。
④ 笔下忙：为避免判案慌忙、不慎重而反复修改。

tɕhi^{31} tsha^{54} luo^{31}
神 差 到
神差到

ɕi^{31} tsha^{54} luo^{31} luo^{31} fə^{33} tɕhuai^{54} ɕəŋ^{31}
神 差 来 到 富 川 城
神差来到富川城

luo^{31} luo^{31} fə^{33} tɕhuai^{54} mə^{33} no^{24} vai^{24}
来 到 富 川 不 进 县
来到富川不进署

luo^{31} luo^{31} fə^{33} tɕhuai^{54} mə^{33} no^{24} ɕəŋ^{31}
来 到 富 川 不 入 城
来到富川不入城

ɕou^{31} luo^{31} mo^{31} ɕi^{31} təŋ^{31} təŋ^{24} ɕaŋ^{33}
手 拿 麻 绳 从 垌 上①
手拿麻绳垌上过

ȵi^{54} ȵi^{54} vu^{24} la^{33} se^{33} ɕi^{31} tsha^{54}
个 个 曰 倈 是 神 差
个个说我是神差

ȵi^{54} ȵi^{54} vu^{24} la^{33} ɕi^{31} tsha^{54} ɕo^{31}
人 人 曰 倈 神 差 手
人人说我神差手

mə^{33} se^{33} ɕi^{31} tsha^{54} se^{33} tau^{31} haŋ^{31}
不 是 神 差 是 屠 行
不是神差是屠夫

① 本句意指从富阳沿田垌间旧路（即潇贺古道）径直上到麦岭。

ȵi^{54} ȵi^{54} vu^{24} la^{33} tau^{31} haŋ^{31} ɕou^{31}
人 人 曰 俫 屠 行 手
人人说我屠夫手

səŋ^{54} nai^{24} mə^{33} lio^{31} liaŋ^{33} tou^{31} lio^{54}
三 年 不 杀 两 头 猪
三年不杀两头猪

sa^{35} tɕi^{31} ta^{24} lio^{54} kai^{33} tɕi^{33} tɕhi^{33}
杀 尽 大 猪 见 尽 秤
杀尽大猪挂满称

piou^{35} tɕe^{33} fo^{31} jou^{31} kai^{33} tɕe^{33} kuo^{54}
拨 尽 肥 油 见 尽 膏
拨尽肥油见尽膏

kø^{35} tɕi^{31} lio^{54} kaŋ^{54} kai^{33} ta^{24} nəŋ^{31}
割 尽 猪 肝 见 大 胆
割尽猪肝见大胆

piu^{54} haŋ^{31} ta^{24} ləŋ^{31} su^{54} lau^{24} tiŋ^{31}
包 涵 大 胆 赊 路 程
包涵壮胆畲路程

tse^{33} mau^{24} lio^{31}
志 木 流
檵木苗

tse^{33} mau^{24} ɕi^{54} tsa^{33} ɕu^{24} piou^{35} tou^{31}
志 木 生 在 石 壁 头
檵木生在石壁头

tse33 mau24 ɕi54 tsa33 ɕu24 tɕaŋ31 tia35
志 木 生 在 石 壁 脚
檵木生在石壁脚

luo31 lau31 tse33 mau24 lia54 tɕaŋ31 ho31
砍 倒 志 木 雕 长 侯①
砍倒檵木把鼓雕

tse33 mau24 lio31 maŋ33 lia54 tu24 kau31
志 木 流 麽 雕 达 鼓②
檵木玲珑雕长鼓

liaŋ33 kuəi24 tsai54 se31 tiaŋ54 jaŋ54 ɕou31
两 边 尖 时 中 央 柔
两头尖圆中间细

po31 tiou54 ɕo35 po31 luo31 maŋ24 kau31
皮 州 出 皮 来 摱 鼓③
皮州出皮来摱鼓

piou35 tiou54 ɕo35 piou35 li33 kau31 tiŋ54
竹 州 出 竹 打 鼓 钉
竹州出竹削鼓钉

mo31 tiou54 ɕo35 mo31 li31 mu31 sa35
麻 州 出 麻 打 麻 索
麻州出麻做麻绳

① 长侯：应为“长侯”，即长鼓。
② 达鼓：踏鼓，亦指长鼓。
③ 摱鼓：蒙鼓面。

thəi^{35} tiou^{54} ɕo^{35} thəi^{35} li^{31} kua^{33} kuo^{54}
铁 州 出 铁 打 挂 钩
铁州出铁打铁钩

thəi^{31} luo^{54} no^{24} vai^{24} hau^{33} tia^{35} piou^{35}
拿 刀 进 园 去 砍 竹
拿刀进园去砍竹

tia^{35} piou^{35} kuo^{54} luo^{31} pəŋ^{24} au^{35} ɕe^{31}
砍 竹 归 来 竖 屋 檐
砍竹归来竖屋檐

lou^{54} piou^{35} nəŋ^{54} luo^{31} phə^{33} so^{33} tse^{31}
蔸 竹 给 来 破 四 紫
一棵竹子破四片

so^{33} tse^{31} nəŋ^{54} luo^{31} phə^{33} pa^{35} sai^{54}
四 紫 给 来 破 八 先
四片拿来再八分

pa^{35} sai^{54} nəŋ^{54} luo^{31} phə^{33} se^{24} lio^{24}
八 先 给 来 破 十 六
八片分来成十六

se^{24} liou^{24} nəŋ^{54} luo^{31} tiou^{35} tsu^{31} kuo^{54}
十 六 给 来 织 茶 篮
十六小片织茶篮

tsu^{31} kuo^{54} mə^{33} ɕəŋ^{31} ɕəŋ^{31} so^{33} lio^{24}
茶 篮 不 成 成 四 腊
茶篮不成成撮箕

so^{33} lio^{24} mə^{33} ɕəŋ^{31} ɕəŋ^{31} tɕou^{31} tsho^{54}
四 腊 不 成 成 酒 抄
撮箕不成成酒抽

tɕou^{31} tsho^{54} mai^{24} ɕaŋ^{24} nia^{31} ȵi^{31} tse^{24}
酒 抄 面 上 绕 人 字
酒抽上面绕人字

lai^{31} pai^{24} tiou^{24} ɕəŋ^{31} se^{33} tɕou^{31} tsho^{54}
连 便 织 成 是 酒 抄
顺手织成是酒抽

tɕou^{31} tsho^{54} tsho^{54}
酒 抄 抄
酒抽啊

səŋ^{54} lia^{54} niaŋ^{24} tɕou^{31} so^{33} lia^{54} tsho^{54}
三 朝 酿 酒 四 朝 抄
三天酿酒四天抽

səŋ^{54} lia^{54} niaŋ^{24} tɕou^{31} so^{33} lia^{54} ɕuəi^{35}
三 朝 酿 酒 四 朝 喝
三天酿酒四天喝

ɕu^{35} ŋi^{31} maŋ^{31} kəŋ^{54} ɕuəi^{35} səŋ^{54} pəi^{54}
红 眼 芒 公 喝 三 杯
红眼师公喝三杯

maŋ^{31} kəŋ^{54} tshe^{35} te^{54} səŋ^{54} pəi^{54} tɕou^{31}
芒 公 吃 了 三 杯 酒
师公吃了三杯酒

luo^{31} tɕi^{31} tɕaŋ^{31} hau^{31} tia^{35} ju^{24} nio^{31}
拿 起 长 候 脚 又 蹂
拿起长鼓脚又踏

tu^{24} ɕo^{35} məŋ^{31} tsai^{31} tu^{24} səŋ^{54} thu^{35}
达 出 门 前 踏 三 达
踏出门前舞三舞

luo^{31} luo^{31} lio^{31} lio^{31} tu^{24} se^{31} jou^{31}
里 里 流 流 踏 起 游
回环往复踏街行

maŋ^{31} kəŋ^{54} və^{33} se^{24} liŋ^{33} khau^{31} tu^{24}
芒 公 无 事 领 鼓 踏
师公无事领鼓踏

pu^{24} ɕəŋ^{31} və^{31} se^{24} liŋ^{33} tsha^{54} laŋ^{54}
百 姓 无 事 领 差 当
百姓无事领差当

maŋ^{31} kəŋ^{54} və^{31} se^{24} təi^{24} se^{24} tsa^{33}
芒 公 无 事 寻 事 做
芒公无事寻事做

tse^{31} la^{31} və^{24} se^{24} ɕu^{54} lau^{24} tiŋ^{31}
几 兄 无 事 赊 路 程
兄弟无事畲路程

ɕou^{31} ɕaŋ^{33} və^{31} luo^{54} mə^{33} ɕu^{54} lau^{24}
手 上 无 刀 不 修 路
手上无刀不修路

ɕu^{54} luo^{54} lau^{24} tse^{31} thai^{54} ju^{24} kaŋ^{54}
修 来 路 得 天 又 光
修得路来天又明

ɕaŋ^{33} liŋ^{33} tsha^{31} maŋ^{31} səŋ^{54} pu^{35} məŋ^{31}
上 岭 采 芒 三 百 根
上岭采芒三百根

fu^{33} liŋ^{33} tsha^{31} maŋ^{31} so^{33} pu^{35} saŋ^{54}
下 岭 采 芒 四 百 双
下岭采芒四百双

tɕaŋ^{31} kəŋ^{54} nəŋ^{54} luo^{31} tsa^{33} tɕi^{31} tsai^{33}
长 的 给 来 做 起 箭
长的用来做起箭

laŋ^{31} kəŋ^{54} nəŋ^{54} luo^{31} tiai^{31} tɕo^{35} ɕi^{54}
短 的 给 来 缠 烛 心
短的用来缠烛芯

laŋ^{54} tɕhəŋ^{54} lai^{31} lua^{33} jou^{31} lu^{24} tio^{35}
当 清 点 双 油 蜡 烛
当厅点双油蜡烛

nəŋ^{54} luo^{31} tɕu^{35} tɕi^{31} tɕhəŋ^{54} tou^{31} ȵi^{31}
给 来 烤 着 清 头 人
拿来照着堂中人

tɕu^{35} tɕi^{31} tɕhəŋ^{54} tou^{31} ɕa^{35} ɕa^{35} tɕəŋ^{33}
烤 着 清 头 消 消 静
照着厅堂悄悄静

tɕhəŋ^{33} ŋu^{33} tse^{31} la^{31} ɕu^{54} lau^{24} tiŋ^{31}
听 我 几 兄 赊 路 程
听我兄弟畲路程

tɕəŋ^{33} ɕəŋ^{54} tɕhəŋ^{31} tɕəŋ^{33} ɕəŋ^{54}
静 声 请 静 声
静声请静声

tɕhəŋ^{33} ŋu^{33} hau^{31} nəŋ^{31} lu^{35} tse^{31} piŋ^{54}
听 我 湖 南 得 子 兵
听我湖南“鞑子兵”

tse^{31} piŋ^{54} tse^{31} mu^{33} jou^{31} jou^{31} kø^{33}
子 兵 骑 马 游 游 过
子兵骑马快快过

tsa^{35} tsou^{24} no^{24} taŋ^{31} ȵi^{24} tho^{31} kəŋ^{54}
抓 贼 入 堂 要 讨 功
抓贼入堂要讨功

ȵi^{24} tho^{31} zə^{35} kəŋ^{54} ka^{33} no^{24} vai^{24}
要 讨 一 功 介 入 县
要讨一功解入县

ȵi^{31} tho^{31} no^{24} kəŋ^{54} ka^{33} no^{24} tiŋ^{54}
要 讨 二 功 介 入 京
要讨二功解入京

səŋ^{54} kəŋ^{54} ka^{33} ɕaŋ^{33} ɕi^{31} tou^{31} ɕaŋ^{24}
三 功 介 上 省 头① 上
三功解到省里面

① 省头：这里应指北京，比南京大。

tsaŋ^{24} vai^{31} taŋ^{31} ɕaŋ^{24} ɕaŋ^{31} fu^{54} həŋ^{31}
状 元 堂 上 赏 花 红
状元堂上赏花红

ɕaŋ^{54} mau^{24} tsai^{31} tsai^{31} laŋ^{31} laŋ^{31} taŋ^{24}
上 树 砍 柴 短 短 段①
上树砍柴短短段

ɕu^{54} lau^{24} tiŋ^{31} kø^{54} laŋ^{31} laŋ^{31} tou^{31}
赊 路 程 歌 短 短 条
畲路程歌短短支

ɕu^{54} lau^{24} tiŋ^{31} kø^{54} ȵi^{54} ȵi^{54} vai^{24}
赊 路 程 歌 人 人 爱
畲路程歌人人爱

thiaŋ^{33} lu^{35} luo^{31} se^{31} ta^{24} thai^{54} kaŋ^{54}
唱 得 来 时 大 天 光
唱得来时天已明

thai^{54} to^{24} ɕuai^{31} haŋ^{31} tɕou^{31} jai^{31} ha^{54}
天 地 玄 黄 酒 筵 开
天地玄黄酒筵开

tɕi^{54} ɕi^{54} lio^{24} tɕou^{31} maŋ^{33} ta^{31} sa^{54}
金 山 绿 酒 满 桌 酾
金山绿酒满桌酾

tse^{54} kəŋ^{54} pu^{35} ɕo^{35} tsəi^{31} tsəi^{31} he^{33}
鸡 公 拍 翅 齐 齐 喊
诸姑伯叔齐齐喊

---

① 短短段：砍柴时为方便捆扎，把弯的柴截断，堆放整齐，称为“断柴”。树枝一般弯曲的较多，所以要截得更短一点。

khaŋ^{31} fa^{31} ɕoŋ^{54} te^{33} ta^{24} tsəi^{31} luo^{31}
孔 怀 兄 弟 大 齐 来
同胞兄弟大家来

kuo^{33} ku^{54} kø^{54} taŋ^{31} niaŋ^{24} ho^{31} tɕou^{31}
贵 家 歌 堂 酿 好 酒
贵家歌堂酿好酒

tiou^{31} luo^{31} ȵi^{31} tɕuai^{31} se^{24} luo^{24} ɕaŋ^{54}
九 里 人 传 十 里 香
九里人传十里香

ȵi^{31} vo^{33} tɕou^{31} tai^{31} zə^{31} mo^{24} ɕo^{31}
人 曰 酒 甜 如 蜜 水
人曰酒甜如蜜水

ɕou^{31} te^{31} tɕi^{54} pe^{54} pa^{35} paŋ^{33} ɕaŋ^{31}
手 提 金 杯 邀 伴 尝
手提金杯邀伴尝

nəi^{24} tou^{31} ɕo^{35} tso^{31} tia^{33} ɕi^{54} vo^{35}
日 头 出 早 照 山 坳
太阳出早照山坳

tia^{33} kai^{33} ɕi^{54} vo^{35} tse^{33} mau^{24} fu^{54}
照 见 山 坳 志 木 花
照见山坳檵木花

ɕaŋ^{24} se^{24} ȵi^{31} ta^{31} tse^{33} mau^{24} kau^{31}
上 世 人 抬 志 木 鼓
上辈人抬檵木鼓

fu^{33} se^{24} ȵi^{31} ta^{31} tse^{33} mau^{24} ta^{31}
下 世 人 抬 志 木 桌
下辈人抬樒木桌

liaŋ^{33} la^{31} mə^{33} ta^{31} tse^{33} mau^{24} kaŋ^{33}
两 兄 不 抬 志 木 杆
兄弟不抬樒木杆

tse^{31} ta^{31} tse^{33} mau^{24} tsa^{24} fu^{54} ta^{31}
只 抬 志 木 凿 花 桌
只抬樒木凿花桌

tse^{33} mu^{24} ɕaŋ^{33} tiŋ^{54} hau^{33} tɕhəŋ^{31} tɕaŋ^{24}
骑 马 上 京 去 请 匠
骑马上京去请匠

tse^{33} lio^{31} no^{24} vai^{24} tɕhəŋ^{31} tɕaŋ^{24} kuo^{54}
骑 驴 入 县 请 匠 归
骑驴入县请匠归

mau^{24} tɕaŋ^{33} no^{24} məŋ^{31} tsəi^{35} fu^{33} tɕo^{35}
木 匠 进 门 接 下 尺
木匠进门接墨斗

faŋ^{33} fu^{33} lio^{35} thio^{35} mi^{24} se^{54} liaŋ^{31}
放 下 曲 尺 慢 思 量
放下曲尺慢思量

mi^{24} mi^{24} se^{54} liaŋ^{31} tsa^{31} tsai^{31} mau^{24}
慢 慢 思 量 裁 剪 木
慢慢思量裁剪木

tsa^{31} tsai^{31} tse^{24} mau^{24} tsa^{24} fu^{54} ta^{31}
裁 剪 志 木 凿 花 桌
裁剪樾木凿花桌

səŋ^{54} tɕhiu^{35} liaŋ^{31} luo^{31} so^{33} tɕhiu^{35} ta^{24}
三 尺 量 来 四 尺 段
三尺量来四尺段

so^{33} tɕhiu^{35} liaŋ^{31} luo^{31} ŋau^{33} tɕhiu^{35} faŋ^{54}
四 尺 量 来 五 尺 方
四尺量来五尺方

mau^{24} tɕaŋ^{33} faŋ^{54} lu^{35} so^{33} faŋ^{54} ho^{31}
木 匠 方 得 四 方 好
木匠锯得四方好

nəŋ^{54} luo^{31} faŋ^{54} se^{31} so^{33} faŋ^{54} faŋ^{54}
给 来 方 起 四 方 方
拿来整得四方方

tse^{33} mau^{24} nəŋ^{54} luo^{31} tsa^{24} ta^{31} mai^{24}
志 木 给 来 凿 桌 面
樾木拿来凿桌面

su^{54} mau^{24} nəŋ^{54} luo^{31} tsa^{24} ta^{31} ɕa^{54}
杉 木 给 来 凿 桌 肖
杉木拿来凿桌肖

tɕhi^{54} mau^{24} nəŋ^{54} luo^{31} tsa^{24} ta^{31} tia^{35}
椿 木 给 来 凿 桌 脚
椿木拿来凿桌脚

pu^{35} mau^{24} nəŋ^{54} luo^{31} tsa^{24} ta^{31} ɕi^{54}
柏 木 给 来 凿 桌 身
柏木拿来凿桌身

liaŋ^{31} mau^{24} nəŋ^{54} luo^{31} tsa^{24} ta^{31} tau^{33}
龙 木 给 来 凿 桌 肚
龙木拿来凿桌肚

tiaŋ^{54} mau^{24} nəŋ^{54} luo^{31} lia^{54} li^{31} ŋo^{31}
樟 木 给 来 雕 云 牙
樟木拿来雕云牙

laŋ^{31} mau^{24} nəŋ^{54} luo^{31} tsa^{24} ta^{31} vi^{33}
短 木 给 来 凿 桌 椀
短木拿来凿桌枨

so^{33} khou^{33} lie^{31} vu^{31} so^{33} khou^{33} ɕa^{54}
四 个 云 牙 四 个 肖
四个榫卯四云牙

tsho^{35} mau^{24} nəŋ^{54} luo^{31} tiaŋ^{24} zə^{35} ɕəŋ^{33}
七 木 给 来 共 一 姓
七木并拢共一姓

tiaŋ^{24} sə^{31} zə^{35} ɕəŋ^{33} tsa^{24} fu^{54} ta^{31}
共 起 一 姓 凿 花 桌
共起一姓凿花桌

tsa^{24} se^{31} fu^{54} ta^{31} so^{33} tɕu^{35} tia^{35}
凿 起 花 桌 四 只 脚
凿起花桌四只脚

fu^{54} ta^{31} so^{33} tia^{35} tsa^{33} tɕhəŋ^{54} tou^{31}
花 桌 四 脚 坐 清 头
花桌四脚坐厅堂

tɕu^{33} mau^{24} nəŋ^{54} luo^{31} tsa^{24} tɕa^{31} ləŋ^{33}
枞 木 给 来 凿 条 凳
枞木用来凿长凳

pəŋ^{54} mau^{24} nəŋ^{54} luo^{31} kuo^{35} fə^{31} pəŋ^{31}
枫 木 给 来 做 火 盆
枫木用来做火盆

fə^{31} pəŋ^{31} vai^{31} se^{31} kaŋ^{31} ləŋ^{54} ɕo^{35}
火 盆 原 是 广 东 出
火盆原是广东出

fu^{35} ȵi^{31} ma^{33} ma^{24} luo^{31} liŋ^{33} tɕəŋ^{31}
客 人 买 卖 来 领 情
客人买卖来领情

tɕəŋ^{31} tsai^{31} jou^{33} mai^{24} liu^{31} fu^{33} tio^{35}
情 前 有 面 留 下 只
有缘有钱留一个

liu^{31} fu^{33} zə^{35} tio^{35} paŋ^{33} fu^{54} ta^{31}
留 下 一 只 伴 花 桌
留下一个伴花桌

haŋ^{33} thai^{54} tɕu^{35} fə^{31} vo^{31} lau^{54} fə^{31}
寒 天 烤 火 围 灶 火
冷天烤火围灶火

mə^{33} kəŋ^{31} thai^{54} tou^{31} ɕuəi^{35} maŋ^{33} ɕi^{54}
不 管 天 头 雪 满 山
不管天边雪满山

fu^{54} ta^{31} tsa^{24} ɕəŋ^{31} se^{24} no^{24} zə^{24}
花 桌 凿 成 十 二 日
花桌凿成十二日

se^{24} no^{24} zə^{24} ɕəŋ^{31} tɕhəŋ^{54} ɕaŋ^{24} ta^{31}
十 二 日 成 清 上 桌
十二日成厅上桌

tiaŋ^{54} səi^{54} ɕo^{35} luo^{54} thia^{31} jou^{31} tɕaŋ^{24}
江 西 出 得 巧 油 匠
江西出得巧油匠

liou^{31} səŋ^{54} tɕhəŋ^{54} tɕaŋ^{24} tsho^{35} fu^{54} ta^{31}
刘 三 请 匠 添 花 桌
刘三请匠添花桌

zə^{35} ɕi^{54} miŋ^{31} jou^{31} paŋ^{33} tɕi^{54} tsho^{35}
一 斤 明 油 半 斤 漆
一斤桐油半斤漆

tɕuai^{31} tɕi^{54} tsho^{35} tɕi^{31} tɕhəŋ^{54} ɕaŋ^{24} ta^{31}
全 金 漆 起 清 上 桌
金漆漆起厅上桌

jou^{31} se^{31} fu^{54} ta^{31} ti^{24} ti^{24} lia^{33}
油 起 花 桌 顶 顶 亮
漆好花桌闪闪亮

tsho^{35} se^{31} fu^{54} ta^{31} thəi^{35} thəi^{35} ɕi^{54}
漆 起 花 桌 贴 贴 新
漆好花桌格外新

so^{33} tɕu^{35} ta^{31} tou^{31} so^{33} kaŋ^{31} po^{35}
四 只 桌 头 四 杆 笔
四只桌角四杆笔

so^{33} tɕu^{35} ta^{31} tio^{35} so^{33} pəŋ^{31} ɕo^{54}
四 只 桌 角 四 本 书
四只桌角四本书

tsho^{35} ɕuəi^{33} la^{33} tou^{31} səŋ^{33} no^{24} ɕo^{24}
七 岁 孩 儿 送 入 学
七岁孩子送入学

lai^{31} tau^{24} se^{24} nai^{31} po^{35} nəi^{35} kuo^{54}
连 读 十 年 毕 业 归
连读十年毕业归

ɕou^{31} lau^{31} hau^{33} piŋ^{31} tɕi^{54} mo^{24} ɕo^{31}
手 拿 壶 瓶 真 墨 水
手拿玉壶金墨水

tso^{24} se^{35} po^{35} tou^{31} thou^{33} se^{54} ɕo^{54}
浸 湿 笔 头 透 诗 书
浸湿笔头写诗书

thou^{33} se^{31} se^{54} ɕo^{54} səŋ^{54} pu^{35} pəŋ^{31}
透 起 诗 书 三 百 本
写起诗书四百本

thou^{33} se^{31} tiou^{31} tiai^{54} pa^{35} pu^{35} phe^{54}
透 起 九 经 八 百 篇
写起九经八百篇

liou^{31} səŋ^{54} luo^{31} ɕo^{35} sa^{33} piŋ^{31} sa^{33}
刘 三 拿 出 晒 坪 晒
刘三拿出晒坪晒

tse^{33} lu^{35} ki^{54} məŋ^{31} ma^{31} fə^{35} ɕo^{54}
记 得 关 门 忘 记 收
记得关门忘记收

ɕo^{24} luo^{31} zə^{35} ki^{54} liaŋ^{31} ɕaŋ^{33} ɕo^{31}
睡 倒 一 更 龙 上 水
睡倒一更雷电闪

ɕo^{24} luo^{31} no^{24} ki^{54} se^{31} au^{54} ve^{31}
睡 倒 二 更 起 乌 云
睡倒二更起乌云

ɕo^{24} luo^{31} səŋ^{54} ki^{54} lua^{31} liu^{24} ŋe^{33}
睡 倒 三 更 雷 雳 眼
睡倒三更响霹雳

ɕo^{24} luo^{31} so^{33} ki^{54} hau^{33} lai^{31} lio^{31}
睡 倒 四 更 雨 连 流
睡倒四更雨潺潺

ɕo^{24} luo^{31} ŋau^{33} ki^{54} fa^{35} ta^{24} ɕo^{31}
睡 倒 五 更 发 大 水
睡倒五更发大水

ɕo^{31} tɕhua^{54} kø^{54} pəŋ^{31} luo^{31} jaŋ^{31} tiou^{54}
水 推 歌 本 到 扬 州
水推歌本到扬州

hau^{33} luo^{31} jaŋ^{31} tiou^{54} jaŋ^{31} tse^{31} ta^{24}
去 到 扬 州 洋 子 大
去到扬州河流宽

so^{33} li^{31} təŋ^{31} paŋ^{33} thəi^{33} nəŋ^{31} jou^{54}
四 邻 同 伴 替 男 忧
四邻同伴替我忧

zə^{35} khou^{33} piou^{35} pa^{31} kaŋ^{31} mə^{33} luo^{31}
一 个 竹 排 管 不 到
一个竹排赶不到

no^{24} khou^{33} piou^{35} pa^{31} kaŋ^{31} luo^{31} tiou^{54}
两 个 竹 排 管 到 州
两个竹排赶到州

zə^{35} khou^{33} lia^{31} kuo^{54} kua^{33} mə^{33} luo^{31}
一 个 镣 钩 挂 不 到
一个铁钩钩不到

no^{24} khou^{33} lia^{31} kuo^{54} kua^{33} luo^{31} tou^{31}
二 个 镣 钩 挂 到 头
二个铁钩钩到头

səŋ^{54} khou^{33} lia^{31} kuo^{54} kua^{33} ɕuo^{54} pəŋ^{31}
三 个 镣 钩 挂 归 本
三个铁钩钩回本

kua^{33} kuo^{54} zə^{35} pəŋ^{31} se^{33} liou^{31} səŋ^{54}

挂 归 一 本 是 刘 三

钩回一本是刘三

vo^{54} tɕi^{54} pu^{31} məi^{33} jaŋ^{31} tiou^{54} tei^{24}

衣 襟 包 米 扬 州 寻

包上干粮扬州寻

te^{24} kuo^{54} zə^{35} pəŋ^{31} fu^{54} piŋ^{31} kø^{54}

找 归 一 本 花 瓶 歌

寻回一本花瓶歌

te^{24} kuo^{54} zə^{35} pəŋ^{31} luai^{33} kuo^{54} au^{35}

找 归 一 本 转 归 屋

找到一本转回来

te^{24} kuo^{54} no^{24} pəŋ^{31} luai^{33} kuo^{54} ku^{54}

找 归 二 本 转 归 家

找到二本载回家

thai^{54} ɕu^{24} vai^{31} nai^{31} tse^{33} kø^{54} pəŋ^{31}

天 顺① 元 年 置 歌 本

天顺元年写歌本

thai^{54} ɕu^{24} no^{24} niai^{31} kø^{54} pəŋ^{31} çe^{31}

天 顺 二 年 歌 本 行

天顺二年歌本行

thai^{54} fu^{33} vəŋ^{31} tsa^{31} ti^{33} tau^{24} lio^{24}

天 下 文 才 都 助 力

天下文才都助力

① 天顺：明英宗复辟后的年号，1457—1464 年。

vo^{24} tse^{33} kø^{54} pəŋ^{31} tsho^{54} phai^{33} ɕi^{54}
为 置 歌 本 操 遍 心
为写歌本操遍心

tse^{33} te^{54} so^{33} tshai^{54} pa^{35} pu^{35} pəŋ^{31}
置 了 四 仟 八 佰 本
印了四千八百本

tse^{33} te^{54} ŋau^{33} vi^{24} pa^{35} tshai^{54} phe^{54}
置 了 伍 万 八 仟 篇
共刊五万八千篇

zə^{35} phe^{54} nəŋ^{54} luo^{54} jou^{33} tsho^{35} tio^{33}
一 篇 给 来 有 七 句
一篇总共有七句

tsho^{35} tio^{33} nəŋ^{54} luo^{54} jou^{33} tsho^{35} haŋ^{31}
七 句 给 来 有 七 行
七句写来有七行

tsho^{35} haŋ^{31} nəŋ^{54} luo^{54} jou^{33} tsho^{35} tse^{24}
七 行 给 来 有 七 字
七行每行有七字

tsho^{35} tse^{24} nəŋ^{54} luo^{54} jou^{33} tse^{24} ɕi^{54}
七 字 给 来 有 字 深
七字读来有字难

ɕo^{35} ɕo^{35} tɕi^{54} tse^{31} tɕaŋ^{54} luo^{31} khaŋ^{33}
识 书 君 子 将 来 看
识书君子拿来看

khaŋ^{33} ɕo^{35} fu^{54} piŋ^{31} nəŋ^{54} ȵi^{31} zə^{31}
看 出 花 瓶 给 人 移
认出好唱移花瓶

tse^{33} ɕo^{35} ɕaŋ^{24} se^{33} tɕuai^{31} fu^{33} se^{33}
置 出 上 世 传 下 世
印出上世传下世

ɕaŋ^{24} se^{33} tɕuai^{31} ɕo^{35} fu^{24} se^{33} ȵi^{31}
上 世 传 出 下 世 人
上世传出下世人

liou^{31} səŋ^{54} tse^{24} ɕo^{35} kø^{54} luo^{31} thiaŋ^{33}
刘 三 置 出 歌 来 唱
刘三制出歌来唱

tse^{24} ɕo^{35} tou^{31} kø^{54} tɕho^{33} kø^{54} taŋ^{31}
置 出 条 歌 看 歌 堂
编出歌儿看歌堂

kaŋ^{31} səi^{54} ɕo^{35} luo^{35} fu^{54} ɕa^{54} ɕu^{35}
广 西 出 得 花 消 锡
广西出得好锡矿

tiaŋ^{54} səi^{54} ɕo^{35} tɕaŋ^{24} li^{31} fu^{54} piəŋ^{31}
江 西 出 匠 打 花 瓶
江西巧匠打花瓶

ɕu^{35} la^{54} ɕu^{35} ɕa^{31} jou^{31} tɕaŋ^{24} li^{31}
锡 多 锡 少 由 匠 打
锡多锡少由匠打

jou^{31} tsa^{33} tɕaŋ^{24} ȵi^{31} li^{31} fu^{54} piŋ^{31}
由 在 匠 人 打 花 瓶
任由匠人打花瓶

li^{31} se^{31} fu^{54} piŋ^{31} mə^{33} tɕəŋ^{24} liaŋ^{31}
打 起 花 瓶 不 定 两
打起花瓶有大小

li^{31} se^{31} ɕaŋ^{54} lau^{31} mə^{33} tɕiŋ^{24} tɕi^{54}
打 起 香 炉 不 定 斤
打起香炉有重轻

ju^{24} jou^{33} səŋ^{54} tɕi^{54} li^{31} zə^{35} tɕo^{35}
又 有 三 斤 打 一 个
也有三斤打一个

ju^{24} jou^{33} liaŋ^{33} tɕi^{54} li^{31} zə^{35} saŋ^{54}
也 有 两 斤 打 一 双
也有两斤打一双

li^{31} ɕo^{35} ɕaŋ^{54} lau^{31} səŋ^{54} tɕi^{54} tɕe^{33}
打 出 香 炉 三 斤 重
打出香炉三斤重

li^{31} ɕo^{35} fu^{54} piŋ^{31} jou^{33} zə^{35} tɕi^{54}
打 出 花 瓶 有 一 斤
打出花瓶有一斤

tse^{33} ɕo^{35} ɕaŋ^{54} lau^{31} lua^{33} mai^{24} tsa^{33}
制 出 香 炉 对 面 坐
制出香炉对面坐

tse^{33} ɕo^{35} fu^{54} piŋ^{31} liaŋ^{33} pai^{54} pa^{31}
制 出 花 瓶 两 边 排
制出花瓶两边排

ɕaŋ^{54} lau^{31} tou^{31} ɕaŋ^{24} və^{31} ɕaŋ^{54} ɕo^{31}
香 炉 头 上 无 香 水
香炉头上无香火

fu^{54} piŋ^{31} tou^{31} ɕaŋ^{24} khai^{33} saŋ^{54} fu^{54}
花 瓶 头 上 欠 双 花
花瓶头上欠双花

fu^{54} piŋ^{31} tou^{31} ɕaŋ^{24} ɕo^{35} tɕhəŋ^{54} tsho^{31}
花 瓶 头 上 出 青 草
花瓶头上出青草

ɕaŋ^{54} lau^{31} tou^{31} ɕaŋ^{24} se^{31} au^{54} ai^{54}
香 炉 头 上 起 乌 烟
香炉头上起乌云

tse^{54} tsu^{31} ɕou^{24} te^{31} se^{31} tsəi^{35} se^{33}
鸡 仔 学 啼 时 接 时
小鸡学啼连续啼

mə^{33} nəŋ^{54} ɕaŋ^{54} lau^{31} taŋ^{33} fə^{31} ai^{54}
不 给 香 炉 断 火 烟
不给香炉断香烟

ɕaŋ^{54} lau^{31} tou^{31} ɕaŋ^{24} və^{31} ɕaŋ^{54} ɕo^{31}
香 炉 头 上 无 香 水
香炉头上无香火

fu^{54} piŋ^{31} tou^{31} ɕaŋ^{24} khai^{33} saŋ^{54} fu^{54}
花 瓶 头 上 欠 双 花
花瓶头上欠双花

khai^{33} saŋ^{54} fu^{54} kau^{31} təŋ^{24} saŋ^{54} tɕo^{24}
欠 双 花 鼓 同 双 笛
欠双花鼓与双笛

khai^{33} saŋ^{54} liaŋ^{31} ŋe^{33} təŋ^{24} po^{33} po^{31}
欠 双 龙 眼 同 枇 杷
欠双龙眼与枇杷

və^{24} ŋau^{33} nai^{31} ki^{54} se^{31} se^{24} laŋ^{24}
戊 午 年 间 时 事 乱
戊午年间时事乱

fu^{54} piŋ^{31} tsu^{24} no^{24} piŋ^{31} ɕu^{33} ŋe^{31}
花 瓶 藏 入 坪 社 岩①
花瓶藏入坪社岩

luo^{31} se^{33} sai^{54} ȵi^{31} maŋ^{31} me^{24} tio^{31}
李 氏② 仙 人 磨 灭③ 久
吕氏仙人隐藏久

zə^{31} tɕi^{54} maŋ^{31} me^{24} ho^{31} la^{54} nai^{31}
如 今 磨 灭 好 多 年
如今忘记好多年

① 坪社岩：岩洞名，在麦岭村头岗西南。
② 李氏：过去仙人多，未确指。
③ 磨灭：隐瞒。

pu^{24} fə^{33} sai^{54} ȵi^{31} hau^{33} lai^{31} tau^{24}
白 鹤 仙 人 去 点 地
白鹤仙人去堪地

niou^{24} jaŋ^{31} luo^{31} ɕaŋ^{24} lua^{33} fu^{54} piŋ^{31}
岳 阳 楼 上 对 花 瓶
岳阳楼上对花瓶

thai^{54} ɕu^{24} vai^{31} nai^{31} tɕe^{33} fu^{54} ɕo^{24}
天 顺 元 年 种 花 树
天顺元年种花树

thai^{54} ɕu^{24} no^{24} nai^{31} tɕe^{33} fu^{54} ɕi^{54}
天 顺 二 年 种 花 生
天顺二年花树生

tiŋ^{54} ŋue^{24} zə^{31} fu^{54} no^{24} ŋue^{24} tɕe^{33}
正 月 移 花 二 月 种
正月移花二月种

no^{24} ŋue^{24} tɕe^{33} fu^{54} səŋ^{54} ŋue^{24} ɕi^{54}
二 月 种 花 三 月 生
二月种花三月生

səŋ^{54} ŋue^{24} tɕe^{33} fu^{54} fu^{54} mə^{31} fa^{24}
三 月 种 花 花 不 发
三月种花花不发

so^{33} ŋue^{24} tɕe^{33} fu^{54} fu^{54} mə^{31} ɕi^{54}
四 月 种 花 花 不 生
四月种花花不生

pu^{24} fə^{33} sai^{54} ȵi^{31} tɕe^{33} fu^{54} ɕo^{24}
白 鹤 仙 人 种 花 树
白鹤仙人种花树

liu^{31} səŋ^{54} luo^{31} thau^{31} tai^{24} fu^{54} ɕi^{54}
刘 三 拿 土 点 花 生
刘三培土花生长

təi^{24} zə^{35} ɕu^{35} ku^{54} mə^{33} pəŋ^{31} fəŋ^{24}
第 一 赤 家① 不 本 分
最是僧家不本分

məi^{31} la^{24} mai^{24} tsu^{31} thəi^{35} fu^{54} ha^{54}
梅 落② 面 前 铁 花 开
梅仙面前铁花开

məi^{31} la^{24} tiou^{31} fu^{54} se^{33} ŋi^{33} ɕo^{31}
梅 落 守 花 时 眼 垂
梅仙守花时瞌睡

su^{35} ku^{54} thou^{54} fu^{54} tsha^{35} mai^{24} tso^{31}
赤 家 偷 花 插 面 前
僧人偷花插面前

ŋau^{33} ŋau^{35} fə^{33} fə^{31} lio^{31} fu^{31} tɕi^{31}
五 谷 婆 婆 留 下 种
五谷婆婆留下种

lau^{54} fu^{54} niaŋ^{31} niaŋ^{31} lio^{31} fu^{33} fu^{54}
都 花 娘 娘 留 下 花
都花娘娘留下花

① 赤家：一说寺庙内红色佛像。
② 梅落：指梅洛仙人，即梅仙。

fu^{54} se^{33} ɕi^{54} ɕi^{54} thəi^{35} tiŋ^{54} ɕo^{24}
花 是 深 山 铁 钉 树①
花是深山铁钉树

ɕu^{35} tsa^{33} ȵi^{31} ku^{54} ho^{24} mai^{24} tso^{31}
惜 在 人 家 佛 面 前
舍在僧家佛面前

su^{35} ku^{54} tɕi^{54} ȵi^{31} ɕi^{54} mə^{33} ɕai^{33}
赤 家 争 人 心 不 善
僧家奸人心不善

tse^{33} lu^{35} səŋ^{54} fəŋ^{54} tsou^{24} vəŋ^{35} ɕi^{54}
置 得 三 分 贼 瘟 心
怀有三分贼瘟心

su^{35} ku^{54} tse^{33} lu^{35} səŋ^{54} tshai^{54} tso^{24}
赤 家 置 得 三 千 贼
僧家养着三千贼

məi^{31} la^{24} tse^{33} lu^{35} so^{33} tshai^{54} tɕi^{54}
梅 落 制 得 四 千 军
梅仙养了四千军

tse^{33} lu^{35} tsou^{24} luo^{31} pu^{35} li^{31} pu^{35}
置 得 贼 来 百 把 百
养得贼来百把百

tse^{33} ɕo^{35} tɕi^{54} luo^{31} tshai^{54} li^{31} tshai^{54}
置 出 军 来 千 把 千
养出军来千把千

① 铁钉树：一说铁梨树，木质极硬。

tɕi^{54} jou^{24} tiou^{31} mo^{31} sa^{35} luo^{31} tsou^{24}
军 又 求 谋 杀 到 贼
军要谋求杀到贼

tsou^{24} ju^{33} tiou^{31} mo^{31} sa^{35} luo^{31} tɕi^{54}
贼 也 求 谋 杀 到 军
贼也谋求杀到军

tsa^{33} tɕi^{54} səŋ^{31} nai^{31} mə^{33} tsaŋ^{24} tsou^{24}
做 军 三 年 不 撞 贼
做军三年不撞贼

tsa^{33} tsou^{24} so^{33} nai^{31} mə^{33} tsaŋ^{24} tɕi^{54}
做 贼 四 年 不 撞 军
做贼四年不撞军

ŋou^{31} li^{31} liŋ^{33} tou^{31} saŋ^{54} tsaŋ^{24} tɕa^{24}
牛 林 岭 头 双 撞 着
牛林岭头双撞着

paŋ^{33} fu^{33} ɕo^{54} po^{35} tɕəŋ^{35} tiai^{31} khoŋ^{54}
放 下 书 笔 定 乾 坤
持枪上阵定乾坤

mai^{24} tso^{31} həŋ^{31} tse^{31} se^{24} no^{24} mai^{33}
面 前 红 旗 十 二 面
面前红旗十二面

se^{24} no^{24} tse^{54} tɕhiaŋ^{54} tɕaŋ^{33} no^{24} tɕaŋ^{31}
十 二 支 枪 丈 二 长
十二支枪丈二长

tɕaŋ^{31} tɕhiaŋ^{54} ju^{24} jou^{24} tɕaŋ^{31} tɕhiaŋ^{54} ɕo^{31}
长 枪 又 有 长 枪 手
长枪更有长枪手

pia^{31} tɕhiaŋ^{54} ju^{24} jou^{24} tsəi^{35} tɕhiaŋ^{54} ȵi^{31}
标 枪 也 有 接 枪 人
标枪也有接枪人

tɕaŋ^{31} tɕhiaŋ^{54} ju^{24} jou^{24} laŋ^{31} tɕhiaŋ^{54} ɕo^{31}
长 枪 又 有 短 枪 手
长枪兼有短枪手

zə^{31} fu^{54} ju^{24} jou^{24} tɕi^{31} fu^{54} ȵi^{31}
移 花 也 有 种 花 人
移花还有种花人

tɕi^{54} se^{33} tia^{31} tɕiəŋ^{31} fa^{54} liŋ^{24} ta^{24}
军 是 朝 廷 法 令 大
军是朝廷法令大

tsou^{24} piŋ^{54} mə^{31} zə^{31} tɕi^{54} piŋ^{54} tiaŋ^{31}
贼 兵 不 如 军 兵 强
贼兵不如军兵强

thai^{54} ɕu^{24} vai^{31} nai^{31} tse^{33} hau^{31} ha^{31}
天 顺 元 年 置 湖 海①
天顺元年湖海治

thai^{54} ɕu^{24} no^{24} nai^{31} tse^{33} ha^{31} tiaŋ^{54}
天 顺 二 年 制 海 中
天顺二年水利通

① 湖海：水库或人工湖泊。

tse^{33} ɕo^{35} nəŋ^{31} tiŋ^{54} ȵi^{31} thiaŋ^{33} thio^{35}
置 出 南 京 人 唱 曲
安定南京人唱曲

tse^{33} ɕo^{35} pou^{35} tiŋ^{54} ȵi^{31} thiaŋ^{33} kø^{54}
置 出 北 京 人 唱 歌
平治北京人唱歌

tse^{33} ɕo^{35} hau^{31} ha^{31} ɕuai^{31} tou^{31} tau^{24}
置 出 湖 海 船 子 渡
治理湖海船儿渡

tse^{33} ɕo^{35} kø^{54} taŋ^{31} zə^{31} fu^{54} piŋ^{31}
置 出 歌 堂 移 花 瓶
制出歌堂移花瓶

ku^{35} tse^{31} zə^{35} tɕhio^{31} ha^{31} tiaŋ^{54} tɕi^{54}
甲 子 乙 丑 海 中 金
甲子乙丑海中金

tɕi^{54} və^{33} vai^{31} se^{31} ku^{35} ɕi^{31} ɕi^{54}
真 武 原 是 甲 辰 生
真武原是甲辰生

tɕi^{54} və^{33} vai^{31} se^{31} ku^{35} ɕi^{31} jaŋ^{33}
真 武 原 是 甲 辰 养
真武原是甲辰养

ŋau^{33} ŋue^{24} tshau^{54} ŋau^{33} ŋau^{33} se^{31} ɕi^{54}
五 月 初 五 午 时 生
五月初五午时生

və^{24} ŋau^{24} nai^{31} ki^{54} hau^{33} ɕou^{24} ɕo^{35}
戊 午 年 间 去 学 法
戊午年间去学法

və^{33} laŋ^{54} ɕi^{54} ɕaŋ^{24} ɕou^{24} ɕou^{54} çe^{31}
武 当 山 上 学 修 行
武当山上苦修行

ɕou^{54} çe^{31} səŋ^{54} nai^{31} səŋ^{54} khou^{24} ɲue^{24}
修 行 三 年 三 个 月
修行三年三个月

tɕi^{54} və^{33} fu^{33} ɕi^{54} kø^{33} ta^{24} thi^{54}
真 武 下 山 过 大 滩
真武下山过大滩

hau^{33} luo^{31} ta^{24} thi^{54} kø^{33} mə^{33} luo^{35}
去 到 大 滩 过 不 得
去到大滩过不得

kuo^{31} kau^{31} maŋ^{31} təŋ^{31} pia^{54} kø^{33} thi^{54}
扯 根 芒 筒 标 过 滩
扯根苇秆漂过滩

kuo^{54} ku^{33} maŋ^{31} təŋ^{31} ləi^{54} kø^{33} kai^{31}
高 架 芒 筒 低 架 枧
高架苇秆低架枧

zə^{35} tɕiu^{24} tiaŋ^{31} pəŋ^{54} thio^{54} kø^{33} tiaŋ^{54}
一 阵 强 风 吹 过 江
一阵强风吹过江

thəi^{35} tɕaŋ^{24} lau^{31} tou^{31} ɕi^{54} ku^{33} kø^{33}
铁 匠 炉 头 山 架 过
铁匠炉头山架过

ɕi^{54} li^{31} thəi^{35} tɕhu^{35} tɕaŋ^{33} no^{24} tɕaŋ^{31}
新 打 铁 尺 丈 二 长
新打长枪丈二长

pa^{35} vi^{24} tiaŋ^{31} piŋ^{54} pu^{31} mə^{33} se^{31}
八 万 强 兵 把 不 起
八万强兵拿不起

tɕi^{54} və^{33} luo^{31} luo^{31} pu^{31} se^{31} çe^{31}
真 武 来 到 把 起 行
真武到来拿起抡

pu^{31} ɕaŋ^{33} ɕaŋ^{24} vai^{31} ɕou^{33} zə^{35} ɕou^{33}
把 上 上 园 试 一 试
拿到上园试一试

pu^{31} fu^{33} fu^{33} vai^{31} ɕou^{24} ɕou^{35} çe^{31}
把 下 下 园 学 法 行
拿到下园学法行

ɕo^{35} kuo^{54} ta^{24} ha^{54} tse^{33} zə^{35} fa^{35}
出 回 大 河 制 一 法
出到河边置一法

tsa^{24} tɕi^{31} kuo^{54} ɕu^{31} tia^{35} fu^{33} tɕhuai^{54}
抓 起 龟 蛇 脚 下 穿
抓起龟蛇脚下穿

tsa^{33} tia^{35} la^{31} kuo^{54} jou^{24} tia^{35} se^{31}
左 脚 踩 龟 右 脚 起
左脚踏龟右脚起

jou^{24} tia^{35} la^{31} ku^{31} tsa^{33} tia^{35} tɕhuai^{54}
右 脚 踩 蛇 左 脚 穿
右脚踩蛇左脚缠

tɕi^{54} təŋ^{31} no^{24} nio^{33} luo^{31} ɕaŋ^{54} tso^{24}
金 童 玉 女 来 相 助
金童玉女来相助

vi^{24} ka^{31} lio^{31} miŋ^{31} tɕuai^{31} se^{33} ki^{54}
万 古 留 名 传 世 间
万古留名传世间

tɕi^{54} və^{33} vai^{31} se^{31} fa^{35} liŋ^{31} ta^{24}
真 武 原 是 法 令 大
真武因为法令大

tɕi^{54} la^{33} kaŋ^{54} ji^{54} ɕaŋ^{54} tai^{24} taŋ^{31}
争 了 观 音 香 殿 堂
争了观音香殿堂

kaŋ^{54} ji^{54} mə^{33} fə^{24} hau^{33} kuo^{33} tsaŋ^{24}
观 音 不 服 去 告 状
观音不服去告状

kuo^{33} tɕi^{31} tɕi^{54} və^{33} ɕou^{31} la^{33} ku^{54}
告 起 真 武 手 带 枷
告得真武手带枷

kuo^{33} tɕi^{31} tɕi^{54} və^{33} lau^{31} tiaŋ^{54} tsa^{33}
告 起 真 武 牢 中 做
告得真武牢中坐

kaŋ^{54} ji^{54} tsha^{35} ɕo^{31} ɕo^{35} ɕəŋ^{31} məŋ^{31}
观 音 措 手 出 城 门
观音拄杖出城门

ta^{24} vo^{31} səi^{54} liŋ^{33} fə^{33} tɕhuai^{54} ɕəŋ^{31}
大 维 西 岭 富 川 城
大围西岭富川城

niai^{31} se^{54} tshu^{35} tse^{24} paŋ^{33} fu^{54} piŋ^{31}
填 诗 拆 字 伴 花 瓶
填诗拆字伴花瓶

niai^{31} se^{54} tshu^{35} tse^{24} la^{33} mə^{33} thiaŋ^{33}
吟 诗 拆 字 男 不 唱
吟诗拆字我不唱

mə^{33} nəŋ^{54} maŋ^{31} me^{24} tsau^{31} kəŋ^{54} miŋ^{31}
不 给 忘 灭 祖 公 名
不给磨灭祖宗名

maŋ^{31} me^{24} tsau^{31} kəŋ^{54} jou^{33} ȵi^{31} vo^{24}
忘 灭 祖 公 有 人 曰
磨灭祖公有人骂

maŋ^{31} me^{24} tsau^{31} kəŋ^{54} jou^{33} ȵi^{31} te^{31}
忘 灭 祖 公 有 人 弹
磨灭祖公有人责

pəŋ^{31} tse^{24} la^{33} kuo^{54} pəŋ^{31} tse^{24} thiaŋ^{33}
逢 字 对 归 逢 字 唱
拼字要对拼字唱

tshu^{35} tse^{24} la^{33} kuo^{54} tshu^{35} tse^{24} se^{54}
拆 字 对 归 拆 字 诗
拆字对回拆字诗

nəŋ^{54} ɕo^{35} ləŋ^{54} pai^{54} jaŋ^{31} lio^{33} zə^{54}
日 出 东 方 杨 柳 叶
日出东边杨柳叶

ɕu^{54} fa^{54} fəŋ^{31} au^{35} ho^{31} niai^{31} se^{54}
石 灰 粉 屋 好 言 诗
石灰粉屋好吟诗

ləi^{54} se^{54} niai^{31} ɕaŋ^{33} kuo^{54} se^{54} khaŋ^{33}
低 诗 言 向 高 诗 看
浅诗吟给高才听

kuo^{54} se^{54} niai^{31} ɕo^{35} ha^{31} liaŋ^{31} vaŋ^{31}
高 诗 言 出 海 龙 王
高才吟出海龙王

ha^{31} ləi^{31} liaŋ^{31} vaŋ^{31} tiai^{31} tia^{35} tse^{31}
海 底 龙 王 缠 脚 子
海底龙王缠双脚

liaŋ^{31} tiai^{31} tia^{35} tse^{31} faŋ^{54} tiai^{31} ɕi^{54}
龙 缠 脚 子 凤 缠 身
龙缠双脚凤缠身

mo^{24} paŋ^{31} ɕo^{31} tshuai^{31} çe^{31} thai^{54} fu^{33}
墨 盘 水 浅 行 天 下
墨盘水浅行天下

po^{24} fu^{33} vəŋ^{31} tiaŋ^{54} tɕuai^{31} si^{33} ki^{54}
笔 下 文 章 传 世 间
笔下文章传世间

tɕi^{54} ɕi^{54} tsou^{35} fə^{35} thai^{54} po^{31} təŋ^{54}
真 心 作 福 天 皮 动
真心作赋九霄震

pu^{31} po^{35} niai^{31} se^{54} tho^{24} po^{31} ha^{54}
把 笔 言 诗 地 皮 开
把笔吟诗大地开

zə^{35} saŋ^{54} se^{54} tse^{31} luo^{24} se^{54} tɕhou^{54}
一 双 狮 子 立 诗 秋
一双狮子立春秋

ho^{31} ɕi^{54} fəŋ^{54} fə^{33} la^{33} nəŋ^{31} jou^{54}
好 心 吩 咐 俫 男 忧
好心吩咐我们忧

he^{31} niai^{31} mə^{33} tiaŋ^{31} ou^{35} niai^{31} fo^{24}
行 言 不 讲 恶 言 话
善人不讲恶言语

tiaŋ^{31} se^{31} ou^{35} niai^{31} luo^{31} liou^{33} tio^{54}
讲 起 恶 言 到 柳 州
讲起恶言到柳州

hau^{33} luo^{31} liou^{33} tio^{54} ŋu^{31} ŋi^{31} to^{24}
去 到 柳 州 牛 岩 地
去到柳州蛮荒地

ɕi^{54} ɕi^{54} pu^{35} lia^{31} thəi^{33} nəŋ^{31} jou^{54}
深 山 百 鸟 替 男 忧
深山百鸟替我忧

jou^{54} kaŋ^{54} vai^{31} luo^{24} fo^{54} zə^{31} mo^{33}
忧 官 原 利 飞 如 马
为官利害是非多

tshe^{24} kau^{31} zə^{31} fu^{54} mə^{33} luo^{31} tou^{31}
自 古 移 花 不 到 头
自古功名不到头

lai^{31} zə^{33} lai^{31}
莲 叶 连
莲叶连

fu^{54} piŋ^{31} kø^{54} tiaŋ^{54} se^{33} jaŋ^{24} vai^{31}
花 瓶 歌 中 是 样 完
花瓶歌儿这样完

fu^{54} piŋ^{31} kø^{54} tiaŋ^{54} se^{33} jaŋ^{24} lia^{33}
花 瓶 歌 中 是 样 了
花瓶歌儿这样结

ho^{31} vu^{24} mə^{33} vai^{31} saŋ^{33} thiaŋ^{33} vai^{31}
口 曰 不 完 算 唱 完
说是没完算唱完

hou^{31} vu^{24} mə^{33} vai^{31} saŋ^{33} thiaŋ^{33} lia^{33}

口 曰 不 完 算 唱 了

说是不完算唱遍

la^{33} nəŋ^{31} ɕa^{31} tse^{33} saŋ^{33} thiaŋ^{33} vai^{31}

我 们 少 知 算 唱 完

我们不懂算唱完

tɕhəŋ^{54} tou^{31} ȵi^{31} la^{54} piu^{54} haŋ^{31} la^{33}

清 头 人 多 包 涵 俫

厅堂人多包涵我

vai^{31} liaŋ^{24} la^{33} saŋ^{54} mə^{33} luo^{54} kø^{54}

原 谅 俫 双 不 知 歌

原谅我们不知歌

十三、感谢女伴歌

ŋue^{24} liaŋ^{31} liaŋ^{31}
月 亮 亮
月亮亮

tɕaŋ^{31} tɕu^{33} ɕo^{31} khau^{33} ho^{31} ta^{24} taŋ^{31}
长 春 水 库 好 大 塘
长春水库好大塘

tɕhi^{54} thai^{54} la^{24} hau^{33} ta^{24} ɕo^{31} fa^{35}
春 天 落 雨 大 水 发
春天落雨大水发

həŋ^{31} ɕo^{31} phiu^{54} phiu^{54} luo^{31} fə^{33} jaŋ^{31}
洪 水 滔 滔 到 富 阳
洪水滔滔到富阳

hau^{33} luo^{31} fə^{33} jaŋ^{31} və^{31} tsau^{31} laŋ^{31}
去 到 富 阳 无 阻 挡
去到富阳无阻挡

ɕo^{31} te^{31} phiu^{54} phiu^{54} luo^{31} kuo^{54} ɕu^{24}
水 子 滔 滔 到 龟 石
水儿滔滔到龟石

kuo^{54} ɕu^{24} ɕo^{31} khau^{33} tsaŋ^{54} mə^{33} fu^{33}
龟 石 水 库 装 不 下
龟石水库装不下

ɕo^{31} te^{31} phiu^{54} phiu^{54} luo^{31} tia^{54} piŋ^{31}
水 子 滔 滔 到 昭 平
水儿滔滔到昭平

hau^{33} luo^{31} tia^{54} piŋ^{31} və^{31} tsau^{31} laŋ^{31}
去 到 昭 平 无 阻 挡
去到昭平无阻挡

ɕo^{31} te^{31} phiu^{54} phiu^{54} luo^{31} liou^{33} tio^{54}
水 子 滔 滔 到 柳 州
水儿滔滔到柳州

hau^{33} luo^{31} liou^{33} tio^{54} və^{31} tsau^{31} laŋ^{31}
去 到 柳 州 无 阻 挡
去到柳州无阻挡

ɕo^{31} te^{31} phiu^{54} phiu^{54} luo^{31} ŋa^{31} tio^{54}
水 子 滔 滔 到 梧 州
水儿滔滔到梧州

hau^{33} luo^{31} ŋa^{31} tio^{54} səŋ^{54} tiaŋ^{54} ɕo^{31}
去 到 梧 州 三 江 水
去到梧州三江水

ɕo^{31} lau^{24} la^{54} te^{54} moŋ^{31} lia^{33} tou^{31}
水 路 多 了 濛 了 头
水路多了昏了头

fu^{54} fəŋ^{54} tɕe^{33} tɕe^{33} ɕuai^{31} khua^{33} fi^{54}
昏 晕 沉 沉 船 快 翻
昏昏沉沉船快翻

mə^{33} luo^{54} ɕo^{31} ȵi^{31} tiou^{33} la^{33} nəŋ^{31}
不 知 谁 人 救 俫 男
不知谁来救我们

kho^{33} se^{33} ɕuai^{31} tiaŋ^{31} liaŋ^{31} ɕi^{54} ho^{31}
靠 是 船 长 良 心 好
靠是船长良心好

ha^{54} ɕo^{35} tau^{24} ɕuai^{24} tiou^{33} la^{33} nəŋ^{31}
开 出 渡 船 救 俫 侬
开出渡船救我们

ha^{54} ɕo^{35} tau^{24} ɕuai^{24} tiou^{33} te^{54} la^{33}
开 出 渡 船 救 了 俫
开出渡船救了我

kho^{31} li^{31} tiou^{33} te^{54} la^{33} nəŋ^{31} saŋ^{54}
可 怜 救 了 俫 男 双
可怜救了我们俩

tiou^{33} la^{33} tɕou^{24} se^{33} me^{24} tse^{31} la^{33}
救 俫 就 是 妹 几 俫
救我就是姐妹们

tɕiəŋ^{31} vai^{24} tsa^{33} fu^{35} mə^{33} luo^{24} tou^{31}
情 愿 做 客 不 立 头
情愿做客不立头

mə^{33} luo^{24} tou^{31} ȵi^{31} thəi^{31} həŋ^{24} la^{33}
不 立 头 人 体 贴 俫
不立头人体贴我

thəi^{31} həŋ^{24} la^{33} nəŋ^{31} mə^{33} luo^{54} kø^{54}
体 贴 我 们 不 知 歌
体贴我们不知歌

thəi^{31} həŋ^{24} la^{33} nəŋ^{31} mə^{33} va^{24} thiaŋ^{33}
体 贴 俫 们 不 会 唱
体贴我们不会唱

ɕu^{54} tha^{35} fu^{54} piŋ^{31} mə^{33} tɕa^{24} zə^{31}
赦 脱 花 瓶 不 着 移
免唱花瓶不需移

kø^{54} taŋ^{31} fu^{54} piŋ^{31} mə^{33} tɕa^{24} thiaŋ^{33}
歌 堂 花 瓶 不 着 唱
歌堂花瓶不用唱

thəi^{31} həŋ^{24} tiou^{33} te^{54} la^{33} nəŋ^{31} saŋ^{54}
体 贴 救 了 我 们 双
好心救了我们俩

ȵi^{31} ho^{31} se^{33} kuo^{54} me^{24} nəŋ^{31} ho^{31}
人 好 是 归 妹 们 好
人情总归妹们好

tio^{33} tio^{33} tiaŋ^{31} luo^{31} thəi^{31} ɕu^{35} nəŋ^{31}
句 句 讲 来 体 惜 男
句句讲来体贴我

thəi^{24} thio^{33} kø^{54} taŋ^{31} mo^{33} jaŋ^{24} ho^{31}
别 处 歌 堂 没 样 好
别处歌堂虽也好

ȵi^{31} tɕəŋ^{31} se^{33} kuo^{54} me^{24} tɕəŋ^{31} tɕaŋ^{31}
人 情 是 归 妹 情 长
人情总归妹最长

me^{24} kəŋ^{33} ȵi^{31} tɕəŋ^{31} tɕaŋ^{31} lio^{31} ɕo^{31}
妹 的 人 情 长 流 水
妹的人情长流水

tia^{33} la^{33} ȵi^{31} tɕəŋ^{31} tɕaŋ^{31} mə^{33} luo^{31}
照 俫 人 情 长 不 来
照我人情长不来

fa^{31} ku^{54} səŋ^{54} no^{35} nai^{24} səŋ^{54} no^{35}
回 家 三 天 念 三 天
回家三天念三天

fa^{31} ku^{54} so^{33} no^{35} nai^{24} mə^{33} vai^{31}
回 家 四 天 念 不 完
回家四天念不完

tɕi^{54} mə^{33} tɕe^{33} kə^{33} hau^{31} tiaŋ^{54} tɕou^{31}
斟 不 尽 的 壶 中 酒
斟不尽的壶中酒

nai^{24} mə^{33} vai^{31} zə^{33} ho^{31} ȵi^{31} tɕəŋ^{31}
念 不 完 的 好 人 情
念不完的好人情

tau^{24} tɕe^{33} se^{54} ɕo^{54} li^{31} ha^{54} pəŋ^{31}
读 尽 诗 书 打 开 本
读尽诗书编新册

nai^{24} tɕe^{33} tiou^{31} tiai^{54} ki^{31} ha^{54} phe^{54}
念 尽 九 经 减 开 编
念尽九经减一编

ki^{31} ha^{54} zə^{35} phe^{54} təi^{24} kø^{33} tho^{33}
减 开 一 编 找 过 套
减去一编找新编

təi^{24} kø^{33} zə^{35} tho^{33} tsa^{33} saŋ^{54} liaŋ^{31}
找 过 一 套 再 商 量
找过新编再商量

ta^{24} tse^{31} ju^{35} vo^{31} lau^{35} jaŋ^{24} pe^{24}
大 齐 看 下 哪 样 办
大家看下怎样办

ji^{24} ka^{54} lau^{35} jaŋ^{24} tɕho^{33} kø^{54} taŋ^{31}
应 该 哪 样 看 歌 堂
应该怎样看歌堂

ɕou^{31} pu^{35} ɕi^{54} tou^{31} la^{33} ɕaŋ^{31} se^{31}
手 拍 心 头 倈 想 起
手拍心头我想起

se^{33} la^{33} ɕaŋ^{31} se^{31} so^{33} taŋ^{31} ȵi^{31}
是 倈 想 起 四 团 人
是我想起四团人

ɕaŋ^{31} se^{31} so^{33} taŋ^{31} ŋu^{33} təŋ^{31} paŋ^{33}
想 起 四 团 我 同 伴
想起四团我同伴

ji^{24} ka^{54} tɕoŋ^{54} kø^{33} təi^{24} so^{33} taŋ^{31}
应 该 尊 过 第 四 团
应该传过第四团

tɕoŋ^{54} kø^{33} so^{33} taŋ^{31} jou^{33} zə^{35} no^{24}
尊 过 四 团 有 一 二
传过四团有一二

jou^{33} zə^{35} jou^{33} no^{24} tɕho^{33} kø^{54} taŋ^{31}
有 一 有 二 看 歌 堂
有一有二看歌堂

la^{33} kə^{33} fu^{24} po^{24} əi^{54} jaŋ^{24} tiaŋ^{31}
俫 的 话 毕 这 样 讲
我的话儿这样讲

əi^{54} jaŋ^{24} thou^{33} luo^{54} təŋ^{31} paŋ^{33} ȵi^{31}
这 样 透 知 同 伴 人
这样告知同伴人

tiaŋ^{31} fu^{24} mə^{33} tɕa^{24} nəŋ^{31} tiaŋ^{31} kø^{33}
讲 话 不 着 能 讲 过
讲话不对能讲过

tɕoŋ^{54} paŋ^{33} mə^{33} tɕa^{24} saŋ^{54} kø^{33} liaŋ^{31}
尊 伴 不 对 商 过 量
传伴不对再商量

hou^{31} tshe^{54} pai^{54} luo^{31} tɕa^{24} mə^{33} tɕa^{24}
口 吃 边 梨 嚼 不 嚼
口吃槟榔嚼不嚼

se^{33} mə^{33} əi^{54} jaŋ^{24} tɕoŋ^{54} paŋ^{33} nəŋ^{31}
是　否　这　样　尊　伴　男
是否这样传同伴

十四、入茶园歌

hou^{31} tshe^{54} pai^{54} luo^{31} ju^{24} se^{33} tɕa^{24}
口 吃 边 梨 也 是 嚼
口吃槟榔也是嚼

tiŋ^{33} se^{33} əi^{54} jaŋ^{24} tɕoŋ^{54} la^{33} nəŋ^{31}
正 是 这 样 尊 俫 男
正是这样传我们

tiaŋ^{31} fu^{24} tɕa^{24} te^{54} mə^{33} la^{54} tiaŋ^{31}
讲 话 对 了 不 多 讲
讲话对了不多讲

tɕoŋ^{54} la^{33} tɕa^{24} te^{54} mə^{33} ɕaŋ^{54} liaŋ^{31}
尊 俫 对 了 不 商 量
传我对了不商量

la^{33} tsa^{33} tɕhəŋ^{54} tou^{31} se^{31} ŋi^{31} kha^{33}
俫 在 清 头 起 眼 看
我在厅堂起眼看

khaŋ^{33} kai^{33} tio^{31} ȵi^{31} fəi^{33} te^{54} tɕəŋ^{31}
看 见 主 人 费 了 情
看见主人费心思

khaŋ^{33} kai^{33} ɕiŋ^{31} niaŋ^{31} fəi^{33} tɕe^{33} le^{33}
看 见 行 娘 费 尽 礼
看见行娘费尽礼

paŋ^{33} niaŋ^{31} nio^{33} paŋ^{33} fəi^{33} tɕe^{33} ɕi^{54}
伴 娘 女 伴 费 尽 心
伴娘女伴费心思

pu^{31} na^{31} fa^{24} tiaŋ^{33} tsəi^{31} ɕaŋ^{54} ȵe^{24}
打 锣 会 众 齐 商 议
打锣会众齐商议

ɕu^{31} ŋau^{31} luo^{31} tio^{33} səi^{33} ɕaŋ^{54} liaŋ^{31}
蛇 鱼 对 嘴 细 商 量
蛇鱼对嘴细商量

ta^{24} ɕaŋ^{54} liaŋ^{31} se^{31} səi^{33} ɕaŋ^{54} ȵe^{24}
大 商 量 时 细 商 议
大商量兼细商议

niu^{35} vo^{31} ɕaŋ^{54} liaŋ^{31} lau^{35} jaŋ^{24} vo^{31}
看 下 商 量 哪 样 维
看下商量怎样成

niu^{35} vo^{31} ɕaŋ^{54} liaŋ^{31} lau^{35} jaŋ^{24} se^{35}
看 下 商 量 哪 样 是
看下商量哪样是

se^{33} mə^{33} ɕaŋ^{54} ȵe^{24} liŋ^{33} tio^{31} tɕəŋ^{31}
是 否 商 议 领 主 情
是否商量领主情

ȵi^{24} liŋ^{33} tio^{31} tɕəŋ^{31} ta^{24} tsəi^{31} liŋ^{33}
要 领 主 情 大 齐 领
要领主情大家领

mə^{33} nəŋ^{54} ku^{35} ɕo^{35} lau^{24} zə^{35} ȵi^{54}
不 给 隔 出 哪 一 个
不给漏了哪一个

ku^{35} ɕo^{35} zə^{35} ȵi^{54} jou^{33} ȵi^{31} ɕa^{33}
隔 出 一 个 有 人 笑
漏了一个有人笑

ku^{35} ɕo^{35} zə^{35} ȵi^{54} jou^{33} ȵi^{31} te^{31}
隔 出 一 个 有 人 弹
漏了一个有人责

jou^{33} ȵi^{31} te^{31} la^{33} mə^{33} luo^{54} le^{33}
有 人 弹 俫 不 知 礼
有人责我不知礼

jou^{33} ȵi^{31} te^{31} la^{33} mə^{33} luo^{54} tɕiəŋ^{31}
有 人 弹 俫 不 知 情
有人责我不知情

ta^{24} tai^{31} ta^{24} tau^{24} ȵi^{31} pəŋ^{54} ɕe^{33}
大 田 大 地 人 分 散
大田大地人分散

tshu^{31} vo^{24} zə^{24} se^{24} pəŋ^{54} mə^{33} li^{31}
且 曰 吃 食 分 不 平
仍有衣食分不匀

zə^{24} se^{24} mə^{33} li^{31} ɕi^{54} kho^{35} kho^{35}
吃 食 不 平 心 亏 亏
粮食不匀心惭愧

ja^{35} tia^{35} mə^{33} li^{31} ȵi^{33} luo^{24} lio^{31}
穿 作 不 平 眼 泪 流
衣不如人眼泪流

zə^{35} po^{35} ɕu^{31} ɕəŋ^{31} se^{33} niai^{31} tse^{24}
一 笔 写 成 是 言 字
一笔写成是言字

tɕhəŋ^{54} tse^{24} ɕu^{31} luo^{31} tse^{33} saŋ^{54} saŋ^{54}
青 字 写 来 直 双 双
青字写来直双双

niai^{31} ji^{54} tɕhəŋ^{54} tse^{24} saŋ^{54} saŋ^{54} tse^{33}
言 与 青 字 双 双 站
言与青字双双站

tshu^{35} tse^{24} thiaŋ^{33} tou^{31} tɕhəŋ^{31} paŋ^{33} nəŋ^{31}
拆 字 唱 条 请 伴 男
拆字唱歌请同伴

thiaŋ^{33} tou^{31} tshu^{35} tse^{24} hau^{33} tɕhəŋ^{31} paŋ^{33}
唱 条 拆 字 去 请 伴
唱支拆字去请伴

tɕhəŋ^{31} se^{31} təŋ^{31} paŋ^{33} tsa^{33} ta^{31} tou^{31}
请 起 同 伴 坐 桌 头
请起同伴坐桌边

la^{33} paŋ^{33} nio^{33} paŋ^{33} ti^{33} hau^{33} tsa^{33}
倈 伴 女 伴 都 去 坐
男伴女伴都去坐

ȵi^{54} ȵi^{54} ta^{24} tsəi^{31} tsa^{33} ta^{31} tou^{31}
个 个 大 齐 坐 桌 头
大家个个坐桌边

tsa^{33} tsa^{33} ta^{31} tou^{31} se^{31} ŋi^{31} kha^{33}
坐 在 桌 头 起 眼 看
坐在桌边抬眼看

me^{24} nəŋ^{31} səi^{33} ɕi^{54} tɕi^{54} te^{54} tsu^{31}
妹 男 细 心 斟 了 茶
妹们细心斟了茶

se^{33} mə^{33} pa^{35} paŋ^{33} liŋ^{33} tɕiəŋ^{31} sai^{54}
是 否 邀 伴 领 情 先
是否邀伴领妹情

liŋ^{33} te^{54} thəŋ^{31} hou^{33} tou^{31} ɕaŋ^{54} liaŋ^{31}
领 了 情 后 才 商 量
领情喝茶才商量

hou^{31} luo^{31} tɕhəŋ^{54} ɕi^{54} tɕu^{33} məŋ^{24} paŋ^{33}
口 来 轻 心 借 问 伴
口说心想借问伴

ta^{24} tsəi^{31} fə^{24} ɕi^{54} mə^{33} fə^{24} ɕi^{54}
大 齐 合 心 不 合 心
大家合心不合心

vu^{24} se^{33} fə^{24} ɕi^{54} kəŋ^{33} ku^{31} ho^{31}
曰 是 合 心 更 加 好
若是合心更加好

vu^{24} se^{33} mə^{33} fə^{24} tiaŋ^{31} ɕo^{35} luo^{31}
如 果 不 合 讲 出 来
如不合心讲出来

thai^{54} to^{24} ɕuai^{31} haŋ^{31} tsu^{31} jai^{31} ha^{54}
天 地 玄 黄 茶 筵 开
天地玄黄茶筵开

tɕi^{54} ɕi^{54} lio^{24} tsu^{31} maŋ^{33} ta^{31} sa^{54}
金 山 绿 茶 满 台 酾
金山绿茶满桌酾

tse^{54} kəŋ^{54} pho^{24} ɕo^{35} tsəi^{31} tsəi^{31} çe^{33}
鸡 公 拍 翅 齐 齐 喊
诸姑伯叔一齐到

tɕhəŋ^{54} tou^{31} ȵi^{54} ȵi^{54} ta^{24} tsəi^{31} luo^{31}
清 头 人 人 大 齐 来
厅堂大家一起来

no^{24} se^{24} ɕo^{35} tou^{31} nai^{31} fu^{31} ho^{31}
二 十 出 头 年 华 好
二十出头好年华

ȵi^{31} tsa^{33} tiaŋ^{54} jaŋ^{54} pəi^{33} ku^{54} tɕhi^{54}
人 在 中 间 倍 加 亲
人在中间倍加亲

mau^{24} paŋ^{33} ȵi^{31} fu^{33} təŋ^{31} paŋ^{33} tsa^{33}
木 放 人 下 同 伴 坐
木在人下同伴围

ɕoŋ^{54} me^{24} ɕuəi^{24} tsu^{31} tɕho^{33} kø^{54} taŋ^{31}
兄 妹 喝 茶 看 歌 堂
兄妹喝茶看歌堂

tsu^{31} zə^{24} tsu^{31}
茶 叶 茶
茶叶茶

kuo^{33} ku^{54} kø^{54} taŋ^{31} ɕa^{54} te^{54} tsu^{31}
贵 家 歌 堂 烧 了 茶
贵家歌堂烧了茶

tsu^{31} ɕaŋ^{54} tsu^{31} tai^{31} zə^{31} mo^{24} ɕo^{31}
茶 香 茶 甜 如 密 水
茶香茶甜如蜜水

ɕou^{31} təi^{31} tɕi^{54} pəi^{54} pa^{35} paŋ^{33} ɕaŋ^{31}
手 提 金 杯 邀 伴 尝
手提金杯邀伴尝

tɕou^{33} tɕou^{33} koŋ^{31} koŋ^{31} koŋ^{31} tɕou^{33} tɕou^{33}
绸 绸 滚 滚 滚 绸 绸
绸绸滚滚滚绸绸

ɕuəi^{35} tsu^{31} zə^{24} kø^{31} taŋ^{33} sai^{33} tou^{31}
喝 茶 吃 果 断 线 头
喝得茶来断线头

taŋ^{33} te^{54} su^{54} tou^{31} tse^{33} ɕaŋ^{24} te^{24}
断 了 纱 头 机 上 找
断了纱头机上找

taŋ^{33} te^{54} kø^{54} ɕəŋ^{54} liŋ^{24} təi^{24} tou^{31}
断 了 歌 声 另 找 条
断了歌声另找支

liŋ^{24} təi^{24} zə^{35} tou^{31} se^{31} kø^{33} ɕo^{31}
另 找 一 条 起 过 首
另找一支起头唱

liŋ^{24} təi^{24} tou^{31} jou^{31} no^{24} tsu^{31} vai^{31}
另 找 头 由 进 茶 园
找头绪唱入茶园

tsu^{31} kø^{31} ji^{33} tiai^{54} ti^{33} tshe^{35} lia^{33}
茶 果 已 经 都 吃 了
茶果已经都吃了

no^{24} tsu^{31} vai^{31} kø^{54} mə^{33} tsəŋ^{31} te^{31}
进 茶 园 歌 不 从 提
入茶园歌不曾吟

mə^{33} no^{24} tsu^{31} vai^{31} ɕi^{31} ȵi^{31} ɕa^{33}
不 进 茶 园 怕 人 笑
不进茶园怕人笑

ɕi^{31} ȵi^{31} ɕa^{33} la^{33} mə^{33} luo^{54} tɕəŋ^{31}
怕 人 笑 俫 不 知 情
怕人笑我不懂歌

luo^{54} mə^{33} luo^{54} se^{31} təi^{31} vu^{31} thiaŋ^{33}
知 不 知 时 提 下 唱
若不知时提个醒

tɕa^{24} mə^{33} tɕa^{24} se^{31} təi^{31} vu^{31} tou^{31}
对 不 对 也 提 下 头
对不对也道一声

phi^{54} ha^{54} ɕi^{33} tou^{31} la^{33} mə^{33} ȵe^{24}
丢 开 顺 头 俫 不 要
丢开序曲我不要

mə^{33} ȵe^{24} ɕi^{33} tou^{31} no^{24} tsu^{31} vai^{31}
不 要 顺 头 进 茶 园
不要序曲入茶园

ȵi^{24} luo^{35} ɕu^{33} tou^{31} no^{24} mə^{33} tio^{31}
要 得 顺 头 日 不 等
要得序曲时不待

ŋa^{31} tɕi^{31} kø^{54} taŋ^{31} se^{33} mə^{33} thaŋ^{54}
挨 着 歌 堂 事 不 通
误了歌堂事不通

zə^{33} jaŋ^{24} tiaŋ^{31} luo^{31} zə^{33} jaŋ^{24} vo^{24}
依 样 讲 来 依 样 曰
依样讲来依样说

zə^{33} jaŋ^{24} vo^{24} luo^{31} no^{24} tsu^{31} vai^{31}
依 样 曰 来 进 茶 园
依样说来入茶园

ha^{35} taŋ^{31} və^{31} kuo^{31} liaŋ^{33} kuəi^{24} həŋ^{54}
扯 断 禾 稿 两 头 空
扯断稻草两头空

no^{24} tsu^{31} vai^{31} kø^{54} tɕou^{24} se^{31} ɕəŋ^{54}

入 茶 园 歌 就 起 声

入茶园歌就起声

no^{24} tsu^{31} vai^{31} kø^{54} se^{31} ɕəŋ^{54} thiaŋ^{33}

入 茶 园 歌 起 声 唱

入茶园歌起声唱

tsəi^{35} tɕi^{31} se^{31} ɕəŋ^{54} no^{24} tsu^{31} vai^{31}

接 着 起 声 入 茶 园

接着起声入茶园

ɕu^{24} ɕi^{54} tou^{31} ɕaŋ^{24} səŋ^{54} luo^{54} mau^{24}

石 山 头 上 三 蔸 木

石山头上三棵树

tiaŋ^{54} jaŋ^{54} jou^{33} luo^{54} tɕa^{24} təŋ^{31} tɕai^{31}

中 间 有 蔸 着 桐 缠

中间有棵大梧桐

tiaŋ^{54} jaŋ^{54} jou^{33} luo^{54} təŋ^{31} tɕai^{31} mau^{24}

中 间 有 蔸 桐 缠 木

中间有棵泡桐树

luo^{31} luo^{31} təŋ^{31} tɕai^{31} kuo^{35} li^{31} ɕuai^{31}

砍 倒 桐 缠 造 麟 船

砍倒桐木造龙船

ɕi^{54} kuo^{35} li^{31} ɕuai^{31} paŋ^{33} fu^{33} ɕo^{31}

新 造 麟 船 放 下 水

新造龙船放下水

ɕo^{31} tsu^{31} phiu^{54} phiu^{54} luo^{31} jaŋ^{31} tio^{54}
水 子 滔 滔 到 扬 州
水儿滔滔到扬州

hau^{33} luo^{31} jaŋ^{31} tio^{54} məŋ^{24} ɕo^{31} lau^{24}
去 到 杨 州 问 水 路
去到扬州问水路

mə^{33} luo^{54} lau^{35} kau^{31} no^{24} tsu^{31} vai^{31}
不 知 哪 条 进 茶 园
不知哪条进茶园

jaŋ^{31} tio^{54} vai^{31} se^{33} səŋ^{54} kau^{31} lau^{24}
扬 州 原 是 三 条 路
扬州原是三条路

tiaŋ^{54} jaŋ^{31} zə^{35} kau^{31} no^{24} tsu^{31} vai^{31}
中 间 一 条 进 茶 园
中间一条进茶园

no^{24} hau^{33} tsu^{31} vai^{31} tsu^{31} fu^{54} fa^{35}
进 去 茶 园 茶 花 发
进去茶园茶花发

no^{24} hau^{33} tsu^{31} vai^{31} tsu^{31} vəi^{35} ŋo^{31}
进 去 茶 园 茶 发 芽
进去茶园茶发芽

tsu^{31} tou^{31} vəi^{35} ŋo^{31} la^{33} ɕaŋ^{31} ɕaŋ^{31}
茶 子 发 芽 倈 常 想
茶子发芽我常想

se^{33} la^{33} ɕaŋ^{31} ɕaŋ^{31} kø^{54} taŋ^{31} tsu^{31}
是 俫 常 想 歌 堂 茶
是我常想歌堂茶

pu^{24} maŋ^{31} maŋ^{31}
白 芒 芒
白茫茫

pa^{35} sai^{54} ŋau^{33} haŋ^{31} tse^{33} taŋ^{31} vaŋ^{31}
八 仙 偶 皇 置 唐 王
八仙玉皇命唐王

pa^{24} sai^{54} ŋau^{33} haŋ^{31} taŋ^{31} vaŋ^{31} fə^{33}
八 仙 偶 皇 唐 王 护
八仙玉皇唐王护

kəŋ^{54} tɕi^{31} ŋau^{33} haŋ^{31} ɕaŋ^{33} ɕaŋ^{24} thai^{54}
跟 着 偶 皇 向 上 天
跟着玉皇上天宫

ɕaŋ^{24} thai^{54} luo^{31} mo^{33} pi^{24} se^{24} tai^{24}
上 天 老 母 办 十 碟
天上王母办筵席

se^{24} tai^{24} pe^{35} tɕe^{31} hou^{33} təi^{24} jai^{31}
十 碟 里 面 有 碟 盐
十碟里面不少盐

tsou^{31} no^{24} ɕo^{31} faŋ^{31} lio^{35} zə^{54} lio^{35}
走 进 厨 房 看 一 看
走进厨房看一看

ɕo^{31} faŋ^{31} mo^{33} ȵi^{31} thou^{54} piu^{54} jai^{31}
厨 屋 无 人 偷 包 盐
厨房没人偷包盐

thou^{54} piu^{54} jai^{31} tso^{31} tsaŋ^{31} ɕi^{54} ɕaŋ^{24}
偷 包 盐 子 藏 身 上
偷包食盐藏身上

piu^{54} jai^{31} tsaŋ^{31} ɕi^{54} fu^{33} fi^{31} ki^{54}
包 盐 藏 身 下 凡 间
包盐藏身下凡间

thai^{54} ɕaŋ^{24} sai^{54} ȵi^{31} tio^{54} lu^{35} tɕe^{31}
天 上 仙 人 追 得 紧
天上仙人追得紧

nəŋ^{54} luo^{31} phi^{35} no^{24} nəŋ^{31} ha^{31} vi^{54}
给 来 丢 进 南 海 湾
将盐丢进南海湾

jai^{31} həŋ^{31} ha^{31} zə^{24} thaŋ^{54} so^{33} ha^{31}
盐 咸 好 吃 通 四 海
盐咸好吃通四海

məi^{33} liaŋ^{31} hø^{31} zə^{24} thaŋ^{54} tiou^{31} tio^{54}
米 粮 好 吃 通 九 州
米粮好吃通九州

tsu^{31} zə^{24} tsu^{31}
茶 叶 茶
茶叶茶

vai^{31} sai^{54} ŋau^{33} haŋ^{31} tse^{33} ɕo^{35} tsu^{31}
原　先　牛　皇　置　出　茶
原先牛皇制出茶

ŋau^{33} haŋ^{31} tse^{33} tsu^{31} tse^{33} tsho^{35} tsho^{54}
牛　皇　置　茶　置　七　蔸
牛皇制茶植七棵

ŋau^{33} haŋ^{31} tse^{33} ɕo^{35} tsho^{35} tsho^{54} tsu^{31}
牛　皇　置　出　七　蔸　茶
牛皇植出七棵茶

so^{33} tshəŋ^{54} nəŋ^{54} luo^{31} fo^{54} thai^{54} hau^{33}
四　蔸　给　来　飞　天　去
四棵用来飞天去

ɕi^{24} fu^{33} səŋ^{54} tsho^{54} tiŋ^{33} ji^{54} jaŋ^{31}
留　下　三　蔸　正　阴　阳
剩有三棵正阴阳

tsu^{31} se^{33} ɕaŋ^{24} vai^{31} tsho^{35} po^{31} zə^{24}
茶　是　上　园　七　宝　叶
茶是上园七宝叶

jai^{31} se^{33} nəŋ^{31} tiŋ^{54} ha^{31} le^{31} su^{54}
盐　是　南　京　海　底　砂
盐是南京海底砂

jai^{31} ji^{54} tsu^{31} zə^{24} mə^{33} tiaŋ^{24} ɕəŋ^{33}
盐　与　茶　叶　不　共　姓
盐与茶叶不共姓

jai^{31} tsu^{31} no^{24} ɕo^{31} liaŋ^{33} ɕaŋ^{33} pəŋ^{31}
盐 茶 入 水 两 相 逢
盐茶进水两相逢

tsu^{31} zə^{24} tsu^{31}
茶 叶 茶
茶叶茶

jaŋ^{33} lia^{31} mə^{33} təi^{31} sai^{54} pəi^{35} ŋo^{31}
阳 鸟 不 啼 先 发 芽
阳鸟不啼先发芽

pu^{35} lia^{31} fo^{54} luo^{31} tɕua^{35} luo^{35} tshe^{35}
百 鸟 飞 来 啄 个 吃
百鸟飞来啄一个

fo^{54} ɕaŋ^{33} mau^{24} ɕaŋ^{24} tse^{33} ɕi^{54} tsu^{31}
飞 向 木 上 寄 生 茶
飞上树成寄生茶

tsu^{31} zə^{24} tsu^{31}
茶 叶 茶
茶叶茶

tiou^{31} ləŋ^{54} se^{24} ŋue^{33} tsu^{31} kue^{31} tsu^{31}
九 冬 十 月 茶 果 茶
九冬十月茶果茶

tie^{24} pəŋ^{54} thio^{54} luo^{31} ha^{54} kəŋ^{54} tia^{35}
大 风 吹 到 河 根 脚
大风吹到河岸边

thio^{54} luo^{31} ha^{54} pai^{54} ɕo^{31} lio^{31} tsu^{31}
吹 到 河 边 水 榴 茶
河边长出水榴茶

tɘi^{31} luo^{54} no^{24} vai^{24} ha^{33} tia^{35} piou^{35}
提 刀 入 园 去 砍 竹
拿刀进园去砍竹

tia^{35} piou^{35} kuo^{54} luo^{31} pəŋ^{24} au^{35} ɕe^{31}
砍 竹 回 来 竖 屋 檐
砍竹回来竖屋檐

luo^{54} piou^{35} nəŋ^{54} luo^{31} pə^{33} so^{33} tshe^{31}
茺 竹 给 来 破 四 紫
凤竹拿来破四片

so^{33} tshe^{31} nəŋ^{54} luo^{31} pə^{33} pa^{35} sai^{54}
四 柴 给 来 破 八 先
四片继而八瓣分

pa^{35} sai^{54} nəŋ^{54} luo^{31} pə^{33} se^{24} liou^{24}
八 先 给 来 破 十 六
八瓣破来分十六

se^{24} liou^{24} nəŋ^{54} luo^{31} tiou^{35} tsu^{31} kuo^{54}
十 六 给 来 织 茶 篮
十六分来织茶篮

tsu^{31} kuo^{54} mə^{33} ɕəŋ^{31} ɕəŋ^{31} so^{33} lu^{24}
茶 篮 不 成 成 四 腊
茶篮不成成撮箕

so^{33} lu^{24} mə^{33} ɕəŋ^{31} ɕəŋ^{31} tɕou^{31} tsho^{54}
四 腊 不 成 成 酒 抄
撮箕不成成酒抽

tɕou^{31} tsho^{54} mai^{24} ɕaŋ^{24} lu^{24} səŋ^{54} lu^{24}
酒 抄 面 上 腊 三 腊
酒抽面上绕三绕

lai^{31} pai^{24} tiou^{24} ɕəŋ^{31} se^{33} tsu^{31} kuo^{54}
连 便 织 成 是 茶 篮
顺手织成是茶篮

tiŋ^{54} ŋue^{24} tsha^{31} tsu^{31} se^{33} ɕi^{54} nai^{31}
正 月 采 茶 是 新 年
正月采茶是新年

tou^{31} tsha^{35} tɕi^{54} tsai^{54} lai^{31} tsu^{31} vai^{31}
头 插 金 钗 点 茶 园
头插金钗点茶园

la^{54} lai^{31} tsu^{31} vai^{31} səŋ^{54} pu^{35} mo^{33}
多 点 茶 园 三 百 亩
多点茶园三百亩

tso^{31} tso^{31} ɕou^{54} se^{24} lia^{33} kaŋ^{54} vai^{31}
早 早 修 实 调 官 员
早早修整报官员

no^{24} ŋue^{33} tsha^{31} tsu^{31} tsu^{31} pəi^{54} ŋo^{33}
二 月 采 茶 茶 发 芽
二月采茶茶发芽

tso^{31} me^{24} saŋ^{54} saŋ^{54} tsu^{35} tsu^{33} ŋo^{31}

姐 妹 双 双 摘 茶 芽

姐妹双双摘茶芽

tso^{31} tsu^{35} la^{54} se^{31} me^{24} tsu^{35} ɕa^{31}

姐 摘 多 时 妹 摘 少

姐摘多时妹摘少

tɕo^{31} la^{54} tɕou^{24} ɕa^{31} tso^{31} fa^{31} ku^{54}

随 多 就 少 早 回 家

随多就少早回家

səŋ^{54} ŋue^{33} tsha^{31} tsu^{31} tsu^{31} zə^{24} tɕhəŋ^{54}

三 月 采 茶 茶 叶 青

三月采茶茶叶青

tso^{31} me^{24} luo^{31} tiaŋ^{54} ɕou^{33} thiəŋ^{33} ləŋ^{54}

姐 妹 楼 中 绣 庆 灯

姐妹楼中绣庆灯

liaŋ^{33} pai^{54} ɕou^{33} ɕo^{35} tsu^{31} fu^{54} na^{31}

两 边 绣 出 茶 花 朵

两边绣出茶花朵

tiaŋ^{54} jaŋ^{54} ɕou^{33} ɕo^{35} tsha^{31} tsu^{31} niaŋ^{31}

中 间 绣 出 采 茶 娘

中间绣出采茶娘

so^{33} ŋue^{33} tsha^{31} tsu^{31} tsu^{31} zə^{24} tɕaŋ^{31}

四 月 采 茶 茶 叶 长

四月采茶茶叶长

tso^{31} me^{24} saŋ^{54} saŋ^{54} paŋ^{33} ŋou^{31} jaŋ^{31}
姐 妹 双 双 放 牛 羊
姐妹双双放牛羊

paŋ^{33} lu^{54} ŋou^{31} jaŋ^{31} tsu^{31} zə^{24} luo^{31}
放 得 牛 羊 茶 叶 老
放得牛羊茶叶老

tsha^{31} lu^{35} tsu^{31} luo^{31} mu^{24} tso^{31} haŋ^{31}
采 得 茶 来 麦 子 黄
采得茶来麦子黄

ŋau^{33} ŋue^{33} tsha^{31} tsu^{31} tsu^{31} zə^{31} haŋ^{31}
五 月 采 茶 茶 叶 黄
五月采茶茶叶黄

tsu^{31} thiu^{54} məŋ^{33} tia^{35} jou^{33} ɕu^{31} paŋ^{31}
茶 蔸 莓 脚 有 蛇 盘
茶树脚下有蛇盘

la^{54} ma^{33} tsai^{31} tse^{31} tsəi^{33} thau^{31} tau^{24}
多 买 钱 纸 祭 土 地
多买钱纸祭土地

liŋ^{31} ɕi^{31} thau^{31} tau^{24} po^{31} piŋ^{54} aŋ^{54}
灵 神 土 地 保 平 安
灵神土地保平安

liou^{24} ŋue^{33} tsha^{31} tsu^{31} nəi^{24} ȵi^{31} laŋ^{54}
六 月 采 茶 热 难 当
六月采茶热难当

la^{54} tɕe^{33} jaŋ^{31} lio^{33} ɕa^{31} tɕe^{33} saŋ^{54}
多 种 扬 柳 少 种 桑
多种杨柳少种桑

ɕa^{31} tɕe^{33} haŋ^{31} saŋ^{54} tsəŋ^{31} tse^{31} tshe^{35}
少 种 黄 桑 蚕 子 吃
少种黄桑蚕子吃

la^{54} tɕe^{33} jaŋ^{31} lio^{33} ȵi^{31} thio^{54} liaŋ^{31}
多 种 扬 柳 人 吹 凉
多种杨柳好乘凉

tsho^{35} ŋue^{33} tsha^{31} tsu^{31} luo^{31} tɕhou^{54} liaŋ^{31}
七 月 采 茶 到 秋 凉
七月采茶到秋凉

tso^{31} me^{24} luo^{31} tiaŋ^{54} ɕou^{33} vo^{54} ɕaŋ^{31}
姐 妹 楼 中 绣 衣 裳
姐妹楼中绣衣裳

ɕou^{33} ɕo^{35} faŋ^{24} haŋ^{31} vo^{54} tɕou^{24} ɕaŋ^{24}
绣 出 凤 凰 衣 袖 上
绣出凤凰衣袖上

ɕou^{33} ɕo^{35} haŋ^{31} liaŋ^{31} vo^{54} ɕaŋ^{24} paŋ^{31}
绣 出 黄 龙 衣 上 盘
绣出黄龙衣上盘

pa^{35} ŋue^{33} tsha^{31} tsu^{31} tsu^{31} fu^{54} ha^{54}
八 月 采 茶 茶 花 开
八月采茶茶花开

pəŋ^{54} thio^{54} tsu^{31} fu^{54} maŋ^{33} vai^{31} ɕaŋ^{54}

风 吹 茶 花 满 园 香

风吹茶花满园香

no^{24} tso^{31} kuo^{54} luo^{31} po^{33} ta^{24} tso^{31}

二 姐 回 来 报 大 姐

二姐回来报大姐

tsu^{31} ŋo^{31} mo^{33} lu^{35} tsu^{31} fu^{54} ɕaŋ^{54}

茶 芽 没 得 茶 花 香

茶芽没有茶花香

tiou^{31} ŋue^{33} tsha^{31} tsu^{31} luo^{31} tia^{31} liaŋ^{31}

九 月 采 茶 到 重 阳

九月采茶到重阳

tia^{31} liaŋ^{31} tiŋ^{33} se^{33} tɕhua^{54} tsu^{31} ɕaŋ^{54}

重 阳 正 是 催 茶 香

重阳正是催茶香

ɕo^{31} ȵi^{31} ɕo^{35} luo^{31} pu^{31} tsu^{31} hau^{31}

谁 人 出 来 把 茶 壶

谁人出来把茶煮

ȵi^{54} ȵi^{54} a^{33} tshe^{35} ɕiŋ^{31} niaŋ^{31} tsu^{31}

人 人 爱 吃 行 娘 茶

人人爱吃行娘茶

se^{24} ŋue^{33} tsha^{31} tsu^{31} luo^{24} lia^{33} ləŋ^{54}

十 月 采 茶 立 了 冬

十月采茶立了冬

tiou^{31} ləŋ^{33} tsu^{31} nəŋ^{31} se^{24} ləŋ^{33} həŋ^{54}
九 担 茶 篮 十 担 空
九担茶篮十担空

tiou^{31} ləŋ^{33} tsu^{31} nəŋ^{31} kua^{33} piou^{35} ɕaŋ^{24}
九 担 茶 篮 挂 壁 上
九担茶篮挂西壁

se^{24} ləŋ^{33} tsu^{31} nəŋ^{31} kua^{33} piou^{35} paŋ^{54}
十 担 茶 篮 挂 壁 板
十担茶篮挂东墙

se^{24} zə^{35} ŋue^{33} tsha^{31} tsu^{31} kø^{33} ta^{24} tiaŋ^{54}
十 一 月 采 茶 过 大 江①
十一月采茶过了时

kø^{33} lia^{33} vaŋ^{24} tse^{33} mi^{24} se^{54} liaŋ^{31}
过 了 望 季 慢 思 量
过了旺季慢思量

mi^{24} mi^{24} se^{54} liaŋ^{31} mi^{24} mi^{24} ma^{24}
慢 慢 思 量 慢 慢 卖
慢慢思量慢慢卖

ɕu^{54} paŋ^{33} ɕai^{24} paŋ^{33} tso^{31} fa^{31} ɕaŋ^{54}
赊 半 现 半 早 回 乡
半卖半赊早回乡

se^{24} no^{24} ŋue^{31} tsha^{31} tsu^{31} luo^{31} te^{54} nai^{31}
十 二 月 采 茶 到 了 年
十二月采茶到了年

---

① 江：“终”的方言谐音。句中“过大江”即过了时间点，已经不是采茶旺季。

vu^{31} ɕi^{31} kø^{33} kaŋ^{54} tsəi^{35} tsu^{31} tsai^{31}
把 伞 过 岗 接 茶 钱
打伞过岗接茶钱

se^{33} la^{54} se^{33} ɕa^{31} ti^{33} ɕou^{54} tso^{33}
是 多 是 少 都 收 拢
是多是少都收好

tse^{54} nai^{54} kø^{33} lia^{33} vaŋ^{24} miŋ^{31} nai^{31}
今 年 过 了 望 明 年
今年过了望明年

tsu^{31} zə^{24} tsu^{31}
茶 叶 茶
茶叶茶

səŋ^{54} ŋue^{24} tɕhəŋ^{54} miŋ^{31} kau^{24} hau^{33} tsu^{31}
三 月 清 明 谷 雨 茶
三月清明谷雨茶

se^{31} na^{31} au^{54} vie^{31} la^{24} tɕiu^{24} hau^{33}
起 朵 乌 云 落 阵 雨
起朵乌云下阵雨

səŋ^{54} lia^{54} lau^{24} ɕo^{31} maŋ^{33} vai^{31} tɕhəŋ^{54}
三 朝 露 水 满 园 青
三天露水满园青

tsu^{31} zə^{24} tsu^{31}
茶 叶 茶
茶叶茶

ɕiŋ^{31} niaŋ^{31} təi^{31} kuo^{54} hau^{33} tsu^{35} tsu^{31}
行 娘 提 篮 去 摘 茶
行娘提篮去摘茶

ɕiŋ^{31} niaŋ^{31} tsu^{35} tsu^{31} səi^{33} ɕi^{54} tsu^{35}
行 娘 摘 茶 细 心 摘
行娘摘茶细心摘

zə^{35} tɕaŋ^{31} zə^{35} laŋ^{31} tsu^{35} tso^{33} luo^{31}
一 长 一 短 摘 拢 来
一长一短摘好来

zə^{35} tɕaŋ^{31} zə^{35} laŋ^{31} ti^{33} tsu^{35} tso^{33}
一 长 一 短 都 摘 拢
长长短短都摘好

tsu^{35} tso^{33} kuo^{54} luo^{31} ta^{33} faŋ^{33} nəŋ^{31}
摘 拢 归 来 待 奉 男
摘好回家待奉我

ta^{33} faŋ^{33} la^{33} nəŋ^{31} mə^{33} luo^{54} le^{33}
待 奉 俫 男 不 知 礼
待奉我们不知礼

mə^{33} luo^{54} le^{33} mau^{24} tshe^{35} te^{35} tsu^{31}
不 知 礼 貌 吃 了 茶
不知礼貌吃了茶

lau^{24} pai^{54} tsho^{31} tou^{31} ji^{54} saŋ^{54} ɕuəi^{35}
路 边 草 子 因 霜 雪
路边草儿霜雪压

tsho^{31} tou^{31} məŋ^{33} fu^{33} jou^{33} ku^{54} ȵi^{31}

草 子 莓 下 有 家 人

草儿隐现有人家

ȵi^{31} ku^{54} pə^{35} luo^{31} jou^{33} ta^{24} mau^{24}

人 家 里 面 有 大 木

人家院里有大树

luo^{31} luo^{31} ta^{24} mau^{24} luo^{31} ɕa^{54} tsu^{31}

砍 倒 大 木 来 烧 茶

砍倒大树来烧茶

tsu^{31} se^{33} thau^{31} tiaŋ^{54} ɕi^{54}

茶 是 土 中 生

茶叶本是土中生

ɕa^{54} fə^{31} ku^{33} vəŋ^{31} tɕhi^{54}

烧 火 架 鼎 锅

烧火煮茶用鼎锅

tsu^{31} no^{24} vəŋ^{31} tɕhi^{54} po^{33}

茶 进 鼎 锅 泡

茶进鼎锅泡得透

tsu^{31} ɕo^{31} ta^{33} fu^{35} pi^{54}

茶 水 待 客 班

杯杯茶水待客人

ta^{33} ɕo^{35} fu^{35} ju^{31} zə^{24}

待 出 客 也 吃

客人饮茶多欢喜

fəi^{33} tɕe^{33} ɕiŋ^{31} niaŋ^{31} ɕi^{54}

费 尽 行 娘 心

感谢行娘费心思

kaŋ^{31} se^{54} tau^{24} naŋ^{33} tsho^{31} pəi^{35} ŋo^{31}

广 西 地 暖 草 发 芽

广西地暖草发芽

tia^{31} ləŋ^{54} ɕo^{35} ȵi^{54} fə^{33} səŋ^{54} jo^{31}

朝 东 出 个 何 三 爷

朝东出人何三爷

fi^{54} pai^{31} məŋ^{31} tsai^{31} tsha^{35} tɕhi^{54} mau^{24}

翻 转 门 前 种 椿 木

翻转门前种香椿

ȵi^{54} ȵi^{54} təŋ^{31} paŋ^{33} tshe^{35} te^{54} tsuo^{31}

个 个 同 伴 吃 了 茶

个个同伴吃了茶

tshai^{54} se^{54} vi^{24} ɕaŋ^{31} mi^{24} se^{54} liaŋ^{31}

千 思 万 想 慢 思 量

千思万想细思量

pa^{35} tse^{24} ɕou^{54} ɕo^{54} tɕho^{33} kø^{54} taŋ^{31}

八 字 修 书 看 歌 堂

八字修书伴行娘

lau^{35} zə^{24} se^{54} ɕaŋ^{31} kø^{54} taŋ^{31} luo^{31}

那 日 思 想 歌 堂 到

日日心想来伴妹

kø^{54} taŋ^{31} tsu^{31} tou^{31} phəŋ^{54} phəŋ^{54} ɕaŋ^{54}
歌　堂　茶　子　喷　喷　香
歌堂茶子喷喷香

və^{31} se^{33} ɕo^{31} tiaŋ^{54} ɕi^{54}
禾　是　水　中　生
禾苗本是水中生

səŋ^{54} ŋue^{24} ho^{31} tsa^{35} tɕhi^{54}
三　月　好　种　春
三月地暖好种春

so^{33} ŋue^{24} mo^{33} hau^{33} la^{24}
四　月　没　雨　落
四月天旱没雨落

haŋ^{33} sa^{35} mu^{24} tou^{31} ɕa^{31} jaŋ^{31} tɕhi^{54}
旱　死　麦　子　小　阳　春
旱死麦子小阳春

ŋau^{33} ŋue^{24} liou^{24} ŋue^{24} hau^{33} ɕo^{31} ho^{31}
五　月　六　月　雨　水　好
五月六月雨水好

nəŋ^{54} luo^{31} ɕou^{54} te^{54} ta^{24} jaŋ^{31} tɕhi^{54}
给　来　收　了　大　扬　春
正好收了大阳春

ɕou^{54} te^{54} ta^{24} tɕhi^{54} hou^{33} na^{24} məi^{33}
收　了　大　春　有　糯　米
收了庄稼有糯米

na^{24} məi^{33} tio^{31} kø^{31} kø^{31} ju^{24} ɕaŋ^{54}
糯 米 煮 果 果 又 香
糯米煮果果又香

kø^{31} se^{33} məi^{33} fu^{54} ɕi^{54}
果 是 米 花 生
果条本是糯米做

ɕa^{54} fə^{31} ku^{33} jou^{24} tɕhi^{54}
烧 火 架 油 锅
油锅炸出芝麻香

kø^{31} no^{24} jou^{24} tɕhi^{54} po^{33}
果 入 油 锅 泡
果条放进茶碗里

kø^{31} tou^{31} ta^{33} fu^{35} pi^{54}
果 子 待 客 班
果软清甜待客人

ta^{33} ɕo^{35} fu^{35} ju^{31} zə^{24}
待 出 客 也 吃
人人吃了多欢喜

fəi^{33} tɕe^{33} ɕiŋ^{31} niaŋ^{31} ɕi^{54}
费 尽 行 娘 心
感谢行娘费心思

mai^{24} tso^{31} ta^{24} tai^{31} so^{33} so^{33} faŋ^{54}
面 前 大 田 四 四 方
面前大田四四方

tai^{31} tse^{54} tia^{35} fu^{33} tɕe^{33} mau^{24} jaŋ^{54}
田 基 脚 下 种 木 秧
田埂脚下插禾苗

liaŋ^{31} tai^{31} ɕo^{35} lu^{54} ho^{31} pu^{24} məi^{33}
良 田 出 得 好 白 米
良田出得好白米

ɕiŋ^{31} niaŋ^{31} kø^{31} tou^{31} tɕhəŋ^{54} tɕhəŋ^{54} tai^{31}
行 娘 果 子 清 清 甜
行娘果子清清甜

lai^{31} zə^{24} lai^{31}
莲 叶 连
莲叶连

no^{24} tsu^{31} vai^{31} kø^{54} se^{33} jaŋ^{24} vai^{31}
入 茶 园 歌 是 样 完
入茶园歌就唱完

no^{24} tsu^{31} vai^{31} kø^{54} se^{33} jaŋ^{33} lia^{33}
入 茶 园 歌 是 样 了
入茶园歌是这样

hou^{31} vu^{24} mə^{33} vai^{31} saŋ^{54} thiaŋ^{33} vai^{31}
口 曰 不 完 算 唱 完
口说不完算唱完

hou^{31} vu^{24} mə^{33} vai^{31} saŋ^{54} thiaŋ^{33} lia^{33}
口 曰 不 完 算 唱 了
口说不完算唱了

se^{33} la^{33} mə^{33} luo^{54} saŋ^{33} thiaŋ^{33} vai^{31}
是 俫 不 知 算 唱 完
是我不知算唱完

təŋ^{31} jou^{31} la^{24} zə^{24} mə^{33} ɕəŋ^{31} mə^{33}
桐 油 落 叶 不 成 莓
桐油落叶不成树

no^{24} tsu^{31} vai^{31} kø^{54} mə^{33} ɕəŋ^{31} tou^{31}
进 茶 园 歌 不 成 条
入茶园歌不成歌

tsa^{33} pai^{54} zə^{35} phəi^{35} mə^{33} ɕəŋ^{31} tse^{24}
左 边 一 丿 不 成 字
左边一撇不成字

jou^{24} pai^{54} zə^{35} phəi^{35} tiaŋ^{24} ɕəŋ^{31} ȵi^{31}
右 边 一 乀 共 成 人
右边一捺写成人

ȵi^{31} tse^{24} tau^{31} luo^{31} aŋ^{54} vaŋ^{31} tse^{24}
人 字 肚 里 安 王 字
人字肚里安王字

no^{24} tsu^{31} vai^{31} kø^{54} thiaŋ^{33} mə^{33} tɕuai^{31}
进 茶 园 歌 唱 不 全
入茶园歌唱不全

zə^{35} po^{35} ɕu^{31} ɕəŋ^{31} se^{33} se^{24} tse^{24}
一 笔 写 成 是 十 字
一笔写成是十字

tɕo^{33} tse^{24} nəŋ^{54} luo^{31} tia^{35} fu^{33} aŋ^{54}
具 字 给 来 脚 下 安
具字拿来脚下安

se^{24} tse^{24} tsa^{33} tou^{31} tio^{33} tsa^{33} tia^{35}
十 字 在 头 具 在 脚
十字在头具在脚

no^{24} tsu^{31} vai^{31} kø^{54} thiaŋ^{33} mə^{33} tɕi^{54}
入 茶 园 歌 唱 不 真
入茶园歌唱不真

thiaŋ^{33} mə^{33} tɕuai^{31} se^{31} mə^{33} ɕa^{33} la^{33}
唱 不 全 时 不 笑 倈
唱不全时不笑我

thiaŋ^{33} mə^{33} tɕi^{54} se^{31} mə^{33} ɕa^{33} nəŋ^{31}
唱 不 真 时 不 笑 男
唱不真时不笑我

ta^{24} taŋ^{31} fə^{31} sau^{33} tɕu^{31} vu^{35} kaŋ^{54}
大 塘 甫 数① 枞 柏 岗
大塘富庶枞柏岗

la^{33} thiaŋ^{33} tsu^{31} kø^{54} thiaŋ^{33} mə^{33} thaŋ^{54}
倈 唱 茶 歌 唱 不 通
我唱茶歌唱不通

tsa^{33} pai^{54} səŋ^{54} tiaŋ^{54} ɕo^{31}
左 边 三 江 水②
左边三点水

① 甫数：富庶村，在新山贵附近。

② 三江水：即三点水旁。自此以下四句拆“涵”字。

jou^{24} pai^{54} se^{31} li^{31} tou^{31}
右 边 起 云 头
右边起云头

tsa^{33} jou^{24} luo^{31} no^{24} pəŋ^{31} li^{31} paŋ^{33}
左 右 老 二 逢 云 伴
左右老二逢云伴

ɕi^{54} ɕəŋ^{31} pəŋ^{31} ɕuai^{31} tsaŋ^{54} fu^{33} luo^{31}
山 成 盆 形 装 下 来
山成盆形装下来

la^{33} se^{33} tse^{31} la^{31} mə^{33} luo^{54} le^{33}
我 是 几 兄 不 知 礼
我们兄弟不知礼

tse^{31} vaŋ^{24} kuo^{54} tsa^{31} vo^{24} piu^{54} haŋ^{31}
指 望 高 才 为 包 涵
希望高才来包涵

tɕhəŋ^{54} tou^{31} n̥i^{31} la^{54} piu^{54} haŋ^{31} la^{33}
清 头 人 多 包 涵 我
厅堂人多包涵我

piu^{54} haŋ^{31} la^{33} saŋ^{54} tɕho^{33} kø^{54} taŋ^{31}
包 涵 俫 双 看 歌 堂
包涵我俩看歌堂

ɕou^{31} luo^{31} po^{31} pu^{31} ti^{24} taŋ^{33} sai^{33}
手 拿 琵 琶 弹 断 线
手拿琵琶弹断弦

liaŋ^{33} ɕou^{31} nəŋ^{54} luo^{31} nəŋ^{31} tsəi^{35} kuo^{54}
两 手 给 来 能 接 归
两手牵来能接回

tsəi^{35} kuo^{54} po^{31} pu^{31} ɕou^{31} ɕaŋ^{24} ti^{24}
接 回 琵 琶 手 上 弹
接好琵琶手上弹

tsəi^{35} kuo^{54} kø^{54} ɕəŋ^{54} tɕho^{33} kø^{54} taŋ^{31}
接 回 歌 声 看 歌 堂
接回歌声看歌堂

tɕəŋ^{31} ɕo^{31} no^{24} tai^{31} nəŋ^{31} ji^{33} kuo^{33}
井 水 进 田 能 引 够
井水进田适可止

mə^{33} nəŋ^{54} ɕo^{31} maŋ^{33} maŋ^{33} ɕo^{35} tai^{31}
不 给 水 满 满 出 田
不给水满满出田

maŋ^{33} ɕaŋ^{33} ɕaŋ^{24} ji^{31} mə^{33} ȵi^{24} tɕe^{31}
满 上 上 基 不 要 紧
满过邻田不要紧

maŋ^{33} fu^{33} fu^{33} ji^{31} kho^{31} səi^{35} lio^{31}
满 下 下 基 可 惜 怜
满过沟渠真可惜

səi^{31} tɕəŋ^{24} tɕhəŋ^{54} se^{54} luo^{31} ɕaŋ^{24} sa^{33}
洗 净 青 丝 篱 上 晒
洗净青丝篱上晒

səi^{33} hau^{33} moŋ^{31} moŋ^{31} tɕhəŋ^{31} tio^{31} ɕou^{54}
小 雨 濛 濛 请 主 收
细雨蒙蒙请收好

tɕhəŋ^{31} tio^{31} ɕou^{54} ha^{54} tsu^{31} kuo^{35} kø^{31}
请 主 收 开 茶 与 果
请主收好茶与果

tɕhəŋ^{31} tio^{31} ɕou^{54} ha^{54} kø^{31} kuo^{35} tsu^{31}
请 主 收 开 果 与 茶
请主收好果与茶

ɕou^{54} ha^{54} tsu^{31} kø^{31} lu^{35} se^{24} lia^{33}
收 开 茶 果 得 事 了
收好茶果没事了

ɕou^{54} ha^{54} kø^{31} tsu^{31} lu^{35} se^{24} thaŋ^{54}
收 开 果 茶 得 事 通
收好果茶万事通

ɕou^{54} ha^{54} tsu^{31} kø^{31} təi^{24} kø^{33} tho^{33}
收 开 茶 果 找 过 套
收开茶果找过套

liŋ^{24} tse^{24} ɕaŋ^{54} liaŋ^{31} tɕho^{33} kø^{54} taŋ^{31}
另 自 商 量 看 歌 堂
另自商量看歌堂

十五、唱酒路程歌

ɕou^{31} pu^{35} ɕi^{54} tou^{31} la^{33} ɕaŋ^{31} pai^{31}
手 拍 心 头 俫 想 反
手拍心头我回想

se^{33} la^{33} ɕaŋ^{31} se^{31} təŋ^{31} paŋ^{33} ȵi^{31}
是 俫 想 起 同 伴 人
是我想起同伴人

ju^{24} jou^{33} ŋau^{33} taŋ^{31} ŋu^{33} təŋ^{31} paŋ^{33}
也 有 五 团 我 同 伴
五团也是我同伴

tɕoŋ^{54} kuo^{33} ŋau^{33} taŋ^{31} tɕho^{33} kø^{54} taŋ^{31}
尊 过 五 团 看 歌 堂
传过五团看歌堂

səŋ^{31} tou^{31} liaŋ^{33} tio^{33} tɕoŋ^{54} kuo^{33} paŋ^{33}
三 头 两 句 尊 过 伴
三言两句传过伴

tɕoŋ^{54} ŋu^{33} təŋ^{31} paŋ^{33} tsəi^{35} tɕi^{31} vo^{31}
尊 我 同 伴 接 着 维
传过同伴接着围

hou^{31} tshe^{54} pai^{54} ləi^{31} tɕa^{24} mə^{33} tɕa^{24}
口 吃 槟 榔 嚼 不 嚼
口吃槟榔对不对

se^{33} $mə^{33}$ $ə^{54}$ $jaŋ^{24}$ $tɕoŋ^{54}$ $paŋ^{33}$ $nəŋ^{31}$

是 否 这 样 尊 伴 男

是否这样传同伴

十六、修酒路程歌

hou^{31} tshe^{54} pai^{54} luo^{31} ji^{24} se^{33} tɕa^{24}
口 吃 边 梨 也 是 嚼
口吃槟榔也是嚼

tiŋ^{33} se^{33} ə^{54} jaŋ^{24} tɕoŋ^{54} paŋ^{33} nəŋ^{31}
正 是 这 样 尊 伴 男
正是这样传我们

tsəi^{35} tɕi^{31} thiaŋ^{33}
接 着 唱
接着唱

tsəi^{35} tɕi^{31} paŋ^{33} ɕəŋ^{54} tɕho^{33} kø^{54} taŋ^{31}
接 着 伴 声 看 歌 堂
接着伴声看歌堂

sai^{54} tsai^{31} la^{33} nəŋ^{31} lu^{35} tɕhəŋ^{33} tɕe^{31}
先 前 俫 能 得 听 着
先前我能得听着

tɕhəŋ^{33} tɕe^{31} tou^{31} taŋ^{31} fəŋ^{54} fə^{33} nəŋ^{31}
听 着 头 团 吩 咐 男
听着头团吩咐我

tou^{31} taŋ^{31} səi^{33} ɕi^{54} fəŋ^{54} fə^{33} la^{33}
头 团 细 心 吩 咐 俫
头团细心吩咐我

fəŋ^{54} fə^{33} la^{33} saŋ^{54} ɕu^{54} lau^{24} tiŋ^{31}
吩 咐 俫 双 赊 路 程
吩咐我们畲路程

luo^{54} mə^{33} luo^{54} se^{33} təi^{31} vu^{31} thiaŋ^{33}
知 不 知 时 提 下 唱
知不知时带着唱

tɕa^{24} mə^{33} tɕa^{24} se^{31} təi^{31} vu^{31} tou^{31}
对 不 对 时 提 下 头
对不对时提醒我

tse^{31} vaŋ^{24} kuo^{54} tsa^{31} piu^{54} haŋ^{31} la^{33}
指 望 高 才 包 涵 俫
希望高才包涵我

tɕhəŋ^{54} tou^{31} ȵi^{31} la^{54} mə^{33} ɕa^{33} nəŋ^{31}
清 头 人 多 不 笑 男
厅堂人多不笑我

zə^{33} jaŋ^{24} tiaŋ^{31} luo^{31} zə^{33} jaŋ^{24} vo^{24}
依 样 讲 来 依 样 日
依样讲来依样说

zə^{33} jaŋ^{24} vu^{24} luo^{31} tɕou^{24} se^{31} ɕəŋ^{54}
依 样 曰 来 就 起 声
依样讲来就起声

se^{31} ɕəŋ^{54} thiaŋ^{33}
起 声 唱
起声唱

tsəi^{35} tɕi^{31} se^{31} ɕəŋ^{54} ɕu^{54} lau^{33} tiŋ^{31}

接 着 起 声 赊 路 程

接着起声畲路程

liou^{24} ŋue^{24} nəŋ^{31} pəŋ^{54} təŋ^{31} təŋ^{24} ɕaŋ^{33}

六 月 南 风 从 洞 上

六月南风垌上过

tsho^{35} ŋue^{24} tɕhou^{54} pəŋ^{54} təŋ^{31} liŋ^{33} luo^{31}

七 月 秋 风 从 岭 来

七月秋风从岭来

ta^{24} pəŋ^{54} luo^{31}

大 风 到

大风到

ɕi^{54} ɕi^{54} piou^{35} mau^{24} ti^{33} ləi^{54} tou^{31}

深 山 竹 木 都 低 头

深山竹木都低头

piou^{35} mau^{24} ləi^{54} tou^{31} tɕhəŋ^{33} pəŋ^{54} kø^{33}

竹 木 低 头 听 风 过

竹木低头听风过

ləi^{35} vo^{24} kuo^{54} tsa^{31} tɕhəŋ^{33} la^{33} ɕəŋ^{54}

列 位 高 才 听 倈 声

列位高才听我声

tɕhəŋ^{54} tou^{31} ȵi^{31} la^{54} tɕhəŋ^{33} tɕi^{31} la^{33}

清 头 人 多 听 着 倈

厅堂人多听着我

tɕhəŋ33 tɕi31 la33 saŋ54 ɕu54 lau24 tiŋ31
听 着 俫 双 赊 路 程
听着我俩畲路程

tɕəŋ31 tsai31 jou33 luo54 so33 tse33 tɕhəŋ54
庭 前 有 蔸 四 季 青
庭前有蔸四季青

ɕu54 lau24 tiŋ31 kø54 tɕou33 se31 ɕəŋ54
赊 路 程 歌 就 起 声
畲路程歌就起声

ɕu54 lau24 tiŋ31 kø54 se31 ɕəŋ54 thiaŋ33
赊 路 程 歌 起 声 唱
畲路程歌起声唱

tsəi35 tɕi31 kø54 ɕəŋ54 ɕu54 lau24 tiŋ31
接 着 歌 声 赊 路 程
接着歌声畲路程

ɕaŋ54 tɕhəŋ31 ɕaŋ54
相 请 相
相请啊

ɕaŋ54 tɕhəŋ31 tio31 ȵi31 ɕa54 tse31 ɕaŋ54
相 请 主 人 烧 纸 香
相请主人烧纸香

tio31 ȵi31 ɕa54 ɕaŋ54 haŋ24 lio31 ɕo31
主 人 烧 香 换 绿 水
主人烧香换清水

ɕa^{54} ɕaŋ^{54} haŋ^{24} ɕo^{31} tɕhəŋ^{31} liou^{31} səŋ^{54}
烧 香 换 水 请 刘 三
烧香换水请刘三

tɕhəŋ^{31} ɕo^{35} liou^{31} səŋ^{54} tai^{24} ɕaŋ^{24} tsa^{33}
请 出 刘 三 殿 上 坐
请出刘三殿上坐

tai^{24} ɕaŋ^{24} tsa^{33} se^{31} ɕou^{33} ɕaŋ^{54} ai^{54}
殿 上 坐 起 受 香 烟
殿上坐起受香烟

liou^{31} səŋ^{54} ɕou^{24} luo^{54} ɕaŋ^{54} ai^{54} mo^{33}
刘 三 受 得 香 烟 尾
刘三受得香烟尾

mə^{33} nəŋ^{54} ɕaŋ^{54} lau^{31} thaŋ^{33} fə^{31} ai^{54}
不 给 香 炉 断 火 烟
不给香炉断火烟

jaŋ^{31} tau^{24} paŋ^{33} se^{31} ji^{54} tau^{24} paŋ^{33}
阳 助 半 时 阴 助 半
阳助半时阴助半

tau^{24} tɕi^{31} la^{33} nəŋ^{31} ɕu^{54} lau^{24} tiŋ^{31}
助 起 倈 男 赊 路 程
助起我们畲路程

lou^{24} miu^{31} mə^{33} se^{33} ho^{31} ɕou^{33} fə^{31}
漏 茅 不 是 好 受 火
漏茅不太好点火

kø^{54} taŋ^{31} mə^{33} se^{33} ho^{31} tse^{31} tiaŋ^{54}
歌 堂 不 是 好 棋 中
歌堂不是好棋盘

mə^{33} ho^{31} tsha^{35} ɕou^{31} tɕhiu^{24} ɕaŋ^{24} tsa^{33}
不 好 插 手 席 上 坐
不好插手席上坐

ŋaŋ^{24} ɕaŋ^{24} kə^{33} ȵi^{31} ɕuai^{24} ɕaŋ^{24} tɕhi^{54}
岸 上 的 人 船 上 春①
岸上的人怎撑船

zə^{35} saŋ^{54} se^{54} tse^{31} luo^{24} se^{54} tɕhou^{54}
一 双 狮 子 立 诗 秋
一双狮子立春秋

ləi^{35} vo^{24} fəŋ^{54} fə^{33} la^{33} nəŋ^{31} jou^{54}
列 位 吩 咐 俫 男 忧
好心警醒我们忧

jou^{54} kaŋ^{54} vai^{31} luo^{24} fo^{54} zə^{31} mo^{33}
忧 官 原 利 飞 如 马
官场是非驰如马

zə^{24} kau^{31} faŋ^{54} lio^{31} mə^{33} luo^{31} tou^{31}
自 古 风 流 不 到 头
自古风流不到头

tsa^{31} tse^{31} tsa^{31}
才 子 才
才子真有才

① 春：撑。

tɕaŋ33 no24 li31 la31 ɕi31 tsəi35 tsa31
丈 二 云 罗 承 接 裁
丈二绫罗拿来裁

tɕaŋ33 no24 li31 la31 laŋ54 tɕhəŋ54 tsai31
丈 二 云 罗 当 清 剪
丈二绫罗当厅剪

tse54 ju24 kø54 taŋ31 laŋ54 tɕhəŋ54 vo31
今 夜 歌 堂 当 清 围
今夜歌堂当厅围

so54 vo54 luo24 tou31 tsəi31 mə33 mai33
蓑 衣 斗 笠 齐 不 免
蓑衣斗笠齐不免

tse31 se33 mai33 luo35 sai54 tou31 ȵi31
只 是 免 得 先 头 人
只是免做领头人

məi33 ɕi54 liaŋ31 məi33 aŋ31 tsa33 tsou35
米 升 量 米 碗 再 作
米升量米碗盛糍

ɕi54 tshe33 mə33 luo31 fəi33 la33 ɕi54
今 次 不 来 费 俫 心
今次不来费我心

səŋ54 lia54 tse54 tso31 ho31 sa54 sa54
三 朝 鸡 子 口 撒 撒
三天小鸡开口叫

mə^{33} tsəŋ^{31} tshe^{35} məi^{33} sai^{54} jou^{31} ka^{54}
不 从 吃 米 先 游 街
不曾吃米先游街

jou^{31} ka^{54} mə^{33} luo^{54} ka^{54} tɕaŋ^{31} laŋ^{31}
游 街 不 知 街 长 短
游街不知街长短

thiaŋ^{33} kø^{54} mə^{33} luo^{54} tsəi^{35} tɕhou^{33} tou^{31}
唱 歌 不 知 接 奏 头
唱歌不知从哪接

mə^{33} luo^{54} lau^{35} tou^{31} tsəi^{35} lau^{35} tɕhou^{33}
不 知 那 条 接 哪 奏
不知哪支接哪处

mə^{33} luo^{54} lau^{35} tɕhou^{33} tsəi^{35} lau^{35} tou^{31}
不 知 那 奏 接 那 条
不知哪节接哪支

tsəi^{33} lu^{35} tou^{31} luo^{31} lou^{24} lia^{33} mo^{33}
记 得 头 来 漏 了 尾
记得头来漏了尾

tsəi^{33} lu^{35} mo^{33} luo^{31} lou^{24} tiaŋ^{54} jaŋ^{54}
记 得 尾 来 漏 中 央
记得尾来漏中央

tsəi^{33} lu^{35} tiaŋ^{54} jaŋ^{54} liaŋ^{33} kuəi^{24} lou^{24}
记 得 中 央 两 边 漏
记得中央两边漏

tsəi^{33} lu^{35} zə^{35} lau^{24} ma^{31} fə^{35} ɕaŋ^{54}
记 得 一 路 磨 福 香
挂一漏万忘上香

ɕi^{54} tiou^{35} məi^{33} sa^{54} lu^{24} səŋ^{54} lu^{24}
新 编 米 筛 楷 三 楷
新编米筛绕几匝

sou^{54} mo^{24} mə^{33} kai^{33} lou^{24} lu^{54} la^{54}
梳 密 不 见 漏 得 多
疏密不一漏处多

tou^{31} tou^{31} lou^{33} lia^{33} tɕi^{54} se^{54} luo^{31}
条 条 漏 了 金 丝 鲤
漏了条条金丝鲤

tou^{31} tou^{31} lou^{33} lia^{33} ho^{31} lau^{24} tiŋ^{31}
条 条 漏 了 好 路 程
漏了条条好路程

həŋ^{31} tse^{31} tsai^{31} tse^{31} tsha^{35} lau^{24} ɕaŋ^{24}
红 旗 钱 纸 插 路 上
红旗整齐插路上

pu^{24} tse^{31} viu^{54} ha^{35} luo^{31} jaŋ^{31} tio^{54}
白 旗 湾 曲 到 扬 州
白旗蜿蜒到扬州

həŋ^{31} tse^{31} pu^{24} tse^{31} se^{24} no^{24} mai^{33}
红 旗 白 旗 十 二 面
红旗白旗十二面

se^{24} no^{24} tse^{54} tɕhiaŋ^{54} tɕaŋ^{33} no^{24} tɕaŋ^{31}
十 二 支 枪 丈 二 长
十二支枪丈二长

tɕaŋ^{31} tɕhiaŋ^{54} ju^{24} jou^{33} tɕaŋ^{31} tɕhiaŋ^{54} ɕou^{31}
长 枪 又 有 长 枪 手
长枪更有长枪手

pia^{54} tɕhiaŋ^{54} ju^{24} jou^{33} tsəi^{35} tɕhiaŋ^{54} ȵi^{31}
标 枪 也 有 接 枪 人
投枪也有接枪人

tɕaŋ^{31} tɕhiaŋ^{54} ju^{24} jou^{33} laŋ^{31} tɕhiaŋ^{54} ɕou^{31}
长 枪 又 有 短 枪 手
长枪兼有短枪手

zə^{31} fu^{54} ju^{24} jou^{33} tɕe^{33} fu^{54} ȵi^{31}
移 花 也 有 种 花 人
移花还有种花人

ŋue^{24} tiaŋ^{54} ɕi^{54} kuəi^{33} lai^{31} kəŋ^{54} po^{31}
月 中 新 桂 连 根 拨
月中新桂连根折

tse^{24} kau^{31} faŋ^{54} lio^{31} mə^{33} luo^{31} tou^{31}
自 古 风 流 不 到 头
自古风流唱不完

ɕi^{54} ma^{33} təŋ^{31} pəŋ^{31} ɕi^{54} tsa^{24} kuo^{33}
新 买 铜 盆 新 凿 架
新买铜盆新凿架

ɕi⁵⁴ ma³³ təŋ³¹ liŋ³¹ ɕi⁵⁴ ɕou²⁴ so⁵⁴
新 买 铜 玲 新 学 师
新买铜铃新学师

la³³ se³³ ɕi⁵⁴ so⁵⁴ ɕi⁵⁴ ɕou²⁴ ɕo³⁵
俫 是 新 师 新 学 法
我是新师新学法

ɕi⁵⁴ so⁵⁴ ɕou²⁴ ɕo³⁵ mə³³ tiai⁵⁴ so⁵⁴
新 师 学 法 不 经 师
新师学法不出师

thiaŋ³¹ jou³³ sa³³ vəŋ³¹ tau²⁴ mə³³ tɕa²⁴
孔 有 数 文 读 不 对
恐有数文读不对

thiaŋ³¹ jou³³ tou³¹ tse³¹ thiaŋ³³ mə³³ thaŋ⁵⁴
孔 有 头 期 唱 不 通
恐有章节唱不通

thiaŋ³¹ jou³³ ha⁵⁴ liŋ³¹ liŋ³¹ mə³³ ɕaŋ³¹
孔 有 开 玲 玲 不 响
恐有振铃铃不响

thiaŋ³¹ jou³³ ɕaŋ³¹ ti³¹ hou³¹ tse²⁴ maŋ³¹
孔 有 上 弹 口 自 忙
恐有人责心慌张

kuo³⁵ tse³¹ so⁵⁴ kəŋ⁵⁴ kuo³⁵ tse³¹ ɕo³⁵
各 自 师 公 各 自 怯
各自师公各自法

kuo^{35} tse^{31} so^{54} kəŋ^{54} kuo^{35} tse^{31} tɕuai^{31}
各 自 师 公 各 自 传
各自师公各自传

thiaŋ^{33} mə^{33} tɕa^{24} se^{31} mə^{33} ɕa^{33} la^{33}
唱 不 着 时 不 笑 倈
唱不对时不笑我

thiaŋ^{33} mə^{33} tɕa^{24} se^{31} mə^{33} ɕa^{33} nəŋ^{31}
唱 不 对 时 不 笑 男
唱不对时不笑我

tiŋ^{54} ŋue^{31} zə^{35} lia^{54} hau^{33} tsha^{31} mau^{24}
正 月 一 朝 去 采 木
正月某日去采木

no^{24} ŋue^{31} zə^{35} lia^{54} tsha^{31} mau^{24} kuo^{54}
二 月 一 朝 采 木 归
二月某日采木归

tsha^{31} mau^{24} kuo^{54} luo^{31} ɕou^{54} ləŋ^{33} məŋ^{33}
采 木 归 来 修 扁 担
采木归来修扁担

ɕou^{54} lu^{35} ja^{54} ɕou^{31} liaŋ^{33} kuəi^{24} tsai^{54}
修 得 腰 楺 两 头 尖
修得腰韧两头尖

no^{31} no^{24} tɕhəŋ^{54} ɕi^{54} hau^{33} tsha^{31} vo^{35}
拿 入 青 山 去 采 青
拿入青山去采青

nəŋ54 luo31 tsha35 tɕi31 ta24 lau24 pai54
给　来　插　起　大　路　边
拿来插起大路边

jou33 ȵi31 te31 luo54 lau24 tiŋ31 se24
有　人　弹　得　路　程　事
有人责难路程事

pu31 lu35 thau31 mo31 fo54 ɕaŋ33 thai54
打　得　灰　尘　飞　上　天
打得灰尘飞上天

thai54 ji54 pu31 lu35 miŋ31 ɕəŋ54 ɕo35
天　阴　打　得　明　星　出
天阴打得明星出

la24 hau33 pu31 lu35 thau31 mo31 səŋ54
落　雨　打　得　灰　尘　飞
落雨打得灰尘飞

pu31 lu35 maŋ31 təŋ31 tɕi31 no24 ɕo31
打　得　芒　筒　沉　入　水
打得苇秆沉入水

pu31 lu35 ɕu24 ɕi54 ɕo31 ɕaŋ24 po31
打　得　石　同①　水　上　浮
打得石头水上浮

pu31 lu35 lua31 kəŋ54 paŋ33 tau24 lio24
打　得　雷　公　满　地　滚
打得雷公满地滚

① 石同：一说石童子。

pu31 lu35 luo31 ŋau31 tɕha33 ɕaŋ33 kaŋ54
打 得 鲤 鱼 跳 上 岸
打得鲤鱼跳上岸

səi33 səi33 ŋau31 tsu31 tiou35 tsai54 tsai54
小 小 牛 仔 角 尖 尖
小小牛仔角尖尖

mə33 tsəŋ31 ɕaŋ33 sa35 tho31 ȵi31 khai54
不 从 上 素 讨 人 牵
不曾上索被人牵

khai54 no24 tai33 tiaŋ54 mə33 luo54 lau24
牵 入 田 中 不 知 路
牵入田中不知路

tiou33 po31 ŋau31 tsu31 fəi33 la33 ɕi54
教 皮 牛 仔 费 俫 心
调教牛仔费我心

səi33 səi33 ŋau31 tsu31 tiou35 po31 po31
小 小 牛 仔 角 耙 耙
小小牛仔角尖尖

khai54 no24 ɕi54 ɕi54 lai31 jou31 mo31
牵 入 深 山 点 油 麻
牵入深山点芝麻

hau33 se31 jou31 mo31 su35 səŋ54 tɕe31
去 时 油 麻 撒 三 盏
去时芝麻撒三盏

kuo⁵⁴ se³¹ jou³¹ mo³¹ ɕou⁵⁴ səŋ⁵⁴ ɕi⁵⁴
归 时 油 麻 收 三 升
回时芝麻收三升

səŋ⁵⁴ ɕi⁵⁴ jou³¹ mo³¹ su³⁵ fu³³ tɕəŋ³¹
三 升 油 麻 撒 下 井
三升芝麻撒下井

la³³ tsəŋ³¹ tɕəŋ³¹ ləi³¹ ɕou²⁴ kø⁵⁴ kuo⁵⁴
倈 从 井 底 学 歌 归
我从井底学歌回

ɕou²⁴ luo⁵⁴ tio³³ tɕi⁵⁴ tio³³ jou²⁴ kuo³¹
学 得 句 真 句 又 假
学得句真句又假

tio³³ tɕi⁵⁴ tio³³ kuo³¹ ɕu⁵⁴ lau²⁴ tiŋ³¹
句 真 句 假 赊 路 程
句真句假畲路程

tio³³ tɕi⁵⁴ tio³³ kuo³¹ la³³ tɕou²⁴ thiaŋ⁵⁴
句 真 句 假 倈 就 唱
句真句假我就唱

tio³³ tio³³ ȵi²⁴ tɕi⁵⁴ thiaŋ³³ mə³³ ɕəŋ³¹
句 句 要 真 唱 不 成
句句要真唱不成

liou²⁴ ŋue²⁴ nəŋ³¹ pəŋ⁵⁴ təŋ³¹ təŋ²⁴ ɕaŋ³³
六 月 南 风 从 洞 上
六月南风从垌上

tsho^{35} ŋue^{24} tɕhou^{54} pəŋ^{54} təŋ^{31} liŋ^{33} luo^{31}
七 月 秋 风 从 岭 来
七月秋风从岭来

ta^{24} pəŋ^{54} luo^{31}
大 风 到
大风到

ɕi^{54} ɕi^{54} piou^{35} mau^{24} ti^{33} ləi^{54} tou^{31}
深 山 竹 木 都 低 头
深山竹木都低头

piou^{35} mau^{24} ti^{33} tou^{31} tɕhiəŋ^{33} pəŋ^{54} kø^{33}
竹 木 低 头 听 风 过
竹木低头听风过

tɕhiəŋ^{33} la^{33} ɕu^{54} lau^{24} tɕhəŋ^{54} mə^{33} tɕhəŋ^{54}
听 俫 赊 路 清 不 清
听我畲路可清晰

ɕi^{54} kaŋ^{54} luo^{31}
新 官 到
新官到

ɕi^{54} kaŋ^{54} luo^{31} luo^{31} fə^{33} tɕhuai^{54} ɕəŋ^{31}
新 官 来 到 富 川 城
新官来到富川城

luo^{31} luo^{31} fə^{33} tɕhuai^{54} ɕəŋ^{31} na^{24} tsa^{33}
来 到 富 川 城 内 坐
来到富川城内坐

liou^{24} tɕi^{54} tsho^{33} luo^{24} ti^{33} ləi^{54} tou^{31}
六 军 造 立 都 低 头
六军皂隶都低头

tsho^{33} luo^{24} ləi^{54} tou^{31} tɕhəŋ^{54} kaŋ^{54} ɕai^{31}
造 立 低 头 听 官 审
皂隶低头听官审

tɕhəŋ^{54} kaŋ^{54} ɕai^{31} se^{24} tɕhəŋ^{54} mə^{33} tɕhəŋ^{54}
听 官 审 事 清 不 清
审问处事清廉否

tɕhəŋ^{54} kaŋ^{54} vai^{31} tsəŋ^{31} lia^{33} tsha^{35} se^{24}
清 官 原 从 了 错 事
清官原从了错案

ho^{31} tou^{31} tse^{24} tsəŋ^{31} po^{35} fu^{33} maŋ^{31}
好 子 自 从 笔 下 忙
好文来自多增删

ɕi^{31} tsha^{54} luo^{31}
神 差 到
神差到

ɕi^{31} tsha^{54} luo^{31} luo^{31} fə^{24} tɕhuai^{54} ɕəŋ^{31}
神 差 来 到 富 川 城
神差来到富川城

luo^{31} luo^{31} fə^{24} tɕhuai^{54} mə^{33} no^{24} vai^{24}
来 到 富 川 不 进 县
来到富川不进县

luo^{31} luo^{31} fə^{24} tɕhuai^{54} mə^{33} no^{24} ɕəŋ^{31}
来 到 富 川 不 入 城
来到富川不入城

ɕou^{31} luo^{31} mu^{31} ɕi^{31} təŋ^{31} təŋ^{24} ɕaŋ^{33}
手 拿 麻 绳 从 洞 上
手拿麻绳从垌上

ȵi^{54} ȵi^{54} vu^{24} la^{33} se^{33} ɕi^{31} tsha^{54}
个 个 曰 倈 是 神 差
个个说我是神差

ȵi^{54} ȵi^{54} vu^{24} la^{33} ɕi^{31} tsha^{54} ɕou^{31}
人 人 曰 倈 神 差 手
人人说我神差手

mə^{33} se^{24} ɕi^{31} tsha^{54} se^{33} tau^{31} haŋ^{31}
不 是 神 差 是 图 黄
不是神差是屠夫

ȵi^{54} ȵi^{54} vu^{24} la^{33} tau^{31} haŋ^{31} ɕou^{31}
人 人 曰 倈 图 行 手
人人说我屠夫手

səŋ^{54} nai^{31} mə^{33} lio^{31} liaŋ^{33} tou^{31} lio^{54}
三 年 不 杀 两 头 猪
三年不杀两头猪

sa^{35} tɕe^{33} ta^{24} lio^{54} kai^{33} tɕe^{33} tɕhi^{33}
杀 尽 大 猪 见 尽 秤
杀尽大猪挂满秤

piou^{35} tɕe^{33} fo^{31} jou^{31} kai^{33} tɕe^{33} kuo^{54}
拨 尽 肥 油 见 尽 高
拨尽肥油见尽膏

kø^{35} tɕe^{33} jo^{54} kaŋ^{54} kai^{33} ta^{24} ləŋ^{31}
割 尽 猪 肝 见 大 胆
割尽猪肝见大胆

piu^{54} haŋ^{31} tɕou^{24} ta^{24} ləŋ^{31} ɕu^{54} lau^{24} tiŋ^{31}
包 涵 就 大 胆 赊 路 程
包涵壮胆畲路程

tse^{33} mau^{24} lio^{31}
志 木 流
檵木苗

tse^{33} mau^{24} ɕi^{54} tsa^{33} ɕu^{24} piou^{35} tou^{31}
志 木 生 在 石 壁 头
檵木生在石壁头

tse^{33} mau^{24} ɕi^{54} tsa^{33} ɕu^{24} tɕaŋ^{31} tia^{35}
志 木 生 在 石 壁 脚
檵木生在石壁脚

luo^{31} luo^{31} tse^{33} mau^{24} lia^{54} tɕaŋ^{31} ho^{31}
砍 倒 志 木 雕 长 侯
砍倒檵木把鼓雕

tse^{33} mau^{24} lio^{31} maŋ^{33} lia^{54} tu^{24} kau^{31}
志 木 流 满 雕 达 鼓
檵木玲珑雕长鼓

liaŋ^{33} kuəi^{24} tsai^{54} se^{31} tiaŋ^{54} jaŋ^{54} ɕo^{31}
两 边 尖 时 中 央 柔
两头尖圆中间细

po^{31} tio^{54} ɕo^{35} po^{31} luo^{31} maŋ^{24} kau^{31}
皮 州 出 皮 来 满 鼓
皮州出皮来搜鼓

piou^{35} tiou^{54} ɕo^{35} piou^{35} li^{33} kau^{31} tiŋ^{54}
竹 州 出 竹 打 鼓 钉
竹州出竹削鼓钉

mo^{31} tio^{54} ɕo^{35} mo^{33} li^{31} mo^{31} sa^{35}
麻 州 出 麻 打 麻 索
麻州出麻做麻绳

thəi^{35} tio^{54} ɕou^{35} thəi^{35} li^{31} kua^{33} kuo^{54}
铁 州 出 铁 打 挂 钩
铁州出铁打铁钩

te^{31} luo^{54} no^{24} vai^{31} hau^{33} tia^{35} piou^{35}
拿 刀 入 园 去 砍 竹
拿刀进园去砍竹

tia^{35} piou^{35} kuo^{54} luo^{31} pəŋ^{24} au^{35} ɕe^{31}
砍 竹 回 来 竖 屋 檐
砍竹归来竖屋檐

luo^{54} piou^{35} nəŋ^{54} luo^{31} phə^{33} so^{33} tse^{31}
莌 竹 给 来 破 四 紫
一棵竹子破四片

so^{33} tse^{31} nəŋ^{54} luo^{31} phə^{33} pa^{35} sai^{54}
四 紫 给 来 破 八 先
四片拿来再八分

pa^{35} sai^{54} nəŋ^{54} luo^{31} phə^{33} se^{24} liou^{24}
八 先 给 来 破 十 六
八片分来成十六

se^{24} liou^{24} nəŋ^{54} luo^{31} tiou^{35} tsu^{31} kuo^{54}
十 六 给 来 织 茶 蓝
十六小片织茶篮

tsu^{31} kuo^{54} mə^{33} ɕəŋ^{31} ɕəŋ^{31} so^{33} lio^{24}
茶 蓝 不 成 成 四 腊
茶篮不成成箕畚

so^{33} lio^{24} mə^{33} ɕəŋ^{31} ɕəŋ^{31} tɕou^{31} tsho^{54}
四 腊 不 成 成 酒 抄
箕畚不成成酒抽

tɕou^{31} tsho^{54} mai^{24} ɕaŋ^{24} nia^{31} ȵi^{31} tse^{24}
酒 抄 面 上 绕 人 字
竹箕上面绕人字

lai^{31} pai^{24} tiou^{24} ɕəŋ^{31} se^{33} tɕou^{31} tsho^{54}
连 便 织 成 是 酒 抄
顺手织成是酒抽

tɕou^{31} tsho^{54} tsho^{54}
酒 抄 抄
酒抽啊

səŋ^{54} lia^{54} niaŋ^{24} tɕou^{31} so^{33} niaŋ^{54} tsho^{54}
三 朝 酿 酒 四 酿 抄
三天酿酒四天抽

səŋ^{54} lia^{54} niaŋ^{24} tɕou^{31} so^{33} lia^{54} ɕuəi^{35}
三 朝 酿 酒 四 朝 喝
三天酿酒四天喝

ɕu^{35} ŋi^{31} maŋ^{31} kəŋ^{54} ɕuəi^{35} səŋ^{54} pəi^{54}
红 眼 芒 公 喝 三 杯
红眼师公喝三杯

maŋ^{31} kəŋ^{54} tshe^{35} luo^{54} səŋ^{54} pəi^{54} tɕou^{31}
芒 公 吃 了 三 杯 酒
师公吃了三杯酒

luo^{31} se^{31} tɕaŋ^{31} ho^{31} tia^{35} ju^{24} nio^{31}
拿 起 长 候 脚 又 蹂
拿起长鼓脚又踏

tu^{24} ɕo^{54} məŋ^{31} tsai^{31} tu^{24} səŋ^{54} tho^{35}
达 出 门 前 踏 三 达
踏出门前歌且舞

luo^{31} luo^{31} lio^{31} lio^{31} to^{24} se^{31} jou^{31}
里 里 流 流 踏 起 游
回环往复踏街行

maŋ^{31} kəŋ^{54} və^{31} se^{33} liŋ^{33} kau^{31} to^{24}
芒 公 无 事 领 鼓 踏
师公无事领鼓踏

pu^{35} ɕəŋ^{33} və^{33} se^{24} liŋ^{33} tsha^{54} laŋ^{54}
百 姓 无 事 领 差 当
百姓无事领差当

maŋ^{31} kəŋ^{54} və^{33} se^{24} təi^{24} se^{24} tsa^{33}
芒 公 无 事 寻 事 做
芒公无事寻事做

tse^{31} la^{31} və^{33} se^{24} ɕu^{54} lau^{24} tiŋ^{31}
几 兄 无 事 赊 路 程
兄弟无事畲路程

ɕou^{31} ɕaŋ^{24} və^{33} luo^{54} mə^{33} ɕu^{35} lau^{24}
手 上 无 刀 不 修 路
手上无刀不修路

ɕu^{35} tse^{31} lau^{24} luo^{31} thai^{54} ju^{24} kaŋ^{54}
修 得 路 来 天 又 光
修得路来天又明

ɕaŋ^{33} liŋ^{33} tsha^{31} maŋ^{31} səŋ^{54} pu^{35} məŋ^{31}
上 岭 采 芒 三 百 根
上岭采芒三百根

fu^{33} liŋ^{33} tsha^{31} maŋ^{31} so^{33} pu^{35} saŋ^{54}
下 岭 采 芒 四 百 双
下岭采芒四百双

tɕaŋ^{31} kəŋ^{33} nəŋ^{54} luo^{31} tsa^{33} tɕi^{31} tsai^{33}
长 的 给 来 做 起 箭
长的用来做起箭

laŋ^{31} kəŋ^{33} nəŋ^{54} luo^{31} tiai^{31} tɕo^{35} ɕi^{54}
短 的 给 来 缠 烛 心
短的用来缠烛芯

laŋ^{54} tɕhəŋ^{54} lai^{31} luo^{31} jou^{31} lu^{24} tio^{35}
当 清 点 双 油 焟 烛
当厅点双油蜡烛

nəŋ^{54} luo^{31} tiu^{35} tɕi^{31} tɕhəŋ^{54} tou^{31} ȵi^{31}
给 来 烤 着 清 头 人
拿来照着堂中人

tiu^{35} tɕi^{31} tɕhəŋ^{54} tou^{31} ɕa^{35} ɕa^{35} tɕəŋ^{33}
烤 着 清 头 消 消 静
照着厅堂静肃肃

tɕhəŋ^{33} ŋu^{33} tsa^{31} la^{31} ɕu^{54} lau^{24} tiŋ^{31}
听 我 几 兄 赊 路 程
听我兄弟畲路程

tɕəŋ^{33} ɕəŋ^{54} tɕəŋ^{31} tɕəŋ^{33} ɕəŋ^{54}
静 声 请 静 声
静声请静声

tɕhəŋ^{33} ŋu^{33} hau^{31} nəŋ^{31} lu^{35} tse^{31} piŋ^{54}
听 我 湖 南 得 子 兵
听我湖南鞑子兵

tse^{31} piŋ^{54} tse^{33} mu^{24} jou^{31} jou^{31} kø^{33}
子 兵 骑 马 游 游 过
兵士骑马快快过

tsa^{35} tsou^{33} no^{24} taŋ^{31} ȵi^{24} tho^{31} kəŋ^{54}
抓 贼 入 堂 要 讨 功
抓贼入堂要讨功

ȵi^{24} tho^{31} zə^{35} kəŋ^{54} ka^{33} no^{24} vai^{24}
要 讨 一 功 介 入 县
要讨一功解入县

ȵi^{24} tho^{31} no^{24} kəŋ^{54} ka^{33} no^{24} tiŋ^{54}
要 讨 二 功 介 入 京
要讨二功解入京

səŋ^{54} kəŋ^{54} ka^{33} ɕaŋ^{33} ɕi^{31} tou^{31} ɕaŋ^{24}
三 功 介 上 省 头 上
三功解到省里面

tsaŋ^{24} vai^{31} taŋ^{31} ɕaŋ^{24} ɕaŋ^{31} fu^{54} həŋ^{31}
状 元 堂 上 赏 花 红
状元堂上赏花红

ɕaŋ^{33} mau^{24} tia^{35} tsai^{31} laŋ^{31} laŋ^{31} taŋ^{24}
上 树 砍 柴 短 短 段
上树砍柴短短段

ɕu^{54} lau^{24} tiŋ^{31} kø^{54} laŋ^{31} laŋ^{31} tou^{31}
赊 路 程 歌 短 短 条
畲路程歌短短条

ɕu^{54} lau^{24} tiŋ^{31} kø^{54} ȵi^{54} ȵi^{54} vai^{24}
赊 路 程 歌 人 人 爱
畲路程歌人人爱

thiaŋ^{33} lu^{35} luo^{31} se^{31} ta^{24} thai^{54} kaŋ^{54}
唱 得 来 时 大 天 光
唱得来时天大亮

thai^{54} tau^{24} ɕuai^{31} haŋ^{31} tɕou^{31} jai^{31} ha^{54}
天 地 玄 黄 酒 筵 开
天地玄黄酒筵开

tɕi^{54} ɕi^{54} lio^{24} tɕou^{31} maŋ^{33} ta^{31} sa^{54}
金 山 绿 酒 满 桌 酾
金山绿酒满桌酾

tse^{54} kəŋ^{54} pu^{35} ɕo^{35} tsəi^{31} tsəi^{31} ɕi^{33}
鸡 公 拍 翅 齐 齐 喊
诸姑伯叔齐齐喊

khaŋ^{31} fa^{31} ɕoŋ^{54} te^{33} ta^{24} tsəi^{31} luo^{31}
孔 怀 兄 弟 大 齐 来
同胞兄弟大家来

kuo^{33} ku^{54} kø^{54} taŋ^{31} niaŋ^{24} ho^{31} tɕou^{31}
贵 家 歌 堂 酿 好 酒
贵家歌堂酿好酒

tiou^{31} luo^{31} ȵi^{31} tɕuai^{31} se^{24} luo^{31} ɕaŋ^{54}
九 里 人 传 十 里 香
九里人传十里香

ȵi^{33} vo^{24} tɕou^{31} tai^{31} zə^{33} mo^{24} ɕo^{31}
人 曰 酒 甜 如 密 水
人讲酒甜如蜜水

çou^{31} tai^{31} çi^{54} pe^{54} pa^{35} paŋ^{33} çaŋ^{31}
手 提 金 杯 邀 伴 尝
手提金杯邀伴尝

十七、开酒筵歌

tɕu^{33} tɕu^{33} koŋ^{31} koŋ^{31} koŋ^{31} tɕu^{33} tɕu^{33}
绸 绸 滚 滚 滚 绸 绸
绸绸滚滚滚绸绸

ɕuəi^{35} lu^{35} tɕou^{31} luo^{31} ni^{31} te^{54} tou^{31}
喝 得 酒 来 顶 了 头
喝得酒来歌声断

ni^{31} taŋ^{33} su^{54} tou^{31} tse^{33} ɕaŋ^{24} tei^{24}
顶 断 纱 头 机 上 寻
断了纱头机上找

ni^{31} taŋ^{33} kø^{54} ɕəŋ^{54} liŋ^{24} təi^{24} tou^{31}
顶 断 歌 声 另 找 条
断了歌声再起头

liŋ^{24} va^{33} təi^{24} tou^{31} liŋ^{24} va^{24} thiaŋ^{33}
另 外 找 条 另 外 唱
另外起头接着唱

liŋ^{24} va^{24} thiaŋ^{33} tou^{31} tɕho^{33} kø^{54} taŋ^{31}
另 外 唱 条 看 歌 堂
另唱一支看歌堂

poŋ^{31} na^{31} fa^{24} tiaŋ^{33} tsəi^{31} ɕaŋ^{54} ɳ̊e^{24}
打 锣 会 众 齐 商 议
打锣会众齐商议

ɕu^{31} ŋau^{31} lou^{33} tio^{33} səi^{33} ɕaŋ^{54} liaŋ^{31}
蛇 鱼 对 嘴 细 商 量
蛇鱼对嘴细商量

ta^{24} ɕaŋ^{54} liaŋ^{31} se^{31} səi^{33} ɕaŋ^{54} ȵe^{24}
大 商 量 时 小 商 议
大商量兼小商议

se^{33} mə^{33} ɕaŋ^{54} ȵe^{24} təi^{24} kø^{33} haŋ^{31}
是 否 商 议 找 过 行
是否议定另一套

ɕuəi^{35} tɕou^{31} ji^{24} jou^{33} tɕou^{31} ke^{33} le^{33}
喝 酒 应 有 酒 的 礼
喝酒应有酒的礼

mə^{33} nəŋ^{54} maŋ^{31} te^{54} tɕou^{31} jai^{31} tiaŋ^{54}
不 给 忘 了 酒 筵 中
不给忘了唱酒筵

tɕou^{31} jai^{31} kø^{54} ɕəŋ^{54} mu^{33} se^{31} ɕo^{31}
酒 筵 歌 声 没 起 首
酒筵歌声没起首

tɕou^{31} jai^{31} kø^{54} tiaŋ^{54} mu^{33} təi^{31} tou^{31}
酒 筵 歌 中 没 提 头
酒筵歌中没起头

ɕuəi^{35} tɕou^{31} ji^{24} jou^{33} tɕou^{31} ke^{33} le^{33}
喝 酒 应 有 酒 的 礼
喝酒应有酒礼节

mə^{33} nəŋ^{54} maŋ^{31} te^{54} tɕou^{31} le^{33} tɕəŋ^{31}
不 给 忘 了 酒 礼 情
不能忘了酒礼节

zə^{33} jaŋ^{24} tiaŋ^{31} luo^{31} zə^{33} jaŋ^{24} vo^{24}
依 样 讲 来 依 样 曰
依样讲来依样说

zə^{33} jaŋ^{24} vo^{24} luo^{31} ɕou^{24} tɕou^{31} jai^{31}
依 样 曰 来 学 酒 筵
依样讲来学酒筵

luo^{54} mə^{33} luo^{54} se^{31} təi^{31} vu^{31} thiaŋ^{31}
知 不 知 时 提 下 唱
断断续续连着唱

tɕa^{24} mə^{33} tɕa^{24} se^{31} təi^{31} vu^{31} tou^{31}
对 不 对 也 提 下 头
对不对也带个头

tɕəŋ^{31} tsai^{31} jou^{33} luo^{54} so^{33} tse^{33} tɕhəŋ^{54}
庭 前 有 蔸 四 季 青
庭前有棵四季青

ɕou^{24} tɕou^{31} jai^{31} kø^{54} tɕou^{24} se^{31} ɕəŋ^{54}
学 酒 筵 歌 就 起 声
学酒筵歌就起声

ɕou^{24} tɕou^{31} jai^{31} kø^{54} se^{31} ɕəŋ^{54} thiaŋ^{33}
学 酒 筵 歌 起 声 唱
学酒筵歌起声唱

tsəi^{35} tçi^{31} se^{31} çəŋ^{54} ha^{54} tçou^{31} jai^{31}
接 着 起 声 开 酒 筵
接着起声开酒筵

no^{24} ŋue^{24} nəŋ^{31} pəŋ^{54} təŋ^{31} təŋ^{31} çaŋ^{33}
二 月 南 风 从 垌 上
二月南风从垌上

pa^{35} ŋue^{24} tçhou^{54} pəŋ^{54} təŋ^{31} liŋ^{33} luo^{31}
八 月 秋 风 从 岭 来
八月秋风从岭来

ta^{24} pəŋ^{54} luo^{31}
大 风 到
大风到

çi^{54} çi^{54} piou^{35} mau^{24} ti^{33} ləi^{54} tou^{31}
深 山 竹 木 都 低 头
深山竹木都低头

piou^{35} mau^{24} ləi^{54} tou^{31} tçhiəŋ^{33} pəŋ^{54} kø^{33}
竹 木 低 头 听 风 过
竹木低头听风过

le^{35} vo^{24} kuo^{54} tsa^{31} tçh^{33} la^{33} çəŋ^{54}
列 位 高 才 听 倈 声
列位高才听我吟

tçhəŋ^{54} tou^{31} ȵi^{31} la^{54} tçhəŋ^{33} tçi^{31} la^{33}
清 头 人 多 听 着 我
厅堂人多听着我

tɕhəŋ^{33} tɕi^{31} la^{33} saŋ^{54} ha^{54} tɕou^{31} jai^{31}
听 着 俫 双 开 酒 筵
听着我俩开酒筵

zə^{35} liaŋ^{54} həŋ^{31} tse^{31} həŋ^{31} thu^{54} thu^{54}
一 张 红 纸 红 滔 滔
一张红纸红彤彤

thiaŋ^{54} jaŋ^{54} tse^{33} fu^{54} khaŋ^{31} miŋ^{31} thiu^{54}
中 央 直 画 孔 明 车
中央直画孔明车

thiu^{54} tse^{24} tsou^{31} nio^{33} ɕəŋ^{31} lai^{31} tse^{24}
车 字 走 耳 成 连 字
车字走之成连字

lai^{31} pai^{24} lai^{31} ɕəŋ^{31} ha^{54} tɕou^{31} jai^{31}
连 便 连 成 开 酒 筵
连便连成开酒筵

mə^{33} ji^{54} fu^{54} fa^{35} ji^{54} fu^{54} fa^{35}
不 因 花 发 因 花 发
不因花发因花发

ji^{54} pəŋ^{54} thio^{54} fa^{35} ɕu^{24} lio^{31} fu^{54}
因 风 吹 发 石 榴 花
因风吹发石榴花

thio^{54} fa^{54} ɕu^{24} lio^{31} ɕu^{31} tsha^{31} na^{31}
吹 发 石 榴 赦 采 朵
吹发石榴采一朵

thio^{54} fa^{54} la^{33} saŋ^{54} ɕu^{31} thiaŋ^{33} tou^{31}

吹 发 俫 双 赦 唱 条

催促我俩歌一曲

ɕu^{31} thiaŋ^{33} zə^{35} tou^{31} na^{24} ne^{24} ho^{31}

赦 唱 一 条 闹 热 好

舍唱一支添热闹

ɕu^{31} thiaŋ^{33} no^{24} tou^{31} ha^{54} tɕou^{31} jai^{31}

赦 唱 二 条 开 酒 筵

舍唱两支开酒筵

səŋ^{54} lai^{31} jou^{33} pai^{54} ji^{54} tɕou^{31} se^{31}

三 点 酉 边 因 酒 起

三点酉边因酒起

piou^{35} tɕəŋ^{33} tsou^{31} niou^{33} ji^{54} tɕou^{31} jai^{31}

竹 正 走 尔 因 酒 筵

竹正建底因酒筵

səŋ^{54} lai^{31} jou^{33} pai^{54} thiaŋ^{33} kuo^{54} tɕou^{31}

三 点 酉 边 唱 归 酒

三点酉边唱个酒

tsho^{31} tou^{31} fu^{24} tia^{35} thiaŋ^{33} kuo^{54} fu^{54}

艹 头 化 脚 唱 归 花

草头化脚唱个花

thiaŋ^{33} kuo^{54} həŋ^{31} fu^{54} tsa^{33} ɕo^{24} ɕaŋ^{24}

唱 归 红 花 在 树 上

唱个红花在树上

thiaŋ^{33} kuo^{54} tɕou^{31} jai^{31} tsa^{33} tɕhəŋ^{54} tou^{31}
唱 归 酒 筵 在 清 头
唱支酒筵在厅堂

zə^{35} tɕi^{31} miŋ^{31} ləŋ^{54} tia^{33} kai^{33} ta^{31}
一 盏 明 灯 照 见 桌
一盏明灯照桌子

fa^{24} haŋ^{31} fo^{54} hau^{33} ju^{24} fo^{33} luo^{31}
凤 凰 飞 去 又 飞 来
凤凰飞去又飞来

ɕou^{33} tsa^{31} tsha^{31} fu^{54} fu^{54} ta^{24} na^{31}
秀 才 采 花 花 大 朵
秀才采花花大朵

fu^{54} mə^{33} pəŋ^{31} tɕhi^{54} mə^{33} laŋ^{24} ha^{54}
花 不 逢 春 不 乱 开
花不逢春不乱开

fu^{54} mə^{33} pəŋ^{31} tɕhi^{54} mə^{33} la^{24} fa^{35}
花 不 逢 春 不 乱 发
花不逢春不乱发

lia^{31} mə^{33} ku^{54} tɕhi^{54} mə^{33} laŋ^{24} te^{31}
鸟 不 勾 春 不 乱 啼
鸟不求友不乱啼

lia^{31} tou^{31} ku^{54} tɕhi^{54} təi^{31} jou^{33} sau^{35}
鸟 子 勾 春 啼 有 数
鸟子求友啼有数

kø^{54} taŋ^{31} tɕou^{31} jai^{31} ɕa^{31} jou^{33} se^{31}
歌 堂 酒 筵 少 有 时
歌堂酒筵少有时

ɕaŋ^{54} vai^{31} liou^{33} tou^{31} fu^{33} vai^{31} to^{31}
上 园 李 子 下 园 桃
上园李子下园桃

zə^{35} tse^{31} kuo^{33} lia^{33} no^{24} tse^{31} luo^{31}
一 期 过 了 二 期 来
一期过了二期来

ɕaŋ^{54} vai^{31} liou^{33} tou^{31} fu^{33} tiŋ^{33} fa^{35}
上 园 李 子 花 正 发
上园李子花正好

fu^{33} vai^{31} to^{31} tou^{31} fu^{54} tiŋ^{33} ha^{54}
下 园 桃 子 花 正 开
下园桃子花正开

fu^{54} ha^{54} fu^{54} tɕiu^{24} nai^{31} nai^{31} jou^{33}
花 开 花 谢 年 年 有
花开花谢年年有

kø^{54} taŋ^{31} tɕou^{31} jai^{31} ɕa^{31} jou^{33} se^{31}
歌 堂 酒 筵 少 有 时
歌堂酒筵少逢着

mə^{33} ji^{54} fu^{54} fa^{35} ji^{54} fu^{54} fa^{35}
不 因 花 发 因 花 发
不因花发因花发

mə^{33} ji^{54} fu^{54} fa^{35} no^{24} fu^{54} vai^{31}
不 因 花 发 入 花 园
不因花发入花园

mə^{33} ji^{54} vai^{31} te^{24} hau^{31} tiaŋ^{54} tia^{33}
不 因 原 碟 湖 中 照
圆圆碟子湖中照

tia^{33} kai^{33} la^{31} se^{54} ɕo^{31} ɕaŋ^{24} jou^{31}
照 见 螺 丝 水 上 游
照见螺蛳水上游

la^{31} se^{54} ɕo^{31} ɕaŋ^{24} jou^{31} jou^{31} sau^{33}
螺 丝 水 上 游 游 数
螺蛳水上慢慢数

kø^{54} taŋ^{31} tɕou^{31} jai^{31} ɕa^{31} jou^{33} se^{31}
歌 堂 酒 筵 少 有 时
歌堂酒筵少逢着

tsa^{33} pai^{54} zə^{35} hai^{31} mə^{33} ɕəŋ^{31} tse^{24}
左 边 一 扇 不 成 字
左边一扇不成字

jou^{24} pai^{54} zə^{35} hai^{31} tiaŋ^{24} ɕəŋ^{31} məŋ^{31}
右 边 一 扇 共 成 门
右边一扇共成门

tɕəŋ^{31} tse^{24} no^{24} məŋ^{31} tau^{33} luo^{31} tsa^{33}
井 字 入 门 肚 里 坐
井字入门肚里坐

tshu^{35} tse^{24} thiaŋ^{33} tou^{31} ha^{54} tɕou^{31} jai^{31}
拆 字 唱 条 开 酒 筵
拆字唱歌开酒筵

tsou^{31} jou^{33} kau^{54} tɕou^{31} mə^{33} kuo^{54} ku^{54}
昨 夜 端 酒 不 归 家
昨夜买酒不归家

thai^{54} tau^{24} ȵi^{31} tɕəŋ^{31} mə^{33} həŋ^{31} ɕu^{54}
天 地 人 情 不 肯 赊
天地人情不肯赊

ja^{24} ta^{24} mau^{24} vaŋ^{31} kau^{54} mo^{24} tɕou^{31}
若 大 蜜 王 端 蜜 酒
我是蜜王当蜜酒

və^{31} tsai^{31} tha^{35} fu^{33} zə^{35} saŋ^{54} ɕu^{54}
无 钱 脱 下 一 双 赊
无钱托付先欠着

zə^{35} po^{35} ɕu^{31} ɕəŋ^{31} no^{24} se^{33} zə^{35}
一 笔 写 成 廿 一①
一笔写成二十一

no^{24} se^{33} zə^{35} fu^{33} jou^{33} ku^{54} ȵi^{31}
廿 一 下 有 佳 人
二十一下有佳人

khai^{33} tse^{24} ɕu^{31} luo^{31} təŋ^{31} vo^{24} tsa^{33}
欠 字 写 来 同 位 坐
欠字写来并排坐

① 自此以下三句拆“欢”字，古亦作“歡”。

tshu^{35} tse^{24} thiaŋ^{33} tou^{31} maŋ^{33} ta^{31} haŋ^{54}
拆 字 唱 条 满 桌 欢
拆字唱歌满桌欢

zə^{35} luə^{24} tshai^{54} luo^{31} luo^{31} tɕaŋ^{31} so^{54}
一 日 千 里 到 长 沙
一日千里到长沙

səi^{54} vaŋ^{24} tɕaŋ^{31} aŋ^{54} mə^{33} kai^{33} ku^{54}
西 望 长 安 不 见 家
西望长安不见家

haŋ^{33} fə^{33} luo^{31} ɕaŋ^{24} thio^{54} nio^{24} tɕo^{24}
黄 鹤 楼 上 吹 玉 笛
黄鹤楼上吹玉笛

tiaŋ^{54} ɕəŋ^{31} ŋau^{33} ŋue^{24} la^{24} məi^{31} fu^{54}
恭 城 五 月 落 梅 花
江城五月落梅花

pu^{24} fə^{33} sai^{54} ȵi^{31} hau^{33} lai^{31} tau^{24}
白 鹤 仙 人 去 点 地
白鹤仙人去点地

lai^{31} ɕo^{35} liaŋ^{33} khou^{33} niau^{31} se^{54} ɕuai^{31}
点 出 两 个 扭 丝 形
点出两个扭丝形

pu^{24} tse^{24} niau^{31} se^{54} mau^{24} tse^{33} tia^{35}
白 字 扭 丝 木 字 脚
白字扭丝木字脚

la^{24} no^{24} kuo^{33} ku^{54} ha^{54} tɕou^{31} jai^{31}
乐 人 贵 家 开 酒 筵
落入贵家开酒筵

zə^{35} saŋ^{54} pu^{24} fə^{33} no^{24} ɕu^{24} ŋe^{24}
一 双 白 鹤 入 石 岩
一双白鹤入石岩

haŋ^{31} te^{33} tsa^{33} tia^{24} kiu^{31} ɕo^{35} he^{31}
黄 帝 坐 轿 赦 出 行
皇帝坐轿舍出行

ɕu^{24} ŋe^{24} pe^{35} tɕe^{31} ɕo^{35} fə^{33} kuo^{33}
石 岩 里 面 出 富 贵
石岩里面出富贵

piou^{35} ɕaŋ^{24} te^{31} se^{54} khuai^{33} tɕou^{31} jai^{31}
壁 上 题 诗 劝 酒 筵
壁上题诗劝酒筵

tsa^{33} pai^{54} ɕo^{33} se^{31} liaŋ^{31} hau^{31} paŋ^{31}
左 边 竖 起 龙 虎 榜
左边竖起龙虎榜

jou^{24} pai^{54} ɕo^{33} se^{31} liaŋ^{31} faŋ^{24} məŋ^{31}
右 边 竖 起 龙 凤 门
右边竖起龙凤门

se^{54} kuo^{31} tɕou^{24} no^{24} məŋ^{31} luo^{31} fu^{33}
市 狗 住 入 门 楼 下
狮子住入门楼下

na^{24} na^{24} ne^{24} ne^{24} ha^{54} $tɕou^{31}$ jai^{31}
闹 闹 热 热 开 酒 筵
热热闹闹开酒筵

$səi^{33}$ ku^{54} lu^{24} su^{33} li^{31} $məŋ^{33}$ $ɕi^{54}$
小 甲 腊 树 兰 母 生
常绿冬青兰母生

vu^{31} pai^{54} $kaŋ^{54}$ $tɕi^{54}$ $zə^{35}$ se^{33} $tɕhi^{54}$
无 边 光 景 一 世 春
无边光景一世春

$ləŋ^{31}$ he^{31} $ɕou^{31}$ lu^{35} $ləŋ^{54}$ $pəŋ^{54}$ mai^{24}
等 行 守 得 东 风 面
等闲识得东风面

vi^{24} se^{31} $tshai^{54}$ $həŋ^{31}$ $tsaŋ^{31}$ se^{33} $tɕhi^{54}$
万 紫 千 红 总 是 春
万紫千红总是春

$zə^{35}$ po^{35} $ɕu^{31}$ $ɕəŋ^{31}$ no^{24} se^{33} $zə^{35}$
一 笔 写 成 廿 一①
一笔写成二十一

no^{24} se^{33} $zə^{35}$ fu^{33} jou^{33} ku^{54} $ȵi^{31}$
廿 一 下 有 个 人
二十一下有个人

$səŋ^{54}$ lai^{31} $ɕu^{31}$ luo^{31} $təŋ^{31}$ vo^{24} tsa^{33}
三 点 写 来 同 位 坐
三点写来并排坐

---

① “十、十、一、人、小”，拼为“茶”字。

tshu³⁵ tse²⁴ thiaŋ³³ tou³¹ maŋ³³ ta³¹ həŋ³¹
拆 字 唱 条 满 桌 洪
拆字唱歌满桌洪

tsho³⁵ ɕuəi³³ tɕaŋ³¹ se⁵⁴ no²⁴ ɕou²⁴ taŋ³¹
七 岁 长 诗 进 学 堂
七岁吟诗进学堂

kuə³¹ jai³¹ po³⁵ fu³³ ɕo³⁵ vəŋ³¹ tiaŋ⁵⁴
果 然 笔 下 出 文 章
果然笔下出文章

ha³¹ ŋau³³ vo³³ tio³³ tshai⁵⁴ tɕhou⁵⁴ təŋ³³
海 鱼 弯 嘴 千 秋 动
海鱼弯嘴千秋洞

vi⁵⁴ kø³³ ha⁵⁴ se³¹ vi²⁴ luo³¹ ɕaŋ⁵⁴
丹 桂 开 时 万 里 香
丹桂开时万里香

tshai⁵⁴ se⁵⁴ vi²⁴ ɕaŋ³¹ mi²⁴ se⁵⁴ liaŋ³¹
千 思 万 想 慢 思 量
千思万想慢思量

pa³⁵ tse²⁴ ɕou⁵⁴ ɕo³⁵ tɕho³³ kø⁵⁴ taŋ³¹
八 字 修 出 看 歌 堂
八字修成看歌堂

lau³⁵ zə²⁴ se⁵⁴ ɕaŋ³¹ kø⁵⁴ taŋ³¹ luo³¹
那 日 思 想 歌 堂 到
日日思想歌堂到

kuo^{33} ku^{54} tɕou^{31} jai^{31} maŋ^{33} ta^{31} ɕaŋ^{54}
贵 家 酒 筵 满 桌 香
贵家酒筵满桌香

li^{31} tsu^{31} ɕi^{54} kuo^{54} ɕo^{31} ju^{33} kuo^{54}
林 子 山 高 水 也 高
林子山高水也高

nəi^{24} tou^{31} ɕi^{54} ɕaŋ^{24} kua^{33} se^{54} tho^{54}
日 头 山 上 挂 丝 绦
太阳山上挂丝绦

ȵi^{31} ki^{54} se^{33} ɕaŋ^{24} vəŋ^{31} vo^{31} kuo^{33}
人 间 世 上 文 为 贵
人间世上文为贵

haŋ^{31} təi^{33} luo^{24} tia^{31} mə^{33} kia^{31} kuo^{54}
皇 帝 立 朝 不 少 书
立朝处事凭经书

zə^{35} po^{35} ɕu^{31} ɕəŋ^{31} si^{33} ɕa^{31} ho^{31}
一 笔 写 成 是 小 口
一笔写成是小口

ta^{24} hou^{31} ɕu^{31} luo^{31} vo^{24} mə^{33} tiou^{54}
大 口 写 来 为 不 周
大口写来围不全

səŋ^{54} pə^{24} luo^{31} thəi^{54} jai^{33} ku^{33} kø^{33}
三 步 楼 梯 燕 架 过
三步楼梯下架过

thiu^{54} tse^{24} thiaŋ^{33} tou^{31} maŋ^{33} taŋ^{31} kuo^{54}
拆　字　唱　条　满　堂　高
拆字唱歌满堂高

vo^{24} ȵi^{31} ŋi^{33} na^{24} zə^{35} se^{31} kaŋ^{54}
为　人　忍　耐　一　时　光
为人忍耐放眼量

fə^{31} ɕi^{54} ɕiŋ^{31} niai^{31} tiaŋ^{31} laŋ^{31} tɕaŋ^{31}
何　生　行　言　讲　短　长
遇事无须话短长

və^{33} se^{24} tse^{24} tɕaŋ^{31} ɕi^{54} fu^{24} tse^{33}
无　事　自　详　生　活　计
无事自想生活计

tse^{24} tɕaŋ^{31} və^{33} se^{24} mi^{33} se^{54} liaŋ^{31}
自　详　无　事　慢　思　量
自想生计慢思量

zə^{35} po^{35} ɕu^{31} ɕəŋ^{31} se^{33} tiou^{35} tse^{24}
一　笔　写　成　是　角　字
一笔写成是角字

jaŋ^{31} tse^{24} ɕu^{31} luo^{31} tse^{33} saŋ^{54} saŋ^{54}
羊　字　写　来　直　双　双
羊字写来直双双

jaŋ^{31} ji^{54} tiou^{35} tse^{24} saŋ^{54} saŋ^{54} tse^{33}
羊　与　角　字　双　双　站①
羊与角字双双站

① “角、羊”拼为“解”字。“解”字民间也写作“觧”。

tshu^{35} tse^{24} thiaŋ^{33} tou^{31} ka^{31} tɕou^{31} jai^{31}
拆 字 唱 条 解 酒 筵
拆字唱歌解酒筵

tsou^{31} jou^{24} ŋau^{33} ki^{54} məŋ^{24} luo^{31} tiŋ^{54}
昨 夜 五 更 梦 到 京
昨夜五更梦京城

zə^{35} ɕəŋ^{54} tɕi^{54} ɕaŋ^{31} vi^{24} ȵi^{31} çe^{31}
一 声 钟 响 万 人 行
一声钟响万人行

ȵi^{54} ȵi^{54} ti^{33} hau^{33} tia^{31} thai^{54} tse^{31}
个 个 都 去 朝 天 子
熙熙攘攘朝天子

se^{33} ŋu^{33} və^{33} kiu^{54} ɕo^{24} luo^{31} mai^{31}
是 我 无 关 睡 到 眠
与我无关睡到辰

zə^{35} po^{54} ɕu^{31} ɕəŋ^{31} se^{33} paŋ^{33} hou^{31}
一 笔 写 成 是 半 口
一笔写成是半口

jaŋ^{24} tse^{33} ɕu^{31} luo^{31} tia^{35} fu^{33} aŋ^{54}
用 字 写 来 脚 下 安
用字写来脚下安

tsou^{31} nio^{33} li^{31} çe^{31} tia^{35} fu^{33} kø^{33}
走 尔 打 行 脚 下 过
走之打从脚下过

kuo^{33} ku^{54} tɕou^{31} jai^{31} so^{33} mai^{24} thaŋ^{54}
贵 家 酒 筵 四 面 通
贵家酒筵四面通

li^{31} təŋ^{33} pəŋ^{54} thio^{54} təŋ^{33} ŋau^{33} thai^{54}
云 淡 风 轻 近 午 天
云淡风轻近午天

paŋ^{31} fu^{35} ɕo^{31} lio^{33} kø^{33} tsai^{31} tɕhuai^{54}
傍 花 随 柳 过 前 川
伴花随柳过前川

se^{33} ȵi^{31} mə^{33} po^{31} zə^{31} ɕi^{54} lio^{24}
时 人 不 必 移 山 力
时人不必移山力

tɕaŋ^{54} vo^{31} ɕou^{54} çe^{31} tɕho^{33} kø^{54} taŋ^{31}
将 谓 修 行 看 歌 堂
正好休闲看歌堂

zə^{35} po^{54} ɕu^{31} ɕəŋ^{31} se^{33} vo^{24} tse^{24}
一 笔 写 成 是 曰 字
一笔写成是日字

ŋue^{24} tse^{24} ɕu^{31} luo^{31} tse^{33} saŋ^{54} saŋ^{54}
月 字 写 来 直 双 双
月字写来直双双

zə^{24} ji^{54} ŋue^{24} tse^{24} saŋ^{54} saŋ^{54} tse^{33}
日 与 月 字 双 双 站
日与月字双双站

$kø^{54}$ $taŋ^{31}$ $tɕou^{31}$ jai^{31} li^{31} lu^{35} $miŋ^{31}$

歌 堂 酒 筵 打 得 明

歌堂酒筵亮堂堂

$tɕu^{35}$ $ɕaŋ^{31}$ tau^{24} so^{54} $mə^{33}$ $jaŋ^{24}$ $ɕi^{54}$

绩 想 读 书 不 用 心

有时读书不用心

$mə^{33}$ luo^{54} so^{54} luo^{31} $ɕo^{35}$ $haŋ^{31}$ $tɕi^{54}$

不 知 书 里 出 黄 金

不知书里出黄金

tso^{31} luo^{54} se^{33} $ɕaŋ^{24}$ so^{54} vo^{24} kuo^{33}

早 知 世 上 书 为 贵

早知世上书为贵

kuo^{54} lai^{31} $miŋ^{33}$ $ləŋ^{54}$ $thou^{33}$ jou^{33} $tɕe^{31}$

高 点 明 灯 透 夜 巡

高点明灯夜夜勤

$zə^{35}$ po^{35} $ɕu^{31}$ $ɕəŋ^{31}$ se^{33} $vəŋ^{31}$ tse^{24}

一 笔 写 成 是 文 字

一笔写成是文字

tse^{31} tse^{24} $ɕu^{31}$ luo^{31} tia^{35} fu^{33} $aŋ^{54}$

子 字 写 来 脚 下 安

子字写来脚下安

$vəŋ^{31}$ tse^{24} tsa^{33} tou^{31} tse^{31} tsa^{33} tia^{35}

文 字 在 头 子 在 脚

文字在头子在脚

tshu^{35} tse^{24} thiaŋ^{33} tou^{31} ɕou^{24} tɕou^{31} jai^{31}
拆 字 唱 条 斈 酒 筵
拆字唱歌学酒筵

tɕou^{31} tou^{31} tse^{24} jai^{31} hou^{31} hou^{31} tai^{31}
酒 子 自 然 口 口 甜
酒好自然口口甜

mə^{33} nəŋ^{54} luo^{31} ɕo^{35} kho^{31} li^{31} vai^{31}
不 给 倒 出 可 怜 完
不给泼出要爱惜

kuo^{33} ku^{54} ho^{31} tɕou^{31} luo^{31} khuəi^{33} la^{33}
贵 家 好 酒 来 劝 俫
贵家好酒来劝我

kho^{54} la^{33} tshe^{35} la^{54} kho^{31} li^{31} vai^{31}
亏 俫 吃 多 可 怜 完
亏我吃多好感激

niai^{31} tse^{24} tɕhiaŋ^{33} te^{54} niai^{31} tse^{24} ɕai^{31}
言 字 将 了 言 字 形
言字像了言字形

ɕi^{54} tse^{24} nəŋ^{54} luo^{31} liaŋ^{33} ɕaŋ^{54} lai^{31}
身 字 给 来 两 相 连
身字给来两相连

niai^{31} ɕi^{54} tɕhoŋ^{33} tse^{24} saŋ^{54} saŋ^{54} tse^{33}
言 身 寸 字 双 双 站
言身寸字一起站

tshu^{35} tse^{24} thiaŋ^{33} tou^{31} tsu^{24} tɕou^{31} jai^{31}

拆 字 唱 条 谢 酒 筵

拆字唱歌谢酒筵

十八、垂桌歌

nəi^{24} tou^{31} ɕo^{35} tso^{31} tia^{33} ɕi^{54} vo^{35}
日 头 出 早 照 山 坳
太阳出早照山坳

tia^{33} kai^{33} ɕi^{54} vo^{35} tse^{33} mau^{24} fu^{54}
照 见 山 坳 志 木 花
照见山坳檵木花

se^{24} tse^{31} ɕaŋ^{31}
事 齐 常
事齐祥

se^{24} ɕo^{31} ɕo^{31} se^{31} fu^{54} ɕo^{31} se^{31} ou^{33}
是 谁 垂 起 花 垂 起 呕
是谁旋起花旋起

o^{33} tse^{33} li^{31} se^{33} se^{35} o^{33}
欧 志 里 是 色 欧
檵是起啊

fu^{54} li^{31} se^{33} se^{35} o^{33}
花 里 是 色 欧
花是起

fu^{54} ɕo^{24} ju^{24} se^{33} ɕo^{31}
花 垂 也 是 垂
花旋也是旋

o^{33} fu^{54} ɕo^{24} ju^{24} se^{33} ɕo^{31}
啊 花 垂 也 是 垂
花起也是旋

ɕo^{31} ɕo^{31} ju^{24} se^{33} ɕo^{31}
垂 垂 也 是 垂
旋旋又旋旋

o^{33} fu^{54} ɕo^{24} ju^{24} se^{33} ɕo^{31}
啊 花 垂 也 是 垂
花起也是旋

səŋ^{54} tiaŋ^{54} ŋue^{31} o^{33}
三 江 月 呕
三江月

o^{33} ŋue^{24} tiaŋ^{54} ju^{24} se^{33} ɕo^{31}
欧 月 江 也 是 垂
江水（回旋）也是旋

o^{33} ŋue^{24} tiaŋ^{54} ju^{24} se^{33} ɕo^{31}
欧 月 江 也 是 垂
江水（回旋）也是旋

ɕo^{31} ɕo^{31} ju^{24} se^{33} ɕo^{31}
垂 垂 也 是 垂
旋旋又旋旋

o^{33} ŋue^{24} tiaŋ^{54} ju^{24} se^{33} ɕo^{31}
啊 月 江 也 是 垂
月亮（倒影）也是垂

səŋ^{54} li^{31} vai^{24} o^{31}
三 里 县 呕
三里县

o^{33} liŋ^{33} li^{31} se^{33} ɕo^{35} o^{33}
欧 岭 里 是 出 欧
是岭里出

li^{54} tio^{54} jou^{31} o^{33} jou^{24} li^{54}
里 猪 油 欧 又 里
绿油油哩

tio^{54} jou^{31} o^{33} jou^{24} li^{54}
猪 油 欧 又 里
绿油油

jou^{24} luo^{31} ju^{24} se^{33} le^{31}
又 里 也 是 犁
由来也是来

le^{31} le^{31} ju^{24} se^{33} le^{31}
犁 犁 也 是 犁
来嘞也是来

se^{24} tsəi^{31} ɕaŋ^{31}
是 齐 常
事齐祥

le^{31} luo^{31} la^{33} se^{54} liu^{54} ho^{31} le^{31}
犁 里 拉 丝 柳 喉 犁
来嘞来斯留侯来

ɕaŋ²⁴ se³³ ȵi³¹ ta³¹ tse³³ mau²⁴ kau³¹
上 世 人 抬 志 木 鼓
上辈人抬檵木鼓

fu³³ se³³ ȵi³¹ ta³¹ tse³³ mau²⁴ ta³¹
下 世 人 抬 志 木 桌
下辈人抬檵木桌

liaŋ³³ la³¹ mə³³ ta²⁴ tse³³ mau²⁴ kaŋ³³
两 兄 不 抬 志 木 干
兄弟不抬檵木杆

tse³¹ ta³¹ tse³³ mau²⁴ tsa²⁴ fu⁵⁴ ta³¹
只 抬 志 木 凿 花 桌
只抬檵木凿花桌

tse³¹ mu³³ ɕaŋ³³ tiŋ⁵⁴ hau³³ tɕhəŋ³¹ tɕa²⁴
骑 马 上 京 去 请 匠
骑马进京去请匠

tse³¹ lio³¹ no²⁴ vai²⁴ tɕhəŋ³¹ tɕaŋ²⁴ kuo⁵⁴
骑 驴 进 县 请 匠 归
骑驴进县接匠回

mau²⁴ tɕaŋ³³ no²⁴ məŋ³¹ tsəi³⁵ fu³³ tɕho³⁵
木 匠 进 门 接 下 尺
木匠进门装墨斗

paŋ³³ fu³³ lio³⁵ tɕho³⁵ mi²⁴ se⁵⁴ liaŋ³¹
放 下 弯 尺 慢 思 量
放下弯尺慢思量

mi^{24} mi^{24} se^{54} liaŋ^{31} tsa^{31} tsai^{31} mau^{24}
慢　慢　思　量　裁　剪　木
慢慢思量定裁剪

tsa^{31} tsai^{31} tse^{33} mau^{24} ta^{24} fu^{54} ta^{31}
裁　剪　志　木　凿　花　桌
裁剪檵木凿花桌

se^{24} tsəi^{31} ɕaŋ^{31}
事　齐　常
事齐祥

se^{33} ɕo^{31} ɕo^{31} se^{31} ta^{31} ɕo^{31} se^{31}
是　谁　垂　起　桌　垂　起
是谁旋起桌旋起

o^{33} tse^{33} li^{31} se^{33} se^{35} o^{33}
欧　志　里　是　色　欧
檵是起啊

fu^{54} li^{31} se^{33} se^{35} o^{33}
花　里　是　色　欧
花是起

ta^{31} ɕo^{31} ju^{33} se^{35} ɕo^{31}
桌　垂　也　是　垂
锤桌也是锤

o^{33} ta^{31} ɕo^{31} ju^{24} se^{33} ɕo^{31}
啊　桌　垂　也　是　垂
桌起也是旋

ɕo^{31} ɕo^{31} ju^{24} se^{33} ɕo^{31}
垂 垂 也 是 垂
旋旋又旋旋

o^{33} ta^{31} ɕo^{31} ju^{24} se^{33} ɕo^{31}
阿 桌 垂 也 是 垂
桌起也是旋

səŋ^{54} tiaŋ^{54} ȵue^{24} o^{33}
三 江 月 呕
三江月

o^{33} ȵue^{24} tiaŋ^{54} ju^{24} se^{33} ɕo^{31}
欧 月 江 也 是 垂
江水（回旋）也是旋

ɕo^{31} ɕo^{31} ju^{24} se^{33} ɕo^{31}
垂 垂 也 是 垂
旋旋又旋旋

o^{33} ȵue^{24} tiaŋ^{54} ju^{24} se^{33} ɕo^{31}
啊 月 江 也 是 垂
月亮（倒影）也是旋

səŋ^{54} li^{31} vai^{24} o^{31}
三 里 县 呕
三里县

o^{33} liŋ^{33} li^{31} se^{33} ɕo^{35} o^{31}
欧 岭 里 是 出 欧
是岭里出

li^{54} lio^{54} jou^{31} o^{33} ju^{33} li^{31}
里 猪 油 欧 又 里
绿油油哩

lio^{54} jou^{31} o^{33} ju^{33} li^{31}
猪 油 欧 又 里
绿油油

ju^{24} li^{54} ju^{54} se^{54} le^{31}
又 里 也 是 犁
由来也是来

le^{31} le^{31} ju^{24} se^{54} le^{31}
犁 犁 也 是 犁
来嘞也是来

se^{24} tsəi^{31} ɕaŋ^{31}
事 齐 常
事齐祥

le^{31} li^{54} la^{33} se^{54} lio^{54} ho^{31} le^{33}
犁 里 拉 丝 柳 喉 犁
来嘞来斯留侯来

səŋ^{54} tɕhi^{54} liaŋ^{31} luo^{31} so^{33} tɕhi^{54} taŋ^{24}
三 尺 量 来 四 尺 断
三尺量作四尺锯

so^{33} tɕhi^{54} liaŋ^{31} luo^{31} ŋau^{33} tɕhu^{35} faŋ^{54}
四 尺 量 来 五 尺 方
四尺量来五尺裁

mau^{24} tɕaŋ^{33} faŋ^{54} lu^{35} so^{33} faŋ^{54} ho^{31}
木 匠 方 得 四 方 好
木匠裁得四方好

nəŋ^{54} luo^{31} faŋ^{54} tɕi^{31} so^{33} faŋ^{54} faŋ^{54}
给 来 方 起 四 方 方
正好锯得四方方

tse^{33} mau^{24} nəŋ^{54} luo^{31} ta^{24} ta^{31} mai^{24}
志 木 给 来 凿 桌 面
檵木用来凿桌面

su^{54} mau^{24} nəŋ^{54} luo^{31} ta^{24} ta^{31} ɕa^{54}
杉 木 给 来 凿 桌 肖
杉木用来凿木榫

si^{24} tsəi^{31} ɕaŋ^{31}
事 齐 常
事齐祥

se^{33} ɕo^{31} ɕo^{31} se^{31} ɕa^{54} ɕo^{31} se^{31} o^{31}
是 谁 垂 起 肖 垂 起 呕
是谁垂起榫垂起

o^{33} tse^{33} li^{31} si^{33} se^{35} o^{33}
呕 志 里 是 色 欧
檵是起啊

fu^{54} li^{31} si^{33} se^{35} o^{33}
花 里 是 色 欧
花是起

ɕa^{54} ɕo^{31} ju^{24} se^{33} ɕo^{31}
肖 垂 也 是 垂
锤榫也是锤

o^{33} ɕa^{54} ɕo^{31} ju^{24} se^{33} ɕo^{31}
啊 肖 垂 也 是 垂
榫起也是垂

ɕo^{31} ɕo^{31} ju^{24} se^{33} ɕo^{31}
垂 垂 也 是 垂
垂垂也是垂

o^{33} ɕa^{54} ɕo^{31} ju^{24} se^{33} ɕo^{31}
阿 肖 垂 也 是 垂
榫起也是垂

səŋ^{54} tiaŋ^{54} ŋue^{24} o^{33}
三 江 月 呕
三江月

o^{33} ŋue^{24} tiaŋ^{54} ju^{33} se^{33} ɕo^{31}
欧 月 江 也 是 垂
江水（回旋）也是旋

ɕo^{31} ɕo^{31} ju^{24} se^{33} ɕo^{31}
垂 垂 也 是 垂
旋旋又旋旋

o^{33} ŋue^{24} tiaŋ^{54} ju^{24} se^{33} ɕo^{31}
啊 月 江 也 是 垂
月亮（倒影）也是旋

$səŋ^{54}$ li^{31} vai^{35} o^{33}
三 里 县 呕
三里县

o^{33} $liŋ^{31}$ li^{31} se^{33} $ɕo^{35}$ o^{31}
欧 岭 里 是 出 欧
是岭里出

li^{54} tio^{54} jou^{31} o^{33} ju^{24} li^{54}
里 猪 油 欧 又 里
绿油油

tio^{33} jou^{31} o^{33} ju^{24} li^{54}
猪 油 欧 又 里
绿油油

ju^{24} li^{54} ju^{54} se^{54} le^{31}
又 里 也 是 犁
由来也是来

le^{31} le^{31} ju^{54} se^{54} le^{31}
犁 犁 也 是 犁
来嘞也是来

se^{24} $tsəi^{31}$ $ɕaŋ^{31}$
事 齐 常
事齐祥

le^{31} li^{54} la^{33} se^{54} lio^{54} ho^{31} le^{31}
犁 里 拉 丝 柳 喉 犁
来嘞来斯留侯来

tɕhi^{54} mau^{24} nəŋ^{54} luo^{31} ta^{24} ta^{31} tia^{35}
椿　木　给　来　凿　桌　脚
椿树用来凿桌脚

pu^{24} mau^{24} nəŋ^{54} luo^{31} ta^{24} ta^{31} ɕi^{54}
柏　木　给　来　凿　桌　身
柏树拿来凿桌身

se^{24} tsəi^{31} ɕaŋ^{31}
事　齐　常
事齐祥

se^{33} ɕo^{31} ɕo^{31} se^{31} ɕi^{54} ɕo^{31} se^{31} o^{33}
是　谁　垂　起　身　垂　起　呕
是谁垂起身垂起

o^{33} tse^{33} li^{31} se^{33} se^{35} o^{33}
欧　志　里　是　色　欧
樾是起啊

fu^{54} li^{31} se^{33} se^{35} o^{33}
花　里　是　色　欧
花是起

ɕi^{54} ɕo^{31} ju^{24} se^{33} ɕo^{31}
身　垂　也　是　垂
身锤也是锤

o^{33} ɕi^{54} ɕo^{31} ju^{24} se^{33} ɕo^{31}
阿　身　垂　也　是　垂
身起也是旋

ɕo^{31} ɕo^{31} ju^{24} se^{33} ɕo^{31}
垂　垂　也　是　垂
旋旋又旋旋

o^{33} ɕi^{54} ɕo^{31} ju^{24} se^{33} ɕo^{31}
啊　身　垂　也　是　垂
身起也是旋

səŋ^{54} tiaŋ^{54} ŋue^{24} o^{31}
三　江　月　呕
三江月

o^{33} ŋue^{24} tiaŋ^{54} ju^{24} se^{33} ɕo^{31}
欧　月　江　也　是　垂
江水（回旋）也是旋

ɕo^{31} ɕo^{31} ju^{24} se^{33} ɕo^{31}
垂　垂　也　是　垂
旋旋又旋旋

o^{33} ŋue^{24} tiaŋ^{54} ju^{24} se^{33} ɕo^{31}
啊　月　江　也　是　垂
月亮（倒影）也是垂

səŋ^{54} luo^{31} vai^{24} o^{31}
三　里　县　呕
三里县

o^{33} liŋ^{33} luo^{31} se^{33} ɕo^{35} o^{31}
欧　岭　里　是　出　欧
是岭里出

luo^{31} lio^{54} jou^{31} o^{33} ju^{33} luo^{31}
里 猪 油 欧 又 里
绿油油哩

lio^{54} jou^{31} o^{33} ju^{24} li^{31}
猪 油 欧 又 里
绿油油

jou^{24} luo^{31} ju^{24} se^{33} le^{31}
又 里 也 是 犁
由来也是来

le^{31} lai^{31} ju^{24} se^{33} le^{31}
犁 犁 也 是 犁
来嘞也是来

se^{24} tsəi^{31} ɕaŋ^{31}
事 齐 常
事齐祥

le^{31} li^{54} la^{31} se^{54} lio^{54} ho^{31} le^{31}
犁 里 拉 丝 柳 喉 犁
来嘞来斯留侯来

liaŋ^{31} mau^{24} nəŋ^{54} luo^{31} ta^{24} ta^{31} tau^{33}
龙 木 给 来 凿 桌 肚
龙木拿来凿横栏

tiaŋ^{54} mau^{24} nəŋ^{54} luo^{31} lia^{54} li^{31} ŋo^{31}
樟 木 给 来 雕 云 牙
樟木拿来雕花边

se^{33} ɕo^{31} ɕo^{31} se^{31} ŋu^{31} ɕo^{31} se^{31} o^{31}
是 谁 垂 起 牙 垂 起 呕
是谁旋起牙旋起

o^{33} tse^{33} li^{31} se^{33} se^{35} o^{33}
欧 志 里 是 色 欧
檵是起啊

fu^{54} li^{31} se^{33} se^{35} o^{33}
花 里 是 色 欧
花是起

ŋu^{31} ɕo^{31} ju^{33} se^{24} ɕo^{31}
牙 垂 也 是 垂
锤牙也是锤

o^{33} ŋu^{31} ɕo^{31} ju^{33} se^{24} ɕo^{31}
啊 牙 垂 也 是 垂
牙起也是旋

ɕo^{31} ɕo^{31} ju^{33} se^{24} ɕo^{31}
垂 垂 也 是 垂
旋旋又旋旋

o^{33} ŋu^{31} ɕo^{31} ju^{33} se^{33} ɕo^{31}
阿 牙 垂 也 是 垂
牙起也是旋

səŋ^{54} tiaŋ^{54} ŋue^{24} o^{33}
三 江 月 呕
三江月

o^{33} ŋue^{24} tiaŋ^{54} ju^{24} se^{33} ɕo^{31}
欧 月 江 也 是 垂
江水（回旋）也是旋

ɕo^{31} ɕo^{31} ju^{33} se^{33} ɕo^{31}
垂 垂 也 是 垂
旋旋又旋旋

o^{33} ŋue^{24} tiaŋ^{54} ju^{24} se^{33} ɕo^{31}
啊 月 江 也 是 垂
月亮（倒影）也是旋

səŋ^{54} li^{31} vai^{24} o^{31}
三 里 县 呕
三里县

o^{33} liŋ^{33} luo^{35} se^{33} ɕo^{35} o^{31}
欧 岭 里 是 出 欧
是岭里出

li^{54} lio^{54} jou^{31} o^{33} ju^{24} li^{54}
里 猪 油 欧 又 里
绿油油哩

lio^{54} jou^{31} o^{33} ju^{24} li^{54}
猪 油 欧 又 里
绿油油

ju^{24} li^{54} ju^{54} se^{54} le^{31}
又 里 也 是 犁
由来也是来

le^{31} le^{31} ju^{54} se^{54} le^{31}
犁 犁 也 是 犁
来嘞也是来

se^{24} tsəi^{54} ɕaŋ^{33}
事 齐 常
事齐祥

le^{31} li^{54} la^{31} se^{54} lio^{54} ho^{31} le^{31}
犁 里 拉 丝 柳 喉 犁
来嘞来斯留侯来

laŋ^{31} mau^{24} nəŋ^{54} luo^{31} ta^{24} ta^{31} vi^{24}
短 木 给 来 凿 桌 椀
短木拿来凿桌枨

so^{33} khou^{33} li^{31} ŋu^{31} so^{33} khou^{33} ɕa^{54}
四 扣 云 牙 四 扣 肖
四段花边四段榫

tsho^{35} mau^{24} nəŋ^{54} luo^{31} tiaŋ^{24} zə^{35} ɕəŋ^{33}
七 木 给 来 共 一 姓
七木凑来共一姓

tiaŋ^{24} se^{31} zə^{35} ɕəŋ^{33} ta^{24} fu^{54} ta^{31}
共 起 一 姓 凿 花 桌
共起一姓凿花桌

ta^{24} se^{31} fu^{54} ta^{31} so^{33} tiu^{35} tia^{35}
凿 起 花 桌 四 只 脚
凿起花桌四只脚

fu54 ta31 so33 tia35 tsa33 tɕhəŋ54 tou31
花 桌 四 脚 坐 清 头
花桌四脚坐厅堂

tɕu31 mau24 nəŋ54 luo31 ta24 tɕa31 ləŋ33
枞 树 给 来 凿 条 凳
松树拿来凿长凳

pəŋ54 mau24 nəŋ54 luo31 kuo35 fə31 pəŋ31
枫 木 给 来 做 火 盆
枫木拿来做火盆

fə31 pəŋ31 vai31 se31 kaŋ31 ləŋ54 ɕo35
火 盆 原 是 广 东 出
火盆原是广东出

fu35 ȵi31 ma33 ma24 luo31 liŋ33 tɕəŋ31
客 人 买 卖 来 领 情
客人买卖来结缘

liŋ33 tɕəŋ31 jou33 tsai31 lio31 fu33 tio35
领 情 有 钱 留 下 张
中意有钱留一个

lio31 fu33 zə35 tio35 paŋ33 fu54 ta31
留 下 一 张 伴 花 桌
留下一个伴花桌

haŋ33 thai54 tiu35 fə31 vo31 lau54 fə31
寒 天 烤 火 维 灶 火
寒天烤火围灶火

mə^{33} kaŋ^{31} thai^{54} tou^{31} ɕuəi^{35} maŋ^{33} ɕi^{54}

不 管 天 头 雪 满 山

不管天头雪满山

fu^{54} ta^{31} ta^{24} ɕəŋ^{31} se^{24} no^{24} zə^{24}

花 桌 凿 成 十 二 日

花桌凿成十二日

se^{24} no^{24} zə^{24} ɕəŋ^{31} tɕhəŋ^{54} ɕaŋ^{24} ta^{31}

十 二 日 成 清 上 桌

十二日成厅堂桌

tiaŋ^{54} səi^{54} ɕo^{35} lu^{35} thia^{31} jou^{31} tɕaŋ^{24}

江 西 出 得 巧 油 匠

江西生得巧油匠

liu^{31} səŋ^{54} tɕhəŋ^{31} tɕaŋ^{24} tsho^{35} fu^{54} ta^{31}

刘 三 请 匠 漆 花 桌

刘三请匠漆花桌

zə^{35} tɕi^{54} miŋ^{31} jou^{31} paŋ^{33} tɕi^{54} tsho^{33}

壹 斤 明 油 半 斤 漆

一斤桐油半斤漆

tɕuai^{31} tɕi^{54} tsho^{33} tɕi^{31} tɕhəŋ^{54} ɕaŋ^{24} ta^{31}

全 金 添 起 请 上 桌

金漆漆起摆厅堂

jou^{31} se^{31} fu^{54} ta^{31} ti^{24} ti^{24} lia^{33}

油 起 花 桌 顶 顶 亮

漆起花桌特别亮

tsho^{33} tɕi^{31} fu^{54} ta^{31} thəi^{35} thəi^{35} ɕi^{54}
添 起 花 桌 贴 贴 新
漆起花桌格外新

so^{33} tɕu^{35} ta^{31} tou^{31} so^{33} kaŋ^{31} po^{35}
四 只 台 头 四 杆 笔
四只桌角四杆笔

so^{33} tɕu^{35} ta^{31} tia^{35} so^{33} peŋ^{31} ɕo^{54}
四 只 台 角 四 本 书
四只桌角四本书

tsho^{35} ɕuəi^{33} la^{33} tou^{31} səŋ^{33} no^{24} ɕou^{24}
七 岁 孩 儿 送 入 学
七岁孩儿送入学

lai^{31} tau^{24} se^{24} nai^{31} po^{35} nəi^{35} kuo^{54}
连 读 十 年 毕 业 归
连读十年毕业归

ɕou^{31} luo^{31} nio^{24} hau^{31} tɕi^{54} mo^{24} ɕo^{31}
手 拿 玉 壶 真 墨 水
手拿玉壶金墨水

tso^{24} se^{35} po^{35} tou^{31} thou^{33} se^{54} ɕo^{54}
浸 湿 笔 头 透 诗 书
浸湿笔头透诗书

thou^{33} se^{31} se^{54} ɕo^{54} səŋ^{54} pu^{35} pəŋ^{31}
透 起 诗 书 三 百 本
读破诗书三百本

thou^{33} se^{31} tiou^{31} tiai^{54} so^{33} pu^{35} phe^{54}
透 起 九 经 四 百 篇
读破九经四百篇

liu^{31} səŋ^{54} luo^{31} ɕo^{35} məŋ^{31} tsai^{31} sa^{33}
刘 三 拿 出 门 前 晒
刘三拿出门前晒

tse^{33} lu^{35} kiu^{54} məŋ^{31} maŋ^{31} fə^{35} ɕou^{54}
记 得 关 门 忘 记 收
记得关门忘记收

ɕo^{24} luo^{31} zə^{35} ki^{54} liaŋ^{31} ɕaŋ^{33} ɕo^{31}
睡 倒 一 更 龙 上 水
睡倒一更龙上水

ɕo^{24} luo^{31} no^{24} ki^{54} se^{31} au^{54} vie^{31}
睡 倒 二 更 起 乌 云
睡倒二更起乌云

ɕo^{24} luo^{31} səŋ^{54} ki^{54} lua^{31} vie^{31} ŋe^{33}
睡 倒 三 更 雷 云 眼
睡倒三更雷电闪

ɕo^{24} luo^{31} so^{33} ki^{54} hau^{33} lai^{31} lio^{31}
睡 倒 四 更 雨 连 流
睡倒四更雨瓢泼

ɕo^{24} luo^{31} ŋau^{33} ki^{54} fa^{35} ta^{24} ɕo^{31}
睡 倒 五 更 发 大 水
睡倒五更发大水

ɕo^{31} tɕhua^{54} kø^{54} pəŋ^{31} luo^{31} jaŋ^{31} tio^{54}
水 推 歌 本 到 扬 州
水推歌本到扬州

hau^{33} luo^{31} jaŋ^{31} tio^{54} jaŋ^{31} tse^{31} ta^{24}
去 到 扬 州 洋 子 大
去到扬州河流宽

so^{33} li^{31} təŋ^{31} paŋ^{33} thəŋ^{33} nəŋ^{31} jou^{54}
四 邻 同 伴 替 男 忧
四邻同伴替我忧

zə^{35} khou^{35} piou^{35} pa^{31} kaŋ^{31} mə^{33} luo^{31}
一 个 竹 排 管 不 到
一个竹排赶不到

no^{24} khou^{35} piou^{35} pa^{31} kaŋ^{31} luo^{31} tio^{54}
两 个 竹 排 管 到 州
两个竹排赶到州

zə^{35} kuo^{35} lia^{31} kuo^{54} kua^{33} mə^{33} luo^{31}
一 个 镣 钩 挂 不 到
一个铁钩钩不到

zə^{35} khou^{33} lia^{31} kuo^{54} kua^{33} luo^{31} tou^{31}
一 个 镣 钩 挂 到 头
一个铁钩钩到头

səŋ^{54} khou^{33} lia^{31} kuo^{54} kua^{33} kuo^{35} pəŋ^{31}
三 个 镣 钩 挂 归 本
三个铁钩钩回本

kua^{33} kuo^{35} zə^{35} pəŋ^{31} se^{33} liu^{31} səŋ^{54}
挂 归 一 本 是 刘 三
钩回一本刘三书

liu^{31} səŋ^{54} tse^{35} ɕo^{35} kø^{54} luo^{31} thiaŋ^{33}
刘 三 置 出 歌 来 唱
刘三制出歌来唱

tse^{35} ɕo^{35} tou^{31} kø^{54} tɕho^{33} kø^{54} taŋ^{31}
置 出 条 歌 看 歌 堂
编出唱歌伴行娘

lai^{31} zə^{24} lai^{31}
莲 叶 连
莲叶连

tɕou^{31} jai^{31} ɕo^{31} ta^{31} saŋ^{33} thiaŋ^{33} vai^{31}
酒 筵 垂 桌 算 唱 完
酒筵垂桌算唱完

tɕou^{31} jai^{31} ɕo^{31} ta^{31} saŋ^{33} thaŋ^{33} lia^{33}
酒 筵 垂 桌 算 唱 了
酒筵垂桌算唱完

hou^{31} vu^{24} mə^{24} vai^{31} saŋ^{33} thiaŋ^{33} vai^{31}
口 曰 不 完 算 唱 完
口说不完也算完

hou^{31} vu^{24} mə^{24} vai^{31} saŋ^{33} thiaŋ^{33} lia^{33}
口 曰 不 完 算 唱 了
口说没完算唱完

se^{33} la^{33} mə^{33} luo^{54} saŋ^{33} thiaŋ^{33} vai^{31}
是 俫 不 知 算 唱 完
我不知歌算唱完

la^{33} nəŋ^{31} mə^{33} luo^{54} laŋ^{31} laŋ^{31} thiaŋ^{33}
俫 男 不 知 短 短 唱
是我不会短短唱

ȵi^{31} ju^{24} luo^{54} la^{33} mə^{33} luo^{54} kø^{54}
人 也 知 我 不 知 歌
人也知我不知歌

ju^{24} va^{33} vai^{31} liaŋ^{24} ɕu^{33} kø^{33} la^{33}
也 会 原 谅 训 过 我
也会原谅包涵我

tɕhəŋ^{54} tou^{31} ȵi^{31} la^{54} piu^{54} haŋ^{31} nəŋ^{31}
清 头 人 多 包 涵 男
厅堂人多多包涵

tse^{31} vaŋ^{24} ȵi^{54} ȵi^{54} piu^{54} haŋ^{31} la^{33}
指 望 人 人 包 涵 俫
希望人人包涵我

piu^{54} haŋ^{31} la^{33} saŋ^{54} tɕho^{33} kø^{54} taŋ^{31}
包 涵 俫 双 看 歌 堂
包涵唱错看歌堂

na^{31} so^{31} luo^{33} ŋau^{31} ne^{31} lu^{35} o^{33}
踩 死 鲤 鱼 泥 里 欧
踩死鲤鱼泥里埋

mə33 nəŋ54 tha35 ɕo54 so33 liŋ31 luo54
不 给 蹄 出 四 邻 知
不给说出四邻知

so33 liŋ31 luo54 te54 ȵi31 ɕa33 la33
四 邻 知 了 人 笑 倈
四邻知了人笑我

ȵi31 ɕa33 la33 saŋ54 mə33 luo54 kø54
人 笑 倈 双 不 知 歌
人笑我俩不知歌

十九、请行娘姐伴娘哭歌

po^{31} na^{31} fa^{24} tiaŋ^{33} tsəi^{31} ɕaŋ^{54} ȵe^{24}
打 锣 会 众 齐 商 议
打锣会众齐商议

pa^{35} paŋ^{33} ɕaŋ^{54} ȵe^{24} təi^{24} kø^{33} haŋ^{31}
邀 伴 商 议 找 过 行
邀伴商议换唱腔

təi^{24} kø^{33} zə^{35} haŋ^{31} jou^{33} zə^{35} no^{24}
找 过 一 行 有 一 二
找过套路有一二

jou^{33} zə^{35} jou^{33} no^{24} tɕhəŋ^{31} ɕiŋ^{31} niaŋ^{31}
有 一 有 二 请 行 娘
有一有二请行娘

təŋ^{33} mə^{33} təŋ^{33} se^{31} zə^{35} taŋ^{24} se^{24}
动 不 动 时 一 段 事
久不久办一段事

təŋ^{33} mə^{33} təŋ^{33} se^{31} tɕho^{33} kø^{54} taŋ^{31}
动 不 动 时 看 歌 堂
久不久又看歌堂

kø^{54} taŋ^{31} ji^{33} tiai^{54} zə^{35} ju^{33} kø^{33}
歌 堂 已 经 一 夜 过
歌堂已经一夜过

ji^{24} ka^{54} tɕhəŋ^{31} me^{24} hau^{35} tou^{31} kø^{54}
应 该 请 妹 哭 条 歌
应该请妹哭支歌

luo^{31} tɕho^{33} kø^{54} taŋ^{31} vaŋ^{24} me^{24} ho^{31}
来 看 歌 堂 望 妹 好
来看歌堂望妹好

luo^{31} ɕa^{33} ȵi^{54} ȵi^{54} ti^{33} vai^{24} luo^{31}
老 少 个 个 都 愿 来
老少个个都愿来

paŋ^{33} niaŋ^{31} nio^{33} paŋ^{33} səi^{33} zə^{33} ho^{31}
伴 娘 女 伴 细 意 好
伴娘女伴心意好

ɕaŋ^{54} ai^{54} ɕaŋ^{54} tsu^{31} ta^{33} faŋ^{33} nəŋ^{31}
香 烟 香 茶 待 奉 男
香烟香茶侍奉侬

sai^{54} tsai^{31} kau^{31} ȵi^{31} sai^{54} tse^{33} ɕo^{35}
先 前 古 人 先 置 出
先前古人先制出

ȵi^{54} a^{33} ȵi^{54} ho^{31} tau^{31} ləi^{31} tsai^{31}
个 爱 个 好 才 值 钱
个个爱好才珍贵

ɕo^{35} ku^{33} kø^{54} taŋ^{31} se^{33} zə^{35} jo^{33}
出 嫁 歌 堂 是 一 夜
出嫁歌堂是一夜

ȵi^{24} paŋ^{54} kø^{54} pi^{54} hau^{35} tou^{31} kø^{54}
要 帮 歌 班 哭 条 歌
要帮歌班哭支歌

vai^{31} sai^{54} se^{31} le^{33} mə^{33} luo^{31} le^{33}
原 先 启 礼 不 倒 礼
古人制礼不违礼

zə^{31} tɕi^{54} ɕi^{54} pai^{54} mə^{33} kaŋ^{31} vo^{31}
如 今 新 编 不 敢 维
如今新编不敢围

me^{24} mə^{33} hau^{35} kø^{54} se^{24} mə^{33} lia^{33}
妹 不 哭 歌 事 不 了
妹不哭歌事不了

mə^{33} hau^{35} tou^{31} kø^{54} se^{24} mə^{33} thaŋ^{54}
不 哭 条 歌 事 不 通
不哭支歌事不通

ləi^{31} piou^{35} mu^{24} tsau^{31} ji^{33} kuo^{54} kau^{31}
犁 面 额 锄 依 归 古
犁面笔直依旧辙

kø^{54} taŋ^{31} ji^{33} kuo^{54} kau^{31} le^{33} he^{31}
歌 堂 依 归 古 礼 行
歌堂依照古礼行

kø^{54} taŋ^{31} ji^{33} kuo^{54} kau^{31} le^{33} tso^{31}
歌 堂 依 回 古 礼 走
歌堂照回古礼走

ji^{33} kuo^{54} kau^{31} le^{33} me^{24} hau^{35} kø^{54}
依 归 古 礼 妹 哭 歌
依照古礼妹哭歌

zə^{33} jaŋ^{24} tiaŋ^{31} luo^{31} zə^{33} jaŋ^{24} vo^{24}
依 样 讲 来 依 样 曰
依样讲来依样说

zə^{33} jaŋ^{24} vo^{24} luo^{31} tɕhəŋ^{31} ɕiŋ^{31} niaŋ^{31}
依 样 曰 来 请 行 娘
依样说来请行娘

phi^{35} ha^{54} ɕi^{33} tou^{31} la^{33} mə^{33} ȵe^{24}
丢 开 训 头 俫 不 要
丢开序曲我不要

mə^{33} ȵe^{24} ɕi^{33} tou^{31} tɕhəŋ^{31} ɕiŋ^{31} niaŋ^{31}
不 要 训 头 请 行 娘
不要序曲请行娘

ȵe^{24} lu^{35} ɕi^{33} tou^{31} no^{24} mə^{33} thio^{31}
要 得 训 头 日 不 等
要得序曲时不待

ŋa^{31} tɕo^{31} kø^{54} taŋ^{31} se^{24} mə^{33} thaŋ^{54}
挨 着 歌 堂 事 不 通
耽误歌堂事不通

ŋa^{33} tɕo^{31} kø^{54} taŋ^{31} se^{24} mə^{33} lia^{33}
挨 着 歌 堂 事 不 了
误着歌堂事不了

ŋa^{33} tɕo^{31} ɕiŋ^{31} niaŋ^{31} mə^{33} khaŋ^{54} fa^{31}

挨 着 行 娘 不 空 怀

误了出嫁不从容

khou^{31} nəŋ^{31} ɕi^{31} tou^{31} ti^{33} zə^{35} jaŋ^{24}

可 能 训 头 都 一 样

可能序曲都一样

kau^{31} ju^{24} mə^{33} ȵe^{31} ju^{24} və^{31} faŋ^{31}

估 计 不 要 也 无 坊

估计不要也无妨

sa^{54} taŋ^{31} piou^{35} təŋ^{31} liaŋ^{33} kuəi^{24} həŋ^{54}

锯 断 竹 筒 两 边 空

锯断竹筒两边空

tɕhəŋ^{31} ɕiŋ^{31} niaŋ^{31} kø^{54} tɕou^{24} se^{31} ɕəŋ^{54}

请 行 娘 歌 就 起 声

请行娘歌就起声

tɕhəŋ^{31} ɕiŋ^{31} niaŋ^{31} kø^{54} se^{31} ɕəŋ^{54} thiaŋ^{33}

请 行 娘 歌 起 声 唱

我请行娘起声唱

tsəi^{35} tɕi^{31} se^{31} ɕəŋ^{54} tɕhəŋ^{31} ɕiŋ^{31} niaŋ^{31}

接 着 起 声 请 行 娘

接着起声请行娘

kaŋ^{31} səi^{54} ma^{33} liaŋ^{54} mai^{31} həŋ^{31} tse^{31}

广 西 买 张 棉 红 纸

广西买张棉红纸

piŋ^{31} la^{24} ji^{24} ɕi^{54} ma^{33} mu^{24} paŋ^{31}
平 乐 印 山 买 墨 盘
平乐印山买墨盘

ma^{33} se^{31} mo^{33} tsu^{31} luo^{31} se^{31} po^{35}
磨 起 墨 子 拿 起 笔
磨起墨条拿起笔

pəi^{24} se^{31} po^{35} tsu^{31} ɕou^{33} ɕəŋ^{31} ɕo^{54}
拿 起 笔 子 修 成 书
拿起笔杆修成书

həŋ^{31} tse^{31} ɕou^{54} ɕo^{54} se^{24} no^{24} zə^{35}
红 纸 修 书 十 二 页
红纸修书十二页

se^{24} no^{24} zə^{35} ɕo^{54} tɕhəŋ^{54} ɕiŋ^{31} niaŋ^{31}
十 二 页 书 请 行 娘
十二页书请行娘

zə^{35} pəŋ^{31} hau^{33} tɕhəŋ^{31} ɕiŋ^{31} niaŋ^{31} me^{24}
一 本 去 请 行 娘 妹
一本去请行娘妹

no^{24} pəŋ^{31} hau^{33} tɕhəŋ^{31} paŋ^{33} niaŋ^{31} luo^{31}
二 本 去 请 伴 娘 来
二本去请伴娘来

ɕiŋ^{31} niaŋ^{31} paŋ^{33} niaŋ^{31} zə^{35} tsəi^{31} tɕhəŋ^{31}
行 娘 伴 娘 一 齐 请
行娘伴娘一齐请

tso³¹ me²⁴ saŋ⁵⁴ saŋ⁵⁴ tɕhəŋ³¹ fu³³ luo³¹

姐 妹 双 双 请 下 楼

姐妹双双请下楼

tso³¹ me²⁴ tɕhəŋ³¹ fu³³ luo³¹ tou³¹ tse³³

姐 妹 请 下 楼 头 站

姐妹请下厅堂站

luo³¹ tou³¹ tse³³ tɕi³¹ hau³⁵ tou³¹ kø⁵⁴

楼 头 站 起 哭 条 歌

屏风旁边哭支歌

la³³ tsa³³ ta³¹ tou³¹ niai³¹ zə³⁵ niai³¹

俫 在 桌 头 言 一 言

我在桌头言一言

tɕhəŋ⁵⁴ tse²⁴ nəŋ⁵⁴ luo³¹ liaŋ³³ ɕaŋ⁵⁴ lai³¹

青 字 给 来 两 相 连

青字并来两相连

niai³¹ ji⁵⁴ tɕhəŋ⁵⁴ tse²⁴ saŋ⁵⁴ saŋ⁵⁴ tse³³

言 与 青 字 双 双 站

言与青字双双站

tshu³⁵ tse²⁴ thiaŋ³³ tou³¹ tɕhəŋ³¹ me²⁴ məŋ³¹

拆 字 唱 条 请 妹 们

拆字唱歌请妹们

ɕiŋ³¹ niaŋ³¹ paŋ³³ niaŋ³¹ zə³⁵ tsəi³¹ tɕhəŋ³¹

行 娘 伴 娘 一 齐 请

行娘伴娘一齐请

tso^{31} me^{24} saŋ^{54} saŋ^{54} tɕhəŋ^{31} fu^{33} luo^{31}
姐 妹 双 双 请 下 楼
姐妹双双请下楼

liaŋ^{33} n̥i^{31} tɕhəŋ^{31} fu^{33} luo^{31} tou^{31} tse^{33}
两 人 请 下 楼 头 站
两人请下楼头站

fu^{33} luo^{31} paŋ^{54} la^{33} hau^{35} tou^{31} kø^{54}
下 来 帮 俫 哭 条 歌
下来帮我哭支歌

tsaŋ^{54} mo^{31} ɕaŋ^{33} ɕi^{54} vaŋ^{24} məŋ^{31} ɕəŋ^{31}
装 饭 上 山 望 根 笋①
装饭上山为挖笋

pu^{54} la^{33} ɕo^{35} ɕaŋ^{54} vaŋ^{24} to^{33} həŋ^{33}
背 孩 出 乡 望 掏 红②
背孩出乡讨红包

mə^{33} vaŋ^{24} to^{33} həŋ^{33} mə^{33} pu^{54} la^{33}
不 望 掏 红 不 背 孩
不讨红包不背孩

mə^{33} vaŋ^{24} tou^{31} kø^{54} la^{33} mə^{33} luo^{31}
不 望 条 歌 俫 不 来
不讨支歌我不来

① 望根笋：希望找到一棵笋。
② 掏红：得到红包。

mə[33] vaŋ[24] tou[31] kø[54] la[33] mə[33] luo[31]
不 望 条 歌 倈 不 到
不哭支歌我不到

la[33] tɕou[24] mə[33] luo[31] tɕho[33] kø[54] taŋ[31]
我 就 不 来 看 歌 堂
我就不来看歌堂

mə[33] paŋ[54] hau[35] kø[54] la[33] mə[33] saŋ[33]
不 帮 哭 歌 倈 不 算
不帮哭歌我不算

mə[33] paŋ[54] hau[35] kø[54] mə[33] fa[31] ku[54]
不 帮 哭 歌 不 回 家
不帮哭歌不回家

hi[33] la[33] fa[31] ku[54] lau[35] jaŋ[24] se[35]
喊 倈 回 家 那 样 是
不哭回家怎样好

ȵi[31] məŋ[24] mə[33] ho[31] pəŋ[54] sau[54] ȵi[31]
人 问 不 好 分 梳① 人
人问不好答复人

lau[24] ɕaŋ[24] tɕhou[33] tɕa[24] pu[35] ɕuəi[33] mo[31]
路 上 奏 着 百 岁 奶
路上逢着百岁奶

① 分梳：答复。

mə^{33} tsəŋ^{31} tɕu^{33} meŋ^{24} hau^{35} ɕəŋ^{54} luo^{31}
不 存 借 问 哭 声 来
不曾借问哭声来

mo^{31} mo^{31} məŋ^{24} la^{33} hau^{35} ɕu^{33} kuo^{54}
奶 奶 问 我 哭 什 么
奶奶问我哭什么

kø^{54} taŋ^{31} hau^{35} te^{54} ɕu^{33} kuo^{54} kø^{54}
歌 堂 哭 了 什 么 歌
歌堂哭了什么歌

lau^{24} ɕaŋ^{33} tɕhou^{33} ȵi^{31} khəŋ^{35} khəŋ^{35} hou^{33}
路 上 奏 人 刻 刻 有
路上逢人时时有

hi^{33} la^{33} lau^{35} jaŋ^{24} əŋ^{33} pəi^{24} ȵi^{31}
喊 我 哪 样 音 别 人
叫我怎样应别人

ŋu^{33} hi^{33} ɕiŋ^{31} niaŋ^{31} fəŋ^{54} fə^{33} la^{33}
我 叫 行 娘 吩 咐 俫
我叫行娘告诉我

ju^{35} və^{31} lau^{35} jaŋ^{24} pəŋ^{54} sau^{54} ȵi^{31}
看 下 那 样 吩 梳 人
看下怎样回答人

səi^{33} hau^{33} mo^{31} mo^{31} la^{24} lu^{54} tio^{31}
细 雨 毛 毛 落 得 久
细雨毛毛落得久

la^{24} tiou^{31} mə^{33} kai^{33} lau^{24} ɕo^{31} lio^{31}
落 久 不 见 路 水 流
落久不见沿街流

la^{24} tiou^{31} mə^{33} kai^{33} lau^{24} ɕo^{31} tso^{31}
落 久 不 见 路 水 走
落久不见漫沟渠

tɕhəŋ^{31} tiou^{31} mə^{33} kai^{33} me^{24} fu^{33} luo^{31}
请 久 不 见 妹 下 楼
请久不见妹下楼

tɕhəŋ^{31} tiou^{31} mə^{33} məŋ^{31} tso^{31} me^{24} fu^{33}
请 久 不 闻 姐 妹 下
请久不闻姐妹下

mə^{33} məŋ^{31} paŋ^{54} la^{33} hau^{35} tou^{31} kø^{54}
不 闻 帮 倈 哭 条 歌
不闻帮我哭支歌

ŋou^{31} vi^{35} taŋ^{33} tso^{31} mə^{33} lio^{35} thio^{35}
牛 弯 冲 糍 不 弯 曲
牛轭舂糍太弯曲

au^{54} vu^{54} tse^{33} ɕo^{24} mə^{33} kho^{31} ŋa^{31}
乌 鸦 站 树 不 可 挨
乌鸦站树不可近

ŋa^{31} luo^{31} ŋa^{31} hau^{33} mu^{33} no^{24} tse^{31}
挨 来 挨 去 没 日 子
延误太久没时间

thiaŋ^{31} jou^{33} ŋa^{31} tɕi^{31} se^{33} mə^{33} thaŋ^{54}
孔 有 挨 着 事 不 通
恐又误了事不通

vai^{31} sai^{54} kau^{31} ȵi^{31} sai^{54} tse^{33} ɕo^{35}
原 先 古 人 先 置 出
原先古人先制出

tse^{33} ɕo^{35} kø^{54} taŋ^{31} me^{24} hau^{35} kø^{54}
置 出 歌 堂 妹 哭 歌
制出歌堂妹哭歌

me^{24} te^{33} kø^{54} taŋ^{31} se^{33} zə^{35} tshe^{33}
妹 的 歌 堂 是 一 次
妹做歌堂是一次

mə^{33} po^{31} tɕho^{33} fu^{54} təi^{24} no^{24} fa^{31}
不 比 看 花 第 二 回
不比看花有下回

faŋ^{33} phio^{33} tɕho^{33} fu^{54} təi^{24} no^{24} luai^{33}
放 炮 看 花 第 二 转
放炮看花有下次

ɕiŋ^{31} niaŋ^{31} kø^{54} taŋ^{31} se^{33} zə^{35} fa^{31}
行 娘 歌 堂 是 一 回
行娘歌堂只一回

ta^{24} mau^{24} ju^{24} phu^{33} tshai^{54} lia^{54} tia^{35}
大 木 也 怕 千 刀 砍
大树也怕千刀砍

miŋ^{31} pu^{24} ju^{24} phu^{33} paŋ^{33} tio^{33} təi^{31}
明 白 也 怕 半 句 提
明白人怕半句提

paŋ^{33} tio^{33} təi^{31} luo^{31} pu^{24} tse^{24} lia^{33}
半 句 提 来 白 字 了
半句提来识白字

tio^{33} tio^{33} təi^{31} luo^{31} me^{24} tse^{24} tshəŋ^{54}
句 句 提 来 妹 自 聪
句句提醒自明白

məŋ^{31} təŋ^{31} tse^{24} tɕou^{24} me^{24} tse^{24} tɕou^{24}
芒 筒 自 就 妹 自 就
苇秆茎直妹直率

tɕhəŋ^{31} me^{24} tse^{24} tɕou^{24} fu^{33} luo^{31} tou^{31}
请 妹 自 就 下 楼 头
请妹径直下楼头

tso^{31} me^{24} fu^{33} luo^{31} luo^{31} tou^{31} tse^{33}
姐 妹 下 来 楼 头 站
姐妹下来楼头站

luo^{31} tou^{31} tse^{33} tɕi^{31} jou^{33} ɕaŋ^{54} liaŋ^{31}
楼 头 站 着 有 商 量
楼头站着有商量

hau^{35} mə^{33} hau^{35} kø^{54} ji^{54} jou^{31} me^{24}
哭 不 哭 歌 因 由 妹
哭不哭歌由着妹

tsaŋ^{31} ȵi^{24} fəŋ^{54} fə^{33} la^{33} nəŋ^{31} saŋ^{54}
总 要 吩 咐 倈 男 双
总要吩咐我们俩

tɕhəŋ^{31} me^{24} fəŋ^{54} fə^{33} ŋu^{33} tse^{31} la^{31}
请 妹 吩 咐 我 几 兄
请妹吩咐兄弟们

nəŋ^{54} ŋu^{33} tse^{31} la^{31} ho^{31} əŋ^{33} ȵi^{31}
给 我 几 兄 好 音 人
给我兄弟好应人

la^{33} ke^{33} fu^{24} po^{24} əi^{54} jaŋ^{24} tiaŋ^{31}
倈 的 话 篦 这 样 讲
我的话儿这样讲

tɕhəŋ^{31} me^{24} tɕhi^{33} tso^{31} fəŋ^{54} fə^{33} nəŋ^{31}
请 妹 趁 早 吩 咐 男
请妹趁早吩咐我

tiaŋ^{31} lu^{35} fu^{24} la^{54} mə^{33} ho^{31} tɕhəŋ^{33}
讲 得 话 多 不 好 听
讲得话多不好听

məŋ^{24} lu^{35} ku^{33} la^{54} ku^{33} mə^{33} liəŋ^{31}
问 得 卦 多 价 不 灵
问得卦多卦不灵

tsa^{24} ɕu^{24} no^{24} ŋi^{31} hau^{33} lu^{35} tiou^{31}
丢 石 入 岩 去 得 久
石落岩洞去得久

tiou^{31} tiou^{31} mə^{33} məŋ^{31} ɕu^{24} əŋ^{33} ɕəŋ^{54}
久 久 不 闻 石 回 声
久久不闻石回声

tiou^{31} tiou^{31} mə^{33} məŋ^{31} əŋ^{33} ɕəŋ^{54} ɕaŋ^{31}
久 久 不 闻 回 声 响
久久不闻回声响

tɕhəŋ^{31} tiou^{31} mə^{33} məŋ^{31} me^{24} hau^{35} kø^{54}
请 久 不 闻 妹 哭 歌
请久不闻妹哭歌

ləŋ^{54} fə^{31} kaŋ^{54}
灯 火 光
灯火亮

luo^{31} se^{31} ləŋ^{54} fə^{31} hau^{33} ha^{54} ɕaŋ^{54}
拿 起 灯 火 去 开 箱
拿起灯火去开箱

ha^{54} ɕaŋ^{54} luo^{31} ɕo^{35} liaŋ^{31} si^{54} tɕu^{35}
开 箱 拿 出 量 思 尺①
开箱拿出量丝尺

tso^{31} me^{24} ta^{24} tsəi^{31} mi^{24} se^{54} liaŋ^{31}
姐 妹 大 齐 慢 思 量
姐妹大家慢思量

① 量思尺：即量丝绸布匹的尺子，取“丝”与“思”字之谐音。

mi^{24} mi^{24} se^{54} liaŋ^{31} mi^{24} mi^{24} ɕaŋ^{31}
慢 慢 思 量 慢 慢 想
慢慢思量慢慢想

ji^{24} mə^{33} ji^{24} ka^{54} hau^{35} tou^{31} kø^{54}
应 不 应 该 哭 条 歌
应不应该哭支歌

hau^{35} la^{54} hau^{35} ɕa^{31} jou^{31} tsa^{33} me^{24}
哭 多 哭 少 由 在 妹
哭多哭少由在妹

tsaŋ^{31} ȵi^{24} se^{31} ɕəŋ^{54} təi^{31} vu^{31} tou^{31}
总 要 起 声 提 下 头
总要起声领个头

ɕaŋ^{54} tɕhəŋ^{31} ɕaŋ^{54}
相 请 相
相请啊

ɕaŋ^{54} tɕhəŋ^{31} tio^{31} ȵi^{31} tsa^{33} tɕu^{31} tiaŋ^{54}
相 请 主 人 做 主 张
相请主人做主张

tio^{31} ȵi^{31} tsa^{33} lu^{54} tɕu^{31} tiaŋ^{54} se^{24}
主 人 做 得 主 张 事
主人做得主张事

tɕu^{31} tiaŋ^{54} hau^{33} khuai^{33} me^{24} nəŋ^{31} saŋ^{54}
主 张 去 劝 妹 男 双
主张去劝妹们来

khuai^{33} se^{31} me^{24} nəŋ^{31} tse^{24} tɕou^{24} le^{33}
劝 起 妹 们 自 就 些
劝起妹们直爽些

li^{31} khua^{33} tse^{24} tɕou^{24} fu^{33} luo^{31} tou^{31}
打 快 自 就 下 楼 头
赶快爽快下楼头

tse^{24} tɕou^{24} fu^{33} luo^{31} luo^{31} tou^{31} tse^{33}
自 就 下 来 楼 头 站
爽快下来楼头站

tɕhi^{33} tso^{31} paŋ^{54} la^{33} hau^{35} tou^{31} kø^{54}
趁 早 帮 俫 哭 条 歌
趁早帮我哭支歌

fu^{24} po^{24} se^{33} mə^{33} ai^{54} jaŋ^{24} tiaŋ^{31}
话 篦 是 否 这 样 讲
话儿是否这样讲

tɕhəŋ^{31} me^{24} se^{33} mə^{33} ai^{54} jaŋ^{35} vo^{31}
请 妹 是 否 这 样 维
请妹是否这样吟

la^{33} nəŋ^{31} se^{24} tsa^{33} mə^{33} luo^{54} le^{33}
俫 男 实 在 不 知 礼
我们实在不知礼

mə^{33} luo^{54} le^{33} mau^{24} tɕhəŋ^{31} ɕiŋ^{31} niaŋ^{31}
不 知 礼 貌 请 行 娘
不知礼貌请行娘

ŋu^{24} tɕhəŋ^{31} ɕiŋ^{31} niaŋ^{31} vai^{31} liaŋ^{24} la^{33}
我 请 行 娘 原 谅 倈
我请行娘原谅我

vai^{31} liaŋ^{24} la^{33} saŋ^{54} tso^{31} hau^{35} kø^{54}
原 谅 倈 双 早 哭 歌
原谅我俩讨哭歌

tse^{31} vaŋ^{24} tio^{31} ȵi^{31} piu^{54} haŋ^{31} la^{33}
指 望 主 人 包 涵 倈
希望主人包涵我

piu^{54} haŋ^{31} la^{33} saŋ^{54} tɕho^{33} kø^{54} taŋ^{31}
包 涵 倈 双 看 歌 堂
包涵我俩看歌堂

liou^{24} tɕhi^{54} pu^{35} fu^{35} piu^{54} haŋ^{31} la^{33}
六 亲 百 客 包 涵 倈
六亲百客包涵我

tɕhəŋ^{54} tou^{31} ȵi^{31} la^{54} piu^{54} haŋ^{31} nəŋ^{31}
清 头 人 多 包 涵 男
厅堂人多包涵我

zə^{35} luo^{31} piu^{54} tɕi^{31} la^{33} ɕəŋ^{54} thio^{31}
一 来 包 着 倈 声 丑
一来包涵曲不雅

no^{24} luo^{31} piu^{54} tɕi^{31} mə^{33} luo^{54} kø^{54}
二 来 包 着 不 知 歌
二来包涵歌生疏

二十、哭歌

tɕaŋ^{24} ȵi^{31} tsa^{31} vo^{54} sai^{54} tsa^{31} tɕo^{24}
匠 人 裁 衣 先 裁 袖
匠人裁衣先裁袖

lai^{31} pai^{24} se^{31} ɕəŋ^{54} təi^{31} me^{24} nəŋ^{31}
连 便 起 声 提 妹 男
起声首先谢妹们

təi^{31} se^{31} me^{24} nəŋ^{31} ŋi^{31} luo^{24} ɕo^{35}
提 起 妹 男 眼 泪 出
说起妹们眼泪出

təi^{31} se^{31} me^{24} nəŋ^{31} ŋi^{31} luo^{24} lio^{31}
提 起 妹 男 眼 泪 流
提起妹们眼泪流

saŋ^{54} luo^{24} saŋ^{54} lio^{31} mu^{24} ŋi^{33} luo^{24}
双 泪 双 流 抹 眼 泪
眼泪双流抹眼泪

mu^{24} je^{31} tsa^{33} pai^{54} jou^{24} pai^{54} lio^{31}
抹 干 左 边 右 边 流
抹干左边右边流

tsa^{33} pai^{54} ŋi^{33} luo^{24} həŋ^{24} me^{24} zə^{33}
左 边 眼 泪 惜 妹 意
左边眼泪惜妹意

jou^{24} pai^{54} ŋi^{33} luo^{24} hən^{24} ȵi^{31} tɕəŋ^{31}
右 边 眼 泪 惜 人 情
右边眼泪惜人情

zə^{35} jou^{33} thai^{54} kaŋ^{54} ta^{33} faŋ^{33} la^{33}
一 夜 天 光 待 奉 俫
一夜天明侍奉我

ɕaŋ^{54} ai^{54} ɕaŋ^{54} tsu^{31} ta^{33} faŋ^{33} nəŋ^{31}
香 烟 香 茶 待 奉 男
香烟香茶侍奉我

ho^{31} tɕou^{31} ho^{31} tsha^{33} tsəi^{31} ta^{33} faŋ^{33}
好 酒 好 菜 齐 待 奉
好酒好菜齐侍奉

ȵi^{54} ȵi^{54} ɕaŋ^{31} fə^{35} ho^{31} tɕou^{31} jai^{31}
人 人 享 福 好 酒 筵
人人享福好酒筵

pəi^{24} thio^{33} kø^{54} taŋ^{31} mo^{33} jaŋ^{24} ho^{31}
别 处 歌 堂 没 样 好
别处歌堂虽也好

ȵi^{31} tɕəŋ^{31} mo^{33} lu^{35} kuo^{33} ku^{54} tɕaŋ^{31}
人 情 没 得 贵 家 长
人情没有贵家长

me^{24} kəŋ^{33} ȵi^{31} tɕəŋ^{31} tɕaŋ^{31} lio^{31} ɕo^{31}
妹 的 人 情 长 流 水
妹的人情长流水

tia^{33} la^{33} ȵi^{31} tɕəŋ^{31} tɕaŋ^{31} mə^{33} luo^{31}
照 俫 人 情 长 不 来
照我人情长不来

ɕuəi^{35} to^{33} fa^{35} fu^{54} ɕa^{33} mo^{31} mo^{31}
萹 豆 发 花 笑 眯 眯
扁豆发花笑眯眯

təŋ^{31} sai^{33} tsho^{31} luo^{31} lau^{35} kø^{33} luo^{31}
铜 线 草 子 路 过 来
铜线草儿绕过来

tsou^{31} ju^{24} ji^{54} me^{24} tiaŋ^{31} ɕa^{33} se^{31}
昨 夜 与 妹 讲 笑 起
昨夜与妹讲笑起

tse^{54} no^{54} ji^{54} me^{24} liaŋ^{33} pəŋ^{54} luo^{31}
今 日 与 妹 两 分 离
今日与妹两分离

la^{33} kəŋ^{33} pəŋ^{54} luo^{31} tsa^{33} tɕu^{31} au^{54}
俫 的 分 离 在 爸 屋
我今分离在村庄

me^{24} kəŋ^{33} pəŋ^{54} luo^{31} hau^{33} la^{24} thu^{54}
妹 的 分 离 去 落 他
妹今分离去他乡

me^{24} kəŋ^{33} la^{31} thu^{54} la^{24} lu^{35} ho^{31}
妹 的 落 他 落 得 好
妹的落处落得好

kuo^{33} me^{24} luo^{24} no^{24} kuo^{33} ȵi^{31} ku^{54}
贵 妹 落 入 贵 人 家
贵妹落入贵人家

ku^{33} no^{24} kuo^{33} ku^{54} lu^{35} ɕaŋ^{31} fə^{35}
嫁 到 贵 家 得 享 福
嫁到贵家得享福

tsəŋ^{31} tshe^{31} fə^{54} tshei^{54} tse^{35} lia^{33} vai^{31}
从 此 夫 妻 结 了 缘
从此夫妻结了缘

luo^{31} nai^{31} lu^{35} ȵi^{54} phaŋ^{33} ɕa^{31} tse^{31}
来 年 得 个 胖 小 子
来年得个胖小子

pəi^{31} ȵou^{24} zə^{35} ta^{24} ɕi^{54} tsaŋ^{24} vai^{31}
培 育 一 代 新 状 元
培育一代新状元

ɕu^{24} ɕi^{54} tou^{31} ɕaŋ^{24} jou^{33} ho^{31} tɕəŋ^{31}
石 山 头 上 有 口 井
石山头上有口井

ɕo^{31} tsu^{31} jou^{31} jou^{31} ho^{31} tɕi^{31} su^{54}
水 子 游 游 好 存 砂
水儿悠悠沉淀沙

tɕi^{31} su^{54} la^{24} no^{24} tɕi^{31} su^{54} le^{31}
存 砂 落 进 存 砂 底
沉沙落进沉沙底

kuo^{33} me^{24} la^{24} no^{24} kuo^{33} ȵi^{31} ku^{54}
贵 妹 落 入 贵 人 家
贵妹落入贵人家

la^{24} no^{24} kuo^{33} ku^{54} lu^{35} tse^{24} tsa^{33}
落 进 贵 家 得 自 在
落进贵家得自在

la^{24} no^{24} ɕou^{33} tsa^{31} lu^{35} tsha^{35} fu^{54}
落 入 秀 才 得 插 花
落入秀才得插花

ȵi^{31} fu^{54} tɕi^{54} fu^{54} se^{33} me^{24} tsha^{35}
银 花 金 花 是 妹 插
银花金花是妹插

ɕi^{54} li^{31} sa^{31} se^{31} se^{33} me^{24} vai^{31}
新 打 锁 匙 是 妹 元
新打锁匙是妹悬

tiou^{31} məŋ^{31} sa^{31} se^{31} vai^{31} se^{24} jaŋ^{24}
九 根 锁 匙 带 十 样
九根钥匙不同带

li^{33} ja^{54} la^{33} tou^{31} pu^{35} jaŋ^{24} fu^{54}
拦 腰① 带 子 百 样 花
拦腰带子百样花

---

① 拦腰：围腰身。

tɕəŋ^{31} tsai^{31} la^{24} hau^{33} thai^{54} tɕəŋ^{31} ɕo^{35}
庭 前 落 雨 天 井 出
庭前下雨天井出

paŋ^{31} kaŋ^{54} ɕu^{24} kau^{31} me^{24} jou^{33} miŋ^{31}
盘 官 石 古 妹 有 名
官铺花街妹有名

me^{24} kəŋ^{33} jou^{33} miŋ^{31} se^{31} ta^{24} au^{35}
妹 的 有 名 起 大 屋
妹有名声起大屋

me^{24} kəŋ^{33} jou^{33} miŋ^{31} se^{31} kuo^{54} luo^{31}
妹 的 有 名 起 高 楼
妹有名声起高楼

ɕi^{54} se^{31} kuo^{54} luo^{31} aŋ^{33} po^{33} li^{31}
新 起 高 楼 安 玻 璃
新起高楼玻璃窗

liaŋ^{33} pai^{54} jou^{33} ɕo^{35} me^{24} sau^{54} tou^{31}
两 边 留 出 妹 梳 头
阁窗留给妹梳头

me^{24} kəŋ^{33} sau^{54} tou^{31} tɕaŋ^{33} kuo^{35} so^{54}
妹 的 梳 头 象 骨 梳
妹梳头用象骨梳

me^{24} kəŋ^{33} səi^{31} mai^{24} tɕi^{54} təŋ^{31} pəŋ^{31}
妹 的 洗 脸 真 铜 盆
妹常洗脸用金盆

me^{24} kəŋ^{33} tia^{33} mai^{24} ȵi^{31} tse^{31} thəŋ^{33}
妹 的 照 脸 银 子 镜
妹若照脸用银镜

səi^{31} mai^{24} ɕou^{31} tɕi^{54} se^{54} sai^{33} ɕo^{54}
洗 脸 手 巾 丝 线 须
洗脸手巾彩丝织

ji^{54} me^{24} ku^{24} vai^{33} ju^{24} mə^{33} vai^{33}
与 妹 隔 远 也 不 远
与妹隔远也不远

ji^{54} me^{24} ku^{24} te^{54} zə^{35} tɕa^{31} kai^{54}
与 妹 隔 了 一 条 街
与妹隔了一条街

so^{33} tɕəŋ^{24} tɕəŋ^{31} tsai^{31} ɕa^{54} pu^{24} kaŋ^{31}
扫 净 庭 前 烧 白 杆
扫净庭前烧稻秆

pu^{24} kaŋ^{31} tou^{31} ɕaŋ^{24} se^{31} au^{54} ai^{54}
白 杆 头 上 起 乌 烟
白芯秆上起乌烟

fə^{31} ai^{54} ɕaŋ^{31} ɕaŋ^{31} me^{24} au^{35} kø^{33}
火 烟 常 常 妹 屋 过
火烟常常妹屋过

la^{33} se^{33} ɕaŋ^{31} ɕaŋ^{31} no^{24} me^{24} ku^{54}
俫 是 常 常 进 妹 家
我是常常进妹家

məŋ^{31} tɕe^{33} kuo^{54} kuo^{54} la^{33} fu^{31} a^{31}
门 坎 高 高 倈 达 矮
门槛高高我踏矮

au^{35} to^{24} mə^{33} piŋ^{31} la^{33} tu^{24} piŋ^{31}
屋 地 不 平 倈 踏 平
屋地不平我踏平

la^{33} se^{33} khəŋ^{35} khəŋ^{35} vai^{24} tshəŋ^{31} ɕa^{33}
倈 是 刻 刻 愿 吵 笑
我是时时爱吵闹

tshəŋ^{31} lu^{35} me^{24} saŋ^{54} mo^{31} lia^{33} tou^{31}
吵 得 妹 双 没 了 头
吵得妹们不安宁

tshəŋ^{31} lu^{35} me^{24} nəŋ^{31} mə^{33} ho^{31} pe^{24}
吵 得 妹 们 不 好 办
吵得妹们不好办

me^{24} ju^{33} ɕu^{31} ɕa^{33} mə^{33} ɕu^{31} thiu^{54}
妹 也 赦 笑 不 赦 骂
妹也只笑不相责

se^{24} tsa^{33} me^{24} se^{33} haŋ^{31} jaŋ^{33} ho^{31}
实 在 妹 是 涵 养 好
实在妹的涵养好

khəŋ^{35} khəŋ^{35} mu^{33} lu^{35} fa^{35} ɕəŋ^{33} se^{31}
刻 刻 没 得 发 性 时
始终没有生气时

me^{24} kəŋ^{33} ȵi^{31} tɕəŋ^{31} ɕa^{31} lu^{35} jou^{33}
妹 的 人 情 少 得 有
妹的性情少人有

la^{24} no^{33} thu^{54} ku^{54} tɕou^{24} jou^{33} fə^{35}
落 进 他 家 就 有 福
落进他家定有福

pəi^{33} ɕi^{31} jou^{33} lou^{54} lio^{31} ləŋ^{31} tsho^{31}
背 后 有 蔸 流 兰 草
后山有棵灵秀草

me^{24} se^{33} zə^{35} ȵi^{54} lio^{31} ləŋ^{31} ȵi^{31}
妹 是 一 个 流 兰 人
妹是一个伶俐人

tia^{35} tou^{31} lio^{31} ləŋ^{31} va^{24} tu^{24} tse^{33}
脚 子 流 兰 会 踏 机
脚儿灵活会踏机

ɕou^{31} tou^{31} lio^{31} ləŋ^{31} va^{24} ɕou^{33} fu^{54}
手 子 流 兰 会 绣 花
手儿灵巧会绣花

nia^{54} tso^{31} tiou^{24} ɕo^{33} li^{31} la^{31} taŋ^{24}
上 午 织 出 云 罗 缎
上午织出绫罗缎

zə^{24} pe^{54} ɕou^{33} ɕo^{35} mo^{33} li^{54} fu^{54}
下 午 绣 出 牡 丹 花
下午绣出牡丹花

nia^{54} tso^{31} tiou^{24} ɕəŋ^{31} paŋ^{33} no^{24} kuo^{24}
上 午 织 成 放 进 柜
上午织成放进柜

zə^{24} pe^{54} ɕou^{33} ɕo^{35} paŋ^{33} no^{24} ɕaŋ^{54}
下 午 绣 成 放 入 箱
下午绣成放入箱

tse^{31} tɕu^{35} vo^{54} kuo^{24} paŋ^{33} mə^{33} fu^{33}
几 个 衣 柜 放 不 下
几个衣柜放不下

tse^{31} ləŋ^{33} ɕi^{54} ɕaŋ^{54} tsaŋ^{54} mə^{33} vai^{31}
几 担 新 箱 装 不 完
几担新箱装不完

tsaŋ^{54} mə^{33} fu^{33} ke^{33} tsha^{35} mai^{24} ɕaŋ^{24}
装 不 下 的 叠 面 上
装不下的叠面上

tsəi^{35} ɕaŋ^{54} ləŋ^{33} fu^{35} tɕe^{33} liou^{24} ta^{31}
接 箱 担 客 尽 力 抬
接箱担客尽力抬

liaŋ^{33} nai^{31} fə^{24} lə^{24} me^{24} ɕo^{35} kuo^{33}
量 年 合 日 妹 出 嫁
良年吉日妹出嫁

jaŋ^{24} jaŋ^{24} tse^{33} tse^{31} hau^{33} ɕəŋ^{31} ku^{54}
样 样 置 齐 去 成 家
妆奁置齐去成家

ɕaŋ^{24} tɕhun^{54} fu^{33} liŋ^{31} ȵi^{31} la^{54} lio^{35}
上 村 下 邻 人 多 看
左邻右舍都来看

ȵi^{31} vu^{24} ju^{31} niaŋ^{31} ho^{31} kaŋ^{54} haŋ^{31}
人 曰 爷 娘 好 官 行①
人赞爷娘有德能

zə^{35} ku^{54} ȵi^{54} ȵi^{54} a^{33} me^{24} ho^{31}
一 家 人 人 爱 妹 好
一家人人说妹好

ju^{31} niaŋ^{31} kø^{54} so^{31} hou^{33} miŋ^{31} ɕəŋ^{54}
爷 娘 哥 嫂 有 名 声
爷娘哥嫂有名声

hau^{33} luo^{31} təŋ^{24} faŋ^{31} paŋ^{33} mə^{33} fu^{33}
去 到 洞 房 放 不 下②
去到洞房放不下

ɕi^{54} au^{35} luo^{31} ɕaŋ^{24} paŋ^{33} maŋ^{33} luo^{31}
新 屋 楼 上 放 满 来
新屋楼上放满来

liou^{24} tɕhi^{54} pu^{35} fu^{35} ȵi^{31} la^{54} lio^{35}
六 亲 百 客 人 多 看
六亲百客人多看

① 官行：指富贵人家有能耐。
② 指妆奁多得放不下。

ȵi^{54} ȵi^{54} vu^{24} me^{24} ho^{31} ɕou^{31} tou^{31}
个 个 曰 妹 好 手 头
个个说妹好手工

ȵi^{54} ȵi^{54} vu^{24} me^{24} ɕou^{31} tou^{31} ho^{31}
人 人 曰 妹 手 头 好
人人说妹手工好

so^{33} me^{24} pa^{35} faŋ^{54} me^{24} jou^{33} miŋ^{31}
四 面 八 方 妹 有 名
四面八方妹有名

ji^{54} me^{24} ku^{35} vai^{33} ju^{24} mə^{33} vai^{33}
与 妹 隔 远 也 不 远
与妹隔远也不远

ji^{54} me^{24} ku^{35} te^{54} tse^{31} luo^{31} tiŋ^{31}
与 妹 隔 了 几 里 程
与妹相隔几里远

mu^{24} liŋ^{33} na^{24} tse^{31} se^{31} ɕaŋ^{31} tɕhou^{33}
麦 岭 闹 子 时 常 奏
麦岭集市时相遇

khəŋ^{35} khəŋ^{35} tɕhou^{33} me^{24} hou^{33} ɕa^{33} no^{31}
刻 刻 奏 妹 有 笑 颜
时时遇妹有笑颜

tse^{24} kəŋ^{33} ɕa^{33} no^{31} sai^{54} hi^{33} ɕo^{35}
侄 的 笑 颜 先 喊 叔
侄有笑颜先喊叔

se^{33} ɕo^{35} tsho^{54} ɕi^{54} əŋ^{33} tse^{24} tou^{31}
是 叔 操 心 音 侄 迟
是叔操心应侄迟

əŋ^{33} lu^{35} tou^{31} te^{54} mə^{33} tse^{33} kua^{33}
音 得 迟 了 不 记 怪
应得迟了不怪罪

lua^{33} ɕo^{35} ɕi^{54} ne^{24} ɕa^{33} mo^{31} mo^{31}
对 叔 心 热 笑 眯 眯
对叔心热笑眯眯

ȵue^{24} liaŋ^{31} liaŋ^{31}
月 亮 亮
月亮亮

ȵue^{24} liaŋ^{31} tia^{33} no^{24} me^{24} ɕo^{54} faŋ^{31}
月 亮 照 进 妹 书 房
月亮照进妹书房

tia^{33} no^{24} ɕo^{54} faŋ^{31} me^{24} se^{31} tia^{35}
照 入 书 房 妹 起 脚
照入书房妹起脚

nəŋ^{54} me^{24} se^{31} tia^{35} no^{24} ɕou^{24} taŋ^{31}
给 妹 起 脚 入 学 堂
给妹起脚入学堂

no^{24} ɕou^{33} səŋ^{54} nai^{31} vəŋ^{31} mo^{31} ho^{31}
入 学 三 年 文 墨 好
入学三年文墨好

ɕu^{31} ɕo^{35} vəŋ^{31} tiaŋ^{54} ɲo^{24} maŋ^{33} ka^{54}
写 出 文 章 贴 满 街
写出文章贴满街

ta^{24} tse^{24} ɕu^{31} ɕo^{35} vu^{35} se^{33} vu^{35}
大 字 写 出 画 是 画
大字写出画是画

səi^{33} tse^{24} ɕu^{31} ɕo^{35} haŋ^{31} lua^{33} haŋ^{31}
小 字 写 出 行 对 行
小字写出行对行

tsa^{33} ɕo^{35} vəŋ^{31} tiaŋ^{35} hau^{33} po^{31} ɕua^{33}
做 出 文 章 去 比 赛
作出文章去比赛

ta^{24} paŋ^{31} tou^{31} ɕaŋ^{24} me^{24} jou^{33} miŋ^{31}
大 榜 头 上 妹 有 名
大榜头上妹有名

maŋ^{33} tse^{31} po^{35} ne^{35} luai^{33} kuo^{54} au^{35}
满 期 毕 业 转 归 屋
满期毕业转回家

zə^{35} ɕi^{54} təi^{24} kuo^{54} pəŋ^{31} to^{24} laŋ^{31}
一 心 找 归 本 地 郎
一心找回本地郎

pəŋ^{31} to^{24} lau^{24} tɕe^{33} luo^{54} se^{24} le^{31}
本 地 路 近 知 实 底
本地路近知心底

pu^{24} tou^{31} luo^{31} luo^{31} ho^{31} mə^{33} vai^{31}
白 头 到 老 好 不 完
白头到老好得很

saŋ^{54} tɕhi^{54} ju^{31} niaŋ^{31} ju^{24} ɕi^{54} ne^{24}
双 亲 爷 娘 也 心 热
双亲爷娘也心热

ta^{24} ta^{24} ɕaŋ^{54} ho^{31} pu^{35} nai^{31} tɕhi^{54}
代 代 相 好 百 年 亲
代代相好百年亲

ji^{54} me^{24} ku^{35} və^{33} ju^{24} mə^{33} vai^{33}
与 妹 隔 远 也 不 远
与妹隔远也不远

ji^{54} me^{24} ku^{24} te^{54} tse^{31} luo^{31} tiŋ^{31}
与 妹 隔 了 几 里 程
与妹隔了几里程

ɕaŋ^{24} tɕhun^{54} fu^{33} liŋ^{31} la^{54} tsou^{31} təŋ^{33}
上 村 下 邻 多 走 动
邻村邻寨多走动

se^{31} ɕaŋ^{31} tɕhou^{33} me^{24} hou^{33} ɕa^{33} no^{31}
时 常 奏 妹 有 笑 颜
时常逢妹有笑颜

ɕoŋ^{54} ke^{33} ɕa^{33} no^{31} hi^{33} kəŋ^{54} kəŋ^{54}
孙 的 笑 颜 喊 爷 爷
孙带笑颜喊爷爷

kəŋ^{54} kəŋ^{54} niou^{33} ləŋ^{31} əŋ^{33} lu^{35} tou^{31}
爷 爷 耳 聋 音 得 迟
爷爷耳聋应得迟

mə^{33} luo^{54} əŋ^{33} ju^{24} mə^{33} tse^{33} kua^{33}
不 知 音 也 不 记 怪
不知应也不怪罪

məŋ^{24} haŋ^{31} məŋ^{24} naŋ^{33} məŋ^{24} kəŋ^{54} kəŋ^{54}
问 寒 问 暖 问 爷 爷
问寒问暖问爷爷

tɕi^{54} se^{33} ɕa^{31} hou^{33} liaŋ^{31} ɕai^{33} nio^{33}
真 是 少 有 良 善 女
真是少有善良女

tɕoŋ^{54} luo^{31} kiu^{54} vai^{24} tsa^{33} lu^{35} tɕuai^{31}
尊 老 关 爱 做 得 全
尊老关爱做得全

mə^{33} ɕai^{31} luo^{31} ȵi^{31} mə^{33} ɕəŋ^{31} se^{24}
不 嫌 老 人 不 醒 事
不嫌老人常糊涂

tɕhi^{54} a^{33} vai^{24} ta^{33} luo^{31} ȵi^{31} ku^{54}
亲 爱 愿 待 老 人 家
亲切对待老人家

ŋue^{24} liaŋ^{31} liaŋ^{31}
月 亮 亮
月光光

ŋue^{24} liaŋ^{31} tia^{33} no^{24} me^{24} ɕo^{54} faŋ^{31}
月 亮 照 进 妹 书 房
月光照进妹书房

tia^{33} no^{24} ɕo^{54} faŋ^{31} me^{24} se^{31} tia^{35}
照 入 书 房 妹 起 脚
照入书房妹起脚

nəŋ^{54} me^{24} se^{31} tia^{35} no^{24} ɕou^{24} taŋ^{31}
给 妹 起 脚 入 学 堂
给妹起脚入学堂

no^{24} ɕou^{24} səŋ^{54} nai^{31} vəŋ^{31} mo^{31} ho^{31}
入 学 三 年 文 墨 好
入学三年文墨好

tse^{24} ho^{31} luo^{31} tɕaŋ^{31} nio^{24} maŋ^{33} ka^{54}
字 好 理 长 贴 满 街
字好文美贴满街

ta^{24} tse^{24} ɕu^{31} ɕo^{35} vu^{35} se^{33} vu^{35}
大 字 写 出 画 是 画
大字写出划是划

səi^{33} tse^{24} ɕu^{31} ɕo^{35} haŋ^{31} lua^{33} haŋ^{31}
小 字 写 出 行 对 行
小字写出行对行

tsa^{33} ɕo^{35} vəŋ^{31} tiaŋ^{35} hau^{33} po^{31} ɕua^{33}
做 出 文 章 去 比 赛
做出文章去比赛

ta^{24} paŋ^{31} tou^{31} ɕaŋ^{24} me^{24} jou^{33} miŋ^{31}
大 榜 头 上 妹 有 名
大榜头上妹有名

ta^{24} tsəi^{31} tau^{24} ɕo^{54} ɕaŋ^{54} sou^{24} se^{24}
大 齐 读 书 相 熟 悉
大家读书相熟悉

luo^{54} lu^{35} ɕəŋ^{31} ku^{54} tɕi^{54} luo^{31} tɕəŋ^{31}
知 道 成 家 真 理 情
共怀成家敬爱心

ta^{24} lia^{31} tse^{35} kuo^{35} ta^{24} lia^{31} to^{33}
大 鸟 结 回 大 鸟 窝
大鸟要结大鸟窝

miu^{31} tse^{54} lia^{31} tou^{31} tse^{35} au^{35} ɕe^{31}
麻 雀 鸟 仔 结 屋 檐
麻雀鸟儿结屋檐

nəŋ^{31} nio^{33} saŋ^{54} faŋ^{54} luo^{54} ɕi^{54} ləŋ^{31}
男 女 双 方 知 心 胆
男女双方知心胆

məŋ^{31} laŋ^{54} fə^{33} lua^{33} tse^{24} ɕəŋ^{31} ku^{54}
门 当 户 对 结 成 家
门当户对结成家

luo^{31} vaŋ^{33} tɕho^{33} se^{33} ȵi^{31} phəi^{33} fə^{35}
来 往 处 世 人 佩 服
来往处世人佩服

tɕe^{33} tɕəŋ^{31} tɕe^{33} ȵi^{24} pəŋ^{31} jou^{33} la^{54}
重 情 重 义 朋 友 多
重情重义朋友多

ŋua^{24} tio^{54} thaŋ^{54} to^{24} maŋ^{33} jai^{31} ɕəŋ^{24}
外 交 通 达 满 盈 盛
内外通达家昌盛

ɕaŋ^{31} fə^{35} ɕi^{54} və^{24} vai^{33} ɕoŋ^{54} tɕuai^{31}
幸 福 生 活 远 孙 传
幸福生活百世传

pəi^{33} ɕi^{31} tɕe^{33} tsəŋ^{54} tsəŋ^{54} zə^{24} ȵo^{31}
背 后 种 棕 棕 叶 楺
后山种棕棕叶皱

me^{24} se^{33} tɕuai^{31} lia^{35} səi^{33} se^{54} tɕo^{31}
妹 是 全 穿 细 丝 绸
妹是全身细丝绸

me^{24} se^{33} tɕuai^{31} lia^{35} se^{54} tɕo^{31} taŋ^{24}
妹 是 全 穿 丝 绸 缎
妹是全身丝绸缎

mə^{33} lia^{35} ɕou^{31} faŋ^{31} tshau^{54} sai^{33} su^{54}
不 穿 手 纺 粗 线 纱
不穿手纺粗布衣

mo^{33} li^{54} fu^{54} tou^{31} se^{33} me^{24} jou^{33}
牡 丹 花 子 是 妹 有
牡丹花纹是妹有

vi^{31} la^{31} tɕou^{31} taŋ^{24} se^{33} me^{24} la^{54}
云 罗 绸 缎 是 妹 多
绫罗绸缎是妹多

liaŋ^{31} nai^{31} fə^{24} zə^{24} me^{24} ɕo^{35} kuo^{33}
量 年 合 日 妹 出 嫁
良年吉日妹出嫁

jaŋ^{24} jaŋ^{24} tse^{31} tsəi^{31} hau^{33} ɕəŋ^{31} ku^{54}
样 样 置 齐 去 成 家
样样置齐去成家

ɕaŋ^{24} tɕhun^{54} fu^{33} liŋ^{31} ȵi^{31} la^{54} lio^{35}
上 村 下 邻 人 多 看
附近村寨人多看

ȵi^{31} vu^{24} kuo^{33} me^{24} ho^{31} ku^{54} tɕəŋ^{31}
人 曰 贵 妹 好 家 庭
人说贵妹好家庭

jou^{31} niaŋ^{31} kø^{54} so^{31} miŋ^{31} ɕəŋ^{54} ho^{31}
爷 娘 哥 嫂 名 声 好
爷娘哥嫂名声好

ju^{24} vu^{24} kuo^{33} me^{24} ho^{31} kaŋ^{54} haŋ^{31}
也 曰 贵 妹 好 官 行
也说贵妹好能干

fu^{54} la^{24} fu^{54}
花 乐 花
乐开花

me^{24} nəŋ^{31} luo^{31} tsai^{31} hau^{33} ma^{33} su^{54}
妹 们 拿 钱 去 买 纱
妹们拿钱去买纱

me^{24} se^{33} tɕuai^{31} ma^{33} səi^{33} se^{54} sai^{33}
妹 是 全 买 细 丝 线
妹是全买细丝线

mə^{33} ma^{33} ɕou^{31} phaŋ^{31} tshau^{54} sai^{33} su^{54}
不 买 手 纺 粗 线 纱
不买手纺粗线纱

fu^{54} la^{24} fu^{54}
花 乐 花
乐开花

tsho^{35} ŋue^{24} tɕhou^{54} liaŋ^{31} hau^{33} səi^{33} su^{54}
七 月 秋 凉 去 洗 纱
七月秋凉去洗纱

səi^{31} su^{54} kuo^{54} luo^{31} piou^{35} kaŋ^{54} sa^{33}
洗 纱 归 来 竹 竿 晒
洗纱归来竹竿晒

pəŋ^{54} thio^{54} se^{54} sai^{33} tia^{33} thəŋ^{33} ɕai^{31}
风 吹 丝 线 照 镜 形
风吹丝线耀山庄

tia^{31} lu^{35} ɕi^{54} ɕi^{54} pio^{54} mau^{24} liaŋ^{24}
照 得 深 山 竹 木 亮
照得深山竹木亮

tia^{31} lu^{35} tau^{24} po^{31} pu^{35} tsho^{31} tɕhəŋ^{54}
照 得 地 皮 百 草 青
照得地面百草青

ɕou^{54} su^{54} kuo^{54} luo^{31} tɕou^{24} ku^{33} tse^{33}
收 纱 归 来 就 架 机
收纱归来就架机

tse^{35} kaŋ^{31} nio^{33} kəŋ^{54} me^{24} ɕo^{35} məŋ^{31}
急 赶 女 工 妹 出 门
急赶女工妹出阁

nia^{54} tou^{31} tiou^{35} ɕo^{35} li^{31} la^{31} taŋ^{24}
上 午 织 出 云 罗 缎
上午织出绫罗缎

zə^{24} pe^{54} ɕou^{33} ɕo^{35} mo^{33} li^{54} fu^{54}
下 午 绣 成 牡 丹 花
下午绣成牡丹花

nia^{54} tou^{31} tiou^{35} ɕo^{35} paŋ^{33} no^{24} kuo^{24}
上 午 织 成 放 进 柜
上午织成放进柜

zə^{24} pe^{54} ɕou^{33} ɕəŋ^{31} paŋ^{33} no^{24} ɕaŋ^{54}
下 午 绣 成 放 进 箱
下午绣成放进箱

li^{31} la^{31} tɕou^{31} taŋ^{24} se^{33} me^{24} jou^{33}
云 罗 绸 缎 是 妹 有
绫罗绸缎是妹有

mo^{31} li^{54} fu^{54} tou^{31} se^{33} me^{24} la^{54}
牡 丹 花 子 是 妹 多
牡丹花纹是妹多

tse^{31} tɕu^{35} vo^{54} kuo^{24} paŋ^{33} mə^{33} fu^{33}
几 个 衣 柜 放 不 下
几个衣柜放不下

tse^{31} ləŋ^{33} ɕi^{54} ɕaŋ^{54} tsaŋ^{54} mə^{33} vai^{31}
几 担 新 箱 装 不 完
几担新箱装不完

tsaŋ^{54} mə^{33} vai^{31} ke^{33} tsha^{35} mai^{24} ɕaŋ^{24}
装 不 完 的 叠 面 上
装不下的叠面上

tsəi^{35} ɕaŋ^{54} kuo^{24} fu^{35} tɕe^{33} liu^{24} ta^{31}
接 箱 柜 客 尽 力 抬
接箱柜客费力抬

jou^{31} niaŋ^{31} kø^{54} so^{31} ti^{33} vai^{24} me^{24}
爷 娘 哥 嫂 都 爱 妹
爷娘哥嫂都爱妹

jaŋ^{24} jaŋ^{24} tse^{33} tsəi^{31} hau^{33} ɕəŋ^{31} ku^{54}
样 样 置 齐 去 成 家
样样置齐去成家

liaŋ^{31} nai^{31} fə^{24} zə^{24} me^{24} ɕo^{35} kuo^{33}
量 年 合 日 妹 出 嫁
良年吉日妹出嫁

ɕaŋ^{24} tɕhun^{54} fu^{33} liŋ^{31} ȵi^{31} la^{54} lio^{35}
上 村 下 邻 人 多 看
村坊邻居人多看

ȵi^{54} ȵi^{54} vu^{24} me^{24} ɕou^{31} tou^{31} ho^{31}
人 人 曰 妹 手 头 好
人人说妹手艺好

jou^{31} niaŋ^{31} kø^{54} so^{31} hou^{33} miŋ^{31} ɕəŋ^{54}
爷 娘 哥 嫂 有 名 声
爷娘哥嫂有名声

hau^{33} luo^{31} təŋ^{24} faŋ^{31} paŋ^{33} mə^{33} fu^{33}
去 到 洞 房 放 不 下
去到洞房放不下

kuo^{54} luo^{31} luo^{31} ɕaŋ^{31} paŋ^{33} maŋ^{33} luo^{31}
高 楼 楼 上 放 满 来
高楼楼上放满来

liou^{24} tɕhi^{54} pu^{35} fu^{35} ȵi^{31} la^{54} lio^{35}
六 亲 百 客 人 多 看
六亲百客人多看

ȵi^{54} ȵi^{54} vu^{24} me^{24} ho^{31} ɕou^{31} tou^{31}
个 个 曰 妹 好 手 头
个个说妹好手工

ȵi^{54} ȵi^{54} vu^{31} me^{24} ɕou^{31} tou^{31} ho^{31}
人 人 曰 妹 手 头 好
人人说妹手艺好

so^{33} mai^{24} pa^{35} faŋ^{35} me^{24} jou^{33} miŋ^{31}
四 面 八 方 妹 有 名
四面八方妹有名

ȵi^{31} vu^{24} ɕa^{31} hou^{33} tsa^{35} se^{24} nio^{33}
人 曰 少 有 扎 实① 女
人说好女多才干

tɕi^{54} tiŋ^{33} thu^{54} ku^{54} fə^{35} fəŋ^{24} luo^{31}
真 正 他 家 福 份 来
真正夫家福气来

附：唱上大人分离歌

题解：此为《哭歌》附唱的内容，为“上大人、丘乙己、化三千、七十士、尔小生、八九子、佳作仁、可知礼也”二十五字的嵌字诗，部分以谐音字代。

ɕaŋ^{24} tse^{24} pu^{31} po^{35} luo^{24} lio^{31} haŋ^{31}
上 字 把 笔 泪 流 含
上字把笔泪流含

tiaŋ^{31} se^{31} pəŋ^{54} luo^{31} tshe^{33} taŋ^{33} tɕaŋ^{31}
讲 起 分 离 气 断 肠
讲起分离气断肠

ta^{24} tsəi^{31} no^{24} ku^{54} nai^{31} fəŋ^{24} tshai^{31}
大 齐 二 家 年 份 浅
大家两地会面少

① 扎实：有本领、有才干。

kø^{54} taŋ^{31} ȵi^{24} tshe^{33} tiaŋ^{31} mə^{33} vai^{31}
歌 堂 义 气 讲 不 完
歌堂义气讲不完

ȵi^{31} tɕəŋ^{31} ȵi^{24} tshe^{33} nəŋ^{31} ɕu^{31} ɕe^{33}
人 情 义 气 能 写 信
人情义气能写信

ȵi^{54} ȵi^{54} ti^{33} ȵe^{24} hau^{33} he^{31} tɕhun^{54}
个 个 都 要 去 行 村
个个多去走亲戚

thiu^{54} tse^{24} se^{54} ɕəŋ^{31} həŋ^{24} mə^{33} tɕe^{33}
抽 字 思 情 佷① 不 尽
丘字思情情不尽

həŋ^{24} mə^{33} tɕe^{33} se^{31} tshe^{33} mə^{33} vai^{31}
佷 不 尽 时 气 不 完
情不尽时意永存

zə^{35} tse^{24} tshau^{54} ɕo^{54} fəŋ^{54} fə^{33} me^{24}
乙 字 初 书 吩 咐 妹
乙字初书吩咐妹

hau^{33} luo^{31} thu^{54} ku^{54} tɕhiu^{31} na^{24} pe^{31}
去 到 他 家 取 耐 烦
去到他家要耐烦

① 佷：此处表音，疼爱意。

tse^{31} se^{54} ji^{54} me^{24} no^{24} mə^{33} tio^{31}

只 是 与 妹 日 不 久

只是与妹相处少

mo^{33} paŋ^{33} tse^{31} zə^{24} kø^{33} ȵi^{31} məŋ^{31}

没 伴 几 日 过 人 门

没伴几日过人门

fu^{24} tse^{33} tshau^{31} mau^{24} ji^{54} saŋ^{31} ɕuəi^{35}

化 字 草 木 因 霜 雪

化字草木霜雪凋

təŋ^{31} jou^{31} la^{31} zə^{24} paŋ^{33} tɕhou^{54} pəŋ^{54}

桐 油 落 叶 伴 秋 风

油桐落叶秋萧条

səŋ^{54} se^{33} ji^{54} vai^{31} tsai^{31} tɕhi^{54} tɕhəŋ^{31}

三 世 姻 缘 前 生 清

三世姻缘前生定

tsai^{31} tɕhi^{54} tɕhəŋ^{31} tɕa^{24} na^{24} mə^{33} fə^{31}

前 生 请 着 奈 不 何

前生请着没奈何

tshai^{54} tse^{24} ɕu^{31} luo^{31} tsa^{33} tse^{31} ɕaŋ^{24}

千 字 写 来 在 纸 上

千字写来在纸上

tse^{24} tse^{24} təi^{31} luo^{31} kai^{33} ɕaŋ^{54} ɕi^{54}

字 字 提 来 见 伤 心

字字道来见伤心

tsho^{35} niai^{31} pa^{35} tiaŋ^{31} fəŋ^{54} fə^{33} me^{24}

七 言 八 讲 吩 咐 妹

七言八语吩咐妹

hau^{33} luo^{31} ɕi^{54} ku^{54} ȵi^{24} tɕaŋ^{31} tɕəŋ^{31}

去 到 新 家 要 详 情

去到新家要宽容

se^{24} ŋue^{24} fə^{24} zə^{24} me^{24} ɕo^{35} kuo^{33}

十 月 合 日 妹 出 嫁

十月吉日妹出嫁

jou^{31} niaŋ^{31} paŋ^{33} hou^{31} mo^{33} vai^{33} tau^{31}

爷 娘 放 口 没 怨 图

爷娘放口没怨言

se^{33} tse^{24} lu^{35} çiŋ^{31} ɕaŋ^{54} ɕi^{54} lau^{24}

士 字 得 行 相 心 路

士字得行放心行

və^{33} ȵi^{31} tsau^{31} laŋ^{31} me^{24} nai^{31} tiŋ^{31}

无 人 阻 挡 妹 年 程

无人阻妹好前程

lø^{33} tse^{24} ɕou^{31} tou^{31} həŋ^{24} mə^{33} tɕe^{33}

尔 字 手 头 捧 不 尽

尔字缩头情不尽

jou^{31} niaŋ^{31} kø^{54} sau^{31} vai^{24} me^{24} nəŋ^{31}

爷 娘 哥 嫂 爱 妹 男

爷娘哥嫂爱妹们

ɕa^{31} tso^{31} tse^{54} nai^{54} ɕəŋ^{31} ku^{54} hau^{33}
小 姐 今 年 成 家 去
小姐今年成家去

tsa^{33} kaŋ^{54} se^{31} tia^{35} ju^{24} ȵi^{31} lio^{31}
做 官 起 脚 也 难 留
好比为官去难留

hou^{31} vu^{24} lio^{31} lu^{35} tshai^{54} nai^{31} ɕo^{24}
口 曰 留 得 千 年 树
口说留得千年树

ɕi^{54} tiaŋ^{54} ni^{31} lio^{31} me^{24} tsa^{33} ku^{54}
心 中 难 留 妹 在 家
实际难留妹在家

ɕi^{54} ɕəŋ^{31} me^{24} se^{33} luo^{31} ɕaŋ^{54} hau^{33}
生 成 妹 是 离 乡 去
生来注定离乡去

ŋu^{33} thio^{33} tse^{33} ɕo^{35} nio^{33} luo^{31} ɕaŋ^{54}
我 处 置 出 女 离 乡
我处风俗女离乡

pa^{35} tse^{24} ɕou^{54} ɕo^{54} fəŋ^{54} fə^{33} me^{24}
八 字 修 书 吩 咐 妹
八字修书吩咐妹

hau^{33} luo^{31} ɕi^{54} ku^{54} ȵi^{24} na^{24} fe^{31}
去 到 新 家 要 耐 烦
去到新家要耐烦

tiou^{31} tsha^{33} zə^{31} vai^{31} hau^{33} ɕiou^{31} to^{24}
韭　菜　移　园　去　守　地①
韭菜迁移兄松土

me^{24} kø^{33} ȵi^{31} məŋ^{31} hau^{33} ɕiou^{31} thai^{54}
妹　过　人　们　去　守　天
妹过人门去守夫

tse^{31} se^{31} lai^{33} kuo^{54} tsa^{33} nio^{33} jaŋ^{24}
几　时　转　归　做　女　样
几曾转回女儿样

lau^{35} tsəŋ^{31} luai^{33} kuo^{54} ɕa^{31} tso^{31} se^{31}
那　从　转　归　小　姐　时
谁见转回小姐时

ku^{54} ȵi^{31} həŋ^{31} nio^{33} həŋ^{24} mə^{33} tɕe^{33}
佳　人　红　女　捧　不　尽
佳人闺阁情不尽

həŋ^{24} mə^{33} tɕe^{33} se^{31} tshe^{33} mə^{33} vai^{31}
捧　不　尽　时　气　不　完
情不尽时义长存

tsa^{35} tai^{31} tse^{31} phu^{33} tɕhou^{54} luo^{31} ha^{33}
作　田　只　怕　秋　来　旱
耕作只怕秋来旱

① 守地：用类似匕首的工具松土，迁移小的植物。“守”应为“首”，谐音，意义关联为到夫家遵守妇德。

ɕiŋ^{31} niaŋ^{31} tse^{31} phu^{33} ɕaŋ^{33} thiu^{54} tsou^{31}
行 娘 只 怕 上 车 愁
行娘只怕上轿愁

ji^{31} ȵi^{24} thai^{54} tou^{31} ɕu^{31} ɕi^{33} luo^{31}
仁 义 天 头 写 信 到
仁字天头写信到

ɕu^{31} lu^{35} ŋi^{33} luo^{24} so^{33} ɕo^{31} lio^{31}
写 得 眼 泪 四 垂 流
写得眼泪双双流

kho^{31} ɕu^{35} ji^{33} me^{24} no^{24} mə^{33} tiou^{31}
可 惜 与 妹 日 不 久
可惜与妹处不久

mo^{33} paŋ^{33} tse^{31} zə^{24} hau^{33} la^{24} thu^{54}
没 伴 几 日 去 落 他
没伴几日落他家

luo^{54} lu^{54} jou^{31} niaŋ^{31} paŋ^{33} hou^{31} tso^{31}
知 道 爷 娘 放 口 早
知道爷娘放了口

tso^{31} paŋ^{33} tse^{31} no^{35} ɕa^{31} həŋ^{24} ɕi^{54}
早 伴 几 天 少 佷 心
早伴几天少伤心

le^{33} ȵi^{24} ji^{54} me^{24} tiaŋ^{31} tɕəŋ^{54} sau^{31}
礼 义 与 妹 讲 清 楚
礼义与妹讲清楚

jou^{33} zə^{35} jou^{33} no^{24} liaŋ^{33} pəŋ^{54} luo^{31}
有 一 有 二 两 分 离
有一有二两分离

ju^{33} tse^{24} jou^{31} jou^{31} ju^{33} ju^{33} luo^{31}
也 字 游 游 夜 夜 到
也字游游夜幕降

səŋ^{33} ɕo^{35} tɕhun^{54} tiaŋ^{54} tsa^{33} tia^{24} ji^{54}
送 出 村 中 坐 轿 鸾
送出村中坐轿行

二十一、吩咐行娘安心快乐出嫁并常回家看看歌

ɕuəi^{35} tou^{24} fa^{35} fu^{54} ɕa^{33} mo^{31} mo^{31}
雪 豆 发 花 笑 眯 眯
雪豆开花笑眯眯

təŋ^{31} tshai^{33} tsho^{31} tsu^{31} lau^{24} kuo^{54} luo^{31}
铜 线 草 子 路 过 来
铜线草儿绕过来

tsou^{31} jou^{35} ji^{54} me^{24} tiaŋ^{31} ɕa^{33} se^{31}
昨 夜 与 妹 讲 笑 起
昨夜与妹笑言语

tse^{54} no^{54} ji^{54} me^{24} liaŋ^{33} pəŋ^{54} luo^{31}
今 天 与 妹 两 分 离
今天与妹两分离

la^{33} kəŋ^{33} pəŋ^{54} luo^{31} tsa^{33} tɕu^{31} au^{35}
倈 的 分 离 在 爸 屋
我今分离在村庄

me^{24} kəŋ^{33} pəŋ^{54} luo^{31} hau^{33} la^{24} thu^{54}
妹 的 分 离 去 落 他
妹今分离去他家

ɕaŋ^{24} tse^{33} pu^{31} po^{35} luo^{24} lio^{31} haŋ^{31}
上 字 把 笔 泪 流 含
上字把笔泪流含

tiaŋ^{31} se^{31} pəŋ^{54} luo^{31} tshe^{33} taŋ^{33} tɕaŋ^{31}
讲 起 分 离 气 断 肠
讲起分离气断肠

zə^{35} jou^{33} kø^{54} taŋ^{31} həŋ^{24} mə^{33} tɕe^{33}
一 夜 歌 堂 佷 不 尽
一夜歌堂情不尽

tɕhəŋ^{31} me^{24} mə^{33} kua^{33} la^{33} nəŋ^{31} saŋ^{54}
请 妹 不 怪 俫 男 双
请妹不怪我们俩

ji^{54} vo^{24} la^{33} nəŋ^{31} tso^{31} mə^{33} luo^{54}
因 为 俫 男 早 不 知
因为我俩早不知

ti^{33} tau^{31} paŋ^{33} me^{24} paŋ^{33} luo^{35} tou^{31}
都 才 伴 妹 伴 得 迟
所以伴妹伴得迟

paŋ^{33} luo^{35} ɕa^{31} te^{54} vaŋ^{24} mə^{33} kua^{33}
伴 得 少 了 望 不 怪
伴得迟了望不怪

tɕhəŋ^{31} me^{24} vai^{31} liaŋ^{24} la^{33} nəŋ^{31} saŋ^{54}
请 妹 原 谅 俫 男 双
请妹原谅我们俩

səŋ^{54} səi^{33} ji^{54} vai^{31} tsai^{31} ɕi^{54} tɕhəŋ^{31}
三 世 姻 缘 前 生 请
三世姻缘前生请

tsai^{31} ɕi^{54} tɕhəŋ^{31} tɕa^{24} na^{24} mə^{33} fə^{31}
前 生 请 着 奈 不 何
前生请着没奈何

nio^{33} se^{33} ɕi^{54} ɕəŋ^{31} luo^{31} ɕaŋ^{54} hau^{33}
女 是 生 成 离 乡 去
女是生来离乡去

jou^{33} niaŋ^{31} paŋ^{33} ho^{31} mo^{33} vai^{33} tau^{31}
爷 娘 放 口 没 怨 图
爷娘放口没怨言

liaŋ^{31} nai^{31} fə^{24} zə^{24} me^{24} ɕo^{35} kuo^{33}
良 年 合 日 妹 出 嫁
良年吉日妹出嫁

tsa^{31} kaŋ^{54} se^{31} tia^{24} ju^{24} ȵi^{31} lio^{31}
做 官 起 脚 也 难 留
做官起程也难留

hou^{31} vu^{24} lio^{31} lu^{35} tshai^{54} nai^{31} ɕu^{24}
口 曰 留 得 千 年 树
口说留得千年树

ɕi^{54} tiaŋ^{54} ȵi^{31} lio^{31} me^{24} tsa^{33} ku^{54}
心 中 难 留 妹 在 家
心中难留妹在家

jou^{33} niaŋ^{31} se^{33} ɕaŋ^{54} lio^{31} tɕu^{31} nio^{33}
爷 娘 是 想 留 住 女
爷娘是想留住女

kø^{54} sau^{31} mə^{33} ɕaŋ^{31} me^{24} luo^{31} ɕaŋ^{54}
哥 嫂 不 想 妹 离 乡
哥嫂也想妹居家

vai^{31} sai^{54} kau^{31} ȵi^{31} sai^{54} tse^{33} ɕo^{35}
原 先 古 人 先 置 出
古人创制出嫁礼

tse^{33} ɕo^{35} nio^{33} ȵi^{31} kuo^{33} ȵi^{31} məŋ^{31}
置 出 女 人 过 人 门
约定嫁女过人门

tse^{33} ɕo^{35} nio^{33} ȵi^{31} ɕo^{35} ku^{33} hau^{33}
置 出 女 人 出 嫁 去
制定女人出嫁去

vai^{31} sai^{54} tse^{33} ɕo^{35} na^{24} mə^{33} fə^{31}
原 先 置 出 奈 不 和
原先制出没奈何

pa^{35} tse^{24} ɕou^{54} ɕo^{54} fəŋ^{54} fə^{33} me^{24}
八 字 修 书 吩 咐 妹
八字修书吩咐妹

hau^{33} luo^{31} ɕi^{54} ku^{54} tɕhiu^{31} na^{24} fe^{31}
去 到 新 家 取 耐 烦
去到新家多耐烦

so^{54} ja^{31} pəi^{24} thio^{33} tshəi^{54} tho^{31} fə^{54}
虽 有 别 处 妻 娶 夫
虽有别处妻娶夫

nəŋ^{31} kø^{33} nio^{33} məŋ^{31} hau^{33} ɕəŋ^{31} ku^{54}
男 过 女 门 去 成 家
男过女门去成家

kho^{31} ɕu^{35} ŋu^{33} thio^{33} se^{33} nio^{33} ɕo^{35} kuo^{33}
可 惜 我 处 是 女 出 嫁
可惜我处女出嫁

khuai^{33} me^{24} la^{24} thu^{54} tɕhiu^{31} na^{24} pe^{31}
劝 妹 落 地 取 耐 烦
劝妹夫家多耐烦

ɕo^{35} kuo^{33} la^{24} tho^{54} se^{33} ho^{31} se^{24}
出 嫁 落 夫 是 好 事
出嫁落夫是好事

ti^{33} se^{33} ɕəŋ^{31} ku^{54} ho^{31} se^{24} tɕəŋ^{31}
都 是 成 家 好 事 情
都是成家好事情

la^{33} ju^{24} tse^{31} la^{31} lu^{35} tɕhəŋ^{33} tɕe^{31}
俫 又 几 兄 得 听 着
我们兄弟得听见

me^{24} ku^{54} ȵi^{54} ȵi^{54} ho^{31} mə^{33} vai^{31}
妹 家 个 个 好 不 完
妹家个个好得很

jou^{31} niaŋ^{31} kø^{54} so^{31} vai^{24} tɕe^{33} me^{24}
爷 娘 哥 嫂 愿 尽 妹
爷娘哥嫂深爱妹

ȵi^{54} ȵi^{54} ti^{33} se^{33} vai^{24} me^{24} nəŋ^{31}
人 人 都 是 爱 妹 男
个个都是疼爱妹

liaŋ^{31} nai^{31} fə^{24} zə^{24} me^{24} ɕo^{35} kuo^{33}
良 年 合 日 妹 出 嫁
良年吉日妹出嫁

jaŋ^{24} jaŋ^{24} tse^{33} tsəi^{31} hau^{33} ɕəŋ^{31} ku^{54}
样 样 置 齐 去 成 家
样样置齐去成家

me^{24} hau^{33} thu^{54} ku^{54} ju^{24} kuo^{33} ho^{31}
妹 去 他 家 也 够 好
妹去他家宜家室

ta^{24} au^{54} ȵi^{31} ɕu^{54} ȵi^{31} tɕəŋ^{31} tɕaŋ^{31}
大 屋 人 家 人 情 长
家兴人旺情谊长

jou^{33} niaŋ^{31} pəi^{33} sau^{33} ȵi^{54} ȵi^{54} hou^{31}
爷 娘 辈 数 个 个 好
公婆一辈个个好

ȵi^{54} ȵi^{54} ti^{33} se^{33} ho^{31} mə^{33} vai^{31}
人 人 都 是 好 不 完
人人都是好得很

zə^{35} ku^{54} ȵi^{54} ȵi^{54} hou^{33} səi^{33} zə^{33}
一 家 个 个 有 细 意
一家个个心细致

zə^{31} tsəŋ^{31} se^{33} kuo^{54} tse^{24} niaŋ^{31} pai^{54}
如 从 是 归 自 娘 边
如同还是娘身边

hau^{33} luo^{31} kuo^{33} kiu^{33} ju^{24} zə^{35} jaŋ^{24}
去 到 够 惯 也 一 样
去到过惯也一样

ju^{24} ȵi^{33} phi^{35} həŋ^{54} kuo^{54} luo^{31} çe^{31}
也 要 丢 啌 回 来 行
也要抽空常回来

zə^{35} luo^{31} liu^{35} la^{54} luo^{31} jou^{31} na^{33}
一 来 看 下 老 爷 奶
一来看下老父母

no^{24} luo^{31} hi^{33} la^{35} kø^{54} so^{31} nəŋ^{31}
二 来 喊 下 哥 嫂 们
二来亲热哥嫂们

jou^{31} niaŋ^{31} vu^{24} nio^{33} hau^{33} səi^{33} zə^{33}
爷 娘 曰 女 有 细 意
爷娘说女有情意

kø^{54} so^{31} vu^{24} me^{24} ho^{31} ȵi^{31} tçəŋ^{31}
哥 嫂 曰 妹 好 人 情
哥嫂说妹好人情

lai^{31} ku^{54} tçio^{24} au^{35} ȵi^{31} luo^{54} luo^{35}
连 家 居 屋 人 知 道
隔壁邻舍人知道

vu^{24} me^{24} luo^{54} luo^{31} nai^{24} əŋ^{54} tɕəŋ^{31}

曰 妹 知 理 念 恩 情

说妹知理念恩情

ɕo^{54} jai^{31} mə^{33} tiaŋ^{31} me^{24} luo^{54} luo^{35}

虽 然 不 讲 妹 知 道

虽然不讲妹也知

la^{33} ju^{24} hou^{31} tshau^{35} tiaŋ^{31} ɕo^{35} luo^{31}

俫 也 口 初 讲 出 来

我仍口粗讲出来

ji^{33} tiai^{54} hou^{31} tshau^{54} tiaŋ^{31} te^{54} ɕo^{35}

已 经 口 初 讲 了 出

已经口粗讲出来

vaŋ^{24} me^{24} mə^{33} kua^{33} la^{33} nəŋ^{31} saŋ^{54}

望 妹 不 怪 俫 男 双

望妹不怪我们俩

ju^{24} se^{33} hou^{31} tshau^{35} tiaŋ^{31} mə^{33} tɕa^{24}

若 是 口 初 讲 不 对

若是口粗讲不对

tɕhəŋ^{31} me^{24} vai^{31} liaŋ^{24} la^{33} nəŋ^{31} saŋ^{54}

请 妹 原 谅 我 们 双

请妹原谅我们俩

kø^{54} taŋ^{31} ȵi^{54} ȵi^{54} mə^{33} tse^{33} kua^{33}

歌 堂 人 人 不 记 怪

歌堂人人不怪罪

liou^{24} tɕhi^{54} pu^{35} fu^{35} piu^{54} haŋ^{31} nəŋ^{31}
六 亲 百 客 包 涵 男
六亲百客包涵我

二十二、商议上粮歌

题解：商量上粮，即商量奏歌堂钱。

ɕou^{31} phu^{35} ɕi^{54} tou^{31} la^{33} ɕaŋ^{31} se^{31}
手 拍 心 头 俫 想 起
手拍心头我想起

se^{33} la^{33} ɕaŋ^{31} se^{31} təi^{24} kø^{33} haŋ^{31}
是 俫 想 起 找 过 行
是我想起再换腔

təi^{24} kø^{33} zə^{35} ha^{31} ɕaŋ^{54} kø^{33} ȵe^{24}
找 过 一 行 商 过 议
换过曲调商量好

ta^{24} tsəi^{31} ɕaŋ^{54} ȵe^{24} tiaŋ^{31} ɕaŋ^{33} liaŋ^{31}
大 齐 商 议 讲 上 粮
大家商议讲交粮

kø^{54} taŋ^{31} ji^{33} tiai^{54} zə^{35} jou^{33} kø^{33}
歌 堂 已 经 一 夜 过
歌堂已经一夜过

fəi^{33} tɕe^{33} tio^{31} ȵi^{31} ɕiŋ^{31} niaŋ^{31} ɕi^{54}
费 尽 主 人 行 娘 心
费尽主人行娘心

tio^{33} kuo^{33} tio^{31} ȵi^{31} fəi^{33} tie^{24} le^{33}
俱 过 主 人 费 大 礼
烦扰主人费大礼

ɕiŋ^{31} niaŋ^{31} zə^{35} jou^{33} fəi^{33} tie^{24} ɕi^{54}
行 娘 一 夜 费 大 心
行娘一夜费心思

tɕhəŋ^{33} məŋ^{31} ɕaŋ^{24} se^{33} vəŋ^{31} ɕo^{54} luo^{31}
听 闻 上 司 文 书 到
听说上司文书到

vəŋ^{31} ɕo^{54} luo^{31} luo^{31} fə^{33} tɕhuai^{54} ɕəŋ^{31}
文 书 来 到 富 川 城
文书来到富川城

pəŋ^{31} vai^{24} fa^{35} tsha^{54} lai^{31} pai^{24} ɕaŋ^{33}
本 县 发 差 连 便 上
县衙发差立刻上

liaŋ^{31} tsha^{54} luo^{31} luo^{31} mo^{24} liŋ^{33} jəŋ^{31}
粮 差 来 到 麦 岭 营
粮差来到麦岭营

luo^{31} luo^{31} mo^{24} liŋ^{33} luo^{24} tai^{24} kaŋ^{31}
来 到 麦 岭 立 殿 官
来到麦岭立衙署

pa^{35} luo^{54} liou^{24} tsa^{24} tɕhua^{54} se^{31} liaŋ^{31}
八 都 六 寨 推 起 粮
八都六寨催交粮

tse^{54} nai^{54} nai^{31} ɕəŋ^{31} faŋ^{54} ɕou^{54} ho^{31}

今 年 年 成 丰 收 好

今年年成丰收好

nai^{31} kaŋ^{54} maŋ^{33} ɕou^{54} ȵi^{24} vai^{31} liaŋ^{31}

年 光 满 收 要 完 粮

年景丰收交足粮

se^{33} nəŋ^{31} kəŋ^{54} ɕaŋ^{54} tiaŋ^{31} miŋ^{31} luo^{24}

世 农 工 商 讲 名 利

士农工商要守法

nai^{31} nai^{31} ȵi^{24} vai^{31} so^{33} tse^{33} liaŋ^{31}

年 年 要 完 四 季 粮

年年交足四季粮

tiou^{24} nai^{31} ɕaŋ^{33} te^{54} tiou^{31} ɕəŋ^{31} tiou^{31}

去 年 上 了 九 成 九

去年交了九成九

tse^{54} nai^{54} liu^{54} vo^{31} ɕaŋ^{33} tse^{31} ɕəŋ^{31}

今 年 看 下 上 几 成

今年看下交几成

ɕo^{54} jai^{31} fə^{33} fa^{35} mə^{33} tsəi^{31} tiŋ^{31}

虽 然 富 发 不 齐 整

虽然贫富不齐整

ju^{24} ȵe^{31} hau^{33} ɕaŋ^{33} kuəi^{35} ku^{54} liaŋ^{31}

也 要 去 上 国 家 粮

也要去交国家粮

se^{33} la^{54} se^{33} ɕa^{31} ȵi^{24} hau^{33} ɕaŋ^{33}
是 多 是 少 要 去 上
是多是少要交上

mə^{33} nəŋ^{54} maŋ^{31} te^{54} kuəi^{35} ku^{54} liaŋ^{31}
不 给 忘 了 国 家 粮
不给忘了国家粮

nəŋ^{31} se^{33} tse^{31} la^{31} ku^{54} tɕəŋ^{31} khau^{31}
男 是 几 兄 家 庭 苦
我们兄弟家庭苦

mə^{33} po^{31} pəi^{24} ȵi^{31} ho^{31} ȵi^{31} ku^{54}
不 比 别 人 好 人 家
不比别人好人家

la^{54} se^{33} ȵi^{31} tɕəŋ^{31} ɕa^{31} se^{33} zə^{33}
多 是 人 情 少 是 意
多是人情少是义

la^{33} se^{33} khou^{31} ɕa^{31} mə^{33} kho^{31} və^{31}
俫 是 可 少 不 可 无
我是可少不可无

tse^{31} la^{31} təŋ^{31} paŋ^{33} ɕaŋ^{54} ho^{31} ȵe^{24}
几 兄 同 伴 商 好 议
兄弟同伴商议好

ɕa^{31} ju^{33} tɕhi^{33} tso^{31} vai^{31} te^{54} liaŋ^{31}
少 也 趁 早 完 了 粮
少也趁早交完粮

fu²⁴ po²⁴ se³³ mə³³ əi⁵⁴ jaŋ²⁴ tiaŋ³¹
话 篚 是 否 这 样 讲
话儿是否这样讲

təŋ³¹ paŋ³³ fə²⁴ ɕi⁵⁴ mə³³ fə²⁴ ɕi⁵⁴
同 伴 合 心 不 合 心
同伴合心不合心

vu²⁴ se³³ fə²⁴ ɕi⁵⁴ ta²⁴ tsəi³¹ tiaŋ³¹
若 是 合 心 大 齐 讲
若是合心大家讲

tou³³ nəŋ³¹ ta²⁴ tsəi³¹ tso³¹ vai³¹ liaŋ³¹
才 能 大 齐 早 完 粮
才能尽早交完粮

hou³¹ tshe⁵⁴ pai⁵⁴ lio³¹ tɕa²⁴ mə³³ tɕa²⁴
口 吃 边 梨 嚼 不 嚼
口嚼槟榔对不对

se³³ mə³³ əi⁵⁴ jaŋ²⁴ luo³¹ ɕaŋ⁵⁴ liaŋ³¹
是 否 这 样 来 商 量
是否这样来商量

二十三、请行娘伴娘收粮钱歌

题解：在歌师班唱完《商议上粮歌》并凑钱后，再唱此歌邀请行娘伴娘下楼收粮钱，意在教化百姓遵守交公粮制度。

la^{33} tsa^{33} tɕhəŋ^{54} tou^{31} niai^{31} zə^{35} niai^{31}
俫 在 清 头 言 一 言
我在厅堂道一言

tɕhəŋ^{54} tse^{24} nəŋ^{54} luo^{31} liaŋ^{33} ɕaŋ^{54} lai^{31}
青 字 给 来 两 相 连
青字并来两相连

niai^{31} ji^{54} tɕhəŋ^{54} tse^{24} saŋ^{54} saŋ^{54} tse^{33}
言 与 青 字 双 双 站
言与青字双双站

tshu^{35} tse^{24} thiaŋ^{33} tou^{31} tɕhəŋ^{31} ɕiŋ^{31} niaŋ^{31}
拆 字 唱 条 请 行 娘
拆字唱歌请行娘

ɕiŋ^{31} niaŋ^{31} paŋ^{33} niaŋ^{31} zə^{35} tsəi^{31} tɕhəŋ^{31}
行 娘 伴 娘 一 齐 请
行娘伴娘一齐请

tso^{31} me^{24} saŋ^{54} saŋ^{54} tɕhəŋ^{31} fu^{33} luo^{31}
姐 妹 双 双 请 下 楼
姐妹双双请下楼

fu^{33} luo^{31} tɕhəŋ^{54} tou^{31} jou^{33} zə^{35} no^{24}
下 来 清 头 有 一 二
下来厅堂有一二

jou^{33} zə^{35} jou^{33} no^{24} ɕou^{54} liaŋ^{31} tsai^{31}
有 一 有 二 收 粮 钱
有一有二收粮钱

vaŋ^{24} me^{24} mə^{33} ɕai^{31} ɕaŋ^{33} lu^{35} ɕa^{31}
望 妹 不 嫌 上 得 少
望妹不嫌上得少

la^{33} se^{33} tse^{31} la^{31} khau^{31} ȵi^{31} ku^{54}
俫 是 几 兄 苦 人 家
我们都是苦人家

la^{33} se^{33} ɕou^{31} tɕaŋ^{31} vo^{54} tɕou^{24} laŋ^{31}
俫 是 手 长 衣 袖 短
都是手长衣袖短

a^{33} tsa^{31} ȵi^{31} tɕəŋ^{31} na^{24} mə^{33} fə^{31}
爱 做 人 情 奈 不 何
爱做人情没奈何

tse^{31} vaŋ^{24} ɕiŋ^{31} niaŋ^{31} vai^{31} liaŋ^{24} la^{33}
指 望 行 娘 原 谅 俫
希望行娘原谅我

vai^{31} liaŋ^{24} la^{33} saŋ^{54} khau^{31} ȵi^{31} ku^{54}
原 谅 俫 双 穷 人 家
原谅我俩穷人家

pa^{35} se^{31} paŋ^{33} niaŋ^{31} ɕu^{33} kuo^{33} la^{33}

邀 起 伴 娘 训 过 俫

劝起伴娘原谅我

piu^{54} haŋ^{31} la^{33} saŋ^{54} ɕaŋ^{33} liaŋ^{31} tsai^{31}

包 涵 俫 双 上 粮 钱

包涵我俩上粮钱

se^{33} la^{54} se^{33} ɕa^{31} ti^{33} ɕou^{54} fu^{33}

是 多 是 少 都 收 下

是多是少都收下

nəŋ^{54} la^{33} vai^{31} te^{54} kuəi^{35} ku^{54} liaŋ^{31}

给 俫 完 了 国 家 粮

给我完了国家粮

nəŋ^{54} ȵi^{31} mə^{33} vo^{24} la^{33} khai^{33} tiaŋ^{33}

给 人 不 曰 俫 欠 账

给人不说我欠账

khai^{33} te^{54} tiaŋ^{33} mo^{24} ȵi^{31} ɕa^{33} nəŋ^{31}

欠 了 账 目 人 笑 男

欠了粮钱人笑我

二十四、送行娘伴娘转回上楼歌

题解：行娘、伴娘收受粮钱后，歌师班唱此歌送她们上楼做好出嫁准备。

ləŋ^{54} pai^{54} nəi^{24} tou^{31} ɕo^{35} lu^{35} tso^{31}
东 边 日 头 出 得 早
东边太阳出得早

səi^{54} pai^{54} ŋue^{24} liaŋ^{31} la^{24} liŋ^{33} tou^{31}
西 边 月 亮 落 岭 迟
西边月亮落岭迟

nəi^{24} tou^{31} la^{24} liŋ^{33} ŋue^{24} liaŋ^{31} ɕo^{35}
日 头 落 岭 月 亮 出
太阳落岭月亮出

ɕiŋ^{31} niaŋ^{31} paŋ^{33} niaŋ^{31} miŋ^{31} pu^{24} ȵi^{31}
行 娘 伴 娘 明 白 人
行娘伴娘明白人

ɕiŋ^{31} niaŋ^{31} paŋ^{33} niaŋ^{31} miŋ^{31} pu^{24} nio^{33}
行 娘 伴 娘 明 白 女
行娘伴娘聪明女

tɕo^{31} pai^{24} təi^{31} tou^{31} fu^{33} te^{54} luo^{31}
随 便 提 头 下 了 楼
随便提醒下了楼

fu^{33} luo^{31} tɕhəŋ^{54} tou^{31} luo^{54} le^{33} mau^{24}
下 来 清 头 知 礼 貌
下来厅堂知礼貌

jou^{33} zə^{35} jou^{33} no^{24} ɕou^{54} liaŋ^{31} tsai^{31}
有 一 有 二 收 粮 钱
有一有二收了粮

ɕo^{54} jai^{31} la^{33} nəŋ^{31} ɕaŋ^{33} lu^{35} ɕa^{31}
虽 然 倈 男 上 得 少
虽然我们上得少

ɕiŋ^{31} niaŋ^{31} paŋ^{33} niaŋ^{31} piu^{54} haŋ^{31} nəŋ^{31}
行 娘 伴 娘 包 涵 男
行娘伴娘多包涵

vai^{31} liaŋ^{24} la^{33} nəŋ^{31} ɕou^{54} te^{54} fu^{33}
原 谅 倈 男 收 了 下
原谅我们快收下

piu^{54} haŋ^{31} la^{33} saŋ^{54} mo^{33} khai^{33} liaŋ^{31}
包 涵 倈 双 没 欠 粮
我们总算没欠粮

pa^{35} təŋ^{31} ɕi^{31} sai^{54} tsa^{33} ɕaŋ^{24} thai^{54}
八 洞 神 仙 在 上 天
八洞神仙在九天

pa^{35} təŋ^{31} ɕi^{31} sai^{54} fu^{33} fi^{31} ke^{54}
八 洞 神 仙 下 凡 间
八洞神仙下凡间

fu^{33} luo^{31} fi^{31} ke^{54} ɕuai^{31} ɕaŋ^{24} tse^{33}
下 来 凡 间 船 上 站
下来凡间船上站

tse^{31} la^{31} təŋ^{31} paŋ^{33} səŋ^{33} ɕiŋ^{31} niaŋ^{31}
几 兄 同 伴 送 行 娘
兄弟同伴送行娘

ɕiŋ^{31} niaŋ^{31} təŋ^{31} paŋ^{33} zə^{35} tsəi^{31} səŋ^{33}
行 娘 同 伴 一 齐 送
行娘伴娘一齐送

liaŋ^{33} la^{31} saŋ^{54} saŋ^{54} səŋ^{33} ɕaŋ^{33} luo^{31}
两 俫 双 双 送 上 楼
两兄双双送上楼

ji^{54} vo^{24} luo^{31} ɕaŋ^{24} hai^{33} jou^{33} se^{24}
因 为 楼 上 还 有 事
因为楼上还有事

luai^{33} kuo^{54} ɕaŋ^{33} luo^{31} luo^{31} lia^{24} thaŋ^{54}
转 归 上 楼 理 料 通
转回楼上料理通

二十五、谢主人歌

ɕo^{33} ɕi^{54} tɕaŋ^{33} te^{54} ɕo^{33} ɕi^{54} ɕai^{31}
忄 将 了 竖 心 形
竖心很像竖心形

tɕhəŋ^{54} tse^{24} nəŋ^{54} luo^{31} liaŋ^{33} ɕaŋ^{54} lai^{31}
青 字 给 来 两 相 连
青字并来两相连

ɕo^{33} ɕi^{54} tɕhəŋ^{54} tse^{24} saŋ^{54} saŋ^{54} tse^{33}
忄 青 字 双 双 站
竖心青字双双站

kuo^{33} ku^{54} kø^{54} taŋ^{31} ho^{31} fu^{35} tɕəŋ^{31}
贵 家 歌 堂 好 客 情
贵家歌堂好热情

kuo^{33} ku^{54} kø^{54} taŋ^{31} fu^{35} tɕəŋ^{31} ho^{31}
贵 家 歌 堂 客 情 好
贵家歌堂人好客

ȵi^{54} ȵi^{54} tɕe^{33} tɕəŋ^{31} khuai^{33} la^{33} nəŋ^{31}
个 个 尽 情 劝 俫 男
个个尽情劝我们

ȵi^{54} ȵi^{54} khuai^{33} tshe^{35} jai^{31} tiaŋ^{54} tɕou^{31}
个 个 劝 吃 筵 中 酒
个个劝吃筵中酒

khuai^{33} ŋu^{33} la^{54} tshe^{35} maŋ^{33} jai^{31} tiaŋ^{54}
劝 我 多 吃 满 筵 中
劝我多吃满筵肴

tɕou^{31} tsu^{31} tse^{33} jai^{33} hou^{31} hou^{31} tai^{31}
酒 仔 自 然 口 口 甜
酒好自然口口甜

mə^{33} nəŋ^{54} luo^{31} ɕo^{35} kho^{31} liŋ^{31} vai^{31}
不 给 倒 出 可 怜 完
不给泼出要珍惜

kø^{54} taŋ^{31} ho^{31} tɕou^{31} luo^{31} khuai^{33} la^{33}
歌 堂 好 酒 来 劝 我
歌堂好酒来劝我

kho^{54} la^{33} tshe^{35} la^{54} kho^{31} liŋ^{31} vai^{31}
亏 我 吃 多 可 怜 完
亏我吃多难为情

tɕəŋ^{31} ɕo^{31} no^{24} tai^{31} nəŋ^{31} ji^{33} kuo^{33}
井 水 进 田 能 引 够
井水进田适可止

mə^{33} nəŋ^{54} tai^{31} pe^{24} maŋ^{33} ɕo^{35} luo^{31}
不 给 田 基 满 出 惜
满过田埂其可惜

maŋ^{33} ɕaŋ^{33} ɕaŋ^{24} ȵi^{31} mə^{33} ȵi^{31} tɕe^{31}
满 向 上 基 不 要 紧
满过邻田不要紧

maŋ^{33} fu^{33} fu^{33} ji^{31} kho^{31} səi^{35} lu^{31}
满 下 下 基 可 惜 怜
满过沟渠真可惜

səi^{31} tɕəŋ^{24} tɕhəŋ^{54} se^{54} luo^{31} ɕaŋ^{24} sa^{33}
洗 净 青 丝 篱 上 晒
洗净青丝篱上晒

səi^{33} hau^{33} mo^{31} mo^{31} tɕhəŋ^{31} tio^{31} ɕo^{54}
细 雨 毛 毛 请 主 收
细雨毛毛请收回

tɕhəŋ^{31} tio^{31} ɕo^{54} ha^{54} jai^{31} tiaŋ^{54} tɕou^{31}
请 主 收 开 筵 中 酒
请主收好筵中酒

tɕhəŋ^{31} tio^{31} ɕou^{54} ha^{54} maŋ^{33} jai^{31} tiaŋ^{54}
请 主 收 开 满 筵 中
请主收好此盛筵

ɕou^{54} ha^{54} jai^{31} tiaŋ^{54} lu^{35} se^{24} lia^{33}
收 开 筵 中 得 事 了
收好酒筵万事好

ɕou^{54} ha^{54} tɕou^{31} jai^{31} lu^{35} se^{24} thaŋ^{54}
收 开 酒 筵 得 事 通
收好酒筵诸事通

tsho^{54} tiou^{31} pa^{35} ŋue^{24} ɕaŋ^{54} fu^{54} ha^{54}
七 九 八 月 香 花 开
七九八月香花开

ɕaŋ^{54} fu^{54} mu^{33} lu^{35} laŋ^{24} ha^{54} se^{31}
香 花 没 得 乱 开 时
香花没有乱开时

fu^{54} ha^{54} fu^{54} tɕiu^{24} nai^{31} nai^{31} jou^{33}
花 开 花 谢 年 年 有
花开花谢年年有

səi^{33} hau^{33} mo^{31} mo^{31} tɕiu^{24} ɕaŋ^{54} fu^{54}
小 雨 毛 毛 谢 香 花
毛毛小雨谢香花

hau^{33} tɕiu^{24} ɕaŋ^{54} fu^{54} la^{33} tɕiu^{24} tio^{31}
雨 谢 香 花 俫 谢 主
雨谢香花我谢主

pa^{35} tsəi^{31} təŋ^{31} paŋ^{33} tɕiu^{24} tio^{31} ȵi^{31}
邀 齐 同 伴 谢 主 人
邀齐同伴谢主人

zə^{35} po^{35} ɕu^{31} ɕəŋ^{31} se^{33} niai^{31} tse^{24}
一 笔 写 成 是 言 字
一笔写成是言字

ɕi^{54} tse^{24} ɕu^{31} luo^{31} tse^{33} saŋ^{54} saŋ^{54}
身 字 写 来 直 双 双
身字写来直双双

niai^{31} ɕi^{54} tɕhoŋ^{33} tse^{24} saŋ^{54} saŋ^{54} tse^{33}
言 身 寸 字 双 双 站
言身寸字一起站

tshu^{35} tse^{24} thiaŋ^{33} tou^{31} tɕiu^{24} tio^{31} ȵi^{31}
拆 字 唱 条 谢 主 人
拆字唱歌谢主人

tshu^{35} tse^{24} thiaŋ^{33} tou^{31} tɕi^{31} tɕiu^{24} tio^{31}
拆 字 唱 条 感 谢 主
拆字唱歌谢主人

tse^{31} la^{31} tɕi^{31} tɕiu^{24} tio^{31} ȵi^{31} ku^{54}
几 兄 感 谢 主 人 家
兄弟齐歌谢主人

au^{35} ɕaŋ^{33} nəi^{31} ka^{31} tɕi^{31} tsha^{54} tɕe^{31}
屋 上 瓦 片 层 插 层
屋上泥瓦层插层

tse^{31} la^{31} nəŋ^{54} kø^{54} tɕiu^{24} tio^{31} ȵi^{31}
几 兄 给 歌 谢 主 人
兄弟齐歌谢主人

tse^{31} la^{31} nəŋ^{54} kø^{54} tɕi^{31} tɕiu^{24} tio^{31}
几 兄 给 歌 感 谢 主
兄弟齐歌谢主人

nəŋ^{54} kø^{54} tɕi^{31} tɕiu^{24} tio^{31} ȵi^{31} ku^{54}
给 歌 感 谢 主 人 家
齐歌感谢主人家

au^{35} ɕaŋ^{33} la^{33} məi^{31} au^{35} fu^{33} tɕe^{31}
屋 上 罗 煤 屋 下 层
屋上尘土屋下存

tse^{31} la^{31} nəŋ^{54} kø^{54} tɕiu^{24} tio^{31} ȵi^{31}
几 兄 给 歌 谢 主 人
兄弟齐歌谢主人

tse^{31} la^{31} nəŋ^{54} kø^{54} tɕi^{31} tɕiu^{24} tio^{31}
几 兄 给 歌 感 谢 主
兄弟齐歌感谢主

nəŋ^{54} kø^{54} tɕi^{31} tɕiu^{24} tio^{31} ȵi^{31} ku^{54}
给 歌 感 谢 主 人 家
齐歌感谢主人家

tɕi^{31} tɕiu^{24} tio^{31} ȵi^{31} fəi^{33} tue^{24} le^{33}
感 谢 主 人 费 大 礼
感谢主人费心神

tɕi^{31} tɕiu^{24} tio^{31} ȵi^{31} fəi^{33} tie^{24} ɕi^{54}
感 谢 主 人 费 大 心
感谢主人费大心

tia^{33} kau^{33} liou^{24} tɕhi^{54} se^{33} tiŋ^{33} to^{33}
照 顾 六 亲 是 正 道
照顾六亲是正道

la^{54} ɕaŋ^{33} tia^{33} kau^{33} la^{33} nəŋ^{31} saŋ^{54}
多 向 照 顾 俫 男 双
时常照顾我们俩

fəi^{33} tɕe^{33} səi^{33} ɕi^{54} ta^{33} kau^{33} la^{33}
费 尽 细 心 照 顾 俫
费尽细心照顾我

la^{54} fəi^{33} tai^{24} fə^{31} la^{54} fəi^{33} jou^{31}
多 费 电 火 多 费 油
多费电火多费油

fəi^{33} te^{54} tai^{24} fə^{31} mə^{33} ȵi^{24} tɕe^{31}
费 了 电 火 不 要 紧
费了电火不要紧

fəi^{33} te^{54} tɕhəŋ^{54} jou^{31} ȵi^{31} ma^{33} kuo^{54}
费 了 清 油 难 买 归
费了茶油难买回

pəŋ^{31} ɕa^{24} la^{54} nai^{31} jou^{31} tsu^{31} ɕa^{31}
逢 着 多 年 茶 子 少
逢着多年茶子少

luo^{31} se^{31} ɕa^{24} tsai^{31} ma^{33} mə^{33} kuo^{54}
拿 起 现 钱 买 不 归
拿起现钱买不回

kho^{33} se^{33} tio^{31} ȵi^{31} fu^{33} lu^{35} pəŋ^{31}
靠 是 主 人 下 得 本
还好主人舍得本

tɕaŋ^{54} tsai^{31} mə^{33} saŋ^{33} ma^{33} kuo^{54} luo^{31}
将 钱 不 算 买 归 来
慷慨拿钱买回来

tɕhəŋ^{54} jou^{31} tio^{31} tsha^{33} tsha^{33} ho^{31} zə^{24}
清 油 煮 菜 菜 好 吃
茶油煮菜菜好吃

tɕhəŋ^{54} jou^{31} tio^{31} kø^{31} kø^{31} jou^{24} ɕaŋ^{54}

清 油 煮 果 果 又 香

茶油煮果果又香

tɕi^{31} tɕiu^{24} la^{54} tɕi^{31} tɕiu^{24}

感 谢 多 感 谢

感谢多感谢

la^{54} la^{54} tɕi^{31} tɕiu^{24} kø^{54} taŋ^{31} ku^{54}

多 多 感 谢 歌 堂 家

多多感谢歌堂家

tɕi^{31} tɕiu^{24} tɕo^{31} se^{54} tio^{31} tɕe^{33} tsha^{33}

感 谢 厨 师 煮 尽 菜

多谢厨师煮好菜

tɕi^{31} tɕiu^{24} tsho^{33} fe^{24} tio^{31} tɕe^{33} mo^{31}

感 谢 造 饭 煮 尽 饭

多谢造饭煮好饭

tɕi^{31} tɕiu^{24} tɕou^{31} se^{54} sa^{54} tɕe^{33} tɕou^{31}

感 谢 酒 师 斛 尽 酒

多谢酒师斟好酒

tɕi^{31} tɕiu^{24} liou^{24} tɕhi^{54} pəi^{31} tɕe^{33} nəŋ^{31}

感 谢 六 亲 陪 尽 男

多谢主人尽心陪

tɕio^{31} se^{54} tio^{31} tsha^{33} la^{33} tshe^{35} lia^{33}

厨 师 煮 菜 俫 吃 掉

厨师煮菜我吃了

tɕou^{31} se^{54} sa^{54} tɕou^{31} la^{33} thəŋ^{54} pe^{54}
酒 师 斛 酒 倈 贪 怀
酒师斟酒我贪杯

tɕi^{31} tɕiu^{24} la^{54} tɕi^{31} tɕiu^{24}
感 谢 多 感 谢
感谢多感谢

la^{54} la^{54} tɕi^{31} tɕiu^{24} tio^{31} ȵi^{31} ku^{54}
多 多 感 谢 主 人 家
多多感谢主人家

tɕi^{31} tɕiu^{24} tio^{31} ȵi^{31} səi^{33} zə^{33} ho^{31}
感 谢 主 人 细 意 好
感谢主人心意好

səi^{33} ɕi^{54} zə^{33} ho^{31} ta^{33} faŋ^{33} nəŋ^{31}
细 心 意 好 待 奉 男
好心好意招待我

pəi^{24} thio^{33} kø^{54} taŋ^{31} mo^{33} jaŋ^{24} ho^{31}
别 处 歌 堂 没 样 好
别处歌堂虽也好

ȵi^{31} tɕəŋ^{31} se^{33} kuo^{54} kuo^{33} ku^{54} tɕaŋ^{31}
人 情 是 归 贵 家 长
人情还是贵家长

kuo^{33} ku^{54} ȵi^{31} tɕəŋ^{31} tɕaŋ^{31} lio^{31} ɕo^{31}
贵 家 人 情 长 流 水
贵家人情长流水

tia^{33} la^{33} ȵi^{31} tɕəŋ^{31} tɕaŋ^{31} mə^{33} luo^{31}
照 俫 人 情 长 不 来
愧我礼少难报答

ȵi^{31} ke^{33} jou^{33} tsai^{31} tsai^{31} tɕiu^{24} tio^{31}
人 的 有 钱 钱 谢 主
别人有钱钱谢主

se^{33} la^{33} mo^{33} tsai^{31} kø^{54} tɕiu^{24} ȵi^{31}
是 俫 没 钱 歌 谢 人
是我没钱歌谢人

tsai^{31} tse^{31} tɕiu^{24} ȵi^{31} pu^{35} se^{33} pu^{35}
钱 子 谢 人 百 拾 百
银钱谢人百十文

kø^{54} tse^{31} tɕiu^{24} ȵi^{31} tou^{31} vu^{31} tou^{31}
歌 子 谢 人 条 把 条
歌声谢人一支支

tou^{31} vu^{31} tou^{31} kø^{54} tɕi^{31} tɕiu^{24} tio^{31}
条 把 条 歌 感 谢 主
首首新歌感谢主

tio^{33} vu^{31} tio^{33} kø^{54} tɕiu^{24} tio^{31} ȵi^{31}
句 把 句 歌 谢 主 人
句句好词谢主人

ȵi^{31} ku^{54} ləŋ^{33} tsai^{31} ləŋ^{33} məi^{33} luo^{31}
人 家 担 钱 担 米 到
别人担钱担米到

jou^{24} se^{33} piu^{54} vai^{31} ɕou^{31} ɕi^{33} luo^{31}
又　是　包　蛋　手　信　来
又是包蛋礼物来

piu^{54} vai^{31} ɕou^{31} ɕi^{33} ka^{54} luo^{24} tio^{31}
包　蛋　手　信　该　立　主
包蛋礼物该立主

se^{33} la^{33} həŋ^{54} ɕou^{31} luo^{31} mə^{33} ka^{54}
是　我　空　手　理　不　该
是我空手没道理

luo^{31} ɕaŋ^{31} mə^{33} ka^{54} tɕi^{54} mə^{33} ka^{54}
理　上　不　该　真　不　该
理上不该真不该

tɕi^{54} tɕi^{54} mə^{33} ka^{54} luo^{24} tio^{31} ȵi^{31}
真　真　不　该　立　主　人
真是不该立主人

la^{33} se^{33} tsa^{33} lu^{35} tshai^{54} lia^{54} fu^{35}
俫　是　做　得　千　朝　客
我是做得千朝客

tsa^{33} mə^{33} zə^{35} lia^{54} tio^{31} ȵi^{31} ku^{54}
做　不　一　朝　主　人　家
却不能做主人家

tsa^{33} fu^{35} tshai^{54} lia^{54} jaŋ^{31} zə^{24} tsa^{33}
做　客　千　朝　容　易　做
做客千朝容易做

tsa^{33} tio^{31} zə^{35} lia^{54} se^{24} fəŋ^{54} ȵi^{31}
做 主 一 朝 十 分 难
做主一朝十分难

səŋ^{54} ŋue^{24} həŋ^{31} ɕo^{31} maŋ^{33} təŋ^{24} piŋ^{31}
三 月 洪 水 满 垌 平
三月洪水满垌平

tsho^{54} ŋue^{24} tɕhou^{54} ɕo^{31} ȵi^{31} lu^{35} vi^{31}
七 月 秋 水 难 得 还
七月秋水难得比

ȵi^{31} lu^{35} luai^{33} kuo^{54} həŋ^{31} ɕo^{31} maŋ^{33}
难 得 转 归 洪 水 满
难得转回洪水满

ȵi^{31} lu^{35} vi^{31} kuo^{54} ho^{31} tɕou^{31} jai^{31}
难 得 还 归 好 酒 筵
难得归还好酒筵

la^{33} se^{33} tai^{31} tou^{31} ɕu^{33} kəŋ^{54} pu^{35}
俫 是 田 头 社 公 伯
我是田头土地公

tse^{31} se^{33} zə^{24} lu^{35} vi^{31} mu^{35} ȵi^{31}
只 是 吃 得 还 不 人
只是吃得还不了

tse^{31} se^{33} zə^{24} lu^{35} vi^{31} mə^{33} luo^{35}
只 是 吃 得 还 不 得
只是吃得还不尽

lau^{35} tsəŋ^{31} vi^{31} kuo^{54} ho^{31} tɕou^{31} jai^{31}
哪 曾 还 归 好 酒 筵
哪曾还回好筵席

tɕi^{54} mə^{33} tɕe^{33} ke^{33} ho^{31} tiaŋ^{54} tɕou^{31}
斛 不 尽 的 壶 中 酒
斟不尽的壶中酒

tɕiu^{24} mə^{33} tɕe^{33} ke^{33} tio^{31} ȵi^{31} tɕəŋ^{31}
谢 不 尽 的 主 人 情
谢不尽的主人情

fa^{31} ku^{54} səŋ^{54} no^{35} nai^{24} səŋ^{54} no^{35}
回 家 三 天 念 三 天
回家三天念三天

fa^{31} ku^{54} so^{33} no^{35} nai^{24} mə^{33} vai^{31}
回 家 四 天 念 不 完
回家四天念不完

ȵi^{31} ɕi^{54} zə^{35} se^{33} nai^{24} zə^{35} se^{33}
人 生 一 世 念 一 世
人生一世念一世

ȵi^{31} ɕi^{54} zə^{35} se^{33} nai^{24} mə^{33} vai^{31}
人 生 一 世 念 不 完
人生一世念不完

tau^{24} tɕe^{33} se^{54} ɕo^{54} tiŋ^{33} ha^{54} pəŋ^{31}
读 尽 诗 书 订 开 本
读尽诗书编新册

nai^{24} tɕe^{33} tiou^{31} tiai^{54} ki^{31} ha^{54} phe^{54}
念 尽 九 经 减 开 编
念尽九经减一编

ki^{31} ha^{54} zə^{35} phe^{54} təi^{24} kø^{33} tho^{33}
减 开 一 编 找 过 套
减去一编找新编

təi^{24} kø^{33} zə^{35} tho^{33} ɕaŋ^{54} kø^{33} liaŋ^{31}
找 过 一 套 商 过 量
找过新编再商量

ɕou^{31} pu^{35} ɕi^{54} tou^{31} la^{33} ɕaŋ^{31} pai^{31}
手 拍 心 头 俫 想 反
手拍心头我想起

se^{33} la^{33} ɕaŋ^{31} se^{31} tsa^{33} lu^{35} tɕaŋ^{31}
是 俫 想 起 坐 得 长
是我想起坐太久

tsa^{33} lu^{35} tɕaŋ^{31} te^{54} ȵi^{31} ɕa^{33} la^{33}
坐 得 长 了 人 笑 俫
坐得久了人笑我

ȵi^{31} ɕa^{33} la^{33} saŋ^{54} mə^{33} luo^{54} tɕəŋ^{31}
人 笑 俫 双 不 知 情
人笑我俩不知情

zə^{35} ju^{33} paŋ^{33} pə^{54} tsha^{31} na^{24} tio^{31}
一 夜 半 午 吵 闹 主
一夜半日吵大家

ŋa^{31} tɕio^{31} tio^{31} ȵi^{31} se^{24} mə^{33} thaŋ^{54}
挨 着 主 人 事 不 通
误了大家事不通

kuo^{54} ɕi^{54} la^{24} ɕuəi^{35} la^{33} ɕi^{54} ɕo^{33}
高 山 落 雪 俫 告 别
高山落雪哥告别

kuo^{33} luo^{54} ɕi^{54} ɕo^{33} tio^{31} ȵi^{31} ku^{54}
告 知 新 受 主 人 家
多多感谢行娘家

kuo^{33} luo^{54} tio^{31} ȵi^{31} la^{33} se^{31} tia^{54}
告 知 主 人 俫 起 脚
告知主人我动身

fəŋ^{54} fə^{31} ɕiŋ^{31} niaŋ^{31} la^{33} fa^{31} ku^{54}
吩 咐 行 娘 俫 回 家
告诉行娘我回家

liaŋ^{31} ɕie^{31} pəŋ^{24} məŋ^{31} vu^{24} tia^{54} se^{31}
龙 伞 竖 门 鸭 脚 起
龙伞竖门拍襟褂

mu^{33} te^{31} la^{24} to^{24} la^{33} fa^{31} ku^{54}
马 蹄 落 地 俫 回 家
马蹄落地我回家

tɕhou^{54} se^{31} ha^{31} luo^{31} la^{33} se^{31} tia^{35}
抄 起 鞋 子 俫 起 脚
抽起鞋跟我起脚

ŋo^{31} ha^{54} ləŋ^{33} tou^{31} la^{33} se^{31} ɕi^{54}
拿 开 凳 子 倈 起 身
拿开凳子我起身

se^{31} ɕi^{54} tsai^{31}
起 身 前
起身前

se^{31} ɕi^{54} tu^{24} luo^{31} ta^{24} məŋ^{31} tsai^{31}
起 身 踏 到 大 门 前
起身走到大门前

tu^{24} ɕo^{35} ta^{24} məŋ^{31} mi^{24} mi^{24} hau^{33}
踏 出 大 门 慢 慢 去
走出大门慢慢去

mi^{24} çiŋ^{31} mi^{24} pə^{24} la^{33} fa^{31} ku^{54}
慢 行 慢 步 倈 回 家
慢行慢步我回家

二十六、告别回家歌

thəŋ^{54} tia^{35} thəŋ^{54}
否 脚 否
脚轻轻

la^{33} nəŋ^{31} tɕo^{24} tsa^{33} mo^{33} mo^{33} tɕhoŋ^{33}
我 们 住 在 某 某 村
我们住在某某村

la^{33} se^{33} tɕhun^{54} taŋ^{31} tɕo^{24} tsu^{24} khau^{31}
俫 是 村 堂 住 宅 苦
我是穷村住宅差

tse^{31} vaŋ^{24} mə^{33} ɕai^{31} khau^{31} tɕhun^{54} taŋ^{31}
指 望 不 嫌 苦 村 堂
希望不嫌穷村庄

hou^{33} zə^{24} mu^{33} zə^{24} tiaŋ^{31} ȵi^{24} tshe^{33}
有 吃 无 吃 讲 义 气
有吃无吃讲义气

ŋu^{33} hi^{33} ȵi^{54} ȵi^{54} hau^{33} çe^{31} tɕhun^{54}
我 叫 个 个 去 行 村
我叫各位去走走

piŋ^{31} ɕaŋ^{31} khəŋ^{35} khəŋ^{35} ti^{33} zə^{35} jaŋ^{24}
平 常 刻 刻 都 一 样
平常时候都一样

hau^{33} te^{54} zə^{35} tɕiŋ^{24} no^{24} la^{33} ku^{54}
去 了 一 定 入 俫 家
去了一定进我家

ɕi^{54} fə^{24} khau^{31} tsha^{31} mə^{33} tse^{33} kua^{33}
生 活 苦 楚 不 记 怪
生活穷苦不怪罪

tiaŋ^{31} kuo^{54} ȵi^{24} tshe^{33} no^{24} tse^{31} tɕaŋ^{31}
讲 归 义 气 日 子 长
只讲义气情谊长

ŋu^{33} se^{33} tse^{31} la^{31} tshau^{54} ɕəŋ^{33} tse^{31}
我 是 几 兄 粗 性 子
兄弟们是粗性子

tse^{31} vaŋ^{24} vai^{31} liaŋ^{24} ɕi^{54} ɕəŋ^{33} tshau^{54}
指 望 原 谅 心 性 粗
希望原谅心性粗

la^{33} ke^{33} fu^{24} pu^{24} əi^{54} jaŋ^{24} tiaŋ^{31}
俫 的 话 鼻 这 样 讲
我的话儿这样讲

la^{33} tɕou^{24} tse^{31} la^{31} tiaŋ^{31} fa^{31} ku^{54}
俫 就 几 兄 讲 回 家
我俩道别要回家

mai^{24} tsai^{31} ta^{24} tai^{31} so^{33} so^{33} faŋ^{54}
面 前 大 田 四 四 方
面前大田四四方

tai^{31} ji^{31} tou^{31} ɕaŋ^{24} səŋ^{54} la^{31} ȵi^{31}
田 基 头 上 三 兄 人
田埂头上三兄弟

səŋ^{54} la^{31} ȵi^{54} ȵi^{54} səi^{33} zə^{33} ho^{31}
三 兄 个 个 细 意 好
一家个个心意好

ȵi^{54} ȵi^{54} ho^{31} zə^{33} lio^{31} la^{33} nəŋ^{31}
人 人 好 意 留 我 们
人人好意留我们

kuo^{33} ku^{54} kø^{54} taŋ^{31} səi^{33} zə^{33} ho^{31}
贵 家 歌 堂 细 意 好
贵家歌堂心意好

ȵi^{54} ȵi^{54} fu^{35} tɕəŋ^{31} ho^{31} mə^{33} vai^{31}
人 人 客 情 好 不 完
个个情深意也长

səi^{33} ɕi^{54} ho^{31} zə^{33} luo^{31} lio^{31} la^{33}
细 心 好 意 来 留 俫
细心好意来留我

lio^{31} la^{33} tse^{31} la^{31} tsa^{33} kuo^{54} tɕaŋ^{31}
留 我 几 兄 坐 归 长
留我兄弟再坐会

lio^{31} la^{33} ho^{31} zə^{33} la^{33} luo^{54} luo^{35}
留 俫 好 意 我 知 道
留我好意我知道

tsaŋ^{31} se^{33} tɕo^{33} kø^{33} kø^{54} taŋ^{31} ku^{54}
总 是 俱 过 歌 堂 家
总是烦扰歌堂家

tsai^{31} çe^{31} so^{33} pə^{24} fi^{54} luai^{31} lio^{35}
前 行 四 步 翻 转 看
前行四步翻转看

khaŋ^{33} kai^{31} ȵi^{31} la^{54} səŋ^{33} la^{33} nəŋ^{31}
看 见 人 多 送 我 们
看见人多送我们

tio^{31} ȵi^{31} lio^{24} tɕhi^{54} luo^{31} səŋ^{33} la^{33}
主 人 六 亲 来 送 倈
主人六亲来送我

paŋ^{33} niaŋ^{31} nio^{33} paŋ^{33} səŋ^{33} la^{33} nəŋ^{31}
伴 娘 女 伴 送 我 们
伴娘女伴送我们

pa^{35} təŋ^{31} ɕi^{31} sai^{54} tsa^{33} ɕaŋ^{24} thai^{54}
八 洞 神 仙 在 上 天
八洞神仙在天上

pa^{35} təŋ^{31} ɕi^{31} sai^{54} fu^{33} fi^{31} ki^{54}
八 洞 神 仙 下 凡 间
八洞神仙偶下凡

fu^{33} luo^{31} fi^{31} ki^{54} ɕuai^{33} ɕaŋ^{24} tsə^{33}
下 到 凡 间 船 上 站
下到凡间船上站

mə^{33} pe^{35} luo^{31} lio^{31} səŋ^{33} la^{33} nəŋ^{31}
不 必 里 流 送 我 们
不必流连送我们

səŋ^{33} te^{54} jaŋ^{24} vai^{33} zə^{33} kuo^{33} ho^{31}
送 了 样 远 意 够 好
送得遥远心意诚

ȵi^{31} tɕəŋ^{31} ȵi^{24} tshe^{33} tiaŋ^{31} mə^{33} vai^{31}
人 情 义 气 讲 不 完
人情义气讲不完

au^{35} luo^{54} hou^{33} kuo^{54} ho^{31} la^{54} se^{24}
屋 里 有 归① 好 多 事
家里还有好多事

mə^{33} nəŋ^{54} ŋa^{31} tɕe^{31} me^{24} la^{24} thu^{54}
不 给 挨 着 妹 落 他
不让误了妹出嫁

səŋ^{33} tɕu^{54} tshai^{54} luo^{31} jou^{33} zə^{35} pe^{35}
送 君 千 里 有 一 别
送君千里有一别

tsa^{33} ho^{31} ȵi^{31} tɕəŋ^{31} tɕa^{24} pəŋ^{54} luo^{31}
再 好 人 情 着 分 离
再好情义须分离

① 有归：还有。

ȵi^{24} tshe^{33} zə^{35} luo^{35} tiaŋ^{31} mə^{33} tɕe^{33}
义 气 一 天 讲 不 尽
义气一天讲不尽

ɕaŋ^{33} fu^{33} no^{24} au^{35} no^{24} tse^{31} tɕaŋ^{31}
上 下 进 屋 日 子 长
上下来往日子长

vu^{24} ȵe^{24} thaŋ^{31} ɕi^{54} tiŋ^{33} tse^{54} hau^{33}
曰 要 谈 心 正 直 去
如要谈心径直去

zə^{35} tɕ^{24} tiŋ^{33} tse^{54} hau^{33} la^{33} ku^{54}
一 定 正 直 去 倸 家
恳请专程去我家

ɕaŋ^{33} fu^{33} luo^{31} vaŋ^{33} tɕaŋ^{31} lio^{31} ɕo^{31}
上 下 来 往 长 流 水
上下来往长流水

tau^{31} jou^{33} se^{31} ki^{54} ho^{31} thaŋ^{31} ɕi^{54}
才 有 时 间 好 谈 心
才有时间好谈心

ho^{31} ho^{31} thaŋ^{31} ɕi^{54} luo^{54} ɕi^{54} ləŋ^{31}
好 好 谈 心 知 心 胆
好好谈心知心胆

ta^{24} tsəi^{31} ȵi^{24} tshe^{33} tɕe^{35} lu^{54} tɕaŋ^{31}
大 齐 义 气 结 得 长
大家义气结得长

la^{33} ke^{33} fu^{24} po^{24} əi^{54} jaŋ^{24} tiaŋ^{31}
俫 的 话 毕 这 样 讲
我的话儿这样讲

əi^{54} jaŋ^{24} fəŋ^{54} fə^{33} tio^{31} ȵi^{31} ku^{54}
这 样 吩 咐 主 人 家
这样吩咐主人家

fəŋ^{54} fə^{33} paŋ^{33} niaŋ^{31} nio^{33} tou^{31} paŋ^{33}
吩 咐 伴 娘 女 子 伴
吩咐伴娘与女伴

ju^{24} se^{33} fəŋ^{54} fə^{33} liou^{24} tɕhi^{54} ȵi^{31}
又 是 吩 咐 六 亲 人
同时吩咐众亲友

ŋu^{33} tɕhəŋ^{31} ȵi^{54} ȵi^{54} luai^{33} no^{24} au^{35}
我 请 人 人 转 进 屋
我请人人转回屋

la^{33} tɕou^{24} pəŋ^{54} luo^{31} tiaŋ^{31} fa^{33} ku^{54}
俫 就 分 离 讲 回 家
我就分离讲回家

二十七、唱歌中产生争论矛盾的劝解歌

so^{33} nai^{31} mə^{33} kai^{33} niou^{24} jaŋ^{31} luo^{31}
数 年 不 见 岳 阳 楼
数年不见岳阳楼

tse^{54} no^{54} kuo^{54} luo^{31} pa^{35} pu^{33} tso^{31}
今 日 归 来 八 百 愁
今日重来八百愁

tɕiu^{24} tɕe^{33} tai^{24} se^{31} se^{33} tɕi^{31} tai^{24}
谢 尽 店 时 是 秦 店
谢家店旁秦家店

tiaŋ^{54} ku^{54} luo^{31} se^{31} luo^{31} ku^{54} luo^{31}
张 家 楼 时 李 家 楼
张家楼后李家楼

hou^{33} tsai^{31} la^{33} tsu^{31} ka^{54} tou^{31} tsai^{31}
有 钱 男 子 该 用 钱
有钱男子该用钱

vu^{33} tsai^{31} la^{33} tou^{31} pu^{24} tse^{24} tou^{31}
无 钱 孩 子 白 字 头①
无钱孩子空白头

① 白字头：讲空话。

vo^{31} ȵi^{31} liaŋ^{33} pai^{54} tɕuai^{31} mə^{33} ka^{54}
为 难 两 边 全 不 该
为难两边全不该

tɕhəŋ^{54} ɕi^{54} zə^{33} jai^{31} ɕo^{31} tɕaŋ^{31} lio^{31}
青 山 依 仍 水 长 流
青山依旧水长流

vo^{24} ȵi^{31} ȵi^{33} na^{24} zə^{35} se^{33} kaŋ^{54}
为 人 忍 耐 一 时 光
为人忍耐一时间

fə^{31} ɕi^{54} hi^{33} niai^{31} tiaŋ^{31} laŋ^{31} tɕaŋ^{31}
何 生 行 言 讲 短 长
何生闲言讲短长

və^{33} se^{24} tse^{24} tɕaŋ^{31} ɕi^{54} fu^{24} tse^{33}
无 事 自 祥 生 活 计
无事自想生活计

tse^{24} tɕaŋ^{31} və^{33} se^{24} mi^{24} se^{54} liaŋ^{31}
自 详 无 事 慢 思 量
事事反省慢思量

tɕhou^{33} faŋ^{54} pai^{24} se^{31} çe^{31} faŋ^{54} pai^{24}
奏 方 便 时 行 方 便
遇方便时行方便

tɕhou^{33} çe^{31} faŋ^{54} pai^{24} lu^{35} lau^{24} thaŋ^{54}
奏 行 方 便 得 路 通
能行方便得路通

tsho^{54} ɕi^{54} mə^{33} zə^{33} ɕoŋ^{31} ɕi^{54} ho^{31}
操 心 不 如 存 心 好
操心不如顺心好

tɕi^{54} tshe^{33} mə^{33} zə^{31} ȵi^{33} tshe^{33} kuo^{54}
争 气 不 如 忍 气 高
争气不如忍气高

vo^{24} ȵi^{31} pəŋ^{31} fəŋ^{24} jəŋ^{33} aŋ^{54} jai^{31}
为 人 本 分 永 安 然
为人本分永安然

tse^{31} ȵi^{24} kuo^{54} tsa^{31} ɕi^{54} tiaŋ^{54} miŋ^{31}
只 要 高 才 心 中 明
只要高才心中明

vi^{24} se^{33} mə^{33} mo^{31} hi^{31} tiŋ^{33} to^{33}
万 事 不 谋 行 正 道
万事光明行正道

se^{33} fo^{54} ŋi^{33} na^{24} tse^{24} jai^{31} ɕa^{54}
是 非 忍 耐 自 然 消
是非忍耐自然消

tɕi^{54} zə^{24} kø^{54} taŋ^{31} luo^{31} tɕo^{33} fa^{24}
今 日 歌 堂 来 聚 会
今日歌堂来聚会

tse^{31} vaŋ^{24} na^{24} ne^{24} lu^{35} ləi^{31} tsai^{31}
只 望 热 闹 得 值 钱
只望热闹和气多

fə^{33} tshe^{33} na^{24} ne^{24} ta^{24} tse^{31} ho^{31}
和 气 闹 热 大 齐 好
和气热闹大家好

mə^{33} tiaŋ^{31} ȵi^{24} tshe^{33} la^{54} tɕi^{54} thiu^{54}
不 讲 义 气 多 争 吵
不讲义气有争吵

kuo^{33} ku^{54} kø^{54} taŋ^{31} vaŋ^{24} na^{24} ne^{24}
贵 家 歌 堂 望 热 闹
贵家歌堂望热闹

ȵi^{31} la^{54} na^{24} ne^{24} tau^{31} ləi^{31} tsai^{31}
人 多 热 闹 才 值 钱
人多热闹富贵来

khəŋ^{35} tɕi^{54} təŋ^{31} paŋ^{33} tiaŋ^{31} sau^{33} hou^{31}
现 在 同 伴 讲 数 口①
现在同伴闹矛盾

liou^{24} tɕhi^{54} pu^{35} fu^{24} ȵi^{31} ɕa^{33} nəŋ^{31}
六 亲 百 客 人 笑 侬
六亲百客人笑我

ŋu^{33} se^{33} tse^{54} tsu^{31} kəŋ^{54} tse^{54} pe^{31}
我 是 鸡 仔 跟 鸡 婆
我是小鸡跟母鸡

① 数口：讲二话，即闹矛盾。

tse^{54} pe^{31} pou^{31} lie^{31} fə^{31} thio^{33} tsaŋ^{31}
鸡 婆 打 架 何 处 藏
母鸡打架何处藏

hi^{33} ŋu^{33} tse^{31} la^{31} lau^{35} jaŋ^{24} se^{35}
叫 我 几 兄 哪 样 是
叫我兄弟哪样是

ju^{35} və^{31} lau^{35} jaŋ^{24} ho^{31} ɕou^{54} tiaŋ^{31}
看 下 哪 样 好 收 场
看下怎样好收场

tse^{31} la^{31} ɕoŋ^{54} te^{33} ta^{24} tsəi^{31} ɕaŋ^{31}
几 班 兄 弟 大 齐 想
几班兄弟大家想

ə^{54} jaŋ^{24} fu^{33} hau^{33} tɕaŋ^{33} lau^{35} haŋ^{31}
这 样 下 去 像 哪 行
这样下去怎么行

liou^{24} tɕhi^{54} pu^{35} fo^{35} tɕuai^{31} ɕo^{35} tɕhəŋ^{33}
六 亲 百 客 传 出 听
六亲百客传出去

ȵi^{31} ki^{54} se^{33} ɕaŋ^{24} ɕa^{33} tha^{35} ŋu^{31}
人 间 世 上 笑 脱 牙
人间世上笑脱牙

ȵi^{31} ki^{54} se^{33} ɕaŋ^{24} tiaŋ^{31} fə^{31} tshe^{33}
人 生 世 上 讲 和 气
人生世上讲和气

ɕo^{35} məŋ^{31} fə^{31} tshe^{33} ho^{31} tiou^{31} tsa^{31}
出 门 和 气 好 求 财
出门和气好求财

zə^{35} thio^{33} fə^{31} tshe^{33} lu^{35} aŋ^{54} la^{24}
一 处 和 气 得 安 乐
一处和气得安乐

thio^{33} thio^{33} fə^{31} tshe^{33} thaŋ^{54} tiou^{31} tiou^{54}
处 处 和 气 通 九 州
处处和气通九州

thaŋ^{54} tɕəŋ^{31} tu^{24} luo^{31} ȵi^{31} fə^{24} zə^{33}
通 情 达 理 人 合 意
通情达理人合意

zə^{35} taŋ^{31} fə^{31} tshe^{33} pəŋ^{31} tɕəŋ^{31} ɕi^{54}
一 团 和 气 朋 情 深
一团和气友情深

fə^{31} tshe^{33} fə^{33} kuo^{33} lu^{35} tɕaŋ^{31} tio^{31}
和 气 富 贵 得 长 久
和气富贵过长久

kø^{54} taŋ^{31} fə^{31} tshe^{33} haŋ^{54} la^{24} ɕi^{54}
歌 堂 和 气 欢 乐 心
歌堂和气心欢乐

luo^{31} tɕho^{33} kø^{54} taŋ^{31} ɕi^{54} ɕi^{54} ne^{24}
来 看 歌 堂 心 心 热
来看歌堂心兴奋

ta^{24} tsəi^{31} fə^{31} tshe^{33} ho^{31} ɕaŋ^{54} liaŋ^{31}
大 齐 和 气 好 商 量
大家和气好商量

tɕou^{24} se^{33} mə^{33} tɕa^{24} ju^{24} ɕu^{33} kø^{33}
就 是 不 对 又 叙 过
就是不对也原谅

tau^{33} nəŋ^{31} haŋ^{54} se^{31} tɕho^{33} taŋ^{24} vai^{31}
才 能 欢 喜 看 段 完
才能欢喜最完满